T0283349

ALLWARD

Mar de Tarim

Tarima

Las Estepas Lejanas

Korbij

EL TEMURIJON

U

Golfo de Ríos en Fin

DAHLAND

Trazi

Askendúr

El Mar Silencioso

LEDOR

LARSIA

Syrene

Izera

Adira

ISHEIDA

BETAL

Puertas Dahlianas

El Barkos

Viri

Ciaom

Chisham

Valle Corsbane

AHMSARE

Nessa

GHERA

Trisad

Bahía de Sarian

Jirhali

RHASHIR

Imtisid

Bihasar

El Ramono

El Ghar

Golfo del Tigre

Boca de Rhashira

Siemprebosque

Hizir

LAS MONTAÑAS DE LOS HECHICEROS

Las Grandes Ar

Bahía Sapphira

Safir

El Bosq

Océano Nocturno

DESTRUCTORA DE ESPADAS

GRANTRAVESÍA

VICTORIA AVEYARD

DESTRUCTORA DE ESPADAS

Traducción de
Karina Simpson

GRANTRAVESÍA

DESTRUCTORA DE ESPADAS

Título original: *Blade Breaker*

© 2022, Victoria Aveyard

Publicado según acuerdo con New Leaf Literary & Media Inc.,
a través de International Editors' Co.

Traducción: Karina Simpson

Arte de portada: Sasha Vinogradova
Mapa: Francesca Baraldi
Mapa © &™ 2022, Victoria Aveyard. Todos los derechos reservados

D.R. © 2022, Editorial Océano de México, S.A. de C.V.
Guillermo Barroso 17-5, Col. Industrial Las Armas
Tlalnepantla de Baz, 54080, Estado de México
www.oceano.mx
www.grantravesia.com

Primera edición: 2022

ISBN: 978-607-557-656-5

IMPRESO EN MÉXICO / *PRINTED IN MEXICO*

Para aquellos que buscan y nunca encuentran

1

NO HAY OTRA OPCIÓN QUE LA MUERTE

Corayne

La voz resonó como si viajara a través de un largo corredor; se escuchaba distante y apagada, difícil de distinguir. Pero retumbó dentro de ella un sonido, una especie de sensación. Lo sintió en su columna vertebral, en sus costillas, en cada hueso. Su propio corazón latía al ritmo de la terrible voz. No pronunciaba una sola palabra conocida y, aun así, Corayne comprendía esa ira.

Su ira.

En la penumbra, Corayne se preguntó si eso era la muerte o simplemente otro sueño.

El rugido de Lo Que Espera la llamó a través de la oscuridad, se aferró a ella incluso cuando unas manos cálidas la arrastraron de vuelta a la luz. Corayne se incorporó, parpadeando, jadeando, y el mundo se materializó de nuevo a su alrededor. Se encontró sentada en medio de aguas agitadas que le llegaban a la altura del pecho, como un espejo sucio que reflejaba la ciudad del oasis.

El oasis de Nezri había sido hermoso en otro tiempo, lleno de palmeras verdes y sombras frescas. Las dunas de arena formaban una banda dorada en el horizonte. El reino de Ibal se extendía en todas las direcciones, con los acantilados rojos de la Marjeja al sur, las olas del Aljer y el Mar Largo al norte. Nezri era una ciudad de peregrinos, construida en torno a las aguas sagradas y a un templo dedicado a Lasreen, con sus edificios blancos y de tejas verdes, y sus anchas calles para las caravanas del desierto.

Ahora esas amplias calles estaban repletas de cadáveres, cuerpos de serpientes enroscadas y soldados hechos pedazos. Corayne contuvo una oleada de asco, pero continuó observando, recorriendo los escombros con la mirada. Buscó el Huso, un hilo dorado que escupía el torrente de agua y monstruos. Pero no quedaba nada en su lugar. Ni siquiera un eco. Ningún recuerdo de lo que había existido apenas un momento antes. Sólo quedaban las columnas rotas y la calzada destrozada como legado del kraken. Y Corayne lo vio: los restos de un tentáculo sangriento: cortado limpiamente por el monstruo cuando se vio obligado a regresar a su propio reino. Yacía entre los charcos como un viejo árbol caído.

Tragó con fuerza y casi se atragantó. El agua sabía a podredumbre y a muerte y al Huso, que había desaparecido, dejando sólo un eco que se desvanecía como un zumbido en sus oídos. También le sabía a sangre. La de los soldados de Galland, la de las serpientes marinas de otro reino. Y, por supuesto, la suya. Tanta sangre que Corayne sintió que podría ahogarse en ella.

Pero soy la hija de un pirata, pensó, con el corazón palpitando. Su madre, la bronceada y hermosa Meliz an-Amarat, sonrió en su mente.

Nosotros no nos ahogamos.

—Corayne… —dijo una voz, sorprendentemente suave.

Levantó la vista y encontró a Andry de pie junto a ella. Él también tenía sangre salpicada en su túnica y en su característica estrella azul.

10

Una sacudida de pánico recorrió a Corayne, mientras tocaba su rostro y sus extremidades en busca de alguna herida terrible. Recordaba a Andry luchando con intensidad, como un caballero a la altura de cualquiera de los soldados que había matado. Después de un momento, supo que la sangre no era suya. Suspiró y sintió que la tensión de los hombros la abandonaba.

—Corayne —dijo Andry de nuevo, estrechando su mano.

Sin pensarlo, ella le apretó con fuerza los dedos y se obligó a levantarse con las piernas temblorosas. Sus ojos brillaban de preocupación.

—Estoy bien —repuso Corayne, aunque sentía lo contrario. Mientras recuperaba el equilibrio, su mente seguía dando vueltas, los últimos momentos la inundaban. *El Huso, las serpientes, el kraken. El hechizo de Valtik, la rabia de Dom. Mi propia sangre en el filo de la espada.* Volvió a aspirar una bocanada de aire, tratando de centrarse.

Andry mantenía la mano en su hombro, listo para atraparla si caía.

Pero Corayne no caería.

Se irguió. Dirigió su mirada a la Espada de Huso, sumergida en medio metro de agua turbia, brillando entre la sombra y la luz del sol. La corriente sacudía tanto la espada que el propio acero parecía bailar. A lo largo del metal de la hoja estaban grabadas palabras del antiguo lenguaje de un reino perdido tiempo atrás. Corayne no podía leer las letras ni pronunciar las palabras. Como siempre, su significado escapaba a su comprensión.

Entonces, sumergió la mano en el agua y apretó la empuñadura de la Espada de Huso. La liberó y ésta salió a la superficie chorreando agua fría. Su corazón se estremeció.

No había sangre en la espada, ya no. Pero aún podía verla. El kraken, las serpientes. Y los soldados de Galland, muertos por su propia mano. Vidas mortales acabadas, cortadas por la mitad como el Huso.

Intentó no pensar en los hombres que había matado. Y aun así, sus rostros aparecieron, atormentando su memoria.

—¿Cuántos? —preguntó con voz entrecortada. Corayne no esperaba que Andry entendiera las dolorosas cavilaciones de su mente.

Pero el dolor atravesó su rostro, un dolor que ella conocía. Miró más allá, hacia los cuerpos verdes y dorados. Cerró los ojos e inclinó la cabeza, ocultando su rostro del sol del desierto.

—No lo sé —respondió—. No los voy a contar.

Nunca había visto un corazón romperse, pensó Corayne, observando a Andry Trelland. No tenía heridas, pero ella sabía que sangraba por dentro. Alguna vez había sido un escudero de Galland que soñaba con convertirse en caballero. *Y ahora los ha asesinado, es un asesino de sus propios sueños.*

Por una vez, las palabras le fallaron a Corayne an-Amarat, y se dio la vuelta para quedarse sola.

Sus ojos recorrieron los alrededores, observando la destrucción que se extendía desde el centro de la ciudad. El oasis se sentía escalofriantemente silencioso después de la batalla. Corayne casi esperaba que quedara algún eco, el chillido de un kraken o el silbido de una serpiente.

Podía escuchar a la vieja bruja Valtik deambular por las ruinas de piedra caliza, tarareando para sí, saltando como una niña. Corayne la vio agacharse un par de veces, recogiendo colmillos de los cadáveres de las serpientes. Ya tenía unos cuantos dientes trenzados en su larga cabellera gris. Volvía a ser la misma extraña y desconcertante persona, tan sólo una anciana que se paseaba por ahí. Pero Corayne sabía que no era así. Hacía sólo unos instantes, la mujer jydi y sus rimas habían hecho retroceder al kraken, despejando el camino para Corayne y la Espada de Huso. Había un profundo poder dentro de la bruja, pero si a Valtik le importaba eso o lo recordaba siquiera, no lo demostraba.

En cualquier caso, Corayne se alegraba de contar con ella. El sol de Ibal continuaba alzándose, calentando la espalda de Corayne. Y luego, de repente, sintió frío conforme una larga sombra cayó sobre ella.

Levantó la vista, con el rostro desencajado.

Domacridhan, príncipe inmortal de Iona, estaba completamente rojo desde las cejas hasta los dedos de los pies, bañado en sangre. Su túnica y su capa, antaño finas, ahora estaban arruinadas, rotas y manchadas. Su pálida piel parecía oxidada, su cabello dorado se había convertido en fuego. Sólo sus ojos permanecían claros, blancos y verde esmeralda, ardiendo como el sol que se cernía sobre él. Su gran espada casi colgaba de su puño, amenazando con caer.

Respiró con fuerza.

—¿Estás bien, Corayne? —preguntó Dom, con la voz quebrada y ahogada.

Corayne titubeó.

—¿Y *tú*?

En su mandíbula se contrajo un músculo.

—Debo limpiarme —murmuró, inclinándose hacia el agua.

Nubes rojas florecían en su piel.

Nos hará falta más que eso, quiso decir Corayne. *A todos.*

A todos nosotros.

Corayne se sobresaltó y un repentino golpe de pánico la recorrió. Atemorizada, lanzó la mirada hacia la ciudad en busca del resto de sus compañeros. *Charlie, Sigil, Sorasa*. No los escuchaba ni los veía, y el miedo le revolvió las entrañas. *Tantos perdidos hoy. Dioses, no permitan que los perdamos a ellos también.* Aunque sus propios pecados pesaban en su mente, sus vidas pesaban más.

Antes de que Corayne pudiera gritar sus nombres a través del oasis, un hombre gimió.

Reaccionó y miró en dirección al sonido, y Andry y Dom la flanquearon como guardias.

Corayne exhaló cuando vio al soldado de Galland. Estaba herido y se arrastraba por el agua que escurría hacia la arena. Su capa verde le pesaba, dificultando su avance mientras se deslizaba hacia delante, arrastrando los pies por el barro. La sangre brotaba de sus labios, sus únicas palabras eran un gorjeo.

Lasreen viene por él, pensó Corayne, nombrando a la diosa de la muerte. *Y no es la única.*

Sorasa Sarn abandonó las sombras, salió a la luz con la gracia de una bailarina y la precisión de un halcón. No estaba tan ensangrentada como Dom, pero de sus manos tatuadas y de su daga de bronce chorreaban gotas escarlatas. Tenía la mirada fija en la espalda del soldado, sin desviarla mientras lo seguía.

—¿Sigues viva, Sigil? —dijo, llamando a la cazarrecompensas. Sus modales eran suaves, incluso mientras acechaba a un hombre moribundo por el centro de la ciudad.

Como respuesta se escuchó una carcajada y pasos desde un tejado cercano. Apareció el ancho cuerpo de Sigil, luchando con un soldado de Galland con la armadura rota. Éste levantó un cuchillo, pero Sigil le agarró la muñeca con una sonrisa.

14

—Los huesos de hierro de los Incontables nunca se romperán —soltó una carcajada y apretó la mano del hombre, obligándolo a abrir el puño. El cuchillo cayó, ella levantó al soldado y lo cargó sobre el hombro. Él gimió y golpeó con los puños su armadura de cuero—. Tú no puedes decir lo mismo.

No era una caída desde una gran altura, sólo dos pisos, pero el agua era poco profunda. El hombre se rompió el cuello con un crujido húmedo.

Corayne no se inmutó. Ese día había visto cosas mucho peores. Lentamente exhaló una bocanada de aire, para tranquilizarse.

Como si lo hubiera invocado, Charlie salió a la calle. Sus ojos se posaron en el cuerpo. Su rostro no reflejaba emoción alguna.

—A las manos del poderoso Syrek vas, hijo de Galland, hijo de la guerra —dijo el sacerdote caído, y se inclinó sobre el cuerpo.

Pasó sus dedos manchados de tinta por el agua, tocando los ojos ciegos del soldado. Corayne se dio cuenta de que Charlie le daba al hombre lo más parecido a un entierro piadoso que podía ofrecer.

Cuando Charlie se puso en pie de nuevo, su rostro permanecía inexpresivo y pálido, con su largo cabello libre de su habitual trenza.

Vivos. Todos ellos.

Todos nosotros.

El alivio recorrió el cuerpo de Corayne, seguido de inmediato por el agotamiento. Se tambaleó un poco, sus rodillas flaquearon.

Andry se movió con rapidez y apoyó las manos sobre sus hombros.

—Todo está bien —le susurró.

Su contacto era casi electrizante, caliente y frío a la vez. Ella se apartó de un salto y sacudió la cabeza.

—No los lloraré —murmuró con fuerza—. No lloraré a los hombres que nos habrían matado. Tú tampoco deberías llorarlos.

El rostro de Andry se tensó, y sus labios amenazaron con fruncirse. Corayne nunca había visto la ira en Andry Trelland, no así. Incluso la sombra de su ira le escocía.

—No puedo hacer eso, Corayne —dijo, dándose la vuelta.

Corayne lo siguió con la mirada, con un rubor de vergüenza en las mejillas. Andry volvió a mirar a Charlie, que ahora se abría paso entre los muertos, bendiciendo los cadáveres de Galland. Luego sus ojos se dirigieron al soldado que se arrastraba por el fango.

La Amhara lo acechaba todavía.

—Maldita sea, muestra algo de piedad, Sorasa —bramó el escudero—. Acaba con él.

La asesina sostuvo la mirada. Estaba demasiado bien entrenada como para apartar los ojos de un enemigo, incluso aunque estuviera tan herido.

—Puedes hacer lo que quieras, Trelland. No te detendré.

La garganta de Andry se tensó, revelando su piel morena desnuda por encima del cuello de la túnica. Rozó su espada con los dedos.

—No lo hagas —le pidió Corayne, sujetándolo del bíceps. La carne se sentía dura bajo sus dedos, tensa como una cuerda—. No tengas piedad de este hombre si eso significa perder otra parte de ti.

Andry no respondió, pero frunció el ceño y su rostro se tornó sombrío. Con suavidad, apartó a Corayne de su lado y desenfundó la espada.

—Andry... —comenzó ella, moviéndose para detenerlo.

Entonces, una onda atravesó el agua y algo los salpicó, con una piel escamosa que se enroscaba.

Corayne se quedó congelada, su corazón palpitaba aceleradamente.

La serpiente estaba sola, pero seguía siendo mortal.

Sorasa interrumpió su movimiento y se detuvo en seco. Con sus brillantes ojos de tigre observo cómo la bestia desencajaba su mandíbula y tomaba la cabeza del soldado con la boca. Corayne no pudo evitar sentir una oscura fascinación, y separó los labios cuando la serpiente acabó con el soldado.

Fue Dom quien terminó con ambos, cortando escamas y piel con su gran espada.

Miró fijamente a Sorasa, pero ella se limitó a encogerse de hombros y desdeñarlo con un movimiento de su mano ensangrentada.

Corayne se dio la vuelta, sacudiendo la cabeza. Andry ya se había marchado, sus pasos dejaron huellas sobre la arena húmeda.

Mientras Sorasa y Sigil buscaban supervivientes en el oasis, el resto esperaba a las afueras de la ciudad, donde el camino de piedra se perdía en la arena. Corayne se sentó en una roca golpeada por el viento, agradeciendo a los dioses la dichosa sombra de varias palmeras. De alguna manera, también agradecía el calor. Le resultaba purificador.

Los demás permanecían en silencio, el único sonido era el golpeteo de los cascos de los caballos sobre el suelo. Andry se mantenía junto a las yeguas de arena, cepillándolas, atendiéndolas lo mejor que podía con lo poco que tenía. Corayne ya sabía que era su forma de lidiar con la situación, perdiéndose en una tarea conocida. Una tarea de su antigua vida. Hizo una mueca, mirando al escudero y a las yeguas. Sólo quedaban dos caballos, y sólo uno conservaba la silla de montar.

—El Huso peleó duro —murmuró Dom, siguiendo la dirección de la mirada de Corayne.

—Pero estamos vivos y el Huso está cerrado —respondió ella. En sus labios se dibujó una tensa sonrisa—. Podemos hacer esto. Podemos *seguir* haciéndolo.

Lentamente, Dom asintió, pero su rostro se mantuvo sombrío.

—Habrá más portales que cerrar. Más enemigos y monstruos contra los cuales luchar.

Había miedo en el inmortal. Un destello en sus ojos, proveniente de algún recuerdo. Corayne se preguntó si Dom pensaba en su propio padre, en su cuerpo destrozado ante el templo. O en algo más, algo en lo profundo de los siglos, desde el tiempo más allá de los mortales.

—Taristan no será derrotado tan fácilmente —murmuró Dom.

—Tampoco Lo Que Espera —la sola mención del dios infernal provocó que un escalofrío recorriera la piel de Corayne, incluso en medio del calor del desierto—. Pero lucharemos contra ellos. Tenemos que hacerlo. *No hay otra opción.*

El inmortal asintió con vehemencia.

—No hay opción para nosotros, ni para el reino.

Era pasado el mediodía y el sol estaba en lo alto cuando Sigil y Sorasa se reunieron con ellos. La cazarrecompensas limpiaba su hacha mientras caminaban; la asesina, su daga.

El oasis estaba libre de enemigos.

Los Compañeros eran los últimos supervivientes.

Charlie siguió a las mujeres, medio agachado, masajeándose la parte baja de la espalda. Corayne lo entendía: *demasiados cuerpos que bendecir*, y desvió la mirada. Se negó a pensar en ellos. En cambio, miró el intenso brillo del desierto, los kilómetros de arena. Luego dirigió su mirada al norte. El Aljer estaba cerca, una cinta brillante donde el gran golfo se abría al Mar Largo. Su sangre se encendió.

¿Qué sigue?, se preguntó, sintiendo emoción y miedo en partes iguales.

Ella observó su número, evaluándolos. Dom se había lavado lo mejor que pudo y había apartado el cabello mojado de su cara. Cambió su camisa estropeada por algo que encontró en las casas y tiendas abandonadas. Parecía un mosaico de diferentes lugares, con una túnica ibala y un chaleco bordado sobre sus viejos pantalones. Conservaba las botas y la capa de Iona, maltratadas por la arena. Aunque la capa estaba medio estropeada, la cornamenta seguía allí, bordada en las orillas. Un pedacito de hogar al que se negaba a renunciar.

Corayne añoraba su propia capa azul hecha jirones, perdida hacía tiempo. Solía oler a naranjas y olivos, y a algo más profundo, un recuerdo que era incapaz de nombrar.

—El peligro ya pasó, Corayne —afirmó Dom, observando el pueblo como un perro que olfatea a la caza de algún olor o con el oído atento en busca de alguna amenaza. No encontró ninguna de las dos cosas.

En efecto, las aguas de Meer, el reino más allá del Huso, se habían secado en la arena o evaporado bajo el feroz sol de Ibal. Sólo quedaban algunos charcos a la sombra, muy poco profundos para que las serpientes pudieran esconderse en ellos. Las más afortunadas ya se habían ido, siguiendo el efímero río cuesta abajo hacia el mar. El resto se cocía en medio de las calles, con su piel resbaladiza ya agrietada y seca.

En cuanto a los soldados, Sorasa y Sigil ya habían dado el último adiós a cualquier enemigo.

Corayne frunció los labios ante Dom. Todavía sentía el pecho tenso. Todavía le dolía el corazón.

—No por mucho tiempo —respondió, sintiendo la verdad en su vientre—. Esto está lejos de terminar.

Sus palabras resonaron en las afueras como una pesada cortina cerniéndose sobre todos ellos.

—Me pregunto qué habrá pasado con los aldeanos —reflexionó Andry, buscando algo que decir.

—¿Quieres mi opinión sincera? —preguntó Sorasa, refugiándose bajo las palmeras.

—No —se apresuró a responder él.

Al reunirse con ellos, Charlie, aunque era joven, gimió como una vieja arpía. Su rostro enrojecido y quemado asomaba por la capucha.

—Bueno —dijo, alternando la mirada entre la carnicería y el feroz sol en lo alto—, preferiría no quedarme aquí más tiempo.

Sorasa se recostó contra una palmera y sonrió satisfecha. Sus dientes blancos brillaban contrastando con su piel de bronce. Señaló el oasis con su daga.

—Pero apenas terminamos de limpiar —respondió.

A su lado, Sigil, con el hacha guardada a sus espaldas, cruzó sus grandes brazos. Asintió con la cabeza y apartó un mechón de cabello negro de sus ojos. Una ráfaga de luz solar se filtró entre los árboles, moteando su piel cobriza y dándoles brillo a sus ojos negros.

—Deberíamos descansar un poco —propuso Sigil—. No corremos peligro con los fantasmas.

Charlie esbozó una sonrisa.

—Los huesos de hierro de los Incontables no pueden romperse, pero ¿pueden cansarse?

—Nunca —replicó la cazarrecompensas, exhibiendo su fuerza.

Corayne luchó contra el impulso de burlarse. En cambio, se incorporó y se sentó erguida bajo la sombra. Para su sorpresa, todas las miradas se dirigieron a ella. Incluso Valtik, que estaba contando colmillos de serpiente, levantó la vista de su labor.

El peso combinado de las miradas cayó sobre sus cansados hombros. Corayne trató de pensar en su madre, en su voz en la cubierta. Inflexible, sin miedo.

—Debemos seguir avanzando —dijo.

Dom respondió con un gruñido:

—¿Tienes un destino, Corayne?

Inmortal como era Dom, uno de los antiguos Ancianos, parecía agotado.

La confianza de Corayne flaqueó y rascó su manga manchada.

—Algún lugar sin una masacre —repuso por fin—. Se *correrá* la voz hasta Erida y Taristan. Debemos seguir avanzando.

A Sorasa se le escapó una risita.

—¿La voz de *quién*? Los hombres muertos no llevan noticias, y a nuestras espaldas sólo hay hombres muertos.

El rojo y el blanco destellaron detrás de los ojos de Corayne, un recuerdo tan real como una presencia física. Tragó saliva, luchando contra los sueños que la atormentaban cada vez más. Ya no eran un misterio. *Lo Que Espera*, ella lo sabía. *¿Puede verme ahora? ¿Nos observa? ¿Me sigue adonde quiera que*

21

vaya… también lo hará Taristan? Las preguntas la abrumaban, sus caminos eran demasiado temibles para seguirlos.

—De cualquier forma —Corayne obligó a su voz a volverse de acero, canalizando en ella un poco de la fuerza de su madre—. Me gustaría aprovechar cualquier ventaja que tengamos para alejarnos de este lugar.

—Sólo a uno vencimos —la voz de Valtik sonaba como uñas rasgando el hielo, y sus ojos eran de un azul vibrante e imposible. Guardó los colmillos en la bolsa atada a su cintura—. Debemos retomar el camino.

A pesar de las constantes e insufribles rimas de la bruja jydi, Corayne sintió que una sonrisa se asomaba en sus labios.

—Al menos no eres del todo inútil —dijo con calidez, inclinando la cabeza hacia la anciana—. Si no fuera por ti, Valtik, ese kraken seguiría aterrorizando el Mar Largo.

Un murmullo de asentimiento recorrió a los otros, excepto a Andry. Sus ojos se posaron en la bruja, pero su mente estaba muy lejos. *Todavía piensa en los cuerpos de la gente de Galland*, Corayne lo sabía. Quería arrancarle la tristeza del pecho.

—¿Te importaría explicar exactamente *qué* le hiciste al monstruo marino de otro reino? —preguntó Sorasa, enarcando una ceja oscura. Su daga se deslizó en su funda.

Valtik no contestó, seguía acomodando alegremente sus trenzas, con colmillos y lavanda seca entrelazados.

—Supongo que los krakens también odian sus rimas —atajó Sigil, riendo con una mueca torcida.

Desde la sombra, Charlie sonrió.

—Ahora deberíamos reclutar a un bardo. Completar realmente esta banda de locos y mandar al resto de los monstruos de Taristan de vuelta a casa.

Como si fuera tan sencillo, quiso decir Corayne, a sabiendas de que no lo era. Aun así, la esperanza revoloteó en su pecho, débil pero viva.

—Puede que seamos una banda de locos —dijo, un poco para sí misma—, pero cerramos un Huso.

Empuñó las manos y se puso de pie, con las piernas firmes. La determinación sustituyó a su temor.

—Y podemos volver a hacerlo —afirmó—. Como dijo Valtik, debemos seguir. Yo digo que vayamos en dirección al norte del Mar Largo, bordeando la costa hasta que lleguemos a un pueblo.

Sorasa abrió la boca para discutir, pero Dom la detuvo, poniéndose de pie al lado de Corayne. Fijó la mirada en el horizonte meridional para encontrar la línea roja de la Marjeja y la llanura de oro antaño inundada.

Corayne se volvió para sonreírle, pero se detuvo al ver su rostro.

Sorasa también vio el miedo en él. Se aproximó a su lado, su mirada sombría, igualando la de Dom. Tras un largo momento de búsqueda, se dio por vencida y se volvió hacia el inmortal, mirándolo fijamente.

—¿Qué pasa? —dijo jadeando, angustiada.

La mano de Sigil se dirigió a su hacha. Andry despertó de su tristeza onírica y se alejó de los caballos. Charlie lanzó una maldición, mirando el suelo.

—¿Dom? —un ramalazo de terror golpeó en el estómago de Corayne mientras abandonaba su lugar en la sombra. Oteó también al horizonte, pero el resplandor del sol y la arena le pareció insoportable.

Por fin, el inmortal aspiró una bocanada de aire.

—Cuarenta jinetes en caballos oscuros. Sus rostros están cubiertos, sus túnicas son negras, hechas para soportar el calor.

Sorasa pateó la arena, hablando entre dientes para sí.

—Llevan una bandera. Azul real y oro. Y también plateada. Con determinación, Corayne buscó en su memoria, intentando recordar el significado de esos colores.

La asesina lo sabía.

—Los escoltas de la corte —espetó, parecía como si fuera a exhalar fuego. Detrás de su frustración también se escondía el miedo. Corayne lo vio brillar en sus ojos de tigre—. Cazadores del rey de Ibal.

Corayne se mordió el labio.

—¿Nos ayudarán? —preguntó.

La risa hueca que lanzó Sorasa fue brutal.

—Es más probable que te vendan a Erida o que te usen como moneda de cambio. Eres lo más valioso de todo el Ward, Corayne. Y el rey de Ibal no es un tonto con su tesoro.

—¿Y si no van detrás de Corayne? —intervino Charlie, con el semblante ensombrecido ante la idea.

Sorasa entrecerró los ojos, una duda nubló su rostro. Las palabras que quería decir murieron en su garganta.

—Me llevaré a Corayne y la espada —dijo Dom con pesadez, apartando la mirada del horizonte.

Antes de que Corayne pudiera protestar, se encontró montada en la silla de una yegua de arena. Dom montó en el caballo restante, ignorando que no llevaba silla. El Anciano no la necesitaba.

Corayne resopló, luchando contra las riendas que le apretaban las manos. Para su sorpresa, Andry apareció junto a sus rodillas, ajustando la cincha de la montura. Cerró su mano en el tobillo de Corayne para colocar su pie en el estribo.

—Andry, ¡basta! ¡Dom! —protestó, liberando la bota de una patada.

Intentó deslizarse por el lomo de la yegua, pero Andry la mantuvo con firmeza en su sitio; sus labios eran una línea adusta e inflexible.

—No te vamos a abandonar —dijo Corayne, medio enloquecida.

El Anciano agarró la brida del caballo de Corayne, mientras tiraba de las crines de su propia yegua, obligando a ambas monturas a avanzar.

—No tenemos opción.

—No tienen más opción que esperar, Anciano —Sorasa permaneció quieta, pero su voz se escuchó con fuerza. Le dio la espalda al horizonte. Por encima de su hombro, los jinetes oscuros aparecieron en la línea brillante donde la llanura se encontraba con el cielo—. Los jinetes del rey no tienen igual en la arena ni en el camino. Podrías sobrevivir a ellos durante un día, tal vez. Pero incluso *tú* serás atropellado y se derramará un océano de sangre en vano.

Dom gruñó como si fuera a atravesarla.

—La costa está a menos de un día de viaje, Sarn.

—Y entonces, ¿qué? ¿Prefieres enfrentarte a la armada del rey? —se burló Sorasa.

Corayne no pudo evitar estar de acuerdo. Las flotas de Ibal no tenían parangón.

—Ni siquiera sabes en qué dirección ir —añadió Sorasa, señalando con la mano hacia la lejana bahía y el Mar Largo más allá—. Pero adelante…

Andry gruñó y su ira sorprendió a Corayne.

—¿Así que, para Corayne y para la Guardia, no hay más opción que la muerte? —preguntó, con el ceño fruncido por la furia. Ni siquiera durante la batalla, Corayne lo vio tan enfurecido y desesperanzado.

Sorasa apenas se inmutó y cruzó los brazos sobre su pecho. Tenía sangre seca bajo las uñas, ya convertida en óxido.

—Nadie dijo que ellos *te* matarían, Escudero —respondió con hastío—. Yo, soy una Amhara marcada. Y tal vez no me irá muy bien.

—¡Vaya! Pero si aquí tenemos a una fugitiva —intervino Charlie, alzando un dedo.

Al volverse, la trenza de Sorasa chasqueó como un látigo y la chica miró con desprecio al falsificador madrentino.

—Al rey de Ibal apenas le importa un sacerdote errante con buena caligrafía.

Charlie se arrebujó en su túnica.

—Quieran los dioses.

—Entonces vete *tú* —propuso Corayne, intentando desmontar de nuevo. Andry se mantuvo firme, impidiéndole el paso—. Corre. Es a nosotros a quienes quieren.

La asesina rechazó la oferta con su habitual sonrisa, tan buena como cualquier máscara.

—Me arriesgaré con los jinetes. Sin duda, tú también me necesitarás —añadió, señalando a Dom, quien seguía con el ceño fruncido en la silla de montar—. No espero que esto se negocie pronto.

Corayne apretó los dientes, sintiendo el familiar escozor de la frustración.

—Sorasa.

Debes correr, quería decir.

A su lado, Dom desmontó su caballo. Su rostro era de piedra, inescrutable.

—Sorasa —gruñó—. Tómala y váyanse.

La máscara de la asesina se desvaneció, aunque sólo por un instante. Parpadeó con furia y un rubor pintó sus mejillas.

Debajo de su firme confianza, Corayne percibió duda. Duda y miedo.

Pero Sorasa se dio la vuelta, su expresión desapareció como si hiciera borrón y cuenta nueva. Rechazó el caballo que la esperaba con un gesto de su mano manchada de sangre y volvió a mirar al horizonte. Los jinetes estaban casi sobre ellos: los cascos de cuarenta caballos retumbando sobre la arena.

—Demasiado tarde —murmuró la asesina.

Dom inclinó la cabeza, tenía el mismo aspecto que había tenido en Ascal, con un agujero en las costillas, desangrándose mientras corrían hacia las puertas.

Pero incluso en Galland podíamos correr. Teníamos una oportunidad. Corayne sintió que se desplomaba en la silla de montar. De repente se alegró de la cercanía de Andry. Sólo su mano en el tobillo la mantenía firme. El escudero no la soltó, ni miró a los jinetes que se acercaban. Ahora podían oír sus voces, gritando en ibalo, dando órdenes.

—¿Crees que no lo sentirá?

La voz de Andry era suave, casi inaudible.

Ella lo miró, observó la forma de sus hombros y la tensión de sus dedos. Lentamente, Andry levantó la vista hacia Corayne, permitiendo que lo leyera con la misma facilidad que a uno de sus mapas.

—¿Crees que no sentirá que el Huso se ha ido? —murmuró Andry.

A pesar de que los soldados se acercaban, la imagen de Taristan ocupaba la visión de Corayne, desangrándose ante ella, borrando la imagen de Andry, hasta que en su mente sólo quedó el rostro blanco y la mirada negra de su tío, con un brillo rojo destellando detrás de sus ojos. Se apartó antes de que él pudiera tragársela entera.

Levantó la vista hacia la aldea y su mirada se entretejió con las ruinas. De vuelta al lugar donde una vez ardió el Huso. A pesar de que los jinetes se acercaban y sus voces eran cada vez más fuertes, Corayne sintió que se alejaba más.

—Espero que no —susurró, rezando a todos los dioses que conocía.

Pero si yo puedo sentir su eco —y su ausencia— estoy segura de que él también lo siente.

Al igual que Lo Que Espera.

2

ENTRE REINA Y DEMONIO

Erida

El brasero en llamas se estrelló contra la pared, derramando ascuas calientes por el suelo de piedra de la pequeña cámara de recepción. El fuego inició en la orilla de una vieja alfombra. La reina Erida de Galland no dudó en apagarlo, aunque el mismo fuego rugía en su interior. Su rostro ardía, con las pálidas mejillas enrojecidas por la ira.

Su corona yacía sobre una mesa baja: era sólo una simple banda de oro, sencilla, salvo por su brillo. No le servían las gemas opulentas ni las ridículas galas en un frío castillo al borde de un campo de batalla, en medio de una guerra, en el ojo de un huracán de Huso.

Al otro lado de la cámara, el pecho de Taristan subía y bajaba, sus manos desnudas permanecían sin quemarse mientras lanzaba otro cuenco de bronce con carbones ardientes. Parecía tan fácil como lanzar un muñeco de trapo, aunque Erida sabía que el brasero debía pesar el doble que ella. Era demasiado fuerte, demasiado poderoso. No sentía ni la pesadez ni el dolor.

Gracias a los dioses, tampoco sintió el veneno.

No lo sintió después del Castillo de Vergon y del último corte del Huso. El portal brillaba aún detrás de los ojos de Erida, un hilo de oro casi invisible, tan importante y a la vez tan fácil de pasar por alto. La puerta a otro reino, y otro eslabón en la cadena de su imperio.

La sombra de Taristan se cernía detrás de él, agitándose con las antorchas y las brasas, saltando como un monstruo sobre la pared. Su armadura ceremonial había desaparecido, dejando sólo el rojo intenso de su túnica y la piel blanca debajo de ella. No parecía más pequeño sin el hierro y el brillo.

Erida deseó poder soltar esa sombra en el Ward, enviarla a la noche, buscando cualquier camino que su primo, Lord Konegin, estuviera recorriendo en ese momento. Su ira se encendió con más fuerza y las llamas se alimentaron con el pensamiento de su pariente traidor.

No quiero que Taristan lo mate, pensó, *sino que lo arrastre de vuelta aquí, roto y derrotado, para que lo matemos nosotros mismos, delante de toda la corte, y acabar con su insurrección antes de que ésta comience.*

Se imaginó a su primo real y a su séquito, con sus caballos como relámpagos en la oscuridad. Sólo tenían una pequeña ventaja sobre sus propios jinetes, pero el cielo estaba nublado, la luna y las estrellas veladas. Era una noche muy negra en una frontera cambiante. Y sus propios hombres estaban cansados de la batalla del día; sus caballos aún se estaban recuperando. No como Konegin, su hijo, y sus leales compañeros.

—Planearon esto —murmuró Erida, echando humo—. Quería matar a Taristan, mi marido, su propio príncipe, y quitarnos el trono. Pero Konegin es astuto, y también supo planear su fracaso.

Empuñó las manos y deseó poder lanzar también un brasero. Arrancar los tapices. Derribar las paredes. Hacer algo que liberara la furia en su interior, en lugar de permitir que se asentara y se calmara.

En su mente, Konegin se burlaba de ella, con los dientes brillando bajo su barba rubia, sus ojos como dagas azules, su rostro era como el de su padre muerto. Quería rodear con sus manos su miserable garganta y apretarla.

Ronin el Rojo se estremeció ante las brasas en el suelo, apartó los bordes de su túnica escarlata para que no se quemara también. Miró la única puerta, de roble y hierro, que conducía a la cámara de banquetes. La sala de piedra estaba vacía desde hacía tiempo, libre de la corte.

Erida intentó no imaginar a sus señores y generales cuchicheando sobre el intento de envenenamiento. *La mayoría permanecerá leal. Pero algunos —muchos— podrían no hacerlo. Aunque estén a mi lado, algunos quieren que Konegin lleve mi corona.*

—Me preocupa el Huso del desierto... —comenzó Ronin, pero Taristan le clavó una mirada negra y su voz se apagó en la garganta.

—Se ha ido. Ya lo dijiste —gruñó Taristan. Se paseaba con sus pesadas botas sobre las alfombras—. Esa mocosa bastarda —añadió, casi riendo—. ¿Quién iba a decir que una chica de diecisiete años podría resultar más molesta que su dorado padre?

A pesar de las circunstancias, Erida sintió que se le retorcía la comisura de los labios.

—Lo mismo se ha dicho de mí.

Entonces Taristan estalló en una legítima carcajada; su risa sonó como el choque del acero sobre la piedra. Pero no llegó a sus ojos, negros con esa sombra roja que se movía a la luz del fuego. El demonio siempre estaba en él, pero nunca tanto como ahora. Erida casi podía sentir su odio, su hambre, mientras Taristan caminaba de un lado a otro de la cámara.

—La puerta de Meer está cerrada, sus monstruos han retrocedido —murmuró Ronin, con las manos crispadas bajo las mangas. Al igual que Taristan, comenzó a caminar de arriba abajo, entre la puerta y la ventana. Su mirada iba del príncipe a la reina—. Sólo podemos esperar que ya se hayan liberado suficientes criaturas de Meer y que sigan asolando las aguas.

—En efecto, los krakens y las serpientes marinas se ocuparán de ponérsela difícil a las flotas del Ward, especialmente a la armada de Ibal —repuso Erida—. Me pregunto cuántas de sus galeras de guerra están ya en el fondo del Mar Largo.

La pérdida del Huso, por muy devastadora que fuera, no la abrumaba tanto. Los acontecimientos de la noche la perseguían todavía, estaban demasiado cerca para ignorarlos. Mejor que nadie, Erida conocía los peligros de una corte hambrienta.

Mientras Taristan merodeaba frente a ella, con la sombra tirando de él, Konegin galopaba por su mente.

—¿No has olvidado que mi primo trató de asesinarte hace una hora? —dijo ella, con voz aguda.

—Todavía siento el regusto a veneno, Erida —contestó Taristan, con el látigo en ristre. Ella miró su boca, sus finos labios se juntaron en una mueca de desprecio—. No, no lo he olvidado.

Ronin agitó su mano blanca con desdén.

—Un hombre pequeño con una mente pequeña. Falló y huyó.

—Si se le brinda la oportunidad, logrará que la mitad del reino se levante en nuestra contra —espetó, descubriendo los dientes. Erida también deseaba apretar la débil garganta del mago.

Para su inmensa frustración, Taristan sólo se encogió de hombros. A lo largo de su cuello resaltaban las venas, parecían cicatrices blancas como la luna.

—Entonces no le des esa oportunidad.

—Sabes tan poco de reinos y cortes, Taristan —Erida lanzó un suspiro de cansancio. *Si tan sólo su señor demonio le concediera algo de sentido común*—. Por muy invencible que seas, por muy fuerte que seas, no eres nada sin mi corona. Si pierdo mi trono a manos de ese miserable y taimado trol...

En ese momento, Taristan dejó de caminar y se detuvo frente a ella. La miró hacia abajo, sus ojos negros parecían tragarse el mundo.

Sin embargo, el brillo rojo aún resplandecía en ellos.

—No lo perderás, te lo prometo —gruñó Taristan.

Erida quería creerle.

—Entonces escúchenme. Los dos —dijo, chasqueando los dedos al príncipe y al mago. Sus palabras se derramaron como la sangre de una herida—. Debe ser juzgado por sus crímenes. Traición, sedición, intento de asesinato de su príncipe, mi consorte. Y luego debe ser ejecutado delante de todas las miradas, de todas las personas que puedan inclinarse por su causa. La corte, mis señores y el ejército no deben tener ninguna razón para dudar de mi autoridad. Yo... *nosotros*... debemos ser absolutos si queremos continuar nuestra guerra de conquista, y reclamar el Ward.

Taristan dio un paso más hacia delante, hasta que ella sintió el intenso calor que desprendía su cuerpo. Tensó la mandíbula.

—¿Debo cazarlo para ti?

Erida estuvo a punto de rechazar la sugerencia. No temía por el bienestar de Taristan: era mucho más fuerte que casi todos los del Ward. Pero no era invencible. Las cicatrices de su rostro, que aún se negaban a sanar, eran prueba de ello. Lo que sea que hubiera hecho Corayne, había dejado marcas profundas en una piel que de otro modo sería impecable. Más que eso, era una tontería pensar que el propio príncipe consorte cabalgaría hacia el desierto, hacia una tierra que no era la suya, para encontrar a su propio posible usurpador. Pero lo peor de todo era que la idea de que se fuera le daba miedo. *No quiero que me deje,* lo sabía, por difícil que fuera admitirlo. Erida trató de alejar esa idea, apartando su mente y su cuerpo de Taristan para fijar su mirada en la única puerta de la pequeña cámara.

Al otro lado de la puerta estaba el salón de banquetes, vacío. El castillo estaba lleno de cortesanos que susurraban, los campos repletos de un ejército en campaña. *¿A cuántos atraerá Konegin a su lado? ¿Cuántos se acogerán a su bandera en lugar de a la mía?*

Taristan no dio un paso atrás, y siguió con la mirada fija. Sus ojos recorrieron el rostro de Erida y buscaron sus ojos, esperando que hablara. Esperando su *orden.*

La idea era tentadora, deliciosa. Tener a un príncipe del Viejo Cor, un conquistador, un guerrero de nacimiento y de sangre, al pendiente de su aprobación. Era embriagador, incluso para la reina. Sintió que un rayo de tensión se interponía entre ellos, como una línea tirante. Por un segundo, Erida deseó que la chillona rata Ronin estuviera lejos, pero el mago permaneció en un rincón, con los ojos rojos, mirando a la reina y al demonio.

—No puedes librarte, Taristan —dijo al fin, deseando que él no percibiera el temblor en su voz.

Ronin levantó un dedo y dio un paso adelante. Cualquiera que fuera el hilo que unía a la reina y a su consorte, el mago lo cortó limpiamente en dos.

—En eso estamos de acuerdo, Su Majestad —dijo—. Un Huso se ha perdido. Hay que obtener otro, y rápido.

Erida se dio la vuelta. *No voy a hacer la guerra para llamar la atención, sobre todo con esa rata de mago.* Su labio se curvó con desagrado mientras una pesada cortina de cansancio caía sobre ella. *Empecé este día en un campo de batalla, y ahora estoy en otro completamente distinto.* En verdad se sentía como un soldado, luchando con ingenio e inteligencia en lugar de con una espada. *Una espada es mucho más simple.* Le dolía desabrochar los cordones de su ropa interior, apretados tras los pliegues de su bata.

Pero era una reina. No podía permitirse el lujo del cansancio.

Erida se enderezó de nuevo y colocó las manos sobre sus caderas.

—El Huso no es lo único que has perdido hoy. Caminamos sobre el filo de la navaja —se burló, maldiciendo de nuevo la ignorancia política de su marido—. Taristan del Viejo Cor puede aplastar cráneos con su puño, pero no inspira lealtad.

Levantó la vista y encontró a Taristan observándola fijamente, con los ojos negros clavados en los suyos.

—Y por esa razón, yo tampoco puedo —dijo con un rechinido de dientes. Una de sus manos se aferró a la falda, estrujando la tela entre los dedos. Su garganta se agitó, las palabras salieron demasiado rápido como para detenerlas—. No importa lo que haga, no importa cuánta gloria u oro traiga a estos horribles y viperinos cortesanos, no me aman como deberían. Como lo harían con un hombre en mi trono.

Taristan consideró sus palabras, con una extraña mirada cruzando su rostro. Sus labios se movieron.

—¿Qué debo hacer para ganarlos?

Su pregunta la sorprendió y Erida sintió que sus ojos se abrían de par en par. *Quizá no sea tan ignorante.*

—Gana un castillo —contestó ella con brusquedad, señalando hacia la ventana. Estaba cerrada, pero ambos sabían que la frontera de la guerra estaba más allá. Las ricas y débiles tierras de Madrence esperaban ser tomadas—. Gana el campo de batalla. Gana cada kilómetro dentro de Madrence, hasta que tú y yo plantemos la bandera de Galland en medio de su hermosa capital y reclamemos todo lo que veamos para el León—el verde y el dorado se encresparon en su mente, alzados en lo alto de las relucientes torres de Partepalas—. Trae la victoria a mis señores, y *haremos* que nos amen por ello.

Como amaron a mi padre y a mi abuelo, y a todos los conquistadores de Galland anteriores que viven en nuestras pinturas, historias y canciones.

Puedo unirme a ellos, pensó. *No en la muerte, sino en la gloria.*

Ya sentía su calor. No era el calor empalagoso de Taristan, sino el abrazo suave y familiar de un padre que regresa a casa. Su padre llevaba más de cuatro años desaparecido, su madre junto a él. Konrad y Alisandra, presos por la enfermedad, abatidos por un destino demasiado común. Erida maldijo su final, impropio de un rey y una reina. Sin embargo, echaba de menos sus brazos, sus voces, su firme protección.

Taristan la observó en silencio, con su mirada como un roce de dedos en su mejilla. Erida apretó la mandíbula y parpadeó para alejar los recuerdos antes de que pudieran afianzarse. Antes de que su marido pudiera percatarse de su peso.

No puedo entregarme a la pena, ella lo sabía. *Su recuerdo debe ser una corriente que me empuje hacia delante, no un ancla.*

—Gana, y hazlo rápido —dijo Erida, echando la cabeza hacia atrás. Su cabello castaño cenizo se enroscaba contra sus pálidas mejillas, soltándose por fin de la intrincada trenza que había sobrevivido al derramamiento de sangre de la mañana—. Debemos obtener la victoria antes de que los aliados se levanten para defender esta tierra. Siscaria ya estará en movimiento, tal vez incluso Calidon o las flotas de Tyri. Debemos esperar que a Ibal le preocupen los monstruos del Mar Largo. Si Galland conquista Madrence rápidamente, contigo y conmigo a la cabeza de su ejército, el camino hacia el imperio será mucho, mucho más suave para todos nosotros.

Ese camino se extendía ante ella, largo, pero directo. Las legiones de Galland seguirían marchando, cortando una línea por el valle del río Rose. Había castillos a lo largo de la frontera, fortalezas para defender pequeñas ciudades y exuberantes tierras de cultivo, pero nada capaz de detener el poderío de los ejércitos de Erida. La primera prueba real llegaría en Rouleine, la ciudad en la unión del Rose y el Alsor. *Y cuando Rouleine caiga, la capital estará a sólo unos días de distancia, una joya que espera ser reclamada.*

—Haré que Lord Thornwall haga un balance de los ejércitos —añadió, pensando en voz alta. En su mente se agolpaba una lista de cosas que debían realizarse lo antes posible—. Al amanecer sabremos cuántos hombres, si es que hay alguno, desertaron con Konegin.

Taristan exhaló un suspiro frustrado.

—Ciertamente, tu primo no tiene tanta influencia, Erida —dijo, con ánimo tranquilizador.

—Mi primo es un *hombre* con sangre de rey en sus venas —exclamó, a punto de escupir. La injusticia de todo aquello todavía escocía como una herida salada—. Eso tiene suficiente influencia para muchos en mi reino, por no hablar de mi propia corte.

Su respuesta fue firme, inflexible, como su mirada de ojos negros.

—No tiene influencia en mí.

Erida le sostuvo la mirada, un choque de zafiro contra azabache. Cualquier réplica murió en sus labios. Por supuesto que su príncipe consorte se pondría de su lado. Después de todo, su poder en Galland provenía de ella, como su poder de la carne provenía de su señor demonio. Pero había algo más de lo que no se hablaba.

Una revelación que aún no podía entender, pero que desde luego deseaba hacerlo.

—No podemos olvidar a nuestro maestro, Taristan —la voz de Ronin sonó como uñas sobre el cristal.

Erida apretó los dientes, volviendo los ojos hacia el mago rojo mientras se movía entre ellos como un muro escarlata. No necesitaba ver su horrible rostro blanco para saber qué mensaje vivía entre sus palabras. *Nuestro amo es Lo Que Espera. No la reina de Galland.*

Y aunque Erida se creía igual, si no superior, a todos los que caminaban por el Ward, incluso ella conocía cuál era su medida frente al rey demonio del infernal Asunder. Aunque su columna vertebral seguía siendo de acero, sintió un temblor en la piel.

—Se han hecho regalos, y hay que pagar —insistió Ronin, señalando el cuerpo de Taristan.

Ahora es fuerte como un inmortal. Incluso más fuerte, pensó Erida.

En el Castillo de Vergon, aplastó diamantes en su puño, testimonio de su nueva fuerza.

En Nezri, el Huso le entregó los monstruos de Meer, una fuerza para aterrorizar a sus enemigos en el Mar Largo. *Ese Huso ya no está, pero los monstruos permanecen, patrullando las profundidades.*

Y luego, estaba el regalo ofrecido en el templo, donde Taristan despertó un ejército de cadáveres y mató a su propio hermano. *Carne cortada y luego reconstruida, las heridas borradas.* Erida recordó su primer encuentro, cuando Taristan se cortó la palma de la mano y sangró ante su trono, sólo para que la piel volviera a unirse. Curada ante sus propios ojos.

¿Qué sigue?, se preguntó, pensando en Lo Que Espera y en el reino infernal que gobernaba más allá del suyo. Pero ésos no eran pensamientos que pudiera albergar por mucho tiempo. Un dios o un demonio, que bendecía y maldecía en igual medida. Pero hasta ahora, sólo había bendiciones.

El Príncipe del Viejo Cor arrugó la frente y bajó la cabeza: los mechones rojos de su cabello cortado con descuido cayeron sobre sus ojos. Se inclinó sobre el mago, aprovechando su mayor altura y corpulencia. Pero Ronin también conocía su propia medida. No se acobardó, y sus manos temblorosas finalmente se quedaron quietas.

—¿Tienes otro Huso, Mago? —dijo Taristan a través de sus dientes filosos y blancos. Su voz chirrió como las brasas en el suelo—. ¿Hay otro lugar al que puedas enviarme?

Los ojos de Ronin brillaron.

—Tengo algunas pistas. Hechos extraños, susurros de los archivos. Susurros de Él.

Una comisura de la boca de Taristan se crispó.

—Así que nada de utilidad todavía.

—Te he conducido a tres Husos, mi príncipe —repuso el mago con orgullo, aunque inclinó su cabeza de cabellera rubia. Luego volvió a mirar hacia arriba, con los ojos rojos encendidos—. No olvides que he sido tocado por un Huso, al igual que tú, dotado por reinos más allá del nuestro.

—¿Dotado como yo? —Taristan apretó un puño, su mensaje era claro.

Ronin se inclinó más.

—Lo Que Espera nos convierte en siervos a todos.

Erida miró el cuello expuesto del mago, la franja de carne como la nieve fresca.

Taristan captó su mirada; luego se inclinó también y bajó la cabeza.

—Y debemos servirle —dijo, indicando con un gesto a Ronin que se levantara—. Tu servicio se lleva a cabo mejor entre polvo y pergaminos, Mago. Debo reemplazar un Huso.

Ronin asintió.

—Y debes proteger dos más.

Al menos eso es fácil.

—Convencí a Lord Thornwall para que dejara mil hombres en el Castillo de Vergon, excavado en la colina bajo las ruinas —aseveró Erida, examinando su anillo de Estado. Dejó que la esmeralda captara la luz y que la joya brillara en sus tonos verdes. Cuando volvió a levantar la vista, tanto el mago como el príncipe la miraban fijamente, con las cejas alzadas.

Se permitió una pequeña sonrisa de satisfacción y encogió los hombros.

—En la retaguardia —dijo, como si fuera lo más obvio del mundo—. Para defender nuestra marcha hacia el frente, y protegernos contra cualquier madrentino vengativo que quiera colarse entre nosotros y amenazar a Galland.

Incluso Ronin parecía impresionado.

—Y —añadió— también para evitar que cualquier adolescente molesta cause problemas. El Huso está a salvo, y ni siquiera Corayne o sus criminales tutores pueden hacer nada al respecto.

Taristan inclinó la cabeza.

—¿Y qué hay de sus soldados? ¿Qué ocurre cuando algún caballero de Galland se adentra en las ruinas y se encuentra en el Reino Deslumbrante?

Erida encogió de nuevo los hombros, con su sonrisa cortés.

—Las ruinas de Vergon son inestables, nacidas de un terremoto. No es seguro para ellos y así se lo han dicho a sus capitanes.

—Muy bien —dijo Ronin, honesto por una vez—. El Huso permanece. A cada momento que pasa, cimbra los cimientos del Ward mismo.

Taristan sonrió rápido, crepitante de energía.

—Todavía tenemos el templo, en las laderas, casi olvidado.

El mago asintió, manchas rosas aparecieron en sus mejillas. Parecía renovado, ya fuera por la mejora en su suerte o por la voluntad de su amo.

—Defendido por un ejército de cadáveres, los soldados rotos de Ashlands.

—¿No es suficiente?

La pregunta de Erida quedó flotando en el aire.

—¿Dos Husos, libres y abandonados, alimentándose en el Ward? —imaginó a los Husos como insectos royendo las raíces del mundo. Desgastando con ácido y dientes—. ¿Ahora es sólo cuestión de tiempo?

La risa en respuesta de Ronin le puso los pelos de punta. Sacudió la cabeza, desesperado por la reina.

—Si funcionara así, Lo Que Espera ya no estaría esperando. Necesitamos más. *Él* necesita más.

—Entonces *encuentra* más —dijo Taristan, caminando de nuevo de un lado a otro. No podía permanecer quieto durante mucho tiempo. Erida se preguntó si eso era parte de su propia naturaleza, o producto de los dones que se agitaban dentro de su piel como un rayo dentro de una botella—. Si no puedo cazar a Konegin, tal vez pueda viajar de vuelta al desierto. Regresar a un lugar de paso conocido. Reabrir el camino a Meer.

De nuevo, la reina sintió ese confuso pinchazo de terror ante la idea de que Taristan viajara tan lejos de su lado. Por suerte, era fácil acceder a una réplica. Su ingenio no le falló.

—En condiciones normales estaría de acuerdo, pero cientos de soldados de Galland yacen ahora muertos en las arenas de Ibal —dijo Erida, con naturalidad. Perderlos no le afectaba. Tenía a demasiados soldados bajo sus órdenes. No serviría de nada llorar por todos ellos—. Y el rey de Ibal no es tonto. Sabrá de mi ejército intruso y estará listo para más. No puedo dar motivo de guerra a otro reino, en especial a uno tan poderoso. No todavía, no mientras tengamos a Madrence al alcance.

La ventana estaba cerrada, la noche más allá era negra como el carbón. Pero en su mente aún podía ver el valle del río, la línea de castillos centinela, el bosque que ocultaba al ejército madrentino. *El camino a seguir.*

—Por más fuerte que sea Galland —continuó—, no soy tan estúpida como para librar una guerra en dos frentes.

Taristan abrió la boca para responder, pero Ronin interrumpió con un gesto de la mano.

—Nezri está fuera de alcance ahora —dijo el mago—. En eso estamos de acuerdo.

—Ella todavía está ahí —gruñó Taristan. Las cicatrices bajo su ojo resaltaban con furia.

Antes de saber lo que estaba haciendo, Erida sintió el cuerpo de Taristan bajo sus dedos, con sus palmas presionando los hombros de él. Parpadeó con fuerza.

—No la atraparás, si es que sigue viva.

No la apartó, pero dejó caer su mirada.

—Tal vez el Huso se la llevó consigo. Tal vez el peligro de Corayne an-Amarat ha pasado —añadió, sonando desesperada, incluso para sus propios oídos. *Es tan sólo una ilusión. La chica es Corblood, con un inmortal a su lado y tal vez también con una bruja. Y sólo los dioses saben con quién más.*

—Ambos sabemos que eso no es cierto —cada palabra que salía de los labios de Taristan cortaba como un cuchillo, rebanando su estúpida esperanza.

Pero Erida no se amilanó. Por el contrario, se enderezó, con las manos aún curvadas sobre los hombros de Taristan, contra esos sólidos músculos y huesos.

—Y ambos conocemos el camino a seguir —siseó.

Después de un largo momento, Taristan asintió, su boca se convirtió en una línea sombría.

—Mago, búscame un Huso —dijo, con toda la fuerza del mando en su voz.

Parece un rey, pensó Erida.

—Búscame otro lugar para destruir —se zafó del agarre de ella con un movimiento decisivo—. Yo estaré al frente del ataque mañana, Erida. Y pondré la victoria a tus pies.

El aire pasó silbando entre sus dientes al inhalar con fuerza. *¿Será suficiente?*, se preguntó. *¿Tendremos éxito antes de que Konegin arruine todo por lo que hemos trabajado, todo lo que hemos logrado? Todo lo que ya he sacrificado: mi independencia, tal vez hasta mi trono.*

El brillo rojo era inconfundible, una media luna en los ojos de Taristan.

Y quizá también mi alma.

El príncipe ladeó la cabeza.

—¿Dudas de mí?

—No —respondió Erida, casi con demasiada rapidez. El calor subió por sus mejillas y ella se giró, intentando ocultar su creciente rubor. Si Ronin y Taristan lo notaron, no dijeron nada.

Acomodó sus faldas, alisándolas.

—En el peor de los casos, si no podemos inspirar lealtad, si no podemos ganar los corazones y las mentes de mi corte, entonces los compraremos.

Reapareció la sequedad en Taristan. Fue como verter un cubo de agua helada sobre la cabeza de la reina.

—Ni siquiera tú eres tan rica como para eso.

Se dirigió a la puerta, poniendo una mano en el pomo de hierro. Al otro lado, la Guardia del León estaba al acecho, ansiosa por proteger a su joven reina.

—Has abierto un portal al Reino Deslumbrante, príncipe Taristan —dijo ella, dejando la puerta entreabierta. El aire frío fluyó desde el resto del lúgubre castillo—. Tengo toda la riqueza que necesitamos.

Y algo más.

Recordó los diamantes en el puño de Taristan, grandes como huevos, que fueron aplastados hasta convertirse en polvo fino y estrellado. Recordó el Huso y la visión del más allá, en Irridas. Era como un reino congelado, no con hielo, sino con joyas y piedras preciosas.

Y recordó lo que se movía en su interior: una fulgurante tormenta, ahora suelta sobre el Ward.

3

A LA SOMBRA DEL HALCÓN

Sorasa

Sorasa recordó la primera noche que había pasado sola en el desierto.

Tenía siete años, muy joven incluso para la Cofradía, pero ya llevaba cuatro años de formación.

Los acólitos mayores la sacaron de su cama, como hicieron con los otros doce niños de su grupo. Algunos de ellos lloraron o gritaron cuando los amarraron, con capuchas sobre sus cabezas y las muñecas atadas. Sorasa permaneció en silencio. Era más sensata. Mientras le ataban las manos, recordó sus lecciones. Apretó los puños, flexionando sus pequeños músculos para que las ataduras no estuvieran tan apretadas después. Cuando dos acólitos la sacaron como una muñeca de trapo, con los dedos clavados en sus huesudos hombros, escuchó. Hablaban entre ellos en voz baja, quejándose de la tarea de la noche.

Conduce a los "sietes" por la arena hasta la medianoche y déjalos allí. A ver cuáles vuelven vivos.

Bromeaban mientras el corazón de la joven se hundía.

Faltan tres campanadas para la medianoche, sabía Sorasa, que llevaba la cuenta en su cabeza. *Hace sólo unos minutos que apagaron las linternas del dormitorio. Casi tres horas de viaje hacia el desierto.*

Intentó calcular en qué dirección iban.

La capucha dificultaba las cosas, pero no las hacía imposibles. Sus acólitos la montaron en el lomo de una yegua de arena y giraron a la izquierda, fuera de las puertas de la ciudadela. *Hacia el sur. Directo al sur.*

Los lamentos de los otros niños pronto se apagaron, mientras los acólitos los llevaban en distintas direcciones. Pronto sólo estaban sus acólitos y sus yeguas, moviéndose con rapidez bajo un cielo que ella no podía ver. Respiró lentamente, midiendo el ritmo de los caballos. Para su alivio, los acólitos no iban al galope, sino a un trote ligero.

Bajo la capucha, rezaba a todos los dioses. Sobre todo, a Lasreen. La Muerte misma.

Todavía no te conoceré.

Dos días más tarde, Sorasa Sarn caminaba a trompicones hacia un espejismo, medio muerta, con sus pequeñas manos extendidas al aire. Cuando rozaron la dura piedra, y luego la madera, sonrió con sus labios resecos. No era un espejismo, sino las puertas de la ciudadela.

La joven había superado otra prueba.

Sorasa ahora deseaba que las cosas fueran tan fáciles como lo eran entonces. Lo que daría por estar abandonada en las Grandes Arenas sin nada más que su ingenio y las estrellas. En lugar de eso, se encontraba encadenada a un grupo de inadaptados rabiosos, con los propios cazadores del rey de Ibal al acecho.

Sin embargo, una cosa no había cambiado.

Lord Mercury aún me espera.

Se estremeció al pensar en él, en lo que haría si la sorprendiera de nuevo en estas tierras.

Ahora el sol brillaba, el cielo del desierto era de un agobiante azul claro. El golpeteo de los cascos levantaba arena, que resplandecía en el aire. Las voces de la escolta se fueron apagando a medida que se acercaban, y fueron sustituidas por las miradas de asombro y por el chasquido de las riendas de cuero sobre la carne de los caballos.

Los Compañeros se unieron, cerrando filas. Incluso Sorasa retrocedió hacia las palmeras, con los dedos crispados mientras un nuevo torrente de energía corría por sus venas. Corayne bajó del caballo, Andry y Dom la flanquearon a ambos lados, con sus espadas en la mano. Charlie se deslizó entre ellos, con la capucha hacia atrás para mostrar su rostro rojo y su desordenado cabello castaño. Por una vez, Valtik no desapareció, pero tampoco se movió de la posición que guardaba sobre una roca. Sorasa dudaba de que se hubiera dado cuenta de que los jinetes se acercaban.

Sólo Sigil se mantuvo firme, inmóvil, con su ancha figura, como una silueta contra la tormenta que acechaba. Su hacha giró y su peligroso filo captó el sol. Con una sonrisa, se limpió la última gota de sangre vieja.

—Qué bien que esperen su turno —refunfuñó la cazarrecompensas.

Sorasa se burló en voz baja:

—El rey de Ibal es tan cortés.

La visión de Dom era verdad. Sorasa vio cuarenta jinetes en cuarenta caballos, uno de ellos con la bandera de Ibal. *Peor que la bandera de Ibal*, notó Sorasa, mirando el estandarte contra el cielo.

Todos los pensamientos sobre Lord Mercury se desvanecieron.

A primera vista, la bandera se parecía al sello de Ibal: un elegante dragón dorado sobre un azul real intenso. Pero Sorasa vio la plata en las alas, el cuerpo más pequeño, los ojos más afilados resaltados con metal brillante y joyas azules. No era un dragón, sino un halcón. Había una espada en sus garras, claramente curvada. *Escoltas*, les había llamado Sorasa. Pero cualquier hijo o hija de Ibal conocía su símbolo y sabía su nombre.

—¿Quiénes son? —siseó Corayne, y tomó a Sorasa por el brazo.

Sorasa sólo apretó los dientes.

—*Marj-Saqirat* —se obligó a decir. Delante de ella, los hombros de Sigil se tensaron—. Los Halcones de la Corona. Guardianes que han jurado al rey de Ibal.

Al igual que la Guardia del León de la reina Erida, o los Incontables del emperador temurano, los Halcones eran guerreros elegidos. Sus habilidades sólo eran igualadas por su devoción al trono de Ibal. Incluso con el Anciano de su lado, Sorasa sabía que tenían pocas posibilidades si luchaban contra ellos. La mayoría de los Halcones habían sido entrenados desde la infancia, reclutados a una edad temprana, como lo había sido Sorasa hacía mucho tiempo.

No somos tan diferentes. Aprendí a matar por la Cofradía Amhara. Ellos aprendieron a matar por una corona.

Los Halcones rodearon a los Compañeros como si fueran lobos que persiguen a sus presas. Sus yeguas de arena de ojos brillantes mantenían una severa formación, entrenadas a la perfección. Sus flancos brillaban en ébano, castaño y oro, y sus monturas tenían forma de alas oscuras. Los Halcones vestían túnicas negras: la capa exterior, holgada, atrapaba el calor del desierto y mantenía la ropa y la piel frescas por debajo. Sus cabezas estaban envueltas en una tela similar, bordado únicamente por trenzas de hilo dorado, plateado y azul real. No llevaban cascos ni armaduras. Eso sólo los haría más lentos en el desierto. Sin embargo, cada uno llevaba un puñado de dagas, cinturones de cuero fino cruzados en el pecho, una espada amarrada a cada montura. Las espadas eran como las de Sorasa, de acero bronceado, pero de una elaboración mucho más hermosa.

La arena se levantó en un pequeño torbellino, que quedó suspendido en el aire, incluso después de que los caballos se detuvieron en seco. Miraban al frente, los jinetes atentos y alertas. Pero los Halcones no se movieron para atacar. Sus espadas permanecieron envainadas y sus bocas cerradas.

Para sorpresa de Sorasa, no vio a ningún rey entre ellos, aunque los Halcones estaban encargados de defenderlo siempre. Todos los hombres iban montados sobre una yegua de arena, jóvenes y delgados, formando un muro de ojos agudos y manos quietas. Sorasa buscó en sus rostros a otro líder, a la caza del parpadeo revelador de la autoridad. Debajo de sus capuchas, Sorasa observó la piel de bronce, los ojos negros y las cejas fuertes. Eran hombres de la costa de Ibal y del río Ziron, las ciudades ricas. La mayoría eran hijos de señores acaudalados, diplomáticos, gentiles, eruditos. Entregados al rey, sin duda, prometidos con la esperanza de ganar más favores.

No se parecen en nada a mí, comprendió Sorasa. *Que fui capturada del naufragio de un barco de esclavos, salvada de la muerte y de las cadenas.*

Algunos jinetes voltearon a verla, pero sus miradas no se cruzaron. Pero observaron su ropa, su daga Amhara. Sus manos y cuello tatuados. Símbolos de quién fue una vez y de dónde venía.

Los observó endurecerse, sus ojos negros se volvieron azabache, sus frentes se arrugaron con una repugnancia lúgubre. Los Guardianes del rey no querían a los asesinos. *Hasta se nos podría llamar enemigos naturales*, pensó Sorasa. El corazón golpeaba dentro de su pecho y su pulso se aceleraba a un ritmo constante.

A su lado, Dom se movió, su mirada esmeralda se posó en ella, con una pregunta en los ojos. *Puede oír los latidos de mi corazón*, supo Sorasa, luchando contra una oleada de vergüenza. Apretó los dientes, intentando calmar sus propios latidos. *Puede escuchar mi miedo.*

Los Cuarenta Halcones no dudarán en matar a alguien como yo, aunque ya no sea Amhara. Su mandíbula se tensó con frustración. *Incluso si estoy tratando de salvar el reino de la destrucción total.*

Entonces Dom abrió la boca y ahuyentó todos sus temores, sustituyéndolos por la vergüenza.

—Somos los Compañeros, última esperanza del Ward —gritó, con su gran espada desenvainada. La enorme hoja de metal seguía pareciendo una idiotez a los ojos de Sorasa. Se estremeció cuando su voz orgullosa resonó en el desierto—. No se interpondrán en nuestro camino.

Un aire divertido atravesó los rostros de algunos de los Halcones, que aguzaron la mirada.

Sorasa quería abofetear al inmortal. *¿Se da cuenta de lo ridículo que suena?*

—Mis disculpas, pero no sé quiénes son los Compañeros —respondió una voz desde la línea de los jinetes.

Sorasa posó su mirada en él, su líder. Nada lo distinguía del resto, pero levantó una mano y apartó la capucha de su rostro. Era toscamente apuesto, y llevaba muy bien sus cuarenta y tantos años. Tenía una nariz fuerte y curvada, y una pulcra barba negra salpicada de canas. Notó las arrugas alrededor de su boca, talladas profundamente por una vida de sonrisas. *Extraño, para un Halcón. Más extraño aún para un Halcón sin un rey que defender.*

El tonto Anciano no se dejó intimidar. Se puso de pie frente a Corayne, protegiéndola.

—Soy Domacridhan, un príncipe de Iona…

El codo de Sorasa encontró sus costillas. Las sintió como si fueran de granito.

—Déjame hablar a mí, estúpido troll —gruñó en voz baja.

A su favor, Dom se tomó el insulto con calma, con su habitual ceño fruncido y apenas un destello en sus labios. *O se está acostumbrando a mí o sabe que no debe discutir rodeado de cuarenta soldados.*

Detrás de ellos, Charlie siseó palabras teñidas por el miedo:

—Entonces, será mejor que *empieces* a hablar, Sorasa. No voy a quedarme aquí esperando a que me maten.

—Si quisieran matarnos, ya estarías muerto, Sacerdote —respondió Sigil, acariciando suavemente su hacha.

Sorasa los ignoró a ambos, con la mirada fija en el líder. Estudió su rostro, tratando de leerlo, en vano.

—Los Halcones han jurado proteger a Amdiras an-Amsir, rey de Ibal, Gran Señor de las Flotas, Protector de los Shiranos, Príncipe de la Sal —enumeró con facilidad los numerosos títulos de su rey. Su voz se agudizó—. Pero no lo veo aquí. ¿Qué viento aleja a los Halcones de su rey?

Una ligera tensión se marcó en un músculo de la mejilla del comandante. Le sostuvo la mirada y frunció los labios. Las líneas de la sonrisa desaparecieron.

—¿Qué pacto envía a una Amhara a masacrar a un pueblo entero?

—¿Crees que fui yo? —Sorasa rio a medias, llevándose una mano al pecho—. Me siento halagada, pero sabes que ésa

51

no es la forma de ser de los Amhara. Los soldados de Galland, en cambio... —endureció la voz— aplastan ciudades por amor a su reina.

El comandante no respondió, con el ceño aún fruncido.

Sorasa señaló a Nezri con la barbilla, apretando la mandíbula.

—Vamos, envía una de tus palomas al pueblo. Comprueba los cuerpos. Comprueba las *armaduras*. Encontrarás leones por todo el oasis. Y cuidado con las serpientes marinas. No estoy segura de que las hayamos matado a todas —añadió Sorasa.

El comandante no se inmutó. No se burló, no rio, no la despreció. Ni siquiera parpadeó.

Corayne se movió detrás de la jaula de protección de Dom y Andry. Les hizo un gesto antes de que pudieran detenerla y salió a la luz ardiente, levantando una mano para taparse los ojos. La palma de su mano seguía siendo una herida abierta, roja de sangre.

La hija del pirata miró a los Halcones, estudiándolos como lo haría con un mapa o un sello de cera.

—Esa noticia no parece conmocionarlo, señor —dijo Corayne con brusquedad.

Sorasa no podía nombrar el sentimiento que surgió en su pecho, pero pensó que podría ser orgullo.

—Le dijeron lo que podría esperar aquí —continuó Corayne, dando otro paso adelante. La arena se movía alrededor de sus botas gastadas.

Los Halcones volvieron la mirada hacia la chica. Su presencia los inquietaba. La Espada de Huso que llevaba a la espalda daba a Corayne una extraña silueta, llena de contradicciones. Una adolescente no era ninguna guerrera, pero llevaba una espada de guerrera y se mantenía erguida como cualquier rey.

—Monstruos de otro reino —su voz se fortaleció—. Un Huso desgarrado.

Los Halcones primero fueron soldados, considerados por su destreza física y su lealtad. No por su habilidad política o su naturaleza sutil. Sin su rostro cubierto, era fácil ver los ojos del comandante. El reflejo de la verdad.

—Y una joven que puede salvar el mundo. O acabar con él —concluyó el comandante.

A pesar de todo lo que habían hecho y de todo lo que les quedaba por hacer, Sorasa Sarn sintió una especie de alivio. *Sea lo que sea por lo que están aquí, no es la muerte. Al menos no para Corayne.*

La sensación no duró mucho.

El comandante espoleó a su caballo y trotó hacia el círculo. Permaneció a una distancia segura de Corayne, pero lo bastante cerca para poner a Dom y a Andry en alerta. Ambos volvieron a acercarse a ella, tan firmes como siempre. Esta vez, ella no les devolvió el saludo.

—Me encargaré de la custodia de Corayne an-Amarat —dijo el comandante.

En su interior, Sorasa gimió.

La espada de Dom se levantó, furiosa por la luz del sol.

—Ni lo intentes.

El comandante no se inmutó ni se movió, y se contentó con permanecer en la silla de montar. *Nos superan en número, incluso con Dom. No tiene motivos para temernos.*

Sorasa no movió las manos, pero su mente voló hacia sus dagas y su espada, buscando opciones y oportunidades. No encontró ninguna.

Corayne levantó la barbilla, exponiendo su piel dorada hacia la luz del sol. Se parecía menos a su tío en el desierto, pero sus ojos negros seguían siendo más profundos que cualquier capa, consumiéndose como la noche. Lanzó al comandante una mirada penetrante.

—Sabe mi nombre, señor —gruñó—. Es justo que comparta el suyo.

Una vez más, Sorasa sintió esa extraña oleada de orgullo.

El comandante parpadeó y se incorporó en la silla de montar, como un pájaro que agita sus plumas. Se detuvo durante un largo momento, mirando de nuevo a Corayne, observando su espada, sus botas desgastadas, las manchas de sangre y la suciedad en su ropa. Luego observó a sus extraños compañeros, unidos tras ella, pero tan dispares entre sí como los lobos y las águilas.

Ella medio esperaba que Dom volviera a decir algo atrevido y tonto pero, por una vez, mantuvo cerrada su boca inmortal.

—Soy Hazid lin-Lira, comandante del Marj-Saqirat.

Sorasa mantuvo el rostro inexpresivo, pero su mandíbula se tensó. *El comandante de los Halcones de la Corona, su líder, el guardaespaldas más cercano del rey de Ibal. Nos ha enviado, por Corayne.*

—El resto de ustedes son, por supuesto, bienvenidos a acompañarla —añadió lin-Lira, echando un vistazo de nuevo a su extraño séquito.

Sorasa estuvo a punto de reír por lo absurdo de la situación.

—¿Y si nos negamos?

Lin-Lira anudó las riendas en sus puños.

—Tengo órdenes que cumplir, Amhara.

Corayne no se acobardó. Miró al comandante ibalo, tan feroz como siempre.

—¿Acompañarme adónde, exactamente?

Al unísono, los Halcones saludaron, cada uno de ellos dibujando un círculo en su frente, luego una media luna en su pecho, pasando de hombro a hombro. El sol y la luna. El signo de Lasreen.

El signo de...

—Ante su alteza sin par, el elegido de Lasreen —dijo lin-Lira, con una voz extraña—. El heredero de Ibal.

Les entregaron yeguas de arena, totalmente enjaezadas, que venían en la retaguardia del contingente de los Halcones. Ninguna caravana o caballería entraba en las Grandes Arenas sin caballos de repuesto, y había más que suficientes para todos. *Al menos nadie tiene que compartir con Valtik*, pensó Sorasa, encontrando un pequeño gesto de misericordia en su existencia, por lo demás maldita. *O con Charlie, en todo caso.* El sacerdote caído rebotaba como un saco de patatas en la silla de montar, y Sorasa hizo una mueca de dolor por la pobre yegua de arena dispuesta a transportarlo a través del desierto, dondequiera que los Halcones los llevaran.

Sorasa notó que la actitud feroz de Corayne pareció derretirse cuando Andry la ayudó a subir a la silla de montar de nuevo. Gracias a sus años como escudero, era rápido y hábil, y la atendía como lo haría con un glorioso caballero de Galland. Corayne lo miraba en silencio, con los labios fruncidos, y Sorasa casi podía ver sus palabras luchando por escapar de su garganta.

Permite que tu miedo te guíe, quiso decir Sorasa, pero guardó silencio. Era el momento de seguir su propio consejo. Temía a los Halcones, temía al heredero, temía lo que cualquier miembro de la corte de Ibal pudiera hacerle a una asesina Amhara. Pero ese miedo era pequeño comparado con lo que se cernía sobre ellos, y con lo que yacía detrás.

El pelaje de su caballo brillaba, negro como el aceite, con las crines largas para protegerse de las moscas y de los feroces rayos del sol. Puso una mano sobre él y estrechó su agarre, dejando que la sensación del caballo la dominara.

Un Huso está cerrado. Cuántos más quedaban, cuántos más conocía Taristan, no podía saberlo. Sorasa dudaba que incluso Valtik lo supiera, aunque ahora no era momento de preguntar.

Los Halcones mantenían sus espadas envainadas, pero Sorasa se seguía sintiendo prisionera. Formaron una columna, con los Compañeros en el centro. Sigil y Sorasa cabalgaban delante de Corayne, mientras Andry y Dom la flanqueaban, y Valtik y Charlie iban en grupo detrás.

Con un chasquido de sus riendas, lin-Lira hizo avanzar a sus Halcones, y las yeguas de arena que los transportaban.

Lo único que Sorasa podía hacer —lo único que cualquiera podía hacer— era seguirlos.

La escolta del rey los acompañó en silencio hacia el sudeste, mientras el sol comenzaba a descender por el cielo. Lin-Lira marcaba un buen ritmo; rápido, pero no agotador.

Dom se mantenía cerca de Corayne, como una nerviosa mamá gallina, sin apartar los ojos de su espalda, listo para atraparla si caía. Su protección hizo que Sorasa se sintiera un poco relajada, y se dejó llevar por el familiar ritmo del suave andar de una yegua de arena.

La voz de Sigil se abrió paso entre la cadencia constante de los cascos, indescifrable al principio. El idioma de los temuranos era poco común en el sur, y Sorasa tuvo que concentrarse para entenderlo. Miró a la izquierda, hacia la cazarrecompensas que cabalgaba a su lado.

Sigil se inclinó hacia Sorasa y repitió lo que había dicho, pronunciando las palabras más despacio, haciéndolas más fáciles de traducir. Su lengua materna era un escudo fácil contra quienes los rodeaban.

—¿Qué harán con Corayne? —siseó Sigil— ¿Qué quiere el heredero de Ibal con la hija de un pirata?

—Todos sabemos que es más que eso —contestó Sorasa, en su propio y torpe idioma temurano.

Miró hacia delante, a través del grupo de caballos que levantaban arena con su andar en una línea sombría. Lin-Lira cabalgaba a la cabeza de la columna, agachado sobre el cuello de su yegua.

—No temo por Corayne, todavía no —añadió Sorasa—. Los Halcones parecen bastante simples, pero ¿por qué el comandante cabalga para el heredero? ¿Y no por el rey que juró proteger?

Sigil frunció el ceño.

—Demasiadas preguntas, muy pocas respuestas. Echo de menos los días de los buenos y sencillos contratos —dijo—. Tomar, arrastrar y recolectar. En cambio, me estoy quemando la cara en tu desierto olvidado por los dioses, y todavía apesto a kraken.

A Sorasa se le erizó la piel ante la perspectiva de viajar por las Grandes Arenas, arrastrando al resto de su banda con ella.

—Podemos perderlos —soltó Sigil de repente, con agudeza.

—¿Perderlos dónde? —repuso Sorasa con un gruñido.

Sigil se encogió de hombros e hizo un gesto con la barbilla.

El desierto se extendía en casi todas las direcciones, y sólo los áridos acantilados rojos de la Marjeja y las crueles olas saladas del Mar Largo interrumpían la vasta extensión de arena. Aunque los caballos estaban bien cuidados y eran buenos corceles, no tenían alforjas. Y si de algún modo pudieran escapar de los Halcones, lo harían sin comida, sin agua dulce y sin ayuda por semanas.

—¿Qué están murmurando? —bramó Dom detrás de ellas, mirando a Corayne.

—No hablo temurano —repuso Corayne, molesta.

Sigil los ignoró.

—Nos dejaron conservar nuestras armas. Mi hacha, la espada de Dom. Podemos perforar a estos pajarracos y marcharnos.

A Sorasa le habría gustado que fuera cierto. Sacudió la cabeza y apretó la crin de la yegua.

—Olvida a los Halcones. Ahora estamos en las garras del Dragón.

Por la forma en que la cazarrecompensas frunció el ceño, echándose hacia atrás con tristeza, Sorasa pudo ver que no era el final de su discusión. Sigil no se sometería, ni siquiera en las peores circunstancias. Los temuranos eran hábiles estrategas, educados para luchar hasta el amargo y glorioso final, y eso solía significar la victoria.

Hoy no, sabía Sorasa.

Pero quizá mañana.

Cabalgaron durante la noche. Ya estaba bien entrado el otoño, y las floraciones primaverales del Ibal habían muerto hacía tiempo, pero Sorasa aún percibía el sabor herbal de los enebros, que se aferraban todavía al agua en alguna parte. Le dolían los músculos, agarrotados por el descenso de la temperatura y las largas horas de cabalgata sin descanso. Finalmente, lin-Lira silbó un alto después del amanecer, cuando el calor regresó y el sol comenzó su ascenso. Tanto Corayne como Charlie estuvieron a punto de caer de sus caballos y tropezaron en la arena por sus piernas debilitadas. Intercambiaron breves sonrisas.

—Al menos no soy el único —rio Charlie, luchando por ponerse de pie con la ayuda de Andry.

Corayne se levantó sola, se sacudió el polvo de las rodillas y flexionó los dedos, entumecidos por las horas que llevaba sujetando las riendas. Dom permaneció a su lado, sin inmutarse por el viaje. Miraba en todas direcciones, como si sus ojos pudieran hacer huir a los Halcones.

Los Halcones desmontaron al unísono, siguiendo el ejemplo de lin-Lira, y condujeron a sus caballos hacia las sombras de una duna de arena. En cuestión de minutos, montaron un corral de cuerdas para encerrar a las yeguas de arena. Sorasa vio cómo el resto del campamento se levantaba en un abrir y cerrar de ojos. Los Halcones trabajaban en sincronía. Sacaron sábanas de sus mochilas, algunas tan grandes como la vela de un barco, las ataron y enterraron sus clavijas en la arena. Las tiendas de campaña de un solo lado eran sencillas, pero eficaces, y creaban un manto de sombra. Los Halcones sabían cómo cruzar las Grandes Arenas sin morir. Dormían durante las peores horas de calor y seguían viajando durante las horas frescas de la noche.

Sorasa no apartó la mirada de lin-Lira, quien a su vez mantenía sus ojos, oscuros como lanzas gemelas, puestos sobre Corayne. La observaba no como un depredador, sino como un erudito que intenta resolver una ecuación. Su vista no se apartaba de ella, ni siquiera lanzaba un solo atisbo hacia Dom, su enorme niñera con las ropas manchadas de sangre.

Después de dejar a su yegua en el corral. Sorasa se reunió con ellos, cobijándose bajo la sombra de Dom.

—Qué espectáculo somos —murmuró Sorasa por enésima vez.

Dom se asomó, con el rostro impasible, de pie sobre Corayne como un árbol erguido.

Corayne se burló cuando colocaba su saco de dormir y su capa.

—¿Vas a hacer eso todo el día?

Dom, de alguna manera, se irguió uno o dos centímetros más.

—Mientras estemos rodeados de enemigos, no te perderé de vista.

—Puedes ver a kilómetros de distancia, Anciano. Al menos, dale espacio para respirar —dijo Sorasa, espantándolo con un movimiento de las manos.

Andry asintió.

—Deberíamos establecer una guardia propia —expresó con firmeza, sentándose sobre su capa. Levantó sus largas piernas, equilibrando los brazos sobre las rodillas—. Yo puedo ir primero.

—Después sigo yo —bramó Sigil, colocando su hacha al otro lado de Corayne. Charlie respondió con un ronquido, envuelto en su capa como si fuera una rosca.

—Yo terminaré, supongo —ofreció Dom, aún de pie. Los demás asintieron, pero Sorasa sabía que el Anciano no dormiría. Seguiría vigilando durante las largas y ardientes horas.

Deseó poder hacer lo mismo, pero sintió que el agotamiento se apoderaba de sus miembros y se abría paso hasta su cabeza. Volvió a mirar a lin-Lira, que seguía observándolos. Esta vez, Corayne también lo vio. Frunció los labios.

—No sabe por qué lo han enviado a buscarte, ni qué quiere el heredero —murmuró Sorasa, inclinándose para hablar al oído de Corayne—. Será inútil interrogarlo ahora.

—Estoy demasiado cansada para intentarlo —susurró Corayne. Sus párpados cayeron mientras extendía su capa, preparando un lugar para dormir.

—Lo dudo —dijo Sorasa—. Tu curiosidad es tan interminable como el horizonte.

Corayne se sonrojó de placer y se subió la capa hasta la barbilla.

Sorasa quería hacer lo mismo y dormir al calor del día. En lugar de ello, observó la ladera de arena sobre el campamento. Seis Halcones los miraban desde la sombra de la duna de arena, examinando a cada uno de ellos. Sintió los ojos de los Halcones arder dentro de su cuerpo.

Sigil miró fijamente a los vigilantes de los Halcones, negándose a parpadear. La frustración de la temurana era tan palpable que parecía llenar de humo el aire.

—Cada paso que damos con ellos nos aleja de acabar con esto —dijo acaloradamente.

Sorasa suspiró con cansancio.

—¿Y cómo terminamos con esto, exactamente?

—El próximo Huso —replicó Sigil con un evidente encogimiento de hombros.

—¿Y dónde está? —quiso saber Sorasa.

Frunció el ceño y señaló con la barbilla en dirección contraria a las tiendas.

—Pregúntale a la bruja.

En el borde del círculo de sombra, Valtik dibujaba espirales en la arena caliente con los dedos de los pies desnudos, cantando suavemente en jydi ininteligible.

—¿Qué está diciendo? —preguntó Sigil, inclinando la cabeza hacia un lado.

Sorasa agitó una mano.

—No quiero saberlo.

—Llamó al heredero Elegido de Lasreen —siseó Sigil el nombre de la diosa, no por falta de respeto, sino por miedo.

—Nacido de la realeza, y convertido en la voz de una diosa —respondió Sorasa, con naturalidad. La asesina se dispuso a preparar su propio lugar, a unos metros de distancia, pero aún dentro de los frescos límites de la sombra.

Por supuesto, Corayne se reanimó en su cama improvisada. Luchó contra su propio agotamiento, todavía muy despierta y escuchando.

—¿Qué significa *eso*?

—Lasreen es la diosa de muchas cosas —suspiró Sorasa, desenrollando su propia capa con una precisión practicada—. Para Ibal, es la más sagrada del panteón divino. Tanto el sol como la luna. La dadora de la Vida.

—También es la diosa de la muerte —murmuró Sigil, doblando sus musculosos antebrazos. Como si pudiera defender su cuerpo de la propia Lasreen. Pero no había muro que la diosa no pudiera escalar, ni fortaleza que no pudiera derribar. No había forma de escapar de la bendita Lasreen.

Ni el mismísimo reino podría escapar de su mano.

Sorasa se burló.

—Soy muy consciente de ello. La vida y la muerte son dos caras de la misma moneda.

—Así que nos arrastran a una secta de adoradores de la muerte —retumbó Dom, y sus ojos esmeralda se volvieron negros.

—Los Elegidos de Lasreen honran la vida tanto como la muerte, la luz tanto como la oscuridad —respondió Sorasa.

—¿El heredero intentará matarnos? —preguntó Corayne con un profundo bostezo. A pesar de la capucha que había llevado puesta durante todo el día, lucía un rubor en las mejillas y la nariz.

Sorasa frunció el ceño y negó con la cabeza.

—Como dije, ya estaríamos muertos, Corayne. Y tú deberías dormir. Tal vez aún tengas energía para tus implacables preguntas, pero yo no.

A su lado, Andry soltó una risita que disimuló con la mano. Incluso los labios de Dom se curvaron, amenazando con abandonar su habitual ceño fruncido.

Corayne se enderezó más, parpadeando con fiereza.

—Antes de que llegaras a Lemarta, antes de que Dom y tú me encontraran, yo conseguía compradores para todo lo que mi madre contrabandeaba o robaba. Uno de los últimos envíos que hice fue una caja de pieles jydis, con destino a la corte real de Ibal. Me pareció extraño que un rey del desierto comprara pieles de lobo, pero pagaba bien, así que no lo cuestioné. Pero ahora... —un destello de comprensión brilló en su mirada—. El rey de Ibal lleva meses en las Montañas de los Bienaventurados, y piensa quedarse allí mucho tiempo.

Un escalofrío recorrió a Sorasa, el aire del desierto refrescó su piel. Intentó pensar, rebuscando en retazos de la memoria. Sólo habían pasado unos meses, pero ahora esos días parecían muy lejanos.

—Oí rumores de que la familia real dejó la ciudadela de la corte en Qali-ram antes de tiempo, pero...

Corayne asintió.

—No pensaste en ello. Sólo era la realeza con sus extraños caprichos. Yo pensé lo mismo.

—Zimore está muy al sur, a muchas semanas, a través de un terreno agreste —maldijo Sigil, nombrando el palacio de verano en las montañas del sur. Se puso de pie y caminó con sus pesadas botas que dejaban surcos en el suelo. Volvió a mirar a los vigilantes de las dunas—. Más allá de las Arenas, la cabecera de la cuenca del Ziron, y luego hasta las montañas mismas...

Sorasa apretó los dientes, con su frustración a flor de piel.

—Gracias, Sigil. He estado allí.

Corayne abrió la boca para otra inevitable pregunta, pero Sorasa la fulminó con la mirada. Recordaba el palacio, aunque vagamente.

Uno de mis primeros contratos. Ni siquiera traspasé sus muros. No era necesario. Él era tan sólo un torpe muchacho al que le gustaba perseguir ovejas en las colinas. La matanza fue rápida y fácil, y quizás inevitable. Había muchos acantilados, un peligro para cualquier príncipe intrépido.

—Los miembros de la realeza son extraños —intervino Andry, encogiéndose de hombros—. Como dijo Corayne, tienen caprichos pasajeros.

Corayne también se encogió de hombros y se abrazó las rodillas. La Espada de Huso yacía enfundada junto a ella, medio envuelta en su capa. Por una vez, parecía de su edad. Pequeña, sin pretensiones. Una niña entre lobos. Después de Nezri, después del kraken y del cierre del Huso, Sorasa tenía razón.

La asesina apretó los dientes, pensaba aceleradamente.

—En temporada, Zimore es un santuario de los ardientes veranos de Ibal. Cada año, la realeza ibala navega hacia el sur a lo largo del río, dejando sus ciudadelas sombreadas y sus lagunas perfumadas para ir a las montañas. Pero los inviernos son brutales. Varios metros de nieve. Tormentas de viento en las colinas. Incluso la primavera y el otoño son peligrosos —*Ni el más descerebrado de los mocosos reales iría a Zimore por capricho. Mucho menos el rey de Ibal*—. No es lugar para un viejo rey ni para las muchas ramas de su bendito árbol.

Pero con los Husos abatidos, con Taristan del Viejo Cor intentado arruinar el reino para gobernarlo después, Sorasa se preguntó: *¿Supo el rey que algo andaba mal antes que yo? ¿Antes que Corayne? ¿Antes que Dom, incluso?*

—Pero se fueron hace meses, antes de que empezara todo esto —terció Andry, con las cejas oscuras fruncidas por la confusión. Tras días en el desierto, lucía una nueva cosecha de pecas como estrellas negras sobre un cálido cielo marrón.

—¿Y cuándo empezó esto exactamente? —contestó Sorasa, dirigiendo una mirada al Anciano que se acercaba a ellos.

Dom se encontró con su mirada y permaneció en silencio, con los labios apretados. Nunca fue difícil de leer, estaba demasiado alejado de las emociones como para saber ocultarlas. Sorasa vio la duda reflejada en él, tan clara como el vacío cielo azul.

—Cuando la espada fue robada —comenzó a explicar Corayne—. De alguna manera, mi tío logró burlar a los guardias inmortales de Iona y entrar en sus bóvedas. Tomó una Espada de Huso para él y se dispuso a destruir el mundo.

La asesina no bajó mirada, los ojos de tigre se encontraron con los de color esmeralda que se habían vuelto negros. Después de un largo momento, Dom cedió, soltando la lengua.

—Comenzó hace treinta y seis años —murmuró, y Corayne se giró hacia él—. Cuando nacieron un par de gemelos Corblood, su madre murió para darles vida. Dos niños, dos caminos. Y sólo un destino que el Monarca podía predecir.

Por una vez, Corayne se quedó en silencio, con la respiración entrecortada.

Pero la pregunta que no podía hacer era obvia.

Sorasa la hizo por ella.

—¿Qué destino fue ése?

Dom apretó los párpados, poniendo en evidencia las cicatrices de su rostro.

—La ruptura del reino —dijo—. El fin del mundo.

En el suelo, Corayne respiró con fuerza. Sorasa estuvo a punto de hacer lo mismo, y su corazón volvió a latir con intensidad. *El camino hasta este día es de treinta y seis años*, pensó, sintiendo que la ira y el miedo se entrelazaban.

—No conozco a tu monarca, Anciano. Y no deseo conocerlo jamás —dijo ella, casi siseando.

Para su sorpresa, Dom sólo bajó la vista. Su vergüenza era evidente.

A unos metros de distancia, se elevó la inquietante canción de cuna de Valtik, arremolinándose como el humo, subiendo hasta el cielo. Por lo general, sus desplantes eran, como mucho, una molestia. Ahora estremecían a Sorasa, y también al Anciano.

—No creo que tu monarca haya sido el único que vio esto —respiró Sorasa, y sus pensamientos regresaron a las montañas, a un palacio de verano.

Algo se sacudió en su columna vertebral. Un terror que no había sentido desde la infancia, cuando los acólitos la dejaron sola en las arenas, con las manos atadas y los pies descalzos.

Pero incluso entonces, supo en qué dirección correr.

Ahora no hay ningún lugar donde ir y, sin embargo, sigo caminando hacia delante. Adónde, no lo sé. Nadie lo sabe.

4

LO QUE DIOS ESCUCHE

Andry

De alguna manera, Andry se sentía aliviado entre los Halcones. Día a día, la soga atada alrededor de su corazón parecía aflojarse un poco, incluso mientras se adentraban en el desierto.

—El camino te sienta bien —dijo Corayne cuando acamparon la tercera mañana. Detrás de ella, el alba emergió, delineando su silueta con tonos rojizos. Sus ojos eran suaves, su rostro franco. Andry sintió su mirada como una caricia.

Agachó la cabeza, ocultando el rubor de su cara.

—Estoy acostumbrado —respondió, masticando sus palabras—. Si cierro los ojos, puedo fingir.

Desconcertada, la chica pestañeó.

—¿Fingir qué?

—Que nada de esto ha sucedido —dijo en voz baja. Sintió un repentino nudo en la garganta—. Que estoy en casa, en Ascal, en el cuartel. Que vuelvo a ser un escudero, sin este peso sobre mis hombros.

El olor y el sonido del caballo embotaban sus sentidos, el tintineo de las monturas, el pesado aliento de un jinete cercano. Sin el desierto y el horizonte interminable, sin los guerreros Halcón con sus túnicas negras o sin Corayne a su lado, con su silueta familiar incluso bajo la capucha —sin los ojos abiertos—, bien podría estar en casa: entrenando con los demás escuderos, avanzando en sus lecciones de equitación en el patio de entrenamiento del palacio o corriendo por las verdes tierras de cultivo, fuera de los muros de Ascal. Por aquel entonces, sus únicas preocupaciones eran la tos de su madre que empeoraba y las burlas de Lemon. Nada comparado con las cargas que llevaba ahora, los temores que tenía por su madre, por él mismo, por Corayne, *por el reino*. Intentó no sentir la espada en su cinturón. Intentó ignorar el calor en su piel, nacido de un sol más feroz.

Intentó no recordar.

Y durante un largo y dichoso momento, no lo hizo.

Pero volvieron los rostros. Soldados de Galland todos ellos, con las túnicas verdes manchadas de escarlata, sus vidas segadas por su propia mano. Una y otra vez, su espada que se hundía en la carne, hasta que el acero se volvía rojo y él saboreaba la sangre de aquellos hombres en la boca.

Se miró las manos, amarradas a las riendas. El cuero se enrollaba sobre sus dedos marrones. Si entornaba los ojos, aún podía ver la sangre. La sangre de todos ellos.

Cuando miró de nuevo a Corayne, notó que su rostro se llenaba de pesar.

—Lo hiciste por la Guardia —dijo ella con firmeza, al tiempo que arrojaba su mochila—. Para salvarte. Para salvarme. Para salvar a *tu madre*.

Pero recordaba a los soldados en el extremo de su espada. Era soportar demasiado. Deseó poder soltar la carga de sus cuerpos, dejar que se deslizaran de sus hombros como una pesada mochila. En cambio, se aferraban, con los dedos fríos, con todo su peso.

El sol se alzaba rojizo contra el horizonte, tiñendo el desierto con llameantes tonos cobrizos. El calor acarició su rostro, casi se sentía agradable tras cabalgar toda la noche. Su yegua de arena estaba a su lado, esperando a que la sacaran. Había sido criada para resistir.

No como yo, pensó.

—Andry.

La voz de Corayne era aguda y cercana. Se sobresaltó.

Ella seguía parada frente a él, a sólo unos centímetros de distancia, penetrándolo con la mirada.

—Deja de torturarte —dijo ella, sosteniéndolo por los hombros—. Fuiste todo un caballero. Tal vez no quieras recordarlo, pero yo sí. Deberías estar orgulloso...

A Andry se le retorció el estómago. De mala gana, se zafó de su abrazo y puso cierta distancia entre ellos.

—No me enorgullece lo que hice, Corayne —su voz vaciló—. Y tampoco lo justificaré. Sé lo que está en juego, los monstruos a los que nos enfrentamos, pero no permitiré que eso me convierta en un monstruo a mí también.

Corayne soltó un fuerte suspiro. Sus ojos negros se oscurecieron aún más, volviéndose más profundos.

—¿Soy un monstruo, entonces? ¿Todos lo somos?

Andry estuvo a punto de maldecir con frustración.

—No es eso lo que quiero decir.

—Entonces di lo que quieres decir —soltó Corayne con frialdad, cruzándose de brazos.

El escudero sólo pudo encoger los hombros. Se le atascó la lengua en la boca, y aunque una docena de palabras le subieron a la garganta, ninguna le pareció correcta.

—Supongo que en realidad no lo sé —murmuró Andry por fin, al tiempo que levantaba sus alforjas.

Corayne pareció desinflarse.

—Bien —dijo, con la voz demasiado aguda. Luego sacudió la cabeza; su trenza se había soltado después del recorrido nocturno. Cuando volvió a levantar la cara, sus ojos eran suaves.

—Lo siento. Estoy cansada —murmuró—. Todos estamos cansados.

A pesar de las circunstancias, Andry casi se echó a reír. Soltó su mochila y una tetera silbó en su interior.

—Estoy de acuerdo.

Esa mañana el campamento se hallaba en un pequeño oasis, con poco más que un grupo de arbustos, rocas húmedas alrededor de un estanque y un estrecho pozo. Pero después de tres días cruzando las Grandes Arenas, Andry podía saborear la humedad en el aire. Condujo al estanque a su agradecida yegua de arena con el resto de los caballos, dejando a Corayne atrás.

En lugar de tender las sombras, los Halcones volvieron a llenar sus odres de agua en el pozo, al igual que Sorasa y Sigil. Los caballos también estaban ansiosos por beber, y se agolpaban en el estanque. Andry dejó que su caballo se metiera entre las demás monturas, escarbando entre las piedras hasta llegar al agua dulce poco profunda.

A Andry le dolían las piernas, a pesar de sus largos años de entrenamiento. Las marchas del ejército y las carreras rápidas no eran nada comparadas con sus brutales jornadas por el desierto. Ni siquiera su caminata con Cortael y los Compañeros había sido tan ardua.

Tal vez debió haberlo sido. Unos días más duros, más noches sin descanso. Tal vez entonces habríamos llegado al templo a tiempo, y detenido todo esto antes de que empezara.

Andry siseó en voz baja y sacudió la cabeza, como si así pudiera desterrar esos pensamientos. Pero, al igual que los rostros, éstos nunca se iban.

Se alejó del estanque rocoso, con su propio odre y su tetera llenos de agua. Otros se agolparon para ocupar el lugar que dejó, pero un Halcón se quedó atrás. Observaba a Andry, que llevaba la túnica polvorienta por el viaje.

Andry le devolvió la mirada, haciendo un pequeño gesto de reconocimiento.

Rápidamente, el Halcón se quitó el turbante protector de tela enrollada y su trenza de oro. Su rostro de bronce y sus ojos de color caoba eran suaves. Era joven, sin barba, sólo unos años mayor que el mismo Andry. Aunque los Halcones a menudo lanzaban insultos y miradas a Sorasa, Andry no veía nada de eso ahora.

En su lugar, vio curiosidad.

El Halcón observó al escudero, y su mirada se fijó en sus manos, luego en su rostro y en su cabello negro rizado, que ahora crecía lejos de los estándares de un escudero. Después de largos años en el norte, rodeado de pieles pálidas y cabezas claras, Andry sabía por qué. Contuvo un suspiro de cansancio, sintiéndose al el filo de la molestia.

—¿Eres de Galland? —preguntó el Halcón, observando la túnica de Andry. Ciertamente, la estrella azul en el pecho del escudero había visto días mejores y momentos más limpios.

—Sí —respondió, con naturalidad, cuadrando los hombros. Era muy consciente de la sangre seca sobre sus ropas y de su aspecto desaliñado—. Pero mi madre es de Kasa.

El Halcón enarcó sus negras cejas. Al igual que el comandante lin-Lira, tenía rasgos angulosos: pómulos afilados y una nariz larga y regia.

Ibal y Kasa no compartían frontera, estaban separados por los pequeños y orgullosos reinos de Sardos y Niron. Sus tierras no eran enemigas, pero sí rivales, parecidas en sus grandes historias e incluso mayores riquczas.

El Halcón esbozó una media sonrisa, impresionado.

—No estaba seguro, pero cabalgas como un caballero.

Un calor subió por las mejillas de Andry; no por el sol, sino a causa del orgullo.

El Halcón asimiló el silencio de Andry, con el rostro desencajado.

—Un buen caballero, quiero decir —añadió con rapidez—. Espero que no te ofendas.

—Por supuesto que no —replicó Andry.

El Halcón sonrió de nuevo, rodeando el caballo de Andry para ponerse frente a él. Eran de la misma altura y constitución. Hombres jóvenes y en forma, entrenados para luchar, leales a sus reinos.

—La mayoría de los gallandeses se encorvan en la silla de montar como un saco de cebada metido en una armadura —dijo el Halcón, sonriendo—. Pero tú te mueves con el caballo.

A su pesar, Andry sintió una pequeña risa subir por la garganta. Por primera vez, recordó a Sir Grandel cuando aún vivía. Un poco grande para su armadura, un poco más lento que los caballeros más jóvenes. El recuerdo animó su corazón en lugar de entristecerlo. Las comisuras de sus labios se tensaron en un asomo de sonrisa.

—Gracias —repuso el escudero, y lo decía en serio. Volvió a mirar al guerrero ibalo. El joven no llevaba espada, pero de su cinturón colgaba una larga daga, cuya vaina estaba cubierta en oro y cobre—. He oído grandes historias sobre los Halcones. Dicen que rivalizan con la Guardia del León.

72

El Halcón soltó una risotada, poniendo las manos en las caderas.

—Prefiero a los Escudos Especiales —dijo, refiriéndose a los legendarios guardianes del emperador temurano.

En ese momento, Sigil, con el rostro abrasado por el sol, surgió de entre los caballos, imponiéndose sobre sus flancos. Sus ojos crepitaban como una brasa.

—Tú y tus pájaros parlanchines no merecen sus caballos —se mofó, mirando al joven Halcón como si fuera barro en sus botas. Se llevó el puño al corazón, a punto de escupir—. Los huesos de hierro de los Incontables nunca se romperán.

—Sigil —advirtió Andry, tratando de evitar una pelea.

En algún lugar entre los caballos, Andry oyó la risa de Charlie. El sacerdote fugitivo se alejó a trompicones, con un odre en la mano. Sólo hizo que Sigil se indignara más aún, y la mirada de la cazarrecompensas se intensificó.

El joven Halcón se unió a las risas de Charlie.

—Déjalo así, amigo mío —dijo, tocando ligeramente a Andry en el hombro, guiándolo lejos del estanque.

La sombra de las dunas cayó sobre ellos, mientras Sigil echaba humo a su paso.

—La temurana cree que le quitamos la libertad. Podemos dejarle algo de orgullo si tanto lo necesita —el Halcón entrecerró los ojos frente al sol naciente—. Y ella no es nuestra prisionera, ni tú tampoco. Todo el mundo, excepto la chica, puede irse cuando quiera.

La chica. El pecho de Andry se apretó, sus dientes rechinaron.

—Todos, menos la chica, son prescindibles, Halcón —dijo Sigil detrás ellos—. Su sangre podría salvar el reino, si tu comandante así lo quisiera.

Resoplando, se alejó, deteniéndose sólo para apartar a Corayne del estanque del oasis. Corayne se dejó arrastrar, frunciendo el ceño a cada paso.

El escudero sabía adónde iban, y que Sorasa no tardaría en unirse. Las lecciones de lucha de Corayne habían comenzado de nuevo, ahora que ya no estaban medio muertas de cansancio. No envidiaba a Corayne. Sorasa y Sigil eran maestras talentosas y estaban lejos de ser gentiles.

—¿Todas las mujeres temuranas son así? —preguntó el Halcón en un susurro, mientras sus ojos seguían la forma de Sigil.

Andry trató de no sonreír ante la clara fascinación, por no llamarla infatuación, del Halcón.

—No sabría decirte —respondió el escudero. *Nunca he conocido a ninguna*—. Pero ella no se equivoca.

Miró a Sigil y después a Corayne, con los hombros erguidos y la Espada de Huso enfundada a su espalda. Cuando se detuvieron, detectó un terreno llano y la depositó suavemente sobre la tierra. Sus dedos rozaron la espada por un momento.

¿Acaso ella recuerda el Huso cercenado bajo su filo? ¿Piensa en la sangre que la espada derramó?

Andry se estremeció a pesar del creciente calor, sintiendo ardor en la piel bajo la capa. Sentía el peso de los muertos intensamente, cuerpos que yacían pesados sobre sus hombros.

¿Sentiría lo mismo Corayne? ¿Podría sentirlo?

Se le secó la boca.

¿La espada la convertirá en un monstruo, como le sucedió a su tío?

—Corayne an-Amarat es la clave para salvarnos a todos —dijo con fuerza, tanto para el Halcón como para sí mismo—. Lo creas o no.

El Halcón se balanceó sobre sus talones, esbozando una media sonrisa.

—Sin duda es la clave de algo —y luego se inclinó hacia él, tocando con dos dedos el corazón de Andry.

Otro abrasador brote de calor cruzó las mejillas de Andry. *¿Estoy siempre bronceado por el sol o siempre avergonzado?*

—Señor... —dijo el escudero, pero el Halcón le tendió una mano para calmarlo.

—Sólo llevamos tres días cabalgando juntos, pero está claro dónde está tu corazón —dijo, su rostro se suavizó, su voz carecía de juicio—. Mantenla cerca.

Andry no podía discutir eso.

—Siempre.

—Y vigila a la víbora Amhara —el Halcón se tornó de nuevo cortante—. Los envenenará a todos si eso significa salvar sus propias y miserables escamas.

Andry siguió la mirada del Halcón, hasta encontrar la delgada silueta de Sorasa Sarn, quien colocaba los puños levantados de la chica en una mejor posición, mejorando sus defensas. Aunque fuera una asesina con más sangre en sus manos de la que Andry podía imaginar, sólo sentía gratitud hacia ella. Recordó el cañón, cómo Sorasa había saltado de la silla de montar, arriesgándose al ataque de las flechas gallandesas y a la estampida de caballos para salvar a Corayne de ser aplastada. Recordó cuando Sorasa regresó a la corte de Ascal en el momento justo, salvándolos a todos de la traición de Erida y del hambre de Taristan.

—No estoy de acuerdo —exclamó Andry, enfrentándose a la mirada del Halcón con toda la frialdad posible.

El Halcón abrió la boca para discutir, pero lo pensó mejor e inclinó la cabeza.

—Muy bien, escudero —dijo, dando un paso atrás—. Te deseo un buen día de descanso.

Agradecido, Andry bajó la frente.

—Para ti también, Halcón.

El escudero caminó sobre la arena, sintiendo su calor incluso a través de las botas. Aunque el cansancio lo carcomía, se dirigió hacia la lección, que ya había reunido a un pequeño público.

Corayne estaba entre Sorasa y Sigil, con la cara roja. Andry no sabía si era por el esfuerzo o por la vergüenza, pero seguía. *Como siempre.*

Unos cuantos Halcones observaban desde una respetuosa distancia, silenciosos y atentos.

Andry se acercó a Dom, que miraba con desprecio bajo su capa. La capucha ocultaba sus cicatrices, pero no sus ojos verdes. Seguían cada movimiento de Corayne.

Andry también lo hacía.

Al menos hoy no había cuchillas. Corayne tenía pequeños rasguños en las manos por el entrenamiento con cuchillas, y se estaban curando lentamente después de tantas noches cabalgando por el desierto. *Ahora también tendrá moretones*, pensó, y dio un paso atrás cuando Corayne esquivó un golpe, sólo para que instantes después Sorasa la hiciera caer al suelo.

—A mí también me resulta difícil mirar —murmuró Dom a través de la comisura de sus labios.

Andry sólo pudo asentir.

Corayne se levantó sola, plantando los pies como le habían enseñado, desplazando su peso adecuadamente. Como escudero y futuro caballero, Andry había sido entrenado para luchar con armadura y a caballo, con finas espadas y escudos. Sus maestros eran viejos soldados, lo más alejado de una asesina Amhara y de una cazarrecompensas de Temurijon. Quizá Corayne nunca había empuñado un sable largo ni dirigido una carga de caballería, pero lo cierto es que estaba aprendiendo a defenderse en una lucha callejera.

Y aprendía bien.

—Esto es lo que ella necesita —dijo Andry. Esta vez, Corayne esquivó el pie de Sorasa, saltando en lugar de caer. Pero perdió el equilibrio y acabó de nuevo en el suelo, con Sorasa en el cuello.

El labio de Dom se curvó.

—Nos tiene a nosotros.

—Y espero que siempre sea así.

Miró de reojo a Dom. *Estamos rodeados de muerte y él sigue sin entenderlo,* pensó Andry, apretando los dientes con frustración. *No lo acepta.*

El escudero bajó la voz.

—Pero tú y yo sabemos lo rápido que puede cambiar eso —dijo.

Después de un largo y tenso momento, Dom se encontró con su mirada, su ceño fruncido era una línea adusta.

—Soy un inmortal de Vedera, un hijo de Glorian Lost. No pienso en la muerte como ustedes los mortales, y tampoco he de temerle —gruñó.

Era una pobre máscara.

El instinto natural de Andry era tragarse su protesta, enterrar las palabras ásperas. Encontrar una forma más suave. Pero el camino tenía formas de cambiar a una persona, en especial el que estaban recorriendo ahora.

—He visto morir a demasiados de los llamados inmortales —dijo Andry, sin pestañear—. Alguna vez me pregunté si los Ancianos podían sangrar. Ahora he visto suficiente sangre para toda una vida.

Dom se movió, incómodo. Una mano tocó el costado, allí donde una vez una daga le había atravesado la caja torácica.

—No necesito que me recuerden esas cosas, Escudero.

—Yo creo que sí. *Todos lo necesitamos* —repuso Andry.

Corayne volvió a caer al suelo, y de nuevo Andry se estremeció con su caída. Esta vez, Sigil la levantó y le sacudió el polvo.

—Necesitamos que Corayne salve el reino, y es preciso que sea lo suficientemente capaz de hacerlo cuando ya no podamos estar a su lado.

Con un suspiro, Dom se bajó la capucha. Incluso a la sombra de las dunas, su cabello dorado brillaba y sus cicatrices destacaban, rojizas y añejas. Miró hacia atrás, hacia Corayne, hacia Sorasa, hacia Sigil, hacia el horizonte que era a la vez un escudo y una amenaza.

—Por los dioses de Glorian, rezo para que ese día no llegue nunca —dijo.

Andry respiró despacio.

—Por los dioses del Ward, yo también.

El escudero no se consideraba religioso, como muchos de sus compatriotas de Ascal, que dedicaban sus espadas y escudos al poderoso Syrek. Ni tampoco como su madre, que rezaba todas las mañanas en su hogar, invocando los fuegos purificadores de Fyriad el Redentor. Pero aun así esperaba que alguno de los dioses del panteón los escuchara, y también los dioses de Glorian. Cualquier dios que escuchara, a través de los muchos reinos infinitos. *En verdad te necesitamos.*

—Les ordeno a ambos que duerman —dijo Valtik, de repente tan cerca de ellos que bien podía haber emergido de la arena. Su rostro blanco y arrugado asomaba bajo sus trenzas grises, tejidas con colmillos y jazmín fresco. Andry no sabía dónde había encontrado tal flor en el desierto.

—Aléjate, bruja —murmuró Dom, subiendo de nuevo su capucha.

Ella apenas reaccionó, con sus ojos azules como el rayo clavados en Andry.

—Debes dormir —dijo de nuevo—. Mira hacia delante, olvida las criaturas de las profundidades, déjalas ir.

No eran las serpientes marinas de Meer, ni siquiera el kraken, lo que atormentaba la mente de Andry, pero asintió de todos modos, aunque sólo fuera para que la bruja siguiera de largo.

—Lo haré, *Gaeda* —dijo, utilizando la palabra jydi para referirse a la abuela. Uno de las pocas que Corayne le había enseñado.

Miró más allá de las dunas, hacia el cielo del desierto. El color rosado del amanecer había dado paso a un azul abrasador. Cada segundo corría en su contra, y Andry lo sentía con intensidad, al igual que el manto de agotamiento sobre sus hombros.

—Quizá los Halcones no quieren matarnos, pero sin duda nos están retrasando —murmuró.

Dom asintió con un gruñido.

En el borde del rudimentario círculo de entrenamiento, los Halcones que miraban susurraban entre sí. Uno de ellos esbozó una sonrisa cruel y sus afilados ojos se fijaron en Sorasa.

Andry se tensó, con la mandíbula apretada, al recordar la advertencia del otro Halcón.

Siguieron hablando, ahora más alto. Todavía en su propio idioma, pero el tono de odio era claro incluso para Andry. Sorasa no mostró ninguna reacción, y recogió su equipo.

Corayne no compartía esa contención. Volvió a hablar en ibalo, con palabras tan duras como su mirada de ojos negros.

Los Halcones sólo rugieron de risa, viéndola caminar por la arena para reunirse con Andry y Dom.

—¡Hablas bien nuestra lengua! —le gritó el más alto, levantando un dedo en la frente a modo de saludo—. ¿También te ha enseñado eso la víbora?

—Sólo le enseño lo que es útil —contestó Sorasa, cruzando la arena sin siquiera mirar—. Hablar contigo no lo es.

Entonces fue el turno de Corayne y Sigil de reírse, sofocando sus sonrisas con las manos maltrechas. En los rostros de los Halcones se borraron las sonrisas burlonas y los tres fruncieron el ceño. El más alto dio un paso adelante, con el ceño fruncido y una expresión sombría.

—El heredero sólo quiere a la chica —dijo en voz alta, con la intención de que su voz se transmitiera. Dio pasos medidos, deseoso de interponerse en el camino de Sorasa—. Deberíamos cortarle la cabeza a la serpiente y dejar que se pudra.

El labio de Dom se curvó y el hombre se interpuso entre Sorasa y los fríos ojos del Halcón.

—Eres muy bienvenido a intentarlo, muchacho —dijo el Anciano, mirando fijamente al Halcón—. ¿Te gustaría conocer a esa diosa tuya?

A su favor, el Halcón no se inmutó ni mostró miedo, a pesar de que la propia muerte se cernía sobre él.

—Debes estar volviéndote lento —repuso el Halcón rodeando a Dom—. No sabía que una Amhara necesitara guardaespaldas.

La respuesta de Sorasa fue más rápida que su látigo.

—Los Amhara tenemos muchas armas, no todas ellas son cuchillas —giró mientras seguía caminando hacia atrás. Esta vez, sonrió todo lo que pudo, con una maliciosa alegría asomando por sus ojos de tigre—. Duerme bien, Halcón —remató, lanzándole un beso.

El Halcón retrocedió como lo haría ante un insecto repugnante.

—Relájate, Anciano —añadió Sorasa, volviéndose—. Estos pajarracos son puro canturreo.

Sigil se puso al lado de Dom, con una media sonrisa en su rostro de bronce. Se apartó un mechón de cabello negro de los ojos y cuadró sus anchos y musculosos hombros.

—¿Estamos peleando, gorriones? —preguntó, levantando la barbilla—. Me encanta tener una buena pelea antes de dormir.

Los latidos de Andry se aceleraron. Quería ir, apartarlos a todos, pero se quedó pegado a la arena bajo sus botas. Si sus amigos estaban en peligro, quería estar preparado. *No como en el templo. Aquí puedo mantenerme firme.*

En cambio, Corayne lo agarró por debajo del brazo, tirando de él.

—Vamos, déjalos —apremió, instándolo a volver al campamento—. Ni siquiera los Halcones son tan valientes como para enfrentarse a Sigil y Dom solos.

—Tal vez son muy estúpidos —dijo Sorasa.

—Deberías tener cuidado, Sorasa —murmuró Corayne. Miró alrededor del campamento a las docenas de soldados Halcón que ocupaban sus puestos o dormían—. En verdad, te quieren muerta.

Andry asintió, mirando a Sorasa con firmeza.

—No vayas sola a ningún sitio.

Los miró a ambos, con el rostro impasible.

—Su preocupación es insultante —dijo, y los apartó.

Corayne y Andry volvieron a sus capas y alforjas, deseosos de dormir. No era el lugar más cómodo en el que Andry había dormido, pero ciertamente no le importaba. Sus miembros parecieron fundirse con la arena cuando se recostó y cerró los ojos bajo el claro cielo azul.

Ella estaba casi demasiado cerca, con una mano a escasos centímetros de la suya, sus dedos a punto de rozarse. Sólo necesitaba moverse para tocarla, para tomar su mano y apretarla. El desacuerdo que habían tenido antes aún le escocía y le retorcía las entrañas.

Dile que todo va a salir bien. Dile que podemos hacerlo. Aunque ni siquiera tú lo creas, cree en ella.

Andry miró a través de los ojos entrecerrados, sólo para encontrar a Corayne ya profundamente dormida, con el rostro relajado y los labios entreabiertos. El viento se agitaba sobre ella, moviendo un solo mechón de cabello negro sobre su mejilla. Le costó toda su contención de escudero de la corte no retirarlo de su cara. Incluso observarla le parecía un paso demasiado grande.

Apartó la mirada, sus ojos pasaron por el campamento.

En la base de la duna, los Halcones se arrodillaron en la arena: en medio de ellos había una figura con una capa color café. Después de un momento, Andry se percató de que se trataba de Charlie.

Él también estaba arrodillado, con las manos levantadas hacia el sol. Con la capucha abajo parecía más joven. Tenía manchas de quemaduras de sol en las mejillas, y su trenza castaña, recién tejida, caía entre sus omóplatos. Era fácil olvidar que el sacerdote fugitivo era sólo unos años mayor que Andry. Y ya había vivido tanto.

Sus labios se movieron, y aunque Andry no podía oír su voz, era fácil adivinarla. Charlie rezaba, y los Halcones rezaban con él.

A qué dios, Andry no lo sabía.

No estará de más intentar rezarles a todos, pensó, cerrando de nuevo los ojos. Respiró hondo y comenzó con los nombres.

Syrek. Meira. Lasreen. Fyriad...

5

EL HIELO SIEMPRE GANA

Ridha

En Kovalinn, la princesa de Iona se aficionó al oso de Dyrian, y poco más. El otoño en el fiordo era como el más profundo invierno en Calidon, y la nieve caía casi todos los días, cubriendo de blanco el enclave inmortal. Brillaba bajo el sol de la mañana, un hermoso inconveniente. El hielo ahogaba el fiordo y Ridha pasaba muchos días rompiéndolo con los demás Vedera, manteniendo el agua despejada para las embarcaciones. Lo mismo hacía el oso de Dyrian, que se dedicaba a saltar a lo largo del borde destrozado, golpeando los témpanos de hielo con sus enormes patas. Pero de la noche a la mañana florecían más trozos de hielo, que se extendían con el frío.

El día de hoy, Kesar se unió a Ridha, con un hacha larga y puntiaguda en la mano, como los demás. Las mejillas topacio de la chica estaban enrojecidas por el frío; el resto de su cuerpo estaba envuelto en cuero y pieles. A pesar de sus siglos en el norte, Kesar era de Salahae, muy al sur de Kasa, y de los desiertos de Glorian antes de eso. Aunque ya había pasado años en el frío, sus años bajo el sol eran más.

—No te gusta este clima —dijo Ridha, observando su trabajo. Todos estaban de pie en los tablones construidos sobre el agua, muelles de apoyo para poder romper el hielo sin riesgo de caer al fiordo.

Hoy, los mechones negros y grises de Kesar estaban recogidos, escondidos en un gorro de piel. Clavó su piolet en el hielo, y una larga fisura atravesó el blanco como un rayo.

—Qué observadora, princesa —respondió Kesar, sonriendo.

Ridha clavó su propia hacha en el hielo. Se apoyó en ella, mirando al anciano Veder.

—Entonces, ¿por qué permaneces aquí?

—En Glorian, era un soldado. En Salahae, fui maestro. En Kovalinn, soy la mano derecha del monarca. ¿Por qué habría de marcharme? —repuso Kesar, encogiéndose de hombros.

Ridha sólo pudo asentir.

La gran sala de Kovalinn se alzaba sobre ellos, enclavada en lo alto de los acantilados, junto a una cascada medio congelada que se derramaba en el fiordo. Sus paredes y tejados largos y angulosos brillaban por la nieve.

—¿Y tú? —Kesar señaló a Ridha, agitando una mano sobre las propias pieles de la princesa—. No tienes ninguna razón para permanecer aquí. Esperábamos que te fueras hace una semana, para levantar más enclaves para la guerra. ¿O puedes viajar, como hizo tu madre?

Ridha gruñó con frustración.

—No, no tengo nada del poder que ejerce mi madre, pero lo que me falta de magia, lo compenso con sentido común. Ojalá pudiera enviar y levantar los ejércitos inmortales del Ward.

—Entonces, ¿por qué quedarse? —preguntó de nuevo Kesar, presionándola más.

Ridha echó hacia atrás sus anchos hombros.

—No me alejaré de una pelea en la que te metí.

—Lo sospechaba —dijo Kesar con una sonrisa de satisfacción, volviendo a romper el hielo—. Y también Dyrian.

Con una mueca, Ridha hizo lo mismo, liberando su hacha del agarre helado del fiordo. Afianzó su mano y levantó el hacha antes de clavarla en el hielo con toda su fuerza. El hielo se hizo añicos debajo de ella y las grietas se extendieron en todas las direcciones. No era lo mismo que el entrenamiento, la preparación para la guerra que se avecinaba, pero a Ridha le complacía el esfuerzo en todas sus formas.

Volvió a mirar a Kovalinn y el largo y zigzagueante camino que subía por la pared del acantilado y conducía al enclave. Unos cuantos caballos y vederanos lo recorrían yendo y viniendo entre el corredor y los muelles del fiordo. Los agudos ojos de Ridha observaron a todos con la precisión de un halcón. Al igual que los clanes del Jyd, el enclave de Kovalinn albergaba a los vederanos de todo el mundo, cada uno de los cuales variaba en apariencia y origen.

Uno de ellos destacaba, encaramado en las murallas que coronan los muros. Estaba tan quieto como los osos tallados en sus puertas, y era igual de temible. Ridha se fijó en su piel blanca y pálida, en su cabello rojo y en su férrea disposición. Su actitud no había cambiado desde que Ridha llegó al enclave y le rogó a su hijo que luchara.

—Su madre no me quiere —gruñó, apartando la mirada de la Dama de Kovalinn.

—Por suerte, el monarca tiene una mente propia, mucho más aguda de lo que sus años podrían sugerir —y Kesar añadió—: Y a Lady Eyda no le gusta nadie.

—Es prima de mi madre —dijo Ridha—. Lejana, pero sigue siendo familia.

Kesar se limitó a reír.

—La mayoría de las generaciones más antiguas están unidas ya sea por la sangre o por nuestro destino compartido en este reino. Si esperabas una cálida bienvenida de alguien como Eyda, estabas equivocada.

—Eso es claro —la Dama de Kovalinn seguía de pie en las paredes, mirando hacia las largas y escarpadas fauces del fiordo, hacia el Mar de la Gloria—. Parece estar hecha de piedra.

—Ella es nacida en Glorian —el aire alegre de Kesar se desvaneció un poco, y una sombra lúgubre, que Ridha reconoció, surcó su rostro—. Somos más solemnes que ustedes, hijos del Ward.

Ridha probó la amargura en su propia lengua. *La luz de otras estrellas,* pensó, recordando a su madre y cómo solía mirar al cielo, como si pudiera hacer que las estrellas de Glorian sustituyeran a las del Ward.

—Soy más consciente de ello que la mayoría —murmuró la princesa, haciendo pedazos un témpano de hielo. Los trozos se esparcieron por las aguas heladas, blancas contra el gris hierro.

—No lo tomes a mal, princesa —Kesar bajó la voz—. Eyda no cruzó hacia Allward por gusto.

En el gran corredor, Eyda era más alta que el resto, y llevaba su largo cabello rojo tejido en dos trenzas y una diadema de hierro martillado en la frente. Su vestido era una cota de malla; una fina piel de zorro blanco le rodeaba los hombros. Cada facción la delataba como una reina guerrera, pero nada tanto como sus cicatrices. Las que tenía en los nudillos eran antiguas, de peleas. Pero la otra, la línea blanca y nacarada que le cruzaba la garganta… Ridha la vio en su mente.

No es obra de una cuchilla. Sino de una cuerda.

Sus ojos se abrieron de par en par y Kesar asintió con solemnidad.

—La obligaron a entrar en Allward como castigo. El viejo rey de Glorian le dio a elegir entre la muerte y el exilio, y esto es lo que eligió —levantó las manos, señalando el fiordo, y las tierras más allá de él—. Cualquier alegría que haya encontrado en este reino mortal pereció con el padre de Dyrian.

Ése era un cuento que Ridha conocía.

La llama del dragón y la ruina, recordó. Había sucedido hacía tres siglos, y todavía podía oler el aire saturado por la ceniza, incluso a kilómetros de distancia del campo de batalla. Una bestia montés, antigua, con su piel enjoyada más fuerte que el acero. Ahora sus huesos eran polvo, su sombra había desaparecido del reino, al igual que todos los demás monstruos nacidos del Huso. Muchos vederanos no habían regresado, incluidos los padres de Domacridhan. Habían muerto abatiendo al último dragón que quedaba en el Ward, al igual que el viejo monarca de Kovalinn.

—Trescientos años desde que los enclaves se unieron y lucharon contra lo que el Ward no pudo derrotar —dijo Ridha, y el peso de sus palabras se hundieron en ella.

Kesar asintió.

—Hasta ahora.

—Hasta ahora —replicó Ridha.

—¿Cuántos no volverán de este campo de batalla? —murmuró Kesar.

Ridha se armó de valor.

—Todos, si no se libra batalla alguna.

El miedo se había vuelto familiar para la princesa vederana en los cortos meses transcurridos desde la matanza en el templo. Había crecido en ausencia de Domacridhan, floreciendo como las rosas en un jardín. No había sabido nada de él a partir del momento en que cabalgó desde Iona, muerto, de no ser por su corazón aún palpitante. Por lo que ella sabía, bien podría estar realmente muerto ahora. *Dejando que sólo yo me interponga entre el Ward y Lo Que Espera*. Suspiró con fuerza, intentando ignorar el dolor de sus huesos. No por el frío, ni por el hacha, ni siquiera por sus horas en el patio de entrenamiento en que practicaba con la armadura completa. Había sido su madre quien le hiciera esta herida. La cobardía de Isibel, monarca de Iona.

La rama de cerezo todavía estaba sobre sus rodillas, la espada que no empuñaría yacía olvidada en sus grises salones. Ridha maldijo a su madre. *Tal vez me escuche*, pensó, considerando el poder de su madre y el gran impacto que tenía.

—Veo la rabia en ti, princesa —dijo Kesar en voz baja, vacilante. Cauteloso como un viajero que camina por el hielo roto.

Ridha suspiró, con el pecho subiendo y bajando bajo sus pieles.

—En mí también hay gratitud —murmuró—. Tanta que es casi abrumadora. Hacia ti, hacia Dyrian, incluso hacia la fría Dama de Kovalinn. Por ignorar a mi madre. Por negarse a abandonar el Ward a su oscuro destino. Hacia todos los que se niegan a rendirse —el aire se congeló en sus dientes—. Yo tampoco me rendiré.

Miró hacia el sur por el fiordo, hacia Calidon e Iona. No podía ver la única patria que había conocido, pero la sentía todavía, a kilómetros de distancia del mar helado, a través de montañas y cañadas.

Entonces su mirada se agudizó, sus ojos se fijaron en algo mucho más cercano que Iona.

Figuras oscuras tomaron forma en aquel lejano horizonte. Al principio eran sólo manchas, pero se solidificaron con rapidez en algo familiar. Ridha entrecerró sus ojos inmortales y miró a lo largo de kilómetros.

Barcos con banderas blancas, navegando bajo un símbolo de paz.

—Mortales —anunció en voz alta, señalando con su hacha.

—Han llegado los primeros —dijo Kesar, dando una palmada en el hombro a Ridha—. Deja el hacha —añadió Kesar, tirando la suya. Miró el fiordo y los asfixiantes trozos de hielo. Incluso destrozados, se agrupaban, flotando sobre las aguas heladas.

Ridha hizo lo que se le había ordenado, y entregó su hacha a otro vederano que cortaba el paisaje helado. Se puso en marcha con Kesar, en silencio, esperando alguna explicación. Con un chasquido de dientes, Kesar llamó al oso para que los siguiera. El oso emitió un rugido amistoso y avanzó a trompicones, con el hielo tembloroso en sus patas.

Detrás de ellos, las grandes embarcaciones continuaron su viaje hacia Kovalinn.

Cuando bajó al muelle para incorporarse al largo y sinuoso camino hasta el enclave, Kesar apretó los labios.

—El hielo siempre gana —murmuró, mirando al fiordo.

Al igual que con los demás reinos mortales, Ridha sabía poco y le importaba aún menos la política de los jydi. No tenían monarquía, eso lo sabía, y no había un rey o una reina a los que pudiera recurrir para obtener todo el poder del país de los saqueadores. En su lugar, había una docena de clanes diferentes, todos de distinto tamaño y fuerza, que controlaban distintas regiones de las áridas tierras del norte. Los jydi eran un pueblo fuerte, temible para los demás reinos mortales, pero desarticulado, cada clan estaba separado de los demás.

Los mortales eran de Yrla, un asentamiento al otro lado de las montañas, en la punta de lanza de otro fiordo. Habían traído cuatro naves largas, ahora atracadas en el fondo del acantilado.

El gran corredor del enclave aguardaba, repleto de vederanos deseosos de ver a los jydi. Las puertas se abrieron de par en par, derramando la luz anaranjada del atardecer sobre el suelo de piedra.

Dyrian permaneció sentado, con la espalda recta contra la madera tallada. Sus pies colgaban, sus piernas aún eran demasiado cortas para llegar al suelo. Al igual que su madre, era pelirrojo, tenía la piel pálida y una explosión de pecas en las mejillas. Para los jydi, parecía un niño pequeño, pero los vederanos sabían que no era así. Sus ojos grises como los de un lobo eran agudos, y sobre sus rodillas sostenía un hacha curva. Hacía tiempo había desechado el mango de pino. Su enclave estaba en guerra.

Kesar y el oso que roncaba se encontraban a su lado derecho, mientras que Lady Eyda permanecía, como siempre, como una estatua detrás de su hijo. Ridha se sentaba a la izquierda de Dyrian, acorde a su condición de princesa e hija de un monarca gobernante, aunque no lo parecía. Había abandonado el abrigo de piel por la armadura de acero verde, deseosa de parecer tan guerrera como los jydi. Las dos hogueras estaban encendidas, llenando de calor el gran salón. Se deleitó en la tibieza, y el adormecimiento del hielo finalmente se desvaneció.

Una docena de mortales entraron en el salón; sus sombras se proyectaron por el suelo. Caminaron entre los fuegos, acercándose al trono de Dyrian. La luz de las llamas jugaba sobre ellos, cambiando sus rostros a cada paso que daban. Ridha supuso que el resto de los suyos estaba afuera, en el patio, o todavía en sus naves. Supuso que al menos un centenar de jydi habían llegado a Kovalinn.

Por qué razón, nadie lo decía, pero Ridha no era tonta.

Dyrian no se inmutó ante los saqueadores jydi, fieros en cada centímetro de su ser, pero Ridha observó sus armas. De todos los mortales del Ward, sólo los jydi habían intentado guerrear con los vederanos, y ella no lo había olvidado. Llevaban hachas y cuchillos largos, y dos de ellos incluso portaban crueles lanzas con gancho. Estos hombres no eran agricultores. Eran saqueadores.

La mitad eran de piel clara y rubios o pelirrojos, cuando no estaban rapados. Pero uno de los hombres pertenecía a los temuranos, y llevaba su distintiva armadura de cuero chapado bajo un manto de pieles de lobo. Tenía el cabello negro y corto, ojos oscuros y angulosos, pómulos marcados y piel de bronce. Dos mujeres eran de los reinos del Mar Largo, tal vez tirias, con el cabello rizado color caoba y rostros de tono oliva. Sólo una tenía el cabello gris, y sus trenzas se entretejían con hierbas.

Él era el único que no llevaba pieles, sino un vestido de lana gruesa que le cubría las botas y una larga cadena de hierro que cruzaba de hombro a hombro. Todos estaban tatuados con espirales jydi, y el dorso de sus manos desnudas estaba marcado con nudos distintivos.

Su líder, una mujer pequeña y pálida con un arco largo y un yunque, tenía un lobo tatuado en la mitad rapada de su cuero cabelludo. El resto de su cabello estaba tejido en una larga trenza rubia con cadenas y huesos tallados. Aunque era más pequeña que los demás saqueadores, era evidente que le cedían el paso y le permitían avanzar. Cuando se acercó, Ridha se dio cuenta de que tenía un ojo verde y otro azul, los colores del Jyd.

—Bienvenidos, amigos —dijo Dyrian, levantándose de su asiento—. Soy Dyrian, monarca de Kovalinn, de Vedera de Glorian Perdida.

Los saqueadores no se inclinaron en señal de reverencia. Algunos miraron al oso, que roncaba a la derecha de Dyrian.

—Soy Lenna, jefa de los Yrla —dijo su líder, con una voz más grave de lo esperado. Hablaba en primordial, con las palabras fuertemente acentuadas por la lengua jydi. A estas alturas del norte, estaba claro que le resultaba poco útil la lengua común del Mar Largo.

Dyrian inclinó la cabeza en señal de saludo.

—Hace muchos años que los mortales del Jyd no entran en mi salón.

—El jefe de mi jefe vino aquí, hace mucho tiempo —dijo Lenna. Entornó los ojos hacia el monarca—. Conoció a un niño rey. Tú *todavía* eres un niño.

—Lo soy —respondió Dyrian—. Mi pueblo no envejece como el tuyo.

—Ya veo.

Lenna observó a los vederanos reunidos alrededor del trono y en todo el salón. Su mirada pasó por encima de Ridha, y quedó suspendida un momento en el aire. La princesa de Iona no se movió, pero curvó las manos en los brazos de su asiento; el anillo de plata que llevaba en el pulgar rozó la madera. Ridha era una guerrera entrenada, con siglos de ventaja sobre la jefa de Yrla, por no mencionar que era del doble de su tamaño. Pero vio el desafío en la aguda mirada de Lenna.

—Gracias por venir —dijo Kesar, acercándose a Dyrian—. Sé que nuestros reinos no siempre han sido amigos, pero ahora nos necesitamos.

Sonriendo, Lenna mostró un par de incisivos de oro. Brillaban, captando la luz de los fuegos del pozo.

—Luchamos contra todos, no sólo contra ti, Anciano.

Los jydi no eran políticos. No necesitaban fanfarronear ni presumir. Simplemente era cierto. Eran conocidos por sus invasiones en todo el Mar de la Gloria e incluso hasta el sur del Estrecho de Tyri. Las ciudades portuarias temían a sus barcos como a cualquier tormenta.

Ridha sintió que sus piernas se movían antes de percatarse de que estaba fuera de su asiento. En tres largas zancadas, se puso nariz con nariz con Lenna. O, mejor dicho, nariz con cuello.

—Y ahora debemos luchar juntos —dijo Ridha, mirando a la jefa.

Los saqueadores no se inmutaron y en el rostro de Lenna se dibujó una sonrisa aún más grande.

—Por eso hemos venido.

—Bien —Ridha respiró aliviada. *Al menos son directos*—. Allward los necesita. A todos ustedes.

—Y vendrán más —informó Lenna, con la voz más grave. A pesar de su sonrisa, Ridha se dio cuenta de que comprendía todo. Las cosas estaban mucho peor de lo que parecían—. Pero Yrla vino primero.

—Yrla vino primero —repitió Ridha, asintiendo en señal de gratitud—. Será recordado por la historia. Lo prometo.

Lenna movió un dedo entintado como una serpiente.

—Inclúyenos en un canto, no en un libro.

Ridha asintió de nuevo. *Si es que queda alguien que pueda cantar*, pensó.

—La reina de Galland está en marcha —informó Kesar al salón—. Está liderando la guerra contra el mundo, y el príncipe Taristan del Viejo Cor...

—Sí, sí, el hombre del Huso —dijo Lenna, interrumpiéndola. Agitó la mano en círculo, haciendo un gesto para que Kesar siguiera adelante. Parecía casi aburrida por el fin del mundo—. Traerá un gran mal al reino, lo sabemos. Y esa tonta reina... —se burló, poniendo en blanco sus ojos azul y verde.

Detrás de ella, algunos de los saqueadores rieron.

—Demasiado poder. Se pudre, y nosotros nos pudriremos con ellos.

La vederana permaneció en silencio, perpleja ante el atrevimiento de Lenna. A Ridha sólo le pareció intrigante.

—¿Conoces a Erida de Galland? —preguntó.

Detrás de su jefa, los saqueadores reían entre ellos.

Los dientes de oro de Lenna brillaron cuando se unió al coro de risas.

—Un poco: intenté casarme con ella —dijo, encogiéndose de hombros.

—Podrías habernos ahorrado a todos muchos problemas —suspiró Ridha. Tal unión *sería imposible, por supuesto. Los gobernantes necesitan herederos.* La princesa de Iona lo sabía demasiado bien, y lamentaba el día en que a ella misma le tocara proveer al próximo monarca de su enclave—. Lamento que haya dicho que no.

—Yo no lo siento —respondió Lenna sin rodeos, encontrando los ojos de Ridha. La observó fijamente, sin pestañear, con toda la intensidad de su atención clavada en ella.

A Ridha no le importó lo más mínimo su atención y le sostuvo la mirada.

Fue Dyrian quien las separó, interponiéndose entre la jefa y la princesa. Era casi de la altura de Lenna y, a juzgar por su madre, le quedaba mucho por crecer. En su trono, el oso bostezó. Después de una semana en Kovalinn, Ridha lo encontraba inofensivo, pero los saqueadores retrocedieron, recelosos de sus enormes mandíbulas.

Sólo Lenna no se inmutó.

—Iremos al sur de Ghald, todos nosotros —anunció Dyrian—. Y veremos qué clanes responden al llamado para la lucha.

—Muchos lo harán. Blodin, Hjorn, Gryma, Agsyrl, las Tierras Nevadas —Lenna soltó partes del Jyd, enumerando los múltiples clanes que había desde la tundra estéril hasta la costa oriental. Ridha no conocía ni la mitad de ellos—. Este año no hemos hecho ninguna incursión. Estamos preparados.

Ridha recordó a aquellos pobres granjeros del Bosque del Castillo y sus tontos planes. *Los saqueadores no están asaltando*, habían dicho, aunque no tenían idea de por qué.

—¿Cómo supiste que debíamos dejar de hacer invasiones? —preguntó, aún sosteniendo la mirada de Lenna.

La jefa se movió y se apartó. Hizo un gesto para que uno de los saqueadores ocupara su lugar.

—Brujo.

El hombre sin armadura se adelantó, arreglándose las trenzas con sus largos dedos. Parecía encantado de dirigirse a la Vedera.

—El sur piensa que somos estúpidos, simples, enfermos —dijo, mirando de soslayo a su alrededor—. Pero nosotros vemos más que ellos —el viejo brujo hizo sonar una bolsa en su cinturón antes de derramar su contenido por el suelo—. Eso dicen los huesos.

Los dedos de los pies de Ridha se curvaron dentro de sus botas al ver que todo tipo de huesos de animales se esparcían sobre la piedra. Vértebras, costillas, fémures. Conejos, ratas, aves. La mayoría estaban hervidos y limpios, pero algunos parecían *frescos*.

El brujo se quedó boquiabierto ante los esqueletos que había en el suelo, mostrando unos dientes agrietados y amarillentos.

—Viene una tormenta —siseó antes de respirar entrecortada y superficialmente. Silbó de forma extraña.

Dyrian arrugó su frente roja.

—Sí, así es.

—No: *aquí, ahora* —murmuró el brujo, buscando a tientas las palabras. Señaló los huesos, con el dedo tembloroso. Detrás de él, los saqueadores se apretaron unos contra otros en señal de advertencia, incluso la intrépida Lenna. Muchos llevaron las manos a sus armas.

El brujo rodeó a su jefa.

—Haz sonar los tambores.

—¿Qué tormenta se avecina? —preguntó Dyrian.

Ridha observó a la jefa, intentando comprender lo que sucedía. Pero la mujer se limitó a soltar su arco y correr hacia las grandes puertas al final del salón. Sin pensarlo, Ridha imitó sus pasos, hasta que se encontró saliendo a toda velocidad hacia el aire frío y la luz del sol. Los demás la siguieron, retumbando a su paso, tanto el invasor como la Vedera. El brujo de los huesos se lamentaba en algún lugar del salón, gritando en jydi. Ridha no podía entender lo que decía, pero percibía su terror. Resonó entre todos los mortales que la rodeaban, sus corazones de pronto palpitaban más fuerte que cualquier tambor de guerra.

Pasó por delante de Lenna y subió a toda prisa los escalones de las murallas sobre la puerta de Kovalinn. El fiordo se extendía frente a ella, reflejando los rayos del sol que se ocultaban tras la cordillera oriental. Primero miró hacia las laderas. *¿Se trata de una avalancha?*, se preguntó, buscando cualquier señal de muerte blanca y fría. *¿Se ha estrechado el hielo?* Pero las aguas seguían siendo las mismas que hacía unas horas, bastante despejadas para la navegación.

—¿Qué es? —preguntó, como si el aire helado fuera a responder.

La jefa Lenna aterrizó a su lado, con el arco ya levantado y una flecha en la cuerda. Sus ojos penetrantes no miraban al fiordo ni a las montañas, sino a un cielo salpicado de nubes ardientes.

—¡*Dryskja*! —gritó Lenna, con su flecha apuntando hacia arriba.

Abajo, los saqueadores profirieron un grito de guerra e hicieron sonar sus espadas, golpeando los pies contra la tierra compactada del patio. El rugido de los jydi retumbó en el fiordo, resonando entre las montañas hasta que Ridha lo sintió en sus dientes.

La princesa no había conocido el verdadero miedo. Hasta ahora. Lo sentía como un cuchillo en el estómago, una herida que le quitaba la determinación.

—¿*Dry-skja*? —preguntó, con un grito atrapado en la garganta.

Lenna disparó una flecha sin pestañear. Subió un centenar de metros hacia el cielo y desapareció en una nube. Ridha siguió su trayectoria, con los ojos vederanos entrecerrados. Se le heló la sangre.

Una sombra se movía en el cielo, detrás de las nubes, demasiado rápida para ser una tormenta, demasiado oscura para ser otra cosa.

En el cielo, algo rugió, lo bastante fuerte y profundo como para hacer temblar el suelo de madera bajo los pies de Ridha.

La princesa de Iona estuvo a punto de caer, con las piernas entumecidas.

A su lado, Lenna no se atrevió a apartar la vista del cielo mientras clavaba otra flecha. La sombra se acercó en picada, ahora más cerca, pero sin salir del banco de nubes.

—Dragón —gruñó.

6

EL ESPEJO DE LA MUERTE

Corayne

Al principio, Corayne pensó que era un espejismo. No sería el primero que veía tras dos semanas en las dunas, una imagen nebulosa del mar o una caravana de camellos. Pero aún estaban a kilómetros de la costa y no había rutas comerciales a través de esta parte de las Grandes Arenas. No había aldeas que visitar, ni mercancías que recoger o vender en esta zona del Ward. Nada más que arena dorada y cielo enjoyado.

Y ahí estaba una gran carpa, de un perfecto azul noche, enclavada bajo el horizonte como una flor nocturna. Corayne aguzó la mirada a través de las sombras oblicuas del crepúsculo, intentando distinguirla. No era la única. Dom en la silla de montar, con sus ojos de Anciano fijos hacia delante, y Sorasa a su lado. Él murmuró algo y ella apretó la mandíbula, con los ojos delineados en negro muy abiertos.

—¿Qué es? —preguntó Corayne, pero el estruendo de los cascos engulló su voz.

No le importó. De todas formas, era la pregunta equivocada.

¿Quién es?

La respuesta llegó, era obvia incluso para la hija de un pirata en el lado equivocado del mar.

El heredero de Ibal.

A medida que se acercaban, Corayne se dio cuenta de que *carpa* no era la palabra adecuada. No sabía cómo llamar a esa extensión de lona del tamaño de un pequeño pueblo. Parecían muchas tiendas levantadas juntas, conectadas por intrincados pasajes como si fueran callejones. Todas tenían el mismo tono de azul, el color de la bandera de Ibal, y los tejados inclinados estaban bordados con lunas plateadas y soles dorados. Un centelleante dragón se posaba en el punto más alto de las tiendas, con las alas desplegadas y su larga cola enroscada alrededor del pico de la gran carpa. El sol poniente brillaba en sus dientes desnudos. Todo era de oro laminado.

Cuando los Halcones redujeron la velocidad de sus caballos, Corayne se inclinó en la silla de montar, acercándose a Andry. A pesar de la discusión, él seguía cabalgando a su lado, y Corayne se alegraba de ello. Aunque sus palabras todavía le dolieran.

¿También soy un monstruo?, se preguntaba, sintiendo la espada contra sus piernas. *¿Así me ve?*

—¿Quién lleva un dragón de oro macizo al desierto? —murmuró, buscando algo que decir. Sus ojos recorrieron el dragón que se cernía sobre las tiendas.

La sonrisa de Andry brilló, los dientes blancos en medio de su rostro moreno. Al ver su sonrisa, la tensión en el pecho de Corayne se disipó. Exhaló un suspiro de alivio.

—Bueno, el rey de Ibal es rico más allá de cualquier límite —dijo.

—De oro son sus manos, de oro es su tesoro —terminó Corayne la vieja rima infantil—. De oro son sus flotas que recorren cada rincón del Estrecho —añadió con un gruñido, pensando en los peajes que todo barco debía pagar para cruzar el Mar Largo.

Lo que pagaría por cruzarlo ahora, pensó. La punzada de dolor la sorprendió y tuvo que bajar la mirada.

—¿Corayne? —le preguntó Andry, con voz suave.

Tan sólo sacudió la cabeza y se apartó. Se sintió agradecida cuando su yegua de arena se detuvo y pudo deslizarse de la silla. Cuando sus botas tocaron el suelo, sintió que sus piernas no estaban tan débiles como los días anteriores.

Y la Espada de Huso no le pesaba tanto.

La ciudad de las tiendas de campaña los atraía como unas fauces abiertas. El cielo se tiñó de rosa y púrpura con la puesta de sol, algunas estrellas tempranas brillaban. En otra vida, Corayne habría encontrado la vista hermosa. Ahora, el miedo sustituía al cansancio tan familiar, y el calor del sol daba paso al frío temor.

Dom y Andry la flanquearon, como siempre, con Sigil y Charlie detrás. Sorasa iba a la cabeza, con un paso fácil de seguir, girando la cabeza de un lado a otro como un halcón en busca de su presa. Valtik caminaba atrás; la anciana lucía tan pálida como cuando aterrizaron en Almasad. No como el resto de ellos. Incluso la piel del anciano Dom tenía un tinte rosado, mientras que los rostros de Sigil y Sorasa se habían oscurecido con el sol.

La mía también, sabía Corayne, aunque no había visto su propio rostro desde entonces y ni siquiera podía recordarlo. Pero el dolor punzante había desaparecido de sus mejillas y las quemaduras de sol habían dado paso a una piel bronceada. *Quizá me parezca más a mi madre*, pensó, y su corazón dio un pequeño salto. Los años de navegación habían dejado a Meliz con un bello color de bronce. *Y menos a mi padre. Y a Taristan.*

Incluso el nombre de su padre era una nube oscura. Se cernía sobre ella, más pesado que la espada que llevaba a sus espaldas.

Pero peor que su nombre era la presencia detrás de su tío. Lo Que Espera siempre la acechaba, acurrucado en los rincones de su mente, en sus pesadillas, donde Él estaba a sólo un latido de distancia. Sólo su agotamiento lo mantenía en gran medida a raya, gracias a su extenuante paso por el desierto y a su entrenamiento diario. Sorasa y Sigil eran la mejor canción de cuna que Corayne hubiera conocido.

Los Halcones los condujeron a la carpa más grande del puesto improvisado. Ataviados con sus armaduras de bronce con dibujos de escamas bajo capas de color azul intenso, los guardias protegían la abertura de la tienda. Cada uno empuñaba una lanza con punta de acero del doble de su altura. A diferencia de los Halcones, llevaban cascos forjados que semejaban cráneos de dragón y que ocultaban sus rostros, convirtiendo a cada guardia en un monstruo sombrío.

Los Compañeros entraron en la enorme tienda sin decir nada, una bocanada de aire fresco y sombras oscuras los engulló. La mayoría de los Halcones permanecieron afuera, excepto el comandante lin-Lira, que se instaló junto a Sorasa.

Halcón y Amhara, uno al lado del otro.

Cuando los ojos de Corayne se adaptaron a la escasa luz, pudo ver que la carpa estaba subdividida en habitaciones a ambos lados, y que en medio se formaba un largo salón. Al centro había una mesa redonda rodeada de sillas, pero nadie estaba sentado. Las únicas figuras de la sala se agrupaban en el extremo más alejado, alrededor de un espejo de bronce pulido. Éste iluminaba la habitación mejor que cualquier vela, captando la luz rosada del atardecer desde una rendija abierta en lo alto de la tienda de campaña.

Había alguien arrodillado ante el espejo, contemplando su superficie. *No, dentro de él,* se dio cuenta Corayne. *A la luz misma.*

—Los elegidos de Lasreen, quien era llamado así por ser una persona binaria o hermafrodita —susurró Charlie en voz baja, con su voz habitualmente tranquila y extrañamente aguda. Puso una mano en el brazo de Corayne, acercándola mientras caminaban.

—Todos los dioses del panteón tienen su mano sobre el reino —susurró. Charlie no era alto y les resultaba fácil juntar sus cabezas—. Uno, que puede ver su voluntad y decir sus palabras. El Vigilante de las Mareas de Meira. La Espada de Syrek. El heredero es el Elegido de Lasreen, tanto real como sagrado.

Meliz an-Amarat nunca había sido partidaria de la religión ni de la oración, ni siquiera de Meira, diosa del mar que tanto amaba. Y Corayne había seguido su ejemplo. Conocía mejor las rutas comerciales y las leyes fiscales que el panteón divino y sus numerosos e intrincados tejidos.

Bajó la voz, inclinándose hacia Charlie.

—¿Puede hablar por una diosa? —murmuró Corayne, mirando de nuevo al heredero. El espejo brillaba. Incluso después de todo lo que Corayne había visto, le resultaba difícil de creer.

—Pueden decir lo que quieran —respondió Charlie burlándose. La amargura tiñó su voz y sus cálidos ojos castaños parecieron enfriarse. Se bajó la capucha, dejando al descubierto su rostro quemado por el sol y su ceño cada vez más fruncido—. Los dioses hablan a través de todos nosotros, no sólo de los llamados elegidos.

De repente, no fue tan difícil imaginar por qué Charlie era un sacerdote caído que había dejado atrás su orden. Pero se besó los dedos y se tocó la frente. El sacerdote caído seguía siendo más santo que el resto de ellos juntos.

Y más sagrado aún era el Elegido de Lasreen, a la vez consagrado y heredero del trono de Ibal. Un sirviente real de la diosa de la vida y la muerte.

Corayne tragó saliva, intentando ver el reflejo del heredero en el espejo, pero su rostro estaba distorsionado por la luz mortecina, moteado por la superficie martillada y deforme. Aun así, Corayne pudo distinguir ese cabello negro y rizado, suelto y sin una corona que delatara su posición, aunque sus ropas eran las más finas que Corayne había visto desde Ascal. De tela azul tejida con hilos de plata y oro, una larga capa de seda sobre una túnica aún más larga, ambas lo bastante ligeras para soportar el calor del desierto.

Los guardias dragón flanqueaban el espejo y su carga, estoicos e inescrutables tras sus yelmos. Estaban en silencio, al igual que las siervas de ojos oscuros sentadas cerca, ambas con idénticos vestidos azul oscuro. Otro guardia estaba de pie junto a la realeza arrodillada, con su armadura de escamas brillando, pero con la cabeza desnuda y el yelmo con colmillos bajo un brazo.

Rodeó a los Compañeros que se acercaban con una mirada de fuego vivo en sus ojos negros que brillaban en la tenue sala. Al igual que el heredero, tenía el cabello de ébano, enrollado hacia atrás en una sola trenza, cuya cola se sujetaba con un aro de lapislázuli.

Bajó la vista, su nariz larga y elegante. Un lado de su boca se curvó con desagrado.

—Se tomó su tiempo, comandante —dijo, y dirigió su mirada a lin-Lira.

El líder de los Halcones inclinó la cabeza y se tocó la frente en un breve saludo.

—Nuestros invitados no estaban acostumbrados a nuestro... *ritmo* —respondió, eligiendo con cuidado sus palabras.

No obstante, provocó un gruñido apenas velado de Sigil.

—No había montado tan despacio desde que era niña —refunfuñó en voz baja. Por suerte, la cazarrecompensas se calló cuando el heredero se levantó del suelo alfombrado.

El heredero tenía el mismo tono de piel que el guardia dragón, y la misma mirada penetrante. *Deben ser hermanos*, pensó Corayne, mirando a uno y al otro. Ambos tenían un porte furioso, no eran bellos, pero sí llamativos, como estatuas vivientes de bronce y azabache. El oro brillaba en los dedos, las muñecas y el cuello del heredero. No llevaban joyas, sino innumerables cadenas finas como un hilo, todas brillantes como el espejo.

Corayne conocía a otros como el heredero, aquellos que no eran ni hombre ni mujer, o algo intermedio. Recordando sus modales, Corayne hizo una temblorosa reverencia, la mejor que podía realizar ante un miembro de la realeza de Ibal.

—Supimos que venías. Sentimos tu presencia en el movimiento del viento, en la perturbación del sagrado Shiran —dijo el heredero, con voz firme. Por un momento, su mirada pasó por encima de todos ellos, examinando a cada Compañero de pies a cabeza. Luego, sus ojos negros como el carbón se posaron en los de Corayne.

—Corayne an-Amarat.

El heredero de Ibal levantó la barbilla.

Nunca el propio nombre de Corayne se había sentido como un golpe. Apretó la mandíbula, tratando de parecer tan temible como el resto de los Compañeros.

Sorasa se adelantó, con los brazos cruzados sobre su delgado cuerpo. Al lado del heredero, la mano de su hermano se dirigió a la empuñadura de su espada. Al igual que los Halcones, se fijó en sus tatuajes y su daga, claros distintivos de una asesina Amhara.

—Qué curioso —respondió Sorasa, encogiéndose de hombros—. Seguro nos perdimos la fiesta de bienvenida, Isadere.

—Dirígete a mi hermano por su legítimo título o no lo hagas, serpiente —gritó el soldado dragón. Sus dedos se cerraron y sacó de la vaina los primeros centímetros de su espada, mostrando el acero desnudo y reluciente.

A la derecha de Corayne, Dom se apresuró hacia su propia espada, más rápido de lo que los mortales podían comprender. No desenvainó, pero el gigante Anciano era lo bastante amenazante, incluso el hermano del heredero retrocedió.

Los párpados de Sorasa apenas se movieron.

—Ves la ironía de esa afirmación, ¿verdad, Sibrez? —dio otro paso—. ¿Y con qué título debo dirigirme a ti? ¿Bastardo real?

Por un momento, Corayne pensó que Sibrez se echaría encima de la Amhara. Hasta que el heredero se interpuso entre ellos, con los labios fruncidos. Isadere los miró con severidad, pero no dijo nada. En cambio, despidió a su hermano con un movimiento de sus manos color marrón, con dedos largos y elegantes. Suaves. Sin mancha alguna por el trabajo o la guerra.

Sibrez se inclinó, soltando su espada, aunque un músculo le tembló en la mejilla. La atención de Isadere volvió a centrarse en Corayne y sus miradas se cruzaron.

—Llevas la sangre de Cor en las venas —dijo Isadere, caminando en círculo. Con sus pies descalzos sobre las ricas alfombras, no hacía ruido alguno. La tienda era sorprendentemente silenciosa en comparación con el estruendo de los cascos en el desierto.

Corayne se mordió el labio. Aunque la prueba de ello estaba en el oasis que dejaron atrás, en la propia Espada de Huso, todavía se sentía incómoda al conocer el linaje de su padre. Con los extraños, y en su propio corazón.

—Sólo la mitad —se obligó a responder.

Cada paso acercaba a Isadere, hasta que estuvieron a sólo un metro de distancia. Corayne percibió el olor del aceite perfumado que llevaba, de jazmín y sándalo. *Importado de Rhashir*, lo supo, pensando en el largo viaje que realizó una botellita de valor incalculable antes de que el aceite llegara a reposar en la muñeca de un miembro de la realeza.

—Pero es la sangre de Cor la que te impulsa, la que te empuja hacia lo desconocido —afirmó Isadere, con sus ojos grandes y penetrantes. Corayne trató de no inquietarse bajo su escrutinio—. Eso es lo que aprendí en mis lecciones. Que los descendientes del Viejo Cor son inquietos, hijos de estrellas diferentes, obstinados y siempre en busca de un hogar que nunca encontrarán —el heredero miró a Dom a continuación, inclinando la cabeza. Él permaneció impasible—. Dicen lo mismo de los Ancianos. Veo a Glorian en tus ojos, Inmortal.

Dom mostró una expresión enigmática, entre sonrisa y mueca.

—Soy nacido en el Ward, Su Alteza. Mis ojos nunca han visto Glorian.

El heredero sonrió, mostrando demasiados dientes. Como un tiburón.

—Pero vive en ti —dijo, encogiéndose de hombros—. Lo mismo que la diosa vive en mí.

"La luz de Lasreen me dice muchas cosas; sobre todo, acertijos —continuó Isadere, extendiendo sus manos. Sus largas mangas se arrastraron y sus hilos brillaron como estrellas en un cielo azul intenso—. Son confusos hasta que han pasado, y después la línea se puede rastrear hacia atrás. Pero la diosa es infinitamente clara en una cosa.

Levantó un dedo anillado con oro. Detrás, los últimos rayos del atardecer brillaban en el espejo.

—El reino está en grave peligro. El Ward está a punto de caer.

Corayne apretó los dientes. ¿Es esto en lo que hemos perdido tanto tiempo? *¿Otro miembro de la realeza que no ama más que el sonido de su propia voz diciéndonos lo que ya sabemos?*

—Sí, somos conscientes —dijo Corayne.

A su lado, Andry le dio un codazo en las costillas. Su propio rostro era una máscara, inmóvil e ilegible. El escudero estaba más acostumbrado a las tonterías de la realeza que cualquiera de ellos.

El comandante lin-Lira se llevó una mano al corazón e hizo una reverencia, lo que llamó la atención de Isadere. Su mirada se suavizó.

—Galland se está volviendo audaz —dijo, incorporándose—. Doscientos soldados marcharon por nuestra tierra, todo para proteger una abominación que nos mataría y hundiría nuestras flotas.

Ibal es la mayor potencia marítima del Ward. Una amenaza para su armada es una amenaza para todo su reino, bien lo sabía Corayne. Y también lo sabía Galland.

—Así que es verdad. El Huso ha sido destruido —respiró Isadere, mordiéndose el labio—. Debo admitir que recé para que no ocurriera. Recé para que mis lecturas fueran incorrectas. Pero, por desgracia, el espejo no miente, y aquí estamos.

Corayne observó el disco de bronce detrás de Isadere. Su rostro marmóreo parecía anodino, inescrutable. Difícilmente una fuente de profecía.

Sibrez enseñó los dientes.

—¿Qué queda de los monstruos?

Con una risa sincera, Sigil se llevó un puño a su coraza de cuero.

—Nada más que sus huesos —se pavoneó—. No tienen que darnos las gracias.

Sibrez inclinó la cabeza.

—Bien hecho, temurana.

Lin-Lira prosiguió.

—La reina Erida no sólo ha quebrantado nuestra soberanía, sino que, además, marcha hacia Madrence con fuerza.

—Eso no es noticia —Isadere agitó las manos. En los rincones de la carpa, las siervas se pusieron a encender velas. Las sombras alrededor de la sala se elevaron—. Galland lucha con Madrence cada década.

—Marchan por la Rosa, en dirección a Rouleine —continuó lin-Lira, con una voz llena de intención.

Corayne sabía poco de dioses y sacerdotes, pero conocía los mapas. Conocía el Ward. Vio la ruta de la reina en su mente, y los latidos de su corazón se aceleraron mientras reprimía un jadeo, mirando a Andry. Él le devolvió la mirada, con el ceño fruncido. La chica no necesitaba leer su mente para ver sus propios pensamientos acuciantes reflejados en sus ojos. Si los ejércitos de Erida marchaban hacia el sur, a lo largo del Río de la Rosa, en dirección a la ciudad madrentina de

Rouleine, estaban realmente en guerra. La conquista de Erida
—y la de Taristan— había comenzado.

—Desprecio la política del norte —murmuró Isadere—.
Es tan bárbara.

Como escudero, criado en palacio y nacido en la corte,
Andry se adelantó y se inclinó en una reverencia, doblando
la cintura.

—¿Me permite, Su Alteza? —dijo, mirando hacia arriba
en señal de deferencia.

Isadere lo miró como si fuera una planta peculiar.

—¿Sí?

Andry se enderezó, con una mano en el pecho.

—Soy gallandés de nacimiento, criado en la corte de Erida. Durante generaciones, a lo largo de las fronteras, ha habido escaramuzas, pero ningún ejército real se ha movido en
ninguna dirección, no desde hace cien años. Si lo que dice es
cierto, entonces la reina Erida está en guerra en el norte. Y lo
está haciendo con un monstruo a su lado.

—¿El sin nombre con el que se casó? —se burló Isadere,
volviendo a mirar a Sibrez. Sus rasgos nobles se desdibuja-
ron en una sonrisa de desprecio—. La todopoderosa reina de
Galland, casada con un don nadie salido de Cor. Admito que
incluso eso escapó a la suerte de Lasreen. ¿Pero quién soy yo
para juzgar los caprichos de otro corazón?

Corayne se enderezó. Resuelta, se apartó la capa y liberó
la Espada de Huso, sacando toda la longitud del acero de su
funda. Los ojos de Isadere danzaron a lo largo de la hoja, observando la espada y sus extrañas marcas. Lo mismo hicieron
el resto de los asistentes, incluso los guardianes con casco,
con los ojos salpicados por la luz de las velas. Sibrez y lin-Lira
examinaron la espada a lo lejos, fascinados por el arma anti-

gua. Corayne sintió la presión de toda la sala: la atención de todos los presentes se había centrado en ella.

La última vez que me presenté ante alguien de la realeza, intentó matarme. Al menos Isadere no lo ha intentado... todavía.

—Ese don nadie es mi tío, Taristan del Viejo Cor, y la única otra persona viva capaz de abrir un Huso —afirmó Corayne. Intentó sonar tan fuerte como el acero que tenía en sus manos. *No logramos que Galland se pusiera de nuestro lado. No podemos volver a fallar*—. Lo hizo aquí, en sus propias tierras. Abrió un portal a Meer y envió a los monstruos al mar. Por mi mano se cerró, salvando sus flotas de la destrucción —la espada se sentía bien en su mano, no era un ancla que la arrastrara, sino una muleta que la sostenía. Se apoyó en ella, dejando que su fuerza la colmara—. Y va a hacerlo de nuevo, en cuanto pueda. Sin importar el costo para Allward.

Tras un largo momento, Isadere levantó su mirada de la hoja. Su rostro se tensó y volvió a mirar a su espejo. Pero la luz había desaparecido, y las velas brillaban débilmente en su rostro. Lo que quería ver no aparecía.

—¿Sabes adónde podría dirigirse ahora? —preguntó Isadere, y Corayne sintió un miserable destello de esperanza—. ¿A otro Huso?

Antes de que Corayne pudiera responder, Charlie habló, con una sonrisa juguetona.

—¿Deberíamos preguntarle a su espejo?

Isadere levantó la barbilla.

—El espejo muestra lo que la diosa quiere. No se pliega a los caprichos de los mortales.

—¿Así que sólo le muestra lo que necesita... después de que lo necesita? —preguntó Charlie. Era claro que estaba disfrutando esto.

Corayne dio un respingo, luchando contra el impulso de darle un pisotón a Charlie.

El heredero se sonrojó y frunció el ceño. Se movió, interponiendo su cuerpo entre Charlie y el círculo sagrado de bronce, como si se tratara de un niño al que hay que proteger.

—No escucharé blasfemias.

—Puede taparse los oídos —respondió Charlie, antes de que Sigil le tapara la boca con una mano.

—Creo que Ibal es el único país en el que *no* eres buscado —refunfuñó la cazarrecompensas, tirando de él hacia su pecho —a pesar de que Sigil lo agarraba con fuerza, Charlie puso los ojos en blanco—. ¿Intentas cambiar eso?

—¿Les costaría mucho comportarse? —Corayne siseó con los dientes apretados, mirando a Sorasa, luego a Dom y después a Charlie.

Se hizo a un lado, ocultando al silenciado Charlie de la vista de Isadere. *No estamos aquí para debatir sobre religión.*

—Tiene razón, Su Alteza —dijo la chica, apretando la empuñadura de la Espada. El cuero empezaba a resultarle familiar, ahora que lo usaba en su propia mano y no en la de su padre. Intentó no pensar en lo que eso significaba—. El Ward se encuentra en grave peligro y usted lo ha sabido desde hace mucho tiempo.

Isadere bajó la barbilla apenas un centímetro, pero fue suficiente.

La esperanza en Corayne, esa esperanza insuperable y tonta que se esforzaba por ignorar, seguía creciendo.

—También su padre, ¿verdad? —le espetó, sopesando la reacción de Isadere.

El rostro del heredero se ensombreció, la sonrisa de tiburón se convirtió en una mueca. Por un segundo, Corayne se preocupó, temiendo haberse excedido.

Entonces Isadere compartió una mirada cómplice con su hermano.

—Así es —respondió Sibrez. Su voz temblaba de frustración.

—De modo que huyó —dijo Corayne. Los hilos se unieron en su mente—. Al palacio de verano, en lo alto de las montañas.

Los hermanos reales palidecieron juntos, mirando hacia otro lado. La vergüenza atravesó sus rostros como una tormenta. También pasó por lin-Lira, cuya mano callosa se cerró en un puño.

—Y tú, tus Halcones... —Corayne se volvió hacia el comandante, leyendo su lenguaje corporal—. Te negaste a ir con él. Tu rey, tu propia sangre, tu deber —el comandante se movió inquieto bajo su escrutinio, y de alguna manera Corayne se sintió como la mayor de los dos, aunque lin-Lira era dos décadas más grande que ella.

—Atravesaste la corona para salvar al Ward —murmuró.

Aunque había pasado muchos días bajo su mando, a merced de lin-Lira y sus soldados, sintió que lo veía por primera vez. Las líneas de la sonrisa en el borde de la boca, la salpicadura gris en la barba. La bondad detrás de sus ojos. El *miedo* que lo paralizaba. De repente, no parecía tan intimidante, en comparación con los andrajosos Compañeros que sus hombres sacaron del desierto. *Asesinos, todos nosotros ahora.* Corayne recordó la sangre en sus propias manos. *También yo.*

Isadere posó una mano tranquilizadora en el hombro de lin-Lira. No eran tan jóvenes como Corayne había creído al principio: las líneas de la edad se mostraban en sus rostros feroces. Al igual que con lin-Lira, Corayne vio la duda en ellos, el miedo.

—No habrá corona que salvar si el Ward cae —jadeó Isadere, sus dedos se demoraron más de lo necesario. Luego apartó la mano y se inclinó un poco hacia Corayne, los Compañeros y la Espada de Huso.

La luz de las velas ardía en sus ojos. Aunque las llamas eran cálidas y doradas, Corayne no podía evitar sentir ese empalagoso calor rojo, las brasas de Lo Que Espera. Ahora ardían en algún lugar del Ward, rogando por ser encendidas.

Isadere señaló la mesa, invitándolos a sentarse.

—Cuéntennos todo.

Las sirvientas sustituyeron las velas dos veces antes de que Corayne terminara su relato, con acertadas intervenciones tanto de Dom como de Andry. Mientras la mayoría se sentaba alrededor de la mesa, Sorasa se paseaba con un ritmo ligero. Charlie permaneció obstinadamente en silencio, receloso de las monstruosas manos de Sigil. Aunque hablaron hasta bien entrada la noche, los guardianes de Isadere seguían a Sorasa a distancia, sin romper el paso, incansables en su vigilancia sobre la Amhara. Corayne se enteró de que se llamaban los *Ela-Diryn*: los Dragones Benditos. Al igual que los Halcones protegían al rey de Ibal, estos guerreros habían jurado defender a los Elegidos de Lasreen. Morirían por sus propias espadas si Isadere les indicaba que la diosa así lo deseaba.

El heredero escuchó, pensativo y en silencio.

Pero Erida también escuchó, y todos sabemos adónde nos llevó eso.

—Y entonces el Huso desapareció —dijo Corayne, mirando el corte en la palma de su mano. Se estaba curando bien, a pesar de los largos días en los que había sostenido las riendas de un caballo. La Espada de Huso tenía al menos mil años, pero estaba tan afilada como el día en que se había fabricado. Cortaba limpiamente. Todavía sentía su mordedura, el frío acero contra la carne.

—Las aguas se retiraron a la arena, dejando sólo los cuerpos y un oasis vacío. Fuimos a las afueras para reagruparnos. Allí nos encontraron los Halcones.

—¿Comandante? —dijo Isadere, hablando por primera vez en horas. Desde la apertura de la tienda, lin- Lira asintió.

—Es verdad —suspiró, asintiendo con la cabeza.

Sigil se inclinó hacia delante sobre sus codos, un mechón de cabello negro le caía sobre un ojo.

—Y estamos aquí, como sus prisioneros.

—Por última vez, no son prisioneros… —resopló lin-Lira, para que Sigil no continuara.

—Entonces, ¿somos libres de irnos? —exclamó ella, con los ojos puestos en el heredero.

—Sí —respondió Isadere con claridad, sin vacilar—. Eventualmente.

De los dientes apretados de la boca de Sigil, escapó un siseo. Corayne sintió la misma frustración, pero le dio una patada por debajo de la mesa para que se callara. Un temurano enjaulado era un volcán a punto de erupción, una tormenta lista para estallar.

—¿Qué nos piden los Elegidos de Lasreen? —dijo Corayne, escogiendo sus palabras con cuidado. Isadere se enderezó en su asiento, evidentemente encantado por el título.

—Información —dijo Isadere—. Dirección. Tiempo.

Dom parecía como una gran montaña en la silla baja, con el cuerpo como una pila de rocas. Una de sus manos estaba sobre la mesa, inmóvil, salvo por un solo dedo que golpeteaba.

—¿Tiempo para qué?

—Para prepararnos, Anciano —Isadere señaló hacia la abertura de la carpa y el desierto—. Si Erida de Galland le va a declarar la guerra a todo el reino, debemos prepararnos para ello. Enviaré un representante hacia Erida y mi padre...

De nuevo, Sigil se burló.

—No hay tiempo para la diplomacia.

Corayne sintió que su propia paciencia se agotaba. Se levantó con rapidez, deseando poder mostrarles lo que habían visto en Nezri. Lo que ella había visto en sus sueños dispersos. *Manos rojas, rostros blancos, algo que se movía detrás de las sombras, algo hambriento, que crecía.*

—¿No escuchó lo que acabamos de decir? —espetó, con el semblante acalorado.

Los segundos pasaron, agravados por el silencio de la carpa.

—Erida envió soldados a Ibal. Taristan abrió un Huso en sus propias tierras, para atacar a su propia armada y cortarle el paso —Corayne pasó un dedo por la mesa. Deseó tener un mapa, aunque sólo fuera para arrojárselo en la cara a Isadere y hacerle ver—. ¡Intentan debilitar a su oponente más fuerte antes de que se entere que están en guerra!

Esperaba que Isadere discutiera o que su hermano Sibrez volviera a exigir respeto. Pero ninguno de los hermanos reales hizo nada, permanecieron inmóviles en sus asientos. Isadere bajó la mirada y exhaló un suspiro.

—No soy el rey de Ibal —murmuró, sus palabras estaban teñidas de pesar—. No puedo comandar sus flotas ni sus ejércitos.

Corayne hizo una mueca.

—Entonces, ¿qué estamos haciendo aquí?

—Yo no soy el rey —volvió a decir Isadere, esta vez más fuerte. Su mirada se agudizó—. Pero *soy* el Elegido de Lasreen. Hablo en nombre de una diosa, y ella me dice que les ayude. La diosa ha mostrado el camino.

En algún lugar cerca del espejo de bronce, en el otro extremo de la sala, Sorasa se detuvo. Los dos dragones que la seguían se detuvieron también, con las lanzas en la mano.

—La armada ibala sería un buen comienzo —gruñó Sorasa.

Isadere rio con frialdad.

—Has pasado estas largas horas en silencio, Amhara. Admito que temía que me clavaras un cuchillo en el cuello —se giró en su asiento para mirar de lleno a Sorasa. Eran de la misma ascendencia, hijos de Ibal. Pero estaban tan separados el uno de la otra como el dragón y el tigre—. ¿O es que no hay más contratos para mí?

—Hay muchos, Su Alteza —Sorasa soltó su habitual risa—. Pero estoy un poco preocupada por el fin del mundo. Los cobraré más tarde.

Amhara caída, Amhara destruida. Corayne recordó las palabras de Valtik. Sorasa ya no era Amhara, exiliada del gremio que esta gente tanto odiaba. Pero seguía llevando la daga con orgullo y asumiendo el título, aunque significara una marca visible para todos.

—Estaré esperando —respondió Sibrez. Una amenaza abierta.

Sorasa sonrió y mostró los dientes desnudos. Isadere no era el único con una sonrisa letal de tiburón.

El heredero se volvió, mirando a Corayne que los lideraba.

—Tienes amigos extraños, Corayne an-Amarat.

Amigos. La palabra se posó de forma extraña entre ellos, sobre todo en Corayne. Por supuesto que consideraba a Andry un amigo, y a Dom. Eran tan cercanos a ella como Kastio, como la tripulación de su madre. Confiaba en ellos; se preocupaba por ellos. ¿Pero Sorasa? ¿Una asesina sin lealtad a nadie ni a nada?

Su corazón latía con fuerza. *Volvió para salvarnos en el palacio. Me alcanzó en el cañón. Cuando Dom no podía ver el peligro, ella lo hizo. Lo sabía, y arriesgó su vida para salvar la mía.* Corayne recordaba a la Amhara sacándola al aire libre, a pocos centímetros de las rocas.

¿Y Valtik? La anciana estaba dormida en su silla, con la mejilla apoyada en la mesa, con el aspecto de un borracho que ha bebido demasiado. En el mejor de los casos, era una molestia; en el peor, una carga. Haciendo sonar sus huesos y sus rimas, sin decirles nada y todo a la vez. *La vieja bruja se interpuso entre el kraken y nosotros, conteniéndolo lo suficiente. Estaríamos muertos sin ella.* En su bolsillo, Corayne aún guardaba los palos, el amuleto de jydi del barco de hacía tanto tiempo. La sangre de Taristan seguía allí, negra y seca.

Charlie, que se quejaba todo el tiempo. Que le enseñó a hacer sellos Tyri y cartas de porte. Que bromeaba en medio de los dolores del camino, que la hacía sentir un poco menos sola.

Sigil, grosera y exagerada, arriesgando sus vidas con cada fanfarronada. Que había traicionado y luego *des-traicionado* a todos. Que vigilaba cada noche.

¿Amigos?

La voz de Isadere irrumpió en sus pensamientos.

—No puedo ofrecerte la armada, pero sí un barco.

Alrededor de la mesa, los Compañeros intercambiaron miradas de entusiasmo, incluyendo a Corayne. Se relamió los labios, se permitió albergar la esperanza, y trató de luchar contra la sincera sonrisa que se pintaba en su rostro.

—El mío, anclado mar adentro —dijo Isadere, señalando con la cabeza la vaga dirección de la costa. *Está a unos cuantos kilómetros todavía,* sabía Corayne, *pero no muy lejos, después de lo lejos que hemos llegado*—. El barco está bien aprovisionado y con tripulación, es capaz de llevarlos a través del Mar Largo.

Corayne dejó caer los hombros.

—Adónde, no lo sabemos —murmuró, sonando tan pequeña como de pronto se sentía.

Alrededor de la mesa, los demás no ofrecieron ninguna sugerencia.

Pero Isadere volvió a acomodarse en su asiento, con las manos brillantes cruzadas sobre la mesa.

—La diosa lo sabe.

Todas las miradas se dirigieron al heredero.

Charlie inhaló con fuerza.

—¿Qué sombras ha mostrado su espejo? —dijo, con voz temblorosa—. ¿Qué camino cree que ha visto?

Isadere se giró en su asiento, mirando hacia el espejo de bronce, ahora apagado y vacío. Una comisura de su boca se levantó en una sonrisa.

—Ustedes díganme —murmuró—. Vi las primeras nieves del invierno, y un lobo blanco corriendo con el viento.

—¿Un lobo blanco? —Dom arrugó la nariz, confundido. Corayne sintió lo mismo.

Pero a su lado, Andry se inclinó hacia delante, con las manos apoyadas en la mesa. Sus ojos se iluminaron al darse cuenta.

—Está hablando del príncipe de Trec —dijo, emulando la sonrisa de Isadere—. Oscovko. Ése es su símbolo.

Una sonrisa se dibujó en el rostro de Isadere.

—¿Quizá sea el aliado que necesitas, mientras Ibal se levanta de su sueño?

—El príncipe de Trec es un borracho y un matón, que se contenta con luchar contra los saqueadores jydi, nada más —se mofó Sorasa, encogiéndose de hombros—. No se enfrentará al ejército de Taristan y Erida.

—Oscovko era uno de los pretendientes más prometedores de Erida —replicó Andry—. Le guarda rencor, eso es seguro. Podría ser suficiente para influir en él.

Trec no poseía costa para que su madre pudiera saquearla, y Corayne no sabía mucho del lugar, más allá de la simple geografía. Un país septentrional pequeño, pero orgulloso, que se complacía con controlar sus minas de hierro, sus forjas de acero y poco más.

Parpadeó, tratando de encajar las piezas.

—No lo necesitamos para luchar contra el ejército de Erida —murmuró, resoplando—. Lo necesitamos para cerrar el próximo Huso.

Su corazón se estremeció ante la perspectiva, aún cansada por el último Huso desgarrado.

—¿Y dónde puede estar eso? —refunfuñó Sorasa, mirando entre Corayne y el espejo de Isadere— ¿Alguna pista?

—Sobre eso, el espejo es poco claro —respondió Isadere, al tiempo que su sonrisa se desvanecía.

La asesina siseó como la serpiente tatuada en su cuello.

—Por supuesto.

Corayne se giró en su asiento.

—¿Valtik? —dijo, mirando a la anciana, que ahora roncaba con suavidad—. ¿Alguna idea?

Sigil golpeó a la bruja jydi en el hombro, despertándola. Valtik parpadeó y se incorporó, con los mismos ojos azules inquietantes, que ahora eran lo más brillante de la habitación. Incluso hacían que las velas se avergonzaran.

—Ideas, Valtik —volvió a decir Corayne, nerviosa—. Para saber dónde podría estar el próximo Huso. ¿Adónde se dirige Taristan a continuación?

—Deja rosas tras de sí —respondió la bruja, medio riendo. Comenzó a trenzar y desenredar los mechones de su cabello, tirando las ramitas secas de jazmín y lavanda seca—. Rosas, muriendo en la vid.

Corayne apretó los dientes.

—Sí, sabemos que está en el Río de la Rosa.

—O podría referirse literalmente a las rosas —propuso Charlie, encogiéndose de hombros—. Son la marca del antiguo imperio, los Cor.

Mi propia sangre, pensó Corayne. Recordó las rosas en la corte de Erida, los pobres sirvientes cortando flores toda la noche para una boda monstruosa. Rojas como las figuras de sus sueños, rojas como la sangre de su espada, rojas como el vestido que Erida llevaba aquella noche, cuando se comprometió a ayudarles a salvar al Ward, y luego los arrojó a los lobos.

No podemos molestarnos con las rosas ahora. Necesitamos respuestas.

—¿Qué dicen los huesos, *Gaeda*? —incitó, moviéndose para tomar a Valtik por el hombro. Con la otra mano, Corayne buscó la bolsa de la bruja y los pequeños esqueletos que traqueteaban en su interior.

Isadere bufó con fuerza. Se levantó de la mesa, con las fosas nasales encendidas.

—No permitiré que una Jydi haga magia de huesos en mi presencia —espetó, con los ojos ensombrecidos por el asco—. No ante Lasreen.

Corayne abrió la boca para cuestionar la violenta reacción de Isadere, pero Valtik volvió a reírse, interrumpiéndola.

—Lo ves todo y nada —graznó, guardando su bolsa de huesos—. Un heredero como su rey.

—¿Cómo te atreves, bruja? —Isadere arremetió. Detrás de ellos, el espejo permanecía oscuro y vacío, un simple círculo de bronce—. ¿Cuestionas la voluntad de la diosa?

Para sorpresa de Corayne, Charlie se interpuso entre ellos, extendiendo las manos manchadas de tinta.

—Ella no cuestiona nada, Su Alteza —dijo, adoptando un tono apaciguador—. Sus creencias son las suyas, en la raíz de todas las cosas. Ella sirve a los dioses como usted, a su manera.

Los ojos de Isadere lo recorrieron, volviéndolo a observar. Su mirada se detuvo en sus dedos.

—¿Y a qué dioses servías tú alguna vez, Sacerdote? —murmuró.

Charlie se enderezó, levantando la barbilla.

—Todavía les sirvo.

—Muy bien —respondió Isadere, hundiéndose de nuevo en la silla.

Corayne apretó los dientes, sopesando la magia de los huesos de Valtik en comparación con la ayuda de Isadere. Era una balanza difícil de equilibrar. Por suerte, la bruja no estaba de humor para inclinarla. Le lanzó una única mirada a Corayne con sus inquietantes ojos, antes de levantarse de la mesa y alejarse hacia el desierto. Los guardias no le impidieron el paso y desapareció en la noche, dejando el tenue aroma del vino a su paso.

En el borde de la sala, Sorasa comenzó a caminar de nuevo de un lado a otro, sacudiendo la cabeza.

¿Y ahora qué?, se preguntaba Corayne, con la esperanza revoloteando en su pecho. *Estamos perdidos, sin rumbo, un barco sin costa a la vista.* Trató de pensar, devanándose los sesos en busca de algo que pudiera ser útil.

—No sabemos dónde está el próximo Huso, eso es obvio —admitir esa realidad se sentía como una derrota, pero se sobrepuso, paseándose alrededor de la mesa. Una vez más, deseó tener un mapa. O una pluma y un pergamino. Algo que pudiera sostener en sus manos, para ayudarla a pensar—. ¿Qué sabemos?

—Erida y Taristan son lo bastante fuertes para tomar Madrence por la fuerza, y con rapidez. Antes de que cualquier reino pueda unirse a Madrence. Lo saben, de lo contrario no estarían marchando hacia Rouleine —dijo Andry, en voz baja. Corayne vio que el cansancio lo invadía, después de su largo viaje por el desierto.

Sorasa asintió.

—Eso no ha ocurrido en un siglo. Y Taristan está con Erida. O está siguiendo el camino hacia otro Huso, o conquistar Madrence es más importante para su causa.

Corayne lo asimiló todo e hizo un recuento de la información como si se tratara de una lista en su viejo libro de contabilidad. El mapa de Allward surgió en su mente, familiar como el propio rostro de su madre. Vio la peligrosa frontera entre Galland y Madrence, trazada a lo largo del Río de la Rosa, salpicada por una línea de castillos para proteger a ambos lados. Luego el de la Rosa se encontraba con el Alsor, ambos ríos se juntaban antes de desembocar en el mar. En su unión se encontraba Rouleine, la primera gran ciudad en el camino de Erida. No era tan grande como la capital madrentina, Partepalas, pero sin duda representaba un premio para cualquier conquistador.

Desde su asiento, Dom recorrió con una mano sus cicatrices. Corayne se estremeció, pensando en los soldados esqueletos y sus cuchillos.

—No, Taristan sigue cazando a los Husos como nosotros —dijo. Su labio se curvó con disgusto—. Buscando pistas en viejas leyendas, escuchando los susurros de esa rata roja de sacerdote.

Isadere entrecerró los ojos.

—¿Ha desgarrado más Husos desde la última vez que lo viste? ¿Despertó... cosas *peores*?

Con un suspiro, Dom echó los hombros hacia atrás, ahuyentando algún dolor. Incluso los inmortales sentían dolor.

—No lo sabemos.

—Todavía hay tiempo —respiró Charlie. Tamborileó con los dedos sobre la mesa. Sigil lo miró de reojo, burlándose.

—¿Y cómo lo sabes?

El sacerdote se encogió de hombros y se acomodó en su silla. Entrelazó las manos sobre su vientre, como un hombre satisfecho con una buena comida.

—Los Husos sostienen los reinos. Todavía no estamos muertos, así que eso es algo.

—Eso es algo —repitió como un eco Sigil, sacudiendo la cabeza.

Todavía no estamos muertos. Corayne casi se echó a reír, y los muchos y largos días de viaje y trabajo parecieron estrellarse de golpe, como una ola terrible. Las serpientes marinas, los caballos, la ciudad oasis ahora llena de nada más que fantasmas. *Todavía no estamos muertos*, pensó. *Teje eso en un tapiz, pues parece ser el hilo conductor de este viaje.*

—Sí sabemos dónde está el Huso.

En la carpa, la voz de Andry era una campana, tan clara que resonaba. Sus ojos se encontraron con los de Corayne, castaño sobre negro, tierra sobre piedra. La chica arrugó la frente, tratando de pensar, averiguar qué había olvidado, ahogada en sus recuerdos. La Espada de Huso seguía en su funda, apoyada en su silla. Ahora se sentía como una piedra que buscaba empujarla hacia el suelo. Intentando enterrarla.

Sus labios formularon la pregunta, pero Andry respondió antes de que ella pudiera hacerlo.

Su rostro se tensó con pesar, su boca cerrada en una mueca de dolor. El dolor tiñó su voz, como si tuviera un cuchillo en su cuerpo, retorciéndose con lentitud.

Abrió la boca, con los dientes apretados y la mandíbula tensa. Las palabras eran una agonía para él.

—El templo —se obligó a decir, y Dom respiró con intensidad. Más rápido de lo que nadie creía posible, el Anciano se levantó de la mesa y salió de la carpa, con la puerta agitándose como atrapada por un fuerte viento. Sorasa se detuvo, con semblante inexpresivo; sus ojos de tigre se abrieron de par en par mientras lo seguían.

Corayne parpadeó. El mundo se sacudió bajo sus pies y estuvo a punto de tropezar.

Isadere ladeó la cabeza, confundido, al igual que su hermano.

—¿El templo...? —comenzó Sigil, perpleja.

Ella no estuvo allí. No lo sabe.

Y aunque Corayne conocía la historia, sabía quién había muerto en el campo de exterminio, sabía de qué sangre se alimentaba el bosque de las colinas, en realidad no lo entendía. *Yo tampoco estuve allí. No vi morir a mi padre ni a los otros. No puedo conocer su agobio.*

Ante ella, Andry se inclinó, bajó la cabeza, con la barbilla casi apoyada en el pecho.

—Debemos volver —susurró, con la voz entrecortada. Corayne sintió el hombro de él bajo su mano antes de saber lo que estaba haciendo, su cuerpo firme y cálido bajo sus dedos. Era todo lo que podía hacer para consolarlo. *Si hubiera otra manera...* se preguntó, sabiendo ya la respuesta.

Sus ojos pasaron de la cabeza de Andry al espejo del fondo de la tienda. La luna había salido y se filtraba por el agujero del techo inclinado. Brillaba en la superficie de bronce del espejo. Por un momento, Corayne creyó ver un rostro, frío y blanco.

—Tenemos que volver —repitió ella.

7

NI SIQUIERA FANTASMAS

Domacridhan

Está bien extrañarlo. Está bien sentir este hueco.
Andry Trelland lo había dicho unas semanas atrás, junto al río y los sauces, cuando las pesadillas se volvieron demasiado horribles incluso para Dom. En verdad, ahora sentía un hueco que crecía con cada segundo que pasaba. Primero se tragó su corazón. Pronto seguiría el resto de su ser.

El inmortal Veder contempló un cielo nocturno plagado de estrellas. Un centenar de puntitos de luz en la oscuridad infinita. Titilaban una a una, volviendo con cada puesta de sol. En ese momento, Domacridhan de Iona odió las estrellas, porque no podían morir.

No como el resto de ellos. No como todas las personas, mortales o inmortales, que Dom apreciaba. Todos ellos habían desaparecido o estaban a punto de hacerlo, bailando en el filo de la navaja de la obliteración. Era algo extraño de entender: todos y todo lo que conocía podría terminar.

Corayne era perseguida por las dos personas más peligrosas del reino, y su rostro y su nombre se anunciaban por todo el Ward. Sin mencionar que ella era lo único que se interponía entre Allward y el apocalipsis. Una posición precaria para cualquiera, y más aún para una joven mortal. Andry era un fugitivo junto a ella, y demasiado noble para su propio bien. Podía ponerse delante de una espada en cualquier momento. Y Ridha, su querido primo, estaba quién sabe dónde, cabalgando por el Ward en busca de aliados que tal vez nunca llegarían.

Maldijo la cobardía de su madre, pero la echó de menos en el mismo doloroso aliento. Si tan sólo la Monarca de Iona estuviera con ellos ahora, su poder y el de los otros enclaves inmortales junto a ellos. También temía por ella, por todos los que estaban en Tíarma, por todos los que se encontraban dentro de la carpa del heredero. Incluso Valtik, que murmuraba entre las dunas de arena. Sólo Sorasa Sarn se libró de sus preocupaciones. Dom dudaba que incluso el fin del mundo pudiera matarla. Ella encontraría una forma de librarse, como fuera, sin importar el costo para los demás.

Le costaba respirar, como si hubiera pasado los últimos días corriendo por la arena en lugar de cabalgando. El pecho de Dom se tensó, y la herida del costado, aunque ya estaba curada, escocía como si fuera reciente. Las cicatrices estaban peor, calientes y punzantes. Volvió a sentir a las criaturas de Asunder, sus dedos de hueso y sus cuchillas rotas desgarrando su piel.

En las pesadillas, no escapaba de ellas. En las pesadillas, lo arrastraban hacia abajo, más y más, hasta que el cielo era poco más que un círculo sobre él, el resto del mundo negro y rojo. Podía oír los gritos de Cortael. Podía oler su sangre. Incluso despierto, los percibía a ambos, el recuerdo era demasiado nítido.

Y ahora debemos regresar.

Las estrellas giraron durante minutos y siglos, infinitas en lo alto del cielo. Ni siquiera en Iona había habido nunca tantas estrellas. Dom las escudriñó, buscando una respuesta.

Las miles de luces no respondieron.

Pero Domacridhan de Iona no estaba solo.

—Algunos dicen que las estrellas son todos los reinos que existen; y sus luces, una llamada y una invitación.

Dom no se movió cuando la figura apareció a su lado. Era de la misma altura, de piel negra y con una corona de cabello negro trenzado. E inmortal, un hijo de Glorian, como Dom.

Los dientes de Dom se separaron por la sorpresa y aspiró con dificultad.

El inmortal no llevaba armadura, sino una larga túnica púrpura, con finos brazaletes en sus elegantes muñecas. Eran panteras entrelazadas, trabajadas en azabache y ónix, con los ojos tachonados de esmeraldas. Dom sabía lo que significaban y a qué enclave pertenecían.

—Sabía que la corte de Ibal mantenía un estrecho consejo con los Vedera del sur, pero no esperaba encontrar uno aquí. Y mucho menos un príncipe de Barasa. ¿Qué noticias traes, Sem? —dijo Dom, hablando en vederano. El antiguo idioma de su pueblo se sentía bien en su lengua.

Se inclinó, haciendo una reverencia al príncipe inmortal.

El otro Veder hizo lo mismo.

—Príncipe Domacridhan de Iona. Mi enclave no ha tratado con el tuyo desde antes de que nacieras en el Ward —su rostro captó la luz de las antorchas, y Dom vio su nariz orgullosa y angulosa, y sus pómulos marcados. Sus ojos entrecerrados, como atrapados en una sonrisa perpetua. Eran arrebatadoramente amables.

Un hijo del monarca Shan, Dom lo sabía. Barasa era el enclave más meridional de las tierras conocidas de Allward, asentado en lo más profundo del Bosque de los Arcoíris. Mientras

Iona enarbolaba el emblema del ciervo, Barasa llevaba el de la pantera.

—Lamento que nos encontremos en estas circunstancias —inició Dom con una mirada a las carpas. Trató de pensar como Corayne, para entender por qué un príncipe Veder seguía al heredero mortal de Ibal—. Seguro que has oído lo que se ha dicho aquí.

—Nosotros, los Vedera, siempre estamos escuchando, como estoy seguro que tus mortales ya lo han descubierto —respondió Sem, riendo en voz baja—. Ten por seguro que transmitiré tus noticias a mi padre y al resto de los enclaves del sur, pero…

Dom apretó los dientes y cerró el puño.

—¿No van a escuchar? —murmuró. Intentó no pensar en Iona, en Isibel y sus consejeros mirándolo fijamente cuando pidió su ayuda—. Igual que mi tía.

La escasa luz no dificultaba la visión de Sem. Sus ojos recorrieron el rostro de Dom, observando la clara frustración.

—Tu tía ya se los dijo a ellos —susurró Sem, suspirando—. Barasa recibió una transmisión hace unos meses, al igual que Hizir y Salahae.

Una mano fría se apretó alrededor del corazón de Dom. *Una misión.* Le dio vueltas a la palabra en su mente, conociendo su peso. *Ella no usaría su magia para ayudarme, pero sí para interponerse en mi camino.* Dom frunció el ceño, y un sabor amargo le llenó la boca. *Barasa, Hizir y Salahae.* Enclaves inmortales del continente sur, envueltos en desiertos y selvas. Distantes, demasiado lejos para que Ridha pudiera llegar. Para su madre había sido fácil llegar a ellos primero.

—La transmisión era frágil, su magia estaba debilitada por los muchos kilómetros que mediaban —explicó Sem con su tono sereno.

El temperamento de Dom se impuso, y miró al desierto, con las manos apoyadas en las caderas.

—Cuando se negó a luchar, pensé que su cobardía no traspasaría los muros de Iona —gruñó—. La situación es más grave de lo que ella cree, y lo que sea que te haya dicho...

—¿Ella dijo falsedades? —Sem lo azuzó.

—No —respondió Dom. Ni siquiera ahora él podía mentir—. Pero ella está equivocada. Si no luchamos, el Ward caerá.

Sem apretó los labios, su expresión era ilegible.

—Cree que este Taristan del Viejo Cor le abrirá un camino a casa. A Glorian.

Dom casi maldijo el nombre de su reino.

—Ése no es un precio que ninguno de nosotros debería estar dispuesto a pagar. El riesgo es demasiado grande para el Ward y para todos los demás reinos.

Para su sorpresa, Sem asintió por lo bajo. Luego volvió a mirar las estrellas, sus ojos negros reflejaban los infinitos puntos de luz.

—Te agradezco tu valentía, Domacridhan. Nosotros, los Vedera, estamos dotados de muchas cosas, pero en esto, tú sobresales.

—No soy valiente —Dom se pasó una mano por la cara, palpando sus cicatrices. La piel estaba dura y fruncida. Nunca volvería a ser el mismo que antes del templo. Y la historia estaba a punto de repetirse—. Estoy enojado, triste, frustrado; todo menos valiente.

—No estoy de acuerdo —rebatió Sem, tajante.

Dom sólo se encogió de hombros. Volvió a evaluar al príncipe inmortal, observando la fuerte estructura de sus hombros bajo la túnica y los músculos de sus brazos. Sem no portaba ningún arma que Dom pudiera ver, pero estaba claro que no era ajeno a ellas.

—Nos vendría bien otro inmortal para proteger a Corayne —musitó.

Sem enarcó la ceja. En sus muñecas, las panteras brillaron.

—O podría cabalgar hacia el enclave más cercano esta misma noche y compartir lo que he averiguado con Hizir.

Algo punzó en el corazón de Dom. Tragó para evitar un repentino nudo en la garganta. Esta vez, cuando pensó en la matanza del templo, recordó a Nour de Hizir, un sereno guerrero muerto en los escalones de mármol. Uno de los muchos veteranos caídos de todos los rincones del Ward. *¿Con seguridad se levantará Hizir para vengar a sus caídos?*

—Eso también nos vendría bien —repuso con voz gruesa—. ¿Te echará de menos el heredero?

El príncipe de Barasa negó con la cabeza, lanzando una mirada hacia la tienda.

—Isadere de Ibal me agradecerá que haga este trabajo por ellos. Supongo que enviarán un mensaje a los reinos mortales, así como a los enclaves —bajó la voz, acercándose, como si las propias estrellas estuvieran escuchando—. Una extrañeza se está extendiendo por la tierra. Mi padre me envió al norte como su emisario para encontrar otro aspecto de esta historia, y es mi deber transmitir lo que he descubierto aquí esta noche. El monarca de Iona no puede ser la única voz de esta canción.

Dom se atrevió a sonreír, el aire nocturno frío en sus dientes.

—Nos crees, ¿verdad?

Sem le dio un firme apretón en el hombro.

—No sé qué otra cosa podría unir a una banda así, además del fin del mundo —concluyó.

Nunca unas palabras habían sido tan ciertas.

—Adiós, Domacridhan. Que nos encontremos una vez más.

—Más de una vez, espero —Dom levantó una mano mientras Sem daba un paso atrás. El príncipe lo miró una vez más—. Que Ecthaid esté contigo.

Sem se inclinó esta vez, haciendo eco de la antigua despedida en honor a los dioses de Glorian.

—Y Baleir contigo.

La alegría de las noticias de Sem no duró mucho tiempo, y Dom volvió a estar pensativo. No podía concebir enfrentarse de nuevo al templo, con o sin ejército. No quería pisar ese suelo maldito y ver crecer flores en la sangre de Cortael.

Maldijo en vederano, pateando la arena.

—Pensé que un príncipe inmortal de Iona tendría mejores modales.

Dom casi gruñó. Luchar contra Sarn sería una grata distracción de su rivalidad. Pero Byllskos también era un recuerdo agudo, hecho de cuernos entrechocando, el sabor del veneno y un tenue aroma a naranjas.

Se volvió para ver cómo una sombra se materializaba en la figura demasiado familiar de la Amhara. Todavía llevaba el desierto encima, polvorienta por todas partes. Le sentaba bien. Al fin y al cabo, éste era su hogar.

—Supongo que estaba equivocada —soltó la chica, pasando una mano por su larga trenza negra. Cuando ella se detuvo a menos de un metro de su lado, gruñó molesto.

—Déjame, Sarn.

—Te estoy haciendo un favor, Anciano —se encogió de hombros dentro de su capa de viaje, y se la ajustó para protegerse del frío de la noche del desierto—. ¿O prefieres que Corayne y el escudero vengan a mimarte?

Dom volvió a dar una patada en el suelo, haciendo saltar una piedra. Se sintió infantil, pero estaba demasiado molesto para que le importara.

—No, supongo que no.

Él sentía la mirada de ella con la misma facilidad con la que escuchaba los latidos de su corazón: un tambor uniforme y constante. Sarn no parpadeó, observándolo con esos extraños ojos cobrizos. Parecían llenos de reflejos de llamas, aunque no había antorchas encendidas.

—Aleja el dolor —murmuró Sarn—. Aleja el recuerdo. No lo necesitas.

Tan fácil para alguien como tú, quiso regresarle la ira. La ira se sentía bien, mejor que la pena o el dolor.

—¿Es eso lo que te enseñaron en tu gremio? —respondió, mirándola de arriba abajo.

Incluso después de semanas en la silla de montar, cruzando las feroces arenas de Ibal, parecía tan peligrosa como siempre. El polvo y el sudor no opacaban el brillo de su acero, en sus dagas o en su corazón.

Pero ahora algo extraño atravesó su rostro. Sarn se volvió hacia el horizonte, buscando el borde casi invisible donde la tierra se encontraba con el cielo.

—Fue la primera lección que aprendí.

El perfecto y lento ritmo de sus latidos se aceleró, aunque nada cambió a su alrededor. Ni siquiera el viento se movía por las dunas. Todo estaba en silencio, inmóvil.

—Tienes miedo, Sorasa Sarn —afirmó con parsimonia Dom—. ¿Por qué?

—¿Estás borracho, Anciano? —su actitud reflexiva desapareció. Ella giró y se dirigió a él con su habitual aversión—. Estamos tratando de detener el fin del mundo y casi *fracasamos*.

Dom la retó, con los puños cerrados. *No estoy tan ciego como crees, Amhara.*

—Algo te asusta de tu tierra natal. Has tenido los pelos de punta desde que pisamos estas costas. Y si he de proteger esta misión, proteger a *Corayne*, debo saber *por qué*.

Sarn dio un paso amenazante hacia él. Dom se alzaba sobre ella, pero de alguna manera se las arregló para parecer igual de alta.

—No es relevante para la misión ni para Corayne —espetó—. Es mi cabeza y la de nadie más.

Algo se retorcía en su interior. Sorasa Sarn era una asesina consumada, una tomadora de vidas. Y, al parecer, esa espada cortaba en ambos sentidos. A juzgar por la agudeza de sus ojos y la rigidez de su mandíbula, era lo único que diría. Domacridhan no sabía mucho de moral, pero al menos sabía esto de Sarn.

—¿Por qué los Amhara siempre tienen que negociar con la cabeza? —murmuró, pensando en el acuerdo que habían hecho en Tyriot. Su propia vida sacrificada como compensación para ella, cuando el Ward esté a salvo y la misión concluida.

Para sorpresa de Dom, un ángulo de su boca se levantó. Era sólo el borde de una sonrisa, pero era suficiente.

Los latidos de su corazón volvieron a disminuir.

—El heredero de Ibal puede ser un fanático religioso, pero será útil —aseveró, cambiando de tema sin gracia.

—¿Pensé que también adorabas a su diosa?

La asesina era un rompecabezas continuo, con infinitas piezas que no podía ni siquiera empezar a descifrar.

Sarn se encogió de hombros.

—Lasreen gobierna la vida y la muerte; sería una tonta si no lo hiciera —dijo—. Pero la diosa no vive en carne mortal, no importa lo que diga Isadere o lo que crean ver en un espejo vacío.

El resquicio de una sonrisa desapareció cuando volvió a mirar a la carpa y a la gente que había dentro.

—Mis propios dioses guardan silencio —murmuró Dom.

Volvió a mirar las estrellas. Ahora odiaba que fueran las estrellas del Ward, y no las de Glorian. Estrellas que nunca había visto.

Bajó el tono de su voz.

—Están apartados de nosotros, hasta que mi gente regrese a nuestro reino.

—Supongo que tus antiguos compañeros están ahora con ellos —insinuó Sarn de forma rebuscada. No tenía talento para consolar a nadie, y menos a Domacridhan—. Los que cayeron.

Dom negó con la cabeza.

—Caer en el Ward es caer para siempre.

De repente, las estrellas no parecían tan brillantes y la luna lucía tenue. Como si una sombra se hubiera posado sobre todo.

—Una muerte aquí es absoluta —murmuró.

Abrió mucho los ojos y frunció el ceño.

—¿Ni siquiera fantasmas?

—Ni siquiera fantasmas, Sarn.

La creencia era algo poderoso, y la vio en Sarn, como en Isadere y Charlie. Mortales divinos, que se apoyaban en su panteón sagrado de la forma que creían correcta. Sorasa Sarn, asesina como era, creía que había algo después de esta vida. Para ella, para los demás, incluso para la gente que mataba. De alguna manera, una asesina sin moral y sin dirección tenía algo que guiaba su camino. *No como yo*, pensó. Era extraño estar celoso de un mortal, y más aún de uno que odiaba tanto.

La voz de Sarn le sacó de sus pensamientos, haciéndole volver a la misión que tenía entre manos.

—Corayne ya está trabajando en trazar un rumbo con el capitán de Isadere —dijo, dirigiéndose de nuevo a la carpa—. Debería ayudarles a trazar el camino hacia el norte.

En la puerta de la carpa, los guardias ibalos con su armadura de dragón se acercaron, apretando sus lanzas. Dom los observó y luego alcanzó a Sarn, tomándola del brazo.

—Deberías tener cuidado con estos guardias de Ibal —siseó—. Preferirían matarte antes que mirarte.

Y lo han dicho, a la cara y detrás de sus manos levantadas. Algunos hablan de ello noche y día, pensando que nadie puede oírlos. Le enfurecía incluso pensar en los Halcones, dispuestos a degollar a Sarn. Aunque entendiera su repugnancia. Aunque, algunas veces, él quisiera hacer lo mismo.

—Soy bastante consciente de su odio —respondió Sarn tajante. Parecía divertida, o incluso orgullosa—. Está más que justificado. Al igual que su miedo.

Dom hizo una mueca.

—No te precipites, Sarn. Mantén la guardia alta.

—No he bajado la guardia desde el momento en que te vi, Anciano.

De nuevo pensó en Byllskos y en el puerto de Tyri, la ciudad medio arruinada por la habilidad de un Amhara.

Sarn lo vio pensar y luego inclinó la cabeza. Sus ojos lo recorrieron y él se movió, incómodo bajo su mirada.

—¿Alguna vez has *estado* borracho?

La absurda pregunta lo desconcertó. Titubeó, tratando de encontrar una respuesta adecuada.

—Es posible —dijo al fin, recordando los salones de Iona y las celebraciones del pasado. De nuevo levantó la comisura de su boca. Se alejó e hizo un gesto para que lo siguiera.

—Creo que me gustaría ver eso.

Dom regresó y encontró a Corayne enfrascada en sus trazos, con un mapa extendido bajo sus manos. Ella nunca se había sentido tan a gusto como ahora, con los ojos encendidos mientras tachaba notas o recorría los dedos a lo largo de una cordillera. Por un momento, Dom la vio como debía haber sido. Antes de que él y Sarn la encontraran. Antes de que todo el reino cayera sobre sus hombros. Esa persona se había desvanecido rápidamente, hasta convertirse en lo que Corayne era ahora. Más dura, más aguda, desgastada por la suerte y el destino.

El comandante lin-Lira y Sibrez se habían ido, sustituidos por el capitán de la nave de Isadere, quien estudiaba el mapa con Corayne. El heredero permanecía al borde de la luz de las velas, mirando de vez en cuando hacia el espejo, lleno de luz de luna.

Valtik no había regresado, y Charlie tampoco estaba, quizá roncaba en alguna parte. Andry parecía como si quisiera estar dormido, pero se mantenía valientemente sentado en su silla, con los ojos entrecerrados. Sigil curioseaba por el salón, con un vaso de vino en la mano, mientras examinaba el rico mobiliario, hurgando en todo, desde las sillas hasta las alfombras bajo sus pies.

De mala gana, Dom volvió a la mesa y sus ojos se posaron en un punto familiar del mapa. No estaba marcado, pero de todos modos conocía el lugar. Las estribaciones, la bifurcación del río. Un bosque antaño tranquilo, que ya no lo era. Su aliento se escapaba entre sus dientes.

—El templo plantea dos peligros —espetó Dom, con la voz más dura que antes. En la mesa, Corayne levantó la mirada hacia él.

—Primero, el ejército de Taristan, los Ashlander —continuó, cada palabra era más difícil de decir que la anterior. El recuerdo marcó su mente. *Traído desde un reino*—. O ellos siguen allí, custodiando el Huso, o están con Taristan en Madrence.

—De cualquier manera, no es algo bueno —murmuró Corayne.

Dom asintió.

—El segundo peligro es que el templo se encuentra en las estribaciones de las Montañas del Ward, en el reino de Galland —tragó saliva al sentir un nudo en la garganta—. Un reino que nos persigue a todos.

Para su sorpresa, Corayne sonrió.

—Entonces, rodeémoslo —dijo, dibujando con su mano la larga línea de montañas que dividía en dos el continente del norte—. Cruzaremos el Mar Largo.

Su dedo trazó el camino sobre las olas, desde la costa de Ibal hasta una ciudad al otro lado del agua.

—Llegaremos a puerto cerca de Trisad, cruzaremos a través de Ahmsare hasta las Puertas de Dahlian, y cabalgaremos hacia el norte a lo largo de las montañas. Que sean un muro entre nosotros y Galland.

Paseó sus dedos por su ruta, marcando el camino.

—Y entonces estaremos en Trec, a las puertas de Galland. Corriendo con el lobo blanco. Con un poco de suerte, Oscovko estará con nosotros, su ejército también.

Sus mejillas estaban rosadas, no por el esfuerzo, sino por la alegría. El mapa era su hogar, su propósito. Algo que podía hacer. *Además de abrir y cerrar los portales del Huso.*

Miró a Dom y luego a Sorasa, mordiéndose el labio.

Dom no había visto mucho de esa parte del mundo, aunque conocía el mapa del Ward tan bien como cualquier otro inmortal. Volvió a observar las montañas dibujadas con tinta en el gastado pergamino. Parecían pequeñas, el viaje no era tan largo. Sin embargo, estimó que les llevaría muchas y eternas semanas. Si nada se interponía en su camino.

—El enclave de Syrene está cerca —dijo, señalando un lugar no marcado en el mapa. Por supuesto, los mortales ya no lo conocerían. Los carneros de Syrene estaban aislados, en lo alto de las montañas, y no habían habitado entre los mortales durante muchos siglos—. Quizá los vedera de allí nos ayuden en nuestro viaje.

—No tenemos tiempo para reuniones familiares, Anciano —espetó Sorasa, casi apartándolo de un golpe.

Dom retiró el dedo del pergamino como si le quemara y se apartó de Sorasa.

Sarn sólo observó el mapa.

—Este camino es largo, y debemos apresurarnos a recorrerlo. Pero es el camino correcto —añadió después de un momento—. El único que veo para llevarnos a Galland sin ser atrapados. Y quizá para encontrar un aliado también.

Sus ojos se dirigieron a Isadere, quien asintió con seriedad.

Corayne casi sonrió, orgullosa de sí.

—Gracias, Sorasa.

—No me lo agradezcas a mí, agradéceselo a tu madre —replicó Sarn, ahora trazando ella misma la ruta—. Tal vez no te haya enseñado a luchar, pero sin duda te enseñó a *pensar*.

Dom no se consideraba muy versado en emociones mortales, pero incluso él podía ver la sombra que surcaba el rostro de Corayne. *¿Es tristeza o frustración? ¿Echa de menos a su madre? ¿Odia toda mención a ella?* No lo sabía.

—Muy bien —Isadere dio una palmada y las doncellas se pusieron atentas—. Haremos todo lo posible para aprovisionaros para el viaje.

Al unísono, las sirvientas salieron del salón de la carpa hacia las habitaciones contiguas. A través de las finas paredes de tela, Dom podía escuchar a otros sirvientes que ya estaban reuniendo comida y suministros.

—¿Las yeguas de arena? —preguntó Sorasa, enarcando una ceja.

Dom se preparó para una respuesta negativa. Las yeguas de arena eran buenos caballos, rápidos y fuertes para el largo viaje que les esperaba. Pero el camino recorrido le había enseñado a esperar obstáculos a cada paso, si no el fracaso absoluto.

Para su alivio, Isadere asintió.

—Puedes llevarte los caballos al norte. Son tuyos.

Dicho lo cual, Sarn se enderezó e inclinó la cabeza. Era lo más parecido a una reverencia que Dom había visto en la Amhara. Detrás de ella, las cejas de Sigil prácticamente desaparecieron en su frente.

Estaba claro que ella tampoco había visto nunca a Sarn hacer una reverencia. Dom dudaba que alguien en el mundo lo hubiera presenciado.

—Mi agradecimiento —dijo Sarn, sin ironía ni mentira.

Isadere frunció el ceño, mostrando los dientes.

—No queremos nada de tu gratitud, Amhara —gritó, apartándose como si no soportara mirar a semejante criatura. Isadere, enseguida, se enfrentó a Corayne. Levantó su rostro, orgullosamente esculpido, provocando que sus rasgos se vieran reflejados en la luz dorada de las velas.

—Duerme durante el calor. Saldrás hacia la costa al anochecer.

8

LA VIDA DE UN HOMBRE

Erida

Taristan prometió poner la victoria a sus pies, y así lo hizo, cada día.

El ejército de Erida arrolló todo a su paso, el León en alto a la cabeza de veinte mil hombres. La bandera verde de Galland ondeaba en lo alto con los refrescantes vientos del otoño. El Río de la Rosa fluía a su lado, conteniendo el flanco oriental, mientras su gran ejército marchaba al sur a través de la campiña.

La reina se alegró de estar al aire libre, lejos del escrutinio de sus damas. El enorme carruaje se arrastraba en la retaguardia de la columna, con el vagón de los equipajes. Aunque sus caballeros la instaron a permanecer dentro de la seguridad de sus muros, ella se negó.

Erida ya había tenido suficiente de jaulas.

Llevaba su habitual capa verde intenso, ribeteada en oro, tan larga que cubría los flancos de su caballo. Debajo, brillaba su armadura dorada ceremonial, lo bastante ligera como para llevarla durante horas sin dificultad. Apenas era capaz de cargar una espada, pero Erida nunca se enfrentaría al extremo mortal de una.

Dejaron atrás el Bosque del Castillo y su línea de fortalezas. El reino de Madrence cayó sobre ellos como una cortina invisible. Cruzaron la frontera a la luz del día, sin obstáculos. Sólo había una piedra que señalaba la línea, cuyas marcas estaban desgastadas por el tiempo y la intemperie. El río aún fluía; el bosque otoñal seguía en pie, verde y dorado, como si los propios árboles dieran la bienvenida al León. El camino bajo los cascos de sus caballos no cambió. La tierra seguía siendo tierra.

Erida esperaba sentirse diferente en otro reino, de alguna manera más débil. En cambio, la nueva tierra sólo le infundió valentía. Era una reina gobernante, destinada a gobernar imperios. Ésta sería su primera matanza, su primera conquista.

La ciudad fortaleza de Rouleine se alzaba al sur, en la confluencia del Río de la Rosa y el Alsor. Las murallas de la ciudad eran fuertes, pero Erida lo era aún más.

El ejército enemigo se concentró a lo largo de la orilla más lejana del de la Rosa, siguiendo su avance. Eran demasiado débiles para enfrentarse a su ejército en la batalla, pero les atacaron sus flancos, como lo haría un carroñero con un gran rebaño. Esto sólo retrasó al ejército de Galland lo suficiente como para que otra fuerza cruzara el río y se atrincherara, cavando zanjas y empalizadas improvisadas durante la noche.

El León los devoró a todos.

Erida no sabía cuántos madrentinos yacían muertos. No se molestó en contar los cadáveres de sus enemigos. Y aunque se perdieron cientos de soldados gallandeses, vinieron más a reemplazarlos desde todos los rincones de su vasto reino. La conquista estaba en su sangre, y en la sangre de todo Galland. Los nobles que se resistieron a su primera llamada a la guerra cabalgaban ahora con brío, trayendo consigo sus comitivas de caballeros, hombres de armas y torpes campesinos. Todos ansiosos por compartir el botín de guerra.

Y mi gloria.

Taristan estaba fuera de su vista, marchando a la cabeza de la columna, acompañado por un grupo de su propia Guardia del León. Desde Lotha así había sido, a instancias de Erida. Se ganó el respeto de todos los nobles que resultaron demasiado cobardes para cabalgar con la vanguardia, pero también lo mantuvo alejado de tales víboras.

Y lejos de mí, pensó Erida, inquieta por lo mucho que le molestaba su ausencia.

Había mucho que considerar, pero Erida tenía múltiples años de práctica en la corte. Era la reina de los Leones, y sus nobles hacían honor al nombre. Ahora se sentía como si estuviera en la Guardia del León, con un látigo en la mano. Pero incluso el domador de leones puede verse abrumado si está en inferioridad numérica.

Por ahora, los leones estaban saciados, gordos y felices. Atiborrándose de hombres destrozados y barriles de vino. Esa noche sería lo mismo, en un campamento de asedio en lugar de un castillo.

Rouleine era pequeña comparada con Ascal, una aldea próxima a la gran capital de Erida. Se alzaba en la cima de la colina, amurallada por la piedra y los dos ríos, dejando sólo una dirección de asalto. La ciudad estaba bien construida y situada, lo suficiente como para mantener la frontera madrentina durante generaciones. Pero ya no. Veinte mil almas vivían detrás de las murallas y en las tierras de cultivo circundantes. Erida podría asignar un soldado a cada uno si quisiera.

Ahora, las aldeas de Madrentina estaban vacías, silenciosas a su paso. Los edificios no eran más que cáscaras, con las puertas y ventanas abiertas. Los soldados campesinos recogían todo lo que quedaba atrás, buscando mejores botas o alguna cebolla para roer. Todo el ganado que quedaba fue llevado al carro al final de la columna, para unirse al rebaño de suministros del ejército. Pero quedaba muy poco.

Incluso a kilómetros de distancia, Erida oyó las campanas que llamaban a los campesinos a resguardarse.

—Es curioso, las campanas serán su final —dijo en voz alta. En el caballo de al lado, Lady Harrsing inclinó la cabeza.

—¿Cómo es eso, Su Alteza?

La anciana se sostenía en la silla de montar mejor que las damas de la mitad de su edad. Llevaba una capa azul celeste y su cabello plateado trenzado, lejos de su rostro. En la corte, llevaba suficientes joyas para recordar a todos su riqueza. No así en el camino, donde las joyas sólo la agobiaban. Bella Harrsing sabía que no debía pavonearse en medio de una marcha de guerra. No como otras, que llevaban armaduras doradas o brocados, como si aquello fuera un salón de baile y no un campo de batalla.

—Las campanas llaman a los campesinos y a los comuneros al interior de las murallas, para que cierren las puertas y protejan la ciudad —dijo la reina.

Las campanas repicaban sin ninguna armonía, desde muchas torres.

—Si dejaran las puertas abiertas, podríamos marchar al interior sin derramar sangre.

Harrsing rio abiertamente.

—Ni siquiera los madrentinos entregarían una ciudad sin luchar. Su rey puede ser ciego de vino, pero no estúpido.

—Todo lo contrario, es increíblemente estúpido —Erida apretó las riendas y sintió el cuero suave y desgastado en sus dedos. El frío otoñal era más benévolo en las tierras madrentinas, y no necesitaba sus guantes a la luz del día—. Tengo veinte mil hombres a mis órdenes, y vienen más. El rey Robart haría bien en salir hoy mismo a caballo de su bello palacio y arrodillarse ante mí.

Una sonrisa de satisfacción torció la fina boca de Harrsing.

—Usted empieza a sonar como ese marido suyo.

Erida se ruborizó.

—¿O es él quien está empezando a sonar como yo? —se preguntó en voz alta, dando a Harrsing algo más en que pensar. —Ésa es una forma de verlo —dijo Bella con un suspiro.

Otros nobles cabalgaban con ellas, agrupados detrás de la reina. Erida miró hacia atrás, observando cómo marchaban hacia el sur en un desfile de fina carne de caballo y relucientes armaduras. Había muchos señores y algunas damas gobernantes, comandantes y generales de miles de hombres delante y detrás de ellos. Ella conocía todos los rostros. Sus nombres, sus familias, sus intrincadas alianzas y, sobre todo, su lealtad a Erida de Galland.

Bella siguió su mirada.

—¿En qué está pensando, Majestad?

—En demasiadas cosas —respondió Erida, frunciendo los labios. Bajó un poco la voz—. ¿Quién se arrodilló en mi coronación, prometiendo servir a una reina de quince años? ¿Quién cabalgó al frente de Madrentina cuando llamé a la primera reunión, convocando a la legión y al ejército personal por igual? ¿Quién esperó? ¿Quién susurra? ¿Quién espía a mi vil primo Konegin, que sigue escondido en algún lugar, a salvo, incluso mientras yo le doy caza? ¿Quién lo pondrá en el trono si yo caigo, y quién me enviará hacia ese final letal?

Sobre su caballo, Bella palideció.

—Una carga tan pesada sobre unos hombros tan jóvenes —murmuró.

Erida sólo se encogió de hombros, como si se doblara bajo tanto peso. Sacudió la cabeza.

—¿Y quién mira a Taristan con miedo? ¿O con envidia? ¿Quién arruinará todo lo que intentamos construir?

Para eso Bella no tenía respuesta, pero Erida no la esperaba. La anciana era una cortesana demasiado hábil. Sabía cuándo algo estaba fuera de su alcance.

Erida se aclaró la garganta.

—Thornwall, ¿cuál es el último informe?

Lord Thornwall dirigió su caballo y el semental trotó hacia la reina, y se detuvo a su lado. El comandante parecía más alto a caballo, pero la mayoría de los hombres también. A diferencia de los otros señores, él no llevaba armadura para la marcha. No necesitaba jugar a la guerra. Comandaba todo el ejército y pasaba demasiado tiempo cabalgando a lo largo de la columna, reuniéndose con sus exploradores y lugartenientes, como para molestarse en llevar una armadura completa.

Thornwall asintió hacia la reina, con la fiera barba roja contra su túnica verde. Llevaba un león bordado en el pecho, rodeado de enredaderas y espinas marcando a su gran familia.

—Los exploradores dicen que el ejército madrentino al otro lado del río es de tres mil hombres. Tal vez —informó.

Dos escuderos cabalgaban a su lado, con sus túnicas a juego con las de Thornwall. Erida intentó pensar en sus nombres, antes tan fáciles de recordar. Uno tenía un feo cabello amarillo, el otro una expresión amable. Lo que sí sabía era una cosa: a quién habían servido como escuderos antes de que Thornwall los contratara.

Sus túnicas solían ser de color rojo brillante y plata, con un halcón en el pecho.

Los North, pensó Erida, mientras, desaparecía la cordialidad de su rostro. *Sir Edgar y Sir Raymon. Caballeros de la Guardia del León que habían jurado lealtad.*

Yacían muertos en las colinas, sus huesos tragados por el barro. Sus leales guardianes fueron la primera victoria de Taristan.

Pero uno todavía seguía vivo. Su labio se curvó, recordando a Andry Trelland. Un noble hijo de Ascal, un escudero criado para ser caballero. *Y un traidor a su reino*, pensó Erida, hirviendo de rabia al evocar la última vez que lo vio. Escapando por una puerta, el gran salón destruido a sus espaldas, con Corayne del Viejo Cor y su Espada de Huso en la mano.

Thornwall siguió parloteando y ella parpadeó, olvidando a los escuderos y a sus caballeros muertos.

—Pero cada día llegan más soldados, a cuentagotas —dijo el comandante, balanceándose con el movimiento de su caballo. El camino le sentaba mejor que la sala del consejo: sus mejillas estaban llenas de color, sus ojos grises brillaban—. Hay rumores de que el príncipe Orleon está con el ejército al otro lado del río, al frente de cien caballeros con armadura y el doble de hombres de armas.

Erida sonrió.

—Creo que se ha dado cuenta de que no voy a casarme con él —dijo, riendo con Harrsing. El príncipe heredero de Madrence era uno de sus muchos pretendientes decepcionados, al que mantuvo ilusionado el mayor tiempo posible.

La reina sólo había visto al príncipe una vez, en la boda de la hija de Konegin con un duque de Siscarian. Era alto y rubio, una versión juglaresca de un príncipe. Pero aburrido, sin ingenio ni ambición. La mayor parte de su conversación había girado en torno a su colección de ponis miniatura, que atesoraba en el jardín del palacio de Partepalas de su padre.

—Si lo capturan, tengan compasión —ordenó Erida, con su risa apagada. Su voz se volvió dura—. Obtendremos un buen rescate de su rey.

Al otro lado, Harrsing se aclaró la garganta.

—Tal vez. Todo el mundo sabe que Robart está tremendamente celoso de su heredero de oro, lo que es una tontería para cualquier padre.

—Me importan poco sus disputas familiares —suspiró Erida, sin dejar de observar a Thornwall—. ¿Y los *otros* exploradores? —enarcó una ceja, inquisitiva.

Thornwall sacudió la cabeza. Se tiró de la barba roja, frustrado.

—No hay rastro de Konegin. Es como si hubiera desaparecido en las colinas.

—O como si estuviera escondido —reflexionó Erida, observando el rostro del hombre, notando cada gesto y movimiento de sus músculos.

Su comandante dejó de mirar, centrándose en las crines de su caballo.

—Ciertamente, es una posibilidad.

¿Es vergüenza lo que veo en tus ojos, Otto Thornwall? ¿O un secreto?

—Gracias, Lord Thornwall —lo despidió en voz alta, extendiendo la mano a través del espacio que los separaba. Con una sonrisa practicada, le apretó el antebrazo, un gesto nada desdeñable para una reina gobernante—. Me alegro de tenerte a mi lado.

Pero... La insinuación flotaba en el aire, clara como las palabras escritas en una página. Thornwall las leyó con facilidad. Ambos sabían de quién hablaba. Aquella noche en Lotha, Lord Derrick había desaparecido con Konegin, escabulléndose del castillo en las primeras horas de la mañana. Otro miembro de su propio Consejo de la Corona, otro traidor de su circulo más cercano. Eso dejaba solo a Thornwall, Harrsing y al envejecido Lord Ardath de vuelta en Ascal, el viejo estaba demasiado débil para hacer la guerra al mundo.

No puedo permitirme otra traición.

El asedio ya había comenzado cuando Rouleine apareció a la vista. Se extendía por la cima de una colina como un gigante caído, con agujas de iglesias y torres que se alzaban tras los muros de piedra y un foso pantanoso. Aunque la frontera estaba a pocos kilómetros, cualquiera que tuviera ojos podría decir que la ciudad no era gallandesa. Las murallas eran más bajas, las torres menos robustas y fuertes. Los tejados estaban cubiertos de tejas rojas; la mayoría de los edificios, eran blancos o amarillo pálido. Las flores brotaban de las jardineras y las banderas color borgoña, bordadas con el caballo plateado de Madrence, ondeaban al viento. Rouleine era demasiado tranquila, demasiado bonita y nada orgullosa. En absoluto, gallandesa.

El Río de la Rosa y el Alsor se encontraban detrás de la ciudad, fluyendo hacia el sur hasta la capital madrentina y el océano de la Aurora. Los dos ríos constituían una mejor defensa que la muralla de la ciudad, de sólo nueve metros de altura, pero lo bastante gruesa como para resistir a la mayoría de los ejércitos. Aunque Rouleine era una ciudad de comercio, bien situada en el viejo camino de Cor que antaño unía esta parte del imperio, también era una defensa de la frontera, la puerta de entrada al resto de Madrence. Incluso en tiempos de paz, Rouleine mantenía una guarnición considerable, y había un gran torreón de piedra precisamente en la confluencia de los ríos, en caso de que las murallas fueran destruidas. Erida podía ver sus torres y murallas, la piedra era como una nube de tormenta sobre la brillante ciudad.

Hacía tiempo que las campanas habían dejado de sonar. Todos sabían que el León rugía ante las puertas.

Diez mil hombres rodeaban ya la ciudad. Saturaban la cima vacía de la colina más allá del pantano, ocupados en el lado comercial de la guerra. Organizaban el campamento, cavaban zanjas, encendían fuegos para cocinar, levantaban tiendas, construían un muro de empalizada y un patio de estacas propio, por si los hombres de Orleon intentaban un ataque sorpresa. Despejaron los alrededores de la ciudad, las pocas estructuras y calles más allá de la protección de las murallas. Una cacofonía de martillos y hachas sustituyó a las campanadas. Los árboles cayeron, sus troncos y ramas fueron cortados para obtener combustible o tablas. O arietes.

Un millar de soldados de Galland se concentraron en el borde del foso, más allá del alcance de los arqueros madrentinos dispuestos en las murallas. Sus filas eran organizadas, imponentes, un espectáculo que infundía miedo incluso al más valiente de los guerreros. Estos hombres no eran saqueadores jydi, desarticulados y caóticos, sino legiones gallandesas. Esperaban, como estaba previsto, a la reina y a sus comandantes. Ella sabía que un manto rojo estaría con ellos, rodeado de guardias con armadura dorada. La reina tuvo que hacer acopio de templanza para no atravesar el campamento con toda la urgencia que sentía.

Erida hubiera deseado tener una catapulta avanzado a su lado, en lugar de una corte de tontos y víboras en movimiento.

Pero las máquinas de asedio eran lentas, y no llegarían hasta dentro de unas horas. No tendrían las catapultas listas al menos hasta la mañana, y entonces comenzaría el verdadero asalto.

De alguna manera, el campamento ya apestaba y el camino bajo las patas de su caballo se había convertido en barro, las pocas piedras viejas como islas en un mar espeso.

El camino de Cor escindía el campamento en dos, conduciendo directamente al puente del foso y a las puertas de la ciudad. *Ayer, este camino sólo veía a los plebeyos y a los nobles del campo*, pensó, cabalgando directamente hacia los soldados que se concentraban en el borde del pantano. *Ahora recibe a una reina y a un príncipe de Cor.*

Los soldados se dividieron para recibir a la reina, como si fueran una gran puerta que se abría a su paso. Primero vio su capa roja, el inconfundible tono del escarlata imperial. Taristan estaba en el puente, la amplia vía que se arqueaba sobre el pantano. Incluso su silueta parecía la de un rey.

No, pensó Erida. *No un rey. Un emperador.*

Las flechas se rompían a sus pies, a centímetros de distancia.

Taristan no se inmutó, pero Erida sí. El corazón se le subió a la garganta.

Si ese estúpido estoico acaba muerto por culpa de un arquero con habilidad momentánea... pensó, apretando los dientes. Entonces recordó. *No, él es invulnerable*, se dijo a sí misma por centésima vez, por milésima vez. *Lo Que Espera lo ha bendecido, y lo mantendrá a salvo.*

Aunque el dios infernal de Taristan la hacía temblar, también le había traído algo de consuelo. Lo Que Espera era mejor que cualquier escudo, y hacía que su marido fuera casi un dios en sí mismo.

El caballo bajo el mando de Erida seguía el ritmo, por lo demás estaba tranquilo. Su corcel castrado era un caballo de guerra bien entrenado, acostumbrado al olor de la sangre y al sonido de la batalla. El campamento ofrecía pocas distracciones.

Yo también me estoy acostumbrando, pensó Erida, contando los días desde que había dejado Ascal. *Dos semanas desde Lotha. Dos semanas desde que la comadreja de mi primo se escabulló en algún agujero infernal.*

Ronin se situó tan cerca del alcance de los arqueros, como su atrevimiento se lo permitió. Estaba claro que no era inmune al daño como lo era Taristan, y la visión de la rata roja temblando unos metros detrás de su marido hizo sonreír a Erida. *Si tan sólo una flecha pudiera arquearse un poco más lejos, lanzada por una mano un poco más letal que las de la muralla.* No sabía qué complicaciones podría traer su muerte. Eso era lo único que le impedía a Erida eliminarlo ella misma. El sacerdote de Lo que Espera no había rastreado otro Huso, pero formaba alguna especie de puente entre su consorte y el rey Torn de Asunder. Sin duda, eliminarlo no sería prudente.

Cuando desmontó, sus piernas se tambalearon un poco; un caballero de la Guardia del León estaba a su lado, casi respirándole en la nuca. Thornwall se deslizó con ella y avanzaron juntos, Erida y su comandante, para reunirse con el príncipe del Viejo Cor.

Los soldados se inclinaban o hacían reverencias. Eran hombres hábiles de las legiones, no campesinos obligados a servir a sus señores. Erida disfrutaba de su atención, conocía la fuerza de mil hombres bien entrenados. Incluso Ronin inclinó la cabeza, con sus ojos acuosos y enrojecidos, tan terribles como siempre, y su rostro como una luna blanca y brillante bajo la capucha.

Taristan no se movía, tenía la mirada fija en las puertas y en la ciudad tras sus muros. La Espada de Huso colgaba a su lado, la antigua espada brillaba incluso cuando estaba enfundada. Mantenía una mano sobre la empuñadura; los rubíes y amatistas brillaban a través de sus dedos.

Erida veía a Taristan todas las mañanas antes de la marcha y todas las noches en cualquier castillo en el que se detuvieran, pero esto era diferente. Hoy se encontraban ante su primer enemigo real. Y sus nobles estaban observando, esperando cualquier señal de fractura entre la reina y su consorte.

Date la vuelta, idiota, pensó, deseando que la viera. Que se arrodillara.

Cuando se detuvo junto a él, con los dedos de los pies a escasos centímetros del alcance de una flecha, él se volteó.

Con un solo movimiento, se cuadró frente a ella y se inclinó; con una mano, echó atrás su capa. La otra mano ardía en la de ella, con dedos ásperos pero suaves, mientras presionaba su febril frente contra los nudillos de Erida. Ella se estremeció ante su contacto, sorprendida por el espectáculo. Taristan ya se había inclinado ante ella, había reconocido su lugar como reina, pero nunca de esta manera. Con una rodilla en el suelo y la cabeza inclinada como un sacerdote ante un altar.

Lo miró fijamente, con el rostro como una máscara de porcelana, pero sus ojos de zafiro se abrieron enormes. Esperaba que los nobles no pudieran ver su confusión. Se alegró de que no pudieran escuchar los latidos de su corazón.

Los ojos negros de Taristan se encontraron con los suyos, con una expresión tan pétrea como siempre. Ella no leyó nada en él, pero Taristan le sostuvo la mirada durante un largo momento, más de lo que ella esperaba. Y entonces ese brillo rojo se movió en las sombras de sus ojos oscuros, apenas un destello, pero más que suficiente.

El Príncipe del Viejo Cor se puso en pie, todavía aferrando sus dedos.

—Su Majestad —dijo, con una voz tan áspera como sus manos.

—Su Alteza —respondió ella, permitiendo que la retirara del puente y las flechas. Él parecía ansioso por alejarla del peligro, por pequeño que fuera.

El inexpresivo sacerdote se acercó arrastrando los pies en cuanto salieron del puente, con su rubio cabello cayendo sobre sus ojos. Erida consideró el costo de pisar el dobladillo de su túnica y hacerlo caer de bruces.

—Necesito hablar con los dos —dijo, moviendo la cabeza en una deficiente reverencia.

Erida le ofreció su peor sonrisa.

—Hola, Ronin.

Él le devolvió una sonrisa semejante, con sus finos labios sobre unos dientes desiguales. Era como ver a un pez intentando volar.

—Enseguida, si les parece bien.

Taristan se interpuso entre ellos, pero no dijo nada, mirándolos de la forma habitual. Mantenía su cuerpo girado hacia un lado, negándose a dejar Rouleine a sus espaldas. Sin importar su título, su sangre o su destino, Erida sabía que Taristan era ante todo un superviviente, nacido de las dificultades y de los largos y duros años en el Ward.

Thornwall se aclaró la garganta.

—Sugiero que espere hasta que ofrezcamos condiciones —dijo, mirando las puertas de la ciudad. Luego se inclinó hacia delante, teniendo cuidado de ofrecer a Taristan una reverencia apropiada—. Su Alteza.

—Lord Thornwall —respondió Taristan con rigidez. Para la agradable sorpresa de Erida, él inclinó la cabeza como respuesta. Aunque Taristan se mofaba de todas las exigencias de la corte o de cualquier tipo de etiqueta sencilla, parecía estar aprendiendo a pesar de sí mismo—. ¿Crees que aceptarán las condiciones?

Erida se encogió de hombros y se ajustó la capa para que cayera limpiamente sobre su espalda. Los broches, dos leones rugientes, brillaban dorados a la luz del sol.

—Es una tradición hacer un espectáculo de este tipo, aunque sea inútil.

Una mirada de absoluta confusión cruzó el rostro de Taristan.

—¿Es tradición que la monarca pretenda negociar antes de una batalla que está segura de ganar?

Sonrió con ironía.

—Supongo que no hay nada tradicional en esta guerra nuestra.

Por decir lo menos.

Taristan apretó los labios en esa línea sombría que ella reconocía ahora como su sonrisa.

En los muros, los arqueros se replegaron tras sus murallas, y el suave repiqueteo de las flechas desperdiciadas en el puente se apagó. Entonces se escuchó un ruido áspero y chirriante en la puerta, y el chirrido de la cadena de hierro cuando se levantó la compuerta.

Alguien viene.

Erida se dio la vuelta ante el sonido, con el corazón saltando en su pecho. Deseó tener una armadura más completa o una espada a su lado. Algo que la señalara como la conquistadora en la que se iba a convertir, alguien mayor y más temible de lo que era ahora.

La Guardia del León reaccionó como se había entrenado, seis de ellos sacaron sus espadas. Cuatro detrás, uno a cada lado de Erida y Taristan. Después de tantos años de gobierno, apenas se fijaba en ellos. El resplandor del sol sobre la armadura dorada le resultaba demasiado familiar.

—Esto es una pérdida de tiempo —gruñó Taristan en voz baja, tan baja que sólo Erida pudo oírlo.

Le lanzó una mirada de frustración. Aunque él tuviera razón, ella quería disfrutar de este momento. Y ningún príncipe malhumorado del Viejo Cor iba a impedírselo.

La bandera de tregua apareció, entre el estrecho hueco entre las gruesas puertas de madera.

Mitad blanco, mitad rojo.

Mitad paz, mitad guerra.

Cualquier persona que caminara bajo una bandera de tregua no podría ser dañada hasta que las negociaciones terminaran, para bien o para mal. Era menos defensa que una bandera blanca de paz, pero suficiente para desafiar el puente, y a mil soldados gallandeses.

El heraldo era pecoso, alto, con un cuello de cisne y el cabello anaranjado y ralo. Bajo su túnica, de color borgoña y plata de Madrence, llevaba una cota de malla suelta, demasiado corta en las muñecas. Estaba claro que no era suya.

Taristan también lo vio.

—Ese hombre no ha usado armadura en toda su vida —gruñó en voz baja.

—Madrence es un país blando con gente blanda —respondió Erida. Miró al heraldo mientras cruzaba el puente con

158

dos soldados como escolta—. Demasiado débil para gobernar. Indigno de mandar. Yo los libraré de él, y asumiré esa carga que no tienen la suficiente fuerza para soportar.

El heraldo se detuvo en el punto más alto del puente, a medio camino entre la puerta y el ejército que esperaba. Su garganta se estremeció al encontrar su voz.

—Su Majestad, la reina Erida de Galland —el heraldo se inclinó, un gesto de respeto—. Y Su Alteza, el príncipe Taristan del Viejo Cor —añadió, haciendo una reverencia hacia Taristan.

Taristan se limitó a hacer una mueca de asco.

El heraldo volvió a tragar saliva, y se enfrentó a la mirada de Erida con mayor severidad.

—Estás invadiendo el reino de Madrence.

Taristan hizo el ademán de mirar por encima de sus hombros, mientras sus ojos recorrían el enorme ejército a sus espaldas.

—Es usted un hombre observador, señor —dijo al otro lado del puente. Luego, a Erida, y sólo a Erida, le susurró en voz baja—: ¿Puedo matarlo?

Apretó los dientes, luchando contra otra oleada de fastidio.

—Lleva una bandera de tregua. Sería de mala educación.

—¿Bajo el juicio de quién? —los ojos de Taristan relampaguearon, negros y rojos, de hombre y de bestia. Incluso a través de su capa y su hermosa armadura, ella podía sentir el calor furioso que emanaba de él.

Erida se mordió el labio. De nuevo, él no estaba equivocado al preguntarse. *Pretendemos conquistar el mundo. ¿Por qué tendríamos que responder ante alguien?*

Thornwall habló, dando un paso adelante.

—La reina de Galland declara una guerra de conquista a Madrence —dijo, con voz estruendosa. Erida nunca lo había oído hablar con tanta fuerza, al menos no en la sala del consejo. Éste era Lord Thornwall en la guerra, adonde realmente pertenecía—. Arrodíllate, promete lealtad a Su Majestad y ahórrate su ira.

El heraldo se quedó boquiabierto.

—Una guerra de conquista no es una causa. No tienes derecho a este reino.

Erida se levantó, con la barbilla alzada, la voz fría y aguda.

—Lo reclamo en nombre de mi estirpe, de mis herederos, que nacerán de la sangre del Viejo Cor.

Se oyeron más forcejeos en la puerta. Antes de que el heraldo pudiera dar alguna respuesta, un hombre de cabello dorado irrumpió en el puente, con seis caballeros detrás de él. Uno de ellos sostenía otra bandera de tregua. Atravesaron el puente como niños malcriados.

Taristan se tensó al ver al recién llegado, y empuñó su espada con determinación. Su respiración se volvió extrañamente agitada, como si apenas pudiera contener la rabia que le quemaba por dentro.

Erida no tenía ni idea de por qué. En todo caso, ver al príncipe madrentino le parecía motivo de diversión, no de ira.

El heraldo se apresuró a alcanzar a su príncipe, medio gritando mientras corría.

—Les presento a Orleon Levard, príncipe heredero de Madrence, hijo de Su Serenísima Majestad, el rey Robart de Madrence.

El príncipe movió la mano, indicándole que se marchara, con una mirada de disgusto en su rostro, por lo demás muy apuesto.

—No veo a ningún heredero a tu lado, reina —gritó, con un mechón de cabello rubio cayendo sobre sus ojos azules.

Las doncellas de todo el reino habrían cambiado su juventud por estar tan cerca de un hombre así, un hermoso príncipe heredero. Erida quería empujarlo al pantano.

Los ojos de Orleon pasaron de la reina a su consorte, recorriendo a Taristan como si fuera un insecto al que pisar.

—Sólo veo un perro mestizo que has encontrado en alguna zanja, sin más prueba de su linaje que su propia palabra hueca.

—Los celos no te sientan bien, Orleon —espetó Erida, interponiéndose hábilmente entre los príncipes, para que el temperamento de Taristan no se apoderara de él. No por el bien de Orleon, sino por el de la conquista—. Ríndete en nombre de tu padre. Si es que tienes el poder de hacerlo.

Orleon se sonrojó, furioso.

—El reino se levantará contra ti. Ni siquiera Galland puede hacer lo que le plazca. Nuestros aliados en Siscaria...

—Son más débiles que tú —atajó Erida—. Sus ojos miran hacia atrás, a un imperio caído. Yo miro hacia delante, a lo que debe ser reconstruido —se encogió de hombros, mostrando indiferencia. Eso sólo enfureció más a Orleon, que era precisamente lo que ella pretendía—. De hecho, quizá se unirán a mí, aunque sólo sea por la oportunidad de ver renacer el viejo imperio.

Orleon temblaba de rabia y su rostro hacía juego con su sobreveste color borgoña. No tenía ninguna habilidad para ocultar sus emociones, y Erida sabía exactamente por qué.

Es un hombre. Sus emociones no se consideran una carga o una debilidad. No como las mías, que debo mantener ocultas, para que los hombres se sientan un poco menos amenazados y un poco más fuertes.

Apretó los dedos hasta que sintió que sus propias uñas se clavaban en las palmas. Una parte de ella quería arrancarle la cara roja a Orleon y darle una máscara para que la llevara siempre, como debía hacer ella.

El príncipe levantó una mano y Erida casi esperaba que la golpeara. En cambio, se arregló el cabello y se ajustó el cuello de la túnica, levantando la fina seda ribeteada de plata. Sus ojos azules pálidos volvieron a mirarla.

—Espero que los Incontables cabalguen sobre las gargantas de todos ustedes —gruñó, inclinándose hacia delante.

Detrás de ella, Taristan se agitó. No necesitaba mirarlo para saber que aún tenía una mano en la Espada de Huso, con sus ojos infernales clavados en el príncipe asediado.

—Orleon, la única garganta que debería preocuparte es la tuya —advirtió Erida—. Entrega la ciudad. Incluso te permitiré cabalgar y llevarle mis condiciones a tu padre.

—Tus condiciones no son en absoluto condiciones —dijo, consternado. Algo se quebró en su rostro, su mirada vaciló—. ¿Arrodillarse o ser masacrado?

Erida sonrió. *Él se ha dado cuenta de que no hay esperanza de victoria. Él puede ver camino que tiene ante sí, y que sólo va en una dirección.*

—Me parece una elección sencilla —respondió.

Orleon estaba furioso, frunciendo los labios. Luego echó la cabeza hacia atrás. Erida frunció el ceño cuando su saliva aterrizó a centímetros de sus botas.

—Prefería las flechas —murmuró Erida.

Taristan se movió a su lado, deliberadamente, como un gato que merodea, con la vista puesta en una presa principesca. Pero seguía en silencio, con los labios apretados casi hasta desaparecer. Si abría la boca, Erida temía que pudiera devorar a Orleon entero.

Orleon no veía el peligro en su consorte. No conocía a Taristan como ella, ni siquiera en estos cortos meses que ahora parecían eclipsar el resto de sus días.

El príncipe de Madrence sonrió con crueldad.

—¿Le quitaste la lengua además de las pelotas?

Erida sabía la pregunta antes de que Taristan la formulara.

—¿Puedo matarlo? —susurró.

Las banderas de la tregua colgaban sobre ellos, llenas de advertencia. De nuevo, Erida se cuestionó. El derecho de tregua era un acuerdo ancestral, uno de los principios básicos de la guerra.

Taristan esperó, paciente como una serpiente en su agujero. De nuevo, el brillo rojo se asomaba en su mirada, apenas más que un destello, pero suficiente. Lo Que Espera observaba a través de los ojos de su consorte. Sin embargo, Taristan se controló. Erida podía ver la contención en cada uno de sus músculos, en el lento pulso que latía en su cuello. Y también en sus ojos, conteniendo la presencia roja. Manteniéndola —manteniéndolo a Él— a raya.

Hasta que ella tomó su propia decisión.

Erida inhaló, con los labios entreabiertos, como si pudiera saborear el poder en el aire. *Su* poder. Parpadeó, sosteniendo la mirada de Taristan. Sus dedos se crisparon, y casi pudo sentir una correa en su mano, pidiendo que la soltaran.

La reina volvió a mirar a Orleon.

—Sí.

La Espada de Huso se liberó de su vaina y la Guardia del León se acercó, protegiendo a Erida del derramamiento de sangre. Los latidos de su corazón retumbaban en sus oídos, de alguna manera más fuertes que el choque del acero y el hierro. Sin aliento, miró a través de los huecos de la armadura dorada, con los ojos muy abiertos, mientras Taristan se abría paso entre los soldados madrentinos. No eran rivales para Taristan, incluso sin sus muchas bendiciones oscuras. Era un asesino despiadado, letal e infalible. Erida observó cómo esquivaba sus espadas y encontraba los puntos débiles de sus armaduras, abatiendo a cada uno con unos cuantos golpes metódicos. El cuerpo del heraldo se desplomó, con la bandera de la tregua extendida sobre las piernas sin vida. Su cabeza rodó por el puente y cayó al pantano.

Erida ya antes había visto morir hombres. Ejecuciones, accidentes en torneos, sus propios padres muriendo en sus camas. La sangre no le resultaba extraña. No sintió ningún tipo de malestar en el estómago, ningún mareo. Fue sorprendentemente fácil ver cómo su consorte se abría paso a través del puente, aunque los arqueros volvieron a su asalto. Sólo consiguieron clavar sus flechas en los suyos; los cuerpos yacían inertes.

El príncipe Orleon de Madrence no era un soldado de la guarnición de la ciudad. Estaba tan bien entrenado como cualquier hijo de la nobleza, familiarizado con la espada y la armadura. Y deseoso de demostrar su valía en otro lugar que no fuera el círculo de entrenamiento o el campo de torneos. Su espada se alzaba en alto, con la empuñadura plateada y ricos granates fulgurando entre sus dedos.

Sólo era un poco mayor que Erida, veintitrés años, si no recordaba mal. El caballo plateado cargó sobre su pecho, centelleando bajo el sol del mediodía, cuando rechazó un golpe y su espada se encontró con la de Taristan. Se miraron por encima de las espadas cruzadas, con los rostros a escasos centímetros de distancia.

Orleon hizo una mueca, cediendo ante la tensión de mantener a raya a Taristan. Una flecha se clavó en el hombro de Taristan, pero éste apenas lo notó, y Orleon palideció, balbuceando confundido.

Sólo hizo falta un movimiento circular de la Espada de Huso para cortar el linaje real de Madrence. El rojo floreció en el pantano bajo el puente mientras la espada seguía oscilando.

Incluso en la muerte, el heraldo hizo su trabajo. Era una advertencia para su propia ciudad, testimonio de la masacre que se avecinaba.

9

EL REINO DESLUMBRANTE

Ridha

Su espada no había visto sangre en décadas. No había luchado de verdad desde que los saqueadores habían atentado contra Iona un siglo atrás. Aunque su mente y su cuerpo eran tan hábiles como los de cualquier otro en el Ward, Ridha se congeló en lo alto de las murallas. Miró el cielo sangrante, con el terror corriendo por sus venas. No se trataba de un lobo, ni de un oso, ni siquiera de un ejército que atacaba.

Era un dragón. Rugió de nuevo y Ridha se estremeció. El sonido resonó en los acantilados del fiordo, abarcándolos.

Abajo del muro, un Veder se estremeció.

—¿Son dos?

Ridha sintió que se le secaba la boca.

—Uno es más que suficiente para matarnos a todos —sentenció, y otro gruñido en el cielo se tragó su voz.

Lenna gritó desde las murallas de Kovalinn, ladrando órdenes en jydi. Su gente se movió al unísono; sus arqueros, con las flechas listas, subieron hasta donde se encontraba su jefe. Dyrian se estremeció. En su trono, parecía arrogante como cualquier monarca, a pesar de su corta edad. Pero ya no se veía así. Se puso blanco como la nieve, moviendo la boca sin emitir sonido alguno, mientras el mismo miedo que sentía Ridha se apoderaba de su pequeño cuerpo.

En su lugar, Lady Eyda gritó órdenes, toda una reina guerrera con cota de malla y piel de zorro. Levantó una espada, apuntando a la puerta abierta. Los osos tallados le devolvieron la mirada, encerrados en un gruñido interminable. La mascota somnolienta de Dyrian parecía un cachorro a su lado. Bramó de miedo, olfateando el aire. También olió el peligro.

—¡Al fiordo! —la voz de Eyda retumbó por encima del caos imperante en el patio. Entre la vedera de Kovalinn y el clan de Lenna, cientos de cuerpos se agolpaban—. Abandonen la sala. Debemos ir al agua.

—¡Yrla, al fiordo! —gritó Lenna, volteando a mirar a los suyos en la parte de abajo. Gritó en jydi y en primordial, para que todos pudieran entenderla. Sus saqueadores respondieron con un aullido, golpeándose el pecho en señal de acuerdo—. ¡Arqueros, quédense! ¡Mantengan al dragón con nosotros!

Eyda asintió brevemente.

—¡Traigan arcos y flechas! —rugió, y su gente se apresuró a obedecer.

Ridha sintió cómo se le revolvía el estómago y estuvo a punto de vomitar sobre el borde del muro. Se apoyó, pesadamente contra la muralla de madera. El miedo era algo agotador.

Girando, Lenna le tocó el hombro, apenas un roce de sus dedos tatuados contra la túnica de Ridha.

—Respira —dijo, haciendo un gesto para que Ridha inhalara. La inmortal lo hizo, aspirando una vigorosa bocanada de aire. Ayudó, aunque sólo un poco—. Y corre.

Sus huesos entrechocaron cuando los dientes de Ridha rechinaron y se esforzó por ponerse en pie.

—Soy una princesa de Iona, hija del Monarca, sangre de Glorian Perdido —alguien le puso un arco en la mano y ella lo tomó, irguiéndose en toda su altura, amenazante. Su armadura verde se asentaba sobre su figura, ajustada a su forma. Se sintió como una guerrera, que era para lo que siempre había sido entrenada. Su miedo permanecía ahí, apretado como una cuerda alrededor de su garganta, pero no dejaría que la controlara—. No huiré.

La boca de Lenna se convirtió en una sonrisa medio enloquecida, con sus dientes de oro centellando ante la brillante puesta de sol. La visión llenó a Ridha de una extraña calidez, aunque no tuvo tiempo de pensar en ello.

Se devanó los sesos intentando recordar cómo su madre y los demás habían matado al último dragón trescientos años atrás. Había muchas historias, la mayoría de ellas más relacionadas con la pena que con la estrategia. Historias inútiles de nobles sacrificios. Ese dragón había sido tan grande como una tormenta eléctrica, grisácea, con diez mil años de antigüedad como mínimo. Había hecho su guarida en los riscos más altos de Calidon, a lo largo de la costa, donde el océano se encontraba con las salientes de piedra. Creían que sobrevivía a base de ballenas. Pero se volvió demasiado hambriento, o simplemente demasiado cruel. Así que la vedera de Iona y Kovalinn lucharon contra el monstruo en las costas del norte de Calidon, al borde del Mar de la Gloria. *Era primavera, llovía*, recordó. *La tormenta ayudó a sofocar el fuego del dragón y permitió al ejército acercarse lo suficiente a él*. Ridha extrajo una flecha del carcaj que tenía a sus pies, una de las docenas que se lanzaron hacia las murallas. Ella suspiró, tensando su arco. *Algo le habían hecho a sus alas y lo obligaron a aterrizar.*

La sombra se abalanzó sobre una nube. Una larga cola surcó el aire, la primera parte visible de su cuerpo. Al igual que el oro de la boca de Lenna, la cola reflejaba el resplandeciente atardecer, y sus escamas brillaban tanto que dañaban sus ojos.

Ridha entornó los ojos, su mirada vederana era aguda incluso desde esa distancia.

—La piel —murmuró. Sus recuerdos tomaron forma, devolviéndole las historias que su madre le contaba—. La piel está hecha de joyas —dijo, más fuerte, gritando en la muralla—. No vas a penetrar la piel con flechas ni con ninguna otra cosa. ¡Debes apuntar a las alas!

Lenna no discutió. Gruñó otra orden en jydi, traduciendo para su propia gente.

La mayoría se apresuró a salir de los altos acantilados del enclave, presionando a través de la puerta y hacia el empinado y sinuoso camino hacia el fiordo. Lady Eyda y Dyrian los guiaron, instando a ambos pueblos a ponerse a salvo. Ridha miró por encima de la muralla, por el flanco casi escarpado de la montaña sobre la que se posaba Kovalinn. De nuevo, se le revolvió el estómago.

A ella no le molestaban las alturas. Sin embargo, no le gustaba la perspectiva de que un dragón la persiguiera por la ladera de la montaña.

—No estaba en Calidon cuando cayó el último dragón —dijo Kesar, poniéndose al lado de Ridha. Ella todavía llevaba la ropa que usaba en la corte, una túnica ligera. Difícilmente apta para la batalla.

Ridha se alegró de su propia armadura.

—Yo tampoco.

Cerca de un centenar de vederanos se unieron a Kesar, encontrando espacio entre los saqueadores, con sus propios arcos largos preparados, cada uno con tantas flechas como podía. Cualquier desconfianza o incomodidad se disipó.

Un enemigo en común propicia la unión como ninguna otra cosa.

La luz se extinguía, los últimos rayos del sol se retiraban sobre las montañas occidentales como si fueran dedos replegándose. La nieve de las laderas perdió su brillo, pasando del rosa al púrpura grisáceo. Ridha se estremeció cuando Kovalinn comenzó a descender hacia la fría oscuridad. La noche sólo ayudaría al dragón y condenaría al resto.

—Nunca pensé que mintieras sobre los Husos pero, aun así, tenía mis dudas —dijo Kesar, atando el cuello de su túnica para cubrir la piel topacio de su garganta expuesta. No apartó los ojos del cielo, ni del peligro que había en él—. Ya no.

Ridha sintió como si el aire hubiera sido expulsado de sus pulmones.

—Taristan —gruñó, y su miedo se convirtió en rabia. De repente, quería que el dragón se mostrara para tener donde volcar su furia.

Kesar curvó el labio, igual de enojada. Se echó los mechones hacia atrás, atándolos con un cordón de cuero.

—El Príncipe del Viejo Cor liberó a este monstruo sobre el Ward, y dejó otro Huso abierto —sacudió la cabeza—. En qué reino, no lo recuerdo.

Ridha era una futura monarca, y su formación había ido mucho más allá del patio de entrenamiento. El consejero de su madre, Cieran, le había enseñado con esmero la ciencia del Huso cuando era una niña. La mayor parte de su tiempo lo había pasado evitando sus lecciones, pero recordaba lo que había conseguido enseñarle.

170

—Se llama Irridas —siseó, pensando en las páginas de algún libro más antiguo que el Ward. Las ilustraciones se habían difuminado en su memoria, pero no podía olvidar el paisaje de piedras preciosas escarpadas y los grandes ojos escarlatas que la miraban. Era un mundo de riquezas inimaginables y dragones insaciables que lo custodiaban—. El Reino Deslumbrante.

Las sombras se acumulaban en el cielo que se oscurecía, lo que dificultaba ver al dragón. Rugió, ahora más cerca, y todos los arcos siguieron el ruido, trazando una forma negra en el cielo azul profundo. Una o dos flechas se dispararon y se perdieron en la nada.

Los saqueadores deberían escapar con los demás, pensó Ridha, mirando a Lenna a su lado. *Los mortales mueren muy rápido.*

Como si le hubiera leído la mente, Lenna la miró, con la mandíbula apretada y un músculo tenso en la pálida mejilla. Su arco era más pequeño que el de Ridha, diseñado para cazar conejos y lobos. *Nunca derribará un dragón*, quiso decirle Ridha, pero se contuvo. La verdad es que dudaba que ninguno de sus arcos pudiera lograrlo.

—Sé fuerte —dijo Lenna, golpeando con el puño su pecho, golpeando el cuero, como lo habían hecho antes sus saqueadores. Sus ojos brillaban tan enloquecidos como su sonrisa—. Los Yrla están contigo. Y los Yrla luchan.

Ridha se enderezó.

—Nosotros también.

La negrura se extendía por el cielo, ahuyentando los últimos colores púrpura y azul. Las antorchas crepitaban, una pobre defensa contra la acuciante oscuridad, pero suficiente para que los saqueadores pudieran ver. Un viento sopló por el fiordo, estremeciéndose entre los pinos y la nieve. Los arqueros, mortales e inmortales, esperaban sin hacer ruido, como si todos mantuvieran la misma respiración temerosa. Abajo, los otros resonaban en las rocas, los gritos de aliento de Eyda eran tragados por el estruendo de las botas sobre la piedra. Y detrás de Kovalinn, más arriba en las montañas, los lobos aullaban, una docena de manadas que entonaban la misma advertencia.

El dragón respondió, apareciendo en la boca del fiordo. Salió del banco de nubes, borrando las estrellas recién nacidas, una masa negra de alas y garras, con los ojos como un par de carbones encendidos. Brillaban en rojo, incluso a lo lejos. Una luz feroz y danzante jugaba entre sus dientes, suplicando ser liberada de unas mandíbulas letales. Sus alas batían más fuerte que cualquier sonido en el fiordo, incluso que el acuciante latido del propio corazón de Ridha.

—¡Las alas! —intentó gritar, pero la voz se apagó en su garganta.

Lenna lo hizo por ella, dando órdenes a lo largo de la muralla. Los saqueadores apuntaron con sus arcos al monstruo. Aumentó su velocidad cuando empezó a descender por el fiordo, haciéndose más grande a cada segundo que pasaba. Kesar dio órdenes en vederano. *Esperen hasta que esté casi sobre nosotros. Guarden sus flechas hasta que no puedan esperar más, y destrocen esas alas.*

Perdiendo el aliento, Ridha buscó las flechas que tenía a sus pies y sacó tres del carcaj más cercano. Las colocó entre sus dedos y las puso en la cuerda del arco, tensando todas a la vez. Su pulso marcó un ritmo caótico, pero controló su respiración y se acomodó en su postura de arquera. Sus músculos se tensaron. Sabían lo que tenían que hacer, a pesar de que el miedo paralizaba su mente.

Esta vez, cuando el dragón rugió, sintió el furioso calor de su aliento en la cara. Le echó el cabello hacia atrás, y los mechones negros se desprendieron de su larga trenza. Las antorchas se agitaron, aunque siguieron ardiendo, obstinadas como el resto. Algunos de los arqueros temblaron, rompiendo la posición de tiro, pero ninguno abandonó los muros. Se negaban a acobardarse, incluso los saqueadores mortales.

Ridha deseaba que su madre estuviera allí, igual que Domacridhan, y todos los guerreros de las murallas de Iona. Y también los maldijo, odiándolos por haberla dejado ahí sola. *Si es que Domacridhan aún vive.* Pero ése era un hilo del que no podía permitirse tirar, no ahora, mientras su propia muerte se precipitaba por el fiordo.

Cuando llegó el momento oportuno, las flechas salieron disparadas de su arco, el dragón estaba lo bastante cerca para devorarlos a todos. Pasó por encima, con las alas tan abiertas que Ridha pensó que podrían rozar ambos lados del fiordo. Su piel reflejaba la luz de las antorchas, con innumerables piedras preciosas que centellaban rojas y negras, rubíes y ónix. El sudor corría por el cuello de Ridha, nacido del terror y del repentino e implacable calor del dragón. Las flechas brotaron de todos los arcos, apuntando a la membrana de las alas, la única parte de su cuerpo que no estaba cubierta de joyas. Tal vez una docena dieron en el blanco. Parecían agujas en la piel del dragón, pequeñas e inútiles.

Lenna dejó escapar un grito de emoción antes de disparar otra flecha. El dragón giró bruscamente y se alejó de su alcance en medio segundo, batiendo sus alas, incansable, para elevarse de nuevo al cielo. Soltó un gruñido, tal vez de dolor o de molestia. Ridha esperaba que fuera por lo primero, y colocó tres flechas más en la cuerda.

—¡Otra vez! —se oyó gritar. Su arco tintineó y sus flechas desaparecieron en la noche—. ¡Nos está poniendo a prueba!

—No por mucho tiempo —dijo Kesar—. La criatura nos convertirá en cenizas en cuanto se dé cuenta de que no somos rivales.

Ridha apartó la vista del dragón sólo un momento, aunque todos sus instintos de guerrera le gritaban lo contrario. Volvió a mirar por encima de la pared, bajando por el empinado sendero, hasta el borde del fiordo. Los saqueadores y los vederanos se agrupaban cerca de la cascada, con los acantilados a su espalda. Incluso en la penumbra, Ridha distinguió a Eyda y a Dyrian entre ellos, con su oso arrastrándose.

—Los demás han llegado al fiordo —anunció, echándose hacia atrás. Kesar asintió con gesto adusto.

—Tenemos que lograrlo también nosotros.

Hace trescientos años, mi madre y sus guerreros derribaron un dragón. Cientos de vederanos, armados hasta los dientes, se prepararon para luchar y morir para matar un monstruo nacido del Huso. Miró por encima de las murallas que los rodeaban, observando tanto a los saqueadores como a los arqueros inmortales. Desde luego, no eran el ejército que Isibel de Iona había conducido a la batalla. *Pero podían ser mucho peor.*

El dragón giró en el cielo, dando vueltas más allá del alcance del mejor arquero vederano. Ridha sabía que los dioses de Glorian no podían escuchar sus plegarias en este reino, pero tal vez los dioses del Ward sí. Las nubes se estaban disipando, y el brillante rostro de la luna se asomaba por encima de las montañas, iluminando las blancas laderas y la piel del dragón. La luz de la luna destellaba a través de las joyas como la luz del sol sobre las escamas de los peces.

—Tenemos que llegar al agua —murmuró Ridha, observando el río que fluía por el patio de armas. Se precipitaba por el acantilado hacia el fiordo. Las aguas heladas no serían una vía de escape, pero sí un escudo. Y también un arma, si tenían suerte.

Para su sorpresa, Lenna golpeó su hombro. Se giró para ver a la mujer más pequeña, quien la miraba fijamente con ojos lívidos. El azul y el verde eran fascinantes a la luz de la luna.

—El Yrla no corre —dijo la jefa a través de sus brillantes dientes.

Ridha estuvo a punto de dejarla en las murallas, pero los saqueadores no eran nada para despreciar. Eran buenos combatientes, algunos de los mejores del Ward. Y los jydi y los vederanos se necesitarían mutuamente para sobrevivir a la larga noche del dragón.

—No está corriendo —espetó, mostrando su frustración—. Estaremos luchando a cada paso del camino. Y por si no te has dado cuenta, Kovalinn es de madera.

Efectivamente, sólo los cimientos de la muralla y los edificios eran de piedra. El resto era madera de pino, enormes troncos cortados de los espesos bosques del Jyd. *Ojalá fuera pino de acero*, pensó Ridha, *y pudiéramos simplemente resistir las llamas.*

—Es una suerte que no estemos ya en llamas.

Lenna agitó la barbilla, como si intentara espantar a un animal.

—Huye, Anciana —dijo—. Y déjale a Yrla la gloria.

Como princesa de Iona, Ridha no estaba acostumbrada a recibir órdenes de nadie más que de su madre. Y menos de una mujer mortal del pueblo de los saqueadores, que parecía más adecuada para una cueva que para la sala del trono de un monarca.

Ridha se puso en pie, con su armadura reflejando la luna. Se alzó sobre Lenna, con todo el peso de su mirada inmortal.

—Mueve a tus saqueadores o yo te moveré a ti —dijo, bajando su arco.

El labio de Lenna se curvó y Ridha se preparó para otra valiente, pero tonta exhibición. En lugar de eso, el dragón se abalanzó de nuevo, esta vez con sus cuatro patas extendidas.

Jefa y princesa agachándose al mismo tiempo, disparando flechas como pudieron. Con un grito, dos figuras fueron arrastradas desde la pared, un saqueador y un vederano. Sus cuerpos fueron lanzados al aire, precipitándose a través del frío cielo para desaparecer contra la ladera de la montaña. Los saqueadores no pudieron oírlo, pero Ridha se estremeció al escuchar el crujido del hueso contra la roca. Triunfante, el dragón rugió su advertencia al resto, en un en un chillido que habría podido partir el hierro.

—¡Yrla, al suelo! —gritó Lenna en primordial, y luego en jydi, echándose el arco al hombro. Kesar le siguió, gritando las mismas órdenes a lo largo de la línea de los vederanos.

Al unísono, abandonaron las murallas de Kovalinn, saltando al patio nevado para iniciar la vertiginosa carrera hacia el fiordo. Otra ráfaga de calor los persiguió, y por un segundo Ridha temió que el propio dragón estuviera sobre ellos. Pero sólo era una gran bola de fuego atravesando el techo del gran salón. Las llamas lamieron el edificio de pino desde el interior, mientras el dragón se cernía sobre el techo, escupiendo fuego, y sus alas levantaban un viento feroz y abrasador para alimentar las llamas. También se incendiaron las numerosas habitaciones que estaban conectadas al salón, y luego las múltiples casas, los barracones, los establos y los almacenes, hasta que todo el gran enclave de Kovalinn se convirtió en un infierno. Los osos ardían en la cima del acantilado, la madera tallada se convertía en brasas.

Ridha derrapó en el resbaladizo camino, pero mantuvo el equilibrio. Los vederanos eran rápidos y ágiles. El terreno no ofrecía problemas, incluso con la cascada que arrojaba niebla helada sobre la piedra. Algunos arqueros inmortales saltaban de sendero en sendero, bajando por el camino zigzagueante como si fuera una escalera en lugar de un camino. Ridha no podía culparlos. Nadie era inmortal ante las llamas de un dragón. No les pediría que se quedaran atrás para proteger a los saqueadores, no si eso significaba sacrificar sus propias vidas.

Sus piernas se ralentizaron.

Pero ¿no es ése el objetivo de todo esto? ¿Luchar por todos en el Ward, y no sólo por nosotros mismos? ¿No es ésa la única manera de ganar?

Sus botas derraparon cuando se apartó, dejando que el resto de los inmortales pasaran, con los saqueadores luchando por seguir su ritmo.

—¡Princesa! —oyó que Kesar la llamaba, pero el rugido del dragón acalló cualquier otro sonido. Ridha esquivaba con toda su rapidez vederana, moviéndose contra la multitud que bajaba por el acantilado.

Divisó una trenza rubia y un tatuaje de lobo en la retaguardia, sujetando la puerta, negándose a dejar a nadie atrás. Los saqueadores pasaron junto a ella, con el humo pegado a sus pieles y los ojos encendidos de puro terror.

Ridha se colocó al otro lado de la puerta, manteniendo la posición. Los osos tallados gruñían sobre su cabeza. Casi se rio de ellos. Las puertas serían cenizas por la mañana, los grandes osos de Kovalinn serían polvo en el viento helado.

Al otro lado de la puerta, Lenna hizo un pequeño gesto de agradecimiento. Era mejor que las flores amontonadas a los pies de Ridha. Respondió con una inclinación de cabeza y miró hacia las entrañas ardientes del enclave; con cada golpe de las alas del dragón, el humo y las llamas se avivaban.

Otros dos saqueadores salieron cojeando de entre los escombros, tosiendo y ahogándose. Lenna exigió algo en jydi, palabras que Ridha no pudo entender. Claramente, la respuesta no fue de su agrado, y la jefa palideció, tragando saliva.

—Hay más gente adentro —gritó Lenna en medio del estruendo.

A Ridha se le retorció el estómago. Contó un centenar de vederanos en las murallas, con veinte arqueros mortales más. Casi todos ellos estaban ahora abajo, luchando a la orilla del acantilado, antes de que el dragón volcara su ira sobre ellos. La princesa volvió a mirar a través de las puertas. El humo y las llamas habían convertido el enclave en un apocalipsis, y se preguntó si éste era el aspecto de Infyrna, el Reino Ardiente. *O el propio Asunder, el reino de Lo Que Espera. El infierno que nos espera a todos.*

El humo le escoció los ojos y Ridha los entrecerró, buscando algún rezagado entre las llamas. La madera se resquebrajó y se astilló, lanzando una ráfaga de brasas. La ceniza comenzó a caer en un terrible manto gris.

Lenna también miró, levantando una mano para mitigar el resplandor del fuego. Otro rugido como de metal desgarrándose sonó en lo alto. Con una respiración agitada, la líder abandonó la puerta y se sumergió de nuevo en el enclave en llamas.

Ridha tardó menos de un segundo en seguirla, el acero de su armadura absorbió el calor y se calentó contra su piel.

El enclave ardía, las vigas de madera y los tejados de paja se derrumbaban a su alrededor. Lenna ahuecó las manos y gritó, llamando a quien se hubiera podido quedar atrás, pero el paisaje infernal se tragaba su voz. Ni siquiera Ridha podía oírla. Era un esfuerzo absurdo, no mejor que el suicidio. Una vez más, Ridha entornó los ojos hacia el fuego, buscando cualquier señal de supervivientes. Pero no vio nada, ni siquiera una sombra entre las llamas.

—Debemos irnos —gritó, agarrando a Lenna por el cuello, sus labios casi rozando la oreja de la líder—. O éste será tu final.

El mío no, se dijo Ridha, a pesar de que el miedo corrosivo recorría su cuerpo, carcomiendo sus fuerzas. *Soy una princesa de Iona. No moriré de esta manera.*

Lenna la empujó, mostrando los dientes como un animal. Parecía tan temible como el propio dragón.

—Déjame —dijo, sacando una espada corta. La hoja era ancha y pesada, la punta dirigida hacia Ridha—. Moriré con ellos.

—Muere *por* ellos.

Agitando el brazo, Ridha desarmó a la jefa de los saqueadores con una sencilla maniobra que había aprendido hacía tiempo. Lenna palideció, levantando los puños para golpear, pero Ridha sólo arrojó la espada a un banco de nieve.

—Los que aún viven son los que te necesitan para sobrevivir.

Lenna se burló; luego su mirada se desplazó, fijándose por encima del hombro de Ridha, de nuevo hacia el infierno.

—*Ellos* también nos necesitan —siseó Lenna.

Tres figuras salieron de entre las llamas, con los rostros cubiertos de ceniza y trapos o pieles en la boca. Uno de ellos cayó de rodillas, resollando, antes de que Lenna lo agarrara por los brazos y lo levantara, impulsándolo hacia la puerta. Ridha tomó a otro, una mujer alta con la ropa quemada y una pierna herida. Sus miradas se cruzaron.

—Su Alteza —murmuró la mujer, y Ridha se dio cuenta con una sacudida de que la mujer no era una saqueadora, sino una vederana. Su propia gente.

Todos lo eran.

—A la puerta —se obligó a decir, mientras la vergüenza la invadía.

El tercer vederano no había sufrido ningún daño, y ayudó a los demás a llegar a las puertas, con el humo desplazándose a sus espaldas. La nieve se derretía con el calor, convirtiendo el patio en barro. Ridha se aferró al otro inmortal, usando toda su habilidad para no caer, mientras el sudor le escurría por la cara y el cuello. *Todos esos siglos en el patio de entrenamiento*, pensó, maldiciendo, *y estoy agotada en unos momentos*. El cansancio arañó sus miembros, amenazando con arrastrarla hacia las fauces del dragón.

—¡Ya casi! —oyó gritar a Lenna, y Ridha dio una poderosa embestida hacia la puerta.

Una cola se sacudió como un ariete, agitando el aire a centímetros de la cara de Ridha. El vederano que llevaba bajo el brazo desapareció, arrastrado por el péndulo de la cola del dragón. Ridha alcanzó a ver el rostro del inmortal, con la mandíbula abierta en un grito mudo, cuando el dragón estrelló su cuerpo contra las puertas. La fuerza de su cuerpo destrozó los osos tallados y las paredes, astillando la madera de la empalizada. Las puertas cayeron juntas, partidas por la mitad, mientras el resto se derrumbaba en un montón de escombros ardientes. Lenna gritó mientras las brasas se elevaban en espiral, ardiendo contra la luz de las estrellas.

Ridha cayó de rodillas, mirando las llamas donde antes estaba la puerta. Sus dedos recorrieron la nieve derretida y cerró el puño, aguantando el frío. El hielo le mordía las uñas. *Quizás esto sea lo último que sienta.*

Se quedó clavada en el suelo, entumecida, cuando otro golpe de la cola del dragón atravesó el patio. Lenna se apartó de un salto, aterrizando de bruces en la nieve, pero el otro vederano herido no tuvo tanta suerte. La cola del dragón lo lanzó hacia arriba y por encima de la pared que se derrumbaba; el vederano aulló mientras se precipitaba por el borde del acantilado.

—¡Muévete, Anciana!

Esta vez era Lenna la que le gritaba al oído, lo bastante cerca como para que Ridha pudiera oler su cabello. Humo, sangre, pino ardiente y algo más dulce por debajo. *Flores silvestres.* La jefa levantó a Ridha lo mejor que pudo, obligando a la princesa a orientarse. Mientras el dragón rodeaba el enclave, con sus chillidos resonando en las montañas, Lenna corrió hacia el lugar donde se encontraba la puerta, tratando de abrir un camino a través de las ruinas en llamas. El tercer vederano se unió a ella, apartando los tablones y troncos rotos.

Ridha flexionó las manos, deseando que la sensación volviera a su cuerpo. Su respiración era corta y punzante, y el humo amenazaba con asfixiarlos a todos. *No moriré así*, pensó, lanzándose sobre los escombros. Sus manos desnudas sangraban y ardían mientras trabajaban, furiosas y desesperadas. Ridha se estremeció, pero cada astilla que apartaba era un aliento más de vida.

Lenna no vaciló, mortal como era. Las lágrimas corrían por su rostro, por el dolor, por el humo o por ambas cosas, pero seguía luchando, apartando los escombros.

—Hay un camino. En el fondo del fiordo, detrás de la cascada —dijo la jefa, ahogando un grito mientras les llovían chispas. Su abrigo se prendió en llamas y lo sacudió—. Los Yrla lo conocen.

También Eyda, pensó Ridha, aliviada. *Al menos, el Ward no morirá con nosotros. Todavía hay esperanza, por pequeña que sea.*

—Por aquí —dijo el otro vederano, metiendo el hombro bajo uno de los troncos más grandes. Jadeando, empujó con todas sus fuerzas, desalojando una cascada de troncos y tablones. Rodaron, escupiendo brasas, y Lenna pateó los restos destrozados de las puertas talladas. Ridha estuvo a punto de llorar, con la garganta ardiendo como el enclave.

El camino del acantilado aguardaba, el fiordo estaba más allá, un filo de luz de luna entre las furiosas volutas de humo.

Se dirigieron al hueco entre los escombros, tropezando juntos, cubiertos de ceniza. Lenna se agarró al brazo de Ridha mientras tiraban la una de la otra. Sopló un viento frío, un breve respiro de la embestida del dragón, y Ridha lo engulló con gratitud, con sus pulmones clamando por aire fresco.

El dragón atacó de nuevo, tratando de derribar la pared sobre ellos. Ridha arrastró a Lenna con ella, los tablones se astillaron sobre sus cabezas y bajaron por el acantilado. El otro vederano también lo logró esquivar y dio su primer paso en el camino hacia el fiordo, y la seguridad.

El corazón de Ridha martilleaba en su pecho, y el de Lenna latía al mismo tiempo, gritando su miedo. Otro ritmo retumbó, más allá de su propio cuerpo, sacudiéndose desde el propio suelo. Era casi familiar.

¿Cascos?, pensó Ridha, medio segundo antes de que el jinete diera vuelta en el camino, tomando las curvas cerradas a un galope que ni siquiera un jinete inmortal intentaría.

El semental resopló con fuerza, casi rugiendo contra su brida, próximo a la locura. Llevaba una armadura a juego con su jinete, placas de ónix tan oscuras que no reflejaban la luna, ni siquiera las llamas del dragón. El caballero de la montura lo acicateaba, con las espuelas de sus botas, con el rostro oculto por su simple yelmo. No llevaba túnica ni sostenía ninguna bandera, su cuerpo estaba cubierto desde los dedos de los guantes hasta los de las botas. No había ninguna insignia ni en él ni en su caballo, ninguna señal de algún reino al que pudiera servir. Nada más que la armadura negra. Parecía hecha de una piedra preciosa e imposible en lugar de acero.

—¡Regresa! —gritó el otro vederano, y levantó una mano en señal de advertencia.

Una espada atravesó el aire, cortando su muñeca en una línea limpia y sin esfuerzo. El vederano cayó de rodillas, aullando, mientras el semental seguía cabalgando, acercándose a las puertas derruidas… y a Ridha.

—No te interpongas en mi camino —siseó el caballero, con su voz grave y sinuosa. El caos debería haber sofocado su voz, pero Ridha lo escuchó con toda claridad, a una docena de metros, por encima del ruido de cascos y de la furia del dragón.

Se aferró a Lenna, apretándola contra su cuerpo. No había tiempo para explicar ni para pensar. El dragón rugió en lo alto, elevándose para dar otro golpe, mientras el caballero ascendía, con su espada tan negra como su armadura, goteando sangre inmortal. Pareció tragarse el mundo e incluso el dragón desapareció de su mente.

Ridha corrió, no hacia la puerta ni hacia el sinuoso camino que bajaba por el acantilado, sino hacia la cascada que había junto a ellos.

El agua estaba helada, se sentía como miles de cuchillos apuñalando cada centímetro de su piel. Pero Ridha no temía al agua, ni siquiera a la cascada.

Se precipitaron juntas por el borde, cayendo al vacío. Un solo pensamiento resonó en la mente de Ridha.

El dragón no llegó solo a través del Huso.

10

PARA GANAR EL MUNDO

Erida

Al anochecer, el olor a humo estaba por todas partes, pegado a su ropa, a su cabello y quizá también a sus huesos. Fogatas, fuegos para cocinar y llamas dentro de Rouleine, de lo mismo y de lo peor. Los encargados de las catapultas habían comenzado su ataque, lanzando rocas y escombros desde las afueras. Cada pocos minutos, Erida oía el lejano estruendo que provocaban. Se preguntaba qué golpe sería el que abriría las puertas de la ciudad y traería la bandera de la rendición.

La carpa de la reina era tan grande que podía ser todo un campamento de asedio, con alfombras sobre el suelo desnudo, un pequeño salón formado por una mesa baja con asientos desiguales y su cama oculta tras un biombo. Sus siervas y damas tenían su propia tienda a la derecha, conectada por un pasillo cubierto, mientras que la tienda del consejo estaba a la izquierda. Ésta última era lo bastante grande como para albergar a todos los individuos de importancia marginal del ejército, no fuera que alguien se sintiera menospreciado y decidiera que Lord Konegin tenía la razón.

Como siempre, el cráneo de Erida palpitaba por la dificultad de mantener ese equilibrio. Las balanzas pesaban en sus manos, subiendo y bajando.

Por suerte, en ese momento sólo había una balanza que equilibrar. Ronin se sentó ante ella en el salón, con la cena sobre las rodillas, mientras Taristan seguía merodeando por el borde de su tienda. Su capa imperial y su armadura habían desaparecido, pero su sombra se alzaba contra la tela. Su constante y silencioso movimiento la ponía nerviosa. *Tal vez ése sea su objetivo*, pensó.

Aunque la armadura de Erida era ligera, hecha para exhibir y no para proteger, era bueno librarse de ella. Su larga bata verde con mangas amplias era más cómoda. Lentamente, deshizo las trenzas de su cabello, aliviando un poco la tensión en su cabeza y cuello.

Los ojos negros de Taristan captaron la luz de las velas. Siguieron los movimientos de las manos de Erida mientras se peinaba.

Su mirada le produjo un escalofrío.

—Tengo que nombrar a más miembros del Consejo de la Corona —dijo, recostándose en su asiento acolchado.

Ronin se detuvo sobre su bandeja de huesos de pollo grasientos y levantó sus ojos rojos.

—Sería un honor.

Erida se mofó en su cara.

—No sabía que tuvieras un sentido del humor tan maravilloso, Ronin.

El tembloroso sacerdote se burló y volvió a chupar huesos como un niño regañado. *Pero no es un niño*, sabía Erida. *Aunque no sea tan viejo, apenas mayor que yo, Ronin es un hombre, y uno peligroso.* Volvió a observar los ojos de Ronin, escarlatas e inyectados en sangre. Nunca había visto unos ojos así. Una parte de ella sabía que los ojos de Ronin no eran naturales, algún don o maldición de Lo Que Espera. *Ningún ser vivo podría nacer con esos ojos.*

—Tu atención debe centrarse en los Husos —dijo Taristan, deteniéndose a la altura del hombro del mago—. A Él no le gustaría que tu mirada se desviara.

Los Husos. La marcha había alejado de su mente casi todo pensamiento al respecto, tanto por cansancio como por miedo. Recordó Castillo Vergon, ruinas hechas por el eco de un Huso. Y ahora dividido por otro, el que Taristan había abierto hacía sólo unas semanas. Era casi demasiado nítido en su mente. El olor de su sangre en la Espada del Huso. El sol sobre el cristal roto, la imagen de la diosa Adalen destrozada por su puño. El aire mismo parecía crepitar con energía, como el cielo antes de una tormenta eléctrica. Y nunca había podido olvidar el propio Huso, un único hilo de oro que formaba una puerta a otro reino.

Pensar que había más por abrir. Más reinos que extraer.

Y Lo Que Espera más allá de todos ellos, esperando su momento.

Se preguntaba cómo se comunicaban, su marido y el Rey Destrozado. A través del sacerdote mago, supuso. *Lo que es cierto es que no intercambian cartas.*

Aunque un millar de preguntas pasaron por su mente, como lo hacían cada vez que surgía el tema de los Husos, la reina se contuvo. No era tonta. Había cosas en las que no deseaba insistir, todavía no.

—No deberíamos quedarnos mucho tiempo aquí —dijo Ronin, quebrando un hueso con los dientes. Sorbió el tuétano con un ruido repugnante.

Erida hizo un gesto de desdén. *Está claro que Lo Que Espera no le ha enseñado modales en la mesa.*

—El asedio no durará —dijo en voz alta, tragándose su repulsión—. Puede que tengan agua y provisiones, pero no piedra. Sus muros ya empiezan a desmoronarse, y cuando se construyan las torres de asedio...

El mago rojo negó con la cabeza.

—Sigue siendo mucho tiempo.

—¿Y eso por qué? —respondió Erida, mirándolo a través de la mesa baja.

—Examiné sus archivos en Ascal, y encontré muy poco sobre los Husos. Los registros gallandeses de todo lo que *no* es gallandés son muy escasos —dejó su plato y lanzó otra mirada intensa a Taristan—. La Isla de la Biblioteca será de mucha más utilidad.

Erida suspiró, frustrada.

—La Isla de la Biblioteca está en Partepalas —dijo lentamente, como si le hablara a un niño—. La capital Madrentina es el objeto de toda nuestra campaña. Y después de derrocar Rouleine, será una marcha fácil, hasta la garganta de Robart.

Ronin rompió otro hueso entre sus blancas manos. El chasquido resonó en la tienda.

—Tienes veinte mil hombres contigo. Deja mil, cinco mil, hasta diez, para asediar Rouleine. Pero debemos seguir hacia el sur, y debemos continuar nuestra búsqueda de Husos.

—Corayne es mucho más peligrosa de lo que creíamos —bramó Taristan.

La reina suspiró.

—Es una niña, y no es nada sin sus aliados. Pero no temas: ya puse las cosas en marcha. No he olvidado el peligro de Corayne an-Amarat —inhaló de nuevo, tranquilizándose como lo haría durante cualquier reunión del consejo.

—Pero será igual de peligroso abandonar Rouleine y dividir nuestras fuerzas. Puede que conozcas la cultura del Huso, pero no sabes nada de la guerra, sacerdote.

Ronin se puso en pie de un salto, y su túnica cayó a su alrededor formando una cortina carmesí.

—Su guerra está al servicio de Lo Que Espera, Su Majestad —dijo acaloradamente—. No al revés.

—Pero ella no se equivoca.

La voz de Taristan era baja pero inflexible, su rostro severo.

El mago levantó las manos en señal de frustración. Pero no discutió, para gran alivio de la reina. Salió de la carpa, murmurando para sí en un idioma extraño que Erida no podía identificar. En ese momento, apenas le importaba. Los asedios eran un asunto agotador, y a ella le quedaba poca energía para luchar con el mago esta noche.

Una parte de ella quería meterse en la cama y dormir. Una parte más fuerte la mantenía pegada a su asiento, inmóvil y silenciosa. Un espejo de la propia forma melancólica de Taristan, su sombra extendiéndose detrás de él como un manto. Esperaba que él siguiera al mago y volviera a su propia tienda cercana. En lugar de eso, cruzó las alfombras y se sentó en la silla de Ronin.

Erida lo observó como si fuera un gran tigre. Su consorte era un hombre apuesto. Lo supo desde el primer momento en que lo vio, medio cubierto de barro, llevando sólo una espada enjoyada y su propia ambición. Incluso las líneas que bajaban por su mejilla, los arañazos que había dejado la desdichada Corayne, se veían magníficos en su rostro. No se había ablandado después de meses como su marido, casi un rey. En todo caso, parecía más duro y afilado que aquel día. Más delineado, de alguna manera. Incluso las sombras parecían más oscuras en su rostro.

Él dejó que ella lo observara, en silencio, sumido en sus propios pensamientos inescrutables.

—Lo que le hiciste a Orleon…—comenzó Erida, vacilante. Por alguna razón que no podía entender, su voz temblaba.

En su mente, vio al príncipe caído, su cadáver destripado, su garganta cortada, sus miembros cercenados a la altura de la cadera y los hombros. Asesinado de una docena de maneras diferentes. Todavía había algo de sangre en Taristan, a pesar de sus esfuerzos por lavarla. En el cuello, detrás de la oreja. Incluso un rastro de sangre a lo largo de la línea del cabello.

Sin pensarlo, Erida se puso en pie y se agachó tras el biombo que ocultaba su alcoba. Llenó una palangana de agua y tomó un paño antes de volver al salón. Taristan miró la palangana, confundido.

Antes de que pudiera hablar y ponerla nerviosa, Erida acercó una silla a su lado. Sumergió el paño y comenzó a limpiarle la cara, quitando las motas de sangre de Orleon que aún quedaban adheridas a su piel.

—Soy capaz de limpiarme solo —dijo él, aunque sonaba un tanto apagado.

—Si así fuera, no estaría haciendo esto —respondió Erida con una sonrisa tensa. El paño se manchó rápidamente; el agua de la palangana se volvió rosa.

Taristan no se quejó más y se quedó quieto, como si al moverse pudiera destruir el mundo. Ella sintió el calor de su piel incluso a través de la tela, y se preguntó si sería el reino de Asunder el que ardía en su corazón.

—Lo que le hiciste a Orleon… —comenzó de nuevo, esta vez con toda la determinación que pudo reunir.

Los ojos de Taristan se encontraron con los de ella.

—¿Te asusté?

Erida hizo una pausa en su labor y se apartó para mirarlo de frente.

—No —dijo, sacudiendo la cabeza—. No sentí nada.

Era una cosa extraña de admitir, no tener ninguna empatía por un hombre que es masacrado. *Pero soy una reina gobernante. La vida de un hombre no es más que una pluma en la balanza que debo equilibrar.*

—Sólo quiero decir que lo entendí. Lo que le hiciste, y por qué.

—Ilumíname —Sus dientes chasquearon al pronunciar cada consonante, sus ojos se tornaron más sombríos.

Se echó hacia atrás en su silla.

—Sé lo que viste en él —dijo, dejando caer la tela—. Una buena armadura. Una buena espada en una mano entrenada. Un príncipe nacido y criado para la grandeza, para el poder. Un hombre con el mundo a sus pies, que no hizo nada para ganarlo.

Taristan se tensó bajo su escrutinio; ella temió que fuera a quebrarse. Al menos, el brillo rojo no volvió a sus ojos.

—Yo vi lo mismo —murmuró Erida, eligiendo sus palabras con sumo cuidado. Los ojos de él se ensancharon un poco, recorriendo su rostro—. Pero para ti, él era todo lo que se le dio a tu propio hermano. Y a ti se te negó.

Su consorte respiró entre sus dientes desnudos.

—No he pensado en mi hermano desde el día en que lo atravesé con una espada.

—No te creo —respondió ella, tajante.

La respuesta de él fue igual de rápida, como una andanada de flechas por el campo de batalla.

—No me importa lo que creas.

—Sí, así es —Erida cruzó las manos en su regazo y afianzó los pies en el suelo, con la espalda recta como una lanza. Se enfrentó a él como si fuera un consejero o un general. Aunque ningún consejero o general había provocado jamás que su corazón latiera tan rápido—. Cuéntame. De dónde vienes.

Taristan la miró en silencio durante un largo momento.

—Vengo de la nada.

La reina se burló.

—No seas dramático.

Frunció los labios, pero movió la barbilla en algo parecido a un asentimiento. Se pasó una mano por las mejillas, rascándose la oscura barba roja que le crecía.

—Me han dicho que mis padres murieron, o que me abandonaron para vivir sus años cómodamente en algún castillo de Ancianos. Tal vez yo fui el precio que pagaron. En cualquier caso, ya se han ido —comenzó—. No los recuerdo. Pero recuerdo un orfanato en Corranport.

Erida dio un respingo. Corranport era una ciudad portuaria, una mancha en el mapa. Ascal, si Ascal no tuviera ni palacio ni jardines ni ciudadanos acomodados. Si la mayoría de los criminales del mundo vivían en Adira, el resto vivía en Corranport. Ella conocía la dificultad de crecer en un lugar así, y vio en qué lo había convertido. El extremo rudo de una vida difícil, y una semilla de desconfianza plantada tan profundamente que ningún hombre podría desarraigarla.

—Todo apestaba a orina y a pescado —murmuró Taristan, con el rostro amargado por los recuerdos.

—Ascal no es mucho mejor —terció Erida, tratando de ser útil.

En cambio, él frunció el ceño.

—Es curioso, no recuerdo su palacio oliendo tan mal como un orfanato del muelle.

Erida no pudo más que bajar la mirada.

—Cierto.

Afortunadamente, el paso en falso no pareció alejarlo. En todo caso, se hundió más, con los ojos desenfocados. La luz de las velas se reflejaba en su cabello; un brillo dorado contra el escarlata. Unas cuantas hebras cayeron sobre sus ojos y, para placer de Erida, no las apartó. La luz suavizaba sus rasgos, incluso cuando las sombras se acumulaban en las duras planicies de sus pómulos.

—Yo no quería pescar, no quería navegar, no quería comerciar. Apenas aprendí a leer —continuó—. La mayoría acabamos mendigando o robando. A mí se me daba mejor lo último.

Erida mantuvo la mandíbula apretada, la boca cerrada, observando cómo hablaba. Le resultaba imposible imaginar a Taristan del Viejo Cor suplicando a alguien por algo.

—Pero no podía quedarme. Mis pies siempre se movían, como si algo me arrastrara —Taristan tragó como si empujara algo que Erida no podía ver—. Ahora lo sé, está en la sangre.

—Heredero de Cor —dijo ella, casi alcanzando su mano, sus dedos apoyados en la mesa. Estaban desnudos, salvo por el rojo que aún tenía incrustado bajo las uñas.

La miró de reojo, con esos ojos negros tan cortantes como cualquier cuchillo.

—Una bendición o una maldición, dependiendo de a quién le preguntes.

—Bueno, sólo quedan ustedes dos —murmuró Erida, encogiéndose de hombros—. Corayne podría decir que es una maldición.

Una esquina de su boca se levantó.

—Tal vez ella tenga razón.

Sus dedos tamborileaban contra la madera, sus uñas como lunas rojas.

—Tenía doce años cuando acabé en un campamento de guerra de Treckish. Me pusieron una espada en la mano y comida en el estómago, y me dijeron que luchara —sus ojos brillaron, negros como el azabache—. Era el mejor.

A juzgar por la relajación de sus hombros, sus recuerdos de Trec eran mucho mejores que la mayoría de los que tenía. Erida se resistió a la idea. Los campamentos de guerra de Trec albergaban soldados que no eran mejores que los lobos recorriendo el campo para defender las fronteras y cazar bandidos. Erida sabía que la mayoría de los hombres eran mercenarios, aunque en otro tiempo habían sido esclavos que no eran mejores que escudos humanos. *Al menos, hace tiempo que terminó esa sucia práctica*, pensó con el ceño fruncido.

—Una vez vi un campamento de guerra —dijo, recordando la sombría visión. Nada más que barro y hombres estúpidos y lascivos que no se habían bañado en una década. Todos repletos de músculos y mal humor, tan inflexibles como el acero sobre el que Trec había construido su reino—. En la frontera norte.

Taristan enarcó una ceja.

—¿Y?

—El príncipe Oscovko estaba con ellos —arrugó la nariz con desagrado—. Lo disfruta, aparentemente.

Sonrió a medias.

—¿Otro pretendiente decepcionado?

Erida asintió, riendo.

—Dijo que estaban defendiendo las Puertas de Trec de los saqueadores jydi. Pero creo que lo único que combatía era la solemnidad —sacudió la cabeza al recordar al grosero príncipe, ensangrentado y manchado por la bebida—. Oscovko estaba ciego de vino. Creo que ni siquiera supo quién era yo durante la hora que hablamos.

—Me sorprende que no te hayas casado con él y lo hayas matado en cuanto tu hijo hubiera alcanzado la mayoría de edad. Tomar su corona y su país —dijo Taristan, su voz baja, sin una pizca de humor.

Erida inclinó la cabeza.

—Prefiero darles a mis hijos el reino entero.

Las palabras resonaron en su cabeza, y en la carpa, reverberando entre los dos. Como siempre, la mención de los hijos, de un linaje real surgido de sus árboles divididos, los inquietó a ambos. Erida se inclinaba hacia la incomodidad. Hacía tiempo que había aprendido que era la única manera de superar sus miedos. Y aunque los niños eran absolutamente necesarios para su reinado, seguía temiendo al concepto, como cualquier persona sensata.

Taristan reaccionó como siempre, replegándose sobre sí mismo. De hecho, era la única vez que Erida lo veía hacer algo así. *¿También tiene miedo?* se preguntó. *¿O tan sólo se muestra desinteresado?*

Un hombre como él sobrevivía a la vida, viendo cada paso como venía, no como el largo camino del viaje. *No puedo permitirme pensar así.*

—No puedo creer que hayas sobrevivido a un campo de guerra —dijo, desviando la conversación hacia algo seguro. Si es que un niño que crece en un campo de guerra puede considerarse seguro—. ¿Luchaste contra los saqueadores jydi?

Taristan se encogió de hombros.

—Y los Incontables también, durante las guerras del emperador temurano.

Intentó imaginarse la imagen en su mente. Un niño de doce años contra los despiadados saqueadores y luego contra los temuranos, enfrentándose a la caballería más temible del reino conocido. Era un esfuerzo absurdo, imposible incluso en su imaginación.

—¿Y luego, Ronin te encontró? —respiró ella, tratando de trazar la línea de su vida.

—Supongo que nos encontramos el uno al otro —Taristan miró hacia la entrada de la carpa, como si el mago rojo pudiera regresar. Erida casi esperaba que lo hiciera. *La pequeña amenaza tiene talento para interrumpir*—. Estaba de nuevo en mis andanzas. Los jydi no hacen saqueos en invierno, y me fui al sur con las monedas que tenía. A qué, no lo sabía. Pero algo me llamó hacia Ronin. Y llamó a Ronin hacia mí.

Erida sintió que sus ojos se abrían enormes. Su respiración salió con fuerza, como si hubiera sido expulsada de sus pulmones.

—Lo Que Espera.

Taristan volvió los ojos hacia ella, su mirada negra y destructiva. Lentamente, se inclinó hacia adelante en su silla, hasta que su rostro estuvo a sólo unos centímetros.

—¿Qué más?

La cercanía de él le hizo sentir punzadas en la columna vertebral, tocando cada hueso. Erida no se movió, con la espalda erguida y los pies apoyados en la alfombra. No le daría la satisfacción de cederle su espacio, aunque eso significara sentir su aliento en sus mejillas. De cerca, sus ojos no eran el negro vacío y plano que ella conocía. Parecían más bien la superficie de un estanque bajo un cielo sin estrellas, demasiado profundos para comprenderlos: escondían más de lo que ella podría saber.

Él esperaba que ella se apartara. Podía verlo en la forma de sus dientes, en la tensión de su frente. La quietud de Erida le irritó, pero Taristan tampoco era de los que se echaban atrás. Permanecieron, nariz con nariz, sin ceder ninguno de los dos.

Eso le encantó a Erida.

—Yo no le hubiera creído —dijo, luciendo una sonrisa de victoria. Se sentía como una victoria—. ¿Un extraño mago se acerca y te dice que eres Nacido de Huso, un mortal de sangre de Cor con un destino robado?

Taristan no rio.

—Tú le creíste a tu padre.

La reina parpadeó. La mención de su padre era como una bofetada en la cara. Se tranquilizó rápidamente.

—¿Qué?

—Cuando te dijo lo que eras, para lo que habías nacido. Cuando te dijo lo que significaban tu corona y tu trono —explicó Taristan. Ella trató de no mirar su boca mientras hablaba—. ¿Por qué le creíste?

Un dolor que Erida mantenía a raya la invadió más rápido de lo que creía posible, como la primera señal de la enfermedad. Las lágrimas se agolparon en sus ojos, subiendo demasiado rápido para que pudiera ocultarlas. Respiró entrecortadamente, luchando por una respuesta. *Porque era mi padre, porque confiaba en él, porque lo amaba. Porque quería ser lo que él necesitaba y quería de un hijo. Y...*

Las lágrimas desaparecieron tan rápido como llegaron. Su tristeza se desvaneció, se metió de nuevo en la caja donde guardaba sus cosas inútiles.

Taristan esperó, paciente como siempre.

—Porque sentí que era verdad —dijo Erida—. En mis huesos.

El tacto de él era casi abrasador, sus dedos se cerraban alrededor de la muñeca de ella con facilidad.

—Yo también —replicó él, estudiando sus manos como un artista lo haría con un cuadro, o un soldado con un campo de batalla.

Ella no se atrevió a moverse, ni adelante ni atrás. Permanecieron, Taristan y Erida, unidos por un extraño círculo que se estrechaba. Erida sintió que le rodeaba la garganta, como un collar que nunca querría quitarse.

Las velas parpadearon, chisporroteando por un momento en un viento fantasma, aunque el aire no se agitó. Bailaron en sus ojos, y el rojo brilló a través del negro, un estallido de sangre de una herida demasiado profunda para que Erida pudiera verla.

Taristan dejó caer su muñeca sin ceremonias y se levantó de la silla. Tomó el paño ensangrentado en la mano, enfocándose en la tela manchada en lugar de en ella. De repente, la tienda le pareció demasiado calurosa, como si fuera pleno verano en lugar de otoño.

—Deberías dormir —dijo Taristan, dirigiéndose a la puerta. Erida apretó los puños, cada músculo de su cuerpo se tensó con frustración—. Dormir será fácil. Nos espera un largo asedio.

Llegó a la entrada de la carpa y apartó la lona.

No miró atrás.

—No tanto como podrías pensar.

Una brisa fresca entró cuando él se fue, y Erida ardió por dentro, con un nuevo sudor que ya se enfriaba en su piel.

Una gran parte de ella quería ir tras él. Demasiado.

—Bien —dijo al aire.

11
CÓMO VAN LOS VIENTOS

Corayne

La costa estaba a sólo una noche de viaje desde el campamento del heredero. El viaje le recordó a Corayne una procesión de la realeza: lin-Lira y los Halcones cabalgando en una formación más amplia, lo que les daba a los Compañeros más espacio para moverse. Isadere y Sibrez cabalgaban con ellos, sus propios guardianes los seguían, con las banderas de Ibal en alto. Las sedas azul real se veían oscuras bajo el cielo nocturno, pero los dragones brillaban a la luz de la luna como oro convertido en plata.

Corayne mantenía la vista fija en el horizonte, entrecerrando los ojos en la noche, a la espera del primer atisbo de la salida del sol… y del Mar Largo.

Hora tras hora, el mundo se diluía del negro a los tonos de azul. Una línea de zafiro brillaba a lo lejos, reflejando la luna. Corayne sabía que se trataba de la costa y de las aguas más allá. Aspiró una bocanada de aire, que tenía un dejo al olor del agua salada. Le llegó como un golpe y pensó en su hogar. La Costa de la Emperatriz, los muelles de Lemarta, el camino de Cor a lo largo de los acantilados, donde las olas levantaban el rocío del mar cada mañana. La vieja casita blanca en el acantilado nunca le había parecido tan lejana como ahora.

Para cuando llegó el amanecer, con un cielo que se tiñó de rosa y oro, se encontraban lo bastante cerca del agua como para que Corayne sintiera la fresca brisa en el rostro. Cuando los caballos llegaron a la playa, con la arena tan fina como el polvo bajo sus cascos, Corayne entró con su corcel en las olas poco profundas. Los demás se reunieron detrás de ella, fuera del agua.

Corayne se bajó del animal con un chapoteo; estaba a punto de llorar. Quería ir más lejos, hasta que las olas estuvieran en su garganta, la sal en sus dientes. Quería sentir el aguijón del Mar Largo, el más mínimo atisbo de su hogar. *¿Me llevaría allí, si tuviera la oportunidad?*, se preguntó, mientras las aguas besaban sus botas. Pero Corayne lo sabía. La corriente que tenían por delante no fluía como ella deseaba, lo mismo que el camino que recorría ahora. Ninguno de los dos la llevaría adonde ella quería ir.

La galera de Isadere anclada en la costa era una sombra contra el cielo. No se parecía en nada a la *Hija de la Tempestad*, el barco de su madre, pero si Corayne entornaba los ojos, podía fingir que lo era.

No hay tiempo para esto, se dijo, limpiándose una sola lágrima con el dorso de la mano. Sus mejillas se sonrojaron de vergüenza. Le parecía una tontería llorar por algo tan familiar como las olas.

Corayne miró hacia atrás, a las dunas de arena que brillaban doradas. Desde la playa se veían hermosas, resplandecientes con el amanecer, casi tentadoras. Corayne sabía que no era así. Las Grandes Arenas eran una defensa tan buena como cualquier otra en el reino, ya que protegían el reino de Ibal como lo hacían las flotas y los ejércitos. No era poca cosa cruzar el desierto, y ella sintió como si alguna criatura maravillosa y peligrosa le hubiera permitido pasar sin problemas.

Después de un momento, bajó la cabeza, reconociendo el largo camino que quedaba tras ellos. El oasis, el Huso cerrado, los soldados muertos y sus pasos en el camino de vuelta a Almasad.

Sorasa llegó junto a ella, montando su yegua negra como el aceite. Miró entre Corayne y el desierto, con el ceño fruncido por la confusión.

—¿Cómo supiste hacer eso? —quiso saber. Sonó como una exigencia.

Corayne contempló a la asesina, miró de nuevo al paisaje y luego otra vez a la asesina.

—¿Hacer qué?

—Mostrar gratitud a las Arenas —Sorasa hizo un gesto, inclinando la cabeza como lo había hecho Corayne—. ¿Te lo enseñó tu madre?

Corayne sacudió la cabeza, confundida.

—Mi madre nunca ha estado tan lejos en Ibal —dijo. Meliz an-Amarat nunca se alejaba del agua salada, si podía evitarlo. Y aunque el padre de Meliz le dio algo de herencia de Ibal y su nombre ibalo, ella nunca había vivido en este reino dorado.

—Supongo que me pareció que era lo correcto —añadió Corayne, encogiéndose de hombros—. Buenos modales.

—Bueno, sí, lo son —contestó Sorasa, suavizando un poco su actitud. Esbozó una media sonrisa, y luego se enfrentó a las Grandes Arenas, con el cuerpo firme hacia las dunas. Con la mano libre sobre su pecho, se inclinó hacia delante, bajando la vista en deferencia al desierto.

A lo largo de la playa, los Halcones, los Dragones y los hijos del rey hicieron lo mismo. Isadere se inclinó más que todos, a pesar de su ascendencia real.

—El rey de Ibal sólo se inclina ante el desierto y ante el mar, las dos cosas que nunca podrá dominar —explicó Sorasa, siguiendo la línea de visión de Corayne—. Lo mismo ocurre con Isadere.

Andry se inclinó con los demás, igualando sus costumbres como haría cualquier cortesano educado y bien entrenado. Pero el resto de los Compañeros no eran tan observadores. Sigil y Charlie estaban ansiosos por irse, por dar la espalda a las dunas y no volver la vista atrás. Valtik estaba demasiado ocupada peinando el borde de las olas, buscando conchas marinas y espinas de pescado, como para honrar algo más allá de sus propios pies. Y Dom se limitaba a ver con su habitual desprecio, con la mirada fija en el mar. El continente del norte estaba demasiado lejos, incluso para los ojos del Anciano.

El Anciano observó la galera y Corayne siguió su mirada.

Ella salió chapoteando de entre las olas y aterrizó a su lado.

—Es una buena embarcación —murmuró, evaluando el casco y las velas.

Tanto el uno como las otras estaban inmaculados, dignos de la realeza. La galera no era tan grande como la *Hija de la Tempestad*, pero parecía igual de rápida, construida para la velocidad. La *Hija de la Tempestad* estaba pensada para devorar barcos, y la de Isadere para dejarlos atrás.

Corayne miró a sus compañeros. Formaban un círculo y sus rostros se dirigían a ella. Su atención todavía se sentía extraña, injustificada.

Volvió a mirar la galera, aunque sólo fuera para centrar su atención en otro lugar.

—Hará buen tiempo a través del Mar Largo.

—Me sorprende que no nos hayas enviado de vuelta a Adira —dijo Andry, con una sonrisa juguetona en los labios.

Corayne igualó su sonrisa. El puesto de avanzada de los criminales era un refugio en su memoria, su último momento de tranquilidad antes de reclutar a Sigil y cruzar el Mar Largo.

—No me tientes.

Isadere se detuvo más allá de su estrecho círculo, esperando ser reconocida. Su hermano no tenía tanto tacto. Sibrez brincaba en un pie, luego en el otro, imposible ignorarlo.

—Su generosidad podría salvar el reino. Allward estará siempre en deudà con usted, Su Alteza —dijo Corayne rápidamente, antes de que Dom, Sorasa, Charlie, Valtik o Sigil pudieran arruinar todo el esfuerzo. *Andry y yo deberíamos ser los únicos autorizados para hablar en compañía de otros.*

De nuevo, Isadere parecía complacido, pero también serio. Se adelantaron, con los brazos extendidos. Sus túnicas de viaje eran del mismo azul intenso de sus sedas, tejidas con hilos de oro.

Corayne tomó sus manos. Por fortuna, Dom no intervino y se contentó con observar desde una distancia muy cercana.

—Veo muchas cosas en ti, Corayne an-Amarat —dijo Isadere, mirándola de arriba abajo. Su rostro se volvió más sombrío, y Corayne sintió que su corazón se retorcía.

—Sé lo que ve, Su Alteza —murmuró, tratando de ignorar la Espada de Huso sobre sus propios hombros—. Una chica, apenas más que una niña. Demasiado pequeña para la espada, demasiado pequeña para la tarea que se me ha encomendado —se le cortó la respiración—. Y quizá tenga razón.

Isadere entrecerró sus ojos oscuros.

—Pero soy lo único que tenemos —aunque Corayne intentó sonar fuerte, su voz tembló.

—Y por eso estoy agradecida contigo —dijo Isadere, tomando a Corayne por sorpresa—. Veo a los dioses en tus ojos y la valentía en tu corazón. Veo el Huso en tu sangre, que arde más que cualquier llama. Sólo desearía poder darte más.

Un rubor calentó el rostro de Corayne.

—El pasaje y los caballos son suficientes.

El puño de Isadere se tensó, sus dedos fuertes y fieros.

—También te doy promesas. El espejo me mostró al lobo blanco. Oscovko *ayudará*, y yo haré que mi padre escuche tanto tu historia como la de Lasreen. La diosa quiere que luchemos —volvieron a mirar hacia el desierto, con los ojos llenos de determinación—. No me quedaré de brazos cruzados mientras Erida de Galland devora el reino. Debes confiar en esto.

Corayne se mordió el labio.

—Lo intentaré —murmuró.

Las mentiras de Erida habían sido develadas con facilidad. En esa pequeña habitación, donde pretendió preocuparse por Allward, donde fingió ser su salvadora. Corayne había deseado tanto creer en la reina. *Yo era un blanco fácil, estaba ansiosa por ceder mi tarea a otra persona*, pensó. *Y aún lo soy, aunque nadie podrá aceptarlo.*

Intentó ver más allá de su propio cansancio y temor, para mirar dentro de Isadere y encontrar la misma mentira que Erida le contó.

Isadere le devolvió la mirada, con ojos de hierro.

—Gracias —se forzó a decir Corayne, y apretó los brazos de Isadere antes de retirarse.

—Y tengo algo más para ti. *Tenemos*, quiero decir—, dijo Isadere, señalando a su hermano.

Sibrez inclinó la cabeza y se desabrochó los brazaletes, las protecciones de cuero negro que rodeaban sus antebrazos. Se extendían desde la muñeca hasta debajo del codo, y el cuero estaba estampado en oro con el mismo diseño de escamas que su armadura.

—Serás la primera persona que los use, además de los *Ela-Diryn* —dijo, tendiéndole el par a Corayne. Ella los miró, con los ojos muy abiertos, antes de tomar los brazaletes con manos temblorosas—. *Dirynsima.* Garras de dragón.

Eran más pesados de lo que esperaba: tenían un buen peso, con las hebillas de cuero desgastadas en la parte inferior para mantenerlos en su sitio alrededor de los brazos. Les dio la vuelta y examinó la coraza, que estaba muy bien hecha. Con un suspiro, se dio cuenta de que el peso extra procedía de una férula de acero que reforzaba los brazaletes. A lo largo del borde exterior, desde la muñeca hasta el codo, sobresalían unos diminutos, pero letales pinchos triangulares. Corayne probó uno, y estuvo a punto de sangrar.

Sibrez miró con orgullo. Si ya echaba de menos sus Garras de dragón, no lo demostró.

—Estos brazaletes pueden absorber el golpe de una espada, si se usan correctamente —dijo, golpeando con un dedo el filo reforzado con acero.

Sorasa apareció entonces, observando los brazaletes con perspicacia. Lo que vio en los protectores de cuero sin duda le gustó a la Amhara.

—Ya aprenderá —dijo, mirando a Sibrez.

A regañadientes, éste asintió con la cabeza.

—Gracias a los dos —agradeció Corayne, con los dedos apretando el regalo. Todavía no se los pondría. Navegar con un juego de pinchos atados a su cuerpo no parecía prudente—. Espero que nos volvamos a encontrar.

Isadere asintió, echando los brazos hacia atrás, con sus mangas amplias como las alas de un hermoso pájaro.

—El espejo aún no me ha mostrado el final de este camino, pero yo también lo espero.

Con otra reverencia, Corayne dio un paso atrás. Un bote de remos esperaba para llevarlos a la galera, con el capitán íbalo ya en la proa. Los demás los siguieron, separándose para descargar las alforjas. Llevaría algún tiempo transportar los caballos a la galera, y Corayne sabía que podrían pasar horas hasta que zarparan de verdad. Sin embargo, se sintió bien al subir a otro barco, emprender de nuevo el viaje en la dirección correcta.

Los Compañeros se dispusieron a marcharse, pero Isadere alargó la mano para detener a Charlie y pedirle que esperara un momento.

Charlie miró a Isadere en silencio. Su aspecto no podía ser más distinto al del heredero: un joven bajito y corpulento, con los dedos entintados y la piel pálida y marcada por las quemaduras del sol. Pero algo parecía unirlos también. Una veneración que Corayne no lograba entender.

—Tal vez nosotros no nos veamos a los ojos, pero la diosa nos ve a ambos —dijo Isadere, adoptando de nuevo el aire solemne de un profeta—. Ella está contigo, la sientas o no.

Corayne se preparó para la respuesta de Charlie. Para su sorpresa, él se tocó la frente y se besó los dedos manchados de tinta. Un saludo a los dioses. Isadere lo imitó.

—En eso estamos de acuerdo —dijo Charlie antes de salir corriendo hacia el barco. Sus alforjas colgaban de un hombro, y de ellas asomaban sus numerosos pergaminos, sellos de cera y frascos de tinta.

Corayne todavía no sabía lo que necesitarían en el camino. Pero estaba ansiosa por averiguarlo.

Una vez que los caballos subieron a bordo y se instalaron en la parte inferior, gracias en gran parte a la suave persuasión de Sigil, la galera dejó atrás la costa y se dirigió hacia el norte. La cubierta de remos tenía veinticinco filas divididas por la mitad, con dos remeros a cada lado, y se adentraron a buen ritmo en el Mar Largo. Corayne se quedó en la barandilla, respirando de nuevo el aire del mar. De alguna manera, eso la fortalecía.

Los marineros-soldados tripulaban la galera del heredero. Muchos eran arqueros entrenados y se turnaban para defender el castillo de proa elevado en la parte trasera de la cubierta. Esperaban a los monstruos de Meer, a los krakens y a las serpientes marinas, pero el Mar Largo se extendía azul y vacío en todas direcciones. No había enemigos, al menos ninguno que Corayne pudiera ver.

Pero ciertamente aún los sentía. Erida y su ejército marchando a través de Madrence, avanzando kilómetro tras kilómetro. Su tío Taristan se volvía cada vez más fuerte, a la caza de Husos para desgarrar.

¿Cuánto tiempo pasará antes de que destruya demasiados?

Cada momento que pasa podría ser el último, lo sabía bien Corayne, aunque intentaba no pensar en eso. La carga era demasiado para ella, junto con todo lo demás. Se apoyó en la barandilla del barco, tratando de permanecer quieta, agradecida por el momento de tranquilidad. Detrás de ella, las cajas apiladas la ocultaban de la mayor parte de la cubierta y de la mayoría de sus ocupantes.

Excepto de uno.

—¿Cuánto falta para llegar a puerto de nuevo?

Corayne sonrió cuando Andry rodeó las cajas. Se inclinó junto a ella y apoyó los codos en la barandilla, con sus largos dedos color marrón entrelazados. La brisa marina jugaba con su cabello y agitaba los pesados rizos.

—Te está creciendo el cabello —dijo Corayne, recordando el aspecto que tenía cuando lo vio por primera vez. Un joven en la puerta de los aposentos de su madre, con ojos amables y acogedores, dispuesto a ayudar a la chica desconocida que tenía frente a sí. Pero ya entonces había una oscuridad en el chico, el recuerdo de una masacre que le desgarraba las entrañas. Ahora esa oscuridad se aferraba a él. Ella esperaba que no durara.

El escudero se pasó una mano por el cabello con una sonrisa tímida. Unos cuantos rizos apretados se enroscaron entre sus dedos, cada día más definidos.

—He estado un poco ocupado como para cortarme el cabello.

—Qué noticia —respondió ella con una risa seca—. Empiezo a sospechar que no te gusta navegar —dijo Corayne, poniéndose frente a él. Su cadera chocó con la barandilla.

—No cuando puede haber krakens y serpientes bajo cada ola.

—Bueno, hay uno menos que cuando cruzamos. Eso es algo.

—Eso es algo —repitió él, con la mirada distante—. Estoy empezando a sospechar que te estás escondiendo.

Corayne miró las cajas apiladas a su alrededor y se encogió de hombros.

—Si Sigil y Sorasa me ven sin hacer nada, me harán entrenar —murmuró. Una oleada de cansancio se apoderó de ella con sólo pensar en tener más lecciones de lucha—. Sólo quería un momento para mí. Y darles a las heridas un poco más de tiempo para sanar.

Andry asintió, seguía sonriendo, pero ya no con la mirada.

—Por supuesto, me despido.

—No, no salgas corriendo —lo tomó del brazo antes de que estuviera fuera de su alcance y lo jaló hacia la barandilla. Su sonrisa se amplió, al igual que la de Corayne—. Eres demasiado educado para tu propio bien, Andry Trelland —dijo la chica y le dio un leve empujón con el hombro—. Recuerda que ahora andas con criminales y marginados.

—Soy consciente de ello desde hace tiempo.

Sus ojos se endurecieron y encontraron el mar; no miraba a las olas, sino al horizonte más allá. *Al este,* supo Corayne, siguiendo su mirada. *¿A su madre? ¿A Kasa, su tierra natal, donde ella espera a un hijo que quizá nunca vuelva a ver?* Recordó a Valeri Trelland, enferma, pero resuelta, un pilar de fuerza en su silla de ruedas. *¿O mira hacia Ascal, donde dejó su honor en el salón destrozado del palacio de Erida?*

—Tú también deberías dejar que tus heridas sanen —dijo Corayne en voz baja, titubeante.

Él aspiró profundo.

—Hay una diferencia entre sanar y olvidar, Corayne. Nunca olvidaré lo que he hecho.

Las palabras hicieron mella.

—¿Y crees que yo lo haré?

—Creo que estás tratando de avanzar como sea, pero…

—¿Pero?

—No pierdas tu corazón en el camino.

Corayne sintió ahora su corazón, que seguía latiendo obstinadamente dentro de su pecho. Se llevó una mano a él y sintió el pulso bajo su piel.

—No irá a ninguna parte. Lo prometo.

No era mentira. Pero se sintió como una.

—Falta menos de una semana para llegar a tierra —dijo Corayne, volviendo la vista al mar para cambiar de tema con facilidad—. Si el tiempo sigue siendo favorable.

—¿Será?

Ella torció los labios, pensando.

—Lo peor de las tormentas de otoño se encuentra al este, donde el Mar Largo se encuentra con el océano —el cielo sobre ellos era perfecto, el sueño de un marinero—. Creo que los vientos nos esperarán. Será la primera vez que tengamos suerte.

Andry cuadró los hombros ante Corayne y la miró de arriba abajo. Su expresión se tornó confusa.

—Creo que hemos tenido mucha suerte.

Corayne se echó el cabello hacia atrás, al viento.

—Seguro tenemos una definición distinta de la palabra.

—No, lo digo en serio —Andry se acercó, con la voz más firme que antes—. Vinimos a Ibal para cerrar un Huso. Lo hicimos. Y todos seguimos respirando. Yo, ciertamente, llamo a eso suerte.

—¿Y qué pasa conmigo? —la boca de Corayne se llenó de un sabor agrio. Sabía que era arrepentimiento—. ¿Me considerarías afortunada?

Los ojos de Andry brillaron.

—Estás viva. Eso es suficiente.

—Viva —se burló Corayne—. Nacida de una madre que se va con cada buena marea. Un padre al que nunca conocí y que, *de alguna manera*, sigue teniendo influencia sobre mí, su influencia en mi propia sangre. *Su fracaso*, esta *maldición* de lo que soy, y no me refiero sólo a los Husos —las manos le temblaban a los costados y se las llevó a la espalda, tratando de ocultar sus emociones lo mejor posible. Pero no pudo ocultar el temblor en su voz—. La sangre de Cor nos vuelve inquietos, sin raíces, siempre anhelando el horizonte que nunca podemos alcanzar. Por eso el Viejo Cor conquistó, extendiéndose en todas las direcciones, buscando un lugar al que llamar hogar. Pero nunca lo encontraron. Y yo tampoco lo haré.

Andry parecía afligido y su rostro se torció en una mueca de lástima.

—En verdad espero que eso no sea cierto.

Corayne sólo pudo sonrojarse, avergonzada por su arrebato. Le dio la espalda a Andry y al mar, con una mano agarrada a la barandilla. La cubierta del barco crujió bajo sus botas cuando él dio un paso, acortando la distancia entre ellos. Lo escuchó respirar, sintió el leve roce de su mano sobre su hombro.

Y entonces Sorasa rodeó la pila de cajas como un leopardo que merodea su guarida. Se cruzó de brazos, observándolos. Corayne apretó los labios, tratando de alejar todo rastro de sus sentimientos.

Por fortuna, Sorasa Sarn no sentía piedad por nadie, incluida Corayne.

—¿Escondiéndote? —dijo la asesina, pasando por alto el rostro sonrojado de Corayne.

—Nunca —respondió ella, apartándose de la barandilla.

—Bien —Sorasa giró sobre sus talones y con un gesto le indicó que la siguiera.

Corayne lo hizo con entusiasmo, contenta de dejar atrás a Andry y todos los pensamientos de su miserable sangre.

—Vamos a enseñarte a usar esas Garras de dragón.

Pero Corayne miró atrás, y vio a Andry todavía en la barandilla, con sus cálidos y suaves ojos siguiendo cada uno de sus pasos.

—Voy a preparar un poco de té —dijo él, y fue por su mochila.

Y así pasaron los días, deslizándose como las olas contra el barco. El ojo de Corayne era certero. El tiempo permanecía despejado, aunque el aire se volvía espeso y húmedo cuanto más se acercaban a las costas de Ahmsare, el reino más cercano. Se formaron nubes en el horizonte del oeste, hacia las aguas más cálidas del Golfo del Tigre, pero ninguna tormenta se acercó a la galera. Tampoco se acercaron serpientes ni krakens, aunque los marineros y los Compañeros vigilaban todas las noches, con las linternas encendidas a lo largo de la galera. Era el único momento en el que Corayne veía a Dom, que pasaba la mayor parte del tiempo con la cabeza metida en un balde, vomitando lo que había logrado comer ese día.

Por las mañanas, Sigil y Sorasa trabajaban con Corayne en sus lecciones, y le dejaban las tardes para que se recuperara. Valtik se unía a ellas para observar, con sus rimas que iban entre el primordial, una lengua que todos conocían, y el jydi, que Corayne apenas podía comprender. Incluso rezaba sobre los nuevos brazaletes de Corayne, frotando las Garras de dragón con sus viejos huesos. Como de costumbre, las palabras de bruja tenían poco sentido, pero su presencia era un consuelo de cualquier forma. Sobre todo, después de lo que le había hecho al kraken en el oasis, metiéndolo de nuevo en un Huso con algún hechizo. Los marineros evitaban a la vieja bruja lo más que podían, y le dejaban un amplio espacio en la cubierta. Algunos hacían señales de los dioses en su dirección, burlándose de su colección de huesos.

Charlie pasaba el tiempo de forma mucho más interesante.

Todavía luchando contra los dolores de la mañana, una tarde Corayne lo encontró escondido en la proa del barco. Estaba de pie, inclinado sobre un pequeño espacio de trabajo, poco más que un tablón colocado sobre dos barriles.

Corayne caminó con cuidado, dejando que la tripulación y el golpeteo de las olas enmascararan el sonido de sus botas sobre la cubierta. Era casi demasiado fácil acercarse sigilosamente a Charlie y mirar por encima de su hombro.

Sus dedos se movían despacio mientras entintaba un trozo de pergamino. Corayne miró la página y reconoció el emblema de Rhashir: un elefante blanco de cuatro colmillos sobre un fondo naranja brillante. Era un trabajo insoportablemente preciso, y cronometraba sus marcas entre el oleaje del mar.

—No me gusta que me espíen, Corayne —dijo él, y la hizo saltar.

Ella se sonrojó, pero él se volvió con una media sonrisa. El sacerdote fugitivo tenía tinta en la frente y una chispa en los ojos.

Corayne sonrió, señalando con la cabeza el pergamino que tenía detrás.

—¿Practicando?

—Algo así —respondió, cuidando de mantenerse entre Corayne y el tablón.

—No puedo decir que alguna vez haya visto un sello de Rhashir —ella intentó rodearlo, pero Charlie se movió con ella, para mantenerla a raya.

—¿Me enseñas?

Él rio y sacudió la cabeza.

—No voy a contarte mis secretos. ¿Crees que quiero dar rienda suelta a tu madre pirata por todo el Mar Largo?

Corayne puso los ojos en blanco y frunció los labios, con un resoplido.

—Das por hecho que la volveré a ver y, si lo hago, que le diré lo que me has enseñado.

Desde luego, no lo haré después de que me dejó pudrirme en Lemarta.

—La amargura es indigna, Corayne —respondió Charlie—. Yo debería saberlo —añadió con un guiño.

—Bueno, Sorasa te convirtió en un señuelo vivo. Está justificado.

—En la larga lista de cosas por las que tengo que preocuparme, el hecho de que Sorasa Sarn me exhiba frente a mi propio cazarrecompensas personal, no es una de ellas —suspiró y se dio la vuelta.

Era una táctica que Corayne conocía demasiado bien. Charlie intentaba ocultar la tristeza que brotaba de sus ojos. Su curiosidad natural se encendió, pero su sentido del decoro se impuso y lo dejó tranquilo. Ella tampoco era tonta. Charlie tenía la mirada de la angustia. Aunque Corayne nunca la había sentido, la veía en los marineros de Lemarta y en sus familias que permanecían en tierra. Charlie era igual, se alejaba en los momentos de tranquilidad, con la mente y el corazón en otra parte.

Lentamente, apartó el pergamino y dejó el trabajo sin terminar.

—Enséñame a cortar un sello, entonces —rogó Corayne, entrelazando los dedos en una oración burlona. No se molestó en batir las pestañas pues sabía perfectamente que Charlie no tenía ningún interés en ella… ni en cualquier otra mujer, para el caso—. Sólo uno.

Levantó un ángulo de la boca. Era un hombre derrotado, un castillo derribado.

—Sólo uno.

Ella saltó de alegría.

—¿Mi elección?

—Eres un *diablillo* de Huso —le espetó, aguijoneándola con la pluma. Luego tomó su mochila—. Sí, tú eliges.

Encantada, su mente se llenó de posibilidades. *Un sello de Tyri sería muy útil, pero uno ibalo es más valioso...*

—¡Icen las velas! —gritó una voz desde arriba.

Charlie colocó la mano en su frente para protegerse los ojos, y volteó el rostro hacia el mástil principal, desde donde el vigía oteaba el horizonte. Corayne no se molestó, estaba más concentrada en los utensilios del forjador. No era raro ver otros barcos en el Mar Largo. El Estrecho de Ward estaba repleto. A su madre le gustaba bromear con que no podían levantar un remo sin chocar con otro barco. Y ahora estaban en la bahía de Sarian, a pocos días de la costa. Sería común encontrar a otros barcos que también se dirigían al puerto.

Los marineros ibalos subían y bajaban de la cubierta en un frenesí de actividad. No había mucha carga que asegurar porque la galera de Isadere no era un barco comercial, pero la revisaron de todos modos, tensando cuerdas y aparejos. Murmuraban entre ellos en un apresurado ibalo, demasiado rápido para que Corayne pudiera captar lo que decían.

Pero no para Sorasa Sarn.

—No les gusta su aspecto —dijo ella, acercándose al banco de trabajo de Charlie. Escuchó a los marineros y observó el horizonte con una mirada cruel y aguda.

Corayne apenas la miró. Sopesaba un juego de matrices de sellos en sus manos, los dos cilindros de madera tenían extremos de plata. Eran pesados y estaban tan bien hechos que sospechó que habían sido robados de un tesoro. Uno contenía el emblema de Tyriot, la sirena blandiendo una espada, y el otro era el dragón de Ibal. Se le hizo agua la boca ante la perspectiva de cualquiera de ellos.

Pero Charlie le arrebató los sellos de las manos y los volvió a meter en su mochila.

—Vamos a guardarlos hasta que sepamos que no nos abordarán los piratas —dijo, ofreciendo una tensa sonrisa.

—La bahía de Sarian no es un coto de caza —se burló Corayne. Sabía mejor que nadie a bordo dónde acechaban a sus presas los piratas del Mar Largo—. Ningún pirata con sentido común caza en estas aguas. Es sólo un comerciante de paso.

En la barandilla, Andry señaló el horizonte. Una mancha oscura se balanceaba en el viento, tan pequeña que apenas era posible distinguirla.

—Velas moradas. Siscaria —dijo, aguzando la mirada para ver a la distancia—. Están muy lejos de casa.

Las olas golpeaban bajo la cubierta y el estómago de Corayne golpeaba a la par. Levantó la vista hacia el horizonte. Su corazón saltó y se hundió a partes iguales, como si se partiera en dos.

—¿Dónde está Dom? —siseó, cruzando hacia la barandilla.

—Compartiendo su almuerzo con los tiburones —se burló Sorasa, señalando un pulgar en su dirección. El Anciano estaba inclinado hacia la proa, con la cabeza por encima de la borda—. Voy por él.

Él sabrá. Verá lo que es el barco... y lo que no es, pensó Corayne, mordiéndose el labio. Apoyó las costillas en la barandilla y se inclinó como si unos centímetros más cerca pudieran revelar qué era esa figura sobre las olas. Andry estaba a su lado, mirando al barco y a la chica.

—¿Crees que...? —murmuró, pero Dom se interpuso entre ellos, con el rostro más pálido que de costumbre. Se balanceó un poco, inseguro, y Sorasa puso los ojos en blanco a sus espaldas.

El Anciano se agarró a la barandilla, utilizándola para enderezarse.

—¿Qué estamos viendo?

Corayne apuntó su dedo hacia la nave distante.

—Descríbemela.

Exhaló una respiración temblorosa y fijó su mirada en el mar, sus ojos esmeralda más aguzados que los de los demás.

—Veo una galera —dijo Dom, y Corayne apretó el puño—. Velas moradas. Dos mástiles, una cubierta inferior. Muchos más remos de los que tenemos nosotros.

Aunque el barco estaba todavía demasiado lejos para verlo bien, la nave tomó forma en la mente de Corayne, constituida por demasiados recuerdos como para contarlos.

—¿Cuántos remos? —preguntó la chica. Sintió que su garganta se estrechaba, amenazando con cerrarse.

—Cuarenta filas —respondió Dom.

—¿Qué bandera enarbolan? —cerró los ojos. Intentó imaginarse la bandera siscariana, una flamante antorcha dorada sobre púrpura. Pero esta imagen no permaneció en su mente.

El Anciano se movió a su lado.

—No veo ninguna bandera.

Corayne abrió los ojos de golpe y se apartó de la barandilla. El ruido rugía en sus oídos, un zumbido que ahogaba el de sus compañeros incluso cuando gritaban tras ella. Sintió que Andry le seguía los pasos, con Dom detrás de él, ambos siguiéndola. Pero no se volvió, sus botas batían la cubierta mientras se abría paso entre los marineros errantes, luchando por llegar al castillo de proa en la parte trasera de la galera. Los remos golpeaban a ambos lados del barco, cada salpicadura era una afrenta.

El capitán ibalo la vio llegar y abandonó su puesto, dejando a su segundo en el castillo de proa. Con el ceño fruncido se reunió con ella en la parte baja de la escalera.

—Pongan todos los hombres que tengan en los remos —exclamó ella—. Vamos a ver lo rápido que es este barco.

Le devolvió el saludo, perplejo. *Dos días antes, este hombre navegaba por el heredero de Ibal, y ahora hace lo propio con nuestra banda de andrajosos.* Por fortuna, el capitán inclinó la cabeza.

—Podemos encargarnos de los piratas —dijo, y con un gesto le indicó a su segundo qué hacer. Las órdenes bajaron por la cubierta, y todos los marineros se prepararon para la batalla. Debajo de la cubierta, se escuchó un tambor que marcaba un ritmo más rápido y brutal para los remeros.

Corayne casi se mordió la lengua. *No este pirata*, quiso decir. Una mano cálida la tomó del brazo. Andry Trelland la miró, con sus suaves ojos castaños sobre el rostro de ella, notando cada contracción y tensión. Corayne trató de ocultar su miedo y su frustración, e incluso su emoción. Pero no había lugar donde esconderse, ni en cubierta ni en las olas.

—¿Corayne? —dijo, con la voz aún distante, casi inaudible.

Ella apretó los dientes, hueso contra hueso.

—Es mi madre.

De inmediato, deseó no haber dicho las palabras y de alguna manera evitar que fueran ciertas.

En cambio, volvió a mirar al horizonte y al barco que se acercaba.

La *Hija de la Tempestad*.

—Nunca la había visto así —murmuró ella, medio para sí misma. Pero Andry la escuchó.

—En mar abierto, navegando al viento. Una loba a la caza en lugar de volver a su guarida.

La galera era una maravilla, cortaba el agua con facilidad. Parecía estar ganando velocidad, a pesar de los muchos remos que trabajaban bajo la cubierta de su propio barco. La *Hija de la Tempestad* se les echaría encima pronto y ningún poder del Ward podría detenerlo.

—Es hermosa —susurró Corayne, refiriéndose tanto al barco como a la mujer que no podía ver, la capitana, en su feroz y hambriento trono.

Sigil pasó pavoneándose, uniéndose al flujo de marineros que bajaban a la cubierta de remos. Se arremangó la camisa, probablemente con ganas de mostrarse ante todos.

—No sé cuál es el problema —dijo—. Con toda seguridad tu madre no puede ser peor que los krakens y las serpientes marinas.

Las velas se hincharon de viento, como si el propio Ward las impulsara. Corayne deseaba que empujara más fuerte, pero en el fondo sabía que no debía hacerlo. Miró una vez más a la *Hija de la Tempestad*, ahora más cerca. Esta carrera ya estaba perdida incluso antes de empezar.

La chica frunció el ceño.

—Claramente, no la conoces.

Los minutos se alargaron, cada uno era más doloroso que el anterior. Corayne casi se preguntaba si la *Hija de la Tempestad* se estaba conteniendo, avanzando al ritmo perfecto, acortando la distancia tan lentamente que podría volverlos locos a todos. Ella estaba en la proa de la galera ibala, bajo la bandera azul y dorada del heredero. Ésta ondeaba sobre ella y su sombra se agitaba de un lado a otro, arrastrando a Corayne entre la luz del sol y la sombra. La Espada de Huso se clavaba en su espalda, asomándose al mundo.

Su mirada no vaciló, seguía fija en la galera a cien metros de distancia. Por muy glorioso que fuera el barco, detectó señales de su batalla con un kraken. Uno de los mástiles era nuevo y largos tramos de barandilla habían sido sustituidos. El espolón de la proa había desaparecido por completo, quizás arrancado por un tentáculo. Pero Corayne aún conocía el casco, las cuerdas, las velas oscuras como el vino. Sabía exactamente cuántos remeros sudaban bajo la cubierta, cuán grande era el grupo de abordaje y cuán temible era la tripulación.

Casi podía verlos, los rostros conocidos que se agolpaban en la *Hija de la Tempestad*, y el más conocido de todos, al timón.

—Maldita sea, Mel —oyó gritar a uno de los marineros ibalos, con voz afligida. El resto de la tripulación compartió su consternación, y el mensaje se propagó por el barco.

La reputación de su madre era conocida en todo el Mar Largo por los marineros de muchos reinos. Los ibalos no eran una excepción.

Cuando el capitán se unió a ella en el castillo de proa, con una espada en la cadera, supo que había llegado el momento. No habría forma de superar a la *Hija de la Tempestad*.

Corayne quería gritar. Incluso después del Huso en Nezri, de la sangre que había derramado, del rostro desgarrado de Taristan, de la traición de Erida... por muy lejos que hubiera llegado, no era rival para su propia madre. *No tienes agallas para ello*, le había dicho Meliz una vez. Se sentía como si aquélla fuera otra vida y, sin embargo, aquí estaba de nuevo, poniéndose al día a cada segundo que pasaba. Corayne escuchaba ahora su voz, con esas palabras que la envolvían como los barrotes de una jaula.

—No la necesitarás —dijo Corayne al capitán.

El capitán palideció, llevando una mano a su espada.

—No tengo intención de entregar mi barco.

—Ella no quiere tu barco. Me quiere a mí.

Corayne pasó junto a él y el entumecimiento se apoderó de ella. Volvió a dar pasos mesurados hacia la cubierta, con los dedos temblando en la barandilla.

—Si no tomas las armas, tu tripulación no será dañada —dijo por encima de su hombro, lo bastante alto como para que el capitán y sus marineros la escucharan.

—Hagan lo que ella dice —gruñó Sorasa; la asesina Amhara acalló cualquier oposición antes de que a los marineros se les ocurriera expresarla—. Ni siquiera Mel Infernal atacaría a su propia hija.

Dom se paró junto a Sorasa y Corayne. También tenía su espada. A pesar de sus náuseas, seguía siendo una visión imponente.

—Pero tratará de llevársela.

—No, si tenemos algo que decir al respecto —espetó Sorasa, con sus ojos cobrizos brillando. Se ajustó los cinturones alrededor de su cuerpo y comprobó todas sus dagas. No sería necesario usar las cuchillas, pero Corayne sospechaba que eran un consuelo.

Incluso Valtik parecía estar nerviosa, desplomada contra el mástil, con los pies descalzos delante de ella.

—Deberías bajar a cubierta —murmuró Corayne, mirando a la bruja. Intentó no inmutarse mientras Dom y Sorasa ocupaban sus flancos y Sigil la retaguardia.

Valtik levantó la mirada, sonriendo con su sonrisa maníaca.

—Los huesos no hablarán —rio. Un dedo nudoso señaló, no a la *Hija de la Tempestad*, sino al otro lado de la cubierta, al vacío cielo del norte—. *En el camino más allá está la calamidad.*

—Basta, bruja —refunfuñó Sorasa.

—Basta, Renegada —replicó Valtik, con sus escabrosos ojos azules como dos cuchillas. Sorasa se estremeció al escucharla y bajó la mirada, como niña regañada. Satisfecha, la bruja volvió a mirar a Corayne—. No te equivocas.

—¿Sobre qué, *Gaeda?* —quiso saber ella. Sus ojos se movieron entre Valtik y la *Hija de la Tempestad*, que se deslizaba cada vez más cerca. Los remos se replegaron. Ninguna de las dos galeras los necesitaba ya. Lentamente, la sombra de la *Hija de la Tempestad* cayó sobre el barco ibalo y su vela bloqueó la luz del sol.

—Tú caminas por una línea diferente —todavía sonriendo, Valtik lanzó su huesudo dedo al aire—. Tienes una fuerza distinta.

No hay fuerza. Una fría sacudida recorrió a Corayne. Empezó a avanzar, con la intención de arrodillarse. *¿Cómo podía ella saberlo?*

—Valtik...

—¡Prepárense para ser abordados! —gritó alguien y la voz transmitió la corta distancia que había entre las dos naves.

Era Kireem, el navegante de la *Hija de la Tempestad*. Estaba de pie en la barandilla de la galera, con una bota plantada y una cuerda en la mano. Tenía mejor aspecto que en Adira, cuando Corayne lo vio por última vez, maltrecho y desconcertado por el kraken que casi había destruido el barco. Su único ojo bueno encontró a Corayne entre la tripulación y su negra frente se arrugó.

El capitán ibalo dio un paso adelante. Aunque claramente los superaban en número, no mostró ningún temor.

—Ésta es la galera real de Su Alteza Serenísima, el heredero de Ibal. No tienen derecho ni causa para entorpecer nuestro viaje.

—Tengo tanto derecho como causa, Capitán.

La voz de Meliz an-Amarat transmitía todas las tormentas que le habían dado nombre a su barco. Subió a la barandilla junto a Kireem, utilizando las cuerdas para mantener el equilibrio. Su abrigo, desgastado por la sal, había desaparecido, dejando sólo pantalones, botas y una camisa ligera.

Nada la identificaba como la capitana de la *Hija de la Tempestad*, pero ningún hombre vivo podría confundirla. El sol brillaba a su espalda y su silueta resultaba impresionante, con el cabello negro alborotado alrededor del rostro y los bordes enrojecidos. Se inclinó hacia el espacio entre las dos galeras, con los dientes desnudos. Parecía más un tigre que una mujer.

Corayne no pudo evitar temblar bajo su mirada.

—Entrégame a mi hija y no volverás a ver a la *Hija de la Tempestad* —dijo. No era una pregunta, sino una orden. Meliz no sacó su espada, pero su tripulación detrás de ella estaba armada hasta los dientes: hachas, espadas y dagas.

Nadie se movió.

Los dedos de Meliz se curvaron alrededor de las cuerdas y tensó el puño con frustración. Tenía los dedos rojos, los nudillos magullados y cortados. En la clavícula expuesta también había un hematoma que se estaba curando, de color púrpura y amarillo. Corayne conocía muy bien las marcas de los tentáculos de un kraken.

Frunciendo los labios, Meliz miró fijamente a Corayne. La madre irradiaba rabia.

—Corayne an-Amarat, haz lo que te digo.

El miedo de Corayne se disipó con la constante brisa. *Puede que seas una capitana pirata en toda su gloria, pero primero eres mi madre.*

—No lo haré —replicó Corayne, levantando la barbilla. Inhaló una bocanada de aire para tranquilizarse. *Me he enfrentado a cosas peores que tú,* se dijo a sí misma.

Meliz desenfundó su espada con facilidad, sin perder el equilibrio en la barandilla.

—Abandonen este barco o todas las personas que están en él morirán.

Por una vez, Corayne venció el impulso de poner los ojos en blanco.

—Ni siquiera tú te rebajarías tanto, madre.

Las cuerdas se rompieron y una docena de piratas de la *Hija de la Tempestad* se balancearon entre los barcos, aterrizando con fuerza en la cubierta. Corayne los conocía a todos, eran los marineros más temibles de su madre. Y Meliz era la peor, ardiendo más que cualquier llama. Atravesó la cubierta con la espada en alto en señal de advertencia. Los marineros ibalos se alejaron de ella y de los demás.

Meliz se mofó de ellos, chasqueando los dientes. La infernal Mel asomó su terrible cabeza, amenazándolos a todos.

—Por tu vida, por supuesto que lo haría —gruñó la capitana pirata, rodeando a su hija.

Corayne se mantuvo firme, preparándose. Meliz se detuvo en el último momento, con el rostro a escasos centímetros de ella. La miró, con la rabia que desprendía.

A Corayne le costó mucho quedarse quieta. Pero se mantuvo firme, aunque se sintiera de nuevo como una niña pequeña que había cometido un estúpido error y debía afrontar las consecuencias.

Los Compañeros no se movieron, permanecieron inflexibles. Ellos también habían visto cosas peores.

Meliz los observó a todos, paseando la mirada de un Compañero a otro. Apenas miró a Andry o a Charlie, y Valtik había desaparecido de nuevo. Pero Sorasa y Dom la hicieron reflexionar. Corayne trató de no regodearse. Conocía a su madre lo suficiente como para ver la vacilación en su rostro.

—¿Un Anciano y una Amhara? —murmuró Meliz, mirando entre ellos—. Has hecho extraños amigos en mi ausencia.

Entonces la Espada de Huso captó su atención, tal como Corayne había querido. Se quedó mirando, con los ojos muy abiertos, y su fascinación eclipsó su ira por un momento.

—¿Y esto?

—La espada de mi padre —repuso Corayne—. Cortael del Viejo Cor.

Meliz enarcó las cejas. Suspiró en voz baja.

—Supongo que está muerto, entonces.

Dom miró por encima del hombro de Corayne con desprecio.

—Habla de él con respeto o no lo hagas.

—Creo que una vez habló de *ti* —continuó Meliz con una sonrisa fría. Volvió a mirar a Dom, leyendo su figura como lo haría con una marea—. Me temo que no puedo recordar el nombre; era largo y ridículo. Pero dijo que eras algo intermedio entre hermano y niñera —una sonrisa de desprecio que Corayne conocía demasiado bien cruzó su rostro—. ¿También fuiste su enterrador?

Con una mueca de dolor, Corayne se giró hacia Dom, pero Sorasa Sarn ya estaba allí. Se colocó entre ellos, interponiéndose en el camino de Dom. Él gruñó por encima de la cabeza de ella, casi como un animal, con los ojos encendidos de un verde fuego vengativo. Sorasa no bastaba para detenerlo en caso de que quisiera defender el honor de Cortael, pero sí para darle una pausa. Volvió a gruñir y se calló.

—No sabía que los Ancianos fueran tan feroces —se burló Meliz—. Ven, Corayne. Es un milagro que hayas sobrevivido tanto tiempo con esta gente.

—En efecto —respondió Corayne, con firmeza. Se cruzó de brazos y afianzó sus piernas sobre el suelo. *Tendrás que arrastrarme fuera de esta nave, madre*—. He sobrevivido a sombras de esqueleto, a la reina de Galland, a serpientes marinas, a un kraken, a una legión gallandesa, y a un Huso desgarrado. Gracias a ellos. No a ti.

Los ojos de su madre se abrieron llenos de sorpresa, y luego de miedo. No era la única. Se extendió por la tripulación como una ola. Ellos también conocían a los monstruos de Meer. Y Corayne comprendió que algunos nunca conocerían nada más. Volvió a mirarlos. Faltaban rostros familiares. *Están muertos*, cayó en cuenta. Se sintió como una patada en el estómago. *Perdidos en el Huso y en el Mar Largo.*

Meliz tartamudeó por primera vez desde que Corayne podía recordar; su boca se esforzaba por formar las palabras correctas.

—¿También conociste al kraken? —preguntó, y el aire de mando se desvaneció. Ahora sólo había temor en ella—. Mi querida... —susurró con voz quebrada.

Los músculos de Corayne eran más fuertes, su cuerpo más delgado, sus dedos y pies más seguros después de semanas de entrenamiento. Aun así, se sintió como una niña cuando tomó el brazo de su madre, acercándola.

Meliz se lo permitió sin dudar y Corayne la condujo al castillo de proa. La puerta se cerró tras ellas, y se encerraron en la pequeña habitación de techo bajo. Se parecía tanto a su cabaña que Corayne estuvo a punto de llorar.

Pero Meliz se le adelantó. Las lágrimas brotaron de sus ojos y sus maltrechas manos temblaron mientras envolvía a Corayne en sus brazos. Con un jadeo, Corayne se dio cuenta de que las rodillas de su madre habían cedido. Sus propios ojos le escocían, en tanto hacía lo posible por sostenerlas a ambas. Corayne an-Amarat se negaba a caer, incluso aquí, sin nadie más que su propia madre para verlo. Miró el techo, que era poco más que un lienzo manchado que se inclinaba con el viento. Las lágrimas estuvieron a punto de ganar, pero las apartó con un parpadeo y respiró profundo.

Contó diez largos segundos. Sólo diez. Dentro de ellos, era la hija de Meliz, una jovencita segura en los brazos de su madre. Nada podía dañarla aquí, y Corayne se permitió olvidar. Nada de monstruos. Sin Huso. Sin Erida y sin Taristan. Nada más que el cálido y familiar abrazo de su madre. Se aferró con demasiada fuerza, pero Meliz hizo lo mismo, aferrando a su única hija como una roca en un mar tormentoso. Corayne deseó poder quedarse en esos segundos para siempre, congelada en ese momento único. *Me estaba ahogando*, se dio cuenta, suspirando otro precioso segundo. *Me estaba ahogando y ella es la superficie. Ella es el aire.*

Pero debo bajar de nuevo. Y no sé si volveré a subir.

—Diez —murmuró, ayudando a su madre a sentarse en una silla a la mesa del capitán.

Meliz se pasó una mano por la cara manchada de lágrimas, con las mejillas rojizas por la emoción.

—Bueno, eso fue vergonzoso —dijo ella, alisando su cabello—. Lamento tal exhibición.

—Yo no.

Corayne vio cómo Meliz cambiaba ante sus propios ojos, pasando de madre a capitana. Se inclinó hacia delante en su silla, con las piernas flexionadas y el cabello negro cayéndole sobre un hombro. Su mirada volvió a tener ese brillo duro. Un desafío surgió en su garganta.

—Ahora hay más de un monstruo en el Ward, madre —dijo Corayne, interrumpiéndola—. Y yo soy la única que puede detenerlos.

La pirata se burló, apoyando los codos en las rodillas.

—Eres una chica brillante, Corayne, pero...

—Soy la sangre del Viejo Cor, me guste o no, y llevo una Espada de Huso conmigo.

Las correas de la espada eran ya una segunda naturaleza, y la dejó sobre la mesa con un golpe seco. Meliz la estudió con una mirada hábil, acostumbrada a todo tipo de tesoros. La Espada de Huso parecía devolverle la mirada, con sus joyas rojas y púrpuras vibrando con la magia del Huso. Corayne se preguntó si Meliz también podía sentirla.

—Estoy marcada, madre. Estoy segura de que ya lo sabes.

—¿Por qué crees que he venido por ti? —Meliz se quejó—. Abandoné todas las riquezas de Rhashir para sacarte de cualquier lío en el que te hayas metido.

Metió la mano en la manga de su camisa y sacó un trozo de pergamino enrollado. Lo tiró al suelo. Estaba dañado por el agua y manchado de sal, con la tinta corrida. Pero nada podía ocultar el rostro de Corayne, quien miraba desde el cartel de "Se busca". Su recompensa y sus muchos supuestos delitos estaban garrapateados en la parte inferior. Era similar a los carteles de Almasad, aunque éste estaba garabateado en larsiano junto a la versión en primordial.

—La reina Erida lanza una red enorme —dijo Corayne, rompiendo el cartel por la mitad. Le gustaría poder hacerlo con todos los dibujos de su rostro en todo el reino—. El lío no es mío. Pero tengo que limpiarlo.

Meliz entrecerró los ojos. Tenía nuevas pecas salpicadas sobre sus mejillas bronceadas, nacidas en los largos días en el mar.

—¿Por qué?

Las uñas de Corayne se clavaron en las palmas de sus manos, casi haciéndola sangrar.

—Ojalá lo supiera —suspiró, concentrándose en las afiladas heridas en su carne.

El dolor la ancló y facilitó el recuento de los largos días transcurridos desde Lemarta, desde que se encontraba en el muelle y veía al *Hija de la Tempestad* navegar en el horizonte. Habló de Dom y Sorasa, un Anciano y una asesina Amhara unidos en su búsqueda. Le habló a Meliz de la masacre en las colinas, cuando Taristan soltó un ejército y Cortael cayó. Corayne no estaba allí, pero escuchó la historia tantas veces que le parecía un recuerdo a medias. Luego estaba Ascal, Andry Trelland, la espada de su padre. La traición de Erida y su nuevo marido, el tío de Corayne, que pretendía destrozar el mundo. Para sí mismo. Para la reina. Y para un dios hambriento y odioso… Lo Que Espera. Cuando Corayne habló de Adira, y de su encuentro cercano con la *Hija de la Tempestad*, Meliz bajó la mirada, observando el suelo con ojos apagados.

Corayne no recordaba la última vez que su madre se había mantenido en silencio y sometida. No estaba en Meliz an-Amarat escuchar, pero de alguna manera lo hizo.

—El heredero nos dio su barco, y pasado mañana desembarcaremos en la costa de Ahmsare. Desde allí viajaremos hacia el norte, subiendo las montañas hasta Trec, y luego… el templo —concluyó Corayne, tragando con dificultad. Deseó beber algo, pero no se atrevió a moverse. Todo el reino dependía de este momento, una capitana pirata y su hija en una pequeña cabina mal ventilada.

Finalmente, Meliz se puso en pie. Su mano se posó sobre la Espada de Huso, vacilante. Miró la espada como si fuera una serpiente enroscada y lista para atacar.

Luego levantó los ojos, encontrándose con la mirada negra de Corayne.

—El *Hija de la Tempestad* está preparado para un largo viaje —dijo Meliz.

A Corayne se le encogió el estómago. Era la Mel Infernal quien hablaba, no Meliz. Su tono era firme, inflexible.

La capitana apretó la mandíbula.

—Hay partes del Ward que ni siquiera la reina de Galland puede alcanzar.

Corayne quería otros diez segundos de amor y protección de su madre. Quería decir que sí y volver a la vida de niña, segura al lado de su madre, navegando hasta los confines del reino. Más allá de la oscuridad que se extendía por el Ward, hacia nuevos reinos y nuevos horizontes. Una vida así era la que Corayne podía tomar. Sólo tenía que ceder.

En lugar de eso, dio un paso atrás. Cada centímetro era un cuchillo. Cada segundo perdido era una gota de sangre.

—Con todo mi corazón, desearía que eso fuera cierto —susurró Corayne.

Una sola lágrima ganó su guerra y rodó por su mejilla.

—Pero nada está fuera del alcance de Lo Que Espera.

Meliz la imitó y se abalanzó sobre la puerta de la cabina. Cayó al ras de ésta, bloqueando la salida.

—No me hagas huir de ti, mamá —suplicó Corayne, acercándose a la pared de lona. Tomó la Espada de Huso y desenfundó unos centímetros del arma—. Si no lo hago, todos moriremos. Todos y cada uno. Tú. Y yo.

El pecho de Meliz subía y bajaba con una respiración desesperada y superficial. Sus ojos bailaban sobre Corayne, como si pudiera encontrar algún resquicio, algún atajo. Algo se rompió en el pecho de Corayne. *¿Así es como se siente un corazón roto?*, se preguntó.

—Entonces iré contigo —se ofreció Meliz, tomando a Corayne en brazos de nuevo—. Puedo ayudar.

Corayne se apartó, manteniendo a su madre a distancia. No podía permitirse perder más tiempo ni caer en más tentaciones.

—La mejor ayuda que puedes dar está en el Mar Largo. No en el camino que tenemos por delante.

La costa, las montañas, el camino hacia Trec y el ejército de un príncipe... y el templo esperando. Un camino aterrador, sabía Corayne. *No es lugar para un pirata.*

Meliz trató de tomar sus manos de nuevo, y otra vez Corayne se apartó, continuando su retorcida danza.

—Dame algo que pueda hacer, Corayne —sus dedos se curvaron sobre sí mismos, era imposible ignorar sus nudillos cortados y magullados.

Corayne sabía que su madre no era una persona que se quedara de brazos cruzados viendo cómo se desmoronaba el mundo. *Necesita algo a lo que pueda aferrarse. Algo que no sea yo. Necesita sentirse útil.*

Era una respuesta fácil de alcanzar. La verdad siempre era así.

—Erida intentó llenar el Mar Largo de monstruos —su pecho se tensó ante el recuerdo, y rememoró las cicatrices de la *Hija de la Tempestad*—. Vamos a darle una muestra de cómo es eso realmente.

—¿Qué quieres decir? —preguntó Meliz, recelosa.

—Vi una docena de barcos piratas en el puerto de Adira —dijo, tratando de sonar tan autoritaria como su madre—. Hay cientos más en todo el reino. Contrabandistas y piratas y cualquiera que se atreva a recorrer el Estrecho al margen de las leyes de la corona. Puedes reunirlos, madre. Escucharán a Mel Infernal.

Corayne se dijo a sí misma que no debía esperar, pero de todos modos la esperanza ardía en su interior.

Meliz apretó la mandíbula.

—¿Y si no lo hacen?

—Algo es algo, madre —espetó Corayne, frustrada. Los cientos de piratas no eran nada despreciable, ni siquiera para la reina de Galland.

Esta vez, fue Meliz quien se tomó largos e interminables segundos. Respiró hondo y miró fijamente a Corayne, sus ojos se movían tan despacio que casi parecían inmóviles.

Me está memorizando.

Corayne le devolvió la mirada e hizo lo mismo.

—Algo es algo —susurró Meliz, haciéndose a un lado. Su mano se dirigió a la puerta de la cabina y la abrió de un tirón, derramando la brillante luz del sol por el suelo.

Corayne hizo una mueca de dolor y se tapó los ojos. Y escondió el último torrente de lágrimas punzantes. Meliz también lo hizo, resoplando con fuerza.

Qué espectáculo somos.

Los pies de Corayne se movieron demasiado rápido, llevándola a la puerta muy pronto. Se detuvo, a medio camino hacia la puerta, lo bastante cerca como para alcanzar a Meliz.

—Prueba también con los príncipes de Tyri —dijo con rapidez, otra idea iba tomando forma—. Ya se habrán topado con monstruos marinos. Entre las criaturas del Huso y la invasión gallandesa de Madrence, no verán con buenos ojos a Erida ni a Taristan.

Sonriendo, Meliz se echó el cabello hacia atrás.

—Los príncipes de Tyri pondrían mi cabeza en la proa de un barco antes de permitirme abrir la boca —dijo con evidente orgullo.

Corayne rio de forma sombría.

—El fin del mundo nos convierte a todos en aliados —suspiró, saliendo a la cubierta.

Meliz la siguió al sol. La tripulación del *Hija de la Tempestad* holgazaneaba por la cubierta como gatos somnolientos. Gatos somnolientos con una cantidad ridícula de armamento. La tripulación ibala y los Compañeros permanecían de guardia, a excepción de Charlie, que había vuelto a concentrarse en sus papeles. Corayne suponía que tenía menos motivos para temer a los piratas que cualquier otra persona a bordo. Después de todo, ellos también eran delincuentes.

Luego se lanzó a la lucha, con una pila de pergaminos en la mano, y también sellos, chocando unos con otros. Los cilindros rodaron.

—Toma —dijo, extendiendo ambas manos.

Meliz parpadeó, sorprendida.

—¿Corayne...?

—Charlie, esto es... —a Corayne se le quebró la voz mientras miraba los papeles en sus manos y los preciosos sellos encima. *Ibal. Tyriot.* Uno de los sellos despidió un destello dorado; mostraba la imagen grabada de un león. *Incluso Galland. Sellos de paso—*. ¡Esto es brillante!

Pero Charlie la ignoró y miró a Meliz.

—Éstos deberían servir para franquear cualquier bloqueo o flota de peaje. La armada de Erida estará pronto al acecho, si no es que ya lo está —volvió a extender los papeles, con su rostro redondo y amable que por primera vez parecía severo—. Tómalos.

Tanto el capitán como la tripulación conocían el peso de estas cosas. Tan sólo los sellos eran un tesoro mayor que la mayoría de sus recompensas. Meliz los tomó con una profunda reverencia.

—Gracias. En verdad, gracias.

—También puedo ayudar cuando tengo la oportunidad. Por muy rara que sea —suspiró Charlie, despidiéndose de ella. Pero sus mejillas se sonrojaron de orgullo.

Corayne captó su mirada y sus propios ojos le volvieron a escocer. *Gracias,* repitió, pronunciando las palabras por encima del hombro de su madre.

Él sólo pudo asentir.

—Una vez que las cosas estén en marcha, las flotas de Ibal se unirán a ustedes —afirmó Corayne, instando a su madre a cruzar la cubierta de nuevo.

El sol brillaba rojo sobre su cabello, calentando la piel de bronce de Meliz. Sus ojos eran los mismos de siempre, agudos como los de un halcón, de un intenso color castaño que se volvía dorado con la luz adecuada, rodeados de pestañas gruesas y oscuras. Corayne siempre había envidiado los ojos de su madre. *Al menos una cosa no ha cambiado,* pensó.

Meliz la observó, perpleja.

—¿El rey de Ibal ha declarado la guerra a Galland?

—Todavía no, pero lo hará —dijo Corayne, sin dejar de caminar. Sólo se detuvo cuando llegó hasta Dom y Sorasa, y se deslizó entre ellos, sus dos robustos guardianes. Andry también estaba allí, un consuelo y una muleta.

—Es el deseo de Lasreen.

—¿Cuándo encontraste la religión? Oh, no importa —respondió Meliz.

Ya no podía ocultar sus lágrimas, no a plena luz del día. Brillaban a la vista de ambas tripulaciones. Su voz se suavizó.

—Llévame contigo, mi amor.

Yo te lo pedí una vez. Corayne vio el mismo recuerdo en el rostro de su madre. Las envenenaba a ambas, un eco que nunca se desvanecería.

Sería fácil responder de la misma manera. *No*, había dicho Meliz una vez, dejando a Corayne en el muelle, sola y olvidada.

Pero Corayne no lo olvidaría.

—¿Qué tal los vientos? —dijo, temblando. Era la única despedida para la que tenía fuerzas.

La sonrisa de Meliz atravesó su rostro, radiante como el sol.

—Buenos —respondió—, pues ellos me han traído a casa.

12

LA SERPIENTE DE JADE

Sorasa

Corayne se atrincheró en el pequeño camarote del capitán después de que la *Hija de la Tempestad* se desvaneciera en el horizonte. Aunque habían pasado muchas horas, Andry permanecía de guardia afuera del castillo de proa, con una taza de té frío en la mano, como si eso le sirviera a alguien.

Dom vigilaba por su cuenta, con la espalda apoyada en el mástil de la galera. Era el lugar más estable del barco y, por tanto, el mejor para su débil estómago. Se envolvió en su capa, como si mirara sus botas, inmóvil. De no ser porque parpadeaba de vez en cuando, podría haber pasado por una pálida estatua fijada a la cubierta.

Había poco que hacer a bordo y no había adónde ir. Las cubiertas inferiores estaban ocupadas por los remeros y los caballos. Sorasa se debatió sobre la conveniencia de una siesta, pero decidió no hacerlo. Las siestas sólo la dejaban aturdida y desequilibrada, por no hablar de su vulnerabilidad. Los marineros ibalos no eran diferentes de los demás guardias. La odiaban, sus tatuajes de Amhara la identificaban. Ya había hecho sus ejercicios diarios dos veces, sus músculos estaban relajados y fuertes. Y si volvía a limpiar sus cuchillas, podrían desgastarse hasta desaparecer. Charlie sólo quería alejarla de sus papeles, y ella no podía culparlo. Era culpa de Sorasa que estuvieran aquí, atrapados en el fin del mundo. Y Valtik era peor que una tormenta o una serpiente marina. Sorasa la evitaba más que a nadie, no fuera que la vieja bruja la llamara de nuevo desamparada. Sorasa ni siquiera tenía a Sigil para elaborar una estrategia. La cazarrecompensas estaba abajo, en la bodega, atendiendo a los caballos con sus propios rituales temuranos.

Suspirando, Sorasa ocupó de mala gana un lugar junto a Dom. *Llevo mucho tiempo fuera de la ciudadela*, pensó. *El aburrimiento nunca me había parecido tan difícil.*

Dom la miró, demasiado asqueado como para fruncir el ceño.

Ella señaló con la barbilla a Andry.

—Parece un cachorrito esperando en la puerta.

—No espero que una asesina sepa cómo es la amistad —murmuró Dom, inclinando la cabeza hacia atrás contra el mástil. Inhaló profundamente por la nariz antes de resoplar por la boca, con un ritmo constante para calmar su cuerpo.

—Si crees que eso es amistad, Anciano... —rio Sorasa, con doble intención.

—Amistad es todo lo que debe ser —añadió él, a medio camino entre un susurro y un gruñido.

Sorasa enarcó una ceja.

—¿Ahora eres su padre?

Un rubor se extendió con rapidez sobre las mejillas del hombre. No era vergüenza; Sorasa lo sabía, era rabia.

—Encender tu furia es un juego fácil de jugar, y aún más fácil de ganar —murmuró la chica sonriendo.

El labio de Dom se curvó.

—Soy un inmortal de Glorian Perdida. No me invade la furia al hablar.

—Lo que digas, Anciano —Sorasa sacudió la cabeza—. Todos vamos a morir tratando de salvar este miserable reino. Deja que al menos Corayne disfrute del tiempo que le queda.

El Anciano se inclinó hasta quedar a la altura de su mirada. Sus ojos color esmeralda se volvieron oscuros y fríos, y sus labios se apretaron en una línea fina. La rubia barba había crecido, pero no lo suficiente para cubrir las cicatrices; estaban sanando, pero lentamente. Sorasa dudaba de que incluso los siglos borraran el ejército de Asunder de su carne.

—Tu cinismo no ayuda, Sarn —musitó, pronunciando cada palabra lenta y deliberada, cincelada en el aire.

Sorasa sacudió la cabeza, la negra trenza cayó sobre su hombro. Le prodigó una amplia y falsa sonrisa, un arma tan punzante como cualquiera de sus espadas.

—Soy la persona más útil de toda esta nave, y lo sabes.

—Sí, hasta que ya no te convenga —respondió, y entrecerró los ojos con odio.

A pesar de sí misma, la sonrisa de Sorasa se congeló.

—Desde lo que sucedió en Ascal, no me conviene.

—No me lo creo.

Dom dio un paso adelante, acortando la distancia entre ellos. Incluso después del desierto y de muchos días en el mar, seguía oliendo a montañas y a bosque, o a una fría lluvia de primavera. La escudriñó, como si pudiera ver más allá de todos los muros de Sorasa Sarn, justo hasta su corazón. Ella sabía que no podía hacerlo. Esos muros habían sido construidos mucho tiempo atrás. Nada ni nadie podría derribarlos.

—Estás protegiendo una inversión —siseó Dom.

Ella dirigió su mirada a la garganta de Dom. *Tu cabeza*, recordó, sabiendo el precio que él había aceptado pagar. *La*

muerte del Veder en mis manos, su sangre un río de vuelta a la ciu-
dadela, a Lord Mercury y a la Cofradía Amhara.

Domacridhan de Iona era un Anciano con siglos de antigüedad. Estaba escrito en su cuerpo, en la forma en que sostenía la espada, en la rapidez de sus miembros, en la fuerza letal
de sus manos. Ahora también lo veía en sus ojos. Quinientos
años en el Ward, una vida más larga de lo que ella podía
imaginar. Para la mayoría de las cosas que Sorasa consideraba importantes, él era un estúpido. Dom no podía mezclarse
entre la gente en un mercado ni usar veneno. Sabía poco de
reinos, idiomas o monedas, y nada de la naturaleza humana.
Pero era un príncipe inmortal, un guerrero forjado por siglos,
e importaba mucho más que ella, una niña huérfana de la
Cofradía Amhara. Aunque sus días en el Ward habían sido
duros, poco le interesaban a un hijo de Glorian. Ella utilizaba
a la gente como armas y herramientas, y él la utilizaba a ella.

—Ustedes, Ancianos, se creen mejores que nosotros
—acusó la chica, inclinándose hacia delante para hacerle perder el equilibrio—. El puente entre la moral y los dioses.

Él no dijo nada, levantando la barbilla para parecer más
estoico que nunca.

Volvía a parecer una estatua, demasiado noble y orgullosa
para ser real.

Mostró los dientes, con sorna.

—Pero eso no es cierto. Ustedes son el puente entre un
mortal y una bestia.

—¿Quién eres tú para juzgar, Sorasa Sarn? —respondió
Dom. En lugar de elevar el volumen, su voz se profundizó,
hasta que ella casi la sintió resonar en su pecho—. En cuanto
el viento cambie de dirección, en cuanto aparezca otro camino, lo tomarás.

La Amhara había aprendido a proteger sus emociones tan bien como podía proteger su propia carne. Sorasa no se inmutó, su rostro permaneció impasible y vacuo, claro como el cielo sobre ellos. Pero una tormenta se desató en su pecho, detrás de sus altos muros. Se debatía con una ira que no podía entender, y su confusión sólo alimentaba la tormenta.

—Eres despiadada y egoísta, Sorasa Sarn —Dom retrocedió y se enderezó de nuevo. Como siempre, se alzaba sobre ella, proyectando una larga sombra. Ella ya estaba acostumbrada a ello—. Sé poco de los mortales, pero de ti sé lo suficiente.

—No puedo creerlo —dijo ella, sin dejar de mirarlo. Su voz era plana, hueca, otro muro tras el cual se escondía—. Por fin has dicho algo inteligente.

Esperaba que él gruñera tras ella, pero no escuchó más que su respiración rítmica y el chapoteo de las olas del mar.

La costa norte era una visión más que bienvenida. Sorasa contempló el reino de Ahmsare, con sus playas y colinas medio cubiertas de niebla. Las nubes se habían disipado con la salida del sol, y la luz brillaba en la ciudad portuaria de Trisad. Comparada con Almasad y Ascal, parecía un remanso, apenas una idea peregrina para los barcos que hacían el largo viaje hacia reinos mucho más ricos. Una fortaleza amurallada dominaba Trisad, encaramada en una colina. Tenía un único campanario, pintado en naranja pálido y azul vibrante. Sorasa sabía que era el hogar de la reina de Ahmsare, Myrna, que había ocupado su trono durante seis décadas, más tiempo que cualquier otro gobernante que viviera en el Ward. Mientras navegaban frente al puerto, la galera ibala atravesaba las tranquilas olas y el sol brillaba en las puertas de la fortaleza. Eran de cobre forjado.

La ciudad pronto se desvaneció detrás de ellos mientras navegaban. La recompensa de Erida era demasiado alta. No podían arriesgarse a llegar a puerto en ninguna ciudad, gallandesa o no. No se arriesgarían a que el Ward dependiera de una guarnición codiciosa o de la misericordia de la reina Myrna.

Anclaron algunos kilómetros más adelante y llevaron todo lo que necesitaban a la orilla, incluidos los caballos. El heredero les había proporcionado todo cuanto podían necesitar para cruzar las Puertas Dahlianas y dirigirse al norte. Sorasa sospechaba que, si la caza era buena en las estribaciones, no tendrían que reabastecerse hasta Izera, o Askendur.

Su caballo brincaba frente a ella, feliz de volver a pisar tierra firme. Sorasa sentía lo mismo, extrañamente emocionada ante la perspectiva de su viaje. Según sus cálculos, había casi una línea recta desde su desembarco hasta las Puertas, la brecha en las montañas. Una semana de cabalgata a través de granjas y colinas. El camino que tenían por delante era el más seguro hasta ahora. *A no ser que alguna otra criatura infernal decida salirnos al paso*, pensó mientras saltaba a la silla de montar.

—¿Es una sonrisa lo que veo, Sorasa Sarn? —bromeó Sigil, sentada a horcajadas sobre su propio caballo. Parecía más ella misma en la silla de montar, con los hombros relajados y movimientos tranquilos.

Sorasa se levantó la capucha de su capa color arena, con los labios fruncidos en una mueca burlona.

—No seas tonta, Sigil. Sabes que la Cofradía me arrebató la sonrisa —luego asintió con la cabeza—. Y habla por ti.

¿Esto es lo más cerca que has estado de tu casa en... cuántos años?

—Casi una década —respondió Sigil, sonriendo. Se puso a jugar con su armadura de piel, limpiando motas de polvo invisibles—. Temurijon nos llama a todos a casa en algún momento.

Aunque acababan de dejar el reino de Ibal, Sorasa sintió una pequeña punzada de celos. El país de Sigil estaba delante; las estepas del Temurijon eran vastas, su gente estaban muy lejos bajo el cielo infinito. Y aunque el camino de los Compañeros no los llevaría a las tierras del emperador temurano, sin duda se acercarían.

—Espero que no te llame demasiado pronto —dijo Sorasa, bajando la voz—. No puedo hacer esto sola.

La cazarrecompensas soltó una carcajada y le dio una palmada en la espalda. Sintió como si la golpearan con una pala.

—No temas, Sarn. Los huesos de hierro de los Incontables nunca se romperán —se llevó el puño al pecho en señal de saludo—. Y me estoy divirtiendo demasiado como para irme ahora.

Riéndose, Sigil tiró de las riendas e impulsó a su yegua hacia la suave elevación de la playa.

Gracias, quiso decir Sorasa, pero su mandíbula se tensó y apretó los dientes con fuerza.

El resto de los Compañeros los siguieron, dejando que Sigil guiara a la extraña comitiva hacia los bosques. La temporada de lluvias en Ahmsare había terminado y los bosques se estaban secando, sus hojas se volvían doradas. Pero era cálido, mucho más confortable que el calor de Ibal.

Y mucho menos peligroso.

Cuando abandonaron la playa y el Mar Largo, Sorasa miró hacia atrás, sus ojos de tigre oteaban el horizonte. La galera del heredero ya se alejaba, con la bandera del dragón ondeando en señal de despedida. Entre Sorasa e Ibal se extendían largos kilómetros, con sus dunas y su costa a muchos días de distancia. Ella la vio en su mente: una nítida franja de oro contra zafiro. Su corazón se encogió y Sorasa suspiró, alejándose de la orilla. Sintió que un poco de tensión abandonaba sus hombros y que se le quitaba un gran peso. La nostalgia por el hogar regresó, pero era más fácil de soportar que antes.

Regresa y lo único que quedará de ti serán tus huesos.

La amenaza de Lord Mercury resonó, era una promesa y una advertencia. Fueron las últimas palabras que le dirigió, antes de que la expulsaran de la ciudadela y de la Cofradía Amhara.

Soy una desamparada, sabía Sorasa, odiando la palabra. *Ibal no es seguro para mí y nunca más lo será.* Exhaló un suspiro e instó a su yegua a seguir adelante, ocupando la retaguardia del grupo. Cada instante en Ibal era un instante de miedo. Pero ya no.

Debajo de su capucha, Sorasa no pudo evitar sonreír. Había vuelto a desafiar a la vieja serpiente, y se sentía como una victoria.

Centímetro a centímetro, kilómetro a kilómetro, día a día, el paisaje se iba transformando. Los bosques se hacían más espesos a medida que las colinas se elevaban y dejaban atrás las tierras de cultivo de la costa. Ya no había ciudades y los pueblos eran cada vez menos, poco más que grupos de casas a lo largo del camino de Cor. Los Compañeros no se arriesgaron en su viaje hacia el norte. Sigil iba al frente, dirigiéndolos, bordeando pueblos y castillos medio olvidados. Evitaron todos los peligros que pudieron, desde los granjeros y comerciantes hasta los viejos vigilantes del camino.

Las montañas del Ward se asomaban, sus grandes picos se perdían entre las nubes. Un viento cálido soplaba desde el suroeste, trayendo la humedad de las exuberantes tierras de Ghera y Rhashir. Era un bálsamo después de las largas semanas en el desierto, especialmente para Charlie. Sus quemaduras por el sol al fin empezaban a desaparecer, y se atrevió a viajar de nuevo sin la sombra de su capucha.

Dom se cuidó de cabalgar entre Corayne y Andry, como si eso le sirviera a alguien. Sorasa dudaba que el despistado Anciano supiera siquiera cómo se sentía la atracción y mucho menos cómo frustrarla. Al menos, sus excentricidades eran muy divertidas y una buena forma de pasar el tiempo.

Valtik siempre se balanceaba en su silla de montar, entonando sus cantos jydi. La mayoría de los días, Sorasa quería derribarla del caballo, pero se contenía.

Cuando llegaron a las Puertas Dahlianas, la gran brecha en las montañas, Sorasa los exhortó a que abandonaran el camino y se adentraran en las colinas. Era más fácil que arriesgarse a los bandidos o las patrullas a lo largo de las distintas fronteras. Los pequeños reinos de esta parte del mundo mantenían una tregua inestable, y eran aliados en caso de que Temurijon y su emperador decidieran romper la paz de las últimas décadas.

Al cruzar las Puertas, los Compañeros se mantuvieron a menos de un kilómetro del antiguo camino de Cor; Dom vigilaba el tráfico. Había poco: comerciantes en su mayoría, algunos sacerdotes peregrinos y un ganadero de ovejas que conducía su rebaño. El aire se enrareció y la temperatura descendió a medida que avanzaban, ganando altura a través de la gran cordillera que dividía Allward en dos.

—Esta tierra es tranquila —comentó Corayne, con el aliento nublado por el frío matutino.

—No siempre fue así —dijo Andry desde el caballo que estaba a su lado—. El viejo Cor gobernaba aquí en la antigüedad, cuando Ahmsare y los reinos circundantes eran provincias bajo su imperio. Fue el último territorio en caer ante los conquistadores Corblood, y las Puertas Dahlianas controlaban el camino hacia sus provincias del norte. Pero eso fue hace mucho tiempo.

Los labios de Sorasa se curvaron en una media sonrisa.

—Tienes talento para la historia, escudero.

Él se limitó a encogerse de hombros.

—Todos lo aprendimos, al crecer —dijo—. El viejo imperio. Lo que solía ser. Y lo que Galland podría volver a ser.

A pesar de que la luz del sol bañaba su piel morena, los ojos de Andry parecieron oscurecerse.

Apretó la mandíbula y un músculo se tensó en su mejilla.

—Erida aprendió esa lección demasiado bien.

No hubo respuesta. Sorasa volvió a sentarse en la silla de montar; un escalofrío la recorrió. Volvió a mirar el paisaje. Aquí sólo existían ruinas del antiguo imperio, las decrépitas torres que sobresalían del bosque.

Sorasa se preguntó si Corayne sentía una atracción hacia ellos, los restos del pueblo de su padre. No quiso preguntar y arriesgarse a otra avalancha de preguntas de la intrépida e insufrible hija de la pirata.

En la semana de viaje desde que habían salido de la costa, los Compañeros se sumieron en una rutina. Acampar, montar, acampar, montar. Entrenamiento de Corayne cuando se detenían para que los caballos descansaran o enviar a Sigil a explorar. Esto irritaba a Sorasa. La rutina significaba comodidad y la comodidad generaba despreocupación, algo que ninguno de ellos podía permitirse. Hizo todo lo posible por permanecer vigilante, pero incluso ella sentía que sus instintos se apagaban.

Las Puertas Dahlianas quedaron atrás antes de que ella se diera cuenta, y comenzaron su lenta marcha hacia Ledor, una tierra de ovejas y llanuras verdes con destellos dorados. Los bosques abrazaban las faldas de las montañas y la tierra llana de abajo se abría como un libro, extendiéndose en todas direcciones. La ciudad de Izera era una mancha oscura al oeste, más pequeña que Trisad, poco más que un prado cubierto de vegetación para los muchos miles de ovejas y ganado que pastaban por el paisaje. Por suerte, sus provisiones eran más que suficientes, así que los Compañeros no tenían motivos para acercarse a la ciudad.

Sorasa susurró una oración a Lasreen dándole las gracias por mantenerlos alejados de las calles llenas de mierda vacuna de Izera.

Su camino continuaba hacia el noreste, a través de las estribaciones salvajes. No había caminos de Cor a este lado de las montañas, sólo el Camino del Lobo. Entre el sendero y el camino, éste corría hacia el noreste desde Izera, serpenteando hasta las fauces de acero de Trec.

Sorasa conocía menos estas tierras. Su trabajo con los Amhara rara vez la había llevado al norte de las montañas. Sigil tomó la delantera, con una gran sonrisa que no abandonaba su rostro.

Seguiremos el Camino del Lobo durante un mes por lo menos, reflexionó Sorasa, rechinando los dientes. *Incluso más, si es que Charlie y Corayne tienen algo que decir al respecto.*

Pero incluso ella misma tenía que admitir que tanto el sacerdote fugitivo como la hija de la pirata estaban mejorando. Y no sólo en la silla de montar. Corayne por fin podía sostener bien una espada. La Espada de Huso siempre sería demasiado grande para ella, pero la daga larga comprada en Adira semanas atrás le venía bien. Charlie también hacía lo que podía, uniéndose de vez en cuando a Corayne como compañero de combate. Además, era un tremendo cocinero que, durante el viaje, buscaba y recolectaba hierbas y plantas siempre que podía.

Muy a su pesar, Sorasa se encontraba dispuesta para la cena. Se puso una mano en el estómago, intentando calmar su hambre sólo con la voluntad. No funcionó.

—Tendremos que cazar esta noche —dijo en voz alta, dirigiéndose a la fila de Compañeros que la seguía. Agacharon la cabeza contra el sol oblicuo, que empezaba a descender hacia el oeste—. Hay ciervos y conejos en estas colinas. Tal vez un jabalí, si tenemos suerte.

—Todavía tengo algo de romero —respondió Charlie, palmeando sus alforjas—. El jabalí estaría bien.

En la Cofradía Amhara, los acólitos se alimentaban con comida insípida y sólo la suficiente para mantenerse fuertes. Tan sólo lo que sus cuerpos necesitaban y nada más. Durante años, esa práctica le había sido útil a Sorasa. *Hasta que llegó Charlon Armont*, pensó, y se le hizo agua la boca.

Jaló las riendas, haciendo que la yegua saliera de la formación.

—Sigil, acampemos en esa elevación —dijo, señalando un acantilado plano adelante. Sobresalía un poco más que las estribaciones que lo rodeaban, con un bosquecillo de árboles que lo protegía del viento y de las miradas indiscretas—. El Anciano y yo volveremos en una hora, más o menos.

Era más temprano de lo habitual para acampar, pero nadie protestó. Después de tantos días de cabalgata, agradecían el descanso.

De un salto, Sorasa se deslizó al suelo. Tomó su arco, pero dejó su látigo y su espada, cuya vaina estaba atada a sus alforjas. Andry tomó sus riendas y ató la yegua de arena de ella a la suya con dedos rápidos.

Dom hizo lo mismo, cediendo su caballo a Sigil. El Anciano llevaba su capa, su espada y el ceño fruncido.

Aunque Sorasa odiara admitirlo, la caza era mucho más rápida y exitosa con el Anciano a su lado. Podía oír y ver a kilómetros de distancia y oler casi tan lejos. Casi nunca regresaban con las manos vacías de una cacería.

Lo siguió obediente a través del bosque, manteniendo el paso a unos pocos metros detrás, moviéndose tan silenciosamente como podía. El Anciano se movía con más sigilo que cualquier Amhara, incluso que el propio Lord Mercury, y Sorasa maldecía sus propios pies mortales cada vez que hacían crujir una brizna de hierba.

Caminaron durante unos minutos por un terreno accidentado. Un aire fresco bajaba de las alturas de la montaña, trayendo consigo la niebla. El sol lanzaba sus rayos como flechas a través de las ramas de los árboles. Sorasa sabía que les quedaba una hora más de luz, aunque no temía a la oscuridad en estas colinas. Las montañas del Ward estaban a su espalda y se extendían a cientos de kilómetros en un muro impenetrable. Los ejércitos gallandeses no podían seguirlos hasta aquí. Ni siquiera la reina Erida se atrevería a enviar a sus cazadores tan cerca del Temurijon y arriesgar la paz del emperador.

Mantenía el arco bien firme, el carcaj en la cadera, listo para apuntar cuando Dom señalara. A veces lo hacía con demasiada rapidez, indicando un ciervo que ya se alejaba corriendo o un pájaro que estaba lejos de su alcance. Sorasa sospechaba que era su forma de insultarla sin hablar.

Cuando de repente él se arrodilló, ella lo imitó, agachándose en el suelo. Sin decir nada, el Anciano levantó una mano y señaló con un largo dedo a través de los árboles, hacia un claro.

Sorasa no necesitaba más que eso. Vio a la cierva, gorda por la abundancia del otoño, con el vientre redondeado, mientras bajaba la cabeza para pastar. Estaba sola, por suerte, sin un cervatillo. A Sorasa nunca le había gustado la idea de matar a una madre delante de su hijo.

Su flecha se encontró con la cuerda del arco sin hacer ruido y apuntó. Cronometró los latidos de su corazón, sintiendo el pulso de la sangre a través de su cuerpo, dejando que el ritmo se estabilizara. Exhaló un largo y lento suspiro y la flecha voló a través de los árboles, encontró su hogar bajo el hombro de la cierva, y atravesó su corazón. La cierva lanzó un gruñido húmedo de dolor y se desplomó, agitando las piernas una vez que cayó contra la hierba. Luego se quedó quieta, con los ojos vidriosos en la luz mortecina.

—Venado esta noche —murmuró Sorasa, poniéndose de pie.

Dom no dijo nada y se dirigió hacia el claro.

El silencio volvió a caer sobre las colinas. El borde de su capa se arrastraba sobre la maleza, el único ruido además del suspiro del viento en las ramas. Su cabello se mezclaba con los árboles otoñales, las hojas amarillas y el verde desvanecido. Por un momento, pareció una creación del bosque, tan salvaje como cualquier cosa de las laderas. Dom tenía la forma de cualquier hombre, era ancho de hombros y alto. Pero se distinguía de algún modo, de una manera que Sorasa no podía explicar.

Volvió a colocar el arco en su sitio. No necesitaría ayuda para transportar a la cierva y se apartó para esperar en el borde del claro.

El viento y el canto de los pájaros llenaban el aire. Sorasa se apoyó en el tronco de un pino e inclinó la cabeza, mirando hacia arriba a través de las agujas del pinar. Se llenó los pulmones con el aroma limpio y fresco. A pesar de todo su entrenamiento, su mente vagaba pensando en la cena.

—Se siente diferente este lado de las montañas —dijo, aunque sólo para sí misma—. Más salvaje, de alguna manera.

Dom se inclinó hacia el cuerpo de la cierva y pasó un brazo por debajo de su cuello para levantarla sobre sus hombros. Le dedicó a Sorasa una mirada fulminante.

Entonces se congeló, medio arrodillado, con la cara vuelta hacia el bosque.

Lentamente, sus ojos escudriñaron la línea de árboles.

Sorasa se enderezó. No vio ni escuchó nada. El bosque parecía tranquilo.

Pero los pájaros dejaron de cantar y el bosque enmudeció.

—¿Qué es...?

Una ramita se quebró al otro lado del camino, desde la maleza. Un eco agudo, deliberado. Dom se giró hacia el ruido.

Otro crujido de madera respondió, éste del otro lado del claro. El estómago de Sorasa se retorció y una mano se dirigió a su daga de bronce. Rezó a Lasreen, a todos los dioses.

Por primera vez en su vida, Sorasa Sarn quiso equivocarse.

—Estás muy lejos de casa, Osara.

La voz le heló la sangre.

Caída. Abandonada. Destruida. Todo lo que esa frase maldita significaba hirvió dentro de Sorasa, eran demasiadas las emociones que surgían con ella. La más fuerte de todas: el miedo.

En el centro del claro, Dom hizo lo posible por ponerse de pie. Sorasa se abalanzó, con una mano extendida y un grito entre los dientes, con los ojos muy abiertos de terror mientras saltaba en el claro.

—No —gruñó ella, como un tigre.

Un tigre rodeado de cazadores.

Una docena de flechas esperaban. Sus puntas brillaban alrededor de la línea de árboles, resplandeciendo como los ojos de una manada de lobos hambrientos. Todas apuntaban a Sorasa y a Dom. Ella se preparó para la fría mordida del familiar acero en su carne.

Las sombras tomaron forma alrededor del claro, los cuerpos se fundieron en el bosque. Sorasa nombró a cada uno. No necesitaba ver sus rostros para saber exactamente cual Amhara los estaba rodeando. Sus siluetas eran suficientes.

Ágil, pequeña Agathe, con su gracia de bailarina. El corpulento y monumental Kojji, más grande incluso que Dom. La tuerta Selka, con su hermano gemelo, Jem, siempre cerca. Está Ambrose. Está Margida. Y así sucesivamente, todos los hijos de la Cofradía, acólitos que habían sobrevivido como ella, para convertirse en asesinos despiadados y letales, los leales cazadores de Lord Mercury. Sólo faltaba Garion. *Tal vez todavía esté vagando por Byllskos, esperando que otro contrato caiga en su regazo.*

Sorasa levantó la barbilla y sus manos vacías. Las flechas se movieron con ella. En el suelo, Dom volvió a intentar ponerse de pie y una flecha pasó vibrando, clavándose en la tierra a medio centímetro de su bota. El Anciano se quedó congelado, con una rodilla aún en el suelo.

Una advertencia. La única que tendremos.

—No tengo casa —dijo Sorasa en medio del claro.

—¿Es así? —respondió la voz, y sus ojos encontraron a Luc.

El asesino se asomó de entre los árboles, saliendo a la luz. Era tal como ella recordaba, siempre moviéndose, cambiando al ritmo de alguna canción que nadie más podía oír. Llevaba pieles como el resto, negras y marrones, estampadas para confundirse con el terreno. En la ciudadela, Luc destacaba en todas sus lecciones, sobre todo en la de persuasión. Creció hermoso, con piel lechosa, cabello negro y ojos color verde pálido enmarcados por gruesas pestañas negras. La Cofradía encontró muchos usos para él una vez que alcanzó la mayoría de edad. *Y ahora creen que pueden usarlo conmigo.*

—Lord Mercury es un hombre indulgente —dijo, extendiendo las manos. Ambas tatuadas como las suyas, el sol y la luna en cada palma.

—No según mi experiencia —respondió ella, contando las armas. *Espada y dos dagas de Luc. Seis dagas de Agathe. El látigo de Margida. Un hacha de Kojji...*

Luc mostró una sonrisa fácil y ganadora. Se apartó un mechón de cabello oscuro de sus ojos de espuma de mar.

—Verás que se le puede persuadir —dijo, dando un paso lento hacia ella.

Sorasa sintió que el aire cambiaba y la mirada de Dom se movió, divisando algo por encima de su hombro. Él cruzó miradas con ella y parpadeó con fuerza. Una vez. Dos veces.

Dos más detrás de mí.

Su cuerpo se movió tal como le habían enseñado, sus músculos se deslizaron en su lugar. Desplazó su peso hacia las puntas de los pies, doblando las rodillas y cuadrando los hombros. Todas sus lecciones en la Cofradía bullían bajo la superficie de su piel. No se atrevió a sacar sus dagas para que en el claro no estallara un tornado de sangre y acero.

Mantuvo la compostura y siguió mirando a Luc. Era un hombre peligroso, igualmente hábil con la espada y el veneno. Se habían teñido de sangre juntos, sus primeras muertes habían sucedido con sólo una semana de diferencia.

—Recuerdo cuando solías llorar hasta quedarte dormido —dijo Sorasa, valiéndose de la única arma que Luc duCain no estaba entrenado para repeler.

La memoria.

La sonrisa de Luc vaciló.

—Los Amhara te sacaron de un pueblo de Madrence, en algún lugar de la costa —Sorasa se pasó la lengua por los dientes, como si estuviera saboreando un gusto delicioso—. Solías musitar su nombre.

—Puede que tengamos pasados diferentes, pero nuestro futuro es el mismo —respondió Luc con rigidez, recitando la vieja enseñanza Amhara como una oración—. Servimos a la Cofradía y a su señor.

Los demás se hicieron eco de su sentimiento.

—Servimos —resonó el eco entre ellos. Sorasa incluso sintió las palabras en sus propios labios, pidiendo ser pronunciadas. Se contuvo.

En el centro del claro, Dom se deslizó hacia su espada, sus movimientos eran lentos y silenciosos, casi imperceptibles.

—Solía envidiarte, Luc —respiró Sorasa, dando un paso hacia él.

Luc no se movió, sin inmutarse por su cercanía. Él conocía sus tácticas, y ella las de él.

—Todavía me envidias —dijo, sacudiendo la cabeza.

—Tenías tanta suerte. Recordabas a tu familia, tu hogar. Algo fuera de los muros de la ciudadela —Sorasa fingió una sonrisa, irritándolo—. Yo nunca pude.

—Sólo tenemos una familia, tú y yo —gruñó Luc, con las cejas negras juntas. Entonces, para su sorpresa, extendió una mano, con el sol en la palma hacia ella—. Déjanos llevarte a casa.

Se está burlando de mí, pensó ella, y sus mejillas enrojecieron al tiempo que la ira se desataba en su pecho. Sentía una picazón en las costillas y gruñó.

—Oh, Luc, llevo tu casa conmigo, dondequiera que vaya.

Con violencia se apartó la túnica, mostrando el largo diseño tatuado en su piel. Recorría el costado de su cuerpo desde las costillas hasta la cadera, tatuado en tinta negra sobre la piel de bronce. La mayor parte era hermosa, su nombre y sus hazañas, sus grandes glorias y logros expuestos en un trofeo que nadie podría quitar. La escritura era ibala, la lengua que había elegido, y algo más antiguo, la lengua de los Amhara muertos hacía tiempo. Sintió que una docena de ojos recorrían el tatuaje, trazando cada letra. Todos los asesinos tenían uno igual, sus propias costillas estaban marcadas con tinta.

En el suelo, Dom también se quedó observando, con su mirada esmeralda recorriendo sus costillas y su estómago expuestos. No era difícil adivinar los pensamientos del Anciano. *Aquí hay una vida de muerte escrita en mi piel, imposible de ignorar u olvidar. Aquí está todo lo que odia en mí, hecho carne.*

El viento se elevó, helando su piel, pero Sorasa se negó a temblar. Quería que lo vieran todo. Quería que recordaran la última vez que la habían visto, clavada en el suelo del atrio de la ciudadela.

La mirada de Luc se detuvo en el lugar donde su abdomen se unía a su cadera, con los músculos fluyendo firmes y flexibles. El último trozo de su tatuaje no era hermoso ni intrincado. Las últimas líneas estaban medio talladas, hechas de tinta y cicatriz.

Osara. La palabra era una marca en su carne y en su mente. *Osara. Osara.* Todavía quemaba, desnuda ante el mundo y una docena de ojos, con su vergüenza y su fracaso al descubierto. Sorasa quería gritar.

Fue Kojji quien me sujetó, con su rodilla entre mis omóplatos. El dolor se encendió en la memoria de Sorasa. *Y Agathe mantenía su daga en mi garganta, a un suspiro de rebanarme.*

—Todos ustedes observaron mientras se hacía esto —respiró, su voz se volvió áspera.

Luc asintió, subiendo despacio su mirada por las costillas, por la tinta, por su historia, hasta llegar a su rostro.

—Me acuerdo —dijo—. Nos acordamos.

Sorasa Sarn no esperaba una disculpa de ningún Amhara. Los conocía, a ellos y a ella misma, demasiado bien para eso. Nunca mostrarían arrepentimiento y nunca hablarían en contra de la Cofradía. Tampoco ella. Todavía le dolía, incluso ahora, cuando todas las espadas de los Amhara del mundo estaban en su contra.

El viento volvió a agitar los árboles, sacudiendo las ramas. Los Amhara se destacaban con mayor nitidez, inmóviles contra el viento, con sus formas oscuras ancladas en su sitio. Sorasa soltó su túnica y la tela suave y desgastada volvió a su sitio. Respiró tranquilamente, sintiendo el sabor de la muerte en el aire. Volvió a mirar a Dom. Su pecho subía y bajaba mientras respiraba. La espada permanecía a su lado, con su enorme hoja pidiendo ser desenvainada.

—Y tú también lo recuerdas —dijo Luc, más cerca—. Lord Mercury puede ser comprado.

Sorasa soltó una verdadera carcajada, a pesar de todo.

—Di su precio, entonces.

—Aléjate ahora, Sarn —dijo Luc con brusquedad, cada palabra suya era como un cuchillo—. Deja al Anciano, deja a la chica de Cor. Y sé bienvenida de vuelta.

Ella volvió a reírse.

—¿Se supone que debo confiar en tu palabra, Luc? —escupió—. Preferiría besar a un chacal.

—Eso se puede arreglar —raspó la tuerta Selka desde el borde del claro. A unos metros, Jem rio.

Luc silenció a ambas con un movimiento de sus dedos.

—Está escrito en la piedra de la ciudadela. Su perdón —dijo—. Y Lord Mercury envía una muestra de buena voluntad. Te concederá un pasaje seguro.

Entonces deslizó una mano dentro de sus pieles, buscando algo. Sorasa recuperó su daga de cuero negro y bronce, la misma que todos llevaban. *Una muestra de buena voluntad*, pensó, burlándose de sí misma. *Lord Mercury te ha enviado para cortarme el cuello. Ni más ni menos.*

Pero lo que Luc extrajo fue un jade pulido del mismo tono que sus penetrantes ojos.

Sorasa no se movió ni parpadeó, a pesar de que todo su cuerpo casi colapsó por el debilitamiento de cada uno de sus músculos. Separó los labios y respiró entrecortadamente. Se quedó mirando el sólido cilindro de jade, en uno de cuyos extremos se apreciaba un inconfundible sello de plata. *El del mismísimo Mercury: una serpiente alada, con las fauces abiertas y los colmillos al descubierto.* La piedra maciza tenía la longitud del puño de Luc, un objeto precioso incluso sin las marcas en su cara.

Pero las marcas la hacían inestimable. Recordó la piedra de jade en el escritorio de Lord Mercury, esperando con tranquilidad para sellar otro contrato y robar otra vida. Nunca se desprendería de ella, no lo haría por nadie. *O eso creía.*

Para Sorasa Sarn, el sello de jade era el objeto más valioso de todo el reino.

Le temblaba la voz.

—Libre tránsito —murmuró, con los latidos de su corazón acelerados. El mundo se desdibujó ante sus ojos—. ¿De vuelta a casa?

En el centro del claro, el pálido rostro de Dom se volvió aún más pálido, perdió todo el color. Sus labios se separaron, formando palabras silenciosas que Sorasa se negó a reconocer. Ahora estaba a kilómetros de distancia, al otro lado del Ward, en otra vida. Un ruido apresurado llenó sus oídos.

Luc extendió su mano y el cilindro de jade, presionando la fría piedra en la palma de ella.

—Vuelve con nosotros, Sorasa. Deja que el resto del mundo se ocupe de sus grandes obras.

El sello era lo bastante pesado como para romper un cráneo. Sorasa cerró el puño en torno a él hasta que sus nudillos se pusieron blancos. Su fría superficie era un bálsamo contra su piel repentinamente caliente.

—Este contrato no es para ti —murmuró Luc, con los ojos imposibles clavados en los de ella—. ¿Tenemos un trato?

Apenas alcanzaba a oírlo por encima del rugido de sus oídos.

La ciudadela. Casa.

Con voluntad, metió el sello en la bolsa de su cinturón, entre sus polvos y venenos. Llevaba muchas armas, pero el sello era la mejor de todas. Miró a Luc y luego a Dom, con una mirada ardiente. El Anciano se levantó, llenando de aire su amplio pecho en una última muestra de valentía.

Su labio se curvó en una media sonrisa.

—Mata al Anciano lentamente.

13

VEN A VER

Erida

La carpa del consejo apestaba a alcohol y pescado. Los sirvientes se demoraban en recoger los restos de la cena, intentando no estorbar a los nobles y generales que discutían sobre esto y aquello. Erida estaba sentada a la cabeza de la larga mesa, con la espina dorsal y la cola de una trucha en su plato. Las espinas estaban bañadas en mantequilla y sal. Ninguna de las dos cosas había mejorado mucho el sabor. Tras largos días de asedio, toda la comida empezaba a saber igual, sin importar lo que hicieran los cocineros. No probó la cerveza como los demás, ni en el vino, como Lady Harrsing, sentada a dos sillas de distancia. En cambio, Erida bebía a sorbos una vigorizante taza de té de menta, de un rico color dorado que hacía juego con su vestido.

No portaba armadura, ni ceremonial ni de otro tipo. Llevaban dos semanas de asedio. Pero muchos de los nobles lucían cotas de malla y placas de acero, a pesar de que nunca se acercaban a las murallas de la ciudad. Ahora sudaban en el aire cerrado de la carpa, con sus pálidos rostros glotones a la luz de las velas.

A su lado, Taristan no bebía nada y su plato estaba vacío desde hacía un rato. Hasta los huesos habían desaparecido, los había arrojado al suelo para que los perros lobo los masticaran. Aunque despreciaba abiertamente a la mayoría de los presentes, los perros escapaban a su ira. Taristan dejó colgar una mano para que los perros pudieran frotar su hocico contra sus dedos si lo deseaban. Los animales no le temían como lo hacían los consejeros de Erida.

La mayoría evitaba su mirada, con el recuerdo del puente y del cuerpo desmembrado del príncipe Orleon todavía fresco en sus mentes. Cacareaban como pollos elegantes, con Taristan como un zorro entre ellos.

—Rouleine se construyó para resistir los asedios —dijo Lord Thornwall, examinando la larga mesa. Erida sabía que su comandante hacía malabares, sopesando las opiniones descerebradas de los nobles engreídos frente a la sabiduría de los soldados comunes—. Estamos interceptando todo lo que podemos en el río, pero los madrentinos son buenos para introducir suministros en la ciudad. Y nunca les faltará agua fresca. Aun así, tengan por seguro que la ciudad se desgastará. Es sólo cuestión de tiempo.

Lord Radolph emitió un ruido gutural, apenas un remedo de risa. Era un hombre pequeño, en estatura y carácter, y no era un soldado. Erida dudaba que Radolph supiera siquiera sostener una espada. Pero sus tierras eran vastas y abarcaban la mayor parte del campo fuera de Gidastern. Sus posesiones le proporcionaban un título y la suficiente confianza para hablar en la mesa alta de Erida.

—Es tiempo suficiente para que Robart reúna todas sus fuerzas —se burló Radolph, sacando una espina de pescado de entre sus dientes.

—¿Y hacer qué? ¿Enfrentarse a nosotros en una batalla abierta? —respondió Thornwall, sonriendo detrás de su barba roja—. Podría llamar a todos los hombres y niños de su reino a la guerra, y no sería suficiente. Galland puede sobrevivir a él y a casi todos los reinos del Ward.

A todos, menos a Temurijon, Erida lo sabía, al igual que cualquier persona con sentido común. El emperador Bhur y sus Incontables eran el único ejército capaz de igualar a las legiones gallandesas. *Por ahora.*

Radolph negó con la cabeza. Para consternación de Erida, no pocos nobles se sumaron a su opinión.

—¿Y qué hay de Siscaria? ¿De su alianza?

La reina levantó la mano apenas un centímetro, dejando que su anillo esmeralda captara la luz de las velas. La piedra preciosa lanzó un destello, más que suficiente para atraer todas las miradas de la carpa, incluida la de Radolph. Éste cerró la boca.

—Gracias, mi señor —dijo Erida, con sus modales perfectos. No daría a nadie motivos para ofenderse, aunque eso significara inflar el ego de hombres pequeños y estúpidos—. La alianza con Siscaria se construyó sobre la base de un matrimonio que ya no existe. Es difícil que Orleon pueda casarse estando muerto.

Alrededor de la mesa, algunos de sus consejeros más belicosos sonrieron. Algunos miraron a Taristan, inquietos al recordar la muerte de Orleon.

Radolph hizo una mueca y pidió más vino. Un sirviente se apresuró a atenderlo, con una jarra en la mano.

—Asesinado bajo una bandera de tregua —murmuró el señor mientras el siervo vertía el vino.

Muchos pares de ojos se abrieron de par en par y Erida se esforzó por mantener su máscara de aplomo. En cambio, forzó una sonrisa y se recostó en su asiento, curvando los dedos sobre los brazos como si fuera su trono. En su mente, el nombre de Lord Radolph se unió a una cierta lista.

A su lado, Taristan apenas se movía, sus dedos callosos tamborileaban un ritmo lento sobre su pierna. Ella escuchó las notas en su cabeza, una marcha de la muerte.

—¿Acusas a mi marido de algo? —dijo Erida, con una voz baja y fría como el hielo. Radolph se retractó rápidamente, escapando como una rata.

—Sólo quiero decir que la muerte del príncipe Orleon creará complicaciones —afirmó, mirando a sus compañeros nobles en busca de apoyo. Por fortuna, no lo encontró en ninguno—. El rey Robart, otras naciones... no nos mirarán con buenos ojos.

Erida levantó una fina ceja.

—¿Lo han hecho alguna vez? —preguntó.

Un murmullo recorrió la mesa y algunas cabezas asintieron a lo que ella planteaba.

Lady Harrsing incluso hizo sonar su nuevo bastón sobre el suelo enmoquetado.

—En efecto —dijo la mujer.

Aunque su cuerpo se había debilitado, su voz seguía siendo tan firme como siempre. Erida quiso sonreírle a la anciana, agradecerle su apoyo incondicional, pero mantuvo la compostura.

—El reino siempre ha estado celoso de Galland. De nuestra riqueza, de nuestra fuerza —continuó Erida. Cerró un puño sobre la mesa y sus nudillos se pusieron blancos—. Somos los sucesores del Viejo Cor. Somos un imperio renacido. Nunca nos amarán, pero sin duda nos temerán.

Radolph inclinó la cabeza, rindiéndose.

—Por supuesto, Su Majestad.

Bajo la mesa, los dedos de Taristan dejaron de tamborilear.

—Debemos tener en cuenta el invierno —dijo otro de los señores, levantando un dedo.

La sonrisa de Erida se tensó. Contuvo un grito de frustración. *En cuanto tapas un agujero, el balde vuelve a gotear,* pensó, maldiciendo en su cabeza.

Por fortuna, Harrsing apoyó la lucha con su habitual displicencia. Rio y dio un sorbo a su vino.

—Lord Marger, marchamos hacia el sur. Estarás comiendo naranjas en Partepalas para cuando caiga la nieve en Ascal.

—Fue una buena cosecha y las redes de suministros aguantarán por ahora —añadió Thornwall, encogiéndose de hombros—. La marina se hará cargo de la carga cuando lleguen las nieves más profundas, y nos abastecerá en la costa.

Eso al menos pareció satisfacer a Marger, y a los propios lugartenientes de Thornwall, que asintieron con la cabeza. A Erida le importaba poco la economía de la guerra. Lo que se necesitaba para alimentar y saciar la sed de un ejército, para mantenerlo en movimiento, le interesaba poco. Pero sabía que no podía ignorar a Thornwall.

Y sabía que la reunión del consejo ya se estaba extendiendo. La comida se había acabado, pero el vino y la cerveza seguían fluyendo. Esta noche no avanzarían más, al menos no en la dirección que Erida quería.

Se puso de pie, extendiendo las manos a ambos lados de la larga mesa. Llevaba mangas doradas con un fino bordado de hiedras verdes y rosadas con rubíes. Muchas sillas rasparon el suelo y la alfombra cuando todos se levantaron de pronto, poniéndose de pie en deferencia a su reina. Taristan se levantó en silencio, desplegando sus largas extremidades.

—Pienso celebrar el año nuevo en el trono de Robart con una caja de su propio vino para cada uno de ustedes —dijo Erida, levantando su copa en un brindis. Ellos la imitaron, levantando jarras de cerveza y agitando copas—. Que el Palacio de las Perlas resuene con el himno gallandés.

Lanzaron una sonora ovación, incluso Marger y Radolph, aunque Erida observó que no la miraban. Al menos el resto parecía aplacado, deseoso de seguir bebiendo lejos de la reina y su lobuno consorte. *Si quieren tratar un campamento de asedio como un salón de fiestas, que lo hagan,* pensó Erida, alzando su copa con las suyas. *Quieren gloria, quieren poder, y yo se los daré.*

Siempre y cuando no se interpongan en mi camino.

La promesa de Madrence bastó para que los nobles se pusieran a charlar en la noche, abrazándose unos a otros mientras hacían planes. Algunos parloteaban sobre castillos o tesoros, haciendo tratos por una victoria aún no ganada. Erida intentó no hacer lo mismo. Nunca había visto el Palacio de las Perlas, la sede de los reyes madrentinos, pero había oído hablar bastante de sus muros de alabastro y sus altas torres, de cada ventana pulida como una joya, de sus puertas engastadas con perlas reales y piedra luna. El magnífico castillo vigilaba la bahía de Vara, una reluciente belleza para los marineros y la ciudad. Y dentro, había un premio aún mayor: el trono de Madrence. Otra corona para Erida de Galland. El comienzo de su gran imperio, y su gran destino.

Harrsing se quedó parada junto a la puerta de la carpa, pero la reina negó con la cabeza, haciendo un gesto para que su consejera más antigua también se fuera. Hizo lo que se le ordenó, moviéndose rígidamente con su bastón. Erida la vio adentrarse en la noche, acompañada por un miembro de la

263

Guardia del León. *Bella está envejeciendo ante mis ojos,* pensó con una aguda punzada de tristeza.

Se echó hacia atrás en su asiento, apoyándose con fuerza en el respaldo de la silla. Se sentía agotada por el aire caliente y apoyó la barbilla en la mano, demasiado cansada para sostener su propia cabeza.

En ese momento, la Guardia del León sabía que debía dejar a su reina cuando sólo quedaban Taristan y Ronin. Salieron, ocupando sus puestos en la entrada de la tienda del consejo y en el pasillo contiguo a la alcoba de Erida. De repente, la carpa parecía mucho más grande sin ellos, con la larga mesa casi vacía: sólo Ronin en el extremo más alejado y Taristan todavía de pie. Era el ritmo que mantenían: el extraño trío de la reina, su consorte y su sacerdote mascota.

Finalmente, Taristan se acercó a la mesa y se sirvió una copa de vino. Bebió con avidez, lamiéndose los labios. Sólo quedó un poco en su copa, como sangre espesa y oscura.

—Empiezo a despreciar estas reuniones del consejo más que las de peticiones —suspiró Erida, apretando los ojos. Le ardían y estaban enrojecidos, irritados por el humo de las velas y el polvo del campamento. A pesar de los esfuerzos de sus damas, parecía haber suciedad y mugre por todas partes—. Al menos, a los peticionarios se les podía despedir. Pero a estos idiotas y parásitos hay que mimarlos como a niños.

—O azotar —respondió Taristan, con un tono apático. No era una broma.

—Si fuera tan sencillo... —Erida pidió vino y Taristan accedió, llenando su copa. Apartó el té con un movimiento brusco—. Ojalá pudiera enviarlos a todos de vuelta a Ascal y dejar sólo a los generales. Al menos, saben de lo que hablan.

Erida tomó la copa y sus dedos se rozaron. El contacto con la piel de Taristan provocó que un rayo recorriera su columna vertebral.

—¿Y por qué no puedes hacerlo? —preguntó, mirándola.

El negro vacío de sus ojos parecía tragarse la luz de las velas.

Erida palideció, olvidando sus dedos.

—¿Enviar a la corte de vuelta a Ascal? ¿Sin mí o sin mis consejeros más cercanos? Igual podría entregarle a Konegin mi trono esta misma noche —dio un vigorizante trago al vino, que la tranquilizó—. No, tienen que permanecer aquí y estar satisfechos. No llevaré más aliados a los brazos de mi primo. Dondequiera que esté.

—¿Los exploradores de Lord Thornwall aún no han encontrado nada? —siseó Ronin al otro extremo de la mesa. Los contemplaba envuelto en sus rojos ropajes y su rostro blanco era una luna contra el carmesí de sus cicatrices. No era la primera vez que Erida consideraba si debía ordenarle que usara nueva ropa. El rojo era tan estridente. Tenía un aspecto ridículo en la mesa del consejo y hacía que su marido pareciera un tonto a su lado.

—No —repuso ella acaloradamente.

Ronin arqueó una ceja.

—¿O quizá no lo están intentando en absoluto?

Erida se tornó severa. Después de cuatro años como reina de una corte mezquina, conocía bien la manipulación.

—Confío en Lord Thornwall más que en la mayoría de la gente del Ward.

—No puedo imaginar por qué —refunfuñó Ronin, encogiéndose de hombros—. Llevamos dos semanas atrapados aquí. Dos semanas desperdiciadas en este muladar. ¡Apártense! —añadió, haciendo un ademán para alejar al último de los perros. Los perros chillaron y salieron corriendo de la tienda.

—Puedes marcharte cuando gustes, Ronin —Erida deseaba desterrarlo de inmediato, pero sabía que no debía intentarlo. No había olvidado el Castillo Lotha ni el Huso ni el gruñido que había en él. Si había surgido algo, no lo sabía, pero Ronin todavía parecía satisfecho, y eso la inquietaba lo suficiente—. Los asedios llevan tiempo, como debes saber.

—Sí, en efecto. Los asedios llevan tiempo —asintió Taristan. Posó su copa vacía sobre la mesa, todavía de pie. Al igual que Erida, no llevaba armadura. No le servía de nada, no mientras los arqueros y las catapultas se encargaran de la lucha. Sólo llevaba la Espada de Huso a la cadera, colocada sobre su túnica roja y sus calzones de cuero—. Para los hombres, al menos.

Erida abrió la boca para interrogarlo, pero Ronin se apartó de la mesa y su silla cayó al suelo con un golpe seco.

—¿Qué has visto? —preguntó, con sus ojos enrojecidos casi brillando en medio de la carpa.

El mago se adelantó, con sus dedos blancos como huesos temblando sobre la mesa. Los pliegues carmesíes de su túnica caían sobre sus muñecas, dejando al descubierto unos brazos demasiado delgados. Parecía una araña arrastrándose entre sus ropajes. Detrás de él, las velas chisporroteaban y las llamas amarillas y rojas bailaban.

En la cabecera de la mesa, Erida se reclinó contra el respaldo de su silla, sólo un centímetro. Siempre había sentido odio por Ronin, pero ahora le temía. Y por eso, lo despreciaba aún más.

Taristan mostró un hilo de emoción.

Triunfo.

—He soñado con ellos —respondió.

—¿Con quiénes? —Erida siseó, pero su consorte no apartó la mirada del mago rojo.

En lugar de eso, Taristan avanzó, rodeando el otro lado de la mesa, hasta situarse frente a Ronin. Su sonrisa era terrible. Había algo depredador en ella, incluso antinatural. Erida odiaba la forma en que hacía saltar su corazón.

Su mirada recorrió la mesa, un cementerio de platos y tazas medio vacías. Huesos, piel, restos de cerveza y vino. El desorden irritaba a Erida, pero Taristan miró a través de él, como si no existiera nada más en el mundo.

—Ellos vendrán esta noche —dijo, levantando la vista vidriosa. Erida entrecerró los ojos, tratando de captar el revelador brillo rojo, pero no había nada más que el negro abismo—. Desde el río.

Ronin apenas podía disimular su alegría. Por un segundo, Erida pensó que iba a saltar. En cambio, se acercó a ella, cerrando los metros que los separaban con pasos cortos y rápidos. Sonrió, mostrando sus pequeños dientes.

—Yo les diría a tus damas que empiecen a hacer las maletas —dijo, como si se regodeara. A la reina de Galland no le gustaba la confusión. La hacía sentir débil. Intentó ocultar su desconcierto, pero no pudo evitarlo. Miró a Taristan, esperando algún tipo de explicación.

Se enfrentó a su mirada interrogativa.

—Rouleine caerá al amanecer —dijo.

—¿Al amanecer? —repitió Erida. El aire cálido de la tienda de campaña se volvió denso en su piel, como si una manta la envolviera con demasiada fuerza. Su garganta se cerró, intentando tragar la extraña sensación—. ¿Qué ocurrirá esta noche, Taristan? ¿*Quién* viene?

Taristan extendió la mano al aire libre, con la palma blanca hacia arriba y hacia fuera. Desde hacía tiempo sus manos estaban limpias de Orleon, pero Erida aún podía ver la sangre del príncipe en ellas.

De nuevo sonrió.

—Vengan a ver.

En el castillo de Lotha, no había sabido hacia dónde caminaba. Una fe insensata la había impelido hacia el castillo en ruinas, siguiendo la pista de su nuevo marido sin un solo Guardia del León que la protegiera. Era la primera vez que estaban solos desde su boda, aquella tarde que había dejado a Erida echando humo entre sábanas revueltas de la manera menos satisfactoria. Estaba ansiosa por volver a verlo, terriblemente ansiosa, y ansiosa por ver exactamente *el* gran poder que él comandaba, el tipo de poder que, lo había prometido, la haría ganar el control de todo Allward. No se sentía decepcionada. La Espada de Huso había cortado el aire, abriendo un portal entre los reinos, acercando a Taristan a su dios. Y a Erida, un paso más cerca del trono definitivo.

Volvió a dejar atrás la Guardia del León. Se estaba acostumbrando a la ausencia de su esfera de protección. Taristan también era su escudo, uno mejor. Los caballeros podían ser sobornados o chantajeados. Pero Taristan no. Él no la traicionaría. *No podría*, pensó ella. *Él no es nada sin mí, y lo sabe.*

Siguió a Taristan y Ronin durante la noche, con las capuchas puestas, mientras cabalgaban por el gran campamento de asedio. Después de dos largas semanas, el campamento parecía viejo, las tiendas estaban llenas de suciedad y humo de fogatas, los caminos repletos de baches o sacudidos por el estruendo de los caballos. El barro salpicaba el redondel de su

268

vestido y de su capa, pero Erida apenas lo notaba. *¿Qué es un vestido arruinado frente a la rendición de una ciudad?* Instó a su palafrén, la suave yegua gris que luchaba por seguir el ritmo del caballo de guerra de Taristan.

Taristan montaba con soltura su corcel, no como los señores y caballeros que iban rebotando en sus pobres caballos. Cabalgaba con una concentración singular y una forma perfecta, con su larga capa roja ondeando detrás de él como una bandera. Si los soldados en sus tiendas se percataron del príncipe consorte, no lo dijeron. Los rumores sobre sus hazañas en el puente de Rouleine eran ya bien conocidos, y nadie se atrevía a interponerse en su camino, ni siquiera para mirarlo. En cuanto a Erida, se metió más en su capucha, oculta en una capa de lana lisa; sólo los filos dorados de su vestido permanecían visibles.

Thornwall me regañará por esto, pensó. Aunque se trataba de sus propios soldados, cabalgar sola entre ellos era una perspectiva peligrosa. Podría haber cualquier número de espías entre las legiones, o, peor aún, asesinos. Como la mayoría de los monarcas del Ward, Erida conocía a los Amhara y su habilidad. Pero no les temía. Ellos, al menos, entendían el lenguaje de las monedas.

El muro de la empalizada en el límite del campamento se alzaba, gris y dentado, contra el cielo sin luna. Había una puerta, reforzada en un lado por una vieja granja. Erida se dispuso a frenar a su caballo, pero los guardias saltaron a la vista de Taristan y Ronin. *No es la primera vez que hacen esto*, reflexionó Erida, siguiéndolos a través de la barricada construida con prisas.

Después de estar en la tienda del consejo, Erida disfrutaba del aire fresco de la noche que le azotaba la cara. Pero cuando la puerta se cerró tras ellos, un escalofrío recorrió su espalda. Ahora estaban fuera del campamento de asedio, más allá de sus muros, más allá de su Guardia del León. Erida se sobresaltó al ver que el mundo abierto se desplegaba a su alrededor, con las fauces abiertas. Titubeó en la silla de montar, recuperando el aliento.

¿Esto es lo que siente todo el mundo?

El río era una banda de hierro que fluía y que apenas reflejaba la luz de las estrellas. El Río de la Rosa era más ancho que el Alsor, la corriente más lenta. A la orilla del río, Taristan volvió a dirigir su caballo hacia la ciudad. Las antorchas flameaban a lo largo de sus muros, las luces amarillas y anaranjadas crecían a cada paso que daba.

Erida apretó los dientes. Estaban más allá del campamento, sin guardia, y ahora cabalgaban *en dirección a* una ciudad sitiada. ¿Una ciudad que haría cualquier cosa para luchar contra ella?

—Taristan —gritó, tratando de que su voz se alzara por encima del estruendo de los caballos—. ¡Taristan!

Él la ignoró y ella estuvo a punto de tirar de las riendas, dispuesta a regresar. Pero algo la detuvo, un tirón en su corazón, la cuerda que unía a la reina de Galland con su príncipe. Quería cortarla. Quería acercarlo. Quería menos y más, todo al mismo tiempo.

A lo largo de la base de las murallas destellaban más luces y Erida dejó escapar un pequeño suspiro de alivio. Había patrullas gallandesas moviéndose a lo largo del pantano que protegía la mitad de la ciudad. Los ríos aseguraban el resto, fluyendo juntos detrás de Rouleine, otro obstáculo para cualquier ejército que se acercara. No importaba cuántos hombres o cuántas catapultas trajera, nunca podrían cruzar el Río de la Rosa o el Alsor para asaltar las murallas desde el sur. Ni siquiera la reina de Galland podría escalar ciertas montañas.

Antes de que pudiera preguntar exactamente adónde iban, Taristan hizo bajar a su caballo por la orilla del río, hacia unos bajíos llenos de barro y juncos. Ronin lo siguió y Erida también, resistiendo las salpicaduras de agua fría. Vadearon hasta que el caudaloso río besó sus botas y los caballos no pudieron ir más lejos, ante el riesgo de ser arrastrados por la corriente.

—Ellos vendrán esta noche —volvió a decir Taristan, sin más explicaciones.

Ella siguió su mirada, buscando en el río y luego en la base de las murallas a unos cientos de metros. Desde este ángulo, podía ver el punto en el que el Alsor se unía con el de la Rosa, espumoso y blanco, antes de adentrarse en el sur, en el reino de Madrence. Los ríos unidos eran un camino hacia Partepalas, el rey Robart y la victoria.

Erida se topó con los límites de su paciencia, ganada a pulso en la corte de Galland.

—¿Exactamente qué estamos buscando? —susurró, aunque no había nadie más para escucharla—. ¿Quiénes son *ellos*?

Ronin la miró, claramente disfrutando de su confusión.

—¿Hay otro Huso aquí? —Erida observó la espada que pendía a un costado de Taristan, conociendo su poder y su peligro. Sus dedos apretaron las riendas de su caballo. El aire estaba quieto, silencioso, salvo por el sonido lejano de la ciudad y el campamento. No sintió ninguna carga crepitante de energía, ningún siseo abrasador del poder del Huso—. ¿Otro cruce?

Taristan no respondió. Su cabello rojo parecía negro a la luz de las estrellas, ligeramente rizado. Miraba con atención a través de la oscuridad, con el ceño fruncido, la mandíbula tensa y una sombra de barba en las mejillas. Sus ojos iban y venían, buscando la línea de flotación donde el río se unía a la roca, salpicando contra las murallas de la ciudad.

Comenzó como un viento que se mecía en la hierba alta a lo largo del río, inclinando las plantas de la orilla más lejana. Erida apenas lo notó, hasta que se dio cuenta de que no había viento en absoluto. El aire contra su piel permanecía inmóvil, los árboles a lo lejos estaban quietos. Sus labios se separaron mientras observaba, con los ojos muy abiertos, tratando de entender.

Al principio, parecían sombras, extrañamente afiladas, sus figuras dentadas contra la escasa luz. Sin la luna, se deslizaban por la hierba sin ser detectadas, silenciosas, con apenas un tintineo de armadura o un roce de espada. Pero llevaban ambas cosas. Y eran muchas. Muchas más de las que Erida podía contar; cada figura se adentraba en el Río de la Rosa, vadeando el agua hasta desaparecer bajo su superficie. Una de ellas captó la luz de las estrellas antes de deslizarse por debajo de la corriente, con un brillo blanco que delineaba su rostro.

No, eso no es un rostro, se dio cuenta Erida, al tiempo que un grito subía hasta su garganta.

La mano de Taristan se cerró sobre la boca de Erida, la piel áspera y dura sobre sus labios separados. Tiró de ella hacia atrás, casi fuera de la silla, apretando su cuerpo contra el suyo para evitar que cayera o hiciera ruido.

Los dientes de Erida se encontraron con la dura carne, y esperó el ferroso sabor de la sangre. Nunca llegó; la piel de Taristan era impermeable a cualquier herida que ella pudiera provocarle. Él se mantuvo firme, lo suficiente para ahogar su voz, pero no para causarle ningún daño. Ella luchó de todos modos, clavándole un codo en el pecho, pero fue inútil. Taristan del Viejo Cor era como una roca.

—Ése es el Ejército de Asunder —siseó él, con su aliento caliente contra el cuello de ella; su voz entretejiéndose dentro de su mente. Ella sintió que sus labios se movían, que la áspera barba de su mejilla se pegaba a la suya—. El primer regalo que me hizo Lo Que Espera.

Los latidos del corazón de Erida se aceleraron dentro de su pecho, amenazando con estallar fuera de su cuerpo, y un rayo recorrió su sangre. Se aferró a las riendas, tratando de mover su caballo, pero Taristan se mantuvo firme, con su agarre inquebrantable.

Ronin miraba, en silencio, con el rostro inexpresivo.

Ella respiró con fuerza contra la mano de Taristan, tratando de calmarse, intentando pensar en esta locura.

Tratando de *ver.*

No son rostros, lo sabía, viendo cómo más y más, docenas, cientos de esas *cosas* se deslizaban en el agua. Cadáveres, esqueletos, todos en diferentes estados de descomposición, pero de alguna manera *vivos.* Su respiración se estabilizó, pero su pulso seguía acelerado. Vio la piel desgastada hasta el cráneo, las cuencas oculares vacías, repletas de sombras. Carne colgando. Cabello grasiento y anudado. Miembros perdidos, bocas sin lengua ni dientes. Erida casi tuvo arcadas contra la palma de Taristan. Sus armaduras estaban maltrechas, oxidadas o ensangrentadas, o todo junto. Lo mismo ocurría con sus armas, una gama de espadas y hachas y cuchillos, todas crueles, todas terribles. *Criaturas de las Tierras Cenizas. El Ejército de Asunder* resonó en su cabeza, más fuerte que los latidos de su corazón. *El primer regalo de Lo Que Espera.*

Sabía que existían, pensó, tratando de dar sentido a la escena imposible. Muertos caminando, muertos *nadando.* Siguió su progreso, filas de ellos deslizándose a través de la hierba alta y en el río. Sólo quedaban ondulaciones, pequeños tirones a través de la corriente. La primera ola llegó a las paredes del río, las ondas rompiendo contra la piedra. Lentamente, emergieron y empezaron a *trepar.*

Estas cosas mataron a sir Grandel y a North. Su Guardia del León había conocido a estos monstruos primero, cuando Taristan era sólo un mercenario con sangre ancestral y una espada más antigua. *Esto es lo que él trajo del primer Huso.*

Ella dejó de forcejear, y Taristan bajó la mano a su cuello, para que no intentara gritar de nuevo.

—Lo sabía, pero... —murmuró. Tragó y su garganta se estremeció contra la palma de su mano. Su mente se aceleró y las palabras se formaron con demasiada lentitud.

Taristan permaneció firme contra su espalda.

—No lo sabías —dijo, con la voz tan baja como su moral—. No de verdad. ¿Cómo podrías? No pueden conocerse sin ser vistos.

—Miren... —susurró Ronin, señalando los cadáveres. Su dedo blanco sobresalía de la túnica. En la penumbra, su mano parecía esquelética, desprovista de carne, un hueso nudoso.

Los terracenizos trepaban como arañas, resbalando sobre la piedra irregular, escalando donde ningún hombre mortal podría hacerlo. Algunos caían al agua con salpicaduras silenciosas, sus manos podridas se quebraban al trepar. Pero la mayoría logró subir a las paredes sin dejarse intimidar por la altura. Erida se preguntó si conocían el miedo o si incluso sentían algo. El primero llegó a la cima, y un grito le siguió. Algunas de las antorchas se encendieron antes de caer sobre

274

el parapeto, precipitándose al río con un silbido. Y así fue bajando por las murallas. Los terracenizos siguieron arrastrándose, dejando a su paso oscuridad y gritos espeluznantes.

La reina Erida de Galland observaba, incapaz de moverse, incapaz de hacer nada más que mirar. Intentó no temblar, pero se estremeció en las garras de Taristan, vibrando con cada choque de metal. *Cientos*, pensó, intentando contar de nuevo los cadáveres. *Miles.*

Levantó la barbilla, imaginándose a sí misma en Rouleine, con las puertas de la ciudad abiertas de par en par. Luego, en Partepalas, en el trono de Madrence, con dos coronas rodeando su frente. Tras un largo momento, dejó de temblar y Taristan se apartó, obligando a Erida a sostenerse sola. No se atrevía a moverse, no fuera a ser que se resbalara de la silla de montar o que cayera en los bajíos. De nuevo, pensó en la corona de Galland. La corona de Madrence. La gloria de sus antepasados, sus sueños hechos carne en una joven y vibrante reina.

Cuando comenzaron los gritos en la ciudad —hombres, mujeres y niños—, no se inmutó. Siguieron las llamas, lamiendo el interior de los muros. Después, el humo, ocultando las débiles estrellas hasta hacerlas desaparecer. El mundo adquirió una luz roja y caliente, batiendo como un corazón palpitante, pesado como el humo y la ceniza que caía sobre los ríos. En el campamento de asedio se oyeron gritos, órdenes que resonaban en las legiones.

—Debemos estar preparados para la rendición —dijo Erida con voz hueca, sintiéndose desprendida de su cuerpo. Sus extremidades se movieron sin pensar y sacó a su caballo del río, impulsándolo al trote.

Pasaron minutos que le parecieron años, mientras una masacre se abría paso en Rouleine. Los sonidos de la masacre resonaban entre sus latidos, hierro sobre carne, gritos y llantos.

Erida volvió a cabalgar hacia la puerta, con la capucha echada hacia atrás para mostrar su rostro. Taristan y Ronin cabalgaban a su lado, siguiendo el ritmo, sombríos como su maestro a través de los reinos. Los guardianes se resistieron al reconocer a la reina. La puerta se abrió de par en par, permitiéndoles pasar sin detenerse. Los soldados se arrodillaron, pero Erida los ignoró y siguió cabalgando.

—Tenía quince años cuando tomé el trono. Era demasiado joven. Sólo una niña —dijo Erida.

Taristan se giró en su silla de montar. Sus ojos eran de color rojo sangre. De las llamas o de su dios, Erida no lo sabía. Como fuera, no le importaba.

—Cuando el sumo sacerdote puso la corona en mi cabeza, me dije que debía dejar atrás a la chiquilla —alrededor, los soldados del campamento de asedio despertaron y encontraron la ciudad en llamas—. No había lugar para ella en el trono.

El viento se levantó, lanzando una cortina de ceniza nevada sobre el campamento. Los soldados salieron precipitadamente de sus tiendas y corrieron a buscar baldes de agua, listos para apagar cualquier brasa errante. Erida pasó junto a ellos, con el sabor del humo enroscándose en su lengua.

—Pero ahora lo sé —prosiguió—. Esa niña me retuvo, aferrada a mí. Frenándome con los deseos y pensamientos tontos de una niña.

Taristan frunció el ceño, la oscuridad que les rodeaba se convirtió en un amarillo y rojo venenosos.

—¿Dónde está ella ahora?

Incluso por encima de los sonidos del campamento, del rugido de las llamas, del crujido de la madera y la piedra, podía escuchar los gritos. Erida no se molestó en intentar ignorarlos. Era un precio que estaba dispuesta a pagar.

—Muerta.

No entraron a Rouleine hasta que llegaron las primeras luces, cuando el sol naciente se filtraba entre las nubes de ceniza. El humo se extendía, más pesado que la niebla, arrojando un velo nebuloso sobre el mundo. Los incendios habían ardido a baja altura, contenidos dentro de las murallas, dejando intactos el río y el bosque otoñal. Si no fuera por el humo y las cenizas que cubrían el paisaje, nada parecería estar mal.

No era del todo verdad.

Erida se encontraba en el borde del puente, resplandeciente con su armadura y su capa verde, con la esmeralda de Galland brillando en su dedo. Llevaba el cabello trenzado alrededor de la cabeza, con broches enjoyados que imitaban una corona. Los dedos de sus pies se enroscaban en sus botas, fuera del alcance de los arqueros. Pero no cayó ninguna flecha. La guarnición de Rouleine estaba muerta o escondida, expulsada de las altas murallas. Miró los muros, con los ojos desorbitados por el humo y el cansancio. No había dormido en toda la noche y casi podía sentir las sombras en sus ojos. Rouleine ya estaba tranquila, pero los gritos seguían resonando en su cabeza. Repicaban como la campana de una iglesia lejana, inexorable e imposible de silenciar.

A pesar de la falta de sueño, sus damas hicieron todo lo posible para que pareciera una reina conquistadora. Los demás estaban igual de regios, ataviados con sus mejores armaduras y ropas. Lady Harrsing se apoyaba con fuerza sobre su bastón; cansada, pero ansiosa. Lord Thornwall llevaba su armadura de placas completa para la ocasión, cuyo acero brillaba bajo el sol de la mañana. Llevaba una capa verde sobre un hombro y se movía en su sitio, inquieto. Erida lo observó con el rabillo del ojo. No era propio de su comandante estar tan inquieto, no ante las puertas de la victoria.

Incluso Taristan se había esforzado, con su propia armadura recién pulida. Brillaba como si fuera nueva, sólo igualada por la Espada de Huso que pendía en su cadera y la capa roja imperial que llevaba sobre los hombros. Se había bañado, su cabello rojo oscuro estaba peinado hacia atrás y las mejillas afeitadas. Para el ojo inexperto, Taristan parecía como los demás nobles, un espectador en lugar de un soldado. Pero Erida sabía que no era así. Vio en él al lobo, al mercenario, a la mano oscura de un dios lejano. Él le devolvió la mirada, con una expresión sombría y las largas líneas de su rostro marcadas.

Ronin era el mismo de siempre, arrebujado en su capa roja, pero hoy sonreía; sus pequeños dientes blancos le recordaron a Erida una rata comiendo queso.

Mantuvo su atención en la ciudad, aunque los susurros continuaban entre los nobles. Algunos de ellos se encontraban encogidos detrás de su Guardia del León, mientras que otros estiraban el cuello para ver mejor.

¿Qué pasó por la noche?, murmuraban, intercambiando teorías de un lado a otro. *¿Incendios, asesinos, traidores en la ciudad?* Cada explicación era más descabellada que la anterior, pero nunca tan imposible como la verdad.

Erida se armó de valor y levantó la barbilla. Dio un paso delante, hacia el puente y dentro del alcance de los arqueros muertos desde hacía tiempo. Los nobles jadearon detrás de ella, y Thornwall intentó hacerla retroceder.

—Su Majestad… —dijo, tratando de alcanzar su brazo, pero ella se encogió de hombros con suavidad.

—Rouleine, ¿quieres arrodillarte? —Erida gritó hacia las murallas. El sol bailaba sobre su rostro, rebotando en su armadura, calentando sus mejillas.

Como era de esperar, nadie respondió. Ni siquiera cantó un gallo.

—¿Dónde está la guarnición? —murmuró alguien entre los nobles, revelando temor en la voz.

—¿Es una trampa? —preguntó otro, ante un coro de susurros.

El pantano bajo el foso zumbaba de moscas, con un olor acre que se elevaba con el calor del sol. Erida se cubrió la nariz para mitigar el hedor y miró hacia abajo para ver unos cuantos cuerpos despedazados en el foso, medio ocultos por la maleza. Evitó sus rostros, pero sus identidades eran fáciles de adivinar. Dos soldados, a juzgar por su cota de malla. Una sirvienta con un tosco vestido de lana. Los tres habían saltado desde las murallas, escapando de las llamas o de las cuchillas. Habían encontrado la muerte de todos modos.

Erida apretó la mandíbula por el malestar que le retorcía el estómago. Extendió una mano y le hizo una seña a sus súbditos para que se acercaran. Taristan fue el primero: caminó hacia ella sin miedo, mientras que el resto se acercó de mala gana.

Thornwall observó los cuerpos bajo el puente y frunció los labios.

—No es una trampa —dijo, señalando los cadáveres—. Traigan el ariete.

Las ruedas crujían y las cadenas tintineaban, el gran ariete se balanceó sobre su armazón al rodar hacia su posición. La guarnición ni siquiera había bajado el puente levadizo de la puerta de la ciudad, dejando las puertas de madera expuestas sin siquiera una reja de hierro para defenderlas.

La punta de hierro del ariete astilló la puerta con demasiada facilidad y destrozó la madera carbonizada. Las puertas estallaron hacia dentro tras un solo golpe y los portones colgaron de sus goznes. A Erida se le subió el corazón a la garganta cuando vio por primera vez Rouleine.

El equipo del ariete de Thornwall fue el primero, todos soldados de carrera, canosos, en de sus armaduras, con espadas probadas y mirada dura. Todo lo que encontraron fue de su agrado, y llamaron a gritos a la Guardia del León, que fue la siguiente en atravesar la puerta.

Erida respiró con fuerza por la nariz y exhaló por la boca, contando los segundos. Esperando su turno.

Los caballeros tardaron más que los hombres de Thornwall. Pasaron unos minutos en un silencio extraño, ominoso, salvo por el zumbido de las moscas sobre los cadáveres y los susurros errantes. Incluso Ronin se guardó sus murmullos para sí, con los labios apretados en una fina línea blanca.

Cuando anunciaron que todo estaba despejado, los nervios de Erida se erizaron bajo su piel, agitándose de miedo y anticipación. Estuvo a punto de pedirle a Taristan que fuera primero, pero se obligó a dar sus propios pasos. *Ésta es mi victoria. Debo ser lo bastante fuerte para verla.*

Sus botas golpearon el puente con un ruido sordo, un pie delante del otro, cada paso como el martillo de un clavo. *¿Pero qué están construyendo?*, se preguntó Erida. *¿Mi ataúd o mi trono?*

El olor fue lo primero. Humo, sobre todo, con sangre por debajo, y algo más fétido. Erida dio sus primeros pasos dentro de Rouleine con toda la determinación de la que fue capaz, con la cabeza en alto al atravesar la puerta. Estaba muy atenta a los agujeros asesinos que había sobre su cabeza, preparándose para un ataque sorpresa o una salpicadura de aceite hirviendo. Pero las rejillas del pasaje estaban vacías, los guardianes habían desaparecido. Los terracenizos habían hecho bien su trabajo.

Salió a la luz humeante de la avenida principal de Rouleine, donde las casas y las tiendas se agolpaban a ambos lados de la amplia vía que dividía la ciudad. Las puertas colgaban de sus bisagras, con las ventanas cerradas a golpes o astilladas. Los cuerpos se aferraban a las sombras. Vio a una mujer desplomada en un portal, con el cráneo convertido en un caos de huesos y cabello enmarañado. Los soldados madrentinos se alineaban en el camino, caídos en sus formaciones, abatidos por los terracenizos que cruzaban la ciudad como una plaga hambrienta. Dondequiera que mirara, Erida veía la evidencia de la batalla de la noche. Había terminado tan rápido como empezó, la ciudad asediada superada por un ataque que nadie podría haber previsto. La ceniza cubría el suelo como una gruesa alfombra, interrumpida por huellas y marcas de arrastre. El silencio era lo más inquietante de todo. Miles de personas habían caminado por estas calles hacía sólo unas horas. Ahora estaban mudas como un cementerio.

Sus caballeros, apostados a lo largo de la calle, se asomaban por debajo de sus yelmos, tanto para vigilar a la reina como para contemplar el espectáculo imposible. Erida vio la sorpresa en ellos, y también la cautela.

—¿Dónde están? —murmuró Erida, sintiendo el calor de Taristan a su lado.

Observó la calle principal y los numerosos caminos que se ramificaban.

—Esperando —replicó él en voz baja.

Erida frunció los labios, agitada por la falta de explicación.

—Por aquí —dijo Ronin, y se alejó arrastrando los pies por la calle, adentrándose en Rouleine. No mostraba ningún temor, ni siquiera al pasar por delante de cuerpos masacrados y ruinas humeantes.

Por una vez, Erida se sintió inclinada a seguir al mago rojo. Lo hizo con determinación y su Guardia del León la acompañó con las espadas y escudos preparados. A cada minuto que pasaba, su temor se desvanecía. Se acostumbró al olor de la sangre. Cada cuerpo que dejaban atrás era el precio del imperio, el costo de su nuevo trono. Permitió que sus ojos se deslizaran sobre cada cadáver, apenas mirándolos, hasta que los cuerpos fueron como puertas rotas y edificios quemados. Daños colaterales, y nada más.

Detrás de ella, los nobles se alteraban cada vez más. Uno de ellos vomitó, y más de uno se volvió hacia la puerta. A la reina no le importaba. No le interesaba su debilidad.

La guarnición de la ciudad era pequeña, como lo demostraba el número cada vez menor de soldados que veía abatidos por el camino. También había señales de los terracenizos. Miembros cortados, huesos podridos. Espadas melladas, cadáveres medio descompuestos con armaduras oxidadas. Los madrentinos se habían defendido. *Pero no lo suficiente.*

Cuando llegaron a la plaza del mercado, Erida se mordió el labio para ahogar un grito de terror. Mantuvo la cabeza en alto y la mirada al frente, determinada a no quebrarse. Sin embargo, detrás de ella, muchos nobles lo hicieron. Sus gritos de sorpresa resonaron en el aire humeante.

La terrible horda estaba ante ellos, mirándolos fijamente, demasiados para contarlos. Llenaban la amplia plaza del mercado, apiñados como un banco de peces malditos.

—El Ejército de Asunder —dijo Ronin, extendiendo los brazos mientras se inclinaba frente a los miles de soldados esqueléticos. Eran aún más horribles a la luz del día. El ejército de cadáveres parecía sacado de una pesadilla, irreal, pero en pie ante sus ojos. Se extendían desde la plaza, atisbando en cada calle y callejón tras su ininterrumpida línea de frente. No había ningún comandante que Erida pudiera ver, ninguna organización más allá de sus filas. Nada que controlara el enjambre de terracenizos, más allá de lo que ella sólo podía suponer que era Lo Que Espera y...

—Arrodíllense ante su reina.

La voz de Taristan era baja y ruda, apenas un gruñido, pero resonó en la plaza y en la columna vertebral de Erida.

Los cadáveres hicieron lo que se les había ordenado, avanzando a trompicones entre el caos de carne y hueso. Sus armaduras y armas tintineaban como el ruido de mil insectos. Más de un cráneo se desprendió y rodó por la plaza de piedra. Erida no sabía si reír o vomitar.

—Mi reina.

Thornwall tartamudeó por encima de su hombro. Estaba blanco como el hueso bajo la barba, con sus pequeños ojos fijos en los cadáveres, abriendo y cerrando la boca como un pez sacado del agua.

—Su Majestad, ¿qué son? —se obligó a preguntar—. ¿Qué es esto?

A su espalda, los nobles reflejaban su terror. La Guardia del León no estaba mucho mejor, temblando en su armadura, con las espadas en alto para luchar. En medio de ellos, incluso Lady Harrsing temblaba. La habitualmente imperturbable Bella había palidecido como un fantasma, con el rostro lívido. Sólo ella apartó sus ojos de los terracenizos y miró a la reina, estudiando su rostro, buscando algo.

Los labios de Bella se movían sin sonido. *¿Erida?*, dijo, horrorizada.

Erida volvió a mirar a los terracenizos, ahora arrodillados, con sus cabezas o lo que quedaba de ellas mirando al suelo. Si no fuera por sus cuerpos descompuestos y sus huesos expuestos, podrían ser sus legiones, fieles y leales hasta la muerte.

Y eso es lo que son.

Antes de que nadie pudiera hablar por ella, Erida giró sobre sus talones, dando la espalda a los terracenizos, aunque todos los instintos de su cuerpo le gritaban que hiciera lo contrario. Tenía que demostrar que no tenía miedo, debía lucir poderosa: no una joven, sino una mujer coronada, una gobernante en cada tembloroso centímetro de su cuerpo.

—Soy la reina de Galland y seré la emperatriz de Cor Renacido —bramó con voz de acero. Las palabras resonaron en la plaza, haciendo eco en el inquietante silencio. Hasta los nobles más parlanchines se callaron—. Vivo el sueño de mis antepasados, sus reyes, su propia sangre, que murieron por lo que construiremos juntos. Junto con el príncipe Taristan, forjaré un nuevo imperio con Galland en su corazón, la joya más brillante de una poderosa corona. Me siento en el trono del mundo, con todos ustedes a mi lado.

Todos le devolvieron la mirada, con los labios apretados; sus miradas iban de Erida a los esqueletos. Tragó saliva y deseó tener una espada. Pero tenía un arma mejor, algo que nadie podía ver.

—Y los dioses también lo desean —afirmó. En lugar de levantar la frente, la bajó y se besó las palmas de las manos en señal de santa reverencia. Algunos de los nobles, los más religiosos, respondieron del mismo modo. Ella tomó nota de cada uno. Serían los más fáciles de convencer.

Thornwall entrecerró los ojos e inclinó la cabeza.

—¿Los dioses? —preguntó, perplejo.

Erida levantó el rostro y sonrió.

—¿Quién, sino los dioses, podrían levantar un ejército como éste? —repuso, extendiendo los brazos, dejando caer su capa verde para que el sol iluminara cada curva de su armadura ceremonial—. Miren las espadas de Syrek, los soldados de Lasreen. Este ejército es obra de nuestros dioses, su propia voluntad hecha realidad en este reino.

Detrás de ella, el ejército de cadáveres seguía arrodillado. Erida trató de ver lo que veían sus súbditos, aunque sólo fuera para poder manipular más su perspectiva. Todas las actuaciones que había realizado, en la sala del consejo, en la sala del trono, en el salón de banquetes, habían sido un entrenamiento para *esto*.

Se llevó las manos al corazón, con su esmeralda real brillando.

—Somos los elegidos, bendecidos para traer una nueva era de gloria —luego extendió una palma de nuevo, haciéndoles una señal a todos—. ¿Se unen a mí en ella?

La mayoría dudó en responder, pero Lord Radolph frunció el ceño, con su pequeño cuerpo enroscado como una serpiente.

—Estas criaturas no son naturales, no son… *divinas* —escupió, sin dejar de mirar a los esqueletos. Su rostro adquirió una palidez verde y enfermiza.

Para sorpresa de Erida, Bella también parecía tener náuseas.

La anciana exhaló un suspiro.

—Tanta sangre —murmuró, mirando hacia atrás, por las calles.

Pero Erida no se dejó intimidar, ni siquiera por los recelos de Bella.

—Un pequeño precio a pagar por las coronas del Ward —ofreció rápido, casi sin pensarlo. Erida no era una persona sin sentido, ni una reina poco inteligente—. Hazles saber lo que podemos hacer, para que se arrodillen antes de que nos veamos obligados a repetirlo.

Eso pareció conmover a la mayoría, especialmente a Thornwall. Bajó la barbilla en un asentimiento superficial.

Incluso Ronin parecía impresionado, sus cejas amarillo pálido casi se unían a la línea del cabello. Inclinó la cabeza en dirección a ella. Sus labios se movieron, luchando contra su sonrisa de comadreja, y Erida reconoció una sensación desconocida: la aprobación de Ronin.

Y, más allá, Lo Que Espera.

—Los dioses lo harán —dijo Ronin, y Erida supo exactamente a qué dios se refería.

Radolph hizo un ruido de disgusto.

—¿Por qué debemos seguir tolerando al mago rojo? Cállate, maldito del Huso.

—Ustedes son quienes deben callar, Lord Radolph —atajó Erida acaloradamente, interponiéndose entre ellos. Sus ojos brillaron, azules y peligrosos—. Cállense o váyanse. No me sirven los cobardes ni los incrédulos.

El viejo se estremeció, sorprendido y asustado por su repentino temperamento. Incluso dio un paso atrás.

—No soy ninguna de las dos cosas, Su Majestad.

—Bien —asintió ella.

Radolph es hombre muerto, pensó, y se volvió hacia Bella y el resto.

—Esto es sólo el principio, amigos míos —dijo Erida—. Rouleine es un mensaje para todo el Ward. El León de Galland no se inclina ante nadie. Y los dioses están con nosotros.

—Los dioses están con nosotros —murmuró Taristan, y Ronin hizo eco de la llamada. Luego Thornwall, después Bella, con voz vacilante. Pero el resto le siguió, uniéndose al nuevo grito. Esto llenó a Erida de un exquisito orgullo.

Los vítores los acompañaron hasta la salida de la ciudad y de vuelta al campamento de asedio, donde se corrió la voz entre los soldados comunes. *Rouleine ha caído. Ahora sigue Madrence.*

Los dioses están con nosotros.

Mientras volvía a su tienda, Erida trató de imaginar que podía sentirlos a ellos. *A eso.* A sus propios dioses o a Lo Que Espera. Cualquier deidad que la cuidara y la pusiera en este camino. Si se trataba de la presencia roja en los ojos de su marido, que ahora brillaban más a la luz del sol, que así fuera.

—¿Los dioses están con nosotros? —susurró Taristan, con su aliento caliente en la oreja de Erida. Se inclinó hacia ella, casi envolviéndola con su presencia.

—¿Me equivoco? —susurró ella. Se le erizó la piel, como si pudiera sentir los esqueletos revolviéndose sobre ella. Se estremeció, luchando contra esa sensación.

Taristan se encogió de hombros.

—Supongo que no.

Sin quedarse atrás, Ronin hizo una mueca.

—¿Qué hay del siguiente Huso?

—Si Robart valora su cabeza, las puertas de Partepalas estarán abiertas para nosotros, y el trono también —murmuró Erida, indicándole con un gesto que se fuera. La carpa que ella habitaba se alzaba por delante. Después de esa mañana, parecía un santuario—. Tendrás tus archivos tan rápido como puedas conseguirlos.

—Muy bien —dijo, satisfecho por una vez.

—¡Su Majestad!

El estruendoso llamado de Thornwall detuvo a Erida en su camino. Se giró, deseando sólo desaparecer en su alcoba y arrancarse la armadura. En lugar de ello, ajustó una expresión más respetuosa y acorde con su general. Taristan se detuvo a su lado, con su habitual resplandor en el rostro.

Thornwall sólo le echó una mirada de pasada mientras se acercaba. Se movía con más lentitud con la armadura completa, debido a su edad, y su reverencia fue, si acaso, superficial.

—¿Qué pasa con Rouleine? —preguntó, enderezándose.

Erida quiso encogerse de hombros. *¿Qué me importa ahora Rouleine?* En cambio, bajó los ojos con recato.

—¿Qué piensa usted, Lord Thornwall?

El comandante de mayor edad se acomodó sobre sus talones y se volvió para observar la ciudad, cuya sombra humeante caía sobre el campamento de asedio. Suspiró, evaluando las murallas y la puerta.

—Podemos dejar a mil hombres para que despejen las calles y pongan a salvo la ciudad.

—¿O? —preguntó Erida.

Thornwall se tornó sombrío y duro, y ella vio al soldado que había sido antes. Talentoso, inteligente. Y brutal.

—La quemamos hasta los cimientos, y que ningún otro reino vuelva a construir una fortaleza en nuestra frontera.

—Pronto ya no habrá fronteras —respondió Erida, sonriendo. Se volvió hacia su carpa y a las damas que esperaban dentro—. Que arda.

14

ALEJAR EL DOLOR

Dom

—Mata al Anciano lentamente.

La voz de Sorasa era afilada. Lo cortó en dos.

Dom no esperaba menos. Lo había dicho apenas una semana antes. Pero no esperaba que la traición de Sarn llegara tan pronto. O que fuera tan definitiva, tan ineludible, incluso para un príncipe inmortal de Iona.

—Sorasa —gruñó con los dientes apretados, todavía arrodillado. Su nombre era una oración y una maldición en su boca.

¡Sabes lo que esto provocará!, quiso gritar. *Sabes lo que nos estás haciendo a todos.*

Todo pasó tan rápido: Corayne, Andry, Iona en llamas, Ridha desaparecida, Cortael muerto por nada. Todo el Ward cayendo bajo Taristan y la sombra de Lo Que Espera. Todo por los deseos egoístas y viles de una asesina obstinada, Sorasa Sarn. Quería destrozarla con sus propias manos. *Si ella será mi final, yo también seré su final.* Evaluó la distancia en su mente, comparándose con los muchos asesinos que había alrededor del claro. Dom era más rápido que cualquier mortal, pero ¿era más rápido que una flecha Amhara? No lo sabía, y no estaba dispuesto a arriesgar el mundo para averiguarlo.

—¡Sorasa! —gritó de nuevo.

Ella no contestó y le dio la espalda, adentrándose en la arboleda. Se marchó sin siquiera dirigir su mirada cobriza a Dom o a cualquier otra persona. Él rechinó los dientes, deseando que ella mirara hacia atrás y viera su odio, su rabia, su absoluta repugnancia. Pero ella le negó incluso ese pequeño consuelo. Con su capa arenosa y sus pieles marrón, con su trenza negra colgando por debajo de los omóplatos, se mezcló en el bosque con facilidad. Su sombra desapareció incluso de la vista de Dom, dejando sólo el sonido desvanecido de sus pasos a través de la maleza.

Su atención volvió a centrarse en los asesinos Amhara y en las puntas de sus flechas, que seguían dirigidas a él y listas para atravesarlo. Doce latidos constantes, once arcos alzados. Su mente daba vueltas, buscando un plan. La fuerza bruta no podía llevarlo muy lejos.

Once asesinos observaban en silencio, inmóviles. El duodécimo, el llamado Luc, parecía satisfecho con la retirada de Sorasa. Se tomó su tiempo, con una sonrisa en los labios mientras merodeaba por el claro. En algún lugar, un pájaro comenzó a cantar, lamentando la puesta de sol.

Dom seguía arrodillado, aunque cada uno de sus músculos se había tensado, listo para saltar. Sintió la hierba bajo su mano, fresca y exuberante. Inhaló profundo, llenando sus pulmones de aire fresco y olor a tierra. Esto no era Iona. Pero había indicios de ella, algunas notas nostálgicas en el canto del pájaro. Intentó pensar en su hogar, recordar un lugar que amaba y sacar fuerzas de él. Le latía en la sangre, vivo en su cuerpo. Rezó a sus dioses silenciosos de Glorian: a Ecthaid para que le guiara, a Baleir para que le diera valor, a Melim para que le trajera suerte.

El espigado asesino de ojos verdes se detuvo sobre él, saboreando su traicionera victoria.

Dom luchó contra el impulso de cortarle las piernas y condenar al mundo con su rabia.

—Mi muerte condenará al reino —dijo, mirando a Luc.

El asesino negó con la cabeza, alcanzando la gran espada de Dom.

—Tienes una opinión muy alta de ti, Inmortal.

Dom intentó apartarse, pero las cuerdas de los arcos crujían por todo el claro, sus flechas eran un aviso constante. Paralizado, Dom se dio cuenta de que no podía hacer nada, mientras Luc sacaba su espada de la vaina: el acero de Iona refulgía en rojo contra el atardecer. El asesino retrocedió para inspeccionar la espada, haciéndola girar en su mano. De nuevo, Dom se comparó con las flechas. En medio suspiro, podría atravesar el corazón de Luc con la espada. Pero se quedó quieto, como si estuviera encadenado al suelo. Casi se estremeció cuando Luc arrojó la espada a la hierba.

—Creía que los Amhara eran valientes —dijo Dom—. ¿Ni siquiera me permites mi espada? ¿Debo morir de rodillas?

Luc se limitó a encogerse de hombros.

—Los Amhara somos inteligentes. Hay una diferencia.

Luego levantó una mano, torciendo los dedos largos y pálidos para señalar a los demás. Dom leyó las cicatrices de sus manos. Las yemas de sus dedos estaban quemadas y manchadas, chamuscadas por el ácido o el veneno. Recordó las propias cicatrices de Sorasa, pequeños cortes entre sus tatuajes, marcas de muchos años de entrenamiento en su preciada Cofradía. Los Amhara no eran gentiles con los suyos, y Dom sabía exactamente la clase de persona que daba por resultado. Si no fuera por las circunstancias, podría sentir lástima por estos mortales venenosos, criados para no conocer más que la muerte y la obediencia.

Luc ordenó algo en ibalo, lengua que se hablaba demasiado rápido y fluido para que Dom lo siguiera.

Los arcos respondieron, al igual que los once latidos circundantes. Los escuchó a todos: los arqueros quietos, su pulso lento y frío, insensible. Luc se sumó al coro. Eran doce. Su corazón latía cada vez más rápido.

Luc dio un solo paso atrás, apartándose de las líneas de fuego. Miró con atención a Dom, con sus ojos verde pálido abiertos y sin pestañear.

Nunca había visto morir a un inmortal, se dio cuenta Dom. Recordó el trato de Sorasa, su precio por su servicio. Su propia muerte. *Supongo que lo estoy pagando.* Respiró de nuevo y pensó en su hogar.

Los doce corazones eran el único sonido.

No, doce no.

Tragó con fuerza, con todos los nervios a flor de piel.

Trece.

La daga de bronce captó la puesta de sol, se llenó de llamas mientras giraba en el aire, su arco era afinado y brutal. Sin pensarlo, Dom extendió la mano y sus dedos se cerraron en torno a la empuñadura de cuero negro de una espada Amhara. Todavía guardaba el calor de su cuerpo. Dom hizo un amplio arco con el brazo, lo bastante rápido como para desviar dos flechas mientras salían de sus arcos. Cuatro más pasaron por el aire donde su estómago había estado medio segundo antes, los Amhara eran demasiado lentos para atrapar a un Veder en movimiento. Otras dos flechas se desviaron, muy lejos del objetivo. Sus arqueros se desplomaron entre los árboles, arañando sus propias gargantas abiertas. El olor de la sangre se extendió por el bosque, llenando el aire con su acre sabor a hierro.

Dom se estremeció cuando las últimas tres flechas encontraron su objetivo. Una le rozó la mejilla, abriendo un camino a lo largo del hueso. La otra se clavó en el bíceps y le causó otra herida punzante. La tercera se clavó en su hombro, con la punta de la flecha incrustada en el duro músculo. La arrancó sin pensarlo, rompiendo la flecha como una pequeña rama. Gruñó en voz baja. Los siglos se agolparon en su interior, cada año de su larga y amarga vida en ebullición.

La espada de Luc se topó con la daga, metal contra metal, que emitió un sonido chirriante mientras Dom se ponía de pie. Se alzó frente al asesino sonriente, con su capa echada hacia atrás como una poderosa bandera de desafío. Dom era una tormenta, acumulando oscuridad y altura, dispuesta a atravesar la tierra sin contemplaciones ni piedad. Era una bestia desencadenada.

La sonrisa de Luc desapareció.

Con el rabillo del ojo, Dom siguió el decimotercer latido, un sonido familiar después de tantos días a su lado. Conocía su forma de andar, su respiración, reconoció el pequeño gruñido de esfuerzo cuando se lanzó a través de los árboles, derribando a uno de los asesinos. Otros dos yacían muertos detrás de ella, con su sangre en la daga de Sorasa Sarn. Luchó con una de las mujeres Amhara, una rubia de cabello corto armada hasta los dientes con cuchillos de todos los tamaños. Se enfrentaron golpe a golpe, entrenadas en los mismos movimientos y defensas. Se movían juntas como bailarinas. Era un espectáculo magnífico, pero no había tiempo para mirar. Los otros Amhara se lanzaron desde los árboles, con los dientes y las armas al descubierto. Cayeron sobre ambos, el inmortal y la exiliada.

Dom se abalanzó sobre Luc, utilizando su considerable fuerza para contener su espada. Dio una fuerte patada y rompió las costillas del asesino. Luc se tambaleó hacia atrás, agarrándose el torso, resollando. Otra flecha se clavó esta vez en el muslo de Dom. El dolor era el combustible que alimentaba su ira y su determinación. Arrancó la flecha y la clavó en el ojo de Luc. La angustia del Amhara resonó en el bosque con un grito espeluznante.

Antes de que Dom pudiera librar a Luc de su sufrimiento, se agachó, esquivando el golpe de un hacha enorme. El inmortal se giró para encontrarse con el mayor asesino del círculo, que se alzaba sobre él.

El asesino volvió a golpear, esta vez con la propia espada de Dom empuñada en su mano libre. Era de los Temurijon, de aspecto similar a Sigil, y de alguna manera duplicaba su tamaño. Dom lo agarró por el torso y lo tiró al suelo. La gran espada cayó de la mano del asesino, pero el hacha permaneció inmóvil entre ambos. El inmortal no estaba acostumbrado a ser el más pequeño en una pelea y salió despedido hacia atrás, para caer con fuerza sobre su hombro herido. Dom siseó a través de otra punzada de agonía y se enderezó justo a tiempo para atrapar la barra del hacha del asesino, deteniéndola en seco antes de que pudiera cortarlo por la mitad. El asesino se limitó a hacer una mueca y levantó su gigantesca bota, pisoteando el pecho de Dom.

Dom jadeó, con los brazos tensos para mantener el hacha a raya. Utilizó sus propias piernas, barriéndolas para derribar al Amhara de nuevo. Esta vez, Dom llegó primero a la gran espada y la blandió, cercenando las manos del asesino temurano.

Cayeron con el hacha, con los dedos aún curvados sobre la empuñadura.

Algo crujió en el aire. Dom resopló cuando un látigo se enroscó en su garganta, cortándole la respiración. Se giró, con la espada en una mano, pero otro látigo le rodeó la mano libre. Dom gruñó a la Amhara que lo asaltaba, una mujer más pequeña, con el rostro tatuado y el cabello rojo bien recortado. Trabajó con su brazo, haciendo girar el látigo y utilizándolo para arrastrarla. La chica enterró los talones en la tierra y sus botas resbalaron. Gritó algo en ibalo, una petición de ayuda o un grito de guerra.

La forma de un arco destelló en el borde de su visión, ese familiar arco curvo girando para apuntar. Dom se preparó para recibir otra flecha, con una mueca de dolor. La cuerda del arco rebotó, pero no sintió nada. La flecha tenía un objetivo diferente: ensartó a la Amhara con los látigos, atravesándole el cuello. La asesina gorjeó y se desplomó de lado, con sus penetrantes ojos grises fijos en el cielo. Dom se liberó mientras Sarn ponía otra flecha en la cuerda, apuntando al otro lado del claro. Sorasa disparó antes de agacharse bajo el feroz arco de otra espada.

Sin pensarlo ni dudarlo, Dom se abalanzó hacia ella, con su espada en la mano para cubrirle las espaldas. Ella hizo lo mismo, moviéndose a su ritmo, inclinándose cuando él se inclinaba, agachándose cuando él avanzaba. Murmuraban una y otra vez, la voz de ella era firme y mesurada, incluso mientras luchaban por sus vidas.

Flecha, espada, espera, avanza, observa sus pies, contén la respiración.

Los venenos y los polvos nublaban el aire, a Dom le ardían los ojos, pero seguía luchando.

Sorasa dominaba todos y cada uno de los trucos del arsenal Amhara. Dom se dio cuenta de que conocía a estas personas mejor que a su familia, y observó cómo se aprovechaba de sus puntos débiles. Viejas heridas, viejas rivalidades. Utilizó todo en su favor, derribando a un Amhara tras otro, hasta que el claro volvió a quedar en silencio, salvo por los últimos chasquidos del metal y de su propia respiración agitada.

—Espera.

La última Amhara se desplomó sobre unas piernas temblorosas, con una mano levantada para protegerse la cara. Yacía en un charco de su propia sangre, con un abanico de cuchillos a su alrededor como un halo. Su otro hombro colgaba, dislocado, pero sus heridas no eran graves. No moriría aquí, no sin ayuda.

Dom se echó hacia atrás, con su gran espada aún en la mano. Pero no podía liquidarla, no de esta manera. Ya no constituía una amenaza, ahora no era más que un conejo en su madriguera.

Sarn apartó un cadáver, dejando caer a otra asesina con su daga aún enterrada en el pecho. La sangre le cubría rostro y manos, y su capa estaba destrozada. Con un sobresalto, Dom se dio cuenta de que su trenza también había desaparecido, había sido cortada a la altura de la nuca. Parpadeó y vio la gruesa trenza negra tirada en el suelo, enrollada como una cuerda olvidada.

—¿Quién pagó el contrato? —gruñó Sarn, acortando la distancia con la última Amhara viva—. ¿Quién compró la muerte de Corayne an-Amarat?

La asesina respiró entrecortadamente.

—Ya lo sabes —forzó, jadeando.

Dom miró a Sarn. Ella le devolvió la mirada con apenas un parpadeo, pero él vio la respuesta en ella, como la conocía en sí mismo.

Taristan y Erida enviaron a los Amhara tras nosotros.

En el suelo, la asesina sostenía su hombro roto.

—Sorasa...

—¿Es ésa la misericordia que pides, Agathe? —Sarn siseó. Sus ojos eran salvajes, casi maniacos. Cuando habló, Dom vio sangre en sus dientes.

Él retrocedió, jadeando. Los últimos rayos de sol se filtraban entre los árboles mientras el claro se convertía en sombra.

—Espera —musitó Agathe de nuevo, más débil ahora. Sus ojos vacilaron entre ellos. Él vio miedo en ella, miedo y desesperación.

—Inmortal —se atragantó la chica, sosteniendo su mirada—. ¿Seguro que éste no es tu camino?

Sarn contestó por él, con el rostro demacrado por el disgusto.

—No, Agathe —atajó, metiendo una mano en su túnica. Sacó el sello de jade, pesado en su mano—. Es nuestro.

—Sorasa...

El pesado jade destrozó hueso y carne, hasta que la piedra verde se volvió escarlata, y los propios gritos de Sorasa resonaron en el silencioso bosque. Dom tuvo que apartarla del cuerpo, pero ella se arrastró y dejó el sello de jade ensangrentado en el suelo.

Sorasa se acercó a todos los cadáveres del claro, moviéndose a gatas. Sus violentos gritos se convirtieron en fervientes oraciones, indistinguibles para los oídos de Dom. No importaba si habían muerto a manos de Sorasa o de Dom. Los trataba a todos con el mismo cuidado, susurrándoles bendiciones, cerrando sus ojos o tocando sus cejas. Tomó recuerdos de todos ellos. Un trozo de su capa, un cuchillo de dedo, un anillo. Incluso apoyó su frente en la de Luc, haciendo coincidir sus huesos durante un largo y silencioso momento. Lo que le dijo era para Sarn y sólo para Sarn.

Dom quería irse, pero se vio incapaz de abandonar a Sorasa en su dolor. Aun àsí, no podían quedarse. La noche había llegado demasiado rápido a las colinas, las sombras se extendían hasta la oscuridad total.

—Sorasa —murmuró Dom. Su nombre casi salió de forma atropellada. Lo decía tan pocas veces y, por lo general, con rabia. Esta vez su voz era suave, convincente, desgastada por el arrepentimiento.

Ella lo ignoró.

Tres veces intentó razonar con ella. Luego, despacio, con suavidad, la tomó por los hombros y la levantó del suelo. La última vez que la tocó de esa manera, ella amenazó con cortarle las manos.

Se agitó entre los brazos de Dom como un pez atrapado en el sedal, con todo su cuerpo luchando contra él. Él la sostuvo con firmeza, conociendo su fuerza, con la espalda apoyada en su pecho. Dejó que su rabia emergiera en la negrura de la noche. Todas las emociones que mantenía enterradas se precipitaron a la superficie, emergiendo de ella. El dique de su corazón estalló, derramando rabia y miseria. Maldijo en ibalo y en una docena de idiomas que él no pudo identificar, pero el significado era claro. Lloró por los muertos que los rodeaban, por la única familia que había conocido, por su única oportunidad de regresar a su entorno.

Por los últimos pedazos de sí misma, perdidos por el Ward y el bien del reino.

La voz la abandonó antes de que sus labios se movieran en silencio, orando y maldiciendo por igual.

Dom quería darle tiempo y privacidad para llorar. Pero no podían permitirse ese lujo.

El apoyó la cabeza de ella en sus manos, con los pulgares rozando sus pómulos. Ella se sentía tan frágil entre sus dedos, sus huesos como una cáscara de huevo. Ella intentaba no mirarlo, sus ojos se desviaban en ambas direcciones.

—Sorasa —él respiró, con la voz baja y temblorosa—. Sorasa.

Ella continuó con sus oraciones silenciosas, pero se encontró con los ojos de él, lentamente, de mala gana. La pena colmaba su mirada, agitándose dentro de esas llamas cobrizas. Era como mirarse en un espejo, y por un momento, Dom no pudo respirar. Se vio a sí mismo, llorando por Cortael, el hermano y el hijo asesinados a sus pies. Vio su propia angustia, demasiado profunda para desenterrarla, imposible de superar. El fracaso, la pérdida, la rabia y el dolor. Vio todo eso en ella, así como lo sintió en sus propios huesos.

—Deja el dolor a un lado —dijo Dom, y la respiración de Sorasa se detuvo, la subida y bajada de su pecho cesó. Ella le dijo las mismas palabras en el desierto, su lección más antigua en la Cofradía—. Aleja el recuerdo. No lo necesitas.

Ella se movió entre sus brazos y cerró los ojos. Sus oraciones cesaron y frunció los labios. Volvió a respirar de forma entrecortada y rasposa. Giró la cabeza débilmente, tratando de liberarse.

Dom se mantuvo firme, con los dedos pálidos y brillantes contra su piel de bronce. La sangre se secó en sus mejillas y se pegó a sus manos.

—Tenemos que correr, Sorasa.

Los demás están en peligro.

Los ojos de Sorasa se abrieron de golpe y movió la cabeza contra las manos del inmortal, asintiendo. Sus dedos se cerraron sobre las muñecas de él, agarrándolo con fuerza mientras lo apartaba.

Dejaron el ciervo atrás. No habría venado esta noche.

Volvieron corriendo tan rápido como pudieron. Dom no se permitió temer lo peor. *Más Amhara, más asesinos.* Saltó a través de la maleza, sorteando las raíces de los árboles y esquivando las ramas en el camino de vuelta a la colina. *No, vinieron primero por nosotros, para acabar con el resto cuando estuviéramos muertos.* Sorasa le seguía el paso de cerca, con los brazos moviéndose al mismo tiempo que las piernas. Las ramas y la maleza la azotaban, pero no se detuvo, ni siquiera cuando le rasparon la cara. El dolor no significaba nada ahora.

Sus lágrimas se agotaron cuando llegaron con los demás.

La luz de la fogata se filtraba entre los árboles y el bosque resonaba con sus voces. Las risas y las burlas iban de un lado a otro, como si el mundo entero no pendiera de un hilo y todo esto fuera un juego alegre. Dom aminoró la marcha y dejó escapar un suspiro de alivio, la tensión se desvaneció en su cuerpo. *Estaban a salvo*, lo sabía, observando sus sombras contra el fuego.

Sólo esperaba que Andry tuviera listo el té. Sorasa Sarn lo necesitaría con urgencia.

Tenemos un aspecto atroz, pensó entonces Dom. Moretones por toda su piel y los nudillos ensangrentados, maltratados por la lucha. Su túnica y su carne estaban salpicadas de agujeros de flecha. La sangre se extendía por la cara de Sorasa como si fuera pintura de guerra, haciendo destacar sus ojos más de lo habitual. Las huellas de las lágrimas atravesaban la sangre de su rostro, dibujando líneas irregulares en sus mejillas. Y su cabello colgaba en una línea irregular, cortado justo por encima del hombro. Se le adhería a la cara y al cuello, pegado a la sangre y al sudor.

Dom redujo el ritmo, aunque sólo fuera para comprarle a Sorasa unos momentos más antes de volver a unirse a su círculo. Ella sólo aceleró, ignorando su apariencia. En cambio, echó los hombros hacia atrás y se enderezó. Los demás no verían a Sorasa como él, partida en dos, con las entrañas vacías. Ella acalló el dolor una vez más, encerrándolo detrás de los dientes apretados.

—Límpiate la cara al menos —murmuró—. Entre peor sea tu aspecto, más preguntas harán.

Ella respondió con una mirada por encima del hombro, como una daga.

Haciendo una mueca de dolor, Dom la siguió hasta el campamento, con el suave farol mirando hacia el noroeste a través de las llanuras. La noche se extendía por el paisaje y el lejano horizonte occidental era sólo una franja de luz roja y oscura.

Andry y Charlie estaban de pie junto a la tetera, añadiendo hojas al agua hirviendo, mientras Corayne miraba, charlando de cosas sin importancia. Sigil estaba sentada sobre una piedra, afilando su hacha, como cada noche, se había despojado de su armadura de cuero. Valtik era una silueta al borde del acantilado, con la cara al viento. Sus trenzas se arrastraban como cintas. Después del claro y de los doce cadáveres de los Amhara, el pacífico campamento resultaba casi chocante.

—¿Dom y Sorasa vuelven con las manos vacías? Estoy sorprendido... —comenzó Charlie, pero su sonrisa juguetona murió en sus labios. Sus cálidos ojos marrones se abrieron enormes, recorriendo a Dom y luego a Sorasa.

Incluso Corayne se quedó en silencio, con la boca abierta. Los observó a los dos, intentando hacerse una idea de lo que había pasado. Entre la sangre, los moretones y sus cuchillas, todas manchadas de rojo, eso no era un rompecabezas difícil de resolver.

Sigil se levantó de su asiento, con el hacha en la mano.

—¿Qué pasó? —preguntó, con los ojos puestos en Sorasa—. ¿Bandidos? ¿Una tropa treca? No deberían estar tan al sur.

—¿Monstruos del Huso? —preguntó Corayne, con la voz entrecortada por el miedo.

Andry se acercó a ellos y les pidió sus armas, que Sorasa entregó con gusto y sin decir nada.

—Déjame limpiarlas —dijo en voz baja—. Siéntate, descansa.

Aun sin ser caballero, Andry Trelland seguía siendo un escudero, y era todavía más observador que todos los demás. Tomó las dagas y la espada, y las recogió con cuidado para dejarlas a un lado y lavarlas. Con expresión imperturbable, Dom desenfundó su propia espada y la dejó junto al resto. El acero reflejaba el horizonte rojo, ensangrentado hasta la médula.

Sorasa ignoró a Sigil y sacó su odre de agua, avanzó hacia el acantilado. Se la echó por encima de la cabeza mientras caminaba, dejando que el agua rodara sobre su cabello raído y su cara ensangrentada.

Sigil se dispuso a seguirla, con la cara invadida por la preocupación. Pero Dom la agarró por el bíceps.

—Déjala —dijo.

—¿Qué pasó? —preguntó Sigil de nuevo, mostrando los dientes.

Dom vio la misma pregunta en los ojos de todos, incluso en los del paciente y tranquilo Andry. Dudó, preguntándose

302

cuál sería el mejor curso de acción. Una cosa estaba clara: sería su responsabilidad explicarlo. Era seguro que Sorasa no podía ni quería hacerlo. *Bandidos. Bandas de guerra. Monstruos de los Husos.* Había muchas mentiras fáciles a las que recurrir, pero ninguna para explicar el comportamiento de Sorasa o su mirada vacía. *La verdad es lo mejor,* decidió. *Parte de ella, al menos.*

—Asesinos —dijo Dom, revelando toda la emoción de su voz. Se quitó la capa sucia, deseando que hubiera un arroyo cerca—. Taristan y Erida le pagaron a la Cofradía Amhara para que mataran a Corayne. No tuvieron éxito.

El rostro dorado de Corayne palideció, con la luz del fuego bailando en sus mejillas.

—Pues claro que sí —murmuró ella, sacudiendo la cabeza—. Supongo que es justo que la mitad del reino quiera matarme.

Sigil estaba más apagada. A juzgar por su rostro tenso, sabía que no debía celebrar esta victoria.

—¿Cuántos mataron?

—Doce —respondió Dom. Sus rostros ya se desvanecían en su mente. Junto al fuego, Charlie se quedó inmóvil, mirando las llamas. Su cuerpo rollizo proyectaba una larga sombra detrás de él, gruesa como una pared.

—¿Estaba Garion ahí? —preguntó, todavía mirando al fuego.

¿Garion? Dom trató de ubicar el nombre, rebuscando en su memoria. Rebuscó entre lo que sabía del sacerdote caído, hasta que recordó al amante secreto de Charlie, un Amhara como los que habían dejado a sus espaldas.

—No lo sé —respondió. Sonó como una disculpa.

Los labios de Charlie se movieron sin sonido, formando una oración.

Cuando por fin Sorasa regresó al círculo, tenía la cara limpia y el cabello corto peinado hacia atrás. Llevaba la túnica y la capa sobre el brazo, mugrientas y manchadas de sangre. Su camiseta no estaba tan sucia, pero seguía siendo lamentable, rasgada en el cuello para mostrar más de sus negros y brillantes tatuajes. Dom vislumbró uno nuevo: una serpiente alada que hacía juego con el emblema del sello de jade. Hizo una mueca, recordando las marcas en sus costillas. Todas sus hazañas y todos sus errores grabados en su piel, para siempre.

Sigil no dijo nada, aunque se dio cuenta de que deseaba hacerlo. Se atrevió a sentarse tan cerca de Sorasa como pudo, con los dedos crispados. Incluso Corayne consiguió dominar su curiosidad natural.

Charlie no pudo hacerlo.

Se paró frente a Sorasa, con las manos cerradas en un puño. Su cuerpo temblaba de miedo.

Pero su voz era uniforme y firme.

—¿Estaba él allí? —como ella no respondía, él se agachó, a la altura de sus ojos—. Sorasa, ¿estaba él allí?

Dom contuvo la respiración, pero no pudo esperar. No sabía quiénes permanecían en el claro, qué cuerpos yacían para alimentar a los cuervos.

Sorasa apretó la mandíbula y cerró la boca con decisión. Pero miró a los ojos a Charlie, y encontró en su corazón la posibilidad de negar con la cabeza.

Con un largo suspiro, Charlie se apartó de ella, temblando. Sorasa también tembló y se echó la capa sucia sobre los hombros. Lentamente, se levantó la capucha, su rostro estaba casi oculto. Sólo quedaban sus ojos de tigre, un poco más apagados que los días anteriores.

Dom hizo guardia esa noche, incapaz de dormir. Sorasa tampoco cerró los ojos.

Cuando amaneció, ella no habló. Tampoco a la mañana siguiente, a pesar de la insistencia de Sigil y Corayne. La pérdida de la voz y los comentarios cortantes pusieron nervioso a Dom.

Un Veder podía pasar una década en silencio y perder poco en el esquema de su tiempo. Pero ella era una mortal y sus días significaban más que los suyos. Se escurrían como arena entre los dedos sueltos, perdidos en el silencio. Se sintió afectado, mucho más preocupado por la asesina de luto de lo que jamás admitiría.

Necesitamos a Sorasa Sarn entera, en mente y cuerpo, si queremos salvar el reino.

Era fácil decírselo a sí mismo, para explicar su creciente preocupación por una asesina inmoral, egoísta y totalmente exasperante. Era una asesina. Una asesina.

Y también una heroína.

15

UN ROSTRO HONESTO

Andry

Todas las noches, Sorasa miraba fijamente al fuego, haciendo rodar un sello de jade entre sus manos. Andry no sabía qué significaba o a quién representaba, e incluso Corayne entendía que no debía preguntar. Pero ella se quedaba observando el sello como si pudiera memorizarlo. De hecho, Charlie también lo hacía, trazando la forma en pedazos de pergamino cuando estaba seguro de que Sorasa no miraba.

Viajaron hacia el norte por el Camino del Lobo, atravesando Ledor y luego Dahland y Uscora. Pequeños reinos ensombrecidos por las grandes montañas del sur y el Temurijon del norte. La asesina continuó su viaje en un apremiante silencio, mientras los días se deslizaban. Le resultaba demasiado fácil, y eso inquietaba a todos.

Pero peor que el estado de ánimo de Sorasa era la nube que se cernía sobre ellos, el miedo constante a los Amhara. Andry observaba cada sombra, se asomaba a cada recodo, moviendo la cabeza de un lado a otro cada vez que el viento agitaba las ramas. No era el único. Sorasa y Dom vigilaban como centinelas, al igual que Sigil: los tres grandes guerreros desgastados por la vigilancia. Mientras que Sorasa dejó de hablar, Dom dejó de dormir. Eso los convirtió en fantasmas.

Andry hizo todo lo posible para facilitarles las cosas a todos. Siempre dispuesto con su té y su ayuda, cuidando los caballos con Sigil o buscando comida con Charlie. Corayne también hizo lo que pudo, aprendiendo a limpiar las herraduras de los caballos y cuidando sus espadas.

En esta latitud septentrional, el reino era más frío, y un viento feroz soplaba todo el día y toda la noche. Frío de las montañas, frío de las estepas. El suelo se endureció con la escarcha, con la hierba afilada y reluciente a la luz de la mañana. Los bosques se volvieron ralos, ofreciendo escaso cobijo, poca caza y una leña pobre y húmeda que desprendía más humo que calor. Andry se estremecía de frío. El invierno se vislumbraba en el horizonte, los picos de las montañas se volvían más blancos cada día, las nieves ganaban más terreno cada noche. Andry conocía el invierno en Galland, pero esta tierra era más recia, más severa y árida. Las colinas doradas se volvían grises y vacías, las hojas caídas morían bajo los pies.

Sigil se tornó inquieta a la sombra de su tierra natal, sus ojos se dirigían al noroeste, a las estepas. No le importaba el frío, estaba acurrucada en sus pieles, pero Corayne, Charlie y Andry eran de países más cálidos. Cabalgaban muy cerca unos de otros, calentándose entre ellos.

Era el único alivio de Andry ante el descenso de las temperaturas.

Mientras tanto, Valtik se deleitaba con el clima. La bruja jydi conocía el norte helado mejor que nadie. Le sentaba bien, sus pálidas mejillas se volvían rosas y sus ojos azules brillaban bajo la fría luz del sol. Cantaba todas las mañanas, cuando la escarcha brillaba como un diamante bajo los cascos de sus corceles. Decía todo en jydi, ininteligible para cualquiera que no fuera Corayne, e incluso ella sólo podía traducir pequeños y extraños fragmentos.

Pero una mañana, cerca de la frontera de Trec, sonó la canción de Valtik y Andry descubrió que la entendía. Se revolvió en su montura, preguntándose si la lengua jydi había calado por fin en él. Pero no, ese día estaba cantando en primordial, una lengua que todos conocían.

—Cae la nieve y llega el frío, con las naves de asalto y el redoble del tambor bravío.

Su voz era tan fina y quebradiza como la hierba congelada. Los Compañeros se volvieron hacia la bruja y la observaron mientras cabalgaba.

Incluso Sorasa se asomó por debajo de su capucha. Al menos su ceño había vuelto, aunque no su voz.

—Saqueadores audaces y valientes, navegantes en el Mar Vigilante —siguió cantando Valtik. Su yegua de arena avanzaba con dificultad, insegura sobre el suelo rocoso. O insegura de la jinete que llevaba en su lomo—. Espadas rotas y maltrechos escudos corteses, desde los fiordos helados hasta los campos gallandeses.

Corayne azuzó a su yegua hasta alcanzar a Valtik, para escuchar mejor. Pronunciaba las palabras después de que la anciana las recitara, memorizando su canción. Andry la siguió de cerca, tratando de descifrar este último acertijo imposible.

Sonriendo, Valtik se inclinó entre los caballos y alargó la mano para tocar a Corayne en la nariz. Sus trenzas se balanceaban. El jazmín de Ibal hacía tiempo que había desaparecido de su cabello, sustituido por el iris púrpura brillante, las últimas flores de la temporada.

—El mundo derruido, algo que temer, pero los saqueadores no se echan a correr —terminó. El viento estremecedor seguía soplando. Olía a pino, a nieve y a hierro, a cosas duras.

—Si la bruja hiciera un voto de silencio en tu lugar, Sorasa —murmuró Sigil en voz baja. A estas alturas, todos sabían que no debían esperar respuesta, y la asesina continuó en silencio.

—Los saqueadores no se echan a correr —dijo Corayne, con gesto preocupado.

—Vamos de camino a Trec, no al país de los saqueadores —Andry se lamió los labios resecos y se arrepintió de inmediato cuando el frío los golpeó de nuevo—. ¿Quiere que abandonemos al príncipe Oscovko y busquemos aliados en otra parte?

Charlie se burló.

—Por mucho que me disguste recibir órdenes de adoradores dogmáticos como Isadere, yo no le daría mucha importancia a la canción de la bruja —dijo Charlie—. No significará nada hasta que ella lo quiera. No malgastes tu energía en cantos de brujas y tonterías jydi.

Corayne clavó su mirada en él.

—Esa tontería jydi empujó a un kraken a otro reino —sentenció, y Charlie levantó una mano.

—Deberíamos continuar según lo planeado —propuso Sigil, con su fuerte voz retumbando desde la cabeza de la fila—. Los trecos son buenos luchadores, buenos enemigos. Serán aún mejores aliados si podemos convencer al príncipe Oscovko de nuestra causa.

Andry asintió.

—Aunque sea un merodeador borracho —espetó con dientes apretados.

Corayne tan sólo se encogió de hombros.

—Puede beber cuanto quiera, siempre que nos ayude a luchar.

La risa de Sigil se multiplicó en el aire frío.

—En eso, tenemos una buena oportunidad. Oscovko promueve la guerra. Pasa más tiempo con sus tropas mercenarias que en su trono.

—Una de las muchas razones por las que Erida lo rechazó —añadió Andry—. La cortejó durante años, enviándole cartas y todos esos horribles regalos. Una vez le envió *lobos*... lobos de verdad. Aterrorizaron el palacio durante semanas —rio al recordarlo, sacudiendo la cabeza—. No les fue muy bien cuando se conocieron, antes de... —se interrumpió, las palabras se le agriaron en la boca. Su ánimo risueño se apagó—. Antes de todo.

Corayne se inclinó hacia él, mirándolo a la cara. Levantó las cejas, como si quisiera que la sonrisa volviera a su rostro.

—No sabía que los escuderos estuvieran tan bien entrenados en chismes —bromeó, dándole un golpecito en el pecho.

Sus mejillas se encendieron.

—En realidad, es imposible escaparse —se aclaró la garganta—. La mayoría de la gente en la corte no tenía mucho más que hacer que discutir y conspirar. Sobre todo, los caballeros. Sir Grandel solía...

La voz de Andry se apagó. Sus recuerdos parecían enroscarse en los bordes, oxidarse, corromperse. Debajo de todos ellos estaba la traición de Erida y su propio dolor.

La mano de Corayne se sentía cálida sobre el antebrazo de Andry, con los dedos agarrados a la manga.

—Está bien —dijo ella, en voz baja y firme—. Cuéntame más.

Andry tragó saliva. Sentía un nudo en la garganta.

—Sir Grandel solía quejarse de las reuniones del consejo de Erida. Decía que eran interminables discusiones sobre su compromiso —en su mente, vio a sir Grandel con su aurea armadura, con el rostro enrojecido por el esfuerzo y las canas de su cabello lanzando destellos plateados a la luz de las velas—. Solía quejarse de casi todo.

Y a pesar de ello, me dijo que corriera, que me salvara. En el campo, sir Grandel había caído luchando con sus compañeros caballeros. Murió por el Ward. Como un héroe. Andry aún podía escuchar sus últimas palabras. *Conmigo.*

—Ojalá hubiera podido conocerlo —murmuró Corayne. El viento frío agitó su cabello y se subió el cuello de la camisa, abrazándose a sí misma para entrar en calor.

Andry sabía que lloraba por sus propios fantasmas, un rostro que la chica intentaba ver en los recuerdos. *No es justo,* pensó Andry. *Yo conocí a su padre y ella nunca lo hizo. Nada de esto será justo jamás.*

Corayne le regaló una sonrisa cansada.

A pesar del frío, una ráfaga de calor se encendió en el pecho de Andry. Corayne le resultaba tan familiar como su propio rostro, después de meses de viaje juntos. Pero su sonrisa seguía atravesándolo, penetrante como una cuchilla. Era casi agotador dejarse llevar por cada destello de sus dientes.

—Oscovko nos ayudará —dijo Andry, aunque sólo fuera para convencerse de ello—. Tiene que hacerlo. Sus tropas no se apartan de una lucha.

—Las tropas también solían desafiar al Temurijon —gritó Sigil, girando en la silla de montar. Su voz retumbante rompió el silencio que los rodeaba—. Pero ni siquiera ellos se atreverán a romper la paz del emperador. La frontera ha estado tranquila durante veinte años.

Sigil llevaba toda su armadura de cuero, y traía su hacha en la espalda, en lugar de atada en sus alforjas. También parecía preparada para la lucha.

—¿Y tú, Trelland? —preguntó, acercándose a él—. Trec también ha tenido su cuota de problemas con Galland.

—Ya no sé si soy gallandés —murmuró Andry, sintiendo una punzada en el corazón.

Se preguntaba por su trayectoria desde la capital: a través de los paraísos criminales y los mares peligrosos, a través de un desierto interminable, y ahora a lo largo de cientos de kilómetros a través de las montañas. De uno de los escuderos más obedientes de su reina a uno de sus más fervientes enemigos.

—Erida traicionó al reino —dijo Corayne en voz baja. Le dio un codazo en el hombro, apoyándose en el espacio entre sus caballos—. Y te traicionó a ti. No al revés.

Andry trató de tomarse sus palabras al pie de la letra, de dejar que lo imbuyeran de decisión. Apretó los dientes y le devolvió el saludo con la cabeza, forzando una sonrisa que no podía sentir, ni siquiera por el bien de Corayne.

Como escudero en el palacio de la reina, Andry había pasado gran parte de su tiempo en el patio de entrenamiento, aprendiendo a luchar con la espada, a montar a caballo o a pelear con sus propias manos. Pero los escuderos eran ignorantes del mundo, ni de la corte. Sus lecciones en el aula eran tan importantes como su entrenamiento, ya que la mayoría de los caballeros confiaban en su ingenio tanto como en sus espadas. Como tal, Andry había aprendido sus historias, la política del Ward y los buenos modales, además de cómo limpiar la armadura y cuidar de los caballos. A la mayoría de los escuderos les importaba poco su educación, sus ojos se dirigían a las ventanas, soñando con el cuartel o la cervecería. No era así para Andry Trelland. Se dedicaba a su trabajo con diligencia, estudiando sus libros tanto como el manejo de la espada.

Por eso sintió un escalofrío cuando pasaron al reino de Trec.

Él miró su túnica, la estrella azul que asomaba entre los pliegues de su capa. Con un tirón jaló la tela, ocultando el emblema de su padre y de un caballero gallandés.

Poco servía para marcar la frontera con Uscora. Sólo había una piedra al lado del Camino del Lobo, con un par de espadas cruzadas talladas en su cara. Ahora se dirigían al camino, con Dom vigilando la retaguardia y Sorasa cabalgando por delante, explorando las aldeas y las tierras de cultivo que salpicaban el paisaje ondulado.

—Huelo a humo —dijo Corayne, volviendo el rostro hacia el viento frío. Oteó el horizonte, con sus ojos negros devorando las colinas.

Las Puertas de Trec se alzaban hacia el sur, la amplia brecha en las montañas apenas visible a través de la niebla. Los picos nevados se elevaban hacia el cielo como las agujas de una catedral. A Andry le recordaba a Ascal, al Palacio Nuevo y al hogar que había dejado atrás.

Andry respiró. El aire olía a fogatas y a carne cocinada, a madera carbonizada y a ceniza. Pero no había nada en ninguna dirección, sólo campos gris dorado y rocas, los afloramientos como dedos gigantescos emanados de la tierra. La nieve se acumulaba en las sombras de las rocas, aferrándose a la oscuridad.

—Debe haber un campamento de guerra en algún lugar cercano —respondió, mirando de reojo a Corayne. Ella enarcó una ceja—. Ellos recorren las fronteras, luchando contra los saqueadores jydi, principalmente.

—¿Principalmente?

—A veces las tropas se inquietan y un capitán o un lord loco por la gloria cabalga hacia Galland, buscando pelea —Andry suspiró. Muchos caballeros iban al norte, a la frontera de Trec, arrastrando a sus escuderos—. Para ellos, la guerra es un deporte.

El ruido de los cascos sonó en la curva y en la subida. Sin embargo, antes de que Andry tuviera tiempo de preocuparse, apareció la silueta de Sorasa, montada sobre su yegua de arena. El cabello le colgaba libremente alrededor de su cuello, con las puntas aún melladas por una cuchilla Amhara.

—¿Problemas más adelante? —inquirió Sigil, poniéndose de pie en sus estribos. Era una vista imponente—. Mi hacha está lista.

Debajo de su capucha, Sorasa apretó los labios en una fina línea. Movió la cabeza de un lado a otro y luego levantó una mano, mostrando tres dedos.

Sigil asintió.

—Cinco kilómetros hasta Vodin —murmuró al resto.

Andry nunca había estado tan al norte, pero tenía una idea de lo que podía esperar. Los embajadores de Trec acudían a la corte con frecuencia, vestidos con abrigos hasta la rodilla adornados con pieles, con sombreros a juego. Llevaban largos sables curvados, ceñidos a la cintura, descubiertos y sin vainas, incluso en los banquetes y las fiestas. Andry los recordaba sudando en sus gruesas ropas, poco acostumbrados al calor y al tamaño de la corte gallandesa. A Erida le gustaba exhibirlos, era su versión de una broma. Sobresalían como pulgares doloridos y nadie hacía nada para que se sintieran un poco más bienvenidos. Los escuderos como Lemon se unían a ellos, burlándose de los pajes y sirvientes trecos que llegaban al sur. A Andry nunca le gustó eso.

Ahora era él quien estaba en apuros, temblando bajo su capa mientras cabalgaban por el Camino del Lobo hacia la capital de Trec. De nuevo se ajustó la capa, tratando de ocultar cualquier señal de Galland en su persona. *El lobo treco no ama al león gallandés*; lo sabía Andry.

Pasaron por delante de dos largas líneas de murallas de picas que rodeaban la ciudad, espaciadas para detener una carga de caballería. El paisaje vacío ya no existía, los campos ondulados y las colinas rocosas estaban ahora repletos de granjas y pueblos, cada uno más grande que el anterior. Campesinos, granjeros y mercaderes se unieron a ellos en el camino, formando una línea constante de tráfico hacia la ciudad fortaleza, que ahora estaba a sólo dos kilómetros de distancia. Andry se dio cuenta de que todos iban armados, aunque sólo con un cuchillo largo. La mayoría iba a pie, con algunos burros, caballos y carros avanzando a su lado. Los viajeros caminaban en pequeños grupos, lo que obligaba a los Compañeros a cabalgar más juntos, con Dom y Sorasa tomando la retaguardia y el frente.

Vodin se extendía sobre dos altas colinas, cada una de ellas rodeada por una muralla de madera fortificada con puertas de piedra y torres abovedadas, cuyos tejados estaban pintados de color naranja pálido. En una de las colinas estaba el castillo, donde el príncipe Oscovko y la realeza tenían su hogar. A los ojos de Andry, parecía más una fortaleza que un palacio real, con gruesos muros de piedra, torres bajas y pocas ventanas hasta donde podía ver. En la otra colina se alzaba una magnífica iglesia de doce lados, con una torre con cúpula de cebolla en cada punto. Las agujas de la iglesia estaban recubiertas de oro auténtico, y cada una era la figura de un dios o una diosa. Syrek era el más grande de todos, con su poderosa espada clavada en el cielo gris.

Al igual que Galland, Trec favorecía al dios de la guerra.

La mayor parte de la ciudad se encontraba sobre la ladera, entre las colinas, y el camino corría justo hacia ella, pasando por la puerta principal. Ésta se abría como una boca de piedra con puntas de hierro, con el puente levadizo arriba para permitir el paso durante el día. Banderas anaranjadas bordadas con el lobo negro de Trec ondeaban en el tembloroso viento. No había foso, sino una pequeña zanja excavada alrededor de la base de la muralla. También estaba revestida de afiladas picas talladas en puntas asesinas.

—Trec recuerda el poderío del Temurijon —murmuró Sigil, observando el foso con un rubor de orgullo. Al igual que las murallas de picas que rodeaban la ciudad, estaba claro que se había construido para defenderse de un ejército montado—. Todavía nos temen, incluso veinte años después de la paz del emperador.

Y con razón, estuvo a punto de decir Andry. Incluso en Galland, sus señores e instructores hablaban de los Temurijon con recelo, si no con respeto. El emperador Bhur y sus Incontables casi partieron el norte en dos, esculpiendo un imperio en las estepas, obligando a naciones como Trec a enfrentarse a las montañas. Sólo un extraño cambio de opinión había librado a los reinos de la conquista, dejándolos con sus nuevas fronteras y sus viejas rivalidades.

Erida no es la misma. Nada puede cambiar su corazón ahora. Conquistará el reino con Taristan, o morirá en el intento.

El viento volvía a arrastrar humo, y no sólo de la ciudad. Andry divisó un campamento de guerra al este, que apenas era una mancha de barro concentrada alrededor de otra puerta de la ciudad. Las tiendas se alzaban en filas desordenadas, una monstruosidad comparada con los campamentos de las legiones gallandesas.

Andry observó el campamento de guerra mientras se acercaban a la puerta, mordiéndose el labio al contar las tiendas.

—¿Qué te parece? —murmuró Corayne a su lado, también mirando con atención.

El escudero apretó las riendas.

—Desarticulado, sin organizar. Un desastre —respondió—. Pero es mejor que nada.

Una sonrisa se dibujó en la cara de Corayne. Sonriendo, se levantó la capucha, dispuesta a ocultar su rostro.

—Ése es el espíritu.

El tráfico de la puerta se intensificó, pero a Andry no le importaban los empujones. Estaba acostumbrado a Ascal, la ciudad más grande del Ward. El flujo de viajeros se estrechó ante los viejos y grises guardianes de la puerta, pasando bajo el puente levadizo sin dificultad. Los dos hombres saludaron a todos con manos enguantadas y desinterés, con la empuñadura de sus lanzas relajada. Aunque todo Trec parecía dispuesto a luchar contra una invasión repentina, para los guardianes de la puerta era un día como cualquier otro.

Los Compañeros se acercaron juntos a la puerta, desmontando de sus caballos para atravesar las murallas de la ciudad. Se distinguían con claridad de los demás viajeros, que eran en su mayoría campesinos, de piel pálida y cabello rubio, con ojos claros y pesados carros cargados con la cosecha de otoño. Los Ancianos miraban a Sigil con desagrado y su miedo al Temurijon se convertía en un desprecio ciego. Recordaban mejor las guerras. Andry les devolvió la mirada en nombre de Sigil.

—¿Gallandés? —gritó uno de los guardias en primordial, agitando su larga barba gris.

Andry respingó al darse cuenta de que el guardián de la puerta lo miraba. El Anciano señaló la túnica de Andry bajo su capa. La estrella azul sobre el blanco sucio, la heráldica de su padre. Andry la tocó suavemente, sintiendo la tela áspera. La estrella se la ganó su padre al servicio de una corona que lo mató y traicionó al Ward.

—Sí, lo fui—respondió Andry, tragando con dificultad. El pulso le retumbaba en los oídos.

El viejo guardia sonrió, mostrando los dientes que le faltaban, y Andry suspiró aliviado. Pero duró poco.

Los guardianes hicieron un gesto a los Compañeros para que avanzaran, pero no para que pasaran. Miraron al extraño grupo con confusión, observándolo todo, desde el tamaño de Dom hasta la espada en la espalda de Corayne, pasando por los tatuajes de Sorasa y Sigil con su hacha. Sólo Charlie y Valtik escaparon al escrutinio, ambos bastante claros para los guardianes.

Andry se mordió el labio, con el estómago revuelto por un temor desconocido. Sabía lo extraños y distintos que eran.

—¿Cuál es el propósito de su visita a Vodin, viajeros? El de ustedes es un número extraño —cacareó el guardián, acariciándose la barba. Con la mano libre, mantenía aferrada su lanza.

No es que sirviera de nada. Dom o Sigil podrían partir en dos al guardián con facilidad.

El Inmortal abrió la boca para responder.

Pero antes de que pudiera decir una palabra, Charlie se deslizó con agilidad frente a él, con un pergamino perfectamente enrollado en una mano extendida. Miró a los dos guardias con una sonrisa ganadora, con las mejillas rojas de frío y los ojos castaños brillantes bajo el sol del mediodía.

—Hemos sido convocados por el príncipe Oscovko en persona —informó Charlie, con toda naturalidad, sin siquiera un atisbo de mentira.

Andry sintió la falsedad en sus mejillas y frunció el ceño, tratando de ocultar el rubor que se deslizaba por su piel. También ocultó su sonrisa.

Los guardianes se mostraron indecisos, mirando entre ellos y el pergamino, y luego a los Compañeros reunidos ante ellos.

—Si me permite —dijo Charlie, aclarándose la garganta. Desenrolló el pergamino y lo mostró a todos.

—Yo, Oscovko el Fino, príncipe de Sangre de Trec, convoco a los portadores de este pergamino a Vodin, donde hablarán conmigo en mi sede del Castillo Volaska. Que ningún hombre o bestia se interponga en el viaje de mis amigos, ya que es de suma importancia para la seguridad de Trec y la supervivencia del reino. Firmado, Oscovko el Fino, príncipe de la Sangre de Trec, etcétera, etcétera —añadió Charlie, con la voz entrecortada y una mano trazando círculos en el aire.

Andry apenas pudo contener su alegría cuando el sacerdote fugitivo volvió a agitar el pergamino, mostrando la firma y el sello en la parte inferior de la página. Cera naranja, estampada con la silueta de un lobo aullando. Charlie incluso extendió el pergamino para que los dos guardias lo examinaran, tan seguro estaba de su trabajo.

Ambos Ancianos retrocedieron, negando con la cabeza. Andry dudaba de que supieran leer, y mucho menos identificar una falsificación hábil.

—¿Qué quiere nuestro príncipe con gente como tú? —se burló uno, tirando de nuevo de su barba.

Andry se movió sin pensar y se acercó a Charlie, poniéndose a su altura. Recordó a los caballeros de Ascal y también a los cortesanos. No sólo las habladurías, sino la pompa y el orgullo que mostraban sin siquiera intentarlo. Hizo su mejor esfuerzo para sentir eso dentro de sí mismo, extrayéndolo de algún lugar profundo. Frunció los labios y tomó el pergamino de Charlie.

—Eso es asunto del príncipe, por desgracia —dijo Andry, lanzando un suspiro de cansancio. Como si ver al príncipe heredero fuera una tarea—. Debemos reunirnos con él, y pronto.

La multitud que rodeaba la puerta seguía creciendo y algunos viajeros gritaban ante el retraso, suplicando poder entrar en la ciudad. Se sentía como el primer despertar de una llama voraz.

Andry hizo ademán de observar a la revoltosa multitud, dejando que su frustración hiciera el trabajo por ellos.

—Bien, señores, ¿podemos pasar, o debemos convocar al príncipe de Trec a la puerta de su propia ciudad?

Los guardianes intercambiaron gestos. Por mucho que desconfiaran de los Compañeros, era evidente que temían aún más a su príncipe. Uno de ellos lanzó una última mirada a Sigil, evaluándola, antes de ceder y apartarse de la puerta. El otro le siguió, retrocediendo para dejarlos pasar a Vodin.

—Bien hecho, escudero Trelland —se rio Charlie mientras la puerta se los tragaba.

—Bien hecho, sacerdote —susurró Andry.

Siguieron el camino de la puerta directamente entre las colinas gemelas de Vodin, con el castillo a la izquierda y la gran iglesia a la derecha. Ambas vigilaban la ciudad, el rey y los dioses por igual.

Después de semanas en el desierto, la capital de Trec resultaba desconcertante, pero a Andry le recordaba su hogar. Vodin estaba muy lejos de Ascal, y aun así seguía siendo muy concurrida, las calles de la ciudad estaban abarrotadas de puestos, tiendas y gente deambulando en todas direcciones. El estruendo de los cascos, los gritos de los mercaderes, el sonido de los martillos en la forja de un herrero, una pelea que salía de un bar de gorzka… todo resultaba dolorosamente familiar. Y tan diferente al mismo tiempo.

Por muy reconfortantes que fueran las calles, también eran un peligro. Todavía en silencio, Sorasa parecía una serpiente enroscada en la silla de montar. Observaba las calles y los edificios, escudriñando cada rostro y cada carro. Andry sabía que buscaba asesinos.

De vuelta a su caballo, Corayne rebuscó en sus alforjas. Después de un segundo, sacó un trozo de carne seca y la partió en dos, entregándole una mitad a Andry sin decir nada. Se apoyó en el flanco de su caballo, estremeciéndose contra su calor. El rubor de Andry disminuyó mientras mordía la carne seca, disfrutando de la deliciosa explosión de sal.

—¿Notas algo? —preguntó Corayne después de un largo segundo, echando un vistazo a su grupo.

Andry siguió su mirada. Algo parecido al pavor se instaló en su estómago.

—¿Valtik se ha ido otra vez?

En efecto, la vieja jydi no aparecía por ningún lado. Cuándo había desaparecido o cómo, Andry no tenía ni idea.

Delante de ellos, Dom sacudió la cabeza.

—Estará vagando por allí —dijo con sequedad.

—No es ella quien me preocupa —respondió Sigil, mirando directo a Charlie—. Si otro cazador me roba la recompensa...

—No te preocupes, Sigil, no intentaré huir. Ni siquiera yo soy tan estúpido —replicó Charlie, poniendo los ojos en blanco.

Corayne se resistió.

—Por los dioses, Sigil, ¿realmente vas a seguir cobrándosela?

La temurana se encogió de hombros. Tomó la carne seca de la mano de Corayne.

—Me gusta mantener mis opciones abiertas.

Corayne se la arrebató.

—Se está volviendo más rápida, Sarn —dijo Sigil sobre el lomo de su caballo. Al otro lado, Sorasa sólo parpadeó, menos que impresionada.

Pero Corayne sonrió y dio otro mordisco.

—Cada vez más rápida —murmuró para que sólo Andry pudiera oírla.

—Ya era hora —dijo él, inclinando la cabeza para sonreírle.

Ella correspondió a su sonrisa, y el calor que emanó de ese gesto se extendió por el cuerpo de Andry, provocando un cosquilleo en sus fríos miembros.

La cima de la colina de la ciudad se nivelaba en el castillo de Oscovko, que tenía una sola puerta. Los otros lados descendían por la colina, demasiado altos para que cualquier ejército los escalara. Los lobos gruñían desde las murallas, amenazantes y brutales, tallados en granito negro, un marcado contraste con el gris. Sólo un lobo era blanco, tallado en piedra caliza pura. Miraba fijamente por encima de la puerta; llevaba una corona.

Esta vez, no había viejos guardianes a los que engañar, sino una guarnición de jóvenes soldados audaces dirigidos por un capitán de mirada aguda. Andry se desanimó de su plan apenas al desmontar, uniéndose a Charlie con el pergamino desenrollado para que todos lo vieran.

—El príncipe no los habría convocado a Volaska —dijo el capitán con sorna, indicando la imponente fortaleza tras las puertas. Lanzó una mirada de soslayo al pergamino y a los Compañeros—. Vive en el campamento fuera de la ciudad, no en el castillo.

—¿En serio? Qué extraño —atajó Charlie, haciendo una pantomima de sorpresa. Andry fue menos hábil, sintiendo que su cara se calentaba de nuevo. Le sudaban las palmas de las manos dentro de los guantes. Intentó pensar, preguntándose qué diría un caballero o incluso su noble madre.

Pero Corayne fue más rápida. Saltó de su caballo para caer de pie. Dom la siguió de cerca, su sombra inmortal.

El capitán tragó saliva y estiró el cuello para mirar a Dom a los ojos, aun cuando Corayne se puso delante de él.

—Me llamo Corayne an-Amarat —dijo con sequedad.

Andry aspiró una bocanada de aire. *¡Asesinos y cazarrecompensas y reinos enteros te persiguen!,* quiso gritar. Recordó cada espada puesta contra ella. *¿Pero será verdad?* rugió su mente.

—Corayne... —siseó en voz baja.

Por suerte, el capitán no lo sabía ni le importaba.

—Bien por ti —contestó él, confundido.

Ella se mantuvo firme.

—Lleva ese nombre a tu príncipe y ve lo que tiene que decir.

—El príncipe los meterá en el cepo si se entera de esta tontería —espetó el capitán, cada vez más frustrado.

Corayne sólo sonrió.

—Vamos a demostrar que tienes razón.

Pasó una hora antes de que Dom rompiera su vigilancia sobre Corayne, cuidando de mantener al capitán alejado de ella. Agitó la cabeza, mirando hacia atrás por el camino a la ciudad. En las murallas, los lobos de piedra proyectaban largas sombras recortadas por el sol que caía.

Andry siguió su mirada, entornando los ojos hacia la colina, pero no vio nada a lo lejos.

—Una comitiva se está acercando a la puerta —dijo Dom, irguiéndose para que Corayne quedara por completo detrás de él. Se sacudió la capa, liberando su espada por si la necesitaba.

Andry siguió su ejemplo con un único y fluido movimiento, echando su capa de lado. El frío mordía a través de su ropa, pero lo ignoró.

—Vuelve a tu caballo —le susurró a Corayne.

Ella no discutió y subió a la silla de montar con un paso y un movimiento de piernas. Sus dedos se cerraron sobre las riendas, y la yegua que montaba pateó las piedras, dispuesta a salir corriendo.

A Andry se le erizó la piel cuando más miembros de la guarnición irrumpieron en la puerta del castillo, con capas anaranjadas sobre su cota de malla y sus pieles. El lobo negro las atravesaba, una advertencia tanto como un símbolo. La mayoría eran canosos, veteranos de muchos años, con barbas grises y mandíbulas severas. No se movían como los disciplinados soldados de las legiones gallandesas o los caballeros de la Guardia del León, pero igual eran temibles y portaban espadas y lanzas.

Sonó un cuerno, un ruido bajo y punzante que hirió el aire frío. No provenía del castillo, sino de algún lugar de la ciudad, que salía al encuentro del grupo. No se parecía en nada a las trompetas de bronce de Galland, las que escuchaba siempre en Ascal. Éste era más profundo, destinado a recorrer kilómetros, haciendo vibrar los dientes de Andry. *Un aullido de lobo.*

El príncipe de Trec llegaba.

Andry sabía que Oscovko era mayor que Erida por casi una década; tenía casi treinta años y era el heredero natural al reino de Trec. Intentó recordar todo lo que sabía de la corte y la realeza extranjera, esperando seda y brocado fino, una corona enjoyada, una mueca permanentemente grabada. Algo para ganarse el título de *El fino.*

Oscovko no era nada de eso.

Se acercó con media docena de jinetes, todos ellos abriéndose camino hacia el castillo de Volaska. El príncipe iba sentado a horcajadas sobre un semental rojo y asesino, con la cabeza agitada por las riendas apretadas.

Se detuvo en el camino y desmontó sin siquiera presentarse. Oscovko no llevaba corona en la cabeza y tenía el cabello corto y oscuro como la brea. Hizo señas a los Compañeros con rápidos y precisos movimientos de sus blancas manos, instándoles a acercarse. Pero antes de que pudieran moverse, se introdujo entre ellos, deteniéndose a un metro de Dom.

Era casi medio metro más bajo que Dom, pero igual de ancho, todo músculo bajo su jubón negro y su capa color óxido. La piel de lobo que llevaba sobre los hombros lo hacía ver aún más ancho; la cabeza del animal colgaba sobre el bíceps, sujeta con una cadena de hierro sin brillo. Un par de cinturones le cruzaban las caderas y sostenían una espada y un par de dagas. Las espadas eran lo único limpio de su cuerpo. El resto tenía manchas de quién sabe qué, pero Andry apostaba por una mezcla uniforme de vino y barro. Difícilmente era un príncipe heredero criado en un palacio. Parecía tan soldado como los demás, de no ser por la única banda de oro que llevaba en el pulgar izquierdo.

El príncipe Oscovko era quizá la primera persona que miraba a Dom no con miedo, sino con fascinación. Sus ojos grises y pálidos apenas se movían por encima del inmortal, observando todo, desde su espada hasta su capa medio estropeada.

Con un chasquido, Oscovko sacó un trozo de pergamino doblado y lo mostró a todos. El miedo saltó en el corazón de Andry.

Corayne lo miraba fijamente: su nombre y su imagen aparecían dibujados en el pergamino. Andry sabía lo que decía el resto del pergamino, recordaba los carteles pegados por todos los muelles de Almasad. Su propio rostro estaba entre ellos, sus supuestos crímenes enumerados en ardiente tinta negra.

Oscovko se asomó detrás de la gran mole de Dom y encontró a Corayne en su caballo. Ella no se inmutó ante su mirada, incluso levantó la barbilla en señal de desafío.

—Esto es horrible —ladró Oscovko, agitando el papel de un lado a otro. Luego sonrió, mostrando varios dientes de oro. Brillaban en la luz gris—. No se parece en nada a ti. No me extraña que no te hayan atrapado.

—Su Alteza —dijo Corayne, intentando hacer una reverencia desde la silla de montar del caballo. Hizo lo que pudo.

Eso le gustó al príncipe.

—Buscada por la mismísima reina de Galland, viva o muerta —dijo, dejando escapar un silbido bajo—. ¿Qué has podido hacer para merecer semejante condena?

Corayne desmontó con un solo movimiento fluido. Aterrizó con gentileza, con las botas crujiendo sobre la escarcha.

—Estaré encantada de decírselo.

Andry la siguió, colocándose detrás de ella como un caballero detrás de su reina. Ahora, vigilarla era casi una segunda naturaleza, como una vez esperó vigilar a Erida. *Corayne es mucho más importante*, lo sabía. *Para el Ward, y para mí.*

—Mmm —respondió el príncipe, dándose un golpecito en el labio. Para sorpresa de Andry, la atención de Oscovko cambió, pasando de Corayne al escudero—. Tienes un rostro honesto —dijo—. Dime de verdad, ¿todo esto merece el tiempo de un príncipe de sangre de Trec?

Andry esperaba sentirse nervioso en presencia de un futuro rey, pero se había enfrentado a cosas mucho peores en las últimas semanas. Su respuesta fue fácil, una simple verdad.

—Vale la pena todo el tiempo que tenga que dedicar, Alteza —respondió, cuidando de usar su título antes de inclinarse.

Cuando se enderezó, dirigió al príncipe una mirada de arrepentimiento.

—Mis disculpas, por cierto —añadió, y se encogió de hombros con empatía—. De todos los hombres que Erida podría haber elegido, yo lo apoyaba a usted.

Andry tenía poca habilidad para la política o las intrigas, pero no las ignoraba del todo.

Oscovko arrugó la nariz, tornándose huraño. Andry sabía que fue un movimiento audaz, que casi se pasaba de la raya. Pero conocía el orgullo. Y aunque Oscovko parecía más soldado que príncipe, ciertamente tenía el orgullo de un hijo de la realeza. La negativa de Erida le había herido el ego, no el corazón, y era una herida fácil de hurgar.

—Muy bien —dijo Oscovko, recorriendo con la mirada a los Compañeros. Su mirada se posó en Sorasa, que estaba junto a su caballo con el ceño fruncido—. Pero sería un tonto si invitara a una asesina a mi mesa.

Sorasa se mostró irritada, con el cabello suelto sobre la cara. Era casi tan eficaz como su capucha, ya que ocultaba la mayoría de los tatuajes de su cuello. Soltó un suspiro, reticente, y abrió la boca.

—Ya no soy Amhara.

Su voz ronca por el desuso. La conmoción recorrió a los Compañeros.

Por un momento, Dom rompió su concentración, girando la cabeza para mirar a Sorasa. Se miraron brevemente, pero Andry vio que algo afilado y doloroso sucedía entre ellos.

A su lado, Sigil lanzó un grito de júbilo, poniéndose de pie en los estribos. Casi sacudió a Sorasa de la silla, agarrando su hombro con una enorme mano. El movimiento desprendió su capucha y Sorasa la dejó caer, mostrando todo su rostro por primera vez desde el evento y desde el suceso con los Amhara.

El corazón de Andry dio un salto en su pecho, feliz de escuchar la voz de Sorasa, por muy cortante que fuera. A su lado, Corayne sonreía.

Oscovko no se dio cuenta de la alegría colectiva, o simplemente no le importó.

—Suena como algo que diría un Amhara —murmuró—. Bueno, Corayne an-Amarat, prometo no venderte si tu asesina promete no matarme.

Sorasa gruñó, con la voz desencajada.

—No acepto contratos tan pequeños.

El príncipe prefirió ignorar sus palabras. Giró sobre sus talones, haciendo un gesto para que todos lo siguieran. Sin embargo, continuó gritando, su gruñido molesto se transmitía por el viento.

—Si vamos a hablar de la reina León, necesitaré una copa de vino. O diez.

16

LOS LOBOS DE TREC

Corayne

*E*sto es mucho mejor que colarse entre túneles húmedos y guardias armados, pensó Corayne, recordando cómo había entrado una vez en el palacio de Erida. El castillo del rey de Trec era mucho menos difícil, ahora que el príncipe Oscovko lideraba el camino.

Chasqueó los dedos y las puertas del castillo se abrieron por completo, el puente levadizo se elevó con el ruido de la cadena de hierro. El príncipe atravesó la puerta sin siquiera mirar atrás, con sus fornidos compatriotas del campamento de guerra a cuestas.

La ciudad ponía la mente de Corayne en vilo, y se alegraba de dejarla atrás, de que los muros del castillo se la tragaran. Sólo el olor de las calles había sido casi insoportable. Dulce, salado y asqueroso a la vez, estrellándose en sus sentidos. A Corayne todavía le escocían los ojos por el humo, incluso cuando se le hacía agua la boca por la carne que se cocinaba y el pan recién horneado. No había fruta en los mercados. Estaban demasiado al norte y el otoño ya estaba muy entrado para ello. En Lemarta, a Corayne nunca le había faltado comida fresca. Ahora le dolía su ausencia, después de tantos días de carne y galletas duras en el Camino del Lobo. Apenas recordaba el sabor de las aceitunas o las naranjas, o el buen vino de Sicilia. Con una pizca de tristeza, Corayne se dio cuenta de que echaba de menos su hogar. La brisa salada, las colinas de cipreses. Los pescadores en el puerto, los caminos de los acantilados y la pequeña casa de campo. Un cielo azul sobre un mar todavía más azul. Pensó en su madre y en el *Hija de la Tempestad*. No tenía ni idea de dónde estaban ahora. *¿Todavía navegando hacia Rhashir, buscando riquezas? ¿O hará lo que le pedí, y luchará?*

Corayne conocía tan bien a su madre, y a la vez no la conocía en absoluto. No podía predecir qué camino tomaría la pirata. La incertidumbre era una aguja en su piel, nunca olvidada, pero a veces ignorada.

Con energía, Corayne sacudió la cabeza y levantó los ojos, desechando sus dudas lo mejor que pudo. Observó el patio interior del castillo, más pequeño que la plaza exterior. Un gran torreón lo cubría todo, ennegrecido por el fuego hacía mucho tiempo. Corayne vio un cuartel, un establo y una capilla construidos dentro de la muralla. En comparación con el Palacio Nuevo, parecía estrecho y cerrado, y los altos muros dejaban todo el patio a la sombra. Por un momento, Corayne comprendió por qué Oscovko prefería vivir en el campo de guerra, fuera de la ciudad.

Los perros aullaban cerca de los barracones, una manada de sabuesos cuyo pelaje iba del amarillo al gris. Corayne los miró, recordando lo que Andry había dicho sobre los lobos. Pero los únicos lobos que veía eran de piedra o de hilo, de color negro o blanco real, esculpidos en las paredes o bordados en las numerosas banderas y túnicas.

El príncipe Oscovko les hizo pasar a un ritmo acelerado. Los hombres se detenían a saludar, pero él no lo hizo y subió los escalones para entrar en la torre del homenaje sin siquiera saludar. Corayne casi podía ver los nervios que se disparaban bajo su piel. Estaba claramente incómodo.

—Bienvenidos a Volaska, la Guarida del Lobo —dijo sin aspavientos, empujando las puertas de roble. Eran tan gruesas como el brazo de Corayne, y estaban revestidas de acero treco, el metal más resistente del Ward.

Ella se estremeció al entrar y parpadeó ante la repentina luz tenue de un largo pasillo iluminado por antorchas. Las ventanas del fondo no eran más que rendijas, lo bastante anchas para los arqueros, y las que daban al patio estaban cerradas. Corayne ajustó sus ojos y se dio cuenta de que estaba en el centro de la fortaleza, en la corte del rey treco. Era a la vez salón de banquetes y sala del trono, con un estrado elevado frente a las oscuras ventanas. El trono de Trec estaba vacío, tallado en un solo bloque de la misma piedra caliza blanca de las murallas. No tenía más adornos que el lobo cincelado en el respaldo, coronado con oro auténtico.

Aparte de Oscovko y sus hombres, la sala estaba vacía, ni siquiera había sirvientes. Olía a rancio, a que no se había usado en mucho tiempo; el aire era espeso.

—¿Ya se retiró el rey Lyev esta noche? —preguntó Sorasa, casi mezclándose con las sombras. Su voz ya sonaba más fuerte.

Pasó un dedo por el borde de una silla, removiendo la gruesa capa de polvo. Corayne observó a los dos soldados que estaban detrás de Sorasa, siguiendo todos sus movimientos desde una distancia segura. Corayne se resistió a sonreír, aunque sólo fuera por el bien de Sorasa.

Oscovko se burló y cruzó la amplia sala, arrastrando al resto con él.

—El rey Lyev no ha entrado en su propia sala desde hace muchos meses —dijo, atravesando una puerta.

Tres de sus lugartenientes le siguieron, dejando al resto de su guardia en el vestíbulo.

La sala contigua era larga, estrecha y más luminosa, y sus ventanas se abrían a la ladera de la colina, con vistas a la gran ciudad. Las Puertas de Trec se alzaban a lo lejos, marcadas por la amplia brecha en las montañas. Desde esta parte del castillo se podía ver hasta la frontera gallandesa. Corayne entornó los ojos, como si pudiera ver al propio Taristan esperando al otro lado. Pero sólo divisaba la bruma gris de más bosques y colinas, medio muertos por el otoño.

Una mesa de fiesta corría por el centro de la sala. Era demasiado grande para ese espacio, por lo que resultaba claro que había sido arrastrada desde el gran salón. Oscovko les indicó que se sentaran y se sirvió una copa de vino del aparador. La bebió de un solo trago antes de llenarla de nuevo y tomar una silla.

Corayne se dio cuenta de que no ocupaba el asiento de la cabecera de la mesa, sino el de la derecha. El otro permaneció vacío, libre para un rey ausente.

—Bien —dijo Oscovko, cruzando las botas sobre el tablero de la mesa—. Habla, Corayne an-Amarat. Estoy ansioso por escuchar un cuento.

Corayne soltó un suspiro. Primero Erida, luego Isadere, después su madre y ahora el príncipe Oscovko. *Tal vez debería escribirlo todo y ahorrarme la molestia de volver a explicarlo todo.* Apretó los dientes y se sentó. Los demás la imitaron. Antes de que Corayne pudiera pedirla, Oscovko deslizó una copa de vino por la mesa y se la puso en la mano.

Tomó un trago fortificante y habló.

Su voz sonó baja y ronca al contar su historia. La luz gris se volvió dorada en las ventanas, el cielo nublado se tornó en tonos brillantes de naranja y amarillo con la puesta de sol. Dom no se sentó, sino que contempló la ciudad; su figura proyectaba una sombra a través de la estrecha habitación, cortándola en dos.

—Doce asesinos Amhara nos siguieron por el Camino del Lobo —dijo finalmente Corayne—. Atacaron unos días al norte de las Puertas Dahlianas.

Ella no había visto el claro donde yacían los asesinos, con su sangre derramada en la hierba, pero recordaba las secuelas. El cabello arruinado de Sorasa, su mirada hueca, su silencio. Y la gran preocupación de Dom por ella, más estremecedora que cualquier otra cosa.

Corayne observó a Sorasa, inmóvil en su silla, con la mirada fija en el tablero de la mesa agujerado y manchado, con el rostro inexpresivo y los ojos vidriosos. Ella se escondía detrás de un muro creado por sí misma. El peso que todavía cargaba de aquel día no debía ser visto por ninguno de ellos.

Oscovko también la observaba, recorriendo con la mirada sus manos tatuadas, su cuello, cada marca de los Amhara en su piel. Apuró su cuarta copa de vino; de alguna manera, no lo afectaba el rojo oscuro de esa cosecha.

—Está claro que ustedes no han tenido éxito —dijo, señalando a los seis—. Estoy impresionado. Doce Amhara repelidos por gente como ustedes —sus ojos grises oscilaron entre Dom y Sorasa—. Aunque supongo que es fácil matar lo que se conoce.

En la ventana, Dom se volvió para mirar por encima de su hombro. Hizo una mueca, con sus cicatrices tirando de un lado de la boca.

—Su Alteza…

—No lo hagas —la voz de Sorasa restalló como su látigo, una corta frase llena de órdenes.

El Anciano sabía que no debía discutir. Cerró la boca con un chasquido audible de sus dientes.

Corayne siguió adelante, ansiosa por terminar.

—Después del encuentro con los Amhara, seguimos hacia el norte, con la intención de entrar en Galland a través de las Puertas de Trec.

El príncipe dejó su copa y se inclinó hacia Corayne. Sus pálidas mejillas tenían una barba de varios días, afeitadas con prisa. Ella supuso que no tenía necesidad de mantener las apariencias en el campo de guerra, con la corte de su padre casi abandonada.

Él la miró de arriba abajo.

—Pero no atravesaste las Puertas de Trec. En lugar de eso, cabalgaste hasta mi ciudad, buscando espadas y sangre de Trec.

—Buscando un *aliado* —respondió ella con firmeza.

—¿Y qué podría obtener yo de esta supuesta alianza? —Oscovko señaló su propio pecho, y luego a sus silenciosos lugartenientes—. Además de hombres muertos.

Sigil tamborileó con los dedos sobre la mesa, con una mueca de desagrado.

—Sobrevivir —dijo Sigil.

—Tentador —replicó él, con la voz seca como un hueso viejo.

Corayne apretó la mandíbula. Sintió la daga en su mano, la respuesta correcta era tan fácil.

—Gloria —dijo, como si fuera lo más obvio del mundo.

Los párpados de Oscovko se agitaron, sus labios se separaron para mostrar la lengua y los dientes. Sus ojos siguieron a Corayne cuando se puso de pie, echando hacia atrás su capa. Aquí estaba un príncipe que prefería la batalla a los banquetes, los mercenarios a los cortesanos. Si el deber para con su reino no podía influir en él, seguramente su orgullo sí.

—Gloria para Oscovko, el Fino, príncipe de Sangre de Trec —continuó—. Las historias te recordarán, si es que sobreviven para recordar algo.

La Espada de Huso cantó desde su funda cuando la desenvainó, tirando de la larga hoja sobre su hombro con un movimiento suave y limpio. La dejó suavemente sobre la mesa, dejando que el príncipe de Trec examinara el filo de la Nacida de Huso. Se levantó de la silla, con las manos extendidas, pero no quiso tocar la espada.

—Más fino incluso que el acero de Trec —murmuró, tocando la espada en su cadera.

En efecto, las minas y forjas de Trec producían las mejores espadas y aceros de todo Allward. Pero la Espada de Huso no pertenecía a su reino. Incluso a sus ojos se distinguía, el metal ondulaba con la fría luz de diferentes estrellas. Las gemas de la empuñadura palidecían en comparación, por hermosas que fueran, destellando el rojo y el púrpura con la puesta de sol.

Oscovko se lamió los labios, como si estuviera ante un opulento festín.

—Nunca he visto un Huso —dijo, levantando los ojos hacia Corayne.

—No puedo decir que lo recomiende, pero... es adonde tenemos que ir —cruzó hacia las ventanas, uniéndose a Dom y a su vigilancia sobre el Ward. El Huso de las colinas debe ser cerrado.

—¿Por qué? ¿Qué pasa si permanece abierto? ¿Qué pasa si me quedo aquí detrás de mis muros? —Oscovko sacudió la barbilla hacia las ventanas—. ¿Qué está pasando exactamente ahí afuera?

Por primera vez en una hora, Corayne vaciló, las palabras se le atascaron en la garganta. Sólo había visto sombras de las Tierras Cenizas, imágenes conjuradas por la propia magia de Valtik.

En la mesa, Andry se aclaró la garganta. El recuerdo le seguía doliendo, eso era obvio para cualquiera.

—Taristan tiene un ejército como nada que el Ward haya visto antes. Cadáveres y esqueletos. Vivos, pero muertos. Y son muchísimos.

Oscovko ladeó la cabeza, desconcertado.

—Yo tampoco lo creía —dijo Corayne en voz baja—. Antes.

Recordó a la niña que era, en los acantilados de Lemarta, que sólo anhelaba el horizonte. Que fue tan tonta como para pensar que el mundo se lo daría. Que veía a un Anciano y a una asesina como meros peldaños, una oportunidad de escapar de la encantadora jaula creada por su madre. Corayne envidiaba a esa chica y, al mismo tiempo, la odiaba.

Oscovko seguía mirando fijamente, sus ojos pálidos se endurecían, su mandíbula se tensaba. Para consternación de Corayne, se dio cuenta de que no era confusión lo que había en el rostro del príncipe.

—Tráeme la carta —dijo bruscamente, dirigiéndose a uno de sus lugartenientes por encima de las cabezas de sus hombres. El hombre se puso en guardia y salió de la habitación, con las botas golpeando el suelo.

El miedo se apoderó del corazón de Corayne, con sus dedos helados arañando sus entrañas.

—¿Qué carta? —le temblaba la voz.

El príncipe no respondió, permaneció con una expresión impasible. Cuando el teniente regresó con un pergamino en la mano, Corayne estuvo a punto de arrebatárselo para leerlo ella misma. En lugar de ello, se aferró a los reposabrazos de su silla, tratando de ignorar el creciente latido de su propio corazón.

Con un chasquido, Oscovko desdobló la carta. Corayne se inclinó hacia delante en su asiento, al igual que Charlie, ambos intentando vislumbrar su contenido desde el otro lado de la mesa.

—Del rey de Madrence —dijo Oscovko, mirándolos a ambos. Indicó el sello rojo oscuro, partido por la mitad, con la imagen estampada de un semental cortado en dos—. El jinete estuvo a punto de morir al llegar aquí, cambiando de caballo sin descanso.

Madrence, pensó Corayne, tragando con dificultad. Intercambió miradas preocupadas con Andry, que estaba sentado frente a ella, con el ceño profundamente fruncido.

—¿Vas a leer la carta o la vas a balancear frente a nosotros? —siseó Sorasa.

La garganta de Oscovko se estremeció. Miró a Corayne, y ella vio el miedo en él, el tipo de miedo destructivo, el que te vacía. El tipo de temor que ella conocía demasiado bien.

—"El príncipe heredero Orleon ha sido asesinado" —dijo, leyendo el papel manchado—. "La ciudad de Rouleine ha caído en manos de Erida. Ella tiene veinte mil hombres marchando hacia Partepalas, y otro ejército de...".

Algo se quebró en su voz, y en sus ojos.

Corayne sintió que también se quebraba en ella.

—"Cadáveres y esqueletos" —susurró Oscovko. Bajó la carta y la deslizó por la mesa—. Tal y como dijiste. Un ejército como nada que el Ward haya visto antes.

Los dedos de Corayne temblaron, agitándose bajo la mesa. Se quedó mirando la carta y el mensaje entintado, con un garabato desordenado. Quienquiera que hubiera enviado el mensaje lo había hecho con mucha prisa.

—No es una falsificación —dijo Charlie, acercando el papel. Examinó el sello y la firma con la mirada de un maestro—. Ésta es la propia mano del rey, su propia escritura. Está realmente desesperado.

—Con razón —murmuró Andry, apretando el puño sobre la mesa.

La enorme figura de Dom se desplomó contra el grueso cristal de la ventana, con el pecho subiendo y bajando por su agitada respiración.

—El ejército del Huso marcha.

Andry se desplomó lentamente en su asiento, tomándose la cabeza entre las manos. Corayne quiso ir hacia él, pero no pudo moverse. Las sombras de los terracenizos pasaban por su mente, sus cuerpos en descomposición atravesando los árboles de un bosque tranquilo. Un grito le subió a la garganta, mientras el bosque se convertía en edificios, el suelo cubierto de maleza se convertía en calles de la ciudad. Apretó los ojos, tratando de aclarar sus pensamientos. Intentando no ver los esqueletos mientras caían sobre hombres, mujeres y niños, arrasando con todo lo que se encontraba en el camino de Erida.

Rouleine es una ciudad fronteriza, construida para resistir la guerra y el asedio. Sus ojos se abrieron, las lágrimas ardientes le escocían. *Pero no los monstruos. No Taristan. No Lo Que Espera.*

Los sueños de Corayne se agitaron ante sus ojos despiertos, sólo por un momento. La presencia roja de Lo Que Espera se asomó en la esquina de su visión, un brillo caliente y palpitante. Giró la cabeza, tratando de atraparlo, sólo para que Él desapareciera.

El miedo no lo hizo.

No podía imaginar lo que Andry veía en su mente, o Dom. Ellos sabían cosas mucho peores que ella. Ambos se inclinaron bajo el peso de sus recuerdos, luchando contra una tormenta que Corayne nunca sortearía. En cambio, se encontró con los ojos cobrizos de Sorasa, compartiendo una mirada aguda. La asesina se volvió entonces hacia el escudero y el inmortal, con los labios carnosos apretados hacia la nada, con las fosas nasales encendidas al percibir su dolor, desesperada.

Oscovko los observó a todos, inquieto. Dobló la carta con un movimiento deliberado, arrugando el papel.

Se aclaró la garganta.

—El rey Robart llama a una alianza del Ward, todos unidos contra Erida y su consorte. Contra cualquier maldad que estén usando para arrasar el reino.

—¿Estarás de acuerdo con ello? —soltó Corayne. Deseaba sentir ese familiar estallido de esperanza en su pecho, pero nunca llegó. La situación era demasiado grave.

El príncipe dudó.

—Esta carta fue escrita el mes pasado, y la recibí apenas hace dos días —dijo finalmente, y Corayne se estremeció—. Debo suponer que Robart ya está muerto. O que ha renunciado a su trono.

—El ejército del Huso tiene miles de efectivos —Andry levantó la cabeza, con sus ojos marrones distantes. Normalmente lucían tan cálidos, pero ahora Corayne sólo veía una fría oscuridad—. Muchos miles.

—Y están marchando a través de Madrence —murmuró Dom, perdido.

Sigil golpeó el tablero de la mesa con el puño, con un estruendo que casi hizo caer las copas. Todos saltaron ante el ruido, incluso Oscovko. Los miró a todos, con los ojos negros entrecerrados y las mejillas bronceadas.

—Si el ejército se está moviendo, entonces no está vigilando el Huso —siseó—. Podrás regodearte cuando el reino esté a salvo.

Los labios de Oscovko dibujaron una pequeña sonrisa, divertida.

Pero Andry tenía un aspecto sombrío.

—Podrían pasar más terracenizos todo el tiempo, e incluso si no lo hacen, ciertamente Taristan habrá dejado una guardia.

Se pasó una mano por el cabello negro, rascándose el cuero cabelludo. Su corte de escudero había desaparecido hacía tiempo, dando paso a densos rizos que caían como un halo suave y oscuro. Sin duda, Corayne lo prefería. Él se sentía libre de las reglas de la corte egoísta, y se había convertido más en sí mismo. En algún lugar entre escudero y caballero, niño y hombre.

Sorasa apartó su cabello corto de los hombros y lo enrolló en un pequeño nudo. Los tatuajes de su cuello resaltaban con más fuerza, era imposible ignorarlos. Oscovko volvió a mirarlos, con demasiada lentitud.

—Es una oportunidad —dijo, y Corayne casi esperaba que se pusiera en marcha de inmediato.

Al otro lado de la mesa, Sigil asintió con la cabeza y se golpeó el pecho, con el puño contra sus pieles. Charlie parecía menos que extasiado, pero también dio un pequeño golpe.

—Una oportunidad —suspiró Corayne, dándole vueltas a las palabras—. Bueno, el azar nos ha traído hasta aquí.

Se acercó a la mesa y levantó la Espada de Huso, deslizándola de nuevo sobre su hombro. El peso añadido se había convertido en un consuelo en esas largas semanas, un recordatorio de lo que podía hacer y de lo mucho que podían luchar todavía.

Dom permanecía en la ventana, con sus ojos esmeralda fijos, pero sin ver. Corayne sabía que estaba muy lejos, de pie en un templo olvidado, con la hierba primaveral pudriéndose con sangre y huesos.

Corayne colocó una mano sobre el hombro de Dom, cubierto por la capa. Fue como tocar una estatua.

—No podemos salvar a la gente que ya está perdida —dijo despacio. Las palabras eran tanto para ella como para él—. Pero podemos intentar salvar al resto.

Él tardó en reaccionar, como un bloque de hielo que apenas empezaba a derretirse.

Sus ojos se descongelaron primero, las duras astillas de verde vacilaron.

—Sí, podemos —dijo finalmente.

—Si pudiera cabalgar, iría contigo. Dejemos que estos huesos luchen una vez más.

Corayne se giró para encontrar a un anciano débil de pie en el extremo de la cámara, apoyándose pesadamente en un bastón. Sólo llevaba una larga túnica de lana sin teñir, los pies descalzos, las venas azules ramificadas bajo la frágil piel blanca manchada. El cabello caía por su espalda, ondulado y gris, con la barba peinada.

Al igual que Oscovko, no llevaba corona ni joyas, pero Corayne lo conocía sin ellas.

Lyev, el rey de Trec.

Una película blanca nublaba los ojos del anciano rey, que miraba fijamente al techo. El rey estaba ciego.

Oscovko se apresuró a acercarse al anciano y lo tomó del brazo con un resoplido exasperado. Intentó hacerle retroceder hacia la puerta más lejana, hacia los aposentos privados del castillo.

—Padre, por favor. Si vuelves a caer, los curanderos...

—Todos estamos destinados a caer, hijo mío —dijo débilmente el rey Lyev, con la mano libre recorriendo el rostro de su hijo—. ¿Qué harás antes del final?

El príncipe giró el rostro, afectado. Su ceño se arrugó y sus labios se fruncieron; en su frente aparecieron arrugas de preocupación.

—¿Qué harás? —volvió a decir Lyev, y Corayne sintió un agudo escalofrío en la piel.

—Enfermera —ordenó Oscovko, llamando a la ennegrecida puerta. Apartó la mirada antes de que apareciera la cuidadora de su padre, arrastrando los pies para tomar al rey por el brazo.

Corayne se quedó boquiabierta.

Por una vez, Valtik llevaba zapatos, un par de botas diferentes. Guiñó un ojo azul como un rayo mientras alejaba al rey, sacándolo de la cámara. Los ojos de Oscovko se deslizaron sobre ella. Le importaban poco los sirvientes y las viejas enfermeras. Alrededor de la mesa, los Compañeros se quedaron con los labios cerrados y los dientes apretados, tratando de hablar sin palabras.

De no ser por las circunstancias, Corayne se habría reído a carcajadas. Sorasa lo hizo, escondiendo una sonrisa en su mano, girando la cara.

Oscovko se recuperó lentamente, pasando una mano por su propia cara, trazando el camino de los dedos de su padre.

—¿Qué vas a hacer? —murmuró para sí mismo, haciéndose eco de las palabras de su padre.

Las palabras de Valtik, Corayne lo sabía.

Los ojos grises del príncipe recorrieron la mesa y luego volvieron a mirar a Corayne y la espada sobre su hombro. Una esquina de su boca se torció, curvándose en una sonrisa negra.

—Mi campamento de guerra ha estado tranquilo durante demasiado tiempo. Cabalgaremos contigo hacia Galland —golpeó con los nudillos sobre la mesa, y sus lugartenientes respondieron de la misma manera, vitoreando—. Pocos hombres pueden decir que lucharon contra el Apocalipsis. Yo seré uno de ellos.

Corayne asintió junto a ellos, su propia y delgada sonrisa era una fachada para el huracán que se arremolinaba en su vientre. El terror, la convicción, el alivio y la semilla de la esperanza luchaban dentro de Corayne an-Amarat, cada uno luchando por el dominio. Pero todo palidecía ante Taristan y Lo Que Espera. Era algo peor que el miedo: era la perdición.

—Llama al campamento a Volaska —dijo Oscovko, empujando a uno de sus lugartenientes hacia el gran salón.

Con una risa loca, se sirvió otra copa de vino. El líquido se acumuló como la sangre, llenándose hasta el borde. Cuando levantó la copa, se derramó el carmesí sobre sus dedos. A Oscovko no le importó.

—¡Mañana cabalgaremos! —gritó, con una voz demasiado alta para la sala. Nadie correspondió a su brindis—. Pero esta noche nos daremos un festín.

Se les asignaron aposentos en todo el castillo, llenando las alcobas abandonadas durante mucho tiempo por la menguante corte de Trec. Con un rey enfermo y un príncipe ausente, había pocos motivos para que los nobles y los cortesanos se quedaran. La mayoría mantenía sus propios castillos y salones, repartidos por el campo. Por suerte, Volaska aún tenía muchos sirvientes empleados, desde las cocinas hasta los establos, y todos se pusieron a trabajar en la limpieza de las alcobas polvorientas y sin usar.

Corayne se sintió extraña esperando a que una criada terminara de cambiar las sábanas de la cama, así que ayudó en lo que pudo, tomando la escoba y rellenando la jarra de agua y la jofaina. Se sintió aún más extraña con Sorasa de pie en el rincón, con los brazos cruzados con fuerza. Parecía un cadáver en un ataúd vertical, entre las sombras. La criada la miraba con recelo y se apresuró a atravesar la habitación lo más rápido posible.

Ni Corayne ni Sorasa hablaron mientras la criada trabajaba. Aunque Corayne dudaba que la reina Erida tuviera espías en la capital treca, no valía la pena arriesgarse.

Un fuego crepitaba alegremente en el hogar y los tapices cubrían las paredes de piedra. Ambas cosas evitaban el peor de los fríos. Incluso había una bañera delante del hogar, medio llena de agua humeante.

Corayne ya no sentía el frío, pero la piel se le erizaba de todos modos bajo la ropa. Sus párpados se hundieron al contemplar un tapiz del dios Syrek, cubierto de rojo, con el blanco de los ojos casi brillando. Un ejército conquistado yacía bajo sus pies, los soldados de muchos reinos, con rostros de todos los colores.

Su rostro era extrañamente familiar, tejido con una precisión imposible. Se quedó mirando, con los ojos recorriendo la piel blanca, la nariz larga, los labios finos y el cabello rojo oscuro.

Taristan.

Apretó los dientes y parpadeó.

Los hilos cambiaron, el rostro perdió detalle. Corayne exhaló un suspiro y se apartó, cruzando hacia el centro de la cámara.

—Esto está bien —le dijo a la criada, primero en primordial y luego en treco entrecortado. Todavía había polvo en la mitad de los muebles, pero las sábanas estaban frescas, el orinal limpio y la bañera llena. Eso era suficiente—. Es sólo por esta noche.

La criada apenas asintió y salió corriendo, ansiosa por alejarse de la habitación.

Sorasa no perdió el tiempo. Se dispuso a examinar también la alcoba, pero en lugar de investigar los tapices, escudriñó detrás de ellos, recorriendo cada centímetro de las paredes. Sus dedos buscaron grietas y huecos mientras apartaba un pesado baúl de madera, levantando una nube de polvo.

—Me alegro de volver a oír tu voz —dijo Corayne, y se sentó en la cama. Observó, pensativa, cómo Sorasa recorría la habitación—. He echado de menos tus consejos de entrenamiento.

La asesina no se volteó.

—No, no lo has hecho —replicó.

Corayne rio de inmediato.

—No, no lo he hecho.

Con un suspiro, se tumbó en la cama y se estiró. Después de semanas en el desierto, el rígido colchón de paja se sentía como una nube. Necesitó toda su voluntad para no cerrar los ojos y quedarse dormida.

Sorasa siguió buscando y se arrodilló para comprobar el suelo.

—Oscovko no va a entregarme a Erida.

—No me preocupa Oscovko —murmuró Sorasa, retorciéndose bajo la cama—. Este castillo tiene un problema de ratas.

Ella salió por el otro lado, con una cola y un cuerpo grasiento que se retorcía colgando de sus manos. Corayne hizo una mueca de asco cuando la asesina arrojó la rata al pasillo.

—Ay, basta, ya has visto cosas peores —regañó Sorasa, cerrando la puerta tras ella.

—Eso no hace que las ratas sean mejores —espetó Corayne, levantando las piernas. Agitó las sábanas para comprobar que no hubiera más roedores.

—Estamos a punto de festejar con un campamento de guerra treca. Créeme, desearás tener ratas —Sorasa apoyó las manos sobre sus caderas y observó la habitación, finalmente satisfecha. Luego hurgó en pila de tela doblada en la mesa junto a la ventana, arrugando la nariz—. Parece que Oscovko tuvo la amabilidad de darnos algo de ropa para la noche.

Corayne olfateó su camisa suelta, manchada por las semanas de viaje.

—No puedo imaginar por qué.

La ropa no era mucho mejor, a juzgar por la expresión de Sorasa. Agarró un vestido por el cuello, sacudiéndolo con desagrado.

—Deberías asegurarte de que no están envenenados —dijo Corayne, sonriendo.

Pero Sorasa ya estaba revisado la tela, pasándola entre los dedos, oliendo con cautela los pliegues de lino y lana.

—Estaba bromeando —dijo Corayne débilmente—. ¿La gente realmente hace eso?

—Yo sí —Sorasa forzó una sonrisa exagerada, arrojando un vestido y ropa interior de lino sobre la cama—. Báñate tú primero.

Corayne tomó la ropa con cautela, mirándola con cierto temor. El vestido era de lana lisa, de un color azul pálido que alguna vez debía haber sido intenso. Recorrió con un dedo los bordados de las mangas y el escote, sintiendo el trabajo artesanal. El vestido era viejo, pero estaba bien confeccionado, quizá para una dama o una princesa de antaño. Los lobos blancos recorrían el bordado, en hilo blanco y dorado, entretejidos en un patrón de copos de nieve.

El lobo blanco en una ventisca, pensó Corayne, un escalofrío recorrió su columna vertebral.

—Isadere vio esto en su espejo —murmuró.

Sorasa hizo un ruido despectivo.

—Avísame cuando Isadere logre volver las flotas de Ibal en contra de Erida. Entonces me impresionará.

Lentamente, Corayne se quitó la camisa y los pantalones viejos, y los arrojó al suelo. Fue como despojarse de su piel, desprendiendo capas de suciedad y mugre.

El agua tibia de la pequeña bañera de madera se sentía aún mejor que la cama. Suspiró mientras se hundía, mojando su cabeza. Cuando salió y se secó los ojos, el agua ya estaba turbia.

Hizo una mueca de dolor.

—¿Pedimos un nuevo baño para ti?

Sorasa no se inmutó.

—Date prisa —dijo, probando el pestillo de la ventana.

Había una pequeña lonja de jabón y Corayne se restregó por todo el cuerpo, con los dedos de los pies curvándose con cada rasguño sobre su piel. Una parte de ella quería olvidarse por completo del festín y sentarse en la bañera hasta que el agua se convirtiera en hielo. Sin embargo, terminó y se pasó el jabón por el cuero cabelludo antes de enjuagarse una vez más. El fuego rugió en su espalda desnuda y apenas se estremeció al salir del agua, envolviéndose en una gruesa manta.

Sorasa ya se había despojado de sus ropas; la túnica, los pantalones y las botas estaban pulcramente colocados en un rincón junto a sus numerosas dagas. Antes de que Corayne pudiera siquiera parpadear, se sumergió en el agua.

Corayne no pudo evitar fijarse en los tatuajes de Sorasa. Nunca había visto tantos, ni siquiera en un miembro de la tripulación de su madre. Sorasa los tenía casi por todas partes. En las piernas, en la columna, en las costillas. Un halcón, una araña, una constelación.

—¿Cuál es tu favorito? —preguntó Corayne cuando Sorasa asomó la cabeza.

La asesina parpadeó, con sus habituales trazos de polvo negro en los ojos recorriendo sus mejillas. Aguzó la mirada.

—¿Qué cosa?

El calor se encendió en las mejillas de Corayne.

—Lo siento, eso fue grosero —agachó la cabeza y se ciñó la manta alrededor del cuerpo.

—¿Los tatuajes?

—No pretendo entrometerme —respondió Corayne, apartando la mirada.

Sorasa no parpadeó.

—Pero siempre lo haces.

Su rostro se calentó más.

—Sí, supongo que sí —admitió—. Es que… quiero saber. Todo. Siempre. Si sé lo que me rodea, cada pequeño detalle… —su voz se apagó, su mente era un caos—. Supongo que me ayuda a sentirme un poco más en control. Un poco más fuerte. Más valiosa. Al menos, solía ser así.

De vuelta a casa, en Lemarta, el conocimiento había sido su poder. Conocer las mareas, las rutas comerciales, el tráfico de las monedas y los chismes. Toda su información se sentía inútil ahora, ante el fin del mundo. En el baño, Sorasa se mantuvo quieta, el agua se movía suavemente a su alrededor. Era todo lo contrario a un libro abierto. Corayne esperaba que sumergiera la cabeza y volviera a guardar silencio. En lugar de eso, se frotó los ojos, quitándose el polvo negro, y sonrió.

—Éstos son mis favoritos —dijo, levantando las dos palmas.

El sol y la luna estaban grabados en la carne de sus manos, distorsionados sólo un poco por los callos y las líneas de su piel.

Corayne miró entre ellas, fascinada.

—¿Qué significan?

—Son Lasreen, las dos caras de la diosa. El sol y la luna, la vida y la muerte. Llevo ambas en mis manos —giró las palmas, pensativa. Su voz se suavizó—. Todos los Amhara los tienen.

La asesina trazó el sol en una palma, y luego la luna en la otra.

Corayne la observó durante un largo y silencioso momento. Sintió que se acercaba a un hielo muy delgado.

—¿Estás bien, Sorasa?

Las manos de Sorasa volvieron a sumergirse en el agua con un chapoteo.

—Estoy perfectamente bien —respondió.

—No hablaste durante un mes —dijo Corayne con suavidad. Tomó asiento junto a la bañera, en un pequeño taburete.

—Ahora hablo —la asesina sonaba más como una niña petulante que como una asesina. Tomó el jabón y lo pasó por sus brazos—. Y digo que estoy bien —sus dientes brillaron a la luz del fuego—. Los Amhara me hicieron lo que soy. Sólo hice lo que me enseñaron.

Era un equilibrio precario, Corayne lo sabía. Cada pregunta podía llevarla a ella o a Sorasa al límite. Pero no preguntaba por su propia curiosidad, ya no. Veía el dolor detrás de los ojos de Sorasa, que ardía incluso tras el muro de su mente.

—¿Los conocías?

Sorasa respiró con fuerza. Sus párpados se agitaron. Ella también se equilibró.

—A todos y cada uno.

La leña crepitó en el fogón y Corayne se estremeció, con las entrañas revueltas. *A todos y cada uno.* Sabía poco de la vida de Sorasa en la Cofradía Amhara, pero lo suficiente para entenderlo. Los asesinos habían sido su familia una vez, lo admitiera o no. Y ahora doce de ellos yacían caídos a su paso, doce hermanos y hermanas que habían vivido a su lado y muerto por su mano.

—¿Por qué te exiliaron? —Corayne tenía la garganta seca.

Sorasa se alisó el cabello y lo apartó de su rostro, ahora limpio. Sin la suciedad y el polvo negro, la asesina parecía más joven. Miró fijamente a Corayne.

—Creí que habías dicho que eso era asunto mío.

Corayne se quitó la manta y se dirigió a la ropa de la cama.

—Eso no significa que no me lo pregunte —dijo.

En la bañera, Sorasa no dijo nada.

Corayne no esperaba respuesta y se puso la ropa. Se estremeció al sentir el suave lino sobre su piel. Como todo lo demás, esa sensación le resultaba extraña después de tantas semanas con la ropa de viaje gastada. El vestido se ajustaba perfectamente a su ropa interior y se ceñía a las curvas de su cuerpo, con el escote arqueado por debajo de la clavícula. En Lemarta, Corayne casi nunca llevaba vestidos. No había razón para ello, ni siquiera para los festivales. Pero no le disgustaban.

Observó su reflejo en el pequeño espejo. Apenas era más grande que un trozo de pergamino, y la superficie de cristal estaba agujereada y empañada, pero hizo girar la falda de un lado a otro, admirando lo que podía ver.

—Un hombre odiaba a su mujer y quería destruirla.

Girándose, Corayne enarcó una ceja. Sorasa no reaccionó, mirando fijamente al fuego, el jabón olvidado, las aguas de la bañera arremolinándose con el polvo del camino.

—Hizo un contrato —dijo la asesina, y las llamas saltaron. El calor palpitó en la habitación.

—Pero no para ella —susurró Corayne.

—Ya he matado a niños antes —los ojos de Sorasa reflejaban la chimenea, bailando con una luz roja y caliente—. Pero esto… me pareció mal. Y muy pocas cosas me parecen mal —una de sus manos se sumergió bajo el agua, hasta las costillas, tocando un tatuaje que Corayne no podía ver—. Volví a la ciudadela. Pero Lord Mercury tenía que dar un ejemplo.

—¿Porque no pudiste matar al niño?

—Porque me *negué* —dijo Sorasa. Su expresión se endureció, un parpadeo de ira cruzó su rostro—. El fracaso es aceptable, pero no la desobediencia. *Nosotros servimos.* Ésa es nuestra enseñanza más profunda. Y yo no serví, no pude servir. Así que Lord Mercury me marcó como *osara* y me arrojó al mar —el recuerdo se agolpó en sus ojos, y dijo en voz baja—. Los hombres son tan inadecuados para el poder.

Corayne rio con gesto sombrío.

—Las mujeres tampoco somos muy buenas para ello.

—Erida es un espécimen propio. Y tu tío también.

Ahora Corayne se endureció, y un terrible escalofrío le recorrió la espalda. Se acomodó el vestido, tratando de no pensar en Taristan y su ejército. Sus ojos eran un abismo, y su recuerdo la asustaba incluso en ese momento.

Se la tragarían si tuvieran la oportunidad.

Y también se tragarían el mundo.

La Espada de Huso yacía a los pies del lecho, casi tan larga como el ancho de la cama. La vaina ocultaba parte de su magia, lo que empañaba la llamada de Espada de Huso a Sangre de Huso, pero Corayne aún podía sentir su eco. Pasó un dedo por el cuero. Ahora ya conocía cada arañazo y abolladura, las grietas y los lugares desgastados, maltratados por su viaje, por el de Andry. Y por el de Cortael. Su pulgar recorrió la empuñadura de la espada, como si pudiera sentir los dedos de él allí.

—No quiero morir como mi padre —murmuró.

El agua salpicaba en la bañera cuando Sorasa se volvió hacia ella, cuadrando los hombros.

—Nadie quiere morir, Corayne —dijo bruscamente—. Pero todos morimos, cuando llega el momento —parte de la tensión de su frente se aflojó, alisando su frente—. Y entonces Lasreen nos dará la bienvenida a casa.

A casa.

Lo primero que pensó Corayne fue en la casa de campo, sus pequeñas habitaciones y paredes blancas, las flores del jardín, el té de cítricos de su madre hirviendo en la olla. Inhaló, intentando recordar el océano y los cipreses, pero sólo olía a humo de madera y a jabón. Su corazón se estremeció. Lemarta era el lugar donde había crecido, pero nunca fue su hogar, no de verdad. Era un lugar para crecer, pero no un lugar al que pertenecer.

—Tal vez nos pertenezcamos la una a la otra., Nosotras que no pertenecemos —murmuró Corayne. Eran las propias palabras de Sorasa, pronunciadas hacía tanto tiempo.

La asesina recordaba. Lentamente, asintió con la cabeza.

Un fuerte golpe en la puerta sacó a Corayne de sus pensamientos. En el baño, Sorasa se recostó contra el flanco de la bañera, con el agua chapoteando alrededor de su clavícula expuesta.

Gruñó para sí, molesta.

—Sí, ¿qué pasa?

La puerta se abrió y el Anciano entró, agachándose para atravesar el umbral, con su imponente cabeza rubia casi rozando el techo. También llevaba ropa nueva, una túnica negra y unos pantalones de cuero con su espada ceñida a la cintura. Su vieja y raída capa había sido abandonada por la noche.

—Yo… —balbuceó, y su rostro blanco se volvió rojo como la sangre. Sus ojos volaron de Corayne, completamente vestida, a Sorasa, que se estiraba en el agua de la bañera.

Su mirada se detuvo un momento y luego se dirigió al techo, al suelo, a la chimenea… a cualquier parte menos a la piel de bronce de ella.

—Perdona… ¿dijiste *sí*?

—No veo cuál es el problema —Sorasa se encogió de hombros en el agua. Un caballo tatuado onduló sobre su hombro, galopando sobre su carne en movimiento—. Domacridhan, tienes quinientos años. Seguro que has visto antes a una mujer desnuda, mortal o inmortal. ¿O es que los inmortales tienen un aspecto diferente?

Dom se olvidó de sí por un momento y la miró con el ceño fruncido.

—No, no tenemos un aspecto *diferente*... —gruñó antes de darse la vuelta. Levantó una mano para cerrar los ojos—. Eso no viene al caso, Sorasa.

Corayne tuvo que taparse la boca para no aullar de risa. Dom parecía querer saltar del tejado, mientras que Sorasa sonreía perezosamente, como una tímida gata estirándose bajo un rayo de sol hecho a su medida. Disfrutaba cada segundo de la incomodidad de Dom.

—Bueno, entonces sé rápido con lo que quieres —dijo la asesina—. ¿O piensas quedarte?

Siseó un poco, calmándose.

—El festín se está preparando abajo, y Oscovko ya está borracho, si los gritos que he oído son una indicación.

—Podríamos haberlo descubierto nosotras mismas, Dom —se burló Corayne.

Dom hizo una mueca, mirándola con una mano aún apretada al lado de su cara, bloqueando la vista de Sorasa.

—Sólo quiero decir que él y sus hombres se están comportando mal. Estaré fuera de la puerta hasta que ambas estén listas para reunirse con ellos en el gran salón.

Sorasa se removió, sentándose en la bañera.

—¿Exactamente qué te dio la indicación de que no puedo protegerme a mí misma o a Corayne? —preguntó, y la línea de agua bajó un poco.

Corayne temía por el corazón de Dom.

Al negarse a mirar en su dirección, sólo pudo dar una explicación, tartamudeando. Salió a trompicones, con palabras entrecortadas y sin mucho sentido.

—Muy bien, me iré —dijo finalmente, y se marchó, girando sobre sus talones.

Él volvió a abrir la puerta de un tirón, casi arrancándola de sus goznes. Con una mano aún levantada para bloquear su visión, se abalanzó y su ancho cuerpo chocó con el umbral de la puerta con un golpe que hizo temblar la habitación. La fuerza del portazo agitó el aire, y Corayne casi esperaba que la madera se hiciera añicos.

Le dedicó a Sorasa una sonrisa maliciosa.

—No creo que haya visto nunca a una mujer desnuda.

El agua salpicó las piedras de la chimenea cuando Sorasa se levantó de la bañera, con una sonrisa retorcida en los labios.

—No, desde luego que sí.

Las cejas de Corayne se elevaron hasta la línea del cabello.

—¿Cómo lo sabes?

—Sabía exactamente adónde mirar —contestó ella con calma, secándose rápido con unos cuantos trapos. Luego se puso la ropa interior y se escurrió el cabello, mirando su propio vestido. Su sonrisa se convirtió en un ceño fruncido.

—La moda treca es fatal.

Su vestido era del color del carbón, con bordes de hilo negro y dorado que formaban un dibujo de pequeñas flores. Tenía mangas largas y cordones en el cuello, que Sorasa ajustó para que el vestido se adaptara mejor a su figura. Al igual que el de Corayne, el escote caía por debajo de la clavícula, mostrando más de sus tatuajes Amhara. Si a Sorasa le importaba mostrar la tinta negra y la piel bronceada, no lo evidenciaba. Con manos rápidas, se trenzó el cabello mojado contra el cuero cabelludo, haciéndose un nudo en la base del cuello. Volvió a ponerse los polvos para los ojos y deslizó unas líneas negras bien definidas sobre los párpados. Hacía que sus ojos cobrizos resaltaran, más brillantes que cualquier fuego.

Era una imagen llamativa, una hermosa mujer ibala de piel morena y cabello negro, vestida con faldas trecas. Parecía brillar, su rostro de huesos altos y sus labios carnosos parecían tan finos como los de una dama en un cuadro.

Corayne sintió la familiar sensación de hundimiento en el estómago, la misma que sentía al lado de su audaz y magnífica madre.

—Fatal o no, estás encantadora —dijo, agitando una mano hacia Sorasa.

La asesina sólo se encogió de hombros.

—Me he visto mejor, lo reconozco —murmuró, atándose las mangas con fuerza—. Si pudiéramos viajar por el sur como es debido. La corte de Ibal es una vista gloriosa, en verdad.

Corayne trató de imaginarlo. En Almasad, se centraban más en el tránsito, pero recordaba atisbos de finas sedas y joyas preciosas. Oro, turquesa, amatista, lapislázuli y plata fina. Paños que protegían del sol del desierto, pero que también permitían lucir una figura fina o una complexión musculosa. Hasta ahora, sólo había visto a Sorasa con sus cueros y túnicas, y su capa nunca estaba lejos. Corayne no podía imaginársela vestida de seda.

—Nunca he estado en un banquete —murmuró, volviendo a acomodarse el vestido.

—Yo sí, pero nunca me han invitado —replicó Sorasa, subiéndose la falda para mostrar una pierna delgada. Se colocó una daga en el muslo antes de deslizar otra en su bota—. Es la primera vez para las dos.

Corayne miró la Espada de Huso.

—Supongo que no puedo dejarla aquí —dijo, imaginando lo tonta que luciría con una espada en la espalda.

—Que Dom la lleve durante la noche, o Andry. Estoy segura de que el escudero hará todo lo que le pidas —dijo Sorasa, con una mirada socarrona.

La cara de Corayne ardió y agarró la vaina.

—Andry es muy amable —murmuró, luchando contra la repentina oleada de entusiasmo en su pecho.

En el pasillo, los abucheos resonaron, sonando incluso a través de la puerta. De repente, agradeció la distracción. *Los hombres del príncipe están realmente borrachos.*

—¿Cuántos van con Oscovko? —preguntó.

Sorasa se encogió de hombros.

—Quinientos como mucho. Nunca he conocido un campamento de guerra que cuente con más.

Corayne frunció el ceño.

—Trata la salvación del Ward como un juego, con la gloria como premio.

—Puede tratarlo como quiera, mientras mantenga su palabra —dijo Sorasa, cruzando la puerta de la cámara. Puso una mano en el pestillo, con los dedos entintados—. ¿Lista?

—Hambrienta. Quiero decir, sí.

Para sorpresa de nadie, Dom seguía esperando afuera de la puerta. No dijo nada cuando entraron en el pasillo, y se adelantó como una sombra gigante y pesada. Pero siguió el ritmo de sus pasos, sin adelantarse más que unos metros. Corayne se dio cuenta de que tenía la barba recortada y nuevas trenzas en el cabello, dos de ellas colgando delante de cada oreja, con el resto de sus mechones rubios sueltos. Volvía a parecer un príncipe, un hijo inmortal de la Glorian Perdida, imponente y poderoso.

Corayne sonrió para sí misma.

Y completamente deshecho por Sorasa Sarn.

17

REINA DE LAS CALAVERAS

Erida

Las torres y las agujas de la catedral de Partepalas se alzaban contra un cielo azul sin nubes. La piedra blanca y la pintura plateada centelleante brillaban bajo el sol de la tarde, un faro más fuerte incluso que el famoso faro de la ciudad que se eleva sobre el puerto. El frío otoñal de los bosques había desaparecido, sustituido por el aire tranquilo y templado de la costa sur. Todo seguía floreciendo, el aire perfumado de flores y una fresca brisa salada. Erida lo absorbió, ávida de más.

La capital madrentina se extendía a lo largo de la orilla donde el río se encontraba con el mar, y la fuerte corriente lo llevaba hasta la bahía de Vara. Una parte del río había sido excavada para formar un foso alrededor de la ciudad, y un canal verde formaba una segunda barrera junto a las murallas. Había varias puertas, todas formidables, mucho más imponentes que las puertas de Rouleine.

Y mucho más ricas. Partepalas era una ciudad construida no para la conquista o el comercio, sino para la vista. Los reyes madrentinos eran ricos y su ciudad lo demostraba, hasta en los adoquines. Había escudos de plata martillada que decoraban las paredes y las torres de vigilancia, cada uno de ellos grabado con el semental de Madrence.

La residencia del rey Robart, el Palacio de las Perlas, hacía más que honor a su nombre. Se adentraba en el río, amurallado con piedra gris y rosa pulida, y sus numerosas ventanas parecían joyas. *Más pequeño que mi propio palacio,* reconocía Erida, *pero mucho más hermoso. Construido para el placer y la comodidad, para un monarca sin temor a la guerra. Hasta ahora.*

Sólo faltaba una cosa en la ciudad, una ausencia notoria. No había banderas: ni seda color borgoña, ni el caballo plateado del rey Robart. Todas habían desaparecido, sustituidas por un único estandarte blanco que colgaba lánguido en el aire quieto. La bandera sólo significaba una cosa.

Rendición.

Toda la capital era un perfecto y delicioso pastel, listo para ser devorado. Y el festín había comenzado.

La mitad de sus legiones ya acampaban fuera de la capital, diez mil de ellas listas para la ocupación. Los barcos gallandeses flotaban en la bahía. Sólo tres galeras de guerra, de doble cubierta y vela verde, pero eran más que suficientes para avisar de su presencia. La flota de Erida se acercaba. Era sólo cuestión de tiempo para que todo el puerto estuviera bloqueado. La mayoría de los barcos de Robart ya se habían ido de todos modos, dejando la bahía medio vacía.

Erida se sentía como si pudiera volar, casi vibrando en su piel. Necesitó todo su entrenamiento en la corte para contenerse y mantener su caballo al trote, siguiendo el paso al frente de la columna de cortesanos. Los murmullos cautelosos de sus nobles y generales habían desaparecido, sustituidos por un zumbido de entusiasmo. Por una vez, Erida compartía el sentimiento de su corte. Llevaban sus mejores galas: acero, seda y brocados reservados para una coronación o un funeral.

Un hilo de esmeraldas parpadeaba en el cuello de Harrsing, y la cadena de oro de Thornwall colgaba entre sus hombros, con la imagen de un león rugiente. Marger, Radolph y todos los demás brillaban como monedas. Sabían que era un día para recordar, un día para ser visto.

Sobre todo, para Erida.

Sus damas se habían superado a sí mismas a la hora de peinarla, incluso tan lejos de Ascal. Sus trenzas eran pesadas y colgaban hasta la parte baja de su espalda, tejidas con broches de oro y cintas de seda roja. Las mejillas de Erida ruborizadas con un rosado muy suave y el resto de su piel era de un blanco pálido, impecable como la más fina porcelana de Ishei. Sabía que contrastaba maravillosamente con su armadura dorada y sus faldas rojas, cuyas orillas estaban bordadas con vides de rosas en verde, oro y escarlata. El león gallandés rugía sobre su capa carmesí, los pliegues echados hacia atrás sobre los flancos de su caballo. Incluso la yegua de Erida tenía el aspecto adecuado, con sus guarniciones de cuero rojo aceitadas hasta obtener un gran brillo, con hebillas de oro y una manta con dibujos de rosas bajo la silla de montar.

Aunque la mayoría de las joyas de Erida seguían guardadas en la cámara del tesoro había acertado al traer la corona de su padre para este propósito. No era su joya más hermosa pero sí la más antigua. Una obra maestra de oro negro y piedras preciosas en bruto de todos los colores, portada por el primer rey gallandés. Había sido modificada para que se ajustara a su cabeza, y le quedaba bien. El rubí en el centro de su frente se calentaba contra su piel, tan grande como un pulgar. La gema era aún más antigua, se remontaba a los emperadores de Cor y al imperio que ella pretendía reconstruir.

Su aspecto era mejor que las banderas verdes que ondeaban sobre su ejército. Nadie la confundiría con otra persona que no fuera la victoriosa reina de Galland.

Se balanceaba en la silla de montar mientras se acercaban al puente y a las puertas principales de Partepalas. Un millar de sus legionarios ya estaban apostados en el interior de la ciudad, recibidos por delante de la comitiva de la reina.

Los terracenizos se quedaron atrás, el ejército de cadáveres no era necesario. Ellos se alzaban en el horizonte, una cinta oscura sobre la ladera del lado opuesto del río. Sus sombras se extendían largas y negras, pesadas sobre la tierra. Lo bastante lejos para sus señores y su incomodidad, pero lo bastante cerca para que Erida los convocara; lo suficientemente cerca para que los cadáveres intimidaran a cualquiera que se cruzara con ellos. Aun así, Erida se alegraba de su distancia. Los cuerpos en descomposición envenenaban el aire, los cadáveres apestaban de una forma enfermiza, mientras marchaban por el campo.

Taristan también los observaba, con fría satisfacción más que con asco. Su nítida silueta se recortaba contra el cielo, con su armadura y su capa roja y con el rostro levantado hacia el sol, aunque la luz nunca parecía llegar a sus ojos. Seguían siendo negros e incontenibles, inmunes incluso a la luz del día.

Ronin, por su parte, parecía más agitado con cada día de marcha, con el polvo pegado a sus ropas y a su cara. Miró con desprecio la ciudad que tenía delante.

—¿Y si el rey de Madrence cambia de opinión? —siseó, con sus blancos dedos clavados en las riendas de su caballo. La yegua se estremeció debajo de él, recelosa del mago.

Erida esbozó una sonrisa.

—Ojalá lo hiciera —extendió una mano para señalar, con la manga larga ondeando—. Ahí están tus archivos, Mago. Según lo prometido.

La Isla de la Biblioteca en realidad no era una isla, sino una torre en el extremo de un puente, la corriente del río rompía alrededor de su base. Se alzaba como una espada en punta, más alta que una catedral, con murallas de picos de plata y un observatorio abovedado en su cima. La Isla de la Biblioteca era conocida en todo el mundo como una sede del conocimiento sin igual. Si había alguna pista sobre el paradero del próximo Huso, Ronin seguramente la encontraría allí, entre las estanterías en espiral y los pergaminos polvorientos.

El mago rojo observó los grandes archivos de Partepalas con fruición. Erida casi esperaba que se lamiera los pálidos labios.

—¿Qué reino será el siguiente? —preguntó ella, bajando la voz. Thornwall y los demás cabalgaban a pocos metros, con su Guardia del León alrededor.

Taristan apartó los ojos del ejército del Huso para encontrarse con los ojos de Erida. Como siempre, su mirada se sintió como una espada en su pecho.

—No lo sé.

¿Qué más podría venir?, se preguntó Erida, apretando los dientes. Aun con la corona de otro país en sus manos, seguía sintiéndose en desventaja. *¿Qué más podría haber?*

—¿Cuántos necesita Lo Que Espera?

Taristan sólo volteó a mirar la Espada de Huso, y luego a Ronin.

—Eso tampoco lo sé.

—Tenemos dos aún abiertos, y uno perdido. Deben venir más. Pronto —instó Ronin, con una expresión agria—. Y

Corayne debe morir. No podemos permitirnos perder otro Huso por su causa.

—Nos ocuparemos de ella —dijo Taristan.

—Mi recompensa no ha traído ninguna pista, ni para Corayne ni para Konegin —Erida suspiró con frustración. *Podemos derrocar un reino, pero no encontrar a una simple chica Heredera de Cor ni a mi intrigante primo—.* Y los Amhara no han tenido éxito hasta ahora.

—Nos ocuparemos de ella —volvió a decir Taristan, con cada letra afilada, con los dientes al límite.

Extrañamente, su énfasis feral era casi tranquilizador. Erida se preguntó si ya tenía algún tipo de plan en marcha, pero las puertas de Partepalas se levantaron antes de que pudiera preguntarle a él.

El puente levadizo de la ciudad pasó bajo los cascos de su yegua, las herraduras de hierro sonando sobre la madera y los clavos. Era como entrar en Rouleine, pero multiplicado por mil. Temió que su corazón estallara, y todas las emociones que llevaba en su mente salieran a la superficie. Alegría, orgullo, preocupación, alivio y también arrepentimiento, todo impregnado de una extraña sensación de amargura. Erida quería reír y llorar por igual. Pero era una reina: mantuvo la cabeza en alto y la expresión plácida, mientras entraba por la puerta a las calles de la capital extranjera.

Su legión se alineó en el camino. Gritaron al unísono una poderosa ovación para recibir a su reina y a su príncipe. Los habitantes de Partepalas que no habían podido huir de la ciudad también vieron la procesión de Erida. Miraban desde todas las puertas, ventanas y esquinas de las calles, siguiendo sus movimientos. La mayoría permanecía en silencio sin mostrar ninguna expresión, con sus verdaderos sentimientos ocultos y sus hijos escondidos. Unos pocos, los más valientes, miraban con disgusto a la reina conquistadora y a su ejército. Pero ninguno levantó la mano contra sus conquistadores. Nadie gritó ni lanzó piedras. Nadie se movió en absoluto, congelados en el lugar mientras Erida se adentraba en la ciudad.

—Nos odian —dijo Thornwall, con un tono crudo en su voz.

Erida miró a su comandante.

—Nos temen más. Y eso también es una victoria.

El Palacio de las Perlas resonó, su gran patio de piedra blanca pulida con incrustaciones de perlas silencioso como un mausoleo. Las armaduras de la Guardia del León tintineaban, los mantos se agitaban, y las botas golpeaban la plaza. El río bañaba uno de los lados, con las paredes abiertas al agua, lanzando una luz de sol vacilante que inundaba a la procesión de oro y azul mientras caminaban.

—No hay guardias —murmuró Erida, observando el vacío del palacio. Miró a Thornwall y a Taristan—. Tampoco hay soldados en la ciudad.

—Sea cual sea el ejército que reunió el rey Robart, hace tiempo que se fue de aquí —respondió Taristan, con los ojos entrecerrados.

Thornwall bajó la cabeza.

—Las legiones tienen sus órdenes. Las torres de vigilancia están preparadas; nuestros exploradores están recorriendo el campo. Si Robart quiere atraparnos desprevenidos, tendrá que esforzarse mucho.

No era la primera vez que Erida se alegraba por tener al viejo comandante a su lado.

—Bien.

Sus caballeros abrieron de par en par las puertas del palacio y los condujeron a las grandes cámaras del interior. La sala de recepción fue la primera, decorada con azulejos rosas y blancos, cada piedra engastada con auténtico nácar. Erida quería derribar el palacio ladrillo a ladrillo, para poder enviar cada gema o piedra preciosa a su tesoro. Las estatuas de mármol de los reyes madrentinos la miraban al pasar. Erida soñaba con destrozar todos esos rostros hasta que no quedara nada.

—¿Dónde están los cortesanos? —preguntó. Su voz resonó en el mármol y la piedra caliza, llegando hasta el techo pintado.

—En la sala del trono, esperando con Robart —Thornwall señaló hacia delante, a través de otro arco—. No se preocupe, la Guardia del León la acompañará en todo momento.

—No temo a Robart ni a sus nobles llorones —dijo Erida acaloradamente—. Estos madrentinos son débiles —volvió a mirar a la cámara. Cada mancha de pintura y perla. Su labio se curvó con disgusto—. Se han vuelto perezosos tras años de paz, más aptos para la moneda o la pluma que para la espada o la corona.

Cuando pasó, vio que el trono estaba vacío, elevado sobre un estrado, cuya silueta se erigía contra un banco de ventanas con cristales de diamante. Las aguas azules de la bahía de Vara centelleaban bajo el sol de la tarde, un escudo de zafiro y oro, y sus reflejos moteaban las pálidas paredes de la cámara.

El rey de Madrence esperaba unos metros más abajo de su antiguo trono, de pie en los escalones del estrado, con las manos unidas a la espalda.

Erida no interrumpió el paso mientras caminaba hacia él.

—Al menos Robart es lo bastante inteligente como para no adoptar una postura —le susurró Erida a Thornwall, con los ojos puestos en el trono.

Incluso sin su trono, Robart seguía pareciendo un rey, ataviado con terciopelo color borgoña y un cinturón enjoyado alrededor de su gruesa cintura. Llevaba su corona de plata, y los rubíes resaltaban sobre el cabello rubio y gris. Erida vio al hijo de Robart en sus ojos azules y su fuerte mandíbula, así como en su natural desdén. Fruncía el ceño de la misma manera.

Sus cortesanos, pocos, permanecían en silencio como el resto de la ciudad. Tenían un aspecto sombrío, con la vista baja, con ropas desarregladas y el cabello revuelto. O bien estos señores y señoras habían elegido quedarse, o se habían visto obligados a hacerlo. A Erida no le importaba ninguna de las dos explicaciones.

La Guardia del León se abrió en formación, permitiendo que Erida se acercara al trono. Incluso Taristan se retrasó y se situó sólo unos metros por delante de su séquito, con Ronin al lado de su hombro.

—Todos aclaman a Erida, dos veces reina de Galland y Madrence —gritó Thornwall, y su voz reverberó en la sala de mármol—. La gloria de la Vieja Cor renacida.

Los párpados de Erida se agitaron, un escalofrío de placer recorrió su columna vertebral. Sintió como si le hubieran crecido alas de los omóplatos, que se extendían llenando la sala con su majestuosidad y poder. Todas las miradas seguían sus pasos y ella se deleitaba con ello. *Dos veces reina.*

—Su Majestad —el título le pareció un insulto en boca de Robart, pero él se inclinó con toda la habilidad de un miembro de la realeza nacido en la corte. A Erida no le pasó desapercibido el disgusto en su rostro.

No serviría de nada que se pusiera a criticar. El trono ya era suyo. Robart era un hombre roto, ya no era un rey. *Le he quitado todo lo demás. Le dejaré su feo aspecto.*

—Robart —dijo ella con firmeza. Su capa se arrastró tras ella, el león rugiendo por el suelo de la sala del trono—. Haces bien en arrodillarte.

El rey depuesto se estremeció y todo su cuerpo dio un salto. Su boca se movía apretando y desencajando la mandíbula. Pero sabía que no podía defenderse. Lentamente, se hundió en el suelo, sus viejos huesos crujiendo al caer de rodillas.

—Mi reina —dijo con voz ronca, señalando el trono. Su disgusto se convirtió en vergüenza cuando ella ascendió, dejando a Robart destrozado en los escalones.

El trono de Madrence era de perlas y plata, acolchado con terciopelo rojo oscuro. Era magnífico, pero no imponente, nada que temer. Erida se hundió en él con un lánguido suspiro, exhalando todos los fracasos de los hombres que la precedieron.

Soy yo quien se sienta en otro trono, quien lleva una segunda corona. Una mujer, y nadie más.

Alrededor de la sala, los demás cayeron de rodillas, Taristan y sus propios cortesanos, así como los señores y las damas de Madrence. Estaban menos reacios que su rey, más ansiosos por terminar todo el asunto de la conquista. Erida no podía culparlos. Ya estaba cansada ante la perspectiva de juzgar su lealtad.

Pero debía hacerlo, y rápido.

Erida movió los dedos, indicando que todos se pusieran de pie.

—Escucharé sus juramentos y lealtades —dijo con firmeza, cruzando las manos en su regazo. Como un halcón, observó la sala con una mirada aguda. Ya conocía algunos nombres, los de los nobles más poderosos de Madrence—. Y necesito una silla para mi consorte, el príncipe del Viejo Cor.

El rostro de Taristan no se inmutó, pero Erida vio la satisfacción en la postura de sus hombros, el movimiento firme de sus manos, y sus pasos fáciles y pausados, su andar de lobo que se desliza, más temible que cualquier caballero en la sala.

La contención de Robart se rompió.

—Ese monstruo mató a mi hijo a sangre fría —gruñó, acercándose al pie del estrado con los puños apretados. Era de la misma altura que Taristan, pero seguía pareciendo mucho más pequeño, una débil excusa de rey. Taristan se detuvo a un metro de Robart, sin alterarse. Su actitud indignó aún más al rey, y el rostro de Robart se puso rojo.

—¿Cómo te atreves a estar aquí entre nosotros? —siseó—. ¿No tienes vergüenza? ¿No tienes alma?

En el trono, Erida no se movió. Evaluó rápidamente la sala, observando a los nobles madrentinos que estaban a un lado. Compartían el disgusto de su rey, y algunos incluso compartían su dolor. Erida se preguntó brevemente con cuántas cortesanas se habría acostado el encantador príncipe Orleon antes de encontrar su fin.

No es que importara. Orleon era un tonto, mucho más útil como cadáver que como príncipe vivo.

—La muerte de su hijo, y la de la gente de Rouleine, han salvado todas sus vidas —dijo Erida fríamente.

Era la verdad, y ellos lo sabían, incluso Robart. La caída de Rouleine era una nube de tormenta sobre el continente, la noticia de su derrocamiento se extendía a lo largo y ancho, se gritaba en las calles y en los caminos del campo.

—Nos salvó de algo tan bajo como el hambre —masculló Robart, con cada palabra temblorosa—. Hablan de ello en todo el Ward. El León de Galland está despierto y hambriento. El ejército de Erida no tiene parangón en el Ward y se convertirá en emperatriz de todo el reino, con un príncipe heredero de Cor a su lado. No importa el costo, no importa cuánta sangre derramen ella y sus ejércitos.

Había algo más que no había dicho, mezclado entre sus palabras. Ella podía saborear su terror, y lo había sentido en los susurros que los siguieron todo el camino desde Rouleine. Lo escuchó en el camino y en las calles. Ahora lo veía en Robart y en sus silenciosos cortesanos.

La reina Erida controla un ejército de muertos.

—¿Has terminado? —preguntó, echando un vistazo al rey caído.

Robart agachó la cabeza, dejando de mirar a Taristan. Lentamente, se apartó del camino. El fuego del viejo rey se apagó, y sólo dejó cenizas.

Un par de sirvientes se materializaron desde la esquina de la cámara, llevando un asiento ornamentado entre los dos. Lo colocaron en el suelo y Taristan subió, ocupando su lugar al lado de Erida.

Robart lo observó con los ojos llorosos, su mirada oscilaba entre ellos, pero no dijo nada.

—Haces bien en rendirte, Robart —Erida pasó una mano por el brazo de su nuevo trono; la fría piedra y la perla estaban talladas a semejanza de un semental, se dio cuenta—. ¿Tu hija hará lo mismo?

El rey se puso blanco.

—Mi...

Una deliciosa reivindicación se enroscó en el corazón de Erida.

—La princesa de Madrence. Tu única heredera viva, ahora que Orleon ha muerto —dijo, con firmeza. No le pasó desapercibido el miedo que recorría a los cortesanos en la sala. Ni el orgullo de Thornwall y Harrsing—. No la veo aquí. Se llama Marguerite, ¿no? Debe tener quince años ahora.

—Sí, Su Majestad —gimió Robart, cayendo de rodillas.

Erida había aprendido muchas lecciones, sobre todo de política e historia. Conocía el riesgo de un heredero perdido, y el peligro de una mujer joven subestimada.

—La misma edad que tenía yo cuando me senté por primera vez en el trono —prosiguió—. *¿Dónde* está ella?

Robart levantó las manos temblorosas, como si quisiera defenderse de un golpe.

—En un convento de Adalen, cerca de Pennaline. Después de la muerte de su madre, pensé que era lo mejor para su educación. Es una niña tranquila, sin aspiraciones a la corona; no debes preocuparte...

Erida lo interrumpió con un gesto despectivo, con su esmeralda brillando.

—Estoy segura de que estás deseando volver a verla. Que los dos vivan el resto de sus días en paz.

—¿Y dónde podría ser eso? —dijo Robart con voz ronca. Ni siquiera tenía fuerzas para parecer asustado.

Thornwall encorvó un dedo dando una orden silenciosa a sus caballeros. Dos de ellos se pusieron en guardia, con las espadas desenvainadas, y flanquearon al viejo rey. Robart apenas se inmutó, lanzando un suspiro de cansancio.

—No se me ocurre un lugar más tranquilo que una celda —Erida observó con expresión impasible cómo se llevaban a Robart. Él no luchó, y ella miró a sus cortesanos en su lugar, estudiando su reacción. Sólo unos pocos parecían sorprendidos, menos de los que ella esperaba—. No ganaré un imperio sólo para perderlo a manos de reyes pretendientes y princesas errantes. No construiré una tierra gloriosa sólo para destruirla con una guerra civil.

En su silla, Taristan hizo un pequeño ruido con la garganta. Erida sólo le lanzó una mirada de advertencia.

—Tenemos un largo día por delante —a través de sus dientes apretados—. No lo hagas más difícil.

Los labios de Taristan se crisparon y levantó una mano, ocultando su boca del resto de los presentes.

—¿No sería más fácil ejecutarlos a todos?

El primer instinto de Erida fue poner los ojos en blanco. Pero se contuvo, dándole vueltas en su mente a esa opción. Rouleine fue una masacre difícil de olvidar. Su recuerdo aún le revolvía el estómago. *Pero nos compró la rendición de todo el reino. ¿La matanza de la corte madrentina nos traería el reino?* Dudó, sosteniendo la mirada de Taristan.

Entonces unos suaves dedos sobre su brazo la sacaron de sus pensamientos. Erida se giró para ver a Lady Harrsing de pie junto a ella, con la otra mano clavada en su bastón. Su rostro estaba marcado por la edad y la preocupación, y sus pálidos ojos se clavaron en los de Erida. La cadena de esmeraldas se balanceaba en su cuello, al ritmo del movimiento de garganta. Ofreció una pequeña sonrisa de labios apretados, antes de inclinar la cabeza hacia Erida y Taristan.

—Su Majestad, se ha ganado su temor —murmuró, sin dejar de sujetar la manga de la reina.

Erida apenas lo sintió, el toque ligero y suave. Habría alejado a cualquier otra persona, pero no a Bella Harrsing. Incluso la Guardia del León sabía que debía dejarla en paz.

—Vamos, Bella —dijo Erida, poniendo su propia mano sobre la de Harrsing. Su piel era fría y blanca, sin sangre.

Harrsing se acercó. Olía a agua de rosas.

—Usted tiene su miedo —repitió.

—No quiero su amor —replicó Erida acaloradamente.

—No, amor no. Nunca nos amarán —sacudió la cabeza hacia la corte, desalentada por los madrentinos, como lo haría cualquier buena hija de Galland. Bajó la voz y sus ojos volvieron a mirar a Taristan—. Pero deben respetarte. Déjalos vivir. Deja que vean la *reina* que eres. Cuánto mejor eres que los reyes blandos que vinieron antes, que se sentaron en este trono y no hicieron más que beber vino y escribir poesía —los dedos de Harrsing se apretaron sobre el brazo de Erida, con una fuerza sorprendente—. Enséñales lo que es el *verdadero* poder.

El verdadero poder. Erida lo sentía fluir por sus venas ahora, como si fuera extraído del trono que tenía debajo y de la corona que llevaba en la frente. Era más seductor que cualquier cosa y persona que la reina hubiera conocido. Quería más poder, pero más allá de eso, deseaba conservarlo.

Le dio a Harrsing un apretón tranquilizador.

—Eres más sabia que tus años, Bella.

—Un listón muy alto de superar —respondió su dama, ofreciendo su habitual sonrisa.

Pero los pálidos ojos de Harrsing seguían siendo severos, sin chispa. Como un par de ventanas cerradas.

—Usted tiene acero en la columna vertebral, Majestad —dijo, enderezándose. De nuevo miró a Taristan, y Erida lo vio tensarse por el rabillo del ojo—. Aférrate a ella. Pero inclínate cuando debas hacerlo, no vaya a suceder que tú o tu corona se rompan.

Con eso, Lady Harrsing se alejó arrastrando los pies, volviendo a su lugar junto a Lord Thornwall. Su sonrisa desapareció y fue reemplazada por una expresión fría e inexpresiva, una máscara forjada por muchas décadas en la corte, y dejó caer su mirada hacia el suelo de mármol y perla.

Taristan seguía mirando a Harrsing, con los ojos negros brillando con ese resplandor rojo. La duda se retorcía dentro de Erida, incómoda, como una mano caliente en una frente febril. Pero desechó la sensación con rapidez. Bella Harrsing era leal al trono, más que nadie, y su lealtad había sido demostrada una docena de veces. Estaban sentados en una sala llena de enemigos, pero ella no era uno de ellos.

Y tenían asuntos mucho más importantes que atender que los de una anciana.

Erida de Galland y Madrence se subió a su trono y señaló los escalones que había debajo.

—¿Quién será el primero en arrodillarse?

18

EL PRIMER RECORDADO

Sorasa

La asesina se sintió partida en dos. Sorasa sabía que no debía probar la cerveza del príncipe, ni su vino, ni su gorzka. Ya podía ver cómo el licor blanco se abría paso por una docena de gargantas. Pero le apetecía el abrazo adormecedor de una copa, aunque sólo fuera para aliviar los recuerdos que se agitaban en su mente. Seguía viendo a sus compañeros Amhara en cada persona y en cada sombra. Los veía con el rabillo del ojo, y su estómago se revolvía con cada nueva ilusión. Incluso Oscovko tenía el rostro de un hombre muerto, con los rasgos de Luc ocultando los suyos.

Parpadeó y trató de concentrarse. Un festín era una buena oportunidad para un asesino, y Sorasa lo sabía mejor que nadie. Había utilizado su cuota de banquetes y galas para disfrazar un asesinato, empleando la cobertura del caos para cumplir sus contratos.

El caos se extendía ahora a su alrededor.

La gran sala, tan vacía hacía sólo unas horas, había sido limpiada a la perfección, con más mesas largas que habían sido arrastradas y las ventanas cerradas de par en par. De alguna manera, la sala parecía más grande, llena de cientos de personas. Había nobles de Trec, señores y damas con ropas finas, con el cabello trenzado y barbas. La mayoría de los hombres llevaban sables desnudos al cinto, el acero destellando a cada paso. El campamento de guerra de Oscovko estaba formado por soldados y mercenarios trecos, todos ellos hombres, procedentes de casi todos los rincones de Allward. Sus rostros eran un arcoíris, desde un hachero jydi de piel lechosa hasta un arquero de Niron de rostro negro azabache y su delator arco de ébano. Estaba claro que Trec no tenía problemas con portar armas en la mesa.

La mayoría de los soldados se sentaban en los largos bancos o deambulaban como chacales errantes. Unos pocos se peleaban, intercambiando golpes con la misma facilidad que un apretón de manos. Sorasa no les prestó atención. Los trecos eran rápidos para pelear, y aún más rápidos para festejar.

Los platos de comida se extendían a lo largo de todas las superficies, bandejas apiladas con pollo asado, cerdo salado y más patatas de las que Sorasa sabía que existían. Los barriles de vino y cerveza se alineaban en la pared más lejana, supervisados por un soldado treco particularmente ruidoso. La noche pulsando en las ventanas, pero muchas velas y antorchas flameaban, humeando en el aire cercano y cálido. Todo olía a alcohol, carne y aliento agrio, y Sorasa arrugó la nariz mientras atravesaban el salón. A Corayne no pareció importarle, tenía los ojos encendidos, mientras Dom seguía adelante, abriéndose paso entre la multitud de lugartenientes de Oscovko.

El rey de Trec no aparecía por ninguna parte. Sorasa se preguntó si Valtik seguiría con él en sus aposentos, atendiendo al gobernante ciego, cantando sus rimas y nanas de jydi. No se le ocurría nada más molesto.

Para alivio de Sorasa, había otras mujeres presentes. Esposas, damas nobles, algunas mujeres del campamento con sus mejores vestidos. Pero ninguna guerrera. *Corayne, Sigil y yo no llamaremos la atención más de lo habitual*, pensó. *Bueno, al menos Corayne y yo no.*

Sigil ya estaba entre los hombres, veinticinco centímetros más alta que la mayoría de ellos, y era fácil de ver. Su cabello negro había crecido y colgaba desordenadamente alrededor de las orejas. No llevaba vestido, sino una túnica y un chaleco de cuero, atados hasta el cuello, con pantalones ajustados y sus viejas botas marrones. Oscovko bebía a su lado, con un cuerno de cerveza en una mano y un vaso de gorzka en la otra. La historia entre Trec y los Temurijon era larga, escrita con sangre, pero la aprobación del príncipe alejaba las miradas de los soldados más viejos. Al menos por ahora.

Corayne miró a la multitud con atención y Sorasa lo percibió. Buscaba al escudero, moviendo la cabeza de un lado a otro para encontrarlo entre el mar de rostros.

—Está junto a las ventanas —susurró Sorasa al oído de Corayne.

Ella respondió con una sonrisa de agradecimiento y se puso en marcha, cruzando la sala para reunirse con Andry en el estrado. Él sonrió cuando ella lo alcanzó, señalando algo más allá de la ventana abierta, en la ciudad. El trono vacío se cernía sobre ellos, la piedra caliza blanca era como un hueso viejo a la luz de las velas.

Al igual que Corayne, el escudero estaba recién bañado, con la suciedad del camino ya lavada. Sólo él parecía estar en casa en el festín, acostumbrado a la vida en una corte ajetreada. *Probablemente Vodin sea manso en comparación*, pensó Sorasa, recordando el Palacio Nuevo de Ascal y sus monstruosos salones.

—Deja que el escudero encuentre el lugar más tranquilo en una fiesta —murmuró Sorasa, con la voz perdida en el barullo de la multitud.

Perdida para todos, excepto para los oídos de un inmortal.

Dom la vio por encima del hombro, su mirada verde y fulminante.

—No es prudente juntarlos, Sorasa. Y no sientas que debes rondar sobre mí toda la noche.

Ella se encogió de hombros, acercándose a él. Él frunció el ceño ante su cercanía, pero no dijo nada, volviendo a centrarse en Corayne.

—Por muy molesto que seas, Anciano, también eres bastante útil —dijo Sorasa.

Ella disfrutó de la conmoción que se produjo en su rostro. Dom parpadeó hacia ella.

—¿Ya empezaste a tomar vino, Sarn?

—Estos trecos no se atreverían a acercarse a un príncipe inmortal —explicó, ignorando su provocación—. Simplemente estoy cosechando los beneficios de tu gran sombra.

Señaló con la cabeza a los hombres y mujeres que les rodeaban. Se alejaron de la pareja. A Dom apenas parecía importarle. Sorasa se preguntó si se había fijado en los mortales.

—No saben que tú eres el peligro aquí —refunfuñó Dom—. Yo no.

—Eso es lo más amable que me has dicho, Anciano.

—Bueno, ahora que tengo tu atención, vuelvo a decir… —se inclinó a su nivel, mirándola fijamente a los ojos. La luz de la antorcha parpadeó en su mirada esmeralda—. Deja de meterte con Corayne y Andry.

—Son un par de adolescentes destinados a salvar el reino o morir en el intento, atrapados juntos en este viaje imposible. Créeme, no es necesario entrometerse —dijo ella secamente.

Dom suspiró, apartando los ojos de las ventanas.

—Supongo que no. Sólo desearía que Corayne fuera mejor a la hora de ocultar sus emociones.

—Yo no —dijo ella, sorprendiéndose ella misma.

El inmortal se giró, con el ceño fruncido.

—¿No?

—Corayne puede ser ella misma sin pensarlo dos veces —respondió Sorasa, encontrando las palabras mientras las pronunciaba—. Puede llevar su propia cara en lugar de una máscara.

Se ruborizó y deseó tener una capucha o una cofia. Un velo de Tyri tejido con monedas de oro. Maquillaje y polvos de Ibal. Cualquier cosa para ocultar la grieta en su propia máscara. Sintió que se ensanchaba cada vez más, luchando por contener todo lo que mantenía a raya. Dom la miró y sus ojos repasaron su expresión. El anciano no era un hombre perspicaz, pero no estaba ciego. Vio que la compasión afloraba en sus ojos, el mismo terrible remordimiento que recordaba de las colinas, en el claro, cuando sus manos se tiñeron de sangre Amhara. Odiaba cada segundo de aquello, y estuvo a punto de salir corriendo de la sala. Sus dedos saltaron, deseosos de tomar una copa de gorzka de la mesa más cercana. Aunque sólo fuera para obligar a Domacridhan a tragarlo y salvarse de toda una noche de su melancólico juicio.

Sus labios se separaron y ella se preparó para un interrogatorio o, peor aún, para la *compasión*.

—Sólo estás fomentando el sufrimiento, Sorasa —dijo él, dándose la vuelta. Sonó como una reprimenda. Y un consuelo.

Ella dejó escapar un suspiro de alivio, la tensión se amortiguó en su pecho.

—Tal vez deberías dejar de preocuparte por sus corazones y ocuparte del tuyo —murmuró, y lo miró con picardía.

Al igual que Sigil, él era más grande que la mayoría de los soldados de la sala y tenía una buena figura. La Espada de Huso que llevaba a su espalda le daba un aspecto más robusto del que ella conocía, como un guerrero en lugar de un príncipe.

Dom se estremeció bajo su mirada.

—No sigo tu línea de pensamiento.

Ella sonrió y señaló la sala, indicando con la mano a la corriente de cortesanos y soldados. Hombres con túnicas finamente bordadas. Las damas con sus vestidos, sus cabellos recogidos en tradicionales trenzas trecas, sus mangas con largos cordones de preciosos hilos de oro y plata. Más de uno miró a Dom al pasar, al igual que a Sorasa, preguntándose quiénes eran. Y más.

—Cuento al menos seis personas en esta habitación, tanto hombres como mujeres —dijo Sorasa— que estarían encantados de hacerte compañía durante la noche.

A Dom le sobrevino un ataque de nervios por segunda vez esa noche. Sonrojado, tomó un pequeño vaso de gorzka y se lo bebió de un trago. Jadeó por el sabor tan fuerte.

—Seis —murmuró finalmente, impactado.

Sorasa casi puso los ojos en blanco. A pesar de todos sus sentidos de Anciano, seguía sin tener ni idea de muchas cosas, sobre todo de las emociones mortales. Movió la barbilla, asintiendo en varias direcciones, a los señores y señoras de la sala. Una de ellas era mucho más atrevida que las demás, una joven de cabello rojo, piel lechosa y ojos tan verdes como los de Dom. Permanecía cerca, inmóvil, observándolo como un cocodrilo. Paciente y esperando.

—Puede que sea la última oportunidad que tengas —dijo Sorasa, encogiéndose de hombros.

Él entrecerró los ojos y se tornó huraño, y después tomó otra copa de bebida abrasadora.

—Tengo pocas ganas de acostarme con una mortal, y menos con una a la que no volveré a ver.

Para sorpresa de Sorasa, Dom apretó la gorzka en su mano. Los dedos de Sorasa tomaron su copa con avidez, pero no logró llevarla a sus labios.

—Debería haber sabido que eras exigente con tus compañeras —dijo ella, burlándose.

Dom le devolvió la mirada con desprecio, con su fastidio palpable, que casi se le escapaba de los hombros. Volvía a parecer más animal que inmortal, con los dientes demasiado afilados a la luz de las velas.

—Ni siquiera voy a intentar contar cuántos se unirían a ti esta noche —dijo él, con los ojos puestos en la multitud.

—Eso no es un cumplido —respondió ella—. La mitad de estos hombres se acostarían con el tocón de un árbol sin pensárselo dos veces.

Sorasa lo observó hacer una mueca, con el labio curvado por el desagrado. Eso la irritó, y apretó con fuerza su copa, que amenazaba con romperse.

—Te he visto cortar a la gente por la mitad, Domacridhan —espetó—. No me digas que unas palabras altisonantes y unos pocos centímetros de piel te han puesto tan nervioso.

—Apenas estoy nervioso —dijo con pulcritud, con el rostro inexpresivo, como si quisiera demostrar algo. Pero, al igual que Corayne, tenía poca práctica con las máscaras. Sus mejillas seguían sonrojadas, el rosa pálido florecía alrededor de sus cicatrices.

—Ten cuidado con el gorzka —Sorasa dio un paso atrás, haciendo una reverencia mejor que cualquier cortesano. Luego se tragó el licor con un solo movimiento—. Te puede tomar por sorpresa.

Dom gruñó cuando ella pasó a su lado, pero no la siguió, contentándose con dejar que la multitud se interpusiera entre ellos mientras ella se alejaba. La gorzka pasó a través de su garganta, picando y calmando por igual. Sorasa ansiaba otro trago, pero ignoró las numerosas copas que había en la sala y, en su lugar, tomó un trozo de pan. Se lo tragó mientras se movía entre la multitud. Al igual que Dom, una boca llena de comida era igual de útil para alejar la conversación.

Los soldados peleándose pasaban a toda velocidad, obligándola a moverse entre las mesas. Dos nobles trecos se daban la mano, con los codos apretados, cada uno tratando de forzar la mano del otro. Otra tradición treca.

Casi saltó cuando Charlie se cruzó en su camino, con una copa de vino en la mano. Se le revolvió el estómago. Mirarlo era como retroceder en el tiempo.

Charlie iba vestido con las mejores ropas que ofrecía el castillo de Volaska: un chaleco de brocado dorado sobre seda naranja pálido, botas forradas de piel y un fino colgante pendiendo de su cuello. Llevaba el cabello castaño suelto y recién lavado, rizándose por encima de los omóplatos, y la cara afeitada de nuevo tras semanas de viaje.

Éste era el Charlon Armont que ella recordaba haber conocido hacía dos años. Ya era un fugitivo, una leyenda en ciernes. Apenas tenía veinte años y, de alguna manera, era el mejor forjador de la mitad del Ward, tan respetado como peligroso por su don.

Una parte de ella esperaba que Garion se escabullera entre la multitud, con su fina espada de duelo al cinto, con su media sonrisa reservada para Charlie y sólo para Charlie. La asesina Amhara y el sacerdote caído formaban una pareja formidable, mortal con la espada y la tinta. Pero Garion no estaba aquí. *Al menos no estaba muerta con los demás, su cadáver abandonado para alimentar a los cuervos.*

Por eso, Sorasa estaba agradecida. Y sabía que Charlie también.

Charlie arrugó la frente, encontrando su mirada.

—¿Pasa algo? —preguntó, y su voz la devolvió al mundo que los rodeaba. La sonrisa relajada de sus labios se redujo un poco.

Ella negó con la cabeza, ahuyentando los recuerdos.

—Nada.

Pero Charlie se acercó más. Le dio un golpecito en el hombro con su copa.

—¿No has bebido nada?

—Todavía no. Debo mantenerme alerta —los ojos de Sorasa volvieron a recorrer la sala, cada sombra era un peligro potencial. Nada escapaba a su atención—. Si viene otro Amhara, quiero estar preparada.

La sonrisa de Charlie desapareció por completo. Sus redondos ojos marrones se volvieron imposiblemente oscuros, incluso a la luz de las antorchas. Lentamente, dio un sorbo a su vino. No para saborearlo, sino para serenarse.

—¿Y si Garion sale de las sombras? —preguntó, con la voz demasiado baja, estrangulada por la emoción—. ¿Entonces qué?

Sorasa quería quitarle la copa de la mano y tirar el vino. En cambio, se quedó quieta, aguantando su negra mirada.

—No creo que ésa sea mi decisión —murmuró. En su corazón, rezaba para que tal cosa no ocurriera—. Es tuya.

El sacerdote caído terminó su vino. Estudió la copa vacía, dejando que las facetas captaran la luz parpadeante. Un arcoíris jugó entre sus dedos y sus ojos se desviaron. Hacia dónde, Sorasa lo sabía.

Un lugar diferente, en una vida diferente.

Apretó los dientes.

—Supongo que es lo mejor que puedo esperar.

—Esperar —se burló Sorasa. Forzó una sonrisa y lo golpeó con el hombro—. Estás empezando a sonar como Corayne y Andry.

La sonrisa de Charlie volvió, más aguda y pequeña. Pero seguía ahí. Puso sus manos sobre el corazón, poniendo los ojos en blanco.

—Cómo me hieres, Sarn.

Le costó un poco de esfuerzo y unos codos bien colocados, pero Sorasa finalmente se deslizó entre la multitud que rodeaba la mesa del príncipe. Esta noche, Oscovko llevaba su corona, una banda trenzada de hierro y cobre antiguo sobre su frente. Su piel de lobo había desaparecido, y había sido sustituida por un abrigo negro y unos pantalones de piel. Los lobos blancos recorrían sus mangas, el cuello estaba desatado para mostrar la parte superior del pecho, la clavícula y una gruesa cadena de oro. Se sentó en el tablero de la mesa, con sus pesadas botas sobre el banco, con los soldados aduladores de su campamento de guerra rodeándolo. Sigil seguía en su mesa, con una enorme jarra de cerveza en la mano, pero la sorbía despacio y en silencio. Lejos de su comportamiento habitual.

—¿Todo bien? —dijo Sorasa, acercándose a ella. Miró la cerveza con preocupación.

Sigil respiró y se apoyó en los codos. Se pasó una mano por el cabello negro, cuyas puntas caían rectas y gruesas sobre un ojo marrón.

—Los jóvenes no confían en una mujer para luchar. Y algunos de los viejos recuerdan demasiado bien las guerras con mi país —se encogió de hombros—. Por no mencionar que ya están todos borrachos. Tendremos suerte si la noche termina sin una pelea.

Sorasa bajó la voz.

—Yo apostaría por ti.

—Incluso yo sé que no debo golpear a uno de estos soldados y arriesgarme a perder a nuestro único aliado —respondió, forzando un trago. Sus ojos recorrieron la mesa. Los soldados del príncipe la observaron a su vez, con miradas de fascinación o de disgusto—. Pero se supone que debemos cabalgar con estos hombres, luchar junto a ellos. ¿Cómo puedo hacerlo si no creen en mi hacha o en tu daga? ¿En *Corayne*?

En ese momento, Oscovko contó el final de algún chiste burdo y sus hombres soltaron una carcajada. Chocaron sus cervezas para aplaudir, brindando por su príncipe. Él levantó su jarra con ellos y la chocó con la de Sigil con un significativo movimiento de cabeza. Ella sonrió como respuesta.

—Al menos el príncipe está haciendo lo que puede para suavizar las cosas —dijo Sorasa mientras él volvía a sus relatos, cada uno más jactancioso que el anterior.

Sigil tomó un trago de su cerveza. Sus ojos se entrecerraron.

—Lo está intentando.

Los hombres que los rodeaban eran los favoritos de Oscovko. Sólo unos pocos nobles, a ojos de Sorasa, pero todos soldados, cuya valía se había demostrado en el campo de batalla y en los campamentos de guerra. Eran hombres duros, canosos y con el rostro enrojecido por la bebida, con las manos llenas de cicatrices y los ojos saltones. Le recordaban a los lobos de la ropa de Oscovko y su castillo. Duros, salvajes, pero unidos en su causa. Y leales a su líder.

—Los trecos respetan la fuerza. La victoria —dijo la asesina, inclinándose más hacia Sigil—. Permite que los jóvenes vean tu fuerza. Que los viejos te vean como una aliada.

Sigil enarcó una ceja.

—¿Cómo?

—Tal vez *deberías* luchar contra la mitad de la sala —dijo Sorasa. Ella sintió una verdadera sonrisa en su rostro, encantada con la idea—. Después de un juego.

El rostro de Sigil se tensó confundido e inclinó la cabeza hacia un lado, esperando una explicación.

En cambio, Sorasa se inclinó hacia delante y apoyó el codo en la mesa, con la mano levantada y la palma abierta. Sonriendo, movió los dedos en señal de invitación.

La cazarrecompensas parpadeó y luego sonrió, sus finos labios se estiraron, hasta que sus blancos dientes brillaron a la luz de las velas. Se reflejó en Sorasa, extendiendo su propia mano con algo parecido a una risita.

Tomó la mano de Sorasa entre las suyas, con el codo apoyado en el tablero de madera. Sorasa ya podía sentir el agarre rompehuesos de Sigil, apretando sus dedos, amenazando con partirlos en dos.

—Los huesos de hierro de los Incontables… —comenzó Sigil, casi relamiéndose los labios.

—Nunca se romperán —terminó Sorasa, con los nudillos chocando con la mesa cuando Sigil le inmovilizó la mano.

Los trecos lanzaron un rugido, siendo Oscovko el más ruidoso de todos. No había nada que les gustara más a los trecos que una oportunidad para demostrar su valía.

Charlie y Corayne aceptaron las apuestas, recorriendo el gran salón: Charlie con un trozo de pergamino en la mano y una pluma entre los dientes. Calcularon las probabilidades con rapidez, los dos recogieron las monedas y las apuestas de los soldados y de la corte de Trec. Oscovko era el más favorecido, naturalmente, y ocupó su lugar en la mesa con una sonrisa fácil y relajada. Ni siquiera se molestó en dejar su bebida, ya que se había pasado al gorzka para los combates de fuerza. El príncipe se deshizo de su primer oponente con facilidad, luchando contra el brazo de un soldado en medio de un coro de aplausos.

Así transcurrieron los juegos de fuerza en la larga mesa, para deleite de Sorasa. Los soldados se agolpaban en los bancos, sentados frente a sus compatriotas, ansiosos por demostrar su fuerza o demasiado borrachos para saber que no debían hacerlo. Incluso Andry se vio empujado a la competencia, aunque protestó con ganas. Corayne se limitó a reír y lo puso en su lista.

Sigil cayó con ellos, con la manga recogida sobre el antebrazo, mostrando una piel de bronce con músculos esculpidos. Sorasa reprimió una sonrisa. Ésta era la arena de Sigil, y una oportunidad fácil de ganarse a los hombres que las rodeaban.

—¡Únete a nosotros, Amhara! —gritó el príncipe Oscovko, tratando de hacerle un hueco en el banco.

Su sonrisa desapareció y ella retrocedió, con los brazos cruzados sobre su vestido.

—Conozco mi propia medida —dijo—. Mi valor no está en la mesa de juego.

El príncipe frunció el ceño de forma exagerada pero no discutió, volviéndose hacia su siguiente víctima. Cuando ganó de nuevo, pidió con un gesto otra copa, ladrando a un sirviente cercano.

—Estará ciego al final de la noche —dijo Dom, apartándose de la refriega—. Ésta no es forma de comportarse para un príncipe.

Poniendo los ojos en blanco, Sorasa lo miró. Ahora el inmortal parecía fuera de lugar, uno de los únicos guerreros de la sala que se mantenía al margen. Permanecía alejado de la multitud, y unas cuantas damas de ojos ansiosos aún flotaban cerca de él. La mujer pelirroja también estaba allí, sorbiendo despacio de una pequeña copa.

—¿Miedo a competir? —se burló Sorasa, aunque sólo fuera para irritarlo. Ella sabía mejor que nadie que Dom podía superar a cualquier mortal en la Sala.

Excepto, tal vez, a Taristan, pensó sombríamente.

—No morderé tu anzuelo, Sorasa —respondió él con voz uniforme, y la mirada puesta en la larga mesa. Siguió a Corayne mientras revoloteaba entre la multitud con Charlie, ajustando las apuestas a medida que avanzaban los juegos.

Ella se encogió de hombros.

—Menos mal. Arruinarías mi plan, como haces con la mayoría de las cosas.

—¿*Esto* está planeado? —palideció, señalando la desordenada colección de juegos de fuerza, cerveza derramada y cortesanos burlones. Oscovko bramó a través de todo eso, pisoteando con sus botas y rompiendo copas con cada victoria.

Sorasa vigilaba a Sigil. La mujer temurana bebía más profundamente de su cerveza, su sonrisa crecía con cada victoria, incluso cuando los soldados trecos se alineaban para desafiarla.

—Trec y los Temurijon son viejos enemigos, con una larga historia de rencor y derramamiento de sangre —explicó Sorasa, hablando por la comisura de los labios—. El emperador Bhur casi borró a Trec del mapa en la última conquista. Los viejos veteranos recuerdan las guerras, y los jóvenes soldados desconfían de luchar junto a nosotras, mujeres débiles y quejumbrosas.

Ante esto, Dom rio a carcajadas.

—Así que aquí estamos. La mesa de combate es una tradición treca, una muestra de amistad, así como de fuerza. Que vean que Sigil es tan buen soldado como cualquiera de los presentes, y tan dispuesta a luchar *con* ellos, no contra ellos.

Dom frunció el ceño, poco convencido.

—¿Y este concurso hará eso?

—Ésa es la idea —dijo Sorasa.

—Ya veo.

Por el tono de Dom, ella pudo darse cuenta de que en realidad él no lo veía y resopló con desesperación. A pesar de todos sus años y sus dones inmortales, Dom tenía menos sentido de la corte que un niño campesino. Las maquinaciones y manipulaciones de una corte real estaban fuera de su alcance, o simplemente estaban por debajo de su preocupación. *No sobreviviría a una semana de entrenamiento en Amhara, ya fuera Anciano o no.*

—Andry lo está haciendo bien —murmuró Dom, asintiendo y mirando a la mesa.

De hecho, el escudero llevaba el recuento de victorias y permanecía en el banquillo incluso cuando otros eran eliminados. Pero estaba claro que el combate no le convenía, y tras derribar a un soldado mayor, Andry se apartó de la mesa con las manos levantadas. Sorasa no esperaba menos.

—¿Y qué hay de ti? —añadió el Anciano, mientras sus ojos recorrían las manos de Sorasa. Se detuvo en sus tatuajes, los que compartía con todos sus hermanos, vivos o muertos—. ¿No les enseñaron esto en tu Cofradía?

—Prefiero cortarle el cuello a un hombre que tomarle la mano —respondió ella, cerrando las palmas de sus manos—. Además, los Amhara no estamos hechos para ser recordados. Matamos y desaparecemos. No nos quedamos parados y suplicamos que nos alaben.

—Bueno, entonces serás la primera —dijo Dom, con naturalidad.

Ella frunció los labios, confundida.

—¿La primera?

Él sólo parpadeó, como si la respuesta fuera obvia.

—La primera Amhara que será recordada —dijo Dom con brusquedad, con sus ojos verdes clavados en los de ella—. Si podemos salvar el reino, claro.

La primera en ser recordada. Sorasa dio vueltas a las palabras en su mente, intentando comprenderlas. Parecían estar pegadas, negándose a deshacerse, como un nudo enredado. Los Amhara servían a la Cofradía, servían al legado de los más grandes asesinos, servían a Lord Mercury, se servían unos a otros, incluso, pero nunca a sí mismos. Nunca en singular. Nunca uno por encima del resto, y especialmente, no por encima del propio Mercury. Los Amhara valoraban la gloria por encima de casi todas las cosas, pero para la Cofradía.

Su forma no era ascender solos, llevar sus propios nombres más allá de los muros de la ciudadela. Sintió que sus mejillas se calentaban. Incluso pensar en ello se sentía mal, chocaba con las enseñanzas martilladas en sus huesos y en su sangre.

Dom continuó mirándola fijamente y se quedó callado en medio del caos de la fiesta. Esperó, como una montaña impasible ante una tormenta.

—No es la forma de ser de los Amhara —murmuró ella, con voz débil.

Él se movió, con la luz del fuego jugando en su cara.

—Ya no eres Amhara.

Las palabras se sintieron como un cuchillo en el corazón de Sorasa, un golpe mortal. Pero también se le quitó un peso de encima. La respiración se atascó en su garganta, con ambas sensaciones en conflicto en su mente.

—No tengo ningún deseo de ser recordada —dijo finalmente Sorasa, con palabras forzadas—. Sobrevivir a todo esto será suficiente.

—Estoy de acuerdo —dijo él, con expresión impasible—. Lo superaremos.

Mentiroso, lo sabía ella, al notar la rigidez de su mandíbula. Pero Sorasa mantuvo la boca cerrada. *Si el inmortal muere, que así sea. Mientras Corayne viva, el Ward tendrá una oportunidad.*

Aunque esa oportunidad ya es pequeña.

En su mente, recorrió el camino que tenían por delante, a través de las Puertas de Trec y hacia las estribaciones de Gallish, hacia un templo perdido invadido por las asquerosas criaturas de Taristan. Sería una tarea de enormes proporciones, con demasiadas variables para que incluso Sorasa pudiera contarlas. Apretó los dientes, luchando contra la desesperación antes de que se instalara por completo en ella.

Pero entonces un señor de Trec se levantó de la mesa. Era fácilmente la persona más grande de la sala, más alto incluso que Dom, con un pecho de barril formidable, su barba bifurcada en dos trenzas, con gruesos brazaletes de hierro en cada muñeca para marcar su alto estatus. No era un cortesano simpático como los señores de Ascal, ajenos a la guerra y las dificultades. Sorasa lo evaluó cuando se acercó a ella, con una intención clara en sus ojos grises.

Respiró y se preparó. Por lo general, no se lo pensaría dos veces antes de rechazar las insinuaciones de un hombre, pero tampoco quería ofender a nadie, por muy molesto que fuera. Necesitaban el apoyo de los trecos. Era una aguja pequeña que había que enhebrar.

Pero el señor de Trec se detuvo de manera abrupta, y su mirada saltó de Sorasa a Dom, a su lado. Se incorporó, hinchando el pecho, y levantó una copa de vino púrpura en su carnoso puño.

—Lord Anciano —dijo, su voz con un fuerte acento treco—. Te reto a la mesa.

Sorasa se resistió a soltar una carcajada, mordiéndose el labio.

A su lado, Dom palideció. En lugar de pavonearse como el hombre, parecía que quería saltar por la ventana más cercana.

—Oh, sí, Lord Anciano —dijo la dama pelirroja, saltando a su lado. Él se estremeció cuando ella lo tomó del brazo, y sus ojos verdes se llenaron de estrellas—. Todos hemos escuchado leyendas sobre su fuerza inmortal. Muéstranos.

Sorasa mordió más fuerte, casi sacándose sangre.

—Les suplico que me disculpen —dijo Dom, tropezando con sus palabras. Miró entre el hombre y la mujer, y ambos hicieron un gesto hacia la mesa de juego. Más de una cabeza se levantó, ansiosa por ver al príncipe inmortal en acción. Con cautela, se apartó de la dama y despegó de su brazo los dedos de ella.

—No es mi manera —ofreció finalmente, inclinando la cabeza hacia el señor—. Los Vedera no participan en... —miró la mesa, señalando vagamente— *esto*.

—Pero es *nuestra* manera, Anciano —dijo el señor con brusquedad, presionándolo, con la voz un poco más firme. Mucho más de lo que le gustaba a Sorasa.

—También es el camino de los temuranos —dijo ella hábilmente, deslizándose entre ellos. Se puso su máscara con facilidad, incluso después de tantos años. Con una suave sonrisa y un batir de pestañas, Sorasa tomó el brazo del hombre, con movimientos rápidos y deliberados—. Sigil del Temurijon ha superado a todos en la mesa. ¿Lo ha vencido a usted, mi señor?

El hombre de Trec miró a Sorasa, con los ojos saltones. Luego sonrió, obligando a bajar el vino.

—No, no lo ha hecho —dijo, y se marchó con Sorasa todavía del brazo.

Ella captó un destello de oro con el rabillo del ojo mientras Dom la seguía, tan cerca como los pliegues de una capa.

—¿Me permites este baile, temurana? —dijo el hombre, sacando a otro hombre del banco frente a Sigil. Se sentó sin invitación, rodeando a Sorasa con un brazo mientras apoyaba el otro para el partido.

Sigil miró primero a Sorasa, con una expresión ilegible. Sorasa sólo pudo sonreír.

—No le rompas la mano —dijo en ibalo, y Sigil sonrió. Treinta segundos más tarde, el señor se alejó cojeando, sosteniendo su muñeca. Sigil sólo pudo encogerse de hombros.

—No podemos luchar contra un ejército si dejas lisiados a nuestros propios soldados —siseó Sorasa.

—No has dicho nada de la muñeca —protestó ella, forzando una disculpa.

Fue Oscovko quien respondió, acercándose por detrás de la Amhara con sus pasos extrañamente tranquilos. Se sentó en el banco.

—¿Arreglamos esto, Sigil de Temurijon? —preguntó, plantando el codo sobre la mesa—. Parece que tú y yo somos los últimos en la mesa.

Efectivamente, los bancos se habían vaciado, dejando sólo a la cazarrecompensas de Temurijon y al príncipe de Trec.

El resto de la gran sala los miraba, la multitud mareada por la competencia, el calor y el vino. La mayoría vitoreaba a su príncipe, dando palmadas en la mesa o en los muslos, batiendo al ritmo de un tambor de guerra. Se extendió por la fiesta, golpeando como un torrente de sangre, hasta que incluso Sorasa quiso unirse. Pero se abstuvo, apartándose de la mesa para observar con el resto.

Corayne gritó por encima del ruido, recogiendo unas últimas apuestas para Charlie, con Andry actuando como intermediario. Valtik había reaparecido en algún momento de la noche. Se agazapó en la esquina, apenas una sombra de ojos azules, haciendo crujir los huesos entre los dientes. Y Dom se relajó, contento por ser ignorado.

Un músculo se tensó en la mandíbula de Sigil, cuyo rostro se mostró en relieve por las numerosas antorchas. Su piel de bronce parecía brillar, sus ojos bailaban con la luz. Se apartó el habitual mechón de cabello del ojo y apoyó el codo, con la palma de la mano ofrecida al príncipe. Si sentía la presión del momento, no lo demostró. Volvió a sonreír, un poco salvaje.

El príncipe correspondió a su sonrisa y le tomó la mano, cerrando sus dedos sobre los de ella, con las palmas apretadas. El borde áspero de su mejilla se levantó y una de las comisuras de su boca se curvó en una media sonrisa.

—¡Por Trec! —gritó, para deleite de la sala.

—¡Por el Ward! —respondió ella, y recibió otra sonora ovación.

Ambos gruñeron y el partido comenzó, sus rostros enrojecieron al unísono, sus cejas se convirtieron en líneas profundas e inflexibles. Oscovko exhaló una bocanada de aire, con los nudillos blancos bajo la piel, mientras los músculos se destacaban en el antebrazo de Sigil, y su propia respiración se intensificó. Apretó los dientes, sus manos temblaban juntas, sin que ninguno de los dos se moviera un ápice.

—¡Oscovko! Oscovko! —gritaron los trecos en la sala, haciendo sonar las copas y golpeando las mesas. A Sorasa le recordó la pelea de la taberna de Adira—. ¡El lobo blanco de Trec!

—¡Sigil! —Sorasa se sintió vitorear en respuesta, alzando la voz para que se oyera—. ¡Sigaalbeta Bhur Bhar!

Al oír su nombre completo de temurana, los ojos de Sigil brillaron, y sus dientes en el borde del labio. Exhaló otro aliento tranquilizador y siguió luchando, lanzando todo su peso sobre su puño.

Oscovko soltó un gemido de dolor y una gota de sudor rodó por su frente. Su rostro estaba rojo como un betabel, más brillante que una mancha de sangre fresca. Sus músculos trabajaban en su cuello, tensos bajo su piel.

Los gritos y los vítores continuaron, y más de un treco aplaudió a Sigil y a su príncipe. Sorasa siguió gritando, aplaudiendo, e hizo un gesto para que los demás siguieran su ejemplo. Dom rugió más fuerte que todos ellos, levantando los puños en el aire.

—¡Los huesos de hierro de los Incontables no se romperán jamás! —gritó.

Fue el último clavo en el ataúd de Oscovko.

Sigil lanzó un grito gutural, el grito de guerra de los Temurijon, y golpeó el puño del príncipe contra el tablero de la mesa. Su cuerpo casi se fue con él, retorciéndose para evitar que su brazo se partiera en dos. Cuando Sigil se puso en pie de un salto, con las manos levantadas en señal de triunfo, él también lo hizo. La sala retumbó con los vítores mientras él tomaba la muñeca de ella con la mano libre, con la otra acunada en el pecho. Con un grito, Oscovko levantó sus manos unidas, celebrando su victoria para que todo el festín la viera. Y los soldados celebraron con él, derramando vino y cerveza y buenos deseos.

—¡Cabalgamos mañana, por la guerra y por el Ward! —dijo.

—¡Por el Ward! —respondieron sus hombres.

—¡Por el Ward! —gritó Sigil.

Por el Ward, pensó Sorasa.

La esperanza revoloteaba en su pecho, parpadeando, la luz de una sola vela. Pero demasiado pequeña, demasiado débil. La sala resonó con el triunfo, pero todo lo que Sorasa escuchó fue el tañido de un toque de muerte. Incluso mientras sonreía, el miedo se agolpaba en su vientre. Nunca estaba lejos de ella, pero ahora la alcanzaba con garras heladas. La punzada del miedo se hundía demasiado en su interior.

19

LA DESPIADADA ELEGIDA

Erida

Incluso cubierto con terciopelo color borgoña, el trono de Madrence era incómodo, la piedra se sentía fría a través de la tela, el alto respaldo era irritantemente recto. Después de una larga mañana sentada en el consejo, Erida estaba ansiosa por librarse del dolor.

Con una sonrisa forzada, dejó a Thornwall y a Harrsing en la sala del trono y salió para unirse a su séquito de damas que la esperaban. Le habría gustado despedir a todas las jóvenes y mujeres sin más. No servían para nada en la campaña, además de ponerla presentable para el día. Y espiar para sus familias o maridos. Pero las apariencias eran importantes, demasiado, y por eso las damas se habían quedado. La siguieron a una distancia respetable, murmurando entre ellas, en voz baja.

La Guardia del León la seguía silenciosa, a no ser por el tintineo de sus armaduras, siempre presente cuando ella recorría los desconocidos pasillos del palacio. Mientras caminaban, Erida volvió a hacer un balance de los juramentos, repasando a los numerosos nobles madrentinos que le habían jurado fidelidad un día antes. Pasó horas escuchando los elogios y los insultos velados. *Joven*, la llamaban la mayoría de los nobles, inclinando la cabeza ante su audaz conquistadora.

Erida sabía que no debía pensar que era un cumplido. La veían como una niña, una muchacha, apenas lo bastante mayor para gobernarse a sí misma, y ya no se diga para gobernar dos reinos y crear un imperio.

Se equivocan, y pronto lo sabrán, pensó.

En las ventanas, las nubes se deslizaban por la bahía, oscureciendo la tarde, con sólo un rayo de oro en el horizonte occidental. Los salones, antes relucientes, se apagaron, y las baldosas perladas perdieron su brillo. El palacio de Robart se sintió de repente pequeño y poco impresionante, una miseria comparada con el hogar de Erida, a muchos cientos de kilómetros de distancia.

No esperaba echar de menos el Palacio Nuevo, pero un leve dolor se deslizó en su interior. Extrañaba los jardines, la catedral, las vidrieras llenas de poderosos Syrek y los numerosos dioses. Su ciudad sin igual, abrumadora en su tamaño, llena de sus muchos miles de personas leales. Aplaudían incluso al ver a su reina. No como el pueblo de Ruán y Partepalas, que escupían a sus pies y derramaban sangre por despecho.

Erida vagaba sin rumbo fijo, pero sus pies la llevaron a los magníficos jardines del palacio. Los árboles y las flores se abrían, el aire se perfumaba con todos los olores y una fuente ondulaba en algún lugar, con el canto de los pájaros. Pequeños ponis se abrían paso entre las hierbas, con sus redondos vientres como brillantes monedas de oro. Una parte de Erida quería expulsarlos del palacio. Después de todo, eran las mascotas del príncipe Orleon, y ella no necesitaba más recuerdos de los muertos.

Miró el cielo que se oscurecía, considerando la amenaza de lluvia. Frente a todo lo demás, una tormenta no le parecía nada.

La ciudad es tuya. El reino es tuyo, pensó. Los múltiples nervios de su cuerpo comenzaron a desplegarse, liberándose lentamente. *El siguiente caerá, y el siguiente. Hasta que todo el mapa sea tuyo.*

Sonrió para sí, intentando imaginar a Allward en su mente. Desde la selva de Niron hasta las nieves de Jydi. Del sofocante Golfo del Tigre a las cañadas de Calidon. De Ascal, la joya de su corona, a las estepas del Temurijon y del Emperador Bhur. Tantos tronos, tantos reinos. Algunos se arrodillarían, golpeados por su desenfreno a través de Madrence. Muchos no lo harían.

La mandíbula de Erida se tensó, sus dientes rechinaron. El alivio que había sentido hacía unos instantes desapareció, desvaneciéndose al enumerar los grandes obstáculos en su camino. Los numerosos peligros en la ruta hacia su destino.

—Dos veces reina —dijo una voz profunda, y los dedos de Erida se curvaron.

La Guardia del León sabía que debía permitir que Taristan se acercara a ella.

Apareció desde algún lugar del camino, saliendo de una hilera de álamos. Erida sintió que sus damas reaccionaban detrás de ella, algunas susurrando. Unas pocas fueron más prudentes y guardaron silencio. Con un solo gesto de la mano, las despidió a todas, haciéndolas correr de vuelta al palacio.

La Guardia del León permaneció ahí, formando un anillo alrededor de su reina.

—Pensé que seguías ayudando a Ronin en los archivos —dijo Erida caminando hacia él. Él se dirigió a ella con paso ligero—. Alcanzando los estantes altos y cosas por el estilo.

La comisura de la boca de Taristan se crispó, traicionando las ganas de sonreír.

—Me canso entre las páginas.

Taristan se movía inquieto en el jardín, fuera de lugar, como siempre. No llevaba capa ni armadura, sólo su fina túnica roja con una rosa bordada sobre el corazón.

—Te queda bien —dijo ella, indicando la heráldica en su ropa—. Pareces un verdadero príncipe del Viejo Cor.

—No importa mi aspecto, sólo lo que puedo hacer.

—Ambas cosas importan. Y tú debes parecer lo que eres. Un príncipe de los viejos linajes de sangre, un raro descendiente de antiguos emperadores.

—La prueba de ello está en mi sangre y mi acero, no en mi ropa.

Erida lo sabía mejor que nadie. Ningún otro hombre podía desgarrar un Huso o blandir una Espada de Huso. Ningún otro hombre podía ser lo que él había llegado a ser.

El cuello de su túnica estaba desatado, mostrando las venas blancas que ondulaban sobre su piel. Erida sintió el extraño impulso de tocar las líneas que parecían ramas y trazar sus trayectorias a lo largo de su piel. Lo atribuyó a la fascinación. *Mi marido lleva un dios en su carne. ¿Quién no querría verlo?*

Taristan acortó la distancia entre ellos. La temperatura parecía aumentar con cada centímetro, y su piel se estremecía de calor bajo su ornamentado vestido. La tela se sentía pesada y demasiado pegada a su cuerpo. Erida quería arrancársela. En cambio, observó a Taristan sin pestañear, sin retirar su mirada.

—Dos veces reina —repitió ella—. Y tres veces príncipe —sus títulos pasaron por su mente. *Viejo Cor, Galland, y ahora Madrence*—. Todo un viaje para un mercenario treco.

Él tampoco parpadeó, y sus ojos comenzaron a arder.

—Pienso en ello todos los días —dijo él, deteniéndose frente a ella, todavía sosteniendo su mirada como una cuerda sostiene a un conejo. Erida finalmente se quebró, permitiéndose parpadear. Él respondió con una sonrisa de satisfacción.

—De un huérfano de puerto, a esto.

—Un príncipe de seda y acero —dijo ella, observándolo de arriba abajo.

La mano derecha de una reina y un dios demonio.

—¿Qué ves? —preguntó él, todavía sin parpadear. Su mirada era casi insoportable, la atravesaba, inhumana. Se sintió traspasada por ella.

—Te veo a ti, Taristan —tragó para evitar el nudo en la garganta. Él estaba lo bastante cerca como para que ella lo tocara, pero en lugar de eso entrelazó los dedos—. Me pregunto qué partes de tu rostro pertenecen a tu madre. A tu padre. Qué partes son de Corblood, qué partes de Wardborn.

Intentó recordar a Corayne, una chica como un ratón que estaba en el origen de todos sus problemas. Cabello negro, piel aceitunada. Diferentes colores, pero los mismos ojos y la misma cara. La misma manera distante, como si de alguna manera estuvieran apartados del resto de los mortales. *¿Podría Corayne sentir esa diferencia dentro de ella? ¿Puede sentirla Taristan?*

—Ningún ser vivo puede responder a esa pregunta —murmuró, apartando finalmente la mirada. El borde de los jardines corría contra la bahía, las suaves olas lamiendo la piedra. Las aguas azules eran oscuras y reflejaban las luces de la ciudad en pinceladas de oro vacilante—. Para ti o para mí.

Erida sintió que se le cortaba la respiración, las luces de la ciudad eran como estrellas brillantes en sus ojos negros. Por una vez se sintió como si pudiera penetrar en esa profundidad.

—¿En qué más piensas?

Él se encogió de hombros, frotándose las manos. Sus largos y pálidos dedos estaban limpios, pero Erida recordó la cantidad de sangre que habían derramado.

—Mi destino, sobre todo.

—No es poca cosa —respondió ella.

—Fue hace tiempo. Morir en una zanja en algún lugar. Pero ya no. No después de que Ronin me encontrara, y Lo Que Espera me elevara a lo que soy.

Erida chasqueó la lengua. Se sentía atrevida.

—Date un poco de crédito al menos. Ni el mago ni el dios te enseñaron a sobrevivir.

La mirada de Taristan volvió a dirigirse a ella. Se sintió como el golpe de un martillo.

—Lo mismo puede decirse de ti.

Sacudió la cabeza lentamente.

—Aprendí porque tenía que hacerlo. Sobre todo, después de la muerte de mis padres. Nadie protegería a una chica que no pudiera protegerse a sí misma.

Él asintió estoicamente. Para su sorpresa, vio comprensión en sus ojos.

—En un palacio o en la cuneta, las ratas siguen siendo las mismas.

Ratas.

Erida apretó los dientes.

—Ya he tenido suficientes alimañas para toda la vida —se burló Erida—. Primero, Corayne an-Amarat y su entrometida manada. Espero que esté muerta en alguna duna de arena, con sus huesos blanqueados por el sol del desierto —se tragó una oleada de repulsión—. Y luego Konegin, que sigue evadiendo ser capturado. Los dioses saben dónde está mi primo traidor y quién le ayuda. No importa cuántas ciudades derribemos, de alguna manera estos dos siguen fuera de nuestro alcance.

El calor se enroscó en su vientre, no por el pesado vestido ni por la presencia de Taristan. Sino por la rabia.

—La ira te sienta bien —murmuró Taristan, observando su rostro—. Alimenta ese fuego que mantienes encendido.

Erida se sonrojó y apartó la mirada, trabando su mandíbula. Sintió su propio pulso, nacido tanto de la frustración como de la atención de Taristan.

—Quiero la cabeza de Konegin —siseó.

—Pronto cometerá otro error —dijo Taristan, extrañamente calmado—. O bien, otro noble lo hará por él.

—Ya estoy trabajando en eso. El tesoro madrentino es inmenso, y la riqueza de Robart ya se está repartiendo entre mis partidarios.

Taristan resopló, con el rostro desencajado. Miró la Guardia del León a su alrededor, silenciosa e inflexible.

—Págales a los soldados, no a los nobles pretenciosos.

—Muchos de mis soldados siguen a esos nobles pretenciosos —respondió Erida con frialdad—. Y las monedas son las que hacen las lealtades más fuertes. Konegin no puede comprar lo que ya es mío.

—Konegin no es *nada* en este mundo —su murmullo llenó los jardines—. Un día lo verás.

Ella sólo pudo suspirar y relajó los hombros. Su armadura ceremonial era muy pesada y empezaba a clavarse en sus costillas.

—Un día tendrás razón. Pero por ahora sigue siendo una amenaza. Igual que tu sobrina.

—En efecto, lo es —su labio se curvó.

Exasperada, Erida no pudo evitar encontrar una tranquila diversión en su propia circunstancia y en la de Corayne. *Gran parte del mundo descansa sobre los hombros de dos mujeres jóvenes, con hombres chillando en nuestros oídos.* Intentó animarse y volver a ser la mujer que era hacía una hora, una reina de todo lo que veía.

En cambio, se sintió pequeña, apagada como el palacio que se encogía, una perla sin luz que la haga brillar. *Hoy soy una conquistadora. ¿Por qué no lo siento así?*

La voz de Taristan se volvió más profunda, tan baja que reverberó en el aire, encontrando su hogar en su pecho.

—¿Es todo lo que soñaste?

Ella apretó los dientes, luchando contra el repentino impulso de tristeza. Sus ojos se cerraron durante un largo segundo. El canto de los pájaros y la fuente la bañaron, envolviéndola en un suave ruido.

—Ojalá mi padre estuviera aquí para ver esto —dijo finalmente, obligándose a abrir los ojos de nuevo. El fuego del que hablaba Taristan la lamió por dentro, consumiendo su dolor, convirtiéndolo en algo que pudiera utilizar. Ira. Miedo. Cualquier cosa menos tristeza—. Ojalá Konegin estuviera aquí para verlo. Encadenado al suelo, amordazado, obligado a ver cómo me convierto en todo lo que él intentó quitarme.

Taristan rio a carcajadas, con los dientes brillando.

—Eres despiadada, Erida —dijo, moviéndose para que su sombra cayera sobre ella—. Por eso fuiste elegida.

A Erida se le retorció el estómago. El aliento se le atascó en la garganta.

—¿Elegida por quién? —jadeó, sabiendo ya la respuesta.

—Por Lo Que Espera, por supuesto.

El nombre de su dios demoniaco provocó una sacudida en el cuerpo de Erida. Como un balde de agua fría o un rayo. Intentaba no pensar en él, y la mayoría de los días era fácil lograrlo. La campaña tenía muchas distracciones.

—Él vio un arma en ti como la vio en mí. Algo que atesorar, y recompensar —Taristan la miró, sus ojos todavía oscuros, todavía vacíos de todo lo que no fuera el negro insondable—. ¿Eso te incomoda?

Ella masticó su respuesta.

—No lo sé —dijo finalmente. Era la verdad.

Taristan se quedó quieto, sin querer dar un paso atrás ni acercarse. La miró, y Erida se sintió como un cadáver en el campo de batalla, con los ojos muertos abiertos, observando su final. No podía siquiera saber a cuantos había visto así su marido, en sus últimos momentos, sangrando y destrozados. Una vez más, supo lo estúpido que era confiar en él, seguirlo voluntariamente por un camino tan oscuro. Y, sin embargo, seguía sintiendo que era la decisión correcta. La única que podía tomar realmente.

—Tú también me elegiste —dijo él—. Viste lo que yo era, lo que ofrecía, y dijiste que sí. ¿Por qué?

Erida respiró tranquilamente.

—Otro hombre habría sido mi carcelero, con su correa entretejida a través de mi corona —dijo con naturalidad—. Lo he sabido toda mi vida. Pero tú eres mi igual, y tú también me ves como tu igual. Ningún otro pretendiente en el Ward puede decir lo mismo.

Sus palabras lo calmaron de alguna manera, sus párpados se volvieron pesados. Parecía un dragón cautivado por una canción de cuna.

Entonces Erida se encogió de hombros.

—Ningún otro pretendiente sirvió a un dios apocalíptico de otro reino tampoco —dijo, medio sonriendo—. Pero si éste es el precio de mi propia libertad, de mi propia victoria, seguiré pagando.

Sus ojos permanecieron negros y fijos.

En algún lugar del mar, un trueno recorrió las nubes, y una sola gota de lluvia cayó, escandalosamente fría en su cara. Pero el aire estaba caliente entre ellos. De repente, ella sintió la tibieza de la mejilla de él bajo su mano levantada, suave y cálida, casi febril, pero sin sudor. Como una piedra caliente al sol.

Él no se inmutó bajo sus dedos. De nuevo, no parpadeó, sus ojos desorbitados parecían tragarse el mundo a su alrededor.

—¿Siempre está ahí, dentro? —murmuró Erida, rozando con las yemas de sus dedos el afilado pómulo de él. Él inhaló con fuerza.

Ella estudió sus ojos, esperando el revelador destello de rojo. Nunca llegó.

Cayó otra gota de lluvia. Erida esperaba que se evaporara en su piel.

—No —dijo Taristan, con las fosas nasales abiertas.

Erida le rodeó una oreja, echando hacia atrás un mechón de su cabello rojo oscuro. Un músculo de su mejilla se agitó, el pulso le retumbó en el cuello.

—¿Puede controlarte?

—No —volvió a decir él, casi gruñendo. La mano de Erida se arrastró hasta encontrar las venas de la base del cuello de Taristan. Estaban más calientes incluso que su piel, saltando al ritmo de su corazón—. Mi voluntad es mía.

Erida retiró la mano, dejándola caer a su lado. Los latidos de su corazón rugieron en sus oídos, como un trueno que se repite una y otra vez. Todos sus nervios se pusieron de punta, hasta que el propio aire se sintió electrizante. Los dedos de sus pies se enroscaron dentro de sus botas, alejándose del acantilado sobre el que estaba parada. Un movimiento en cualquier dirección y caería.

Para su sorpresa, Taristan parecía igual de desorientado. Dos manchas de color florecieron en sus mejillas y sus labios se separaron, inhalando de nuevo. El aire silbó entre sus dientes.

—Demuéstralo —respiró Erida, con una voz tan suave que apenas se escuchó a sí misma.

Pero Taristan sí la oyó.

Su tacto ardía, sus manos rodeaban el cuello de Erida, los pulgares se hundían bajo su barbilla para inclinar su cara. Ella jadeó sorprendida, pero los labios de él se tragaron el sonido, cerrándose sobre su boca. Sólo tardó un momento y Erida se dejó llevar, casi cayendo en sus garras. Él la levantó, apretándola contra su propio cuerpo, la seda de su túnica contra el acero de su armadura. La palma de la mano de ella se apoyó en la clavícula desnuda de él, presionando contra la piel en llamas, mientras que la otra mano le agarraba la muñeca, rodeando con los dedos el músculo y el hueso. Su aliento era el de ella, su calor era el de ella, el fuego de Erida se encontraba con el fuego de Taristan, ardiendo juntos. Erida era tanto el huracán como la orilla. Ella se rompió en sus manos como él se rompió en las suyas. Estuvo a punto de tropezar, pero mantuvo el equilibrio. Sus uñas se clavaron en la piel de él, incitándole a seguir.

Entonces, él se retiró, con la respiración agitada y los ojos cerrados.

Erida abrió los ojos para ver a Taristan todavía encima de ella, a sólo unos centímetros de distancia, con sus manos agarrando sus muñecas. La lluvia brillaba entre ellos, empapándolos a ambos hasta la piel. Erida no sentía nada más que el tacto ardiente de sus dedos, incluso cuando su vestido se empapó. Sus labios se separaron, aspirando una bocanada de aire. El frío de la humedad la hizo volver a la realidad.

Ella dio un paso atrás, usando toda su voluntad.

Él la soltó sin preguntar.

Erida quería más, lo deseaba tanto que le dolía el cuerpo. Su corazón marcando un tatuaje irregular contra su caja torácica, tan fuerte que temió que Taristan lo oyera. Se estremeció ante la impactante y repentina ausencia de su carne. Respiró de nuevo, clavando los pies en la tierra. Su mente se debatía entre el deber real y su propio control. Sin duda, Harrsing celebraría saber que Erida se había llevado por fin a su marido a la cama. Erida también se deleitaba con esa idea.

Pero quizás es demasiado.

—Tengo asuntos que atender —masculló, con la voz quebrada.

—Desde luego —contestó Taristan, con el rostro inexpresivo de nuevo. Pero el rubor permaneció, manchando sus mejillas.

Sus faldas giraron cuando ella se volvió, destellando en verde y dorado, un espejo de los exuberantes jardines en una tormenta. Erida se maldijo mientras se alejaba, con la Guardia del León a cuestas. Pero también se felicitó a sí misma.

Soy una reina gobernante de dos reinos. No puedo permitirme la debilidad, no ahora.

Y por mucho que Taristan la hiciera fuerte, ciertamente también la volvía débil.

20

LA ESPERANZA ES LO ÚNICO QUE TENEMOS

Andry

El amanecer despuntaba frío sobre el castillo de Volaska. Andry esperaba en el patio, con las alforjas preparadas y la tetera sonando suavemente. Junto con la ropa para el banquete, Oscovko le había dado a cada uno una capa forrada de piel, guantes y ropa interior de lana. Andry se alegró de tenerlos. Las capas de lana, la cota de malla, su túnica azul con estrellas y la nueva capa evitaban lo peor del frío. Su aliento se elevaba como nubes, formando una espiral con la más leve pizca de nieve. El caballo treco resopló, soplando sus propias nubes. Era más fornido y resistente que su yegua de arena, que ahora dormía felizmente en los establos. Andry echaría de menos su paso suave y sus ojos brillantes, pero el nuevo caballo bayo se desenvolvería mucho mejor en el frío. Sólo faltaba una semana para llegar al templo, pero el invierno se cernía como una sombra en el horizonte.

Los mozos de cuadra y los sirvientes iban y venían por el patio, entre el torreón y los establos del castillo. Llevaban provisiones y aperos, preparando los suministros y los caballos para el viaje al sur. Pero no había soldados, ni consejeros, ni el príncipe Oscovko ni nadie que Andry reconociera. Ni siquiera sus propios Compañeros.

Se golpeó los pies, moviéndose de un lado a otro para mantenerse caliente. Volaska se alzaba sobre el patio, con sus torres en un cielo gris hierro. Andry miró la torre, buscando en las ventanas alguna señal de vida. Nada se movía. Ni una persona, ni siquiera una vela parpadeante.

Andry se mordió el labio y, tras un largo momento de incómoda vacilación, hizo señas a un mozo de los establos.

—Mis disculpas —comenzó Andry, arrugando la frente.

El mozo treco hizo lo mismo, moviendo su cabeza rubia. Sonrió, desdentado.

—¿Sí?

—¿Dónde están todos? ¿Los soldados? ¿El príncipe Oscovko?

El mozo parpadeó.

—¡Oh! —contestó con un fuerte acento, riendo de forma amable—. ¡Están durmiendo, señor! Después de toda la bebida, despertarán dentro de varias horas.

—Por supuesto —murmuró Andry, forzando una tensa sonrisa de agradecimiento.

Con un largo y amargo suspiro, Andry tomó las riendas de su caballo y se alejó, llevando a la fornida bestia de vuelta al establo. Pateó piedras por el patio, haciéndolas saltar, al igual que a los sirvientes.

Volvió a la gran sala de la fortaleza y encontró la mayoría de las mesas vacías, excepto la de Corayne y la de Charlie en el rincón más alejado. Ambos llevaban también capas de pieles nuevas, con sus bolsas apiladas en el suelo junto a ellos. Se inclinaron sobre documentos y un desayuno sencillo, picoteando el pan duro y el estofado. Corayne comía sin quejarse, pero Charlie hacía muecas mientras apuraba el líquido gris de su cuenco.

—Paga —dijo Corayne cuando Andry tomó asiento, deslizándose en el banco junto a ella.

Charlie frunció el ceño y lanzó una moneda al aire. El metal cobrizo parpadeó y aterrizó en la palma extendida de Corayne. Ella se lo guardó en el bolsillo con una sonrisa de satisfacción.

Andry miró entre ellos.

—¿Cuál es la apuesta? —dijo, arrugando la nariz, mientras un sirviente ponía un tazón de estofado frente a él. Tenía un aspecto poco apetecible.

—Aposté a que tú estarías listo primero —respondió Corayne, partiendo su pan por la mitad. Dejó caer el trozo más grande en el cuenco de Andry—. El primero en estar listo para salvar el reino.

Charlie resopló ante su desayuno. Miró a Andry por encima del borde de su guiso.

—El primero dispuesto a morir por él.

El escudero apretó la mandíbula. Sabía que la broma pretendía ser inofensiva, pero de todos modos le dolió.

—No soy el primero —dijo Andry en tono sombrío, mientras comía. No era terrible, más bien insípido. Las verduras estaban cocidas hasta quedar irreconocibles, desprovistas de todo color y sabor. Deseó su colección de hierbas que llevaba guardada en las alforjas y que había dejado con su caballo en el establo.

La lástima cruzó el rostro de Corayne.

Andry bajó la mirada. Se dijo que no debía sentirse avergonzado, que no debía lamentar su propia supervivencia. Una parte de él sabía que la culpa era una tontería. Pero la sentía de todos modos.

—Deberíamos estar ya en el camino —refunfuñó—. El tiempo es esencial y cada minuto es una pérdida de oportunidad —se le cortó la voz—. De las vidas que ya se han ido.

Y de las que aún penden de un hilo. Mi madre. Y nosotros también.

Tragó con fuerza, obligándose a tragar la comida. No sirvió de mucho para ocultar su frustración.

—Tienes razón, Andry —dijo Corayne, cruzando los brazos—. Supongo que ésa es la contrapartida. Ahora tenemos un ejército, pero no estamos al mando.

—Ése es un uso generoso de la palabra *ejército* —dijo Charlie con una sonrisa—. Más bien es una manada de carroñeros.

Andry no estaba en desacuerdo. Al lado de los caballeros y las legiones de Galland, la banda de guerra de Trec no parecía mejor que los lobos de su bandera. Suspiró, sacudiendo la cabeza ante la sala vacía del castillo.

—Los cambiaría a todos por los soldados de Isadere —dijo, recordando a los Halcones y a los Dragones. Ambas fuerzas guardianas eran de élite, mortales y, sobre todo, dedicadas—. Me pregunto si el rey de Ibal ha decidido luchar.

Al escuchar eso, Corayne y Charlie intercambiaron miradas cómplices, y en sus labios se delinearon sonrisas iguales.

El escudero los miró a ambos.

—¿Qué?

Charlie se recostó en su silla, con cara de satisfacción.

—Aunque Ibal no luche, quizás otros lo hagan.

—Madrence ha caído —espetó Andry. Recordaba la carta tan bien como cualquiera de ellos, y la cara de Oscovko mientras la leía. El miedo se mostraba claramente a la vista de todos—. El rey Robart quizás esté muerto. Pero incluso si está vivo, no puede esperar formar una alianza con nadie ahora...

Charlie se encogió de hombros. Sus ojos se dirigieron a la pila de pergaminos.

—El rey Robart no es el que lo está pidiendo.

413

—¿Qué es esto? —dijo Andry, tomando los papeles colocados sobre la mesa. La tinta estaba seca, los sellos enfriados a la perfección. Estudió las páginas, con los ojos desorbitados—. ¿Más órdenes de paso…? —sintió que se le caía la mandíbula al comprenderlo—. Éstas son cartas —dijo, escudriñando el pergamino.

Al otro lado de la mesa, Corayne sonrió.

—Fue idea de Charlie. Ha estado trabajando en ellas desde que salimos de Ibal.

Charlie le sonrió a su pálido rostro se llenó de un poco más de color.

—Y Corayne ayudó inmensamente —dijo, como maestro orgulloso—. Es una excelente traductora, y es mejor con los sellos de lo que deja ver. Tremenda.

Corayne volvió a tomar con cautela el montón de cartas, con cuidado de no arrugarlas.

—Si el rey de Madrence puede convocar al Ward para luchar, nosotros también podemos.

Andry casi se echó a reír, observando los numerosos sellos de todo el Ward. Cada uno de ellos era falso, al igual que las firmas.

—Éstas no son cartas tuyas.

—Todos los reinos deben prepararse para la guerra. Cuanto antes, mejor —inspeccionó las páginas de nuevo, probando la tinta.

Muchos idiomas pasaron bajo sus cuidadosos dedos, al igual que los sellos e impresiones de colores. El dragón dorado de Ibal. El elefante de Rhashir. El águila blanca de Kasa. El unicornio peludo de Calidon. El sol de Ahmsare. El lobo de Trec. Incluso el ciervo de Iona. Convocatorias de todo el Ward pidiendo ayuda a los otros reinos, cartas falsas que contenían terribles verdades. La conquista de Erida, el oscuro esfuerzo de Taristan. Los Husos desgarrados, Lo Que Espera acechando tras los velos del reino. Era la habilidad de Charlie y la astucia de Corayne en plena exhibición.

Andry resopló impresionado.

—¿Creen que esto funcionará?

—No está de más intentarlo —Corayne se encogió de hombros, tratando de parecer indiferente. Pero una pequeña sonrisa de satisfacción se dibujó en sus labios—. Si aunque sea una carta tiene éxito, valdrá la pena con creces.

—La verdad vestida de mentira —dijo Charlie, orgulloso.

—Las enviaremos con mensajeros antes de nuestra marcha —añadió Corayne—. Todavía no hay señales de Oscovko, pero podemos hacer que Dom derribe su puerta si el sol se eleva más en el cielo —señaló con su cuchara una silueta familiar en el pasillo más cercano.

El príncipe inmortal estaba de centinela, vigilando el camino a los aposentos de Oscovko con la agudeza de un halcón.

—No importa cuándo salgamos; con nuestra suerte, acabaremos marchando a través de una ventisca —dijo Charlie con alegría—. No puedo esperar a morir congelado en una zanja fronteriza.

Sorasa apareció por otro pasillo, vestida de nuevo con sus viejos cueros marrones. Llevaba el collar de pieles ceñido al cuello, ocultando su garganta tatuada. Los observó fijamente mientras ocupaba su propio puesto en la ventana, apoyándose en el cristal para mirar hacia la mesa.

—El pesimismo te sienta bien, Charlie.

El fugitivo le dedicó a la asesina una sonrisa ganadora.

—¿Sabes? Eso lo escucho bastante —dijo secamente.

—¿A quién tienes detrás de mí? —murmuró Andry, dando un codazo en el hombro de Corayne. Aunque hablar con ella era ahora fácil, tan natural como respirar, aún sentía una sacudida en el estómago—. Por la apuesta.

—Sorasa —respondió Corayne entre otro bocado—. Está al acecho. No creo que le guste estar encerrada en un castillo.

La asesina frunció el ceño, observando la sala.

—Tienes toda la razón. Demasiadas oportunidades. Y si Dom no saca a Oscovko de la cama, lo haré yo.

Corayne sonrió con picardía.

—Dudo que al príncipe le importe.

En el pasillo, Dom frunció el ceño, pero Sorasa sólo sacudió la cabeza, exasperada.

—Lo que sea que haga que las cosas se muevan —refunfuñó, sirviéndose un trozo de pan—. ¿Alguien ha visto a Sigil?

—No desde que se llevó a un señor y a una dama a sus aposentos anoche —dijo Charlie. Finalmente se rindió con su guiso y apartó el cuenco.

Sorasa lo tomó sin pestañear.

—¿Sólo dos? Se está volviendo lenta en su vejez.

El calor se extendió por las mejillas de Andry y bajó la cabeza, tratando de ocultar su malestar. Cuchareó su guiso, con los ojos abatidos, pero Charlie se rio de él de todos modos.

—Ahórrate la vergüenza, escudero —volvió a reír—. Ciertamente los caballeros de Ascal no eran mejores.

—No por mucho —murmuró Andry. Había servido a sir Grandel el tiempo suficiente como para saber qué cortesanos compartían su cama y cuándo había que desaparecer.

—¿Es cierto? —le preguntó Corayne, levantando sus oscuras cejas—. Primero los chismes, ¿ahora la ropa de cama?

Creía que los caballeros y los escuderos debían ser muy educados.

—Yo... no... bueno... —Andry vaciló, nervioso. En efecto, muchos de los escuderos tenían sus devaneos, bien ocultos y también abiertos. Ningún desliz estaba permitido, pero siempre había formas de evitar esas prohibiciones.

No es que Andry lo hubiera intentado.

Tragó una cucharada de guiso grumoso, intentando recomponerse.

—Deberíamos estar pensando en la marcha —dijo finalmente, con un tono demasiado severo—. Y planificando para enfrentar lo que sea que Taristan haya dejado atrás para vigilar el templo.

Funcionó demasiado bien, arrojando un manto sombrío sobre la mesa. Incluso Charlie dejó caer su sonrisa.

Corayne apartó su cuenco también y se quedó callada.

—Por no hablar de otro Huso que él vaya a desgarrar a continuación —murmuró—. O que ya haya destruido.

—¿Ya no necesita los Husos? —preguntó Charlie en un susurro.

Andry entrecerró los ojos.

—¿Qué quieres decir?

—Has visto la carta de Madrence —el sacerdote caído miró sus papeles—. El rey Robart pidió una alianza. Nosotros también. Quizá no ocurra a tiempo. Taristan no necesitará que un dios demonio se apodere del Ward si su esposa ya lo ha hecho, eliminando uno a uno todos los reinos.

Ante las ventanas, Sorasa hizo una mueca y se encogió de hombros.

—Supongo que el imperio de Erida sería mejor que el apocalipsis.

—Bueno, si lo pones así —dijo Corayne en tono oscuro—. Es mi cabeza, pase lo que pase.

—Taristan del Viejo Cor no está luchando sólo para ganar una corona o incluso el Ward —Dom salió del pasillo para asomarse a la mesa, con el rostro fruncido por la ira—. Tiene una deuda con Lo Que Espera, y también con su mago. Ningún trono mortal satisfará su hambre, ni su ira.

Charlie parpadeó hacia él.

—¿Cómo lo sabes?

—Sus ojos. Su rostro —se oyó responder Andry. De repente, estaba de nuevo en esa colina, mirando el templo y a sus Compañeros muertos hace tiempo, observando cómo Taristan acechaba por el claro. Sus ojos ardían incluso detrás del yelmo, y la Espada de Huso era como una llama en su mano—. Lo Que Espera está en él, y el mago también. Esto es sólo el principio de lo que quieren hacer. Es más grande que una simple conquista.

Andry recordaba cada segundo de esa mañana. Estaba grabado a fuego en él como una marca. El olor de la sangre, la ceniza caliente que salía de las puertas del templo. Un mínimo atisbo de las Tierras Cenizas más allá, un reino ardiente de dolor y tormento. Y los cadáveres que brotaban, impulsados por un amo que Andry no podía ver.

Le temblaron las manos sobre la mesa y las apartó, tratando de ocultar el miedo que lo invadía.

Los dedos de Corayne se sentían repentinamente fríos sobre la palma sudorosa de él. Ella apretó con fuerza. Él le devolvió el apretón. Ella era un ancla y él se aferraba a ella ansiosamente.

Pero ella también se aferraba a él.

—Tenemos que irnos —dijo Andry, en voz baja. Pero resonó en la sala, como una orden.

La nieve caía sobre la ciudad, arrastrada por un viento amargo.

Al mediodía, la banda de guerra atravesó las puertas de Vodin, y media ciudad se volcó para ver partir a Oscovko y sus soldados. Andry apenas oyó los vítores, y se concentró en el ritmo del paso de su caballo. Recordaba la salida de Ascal con sir Grandel y los North, los caballeros de la Guardia del León con su distintiva armadura dorada. En aquel entonces, el sol era cálido en sus rostros, el aire primaveral era fresco y vigorizante. Parecía que había pasado toda una vida, o incluso un sueño, tan distante de la realidad que Andry vivía ahora. Una vez más, el escudero deseó poder retroceder en el tiempo. Volver con lo que sabía ahora. Salvar a los Compañeros y evitar que todo esto se desarrollara.

Miró de reojo a los cientos de soldados que se extendían detrás de él. *¿Cuántos encontrarán su fin en el templo?*, se preguntó Andry, con la boca llena de un sabor amargo. *¿Cuántos más tendrán que morir allí?* Por mucho que lo intentara, Andry no podía quitarse la imagen de la cabeza. Vio a Corayne, Dom, Sorasa y el resto, todos muertos ante el Huso del templo, descuartizados como los antiguos Compañeros. Volver al campo de exterminio le parecía una locura, un suicidio.

Pero debemos, lo sabía, repitiéndolo una y otra vez. *Debemos volver.*

Oscovko encabezaba la larga columna de jinetes, todos a horcajadas de caballos fuertes y fornidos, criados para el invierno. La nieve continuaba en una cortina constante, cubriendo el paisaje con un manto blanco cada vez más espeso. El ejército recorrió el camino de Cor durante algunos kilómetros hacia la frontera, pero se desvió a orillas del León Blanco, cabalgando hacia el sur a lo largo del río. El camino siguió hacia el oeste sin ellos, hasta la ciudad gallandesa de Gidastern, en la costa, a unos días de distancia.

El anochecer llegó rápidamente, el cielo se desvanecía de gris a negro mientras seguían el sinuoso río a través del valle de la montaña. El León Blanco formaba una clara frontera, con Trec en la ladera montañosa occidental y Galland al este. Los bosques se aferraban a ambos lados del agua, obligando a la columna a extenderse a medida que los caminos se estrechaban. Andry sólo vislumbró ramas y espesa maleza en la orilla de Galland. No había torres de vigilancia, ni en Trec ni en la ladera de Galland, no tan lejos de los caminos principales que unen a Vodin con el resto del reino.

Corayne detuvo el caballo a su lado, con el cuerpo en dirección al río. Apenas parpadeaba, observando la orilla más lejana.

—No puedo creer que ésa sea Galland —dijo con fiereza. La nieve parecía estrellas en su trenza negra—. Siento que hasta los árboles podrían alcanzarnos y agarrarnos.

Andry miró por encima de ella, hacia la frontera.

—No creo que las tierras de Erida puedan hacer eso. Todavía —añadió, suspirando—. Si mantenemos este rumbo, estaremos sobre la frontera por la mañana.

—Y atrapados al anochecer —dijo ella, con un tono demasiado alegre.

Se acomodó en la silla de montar, con una mano apoyada en el muslo y la otra sujetando las riendas.

—Oh, es cierto, eres una fugitiva buscada.

—Tú también, Andry Trelland —replicó Corayne.

Andry puso los ojos en blanco.

—No me lo recuerdes.

—Estoy segura de que todos en la corte están escandalizados —bromeó ella, inclinándose hacia el espacio que los separaba.

—Por supuesto —dijo él, siguiéndole el juego—. Será el chisme de la temporada. Aparte de, ya sabes, la reina intentando conquistar el mundo entero —luego miró al frente, a través de los árboles inclinados hacia el frente de la columna. Bajó la voz—. Al menos Oscovko sabe lo que hace.

Como siempre, el interés de Corayne se despertó. Se apartó del río.

—¿Cómo es eso?

—Míralos: ciertamente no se parecen a ningún ejército que haya visto —señaló con la cabeza la columna que encabezaba Oscovko—. No hay banderas. No hay túnicas ni uniformes a juego. Nada que marque su reino o sus lealtades. Y Oscovko parece un soldado cualquiera. Sin corona, sin armadura fina.

El príncipe heredero sólo llevaba vestimenta de pelaje negro y cueros marrones, mezclándose con los hombres que le rodeaban. Lejos de los caballeros y señores que Andry recordaba.

—No es tan orgulloso ni tan tonto como para poner una diana en su propia espalda —dijo, medio impresionado—. O para facilitar que un explorador identifique a su ejército.

Corayne lanzó un suspiro.

—No es que las banderas o las coronas les importen a los terracenizos —murmuró.

Un escalofrío recorrió a Andry. Sabía mejor que la mayoría que los soldados cadáveres devorarían todo lo que se interpusiera en su camino si Taristan lo ordenaba. Eran cáscaras vacías en su memoria, muertos vivientes, una pesadilla hecha carne y hueso.

Sacudió la cabeza, negándose a dejar que esos pensamientos lo engulleran.

—Oscovko es inteligente al bordear la frontera de esta manera —continuó Andry, señalando el río—. No hay ningún castillo en kilómetros, fuera de las colinas. La guarnición más cercana estará en Gidastern, en la costa. Y ninguna guardia del pueblo podrá detener a toda una banda de guerra.

Corayne lo observó con atención, de arriba abajo. Levantó la comisura de la boca en la sombra de una sonrisa.

—¿Es esperanza lo que oigo en ti, Andry?

—Creo que la esperanza es lo único que tenemos, Corayne —dijo él—. Por muy doloroso que sea.

Su sonrisa se mantuvo, pero sus ojos se oscurecieron. Volvió a mirar sus riendas, dejando caer su mirada.

—Me digo a mí misma que no lo haga. Espero —dijo—. Pero no puedo detenerme.

Andry se inclinó, golpeando suavemente su hombro.

—Bien. No me gustaría verte perderla. Tú y tu esperanza nos han traído hasta aquí.

—¿Yo? —dijo ella—. No soy nada sin el resto. Dom, Sorasa y *tú* también.

A pesar del intenso frío, Andry entró en calor bajo su capa. Arrugó la frente.

—Sólo soy un escudero.

—Puedes seguir diciendo eso, pero no significa que lo crea —replicó ella—. Deja que te haga un cumplido por una vez.

Andry la miró a los ojos, observando las manchas rosas en sus mejillas. Su enfado sólo la hacía más entrañable, al igual que su curiosidad y su tenaz resolución. Se preguntó cuánto de eso era por su sangre de Cor, la naturaleza inquieta de sus ancestros. Y cuánto era simplemente Corayne, una chica del fin del mundo, que sólo quería ver el resto.

—Muy bien —dijo finalmente, sonriendo. Sintió que sus propias mejillas se calentaban—. Sólo por esta vez. Pero eso significa que yo también puedo hacerte uno.

Ella puso los ojos en blanco.

—Bien.

Su respuesta fue rápida, ya formada.

—Me alegro de conocerte, Corayne an-Amarat. Eres la persona más valiente que he conocido. Y no importa lo que pienses, ya has hecho grandes cosas. Y realizarás otras aún más grandes.

En la parte superior de su cuello de piel, la garganta de Corayne subió y bajó. Algo se suavizó en sus ojos negros e inescrutables. Luego su mirada se estrechó y se giró en la silla de montar, mirando hacia delante. Dirigió su nariz al aire y olfateó.

—Son tres cumplidos.

La nieve finalmente se había retirado y el cielo se despejó por encima de los árboles. Las ramas desnudas se veían por encima de ellos, y el río estaba ahora detrás, su sonido se perdía en el bosque.

—Galland —dijo Andry, con el aliento nublado en el aire helado del amanecer.

Debajo de su capucha, Corayne emitió un ruido aturdido, a medio formar. Se sacudió y estuvo a punto de caer de la silla de montar. Sólo los rápidos reflejos de Andry la mantuvieron en su lugar. Como siempre, a él le asombró su capacidad para dormir sentada.

—Lo siento —balbuceó ella, orientándose mientras cabalgaban—. ¿Qué?

—Estamos en Galland —volvió a decir Andry. El nombre de su propio país le pareció una piedra alrededor del cuello, pesada. Tragó saliva contra esa sensación.

Corayne se echó la capucha hacia atrás, dejando libre su cabeza de cabello negro ondulado. Parpadeó somnolienta a la luz del día, mirando a su alrededor el bosque medio muerto, por encima de las cabezas de hombres y caballos. Los Compañeros cabalgaban a su alrededor, adormilados, salvo por Dom y Sorasa, ambos con la espalda recta en la silla de montar.

—¿Cómo puedes saberlo? —se forzó, buscando en el bosque.

Andry no sintió orgullo, sino vergüenza.

—He estudiado mapas de guerra toda mi vida —murmuró—. Se suponía que mi deber era defender esta frontera algún día. Y defender a los gobernantes que la mantenían.

—Todavía la defiendes —dijo Corayne, agudizando la voz.

Él no respondió, y ella agarró las riendas de la montura de él, forzando a su caballo a acercarse aún más al suyo. Sus rodillas chocaron, y Andry necesitó toda su fuerza de voluntad para mantenerse quieto.

Ella no lo soltó.

—Andry.

Pero el agudo silbido de Oscovko la interrumpió, el sonido penetrante resonó en la columna. Llamó a su horda y enfiló su caballo hacia la derecha, girando toda la columna hacia el oeste, alejándose del León Blanco.

El corazón de Andry se estrujó en su pecho.

—Conozco el camino desde aquí —susurró.

Él vio el camino en su mente. *A través de bosques y praderas heladas, por debajo de las estribaciones más escarpadas de las montañas. Hacia el León Verde, otro río. Y el camino de los peregrinos hacia un antiguo templo, antes olvidado, pero ya no.*

Miró hacia atrás, más allá de Corayne, más allá de las ancas de su propio caballo, hacia Dom, que se balanceaba en la silla; parecía una montaña en comparación con los soldados que lo rodeaban. El inmortal miró a Andry por debajo de su capucha.

Compartieron una mirada pesada y sombría. Andry sabía que Dom sangraba como él, si no es que peor. Lentamente, el escudero se obligó a asentir. Sus labios se movieron, sin sonido, formando palabras para Dom y sólo para Dom. *Conmigo.*

Para su sorpresa, el Anciano se las devolvió con la boca. *Conmigo.*

Era un pequeño consuelo, pero Andry aceptaría cualquier cosa que pudiera encontrar. Cualquier cosa que le permitiera combatir el terror que le subía al pecho y que amenazaba con expulsar todo lo demás. Apretó el agarre, sintiendo las riendas de cuero a través de los guantes. De nuevo intentó anclarse en algo real, en el mundo que tenía frente a él, en lugar de los recuerdos que tenía detrás.

Pero el olor a ceniza y madera quemada seguía llenando sus fosas nasales. Andry se estremeció, apretando los dientes contra esa sensación. Era aguda, más fuerte incluso que en sus sueños. Cerró los ojos, tratando de alejar el recuerdo del templo en ruinas.

—¿Qué es eso? —la voz de Corayne lo inundó.

Los ojos de Andry se abrieron de golpe para descubrir que el olor no era parte de una pesadilla, un recuerdo de las ruinas del templo.

Era real, y estaba frente a él.

Oscovko silbó de nuevo, ordenando que la columna se ampliara, mientras cabalgaban hacia un claro entre los árboles, donde el suelo era plano y vacío. Pero no era un claro en absoluto, no uno natural al menos. Los árboles estaban astillados y quemados hasta convertirse en tocones, sus ramas convertidas en frías cenizas. El fuego hacía tiempo que había desaparecido, dejando un cráter ennegrecido y un olor persistente.

—No lo sé —murmuró Andry, aturdido.

Miró de un lado a otro el corte irregular que atravesaba las colinas, como una gigantesca cicatriz negra arrastrada por el bosque. No era por un incendio forestal, ni siquiera por un ejército de paso. Algo había quemado estas tierras hasta convertirlas en brasas, con gran fuerza y aún mayor precisión.

Andry se volvió hacia Corayne; ella ya estaba observando el paisaje marcado.

—¿Otro Huso? —respiró ella. Él podía ver su mente dando vueltas detrás de su mirada.

—No lo sé —volvió a decir Andry. Se le retorció el estómago. La tierra quemada se sentía mal, el mismo aire como un veneno en su piel.

Dom acicateaba a su caballo al lado de ellos, observando el paisaje destruido. Frunció el ceño, haciendo más profundas las cicatrices de su rostro. En voz baja, maldijo en su propia lengua inmortal, con palabras indescifrables.

Sorasa lo siguió, una sombra sobre su caballo negro, apenas más que un par de ojos cobrizos bajo su capucha.

—¿Qué ves, Domacridhan?

—No es lo que veo —respiró, sus hombros se tensaron—. Es lo que sé.

Oscovko se abrió paso en medio de ellos, dando vueltas a su caballo.

—¿Y eso es? —preguntó.

Dom levantó la barbilla.

—Un dragón está suelto en el Ward.

21

DORMIR Y SOÑAR CON LA MUERTE

Domacridhan

La amenaza de un dragón se cernía como un dragón mismo, una nube negra sobre todas sus cabezas.

La columna dejó atrás el cráter incendiado, los murmullos recorrieron la banda de guerra de Oscovko. Sus guerreros temían y se deleitaban con la perspectiva de un dragón. Los Compañeros no tanto, y sólo Sigil parecía ansiosa por probar su hacha contra el fuego de un dragón.

—¿Qué sabes de ellos? —murmuró Sorasa mientras cabalgaban, con la voz lo suficientemente baja para que se perdiera entre los cascos y la charla ociosa. Sus ojos brillaban con una rara preocupación y sus cejas oscuras estaban muy juntas.

Dom vaciló, echando una mirada a Corayne que estaba detrás de ella. Corayne ya tenía mucho sobre sus hombros. No quería cargar también con todo el peso de un dragón. Por suerte, ella estaba sumida en una conversación con Charlie, los dos inclinados sobre algún pergamino con garabatos.

La Amhara siguió su mirada.

—Si prefieres no decirlo, bien. Pero si mueres sin decirme cómo derribar a un dragón, apuesto a que yo moriré poco después. Y simplemente prefiero no hacerlo.

Su respiración se entrecortó entre los dientes y su rostro se debatió entre el ceño y la sonrisa.

—Por una vez me has sobrestimado, Amhara —murmuró—. No estuve allí para ver morir al último dragón.

—Inútil inmortal —maldijo ella, pero el insulto no tenía aguijón, su mirada no era dura.

A Dom, se le hizo un nudo en la garganta.

—Sin embargo, lo recuerdo.

La mirada cobriza de Sorasa se encendió.

—La bestia cayó hace unos trescientos años y se llevó a muchos inmortales con ella. Quemados, rotos, aplastados —cada palabra se sentía como un pequeño corte, más profundo que las cicatrices de su cara—. No sé qué final encontraron mis padres, pero sé que no sobrevivieron. Lord Triam y la princesa Catriona, perdidos entre las rocas y el mar.

Sorasa sólo miraba fijamente, inmóvil, de no ser por el ritmo de su caballo, con sus ojos de tigre sin parpadear.

—Apenas puedo recordar sus rostros ahora —murmuró, con la voz apagada. *Cabello plateado, ojos verdes. Piel blanca como la leche. Su espada. Su arco. Sólo sus capas, quemadas casi hasta las cenizas.*

Pero era una vieja herida, curada hace tiempo. Mucho más fácil de soportar que las otras.

—Recuerdo cuando los guerreros regresaron, el Monarca liderándolos. Yo era un niño e Isibel me acogió para criar al hijo de su hermana como propio —su pena se convirtió en ira. Su tía había empuñado la espada de la guerra una vez, pero ya no. Y su cobardía podría condenar al Ward.

—Ella me contó historias de ese día. La forma en que el dragón se movía. El calor de sus llamas. Le cortaron las alas, usando flechas y lanzadores de rayos, máquinas de asedio.

Todo lo que pudieron para derribarlo, lo bastante cerca como para clavar lanzas a través de su piel enjoyada, en su corazón de brasas.

Sorasa bajó la barbilla.

—Las alas primero, entendido —dijo con rigidez. Con un chasquido de su lengua, su caballo aceleró el paso, llevándola hacia delante a través de la columna.

Dom se alegró de haberse quedado atrás. Apostó a que ella no sabía qué hacer con el miedo, ni con la empatía. Era una confusión que él comprendía, al menos.

El inmortal mantenía los ojos y los oídos entrenados en el cielo, su enfoque hacia fuera en lugar de hacia dentro, de modo que apenas notaba cada paso que se adentraba en las estribaciones. Los kilómetros pasaban suavemente, sus nervios destrozados, no sólo su débil y desdichado corazón. El clima también ayudaba. Había sido primavera la última vez que vino por aquí, a través de exuberantes bosques verdes llenos de cantos de pájaros. Ahora las colinas boscosas eran grises y esqueléticas, las ramas de los árboles como dedos nudosos, y sólo los pinos seguían siendo altos y siempre verdes. Las hojas muertas crujían bajo sus caballos y el viento soplaba amargo, con olor a nieve y podredumbre. Nada era como antes, y por eso Dom estaba agradecido.

Sólo cuando bajó la guardia volvieron los recuerdos, lentos pero imparables. Las figuras a su alrededor cambiaron, sus siluetas se desplazaron. Sorasa se convirtió en Marigon o Rowanna, el cabello negro se volvió rojo, la piel de bronce se tornó blanca, los cueros marrones se sustituyeron por una cota de malla púrpura. El jinete que iba detrás de él ya no era Sigil, sino Lord Okran de Kasa, que se alzaba con su armadura de acero blanco, el águila sobre su pecho, una sonrisa blanca como una luna creciente en su rostro marrón oscuro. Oscovko, Charlie, los otros soldados y mercenarios trecos, todos se desvanecieron. Incluso Corayne, quien ya se parecía mucho a su padre. Lo miró fijamente con el rostro de Cortael y la manera severa de Cortael, los labios delgados apretados en su habitual sonrisa sombría. Su rostro era como Dom lo recordaba, no en el templo, sino en su casa de Iona. Antes de la sangre, antes de la matanza. Antes de que su cuerpo yaciera frío e inmóvil, desgarrado. Dom quiso estirar la mano y tocar el brazo de la figura, para ver si el recuerdo era tan real como parecía.

Se abstuvo, con las manos demasiado apretadas en las riendas, agrietando y arrugando el cuero en su agarre. Con voluntad, volvió a mirar hacia el cielo, buscando en las nubes grises la sombra de un dragón.

—No está lejos —murmuró una voz a su lado.

Dom se volvió y se sobresaltó al ver a Andry, sentado en la silla de montar. Por un momento, pensó que el escudero también era un recuerdo. Pero sus ojos castaños eran demasiado oscuros, afligidos, tan atormentados por el paisaje como lo estaba Dom. Andry miró a los árboles, con un raro odio en su amable rostro.

De mala gana, Dom observó el paisaje que los rodeaba. La suave pendiente de su camino hacia la colina, la cercanía de las montañas. El sonido distante del León Verde, el río bajo y débil en esta época del año. Le resultaba familiar, pero equivocado, como un viejo abrigo demasiado apretado.

El inmortal se armó de valor y sacó a su caballo de la columna. Sabía que este momento llegaría, y lo odiaba.

—Me adelantaré y evaluaré el terreno del templo —dijo—. Para ver a qué nos podemos enfrentar.

Entre la banda de guerra, los Compañeros se volvieron para verlo partir, con sus rostros como linternas brillantes.

Andry lo siguió, agarrando el brazo de Dom. El escudero negó con la cabeza, bajando la voz.

—Lleva a Sorasa contigo.

—Sorasa no sabe qué esperar —replicó Dom, aunque una parte de él quería asentir. Sorasa era sin duda lo bastante capaz de acercarse a unos cuantos esqueletos descerebrados y volver con vida.

El escudero rechinó los dientes y espoleó a su caballo a seguir el ritmo de Dom.

—Yo sí. Déjame ir.

Pero Dom extendió una mano y chasqueó la lengua, deteniendo al fornido caballo de Andry en su camino.

—Debo ser yo —dijo el inmortal, aun cuando cada terminación nerviosa se encendía de terror. Se tragó el miedo, tratando de reducirlo a la nada—. Quédate con Corayne —añadió Dom, con sus ojos verdes dirigiéndose a ella. Corayne los miró fijamente desde su caballo, con el rostro tenso por la preocupación—. Vigila el cielo y el viento. Cambiará rápidamente si un dragón está cerca.

Otro caballo se apartó de la fila, uniéndose a la pareja. Sorasa miró con desprecio desde la silla de montar y echó hacia atrás su capucha de piel, con el cabello corto colgando alrededor de la cara.

Se burló de Dom.

—¿Y adónde crees que vas?

El inmortal se apartó, sin apenas mirarla. Era más fácil seguir avanzando que detenerse y dar a Sorasa la oportunidad de unirse a él.

—Desde aquí hay medio día de viaje hasta el templo —dijo, y el caballo aceleró el paso—. Informaré tan rápido como pueda. Como he dicho, vigila el cielo.

La voz de Sorasa bajó hasta convertirse en un gruñido.

—Dom...

Pero ya se había ido, su caballo galopando debajo de él, las hojas de otoño en espiral a su paso.

Después de unos kilómetros, Dom se detuvo a vomitar en un arroyo cercano. Se limpió la boca con el dorso de la mano y se salpicó la cara, dejando que el agua fría le devolviera la vida. Un peso repentino le oprimió el pecho, como si hubiera una piedra allí, y se esforzó por respirar contra él. El pánico no le era ajeno, pero ahora amenazaba con abrumarlo, nublándole la vista y ralentizando sus reacciones. Su corazón latía a un ritmo desbocado. El agua le ayudó un poco y volvió a encontrar un poco de ritmo, inhalando y exhalando largas bocanadas. Volvió a la silla de montar, escupiendo el último sabor amargo. Por suerte, el corpulento caballo treco tenía buen carácter y siguió con un ritmo sólido, cubriendo el terreno rocoso con patas seguras y cascos firmes.

Vuelve a casa, Domacridhan.

La voz envió un rayo por la columna vertebral de Dom. Se enderezó, con los ojos muy abiertos, y buscó en el bosque a su alrededor, a la caza de cualquier señal de la magia de su tía. No había visto una transmisión en décadas. Casi no reconocía la magia, la voz parecía provenir de su propio cuerpo y no del mundo que lo rodeaba.

Pero la voz de la monarca de Iona era inconfundible.

¿Isibel?, pensó, llamando a su tía.

Ella no dijo nada, pero él pudo sentir su sonrisa, fría y ligera. Olió a Iona a través de las ramas grises. Era el olor de la lluvia y de los tejos, del musgo, de la niebla, de la vieja piedra de la ciudad. El hogar en una sola respiración. Casi lloró al recordarlo.

Mi querido sobrino, vuelve a casa.

Entonces su blanca figura vaciló entre los troncos de los árboles, una pálida sombra que no terminaba de tomar forma. Con gesto de mal humor, espoleó a su caballo para seguir adelante. Con el rabillo del ojo, vislumbró el borde de su rostro, una nariz larga y una ceja severa, ojos grises, cabello rubio que se perdía en la nada. Su magia no podía alcanzarlo realmente aquí. Estaba demasiado lejos, o el Huso cercano era demasiado fuerte. Ella sólo existía en ecos. Y éstos eran casi suficientes para arruinarlo.

No puedo, respondió, con los muslos apretados sobre su caballo. La bestia respondió de la misma manera, acelerando su paso. No fue suficiente para dejar atrás la transmisión, que siguió junto a ellos, una brizna en el borde de su vista.

La voz de su tía vacilaba al igual que su imagen. *Los lazos entre los reinos se hacen más finos. La tierra del Ward caerá.*

No si tengo algo que decir al respecto. Dom arrugó la frente, entrecerrando los ojos a través de los árboles. No vio ninguna señal de cadáveres o esqueletos, ningún ejército maldito de las Tierras Cenizas. Ni siquiera podía olerlos. La colina bajo él se elevaba firmemente, con el claro infernal al otro lado.

Ésta es nuestra oportunidad de volver a casa. De encontrar la Encrucijada. De abrir todas las puertas.

Dom soltó un gruñido de frustración. Su tía había utilizado el mismo argumento en la sala del trono de Tíarma, muchos meses atrás. *Morirás en el intento*, pensó, *y nos condenarás al resto con tu estúpida esperanza.*

Algo se rompió en Isibel y jadeó, a medio camino entre una burla y un sollozo. *¿Dónde está Ridha? ¿Dónde está mi hija?*

En la silla de montar, Dom se estremeció, tirando de las riendas. El caballo se frenó, mientras su cuerpo se enfriaba y sus dedos se convertían en hielo. El miedo inundó sus venas, sólo igualado por el terror en la voz de su tía.

No lo sé.

La transmisión de Isibel parpadeó, brillante de desesperación. *No puedo localizarla. ¿Está contigo?*

Sintió su angustia incluso a través de la aparición, por muy distante que fuera su magia. Reflejaba su propio dolor al pensar en su prima por primera vez en muchas semanas. Intentó recordarla aquel día en Iona, orgullosa con su armadura verde, una princesa inmortal con el mundo a sus pies. Esperaba que aún no fuera un cadáver. El peso en su pecho se multiplicó por diez, su garganta se estrechó.

El mal despierta en este reino. Su voz adquirió un eco, cada vez más lejano. *Lo siento venir.*

Dom se aferró a Isibel con su mente, deseando que se quedara. La aparición no se acercó, persistiendo en los árboles, más allá de su alcance.

El mal ya está aquí, mi señora, suplicó, lanzando toda su rabia y desesperación hacia ella, con la esperanza de que su magia pudiera llevarlo de vuelta. Pensó en el dragón, en algún lugar del Ward. Y Taristan era aún peor. *Tú ayudaste a que naciera hace años, cuando hiciste príncipe a un hermano y dejaste que el otro se convirtiera en un monstruo. ¿Todo para qué? ¿La esperanza del viejo imperio? ¿El renacimiento de Cor? ¿El camino hacia Glorian Encontrado?*

De alguna manera, sintió que Isibel se estremecía.

¿Es eso vergüenza, mi señora? Te lo mereces.

Incluso cuando pensaba en las palabras, Dom quiso no haberlas pronunciado. Aunque eran verdad.

La elección de Isibel había enviado a Taristan por un camino terrible. Sin ella, tal vez nunca se hubiera convertido en una marioneta de Lo Que Espera, un instrumento contundente para un rey demonio. Su decisión, por pequeña que pareciera, podría condenar al mundo.

Pero puedes ayudar a detener lo que empezaste, pensó. Nuevamente buscó su magia, tratando de aferrarse a ella. *Deja la rama, toma la espada.*

La aparición falló, su luz desapareció de los árboles.

No puedo. Su voz resonó en su cráneo, debilitándose cada vez más. *Tu tiempo se está acabando, Domacridhan. Vuelve a casa.*

—No —susurró en voz alta, con la esperanza de que ella aún lo escuchara. Podría ser la última palabra que pronunciara.

La colina se asomaba, el templo estaba cerca. El olor de Iona se desvaneció, reemplazado por el bosque invernal y algo peor debajo de él. Como a enfermedad, como a corrupción.

Dom se bajó del caballo, con la espada en la mano y su vieja capa aún sujeta a los hombros. Cuando el último toque de la magia de Isibel lo abandonó, sintió su ausencia como un vacío repentino en su mente.

Ridha, pensó en su lugar, el nombre de su prima repitiéndose una y otra vez en su cabeza. Él no tenía magia y ella tampoco, pero la buscó de todos modos, dirigiendo sus pensamientos a cualquier lugar del desierto donde pudiera estar. *Isibel no podría llegar hasta ella*, él lo sabía, y eso era una perspectiva aterradora. O bien estaba demasiado lejos para encontrarla, protegida por alguna magia que él no entendía, o más allá del reino. *Muerta*. La perspectiva amenazaba con engullirlo por completo. Pero no iba a renunciar a su prima. Simplemente no podía soportarlo.

Dom ató las riendas de su caballo a un árbol en la base de la colina, ocultándolo de lo que pudiera haber al otro lado. Ahora confiaba en sus recuerdos del templo en lugar de huir de ellos. Intentó ver más allá de los cadáveres de su compañía caída y recordar el paisaje que le esperaba.

Clavó sus botas en la hierba amarillenta, encontrando su huella en la fangosa colina. Era la misma en la que Andry estuvo parado todos esos meses atrás, custodiando sus caballos. Sabía que la colina se cernía sobre el claro, con el templo en el lado opuesto. El templo era de piedra blanca, vieja y agrietada, construida por manos vederanas siglos atrás. Tenía un solo campanario, su profundo tañido como un martillo. La campana estaba en silencio ahora, pero Dom sabía que no debía confiar en esas cosas.

A pesar de la necesidad de ser sigiloso, se movió rápidamente, sin hacer ningún ruido. Después de todo, era sangre de Glorian, dotado de una gran agilidad y velocidad, así como de sentidos agudizados. Incluso aterrorizado, seguía siendo formidable para cualquier enemigo en su camino.

Y habría muchos.

Dom se escondió entre los troncos grises y las ramas y su capa de Iona se mezcló con el otoño. Incluso su cabello dorado se camuflaba bien, del mismo tono que la maleza de hierba moribunda y hojas caídas. Se agachó, hasta quedar sobre su vientre, para arrastrarse hacia delante y asomarse al borde de la colina.

En silencio, rezó para que no hubiera cadáveres que reconociera, descompuestos en sus armaduras de la Guardia del León o en sus capas vederanas.

El olor a muerte era abrumador y le hacía llorar los ojos. Quería darse la vuelta y correr. Quería no volver a moverse, paralizado en el lugar. Sólo la determinación superaba su miedo. Y la promesa de venganza. Cortael murió por este Huso. Sólo Domacridhan podía asegurarse de que su final no fuera en vano.

El templo era tal y como lo recordaba, de paredes y columnas blancas, su campanario vacío y silencioso. Pero los escalones estaban llenos de costras, pintados del color del óxido. Dom sabía que era sangre seca. La hierba del claro había desaparecido, agitada por miles de pies marchando. Los cadáveres que podrían haber permanecido allí, hacía tiempo que habían desaparecido, convertidos en polvo. De alguna manera, eso era peor que los esqueletos, saber que los Compañeros estaban completamente destruidos, ni siquiera sus huesos habían permanecido.

Dom siguió el camino del ejército por el otro lado del claro, recorriendo el camino de peregrinación que Taristan había recorrido tantos meses atrás. Dom recordó la primera vez que lo había visto atravesar los árboles, moviéndose a paso ligero, con el desdichado mago rojo a su lado. Ahora ambos estaban lejos, con el grueso del ejército terracenizo.

Pero el Huso permanecía, y no estaba desprotegido.

Dom sintió el familiar zumbido del portal, su existencia era un rumor de poder bajo el aire. Crepitaba en su piel y le erizaba los pelos de la nuca. Si los terracenizos también lo sentían, no podía decirlo.

Los cadáveres se arremolinaban en un extraño círculo, marchando al compás de los demás, dando vueltas alrededor del templo en un muro impenetrable de hierro y hueso. Caminaban de diez en diez, desplomándose a un ritmo lento pero constante. Sólo quedaban unos pocos cadáveres carnosos. La mayoría estaban podridos hasta los huesos, tintineando en sus armaduras oxidadas. Mientras observaba, uno dejó caer un miembro, su brazo se separó del hombro con un desgarro de tendón desintegrándose. Dom apretó los dientes, conteniendo otra oleada de pánico. Se puso a contar tan rápido como pudo.

—Más de mil.

Dom todavía podía oler su podredumbre, aunque el templo estaba a más de quince kilómetros detrás de él.

Se volvió hacia la hoguera, mirando fijamente a las llamas, dejando que la luz danzante calmara su mente aterrorizada. Era fácil perderse en el rojo y amarillo crepitantes. Más fácil que enfrentarse a sus Compañeros y a Oscovko, todos rodeándolo, esperando sus noticias. El príncipe de Trec juntó los dedos de las manos, enfundado en sus pieles negras, con una ceja arqueada en señal de reflexión.

El resto de su banda de guerra se dispersó entre los árboles, acostándose para pasar la última noche antes del ataque. Estaban acostumbrados a dormir mal y en condiciones difíciles, y lo hacían sin rechistar. Dom tampoco podía mirarlos. No necesitaba más fantasmas.

Corayne observó a los numerosos soldados y mercenarios, escudriñando el bosque. No sabía lo que era cargar con tanto peso.

—¿Y nosotros, cuántos somos? —preguntó, mirando a Oscovko.

El príncipe curvó el labio.

—Trescientos.

Apretó la mandíbula.

—Y siete.

—Y seis —contraatacó Dom bruscamente—. *Tú* no vas a pelear.

Charlie inclinó un dedo de tinta, con las cejas alzadas.

—Y cuatro. No creo que me necesiten en este lío. Y no he visto a Valtik desde que salimos de Vodin.

Dom dejó salir el aire en un siseo, sintiendo que su ojo se movía involuntariamente. Era tan propio de la bruja desaparecer que ninguno de ellos se había dado cuenta hasta ahora.

—Ya aparecerá —murmuró Sigil, encaramada a una piedra. Flexionó una enorme mano y Oscovko sonrió. Evidentemente, el recuerdo de su combate aún estaba fresco en su mente.

Corayne no escuchó nada de eso y se levantó del suelo, plantándose frente a Dom. Se sintió como si estuviera mirando a un conejo contrariado.

—¿De qué sirve todo este entrenamiento si no se me permite luchar con el resto de ustedes? —exigió.

Olvidando los modales, Dom se inclinó hacia ella y le gruñó.

—¿Qué sentido tiene que el resto de nosotros luche si tú mueres, Corayne?

Ella retrocedió, sorprendida por su tono cortante. De inmediato, él se arrepintió.

—Mis disculpas, pero ya tengo poca paciencia con la valentía —suspiró, tocándole el hombro—. Siempre acaba mal.

Corayne frunció el ceño y volvió a sentarse.

Desde el otro lado del fuego, Sorasa levantó su copa.

—Eso es lo más inteligente que has dicho nunca, Anciano —se rio. Bebió largamente, saboreando su vino. Oscovko se apresuró a servirle más de su propio odre, eufórico por estar sentado entre la Asesina y la cazarrecompensas.

A Dom le molestaba, aunque no podía decir por qué.

—¿Había más en camino? —preguntó Andry, apoyándose sobre sus rodillas. Sólo él conocía el verdadero peligro que se avecinaba, y su semblante tormentoso reflejaba el de Dom.

Dom negó con la cabeza. Sus trenzas de Volaska se habían deshecho, dejando que su cabello dorado fluyera libre sobre sus hombros.

—No. Las puertas del templo estaban abiertas de par en par, y el Huso sigue abierto, pero no vi nada —hizo todo lo posible por informar sin recordar, por hablar sin ver aquel desgraciado lugar alzarse ante sus ojos—. Creo que los terracenizos están gastados, el grueso de sus fuerzas debe estar con Taristan en el sur.

Oscovko sonrió y sus dientes captaron la luz del fuego.

—Me quedo con estas probabilidades.

—Un millar de cadáveres no es nada despreciable —murmuró Andry, olvidándose de sí. Rápidamente, bajó la cabeza—. Su Alteza.

El príncipe sólo hizo un gesto de desprecio.

—Me he mofado de cosas peores —cacareó—. Mis hombres son luchadores de sangre, todos ellos. No encontrarás una fuerza mejor en el Ward.

Los ronquidos, los eructos y otros ruidos gaseosos resonaron en el bosque, procedentes de varios cientos de soldados trecos.

Sorasa resopló en su taza.

—Eso no es cierto —dijo, y Dom estuvo de acuerdo.

Oscovko se encogió de hombros y su sonrisa se amplió.

—Me refiero a que no hay ninguna fuerza mejor dispuesta a luchar con ustedes.

—Entiendo —refunfuñó Sorasa.

—Estamos a caballo, ésa es otra ventaja —dijo Corayne, saltando de nuevo de su asiento.

Dom casi quería empujarla hacia abajo. Su naturaleza excitada y obstinada sólo conseguiría matarla, especialmente aquí. Despacio, se inclinó y tomó asiento ante el fuego. Incluso los inmortales se enfrentaban al agotamiento, y era un hecho que Dom lo sentía ahora.

Corayne permaneció de pie, sin inmutarse. El fuego bailaba a su espalda, convirtiendo sus bordes en oro.

—Un ejército de cadáveres no puede resistir una carga de caballería.

—Tienen lanzas —dijo Dom con cansancio, restregándose una mano por la cara. Sus dedos jugaron sobre sus cicatrices. Ya no le escocían.

—Pero ningún maestro —replicó Corayne. Colocó las manos en las caderas y lo encaró—. Los terracenizos siguen a Taristan y Ronin, pero no están aquí. Son unos descerebrados, ¿no? Seguro que podemos superar a unos cientos de esqueletos andantes.

Andry frunció el ceño.

—Otros tuvieron la misma idea, Corayne —dijo con suavidad.

Los ojos de ella se entrecerraron hasta convertirse en rendijas, y un músculo saltó en su mandíbula.

—Ya lo sé —espetó ella, bajando la voz. Volvió a dirigirse a Dom, con los ojos brillantes—. Es a mi padre a quien lloras, Domacridhan. No actúes como si no tuviera nada que ver con esto, como si no supiera lo que está en juego.

La cara de Dom se calentó, pero no por el rugido de la hoguera. Dejó caer sus ojos, examinando sus botas en lugar de Corayne.

Ella no dejó que la ahuyentara y, en cambio, se puso de rodillas, para tomar sus manos entre las suyas. Sus ojos brillaron, negros como los de Cortael.

—Sé que estás asustado —dijo Corayne en voz baja—. Nosotros también.

Apretó los dientes.

—No es lo mismo.

—El dolor no es una competencia —replicó ella, dejando caer sus manos. Con una mirada fulminante, se puso de pie—. Vamos a luchar mañana por la mañana. Y vamos a ganar —extendió una mano, con la palma abierta hacia él, y movió los dedos en señal de invitación—. Es la única opción que tenemos.

Desde su asiento, Oscovko se rio con su vino.

—Si no te conociera, diría que te criaron los lobos —dijo, señalando a Corayne—. En mi país, eso es un cumplido.

—Peor que los lobos —contestó ella, con una sonrisa bordeada de amargura—. ¿Y bien? —añadió, inclinando de nuevo la mano.

Su mano estaba caliente en la mano de Dom, y era tan pequeña, tan frágil. La tomó de todos modos y se levantó.

—Muy bien, Corayne an-Amarat —dijo, y la sonrisa de ella se encendió como un rayo de sol. Detrás de ella, todos, menos Sorasa, sonrieron también—. Dormiré y soñaré con la victoria.

Domacridhan durmió y soñó con la muerte.

22

ARRODILLARSE O CAER

Erida

Los pasillos del Palacio de las Perlas se tornaron familiares, cosa que perturbaba a Erida. Quería marcharse de Madrence lo antes posible, pero pasaban los días y su ejército permanecía en Partepalas.

Aquella mañana se despertó como de costumbre. Demasiadas criadas, demasiadas damas, todas zumbando a su alrededor como una nube de moscas. La lavaron, la asearon, la vistieron y la peinaron, una práctica a la que Erida estaba acostumbrada desde hacía tiempo. Trabajaban en silencio, sin hablar, a menos que la reina les dirigiera la palabra, cosa que Erida nunca hacía. Mantenía los labios cerrados, los ojos en el suelo, la mente en otra parte.

La piel le hormigueaba, incluso días después de la tormenta en los jardines. Todavía podía sentir el contacto de él sobre su rostro, sus dedos ardientes recorriendo sus pómulos y su boca. En contraste, las manos de sus damas palidecían al peinar su largo cabello.

Ni Erida ni Taristan habían mencionado ese momento, ni en la corte ni en sus escasos momentos de intimidad más allá de los ojos vigilantes de su consejo. Ronin tampoco había dicho nada, lo que significaba que no lo sabía. De lo contrario, la pequeña comadreja roja se habría retorcido de celos. Después de todo, ella era la mayor rival del mago por la atención de Taristan, un punto que él dejó claro muchas veces. *Atención o lealtad,* se preguntó ociosamente, tratando de ponderar de dónde provenía la verdadera ira de Ronin. La respuesta resultaba esquiva, como la mayoría de las cosas sobre el mago rojo. Maldecido por el Huso, lo llamaban sus cortesanos. Un mortal de Ward nacido con magia, tocado por un Huso de alguna manera. Una vez fue un conjurador, y ahora era la boca de Lo Que Espera, el rey destrozado de Asunder. Un demonio de los cuentos infantiles, una pesadilla que Erida sabía que era demasiado real.

Y también, el maestro de Taristan.

Erida se estremeció al pensar en el brillo rojo de los ojos de su consorte. Apenas se dio cuenta del vestido cuando las damas se lo metieron por la cabeza. Las faldas caían en capas de seda blanca, el dobladillo bordado con rosas.

Dejó atrás el calor de sus habitaciones, los amplios salones se enfriaban con la estación otoñal. Su Guardia del León se puso en formación, flanqueándola en su recorrido por el palacio. Al igual que sus damas, eran silenciosos, y por una buena razón. Protegían la corona más poderosa del Ward. Nada podría romper su concentración.

Lady Harrsing se reunió con ella en la escalera. Con una mano apoyada en su bastón, buscó con la otra el brazo de Erida, que se lo ofreció con gusto.

—¿Has dormido bien, Bella? —preguntó Erida, observando a su vieja amiga. Su frente se arrugó de preocupación. Los años de Harrsing parecían estar alcanzándola en esta campaña.

Pero ella se limitó a reír.

—Todo lo bien que puedo esperar en estos días. Cada momento trae algún dolor nuevo.

—Es de esperar —se burló Erida, sacudiendo la cabeza.

—¿Hay algo que yo pueda esperar, Su Majestad? —el puño de Harrsing en el brazo de Erida se tensó, sus largos dedos sorprendentemente fuertes—. Me han dicho que soy muy buena con los niños.

El rostro de Erida se acaloró de pronto contra el aire frío, tan rápido que le preocupó que su piel se llenara de vapor. De nuevo sintió a Taristan en sus labios, y la sensación febril de su piel.

Forzó una risa, sin ceder terreno.

—Eres incorregible.

Harrsing se encogió de hombros.

—Soy vieja. Se me permite.

La cálida luz bañaba el gran salón de abajo, derramándose por las ventanas que asomaban al Mar Largo. Las olas parecían doradas y rosadas bajo el sol naciente. Soplaba un viento cortante que dejaba su blanco rastro en el agua. Sólo había pasado una semana desde que entraron en Partepalas, victoriosos, pero el tiempo había cambiado con rapidez, y el aire cálido del sur había dado paso a la humedad del invierno. Apenas era capaz de imaginar cómo se sentía Lady Harrsing, tan delgada y débil bajo sus finas ropas.

Las nubes aún estaban teñidas de rojo, con las vetas del amanecer.

—El cielo tiene un aspecto extraño hoy —murmuró Erida, deteniéndose a observar las nubes. En efecto, todo había adquirido una luz extraña y centelleante, quizá demasiado dura. Como si el propio cristal estuviera coloreado, y no el cielo más allá—. Igual que ayer.

Harrsing apenas miró.

—La estación está cambiando —sentenció, encogiéndose de hombros.

—Nunca había visto un cielo así, sin importar la estación —Erida se devanó los sesos, tratando de encontrar algo similar en su memoria. Lo más parecido que se le ocurrió fue la luz del fuego, que desprendía un resplandor anaranjado, como si algo ardiera justo debajo del horizonte, en algún lugar del mar.

Pero era imposible. Era sólo un truco de las nubes y de los vientos otoñales, cada vez más impredecibles, a medida que se acercaba el invierno.

Más barcos gallandeses se balanceaban en la bahía, con sus velas verdes enrolladas y sus remos guardados. Erida les sonrió abiertamente, alegrándose de su presencia. Traían refuerzos y armamento, y volverían a Ascal con las bodegas rebosantes de oro madrentino. Las guerras se ganaban tanto con monedas como con espadas.

Su sonrisa desapareció mientras contaba, marcando los barcos con los dedos, uno por uno.

Como si hubiera sido convocado, Lord Thornwall dobló la esquina más lejana, bajando a toda velocidad por el pasillo con su propio séquito de caballeros. El anciano parecía aliviado de verla, pero también desaliñado, con el cabello gris revuelto y la capa descolocada sobre un hombro.

Se arrodilló y bajó la cabeza cuando ella se acercó.

—Su Majestad...

—Lord Thornwall, hay la mitad de los barcos que se esperaban en la Bahía de Vara —dijo ella, y le pidió que se pusiera de pie—. ¿Hay algo que deba saber?

—Sí —dijo él con firmeza, enderezándose—. Los capitanes informan que hay problemas en el Estrecho del Ward.

Erida enarcó una delgada ceja y frunció el ceño.

—¿La armada de Ibal?

—Piratas, sobre todo —repuso Thornwall, sacudiendo la cabeza. Parecía extrañamente nervioso, fuera del carácter del robusto soldado. Sus ojos se movieron entre Erida y su compañera—. Pero no es eso lo que vine a decirle.

Erida sintió que Harrsing se movía a su lado, poniéndose rígida. La anciana conocía a Thornwall tan bien como ella, y ambas leían la incomodidad en su rostro.

—¿De qué se trata? —terció Lady Harrsing con severidad, sonando como una maestra de escuela.

La garganta de Thornwall se estremeció.

—Un explorador acaba de regresar con noticias.

Señaló a un muchacho sucio y descuidado en medio de sus soldados, con la cara quemada por el viento y las piernas arqueadas por haber cabalgado durante semanas. Miraba resueltamente al suelo, decidido a no mirar a nadie a los ojos.

—¿Y qué dice? —preguntó Erida lentamente.

Thornwall volvió a tragar saliva.

—Corayne an-Amarat y sus compatriotas han sido vistos, muy al norte. Al otro lado de las Montañas del Ward. Cabalgando hacia Trec.

El suelo pareció inclinarse bajo los pies de Erida y casi perdió el equilibrio. Pero la reina se contuvo, manteniendo los pies firmes mientras su mente daba vueltas.

Ya imaginaba a Corayne en su cabeza, una muchacha medio muerta y desesperada a horcajadas sobre un débil caballo. Cabello negro y ensortijado, cara larga y simple, piel bronceada por el exceso de sol. En la memoria de Erida, no era notable, ni bella ni fea. Un rostro fácil de olvidar, de no ser por sus ojos vacíos y su lengua atrevida. ¿Acaso Andry Trelland seguía caminando junto a ella, traidor a su reino y a su reina? ¿O el escudero estaba muerto, perdido en el Huso del desierto y en las dunas de arena? En el gran esquema de las cosas, él importaba poco. Sólo existía Corayne y la espada a su espalda, el miserable poder en su sangre. Ella podría deshacer todo por lo que habían trabajado y acabar con el imperio recién nacido de Erida.

—¿Trec? —murmuró Erida, entrecerrando los ojos. *Tan lejos de Ibal, a medio reino de distancia*—. ¿Por qué Trec?

Thornwall sacudió la cabeza, con la boca abierta. No tenía respuesta.

—Yo sé por qué.

Taristan asomó por un arco, una sombra roja contra las paredes rosas y blancas. El corazón de Erida dio un salto al verlo, y sus ojos se abrieron de par en par. Se apartó de Harrsing y le hizo un gesto a Taristan para que se acercara.

—Acompáñanos, Alteza —dijo, con voz gruesa.

Los demás se inclinaron, dejando pasar a su consorte.

Él gruñó en voz baja y tomó a Erida del brazo, inclinándose hacia ella. Sus dedos ardían en el brazo de ella, y su agarre le producía magulladuras.

—El templo —le dijo al oído. Su voz temblaba por la repentina desesperación—. Está cerca de la frontera, a unos días de camino.

Su mandíbula se tensó, conteniendo una súbita retahíla de maldiciones.

—Envía un mensaje a la guarnición de Gidastern, a toda velocidad —ordenó Erida. Su mirada se clavó en Thornwall—. Un jinete, un barco, lo que creas que es más rápido —*Lo más probable es que ambas cosas*, sabía ella, pensando en el camino del norte—. Envía también hombres de

448

Ascal. Quiero que Corayne respire ante mí o quiero su cabeza. Nada menos.

Thornwall movió la cabeza en señal de asentimiento, pero se quedó, todavía inquieto.

No era propio de él dudar, en especial cuando se lo ordenaba la propia reina.

Erida lo miró, sintiendo su agitación en su propio cuerpo. El miedo le subió a la garganta.

—¿Qué más, mi señor? —bajó la voz—. ¿Konegin?

—Ya lo verá —respondió Thornwall, haciendo un gesto para que Erida y Taristan lo siguieran.

Se dirigieron hacia el gran salón en una ola de banderas de seda y armas, el comandante y sus hombres apenas un paso detrás de Erida. Atravesaron arcos de mármol rosa, bajo techos dorados pintados con escenas pastorales de prados y tierras de cultivo, costas bucólicas y verdes viñedos. Los estandartes y cortinajes en tonos borgoña aún colgaban de la galería superior, aunque las banderas de toda la ciudad habían sido sustituidas por el León gallandés. El aire frío parecía huir ante ellos, abrasado por la presencia de Taristan. Erida incluso dejó caer sus pieles unos centímetros.

Cuando entraron en la sala del trono, el asiento elevado delineaba una silueta impresionante contra la pared de ventanas, iluminada por el cielo de extraño color. La sala estaba casi vacía. Parecía más pequeña sin la multitud de cortesanos. Erida se estremeció mientras caminaban bajo un tapiz de sementales de plata, el último testamento de los reyes madrentinos.

No, no el último, se dio cuenta, sus ojos se posaron en la docena de personas reunidas ante el trono. La mayoría eran soldados gallandeses con túnicas verdes, una escolta armada recién llegada. Todavía olían a caballo. Una muchacha temblaba entre ellos, su trenza rubia le llegaba a la parte baja de la espalda.

Erida se sentó en el trono, mostrando en su rostro un frío desinterés, a pesar de que mil cosas se arremolinaban en su mente. La conquista. Corayne. Konegin.

Y ahora la joven frente a ella, de quince años, una princesa sólo de nombre, la última heredera viva de Madrence.

Marguerite Levard se estremeció visiblemente, pero no se arrodilló, con las manos unidas a la espalda. Iba vestida como una plebeya, con una capa sencilla de lana de hilado grueso, pero no podía ocultar su porte real. Era la miniatura de su hermano, de cabello dorado y mentón cuadrado, con la piel curtida por la costa del sur. Sus ojos azules se mantenían fijos en la perla y el mármol bajo sus pies. Erida estudió el comportamiento de la chica. ¿Era fruto del miedo o de la falta de respeto?

Pensó en sí misma a esa edad. Igual de pequeña, igual de asustada. *Pero yo me mantuve firme*, pensó, frunciendo los labios. *Miré a mis enemigos a los ojos.*

—Margarita de Madrence —dijo la reina, observando a la joven. La princesa depuesta se estremeció al oír su propio nombre—. ¿Dónde la encontraron? ¿En el convento como dijo su padre?

A su lado, Thornwall se inclinó para responder.

—No, Su Majestad —repuso vacilante—. Mis hombres la encontraron en el camino, cabalgando hacia la frontera de Siscaria. Tenía un destacamento de caballeros con ella, así como estos traidores.

Señaló a los dos nobles madrentinos que flanqueaban a Marguerite. Ambos eran blancos como la nieve. Al igual que la princesa, llevaban sencillas ropas de viaje, y temblaban de miedo. Erida los reconoció fácilmente, incluso sin sus galas. Hacía tan sólo una semana le habían jurado lealtad, ofreciéndole votos de fidelidad y sonrisas vacías.

Erida se mordió la lengua, conteniendo una maldición. *Llevo siete días como reina de este reino y ya intentan derrocarme.*

No se dirigió a los dos caballeros, apenas los miró. No merecían su disgusto ni su ira, sólo un castigo rápido. Taristan la miró desde su asiento, sus ardientes ojos los atravesaban a ambos.

—Ya veo —farfulló—. ¿Y qué buscaban en Siscaria?

Marguerite mantuvo los ojos en sus pies, una imagen de inocencia. —Santuario, Su Majestad.

Habló en voz baja, sonando más joven que sus años. Erida conocía bien el truco.

—¿No podrían encontrar eso en un convento? —se burló.

Uno de los caballeros se adelantó y se arrodilló. Inclinó la cabeza, como si eso lo salvara de su justicia.

—Pensamos que era lo más seguro para la princesa.

—No veo a ninguna princesa aquí —espetó Erida, con voz ácida.

Un largo rayo de silencio atravesó la sala de mármol.

—Para Marguerite —murmuró el caballero, pero el error ya estaba cometido—. Es como una hija para nosotros, y ningún padre soportaría ver a su hija encerrada, ni siquiera en la comodidad.

La mano de Erida se curvó en el brazo de su trono.

—Su propio padre está encerrado, y se alegraría de tener una compañera —dejó caer todo el peso de su mirada—. No escucharé mentiras.

En el suelo, el caballero siguió lloriqueando.

—Ustedes son primos lejanos, Majestad —gimoteó, supli-cante—. Su *Magnificencia*. Su madre es de la familia Reccio, como la suya.

—¿Y? —dijo ella con frialdad, encogiéndose de hombros.

Él se puso de rodillas.

—Ella es heredera de usted.

Erida se alegró de su máscara, de todas las lecciones apren-didas con esfuerzo en la corte de Ascal. La rabia se encendió en su pecho, ardiendo ante la sola idea de que Marguerite usurpara su trono. Lentamente, se puso en pie y descendió los escalones del estrado a un ritmo constante. Se detuvo fue-ra del alcance de los caballeros, demasiado lista para ponerse al alcance de una daga oculta o de un puño apretado.

En lugar de eso, miró a Marguerite, esperando que la chi-ca se encontrara con su mirada. Tras un largo rato, la otrora princesa levantó el rostro, reticente, pero decidida.

Con un vuelco en el estómago, Erida se dio cuenta de que sus ojos eran casi del mismo tono de azul.

—¿Aprendiste a bordar en tu convento? —preguntó, inten-tando sonsacar una respuesta a la joven—. ¿Costura? ¿Punto?

Marguerite apenas asintió.

—Sí, Su Majestad.

—Bien hecho. Nunca fui hábil con la aguja. Mis punta-das siempre estaban torcidas. No tenía la mente para ello. El tejido jamás fue de mi interés —no era una mentira. Erida había despreciado todo tipo de costura y tejido, en gran parte porque no tenía talento para ello. Pero despreciaba aún más a los traidores.

Se movió, mirando al caballero en el suelo.

—Sin embargo, coser tu boca sería muy interesante. ¿En-tiendes lo que quiero decir?

Él sólo pudo asentir, apretando los dientes para no provocarla más.

—Una sabia decisión —reflexionó Erida—. Ahora, ¿qué sabes de su plan, Marguerite? Veo que eres una chica lista, más de lo que era tu hermano.

La princesa depuesta hizo una mueca ante la mención de Orleon. Sus ojos fueron más allá de Erida, y encontraron a Taristan aún sentado junto al trono. En un instante, la pompa desapareció, y Erida vislumbró la furia en los ojos de Marguerite. Pura, desenfrenada, una ira profunda construida sobre el dolor. Erida también entendía eso, lo suficiente para temerlo.

La reina chasqueó la lengua y dijo lentamente.

—¿Ni idea? ¿No se te ocurre nada?

—Para mantenerme a salvo —respondió ella, con los labios apretados.

Erida levantó las cejas.

—¿A salvo de qué? Debe haber alguna razón.

La princesa volvió a bajar los ojos, tratando de replegarse tras su muro de silente inocencia. Era joven, no tan hábil como Erida, y la reina vio a través de ella.

—No lo sé, Majestad —murmuró Marguerite.

Erida sólo pudo sonreír.

—Yo también fui jovencita una vez. Conozco tus armas, Marguerite, porque fueron las mías. Y admiro tu valentía, por tonta que sea —espetó.

Como había hecho Thornwall una semana atrás, movió un dedo, haciendo una señal a los soldados que custodiaban a Marguerite. Un par de ellos se adelantaron y aferraron a la joven por los hombros.

Al menos sabe que no debe luchar, pensó Erida, viendo cómo la joven princesa se quebraba. La misma mirada de muerte que llevaba el rey Robart se apoderó de Marguerite, pero la suya era más profunda. Una sola lágrima recorrió su mejilla.

—Recuerda este momento, Marguerite. Recuerda esa lágrima —Erida observó cómo caía la única gota—. Es la última que derramarás como niña. Ahora eres una mujer, el último de tus sueños y esperanzas infantiles se desangra ante tus propios ojos.

Marguerite levantó la mirada, sus ojos azules lucieron feroces al encontrarse con los de Erida. No dijo nada, con el labio atrapado entre los dientes.

A su derecha, Erida sintió la onda de calor que lo delataba. Taristan apareció junto a ella, con el rostro tan inexpresivo como el de ella.

—No hay cuentos de hadas en este mundo —dijo Erida, sus ojos se ablandaron—. Ningún príncipe encantador vendrá a salvarte. Ningún dios escucha *tus* plegarias. No vengarás a tu hermano. Levántate en mi contra y fracasarás. Y morirás.

Marguerite flaqueó a pesar de estar bajo el agarre de sus captores, y casi cayó. Siseó una respiración dolorosa.

—Pero pórtate bien, y estarás bien provista —ofreció Erida, con naturalidad. Incluso sonrió—. No tengo ningún deseo de torturar a un rey conquistado y a su descendiente, siempre y cuando ambos cooperen. Tu padre tiene una vivienda encantadora y no le falta nada. A ti tampoco te faltará, te lo puedo prometer.

No fue un consuelo para Marguerite.

A Erida le importó poco, y se volvió de nuevo de piedra, mirando a los caballeros madrentinos.

—En cuanto a la traición, *eso* no lo puedo soportar —gruñó. Su mirada iba de uno a otro, tratando de adivinar su medida—. La lección sólo tiene que ser enseñada una vez. ¿Quién la aprenderá?

El que estaba de pie frunció el ceño. El sudor perlaba su frente, a pesar del frío de la habitación.

—¿Su Majestad?

Erida lo ignoró.

—La deslealtad es la podredumbre en los cimientos de la paz y la prosperidad. No la permitiré en mi imperio. El primer hombre que me diga adónde se dirigían y quién los ayudaba, vivirá. Les daré esta oportunidad sólo una vez.

Ambos caballeros se quedaron con los ojos muy abiertos, con los rostros tensos por la exasperación. Se miraron el uno al otro, sin pestañear, con la boca fuertemente cerrada.

De nuevo, el silencio se hizo pesado en la sala, palpable como el humo en el aire. Erida permaneció quieta, implacable, sin dar cuartel a los traidores que tenía delante, por mucho que quisiera mirar atrás, sacar fuerzas de Thornwall o de Taristan. En su lugar, la obtuvo de su padre, de sus propios recuerdos de él en el trono gallandés. Toda su vida trató con la traición y los traidores, siempre con sabiduría y siempre con dureza. Cualquier otra cosa dejaba lugar a la deslealtad.

No se quebraría antes de que lo hicieran los caballeros. Sus coronas dependían de ello.

—Byllskos —espetó el caballero arrodillado, y su compañero se abalanzó encima de él. Los soldados de Erida lo detuvieron y lo empujaron hacia atrás mientras gritaba en madrentino, soltando maldiciones y amenazas.

El caballero arrodillado comenzó a llorar, con las manos levantadas en señal de rendición.

—Los príncipes de Tyri —jadeó—. Los príncipes de Tyri se levantan contra ti.

Entre sus captores, Marguerite se agitó.

—No…

—Y contra él también —dijo el arrodillado, arrojando una carta al suelo a los pies de Erida.

De nuevo, el otro traidor gritó, su profundo bramido se mezcló con las estridentes súplicas de Marguerite. Erida no escuchó ninguno de sus gritos y recogió la carta, desplegando el pergamino con dedos entumecidos. Sus ojos no se dirigieron a la escritura, sino al sello roto en la parte inferior.

El león verde la miraba fijamente, y su piel se encendió en llamas.

Konegin.

Erida no lo había visto en más de dos meses, desde el castillo de Lotha, desde antes de que ella ganara la corona con la que sus predecesores sólo habían podido soñar. Desde que Lord Konegin pusiera veneno en la copa de su marido y huyera de un asesinato fallido, desapareciendo en las tierras fronterizas. De repente, estaba entre ellos, con su cabello dorado y sus ojos de zorro, ataviado con todas sus sedas y pieles. La miraba a través de todos los rostros. Los caballeros, Marguerite, sus propios soldados, incluso Thornwall. Nadie más que Taristan estaba a salvo de la sombra de Konegin. Se encontró deseando que el espectro en su mente fuera real, para poder estrangular con sus propias manos a su primo usurpador. Él se agitaba ante sus ojos, con una sonrisa enfermiza y un pergamino en la mano. Todavía pendían sobre ella, todos los nombres, todos los pretendientes, todas las personas que él había intentado endilgarle. Ardían en su mente junto al rostro de Konegin, cada uno de ellos como una herida que aún sangraba.

—¿Quién, Su Majestad? —oyó preguntar a Thornwall. Su voz sonaba lejana, como si gritara desde un largo pasadizo.

Su visión se volvió en espiral mientras caminaba, con la carta en sus manos. No sentía nada, sólo la rabia que golpeaba su cráneo. Respiraba con dificultad y toda su atención se dirigía al exterior, a su aspecto, a su máscara de calma. Sintió que se le escapaba y trató de aguantar, deseaba seguir avanzando. Seguir siendo una reina y no una bestia.

—Toma —murmuró, presionando el pergamino en la palma de Thornwall.

Los márgenes de su vista se tornaron negros, las sombras se movían y se extendían. Una ola de malestar se desbordaba, pero su ira era más fuerte. Guiaba su cuerpo y la mantenía erguida, incluso con la proximidad de Taristan. Sus labios se movían, pero ella no podía oírlo, todo el sonido se había desvanecido. Todas las sensaciones habían desaparecido.

Si no fuera por el cuero en su mano, y el acero debajo de ella.

La daga de Thornwall era vieja, no se había usado en una década.

Aun así, estaba afilada.

La carne de Marguerite cedió como la mantequilla, la hoja encontró su hogar en su estómago. Erida no oyó nada, ni siquiera cuando la boca de la princesa se abrió amplia, sus dientes mordiendo el aire. Sintió que su mano se retorcía, que los órganos de la muchacha cedían alrededor de la daga. La sangre caliente corrió por sus manos, escarlata como el cielo exterior, como el terciopelo del pecho de Taristan, como el brillo diabólico de sus ojos. El rojo salpicó el mármol blanco y rosa cuando la joven princesa se desplomó. Se tambaleó, como un pez en un hilo, ahogándose con la sangre que le brotaba de la boca. Tentó débilmente sus propias entrañas, y cada movimiento de su mano se hizo más lento y pausado. Finalmente, se quedó quieta, con los ojos en blanco y la mirada fija. El palacio de su padre le devolvía la mirada, lleno de ingenuas pinturas de campos tontos y árboles burlones. Las estatuas de los reyes muertos tiempo atrás se asomaban, observando con ojos de piedra cómo su dinastía se desangraba sobre el mármol y la perla.

El aire volvió a entrar en los pulmones de Erida. Respiró una y otra vez, con los dientes al descubierto. Se sentía como una leona, como una espada, poderosa y destructiva. Por una vez, tenía el destino en sus manos.

Uno de los caballeros estaba vomitando, y el olor atravesó los sentidos embotados de Erida. Se acercó a él con el ceño fruncido.

—Sé valiente —gruñó, casi tropezando.

Unas manos ardientes la atraparon antes de que se estrellara contra el mármol, manteniéndola en su sitio. Intentó apartar a Taristan de un empujón, para ponerse de pie por sí misma, pero él se mantuvo firme, como un ancla.

Alrededor de la cámara, sus súbditos se quedaron boquiabiertos. Incluso Thornwall tenía la cara blanca, con el papel aún en la mano. Sus pálidos ojos vacilaban entre Erida y el cuerpo, con su daga aún en el abdomen de Marguerite.

Erida se obligó a respirar de nuevo, intentando no tener arcadas. Todo apestaba a vómito y sangre. Sus dedos arañaban a Taristan, su cabeza latía con fuerza, su estómago se retorcía una y otra vez. Quería desmayarse o volar.

—Thornwall —gruñó, jadeando. El sudor le cubrió la piel y se estremeció ante la repentina humedad.

Junto al trono, su comandante temblaba, con la mandíbula floja. No se atrevía a hablar.

Erida se apartó el cabello de la cara, dejando una mancha

de sangre en la mejilla. Aspiró una fría bocanada de aire, dejando que la centrase.

—Avisa a Siscaria y a Tyriot. Se arrodillarán, o caerán.

Al regresar a los aposentos reales, Erida despidió a sus damas. Salieron corriendo como insectos, y desaparecieron en el palacio sin hacer preguntas. La visión de su reina manchada de sangre fue suficiente para hacer correr hasta a la más audaz.

Sólo quedó Taristan, que la condujo hasta la sala de estar, una cámara redonda con ventanas que asomaban a la bahía. La luz seguía siendo extraña, salpicaba de color anaranjado el suelo, como si un incendio forestal ardiera en algún lugar cercano. Erida se quedó mirando las alfombras, inspeccionando los complejos diseños con súbita intensidad. Recorrió cada hilo, azul y dorado y rosa, formando patrones de diamantes y volutas. Era más fácil que mirar sus propias manos, con las uñas llenas de sangre y las mangas del vestido manchadas de rojo.

En alguna parte, el agua chapoteaba, y Taristan se arrodilló ante su asiento, con un paño y una palangana de agua a su lado. Se puso a trabajar con un movimiento constante y lento, con cuidado de no asustar a la reina. Su respiración era entrecortada, con el sabor a hierro aún presente en el aire.

—La primera muerte es la más difícil —murmuró, levantando una de las manos de la reina. La tela se arrastró por su piel, volviéndose roja mientras su carne volvía a ser blanca—. Se queda contigo.

Erida desvió su atención de la alfombra hacia el agua. Salpicaba, tomando el color del óxido cada vez que sumergía el paño. La sangre de una princesa era como cualquier otra, indistinguible de la del más bajo campesino o rata común. Vio el rostro de Marguerite en el agua, los ojos en blanco, la boca abierta, el cabello rubio extendido como un halo divino. *La chica sólo tenía quince años.*

Erida recordó la tienda en el campo de batalla, cuando limpió la sangre de la carpa de Taristan. Entonces fue al príncipe Orleon a quien lavó. Ahora su hermana se arremolinaba escarlata en el agua.

La reina tragó un sabor amargo.

—¿Quién fue el tuyo? —murmuró.

Taristan continuó limpiando su mano, trazando cada línea de su palma.

—Otro huérfano del puerto. Más grande que yo, demasiado lento para robar como yo. Pensó que podría vencerme para que le entregara mi cena —su rostro se tensó, una línea surcó su frente. Erida vio en ese recuerdo una herida todavía abierta—. Se equivocó.

Enroscó un dedo, rozando su mano.

—¿Qué edad tenías?

—Siete —escupió—. Usé una piedra.

El lejano grito de una daga en el salón de un rey. Los ojos le escocían y la vista se le nublaba, no por las náuseas, sino por las lágrimas no derramadas. Parpadeó con fuerza, tratando de alejarlas. Se preocupó por el labio, que casi sangraba. Volvió la sensación, el entumecimiento de sus miembros, el zumbido de sus oídos se desvaneció. *¿Qué hice?*

Sin pensar ni preocuparse por la sangre, la mano de Taristan se cerró sobre la suya, agarrándola con fuerza. Ella le devolvió el apretón, presionando sus huesos. Le dolía la presión de los labios de él, el ardor de su tacto.

—No te disculpes por hacer lo que tienes que hacer —respiró él, feroz. Su corazón se encogió, sintiendo de nuevo la daga en su mano, la vida de Marguerite desangrándose entre sus dedos—. Este mundo te comerá si tiene la oportunidad.

La otra mano de Taristan se dirigió a su rostro, haciendo que Erida lo mirara. No a la alfombra, ni a la palangana. No a sus propios y miserables dedos teñidos de matanza. Ella se inclinó, sosteniendo su mirada, buscando sus ojos.

Sólo estaba el negro infinito. Sólo Taristan arrodillado ante ella, reverente como un sacerdote.

—Eres fuerte, Erida. Pero por muy fuerte que seas, ahora mismo eres el trozo de carne más apetecible de todo el reino —la preocupación en su rostro era extraña, un enigma. Erida nunca la había visto antes—. Los lobos vendrán.

—Ya ha venido un lobo —repuso ella, inclinándose para apoyar su frente en la de él. Su piel se encendió y sus ojos parpadearon, volviéndose pesados—. ¿Me devorarás a mí también?

El aliento que él soltó sonó como un gruñido. La estremeció, desde el cráneo hasta los dedos de los pies.

—¿Así? —dijo ella en un susurro apenas audible.

El pulso le retumbaba en los oídos. Todo el mundo parecía encogerse.

—Así —respondió él.

Sus labios eran febriles y ella se estremeció contra ellos, el sudor volvió a recorrer su columna vertebral. La piel que la cubría cayó de sus hombros, olvidó la sangre. Algo rugió en su vientre y se apoderó de ella, guiando sus dedos cuando se aferraron a su cabello y a su túnica. Los suyos ya estaban en su clavícula desnuda, con la bata tirada sobre un hombro, y los labios de él recorriendo un camino desde su boca hasta el cuello.

Cada roce ardía, hasta que Erida se sintió quemada por dentro. No quería que se detuviera.

461

Mientras yacían juntos, entrelazados, observando el sangriento atardecer a través de las ventanas de la alcoba de la reina, Erida esperaba que el infernal mago rojo irrumpiera por la puerta. Pero él seguía encerrado en la Isla de la Biblioteca, absorto en los interminables pergaminos.

Que le vaya bien, pensó Erida, pasando una mano por un territorio que ahora le resultaba familiar. Piel pálida, venas blancas, un pecho musculoso esculpido por años de batalla y trabajo. Había muchas cicatrices, nudosas y elevadas, pero ninguna a la altura de las venas. Rastreó las ramificaciones, tortuosos relámpagos en la piel de Taristan, que se extendían como telarañas sobre su carne. Nunca había visto nada parecido, ni siquiera en su madre, que había muerto de una enfermedad fulminante, reducida apenas a los huesos antes del final. Esto era algo más. Y se estaba extendiendo. Lo vio, lento, pero seguro, el blanco de los huesos se arrastraba bajo su piel.

—No sé qué es —dijo Taristan con voz hueca, con los ojos puestos en el techo dorado sobre ellos—. Por qué me veo así ahora.

Erida se incorporó bruscamente, apoyándose en la cama con los codos.

—¿Nunca te lo dijo? —inquirió, perpleja.

Su consorte se estiró junto a ella, con el torso expuesto por las mantas de seda color borgoña enredadas en su cintura. Estaba tumbado de espaldas, con una mano detrás de la cabeza. Las venas destacaban también en su brazo, entrelazando los magros músculos. Aunque la corte del rey madrentino no le sentaba bien a Taristan, la cama del rey sí.

—Lo Que Espera no habla como los mortales —dijo. Su rostro se tensó—. No hay palabras, sólo visiones. Y sentimientos.

Erida intentó imaginarlo, pero no pudo. Le pasó los dedos por el cuello, donde destacaba la vena más gruesa.

—¿Qué piensa Ronin?

—Ronin lo llama un don. La fuerza de Lo Que Espera fluyendo a través de mí.

—¿Se siente como una fuerza? —preguntó ella en un susurro, apoyando su palma en la garganta de Taristan.

La piel de él flameaba bajo la suya, ardiendo como siempre. A estas alturas, ella sabía que esto no era inusual. Taristan estaba más caliente que si tuviera fiebre. El tacto de él era suficiente para hacerla sudar, en más de un sentido.

—¿Qué otra cosa puede ser? —respondió él, girando la cabeza para mirarla.

El resplandor rojo estaba allí, pero era apenas un destello. De todas formas, Erida lo notó. Y aunque lo sabía, y sabía que eso lo habitaba, se sintió enferma. *Lo Que Espera no lo controla, pero Él está en sus ojos y en su mente. De un modo que yo nunca podré estar.* Y entonces llegó su turno de sentirse celosa, no del mago, sino del rey demonio.

Despacio, se levantó de la enorme cama, dejando a su espalda los ojos rojos de su marido. Sin sus damas, se vistió con sencillez; se puso la ropa interior y una bata verde sin mucha dificultad. Pero su cabello sí era un desastre, todavía enredado por haber estado acostada, y se esforzó por recogerlo en una sola trenza. Todo el tiempo miraba, no a Taristan en la cama, sino a la Espada de Huso junto a la ventana. Brillaba con la luz roja del atardecer, un espejo lleno de sangre fresca.

Taristan siguió rápidamente su ejemplo, poniéndose su propia ropa. Despreció las sedas y los terciopelos, y puso mala cara mientras se ataba el cuello de la camisa, ocultando a la vista las últimas venas blancas.

—Al menos tu señora Harrsing dejará de molestarnos por un heredero —murmuró, poniéndose las botas.

Erida no pudo evitar burlarse.

—Al contrario, sus preguntas se multiplicarán por tres. Seguramente inspeccionará mis sábanas durante los ciclos mensuales, y también rastreará mi apetito —refunfuñó. La reina ya estaba desesperada por la intromisión de Bella—. La corte ha empezado a hacer apuestas.

Arrugó la nariz con disgusto.

—¿Luchamos por el mundo, y tus nobles no tienen nada mejor que hacer?

—Mis nobles no son soldados. Prefieren los banquetes al campo de batalla —se echó un largo chaleco sobre el cuerpo, con el pelaje dorado rozando su barbilla—. Si apostar por tu semilla y mi vientre es la distracción que necesitan, que así sea. Que cotilleen mientras nosotros nos hacemos más fuertes.

De pronto, Taristan estaba a su espalda, pasándole un brazo por la cintura. Lo hizo despacio, con cautela, con el mismo cuidado que tenía en todo. Como si ella pudiera apartarse en cualquier momento.

—Pronto no los necesitarás en absoluto —le gruñó al oído.

Ella se inclinó hacia él, apoyando la espalda en su sólida figura. Incluso a través de las pieles, podía sentir su calor.

—Dudo que incluso Lo Que Espera pueda hacer eso, mi príncipe.

—Mi príncipe —repitió él, saboreando las palabras.

—Eso es lo que eres —murmuró Erida, poniendo los dedos en su brazo. Le rodeó la muñeca—. Mío.

Su mejilla sin afeitar rozó su cara, arañando su piel.

—¿Eso te hace mía?

A esa pregunta, Erida de Galland no tenía respuesta. El *sí* se le agolpó en la garganta, pero no pudo pasar por sus labios. Se sentía como una traición a sí misma, a su corona, a su padre y a todos los sueños de sus antepasados. *Soy la gobernante de Galland, reina de dos reinos, una conquistadora. No pertenezco a nadie, sólo a mí misma.* Ni siquiera el mismo Taristan era una excepción, por muy embriagador que fuera, por más poderosa que la hiciera sentir. No había ningún hombre por el que se encadenara, ni siquiera el príncipe del Viejo Cor.

Al menos eso era lo que se decía a sí misma, guardando silencio.

La tos de Ronin hizo que la piel de Erida se erizara.

Se sobresaltó, apartándose de Taristan, con su trenza volando sobre un hombro. Su corazón se aceleró y miró al mago.

—Es increíble cómo apareces en el momento preciso —gruñó Erida, sentándose en el asiento de la ventana.

Taristan se giró con fría indiferencia, pero su rostro, habitualmente pálido, enrojeció. Frunció el ceño hacia su sacerdote, torciendo los labios con un desdén poco común.

—Ronin —dijo con los dientes apretados.

El mago apenas lo miró. Miró la jofaina ensangrentada, olvidada en el suelo, y las manos de la reina. Curvó los dedos, sintiendo de nuevo vergüenza. Pero era demasiado tarde para ocultar la evidencia.

Ronin chasqueó la lengua, recuperando su sonrisa de rata.

—Ah, eso explica el desorden en la sala del trono.

—¿Cuánto tiempo llevas ahí parado? —se quejó Erida.

—Eso es irrelevante —respondió él, encogiéndose de hombros.

En un remolino de túnicas carmesí, se acercó a las ventanas, se interpuso entre ellos para estudiar la ciudad y la bahía.

La extraña luz delineaba su cuerpo en oro, como una figura sagrada en una pintura o un tapiz.

—He descubierto muchas cosas —dijo—. La Isla de la Biblioteca es mucho más extensa que los archivos de tu propio palacio.

Se sintió como un pinchazo, y Erida se mordió el interior de la mejilla para no reaccionar.

La paciencia de Taristan disminuyó.

—Bueno, mago —gruñó—. Fuera de aquí.

Cuando Ronin se volvió, lucía una sonrisa que Erida no deseaba volver a ver. Se extendía demasiado, las líneas de su rostro eran demasiado profundas, convirtiendo sus ojos enrojecidos en un par de lunas espeluznantes. Hizo lo posible por no retroceder horrorizada cuando las venas de su cuello palpitaron, blancas como las de Taristan, pero más afiladas. Saltaron ligeramente, golpeando con el ritmo del corazón marchito de Ronin.

El sacerdote juntó las manos en un simulacro de oración.

—¿Qué sabes del reino... Infyrna?

23

ESCALERA AL INFIERNO

Corayne

El sueño era peor que cualquier otro que hubiera tenido antes. Demasiado real, demasiado cercano. Sentía a Asunder por todas partes, el reino infernal caliente y frío a la vez, cegadoramente brillante y negro vacío a la vez. Todo y nada. Corayne estiró las manos vacías, manoteando en el aire y el barro. Intentó respirar, intentó gritar. Nada salió.

Pero sentía que sus piernas se movían. Sentía sus pies. Oía el eco de sus propias botas sobre la piedra.

Había una escalera. Sus dedos se arrastraron contra una pared, áspera al tacto y cálida.

Descendió en espiral, la negrura contra sus ojos abiertos.

Quiso volver a gritar, pero no emitió ningún sonido.

Esto es una pesadilla, se dijo. *Estás dormida y nada aquí puede hacerte daño. Vas a despertar. Vas a sobrevivir.*

Parecía una mentira, incluso en su propia cabeza, aunque sabía que nada de lo que la rodeaba era real.

Y, sin embargo, lo era.

La escalera terminó.

Esto era Asunder. Esto era el infierno.

El reino del rey Destrozado, el Diablo del Abismo, el Dios entre las Estrellas. La Oscuridad Roja.

Lo Que Espera.

—Corayne an-Amarat —siseó una voz, en todas pártes y en ninguna, en sus huesos y en sus oídos—. Te he estado esperando.

El aire de la noche era frío en su cara, abrasando sus pulmones mientras jadeaba para respirar. Corayne se levantó de golpe, con la frente húmeda de sudor y el cuerpo enredado en su propia capa. A su costado, Andry dormía profundamente, y Charlie a su otro lado. Jadeó y miró sus formas dormidas para tranquilizarse.

Fue sólo un sueño. Una pesadilla.

El corazón amenazaba con salirse de su pecho, el pulso latía con fuerza en sus oídos. Cada respiración era una lucha, ardiente a través de sus dientes, y el viento se helaba en su cara.

Dom se acercó a la fogata más cercana, con su silueta rodeada de llamas. La observaba sin moverse, con los ojos vidriosos, pero alerta.

Corayne lo vio levantar una ceja y negó con la cabeza.

—Sólo es un sueño —susurró.

Él asintió levemente y la dejó en paz.

Resuelta, volvió a tumbarse, apoyada en su capa, con el pecho subiendo y bajando. Las estrellas de arriba parpadeaban entre las nubes y los árboles. Intentó contarlas y tranquilizar su corazón.

A pesar de todos sus discursos y planes, Corayne an-Amarat nunca había sentido tanto miedo. No volvió a dormirse, con los ojos puestos en las estrellas durante toda la noche, observando cómo su aliento resoplaba en el aire gélido. Buscó dragones, buscó esqueletos, buscó cualquier cosa fuera de lo común mientras las nubes se separaban. Estaba calientita dentro de sus pieles, la fogata seguía desprendiendo un buen calor, incluso mientras el amanecer surcaba el cielo. Pero por muy cómoda o cansada que estuviera, no volvió a cerrar los ojos.

Andry se levantó primero, como siempre. Puso el té, colgando la tetera sobre el fuego para que hirviera el agua mientras seleccionaba de su lata de hierbas. Corayne lo observó con los ojos entornados, encontrando paz en el tranquilo escudero, obediente en todo. Olfateó una ramita de romero antes de ponerla en la tetera con un poco de salvia y lavanda. Mientras el agua hervía, llenaba el bosque de un olor relajante. Corayne aspiró con avidez una bocanada de aire.

Antes de que se diera cuenta, Andry estaba de pie junto a ella, con una taza humeante en la mano.

—No compensará todo el sueño que has perdido, pero te ayudará —dijo, agachándose para mirarla a los ojos. Mantuvo su voz en un susurro para no molestar a los demás.

Con una sonrisa de agradecimiento, Corayne se incorporó y tomó el té. Lo bebió a sorbos, dejando que el calor envolvente la recorriera. Era diferente del calor de sus sueños, del infierno hirviente de Asunder y de Lo Que Espera. El té era el fogón de su casa. Era una taza de vino caliente en su casa de Lemarta, el mar gris del invierno en el puerto. El té era la sombra de Dom y la mueca de Sorasa y los ojos de Andry. La risa de su madre. Todas las cosas que la mantenían en pie, incluso cuando el mundo hacía todo lo posible por derribarla.

—Pareces un poco más pequeña que anoche —dijo Andry con suavidad.

Ella tomó otro sorbo vigorizante.

—¿Puedes culparme?

El brebaje de hierbas la ayudó a liberar algo de tensión de su cuerpo. Al menos sus viejos dolores habían desaparecido, sus músculos estaban acostumbrados a los días en la silla de montar, sus manos callosas a su largo cuchillo. El entrenamiento de Sorasa y Sigil le había facilitado el camino estos últimos días.

—Gracias —murmuró, su aliento se nubló en el aire frío—. ¿Estás preparado?

—No se puede estar listo —respondió Andry, pensativo—. ¿Y tú?

—¿Qué pasa conmigo? Ya escuchaste a Dom. A estas alturas, probablemente me ate a un árbol.

—Me refiero a los sueños —bajó los ojos, un rubor oscurecía sus mejillas—. Te escuché anoche. Sonaba…

—Peor —su voz se volvió hueca. Miró hacia el fuego cercano, tratando de encontrar algún consuelo en las llamas—. Peor con cada paso hacia el Huso, y no tengo duda de por qué.

Andry se puso de pie, con los ojos castaños muy abiertos. Algo parecido al dolor atravesó su rostro, y Corayne deseó poder borrarlo.

—¿Lo Que Espera? —sugirió con tono de preocupación.

Las llamas saltaron y crepitaron, rojas y amarillas.

Las brasas salieron en espiral hacia los árboles. Corayne siguió su camino, a través de los destellos de luz mientras salían siseando.

—El portal del templo conduce a las Tierras Cenizas, un reino quemado, fracturado por Asunder. Está bajo su control. Él no puede atravesarlo, pero tal vez pedazos suyos, susurros suyos sí pueden —en lo alto, las ramas parecían arañar el amanecer. Corayne estudió los árboles, aunque sólo fuera para anclarse contra el miedo que la atenazaba por dentro—. Él me conoce. Me está observando. No puede tocarme todavía, no mientras Allward siga intacto, pero…

Su voz se cortó, las palabras se atascaron. Por un segundo, Corayne se sintió de nuevo en el sueño, incapaz de emitir un sonido.

Pero el aire era fresco en su cara, la luz del sol atravesaba el bosque. Y la mano de Andry era cálida en su hombro, un peso tranquilizador.

Estás despierta, se dijo.

—Viene cuando duermo —Corayne se tragó la opresión en la garganta—. Noche tras noche, más fuerte con cada centímetro que nos acercamos al Huso y a las Tierras Cenizas. Es más fuerte allí, en una grieta del mundo.

No tuvo que mirar a Andry para saber que él sentía su miedo, y lo compartía. Había visto el templo con sus propios ojos. Sabía lo que había más allá de las puertas, en las cenizas de otro reino.

—Por lo general, es lo mismo... los sueños. Manos blancas, ojos rojos, un vacío negro sin final. Todo es más profundo cada vez, más cruel de alguna manera —ella todavía lo sentía—. Anoche había una escalera y me habló. Antes, podía olvidar una pesadilla al despertar. Ahora parece que nunca se van.

Los ojos de Andry se entrecerraron, el entrecejo fruncido. Corayne casi esperaba que se riera de ella. En lugar de eso, le agarró el hombro con más fuerza.

—¿Qué te ha dicho?

—Que me está esperando —respondió ella, apretando los dientes. Luego sacudió la cabeza—. Podría ser gracioso. Uno espera un poco más de un dios demonio.

Andry no sonrió, su concentración no se interrumpió.

—¿Y qué le dijiste?

—No pude hablar —incluso ahora, las palabras parecían difíciles de formar—. Lo sé. ¿Quién iba a pensar que eso era posible tratándose de mí? Pero no podía hacer ningún sonido, ni siquiera gritar. Sólo podía quedarme en ese extraño lugar, esperando que algo me despertara.

Fijó su mirada en el suelo a sus pies, en el polvo y la hierba muerta. Sus dedos rozaron la tierra helada.

—Ahora, tan cerca del Huso, pensé... tuve miedo de no poder volver. Que nada ni nadie pudiera sacarme de allí.

—Ésa es una estupidez —gruñó, y Corayne casi saltó.

—Andry Trelland —jadeó, sorprendida por su tono duro.

Levantó la vista y se encontró con que él la miraba fijamente, sin la suavidad de sus cálidos ojos. Pero su ira no estaba dirigida a ella. Miró a través de los árboles, en dirección al Huso, al templo y a la ruina del mundo. Un músculo se le erizó en la mejilla y Corayne vio en él la sombra de un caballero, un guerrero de muchos años. No sólo el escudero, sino el hombre que Andry Trelland siempre estuvo destinado a ser.

—Estaré aquí para ti. Siempre —dijo, mirando hacia ella sin pensarlo—. Todos estaremos aquí para ti. Te lo prometo.

Andry Trelland era la persona más honesta que Corayne conocía. No tenía talento para mentir. Era fácil ver la vacilación en él. La duda. *No puede prometer que no estaremos muertos en unas horas. Pero aun así, lo intenta.*

Ella cubrió la mano de él con la suya.

—Confío que así será.

—Espero que lo hagas —respondió él, inmóvil.

Se separaron cuando Charlie despertó y arrastró los pies fuera de la cama para tomar asiento junto al fuego. Lanzó una mirada al resto del círculo de durmientes, colocó un trozo de pergamino sobre sus rodillas y comenzó a escribir.

Corayne miró el pergamino de reojo, esperando otra falsificación.

Pero la carta no era nada oficial, sino su arte habitual. No había sellos falsos, ni firmas falsificadas. Su caligrafía ni siquiera era buena. Pero garabateó y garabateó, con el ceño fruncido por la concentración mientras la pluma se deslizaba por la página. Cuando sus ojos se volvieron vidriosos, brillando con alguna emoción, Corayne apartó la mirada.

Los demás no tardaron en despertar. Corayne y Andry se dedicaron a preparar el desayuno para todos, cuidando las reservas de comida.

Dom se había quedado dormido en algún momento, pero ahora abrió los ojos y se incorporó bruscamente, y su repentina toma de conciencia sobresaltó a todos. Sorasa se había alejado sin que ni siquiera Corayne se diera cuenta, pero regresó con el cabello trenzado y los ojos delineados en negro, la cara lista para la guerra. Su capa de pieles había desaparecido, sus cueros estaban bien abrochados y atados, y todas las dagas que poseía eran fácilmente accesibles. Incluso su bolsa de polvos preciosos colgaba de su cinturón, junto a su látigo enrollado y su espada envainada.

Sigil fue la última en levantarse, bostezando como un león.

Parecía emocionada por la mañana, y se golpeaba el pecho para saludar a los mercenarios que se iban levantando. Cualquier animosidad que hubieran compartido en Volaska hacía tiempo que había desaparecido. Oscovko la apartó para hablar de tácticas, charlando sobre los caballos y un eventual ataque.

Corayne se sacudió la capa y se calzó las botas, atándolas con fuerza. Cada movimiento parecía demasiado rápido y demasiado lento. Quería que la mañana terminara. Quería la puesta de sol y la hoguera, el Huso a sus espaldas, con todos esos rostros familiares en torno. Podían discutir todo lo que quisieran, siempre que vivieran para ver las estrellas de nuevo.

Andry la miró, con los ojos entrecerrados. Su ira había desaparecido, pero el miedo permanecía.

—Dom tiene razón. Mantente alejada de la batalla.

Ella apretó los dientes, con un súbito calor en la cara.

—No puedo quedarme a un lado y mirar.

Andry parpadeó, pensativo.

—Yo lo hice.

—Y es algo que te persigue —replicó ella, agarrando la taza de barro con demasiada fuerza—. Te persigue hasta el día de hoy.

Su voz se mantuvo uniforme y baja, audible sólo para ellos dos.

—Me mantuvo con vida, Corayne —añadió Andry, con las palabras mezcladas con frustración.

Como la chica no respondió, él alargó la mano y rozó la suya, con sus dedos marrones recorriendo sus nudillos. Le produjo escalofríos en el brazo y en la columna vertebral. Corayne se dijo que era el frío, el terror, la fatalidad que se cernía sobre todos ellos.

Sus ojos castaños parecían derretirse, cálidos, acogedores como un fuego crepitante en el hogar. Se clavaron en los suyos, imposibles de ignorar. Ella quiso apartar la mirada, pero se sintió atrapada en su sitio, enraizada bajo los ojos de él. Andry Trelland le recordaba a una mañana de primavera al amanecer, cuando la luz es dorada y la hierba brilla con el rocío. Llena de promesas y posibilidades, pero fugaz. Quería abrazarlo en ese momento, y también quería abrazarse a sí misma.

—Por favor —murmuró él.

El encanto se rompió.

—Bien —respondió Corayne, bajando la cabeza. No podía soportar ver su sonrisa de alivio, no por su propia cobardía.

En lugar de eso, se concentró en sus brazaletes, sacando el regalo del heredero de Ibal de sus alforjas. *Dirynsima*, lo sabía. *Garras de Dragón*.

Los brazaletes de cuero brillaban, con los detalles dorados pulidos y el cuero bien engrasado. Al abrochárselas, sintió los refuerzos de acero del interior, duros contra sus antebrazos. El diseño de las escamas y los pinchos incrustados le revolvieron el estómago. Se preguntó si las Garras de Dragón harían honor a su nombre, y si el dragón que andaba suelto por el Ward tendría la misma piel.

—Quieran los dioses que no las necesites —gruñó Sorasa, pasando con sus propias bolsas colgadas al hombro. Su caballo la seguía, buscando la hierba en el árido suelo.

Corayne apretó el puño y giró la muñeca, enganchando los pinchos del borde. El brazalete se apretó contra su brazo, y la pequeña pero letal hilera de triángulos de acero se levantó.

—Al menos, ahora sé cómo usarlos.

Sorasa respondió con un bufido.

—Sigue diciéndote eso —dijo, colocando sus alforjas en su sitio—. ¿Listo, Anciano? —añadió, mirando a Dom que ya estaba en su caballo.

Él miraba con gesto adusto hacia el bosque, con los ojos medio enfocados.

—No creo que sea posible estar preparado para esto —dijo despacio.

Charlie se apartó del fuego, guardando su pergamino en el chaleco bajo su capa de piel. Sus ojos parpadearon entre Dom y Sorasa, evaluándolos a ambos.

—Has visto estas cosas, ¿verdad? ¿Las has matado antes?

—Sólo sus sombras, Charlie —respondió Sorasa. Con un único y grácil movimiento, se subió a la silla de montar y ajustó las riendas—. Pero sí, es posible matarlas. Y así será hecho.

Corayne sabía que a Charlie no le servía de consuelo. Su rostro se puso ligeramente verde, pero siguió adelante, caminando para desatar su caballo. Corayne lo siguió, deseando de nuevo que el tiempo se acelerara y se ralentizara. Quería que siguiera la mañana. Quería que se hiciera de noche. Quería cerrar los ojos y saltarse unas horas hacia el futuro, cuando todo estuviera bien y sus amigos estuvieran a salvo, vivos y victoriosos.

Pero eso era imposible. Ninguna magia del mundo podía manipular el tiempo, ni los Husos. Ni Lo Que Espera. Había que escalar la montaña que tenían delante. No había forma de evitarla. Sólo podían avanzar.

Corayne se encaramó en la silla de montar sin pensarlo, la acción le resultaba ya familiar, casi una segunda naturaleza. El aire frío le erizaba la cara, pero su sangre ardía, caliente por la anticipación y el temor. Tragó saliva, observando el paisaje de árboles y maleza rocosa. La banda de guerra se movía entre las ramas y los troncos, con rostros grises como los árboles muertos, vestidos con cueros de batalla y capas manchadas de barro. Algunos empuñaban escudos y espadas; otros llevaban hachas. El propio Oscovko llevaba una espada larga de tamaño similar a la de Dom, con una sonrisa en el rostro. Juntos, los trescientos guerreros se levantaron, y el propio suelo pareció levantarse con ellos.

Sus caballos pateaban y resoplaban, bufando nubes de vaho humeante. Los cánticos comenzaron a recorrerlos, tímidos al principio, pero ganando en fuerza como una ola que se estrella hacia la orilla.

Primero en treco. Luego en primordial, gritados para que todos los oyeran.

—Los lobos de Trec, los lobos de Trec —gritaban, levantando el acero y el hierro. Algunos hombres aullaron—. ¡Esta noche nos damos un festín de gloria!

Entre ellos, Sigil blandía su hacha, con una sonrisa maniaca en su rostro.

—¡Los huesos de hierro de los Incontables nunca se romperán! —gritó, alzando su grito de guerra con el de ellos.

La sangre de Corayne hirvió en su interior, impulsada por el estruendo de su corazón, las estridentes aclamaciones y la llamada del Huso, los reinos más allá del Ward. Sintió que la sangre de Cor en sus venas cantaba, llegando a los lugares de donde procedían sus antepasados. La atraía en todas las direcciones, como un canto de sirena. La Espada del Huso atada a la silla de montar llamaba también, el poder dentro del acero se elevaba como el zumbido de un coro sobrenatural. Al igual que ella, sentía el Huso, el corazón ardiente en el que había sido forjado. Por un momento, Corayne olvidó que cabalgaban hacia la perdición y dejó que la magia fluyera a través de ella, llenándola. La forma en que debía hacerlo, la forma en que debía sentirse. Intentó aferrarse a la sensación, volverse hacia la luz del Huso y no alejarse. Apretó los dientes, con las riendas tensas en su mano.

Cortaría este portal en dos, como había hecho con el del desierto. Haría que Taristan lo sintiera. Y haría que Lo Que Espera se arrepintiera de todos los sueños que le había provocado.

Los latidos de su corazón retumbaron, y el suelo tembló bajo la fuerza de trescientos caballos, todos corriendo hacia la propia muerte.

24

LA CAMPANA DE LA MUERTE

Domacridhan

Cada paso de su caballo era como una espada en su corazón. Dom se preguntaba si quedaría algún trozo de él cuando llegaran al templo. ¿O sería entonces poco más que una sombra, un eco de un inmortal perdido? Pero, a medida que cada centímetro lo iba cortando, también lo iba adormeciendo, hasta que el miedo era sólo un zumbido en el fondo de su mente. El recuerdo de Cortael no le causaba dolor. Porque Domacridhan no sentía nada.

Sólo hambre. Ira. Venganza.

A pocos se les da la oportunidad de corregir los errores del pasado. Tal vez ésta sea la mía, pensó mientras impulsaba a su caballo, el fornido semental atravesando a toda velocidad el bosque medio muerto. Cientos de caballos se adentraron en los árboles, el ejército golpeando la tierra.

Y entonces, ahí estaba la colina.

Sintió un golpe en el estómago, pero se mantuvo sentado, inclinado sobre el cuello del caballo. No recordaba haber desenvainado su gran espada, pero la sintió en su mano, la empuñadura de cuero desgastada por las décadas. Conocía su tacto mejor que cualquier otra cosa del reino, incluso que su propio rostro. La espada era más antigua que sus cicatrices;

más antigua que los hombres que lo rodeaban. Su acero captaba el sol, brillando como una sonrisa maniaca. Al igual que el resto, demasiadas espadas para contarlas elevadas en el aire. Por el rabillo del ojo, vio a Sorasa con su arco, a Sigil con su hacha. Andry levantó su espada en alto, con la estrella azul en el pecho como una visión resplandeciente. Era un caballero en toda su extensión.

Y más allá del escudero, para gran alivio de Dom, estaba Corayne apartándose. No por su propia voluntad, sino por la de Charlie. El sacerdote llevaba las riendas del caballo de ella, tirando a la fuerza de ambos para sacarlos de la refriega y llevarlos a la seguridad de los árboles más profundos. Ninguno de los dos lucharía.

Fue lo último que vio Dom antes de llegar a la cima de la colina, una ola espumosa de guerreros y caballos. Se encontraba en la cresta, Oscovko a su lado, Sorasa a su derecha, con la cuerda de su arco tensa. Sigil rugió el grito de los Incontables, primero en su propia lengua, luego en primordial.

—¡Los huesos de hierro de los Incontables nunca se romperán!

Dom rezó para que no se demostrara que estaba equivocada.

Rezó por todos ellos, incluso por él mismo. Incluso en un reino donde ningún dios podía escucharlo.

Oscovko aulló como un lobo y sus hombres respondieron, haciendo suyo el grito de guerra.

Una vez más, Dom intentó un avance. No tenía magia propia, pero de todos modos dirigió sus pensamientos a su tía, llamándola a través de los miles de kilómetros. También llamó a Ridha, dondequiera que estuviera. No hubo respuesta. No había nada más que el templo.

Se alzaba ante ellos, el claro al descubierto en la base de la colina. Dom miró primero hacia las puertas del templo, hacia el Huso en su interior y las Tierras Cenizas más allá. Sin embargo, no se veía nada, sólo brasas y cenizas arrastradas por el viento caliente. El ejército de cadáveres se agitaba alrededor de la piedra blanca y las columnas lisas, como un remolino en el mar. Por un momento, mantuvieron su extraña formación, tambaleándose uno tras otro. Dom se preguntó por un instante si podrían romper filas sin la orden de su maestro.

Su pregunta fue rápidamente respondida.

Los cadáveres percibieron al ejército que bajaba por la colina y se detuvieron en seco, cambiando de posición para mirar hacia la colina con sus cráneos sin ojos y sus espadas rotas. Las espadas, los cuchillos y las lanzas se alzaron a la batalla, un millar de piezas de acero oxidado ávidas de carne.

—¡Cierren filas, avancen tan apretados como puedan! —gritó Oscovko a sus hombres.

Hicieron lo que se les dijo, apretujándose para formar un muro de carne de caballo y acero. El ejército se abalanzó sobre ellos.

Dom se inclinó y el caballo reaccionó bajo él, ganando velocidad.

El mundo apestaba a sangre y podredumbre. Los únicos sonidos eran los gritos de los hombres y de los terracenizos. En lo alto, el cielo era azul claro, sin nubes. Incluso pacífico, pero el infierno hervía debajo. Los esqueletos y los cadáveres formaron un muro macabro entre el ejército y el templo. Dom mantenía la vista en el suelo frente a él. Los cadáveres miraban hacia arriba, extendiendo sus dedos huesudos y sus manos podridas.

La suya fue la primera espada que se blandió, pero ni mucho menos la última.

Domacridhan de Iona era un inmortal, un hijo de Glorian Perdido. No le habían enseñado a temer a la muerte. No sabía lo que era ser tan frágil como un mortal. Pero incluso él sabía que debía estar aterrorizado. Tan sólo ese pensamiento estalló en su cabeza como un vidrio roto.

De alguna manera, los mortales y sus caballos lucharon sin vacilar. La banda de guerra de Oscovko mantuvo su aullido demoniaco, incluso cuando los cadáveres cayeron sobre ellos, arrancando a muchos de la silla de montar. Sus gritos de dolor se mezclaban con gritos de júbilo, incluso de alegría. El propio Oscovko gritaba entre los combates, haciendo llover golpes con su espada. Su cara pronto quedó manchada de barro y sangre, pero no pareció importarle. El príncipe de Trec era un veterano de muchas batallas, y se emocionaba con cada una de ellas.

Sin tener que preocuparse por Corayne, Dom trató de concentrarse sólo en sí mismo. Era la mejor manera de sobrevivir. Pero por más que lo intentara, no podía dejar de lado a Sorasa, Andry y Sigil. Incluso cuando la marea de la batalla intentaba separarlos, hacía todo lo posible por permanecer con ellos, a sólo unos metros de distancia.

Sigil tiró de ambos, mejor en la silla de montar que el mismo Dom. Maniobró con increíble habilidad, dejando que su caballo luchara con ella, sus cascos aplastando cráneos y cajas torácicas, mientras su hacha destrozaba una docena de huesos. Con sus abrigos de piel, contra el cielo, parecía una montaña, y los cadáveres, un mar estrellándose.

Sorasa la seguía a su paso, con su arco girando en todas direcciones. Sus riendas olvidadas golpeaban el cuello del caballo. Ella no las necesitaba, pues dirigía al caballo con la presión de sus muslos. Sus flechas se clavaron en muchos cadáveres, frenando a la mayoría y matando a unos cuantos. La estrella azul brillaba en el borde de la visión de Dom, a su izquierda. Andry se movía en elegantes arcos, con su espada barriendo de un lado a otro mientras cabalgaba. El escudero sabía luchar a caballo tan bien como cualquiera. Su piel morena brillaba como una piedra pulida, el sol naciente se reflejaba en él como una persona bendecida. Si los dioses protegían a alguien en el campo de batalla, Dom esperaba que protegieran a Andry Trelland.

La marea iba y venía, y la carga de la caballería se abría paso entre el tumulto de cadáveres. Pero la banda de guerra era superada en número, y cabalgaban hacia las lanzas y las espadas a cada paso. Dom dejó docenas de cadáveres tras de sí, pero siempre había más. Se arremolinaban y tropezaban, con huesos y carne y miembros putrefactos en todas direcciones. Lo peor de todo era que los terracenizos no tenían miedo. No temblaban. No vacilaban. Su determinación era absoluta e inquebrantable, impulsada por una voluntad más feroz que cualquier otra.

Entonces, el caballo de Sorasa se desplomó, sacudiendo la cabeza al caer, y un terrible grito cortó el aire. Sin pensarlo, Dom hizo girar su propio caballo hacia el sonido, sólo para ver a Sorasa Sarn desaparecer en medio de un mar de cuerpos, con su arco perdido en el barro.

—Amhara —se oyó gruñir Dom. El resto de su cuerpo perdió la sensibilidad, sus miembros reaccionaron sin pensar ni preocuparse.

Sigil también la vio y aulló una llamada, su caballo embravecido entre la presión de los cuerpos.

Entonces el látigo se enroscó, azotando el aire con un chasquido como el del trueno. Atrapó un cadáver y con un violento tirón separó el cráneo de la columna vertebral. El terracenizo cayó para revelar a Sorasa Sarn con los tobillos metidos en el fango, con el látigo en una mano y la daga en la otra.

—¡*Mantente viva!* —gritó Dom a través del campo de batalla, las palabras demasiado familiares en sus labios. Era su propio idioma, se dio cuenta, la lengua de Glorian. No la conocía ninguno de ellos.

Sorasa lo escuchó de todos modos, sus ojos cobrizos lo encontraron a través de la batalla. No respondió nada, su atención estaba puesta en los enemigos que la rodeaban. Sabía que no debía perder la concentración. Pero él vio que una plegaria salía de los labios de Sorasa, en su propio idioma, mientras seguía arrasando los cadáveres a su alrededor.

Mientras luchaba con uñas y dientes, su cabello corto se agitaba con cada movimiento, liberado de sus trenzas. Esto no era como su batalla con los Amhara, una muestra de habilidad y astucia. Esto era todo agudos filos, todo violencia. Al igual que los cadáveres, no mostraba ninguna emoción ni consideración.

Por una vez, Dom se alegró de su entrenamiento Amhara. La mantendría viva.

Entonces, su propio caballo relinchó, levantándose sobre sus patas traseras. Dom se sobresaltó y una sensación de malestar lo invadió. Vio la lanza, medio rota, con la cabeza enterrada en el orgulloso pecho de su caballo. Antes de que el caballo pudiera caer, saltó de la silla, con su espada en la mano. Sus sentidos inmortales se encendieron y blandió su espada, atravesando los cadáveres más cercanos con el impulso de su caída. El caballo se estrelló en el barro tras él, pero Dom ya estaba en movimiento. No podía volver atrás, ni siquiera por un momento. En algún lugar, le pareció oír los gritos de Corayne, pero sabía que seguía en la cima de la colina, a salvo con Charlie entre los árboles.

Sigil recorrió el perímetro, trazando una especie de lazo alrededor de los cadáveres. Saludó con la cabeza a Sorasa y a Dom al pasar, con el filo de su hacha goteando sangre. En lo alto, las nubes surcaban los cielos azules, llenándolos de un gris férreo.

Al igual que en el Camino del Lobo, Dom se encontró de espaldas a Sorasa Sarn. Pero en lugar de los Amhara, los rodeaban cadáveres, demasiados para contarlos.

Ella levantó su espada, rechazando el golpe de una espada de cadáver.

—Qué bueno que me acompañes, anciano.

—He sobrevivido a cosas peores —repuso Dom, las palabras más decididas de lo que sentía.

Sorasa le dedicó una mirada fulminante.

—No creo que el kraken fuera tan difícil.

Incluso mientras su gran espada cortaba un cadáver en dos, Dom luchaba contra una sonrisa maníaca.

—Me refiero a ti, Sarn.

—Me siento halagada —respondió ella, saltando sobre un terracenizo sin piernas. Se arrastró sobre dedos podridos.

Por el rabillo del ojo, Dom vio a Andry todavía a caballo, siguiendo a Sigil mientras ella daba vueltas. Otros jinetes se unieron a ellos, formando otra carga de caballería que se abría paso entre el número cada vez menor de terracenizos. Dom sintió que se le cortaba la respiración en la garganta, que la esperanza aumentaba en él, incluso mientras su espada danzaba de un lado a otro, y sus botas aplastaban cráneos bajo sus pies.

Están perdiendo, pensó, observando el campo de batalla con una mirada atormentada. Podía ver más terreno que antes, aunque cubierto de cuerpos rotos. Los huesos se amontonaban por todas partes, el barro se volvía rojo. Pero sus ojos no mentían. Los cadáveres se arremolinaban en menor número, con el ejército de los vivos enfilando hacia ellos.

Podríamos ganar.

Por los Compañeros caídos. Por Cortael, en algún lugar bajo sus pies, perdido en el barro como tantos huesos rotos. En Domacridhan se encendió una desenfrenada alegría como una llama.

Entonces escuchó el peor sonido de todo el mundo. No, no lo oyó, *lo sintió.*

En lo alto de la torre del templo, la campana tañó.

Su canto hueco lo arrastró a través del tiempo, y Domacridhan de Iona cayó de rodillas, con su espada en el suelo. La sombra de Sorasa giraba sobre él, sin romper el ritmo. Oyó su voz llamándole, pero las palabras eran inescrutables, desvaneciéndose incluso mientras ella gritaba.

Entonces, Sorasa ya no estaba. La Amhara desapareció.

Lo que vio fue a Cortael, de pie junto a él, con su rostro severo y la Espada de Huso en una mano. Las joyas brillaban con una luz impía, fuera de lo normal, parpadeando como una llama roja y púrpura. Levantó la espada y Dom retrocedió, temiendo el filo de acero. Pero su viejo amigo no se movió. Permaneció congelado, expuesto a todos los horrores del mundo.

Los terracenizos hervían a su alrededor y Dom quería gritar. Pero estaba clavado en el sitio, encadenado al barro. Condenado a ver cómo se repetía todo.

En un parpadeo, Taristan estaba allí, una visión que Dom no podía ahuyentar. Su espada se movió con precisión, atravesando el corazón de Cortael. El hijo del Viejo Cor cayó lentamente, como a través del agua, con los dedos estirándose sin nada que agarrar.

La garganta de Dom se desgarró, aunque no recordaba haber gritado.

La campana volvió a sonar y Dom se estremeció, encogiéndose. La visión de Taristan volvió a girar, levantando la espada para golpear. Dom casi pudo sentir el acero y se preguntó qué parte del cuerpo perdería primero.

El viento de ceniza soplaba desde las puertas del templo, y las sombras se movían dentro.

No habia nada que Dom pudiera hacer más que cerrar los ojos.

25

UNA SOMBRA SIN UN HOMBRE QUE LA PROYECTE

Corayne

Corayne aún percibía el sabor del romero y la lavanda en los labios, mientras el olor del ejército de cadáveres caía sobre las colinas boscosas. Se aferró al recuerdo del té de Andry, deseando otra taza, deseando la fogata y la larga noche de sueño negado. Pero se inclinó por encima del cuello de su caballo, instándolo a seguir adelante con el resto.

Hasta que alguien jaló de las riendas de su bestia y tiró de ella hacia un lado, fuera de la columna y hacia los árboles. Los demás avanzaron atronando y subiendo; los primeros de la banda de Oscovko aullaban como los lobos de su bandera. Dom iba con ellos, su cabello dorado era un faro al captar la luz del sol. Sorasa y Sigil los seguían, la primera con su arco en alto, la otra con su hacha dando vueltas por los aires. Andry iba con ellos, y Corayne sintió que la primera de las muchas lágrimas brotaba de sus ojos.

La mano en sus riendas seguía tirando, alejando a su caballo y al suyo del embate, para rodear una parte más gruesa de los árboles, donde podrían esperar y esconderse.

—Charlie —se obligó a decir Corayne entre jadeos. Los gritos se elevaron desde el otro lado de la colina, un sonido espeluznante tanto del hombre como del monstruo—. Charlie, no podemos dejarlos.

El sacerdote fugitivo se negó a mirarla, con el rostro impasible. Era el más serio que ella había visto nunca, su ceño y sus labios apretados hasta convertirse en finas líneas.

—De nada sirves muerta, y yo no sirvo de nada en una pelea —dijo, azuzando a los caballos—. Somos más un peligro para ellos allí abajo. Que se centren en salvar su propio pellejo.

Corayne apenas pudo asentir, ahogando un grito de frustración. Se frotó la cara con una mano, apartando las lágrimas húmedas de su mejilla. Era inútil. Siguieron brotando, silenciosas e imparables, recorriendo su rostro hasta que probó la sal en el aire podrido.

Permanecieron a horcajadas en sus caballos y se detuvieron al borde de la colina, las ramas de los árboles nudosas a su alrededor eran como un muro de astillas y espinas. Debajo, el ejército de esqueletos llenaba el claro, rodeando el templo como un muro propio. Charlie se besó ambas manos y se tocó los ojos, pronunciando una oración silenciosa antes de bajar la cabeza. Sus labios se movían sin cesar, hablando a todos los dioses del panteón del Ward.

Al principio, Corayne no quiso mirar y cerró los ojos. Los sonidos eran igual de terribles. Los aullidos de los trecos. Los gritos estremecedores de los monstruos cadáveres. Los caballos moribundos. El grito de batalla de Sigil. Una voz profunda que llamaba en un idioma que Corayne no entendía, pero que conocía de todos modos. Abrió los ojos y se encontró con Domacridhan de Iona abriendo un camino sangriento entre los terracenizos, con su caballo embistiendo sobre los huesos, mientras blandía su poderosa espada a través de la carne destrozada y las armaduras rotas. La tierra removida ante el templo se convirtió en barro, cubriéndolos a todos con vetas marrones y rojas. Con un escalofrío, Corayne se dio cuenta de que toda la sangre era de los suyos. Los terracenizos no sangraban. Sus corazones no latían.

El corazón se le subió a la garganta y el estómago se le hundió hasta los pies. Casi se olvidó de respirar, con los nudillos blancos en las riendas, que sostenía con tanta fuerza que sus propias uñas se mancharon de sangre. No se dio cuenta de nada. La escena que tenían ante ellos era demasiado terrible, eclipsando todo lo demás en el mundo.

La batalla oscilaba de un lado a otro como un péndulo, la ventaja se inclinaba de unos a otros. Corayne no podía soportar así que observó a los Compañeros, buscándolos en el caos.

El templo se alzaba por encima de todo, con su campanario blanco como un centinela. Corayne lo odiaba. Sólo un poco de ceniza flotaba sobre los escalones, arrastrada por los vientos de otro reino. Intentó no ver dentro, ni el más mínimo atisbo de luz dorada. Pero el Huso zumbaba en su piel expuesta, como un rayo en el aire. Y algo siseaba por debajo, diferente del Huso del oasis. Jugaba con sus dedos y su cara, como si trazara sus rasgos, memorizando su carne. Corayne quiso apartarlo de un manotazo, pero no había nada que empujar, sólo el aire libre.

El péndulo seguía oscilando en su dirección, las probabilidades se inclinaban. Los esqueletos parecían menguar mientras la banda de guerra de Trec se mantenía firme, brutal en su trabajo. La esperanza que Corayne tanto odiaba crecía como una mala hierba, brotando en su corazón. Intentó ignorarla, intentó no maldecir la batalla que tenía ante sus ojos.

Cientos de personas yacían muertas, tanto esqueletos como mortales, pero los huesos superaban en número a la carne sangrante.

—Prepara tu espada, Corayne —susurró Charlie, aturdido. Sus ojos brillaban de incredulidad.

Ella aferró la Espada de Huso, extendiendo la mano para tocar la gastada empuñadura de cuero. De nuevo, sintió el eco de la mano de su padre. Su fracaso y su triunfo.

Y entonces sonó la campana.

Los cuervos se dispersaron desde el campanario, graznando al tiempo que aleteaban en el cielo grisáceo. Corayne los observó, deseando también tener alas.

No estuve allí. Nunca vi morir a mi padre, pensó, con un dolor que le partía la cabeza. Se agarró la frente, casi cayendo de la silla de montar. *Pero sé lo suficiente. La campana los convocó.*

Con ojos entrecerrados y llorosos, observó las puertas del templo. La luz del interior destellaba, oscilando entre el oro y el odioso rojo. Palpitaba con el agudo dolor de su cráneo, acompasando el tiempo como un corazón que late. El viento en las Tierras Cenizas se levantó, soplando humo y polvo a través del Huso y hacia el campo de batalla. Pareció envalentonar a los terracenizos, que rugieron al unísono, con sus voces huecas y silbantes, y su aliento imposible que siseaba a través de los huesos.

Dom tropezó con el sonido de la campana y cayó de rodillas. Sorasa siguió su ritmo, de pie frente a él con la espada en una mano y la daga en la otra. Pero no era suficiente, y el círculo se cerró, los terracenizos hambrientos de sangre.

La voz de Sorasa se elevó por encima del tañido de la campana.

—¡Sigil!

La cazarrecompensas temurana ya estaba allí, maniobrando con su caballo a través de la multitud. Saltó de su lomo con el hacha en la mano, poniéndose de pie en el lado opuesto de Dom. Todavía de rodillas, lo sostuvo, pero no había sangre que Corayne pudiera ver. Él se estremecía con cada toque de campana.

Corayne sólo podía adivinar lo que él veía, lo que recordaba.

Andry.

A pesar del martillo de fuego que amenazaba con partirle la cabeza en dos, levantó los ojos para buscar la estrella azul. Allí estaba Oscovko, herido, pero aún luchando, con sus mercenarios reunidos a su alrededor. Pero no estaba Andry. Ninguna estrella azul de un escudero gallandés, apenas más que un niño, pero mejor que todos los hombres que lo rodeaban.

En las escaleras del templo, las puertas seguían abiertas, la luz roja creciendo. Las sombras se deslizaban dentro, y el primero de los refuerzos terracenizos se abrió paso a trompicones. Eran peores que los del campo de batalla, más descompuestos, convirtiéndose en polvo al caminar.

Pero serían suficiente.

—Oh, dioses, sálvanos —murmuró Charlie.

Corayne volvió a secarse las lágrimas de los ojos, con la piel erizada por el calor del aire. Tiró de las riendas.

—Debemos hacerlo nosotros.

Antes de que el sacerdote pudiera detenerla, voló colina abajo, con la mente puesta en dos cosas.

El Huso y la estrella azul.

No oyó nada, no olió nada. Sintió el dolor, pero lo borró, dejando que la adormeciera. Sólo vio la línea delante de ella, entre las orejas de su caballo. Sus muslos se apretaron a los lados de la yegua, agarrándose con fuerza como Sigil le había enseñado. Dejó una mano libre para sujetar la empuñadura de la Espada de Huso, y la otra extendida con su largo cuchillo, sostenido en ángulo para cortar a cualquier terracenizo que pudiera atacar su flanco.

El caballo treco se precipitó colina abajo, golpeando el barro sin perder velocidad. Era una bestia segura, lo bastante fuerte como para cargar a través de las filas de la batalla. Corayne apretó los muslos y clavó los talones. La yegua aceleró a sus órdenes y siguió adelante.

—¡Corayne! —rugió una voz que sonaba a kilómetros de distancia. No pudo distinguir a quién pertenecía, si a un hombre o a una mujer, si a un inmortal o a un mortal. Sólo sabía que no era Andry.

Entonces, allí estaba él, arrebujado a mitad de camino, la estrella azul como un faro al otro lado del océano.

La agonía en su cabeza se triplicó, pero palideció en comparación con la herida abrasadora en su corazón.

Un grito salió de su garganta.

—¡Andry!

Al oír su voz, el escudero se tambaleó, luchando por levantarse a pesar de que el barro lo jalaba para derribarlo. Estaba herido, pero vivo, con un largo corte en la cara y otro sangrando por encima de la rodilla. *Pero vivo.*

—¡Andry! —dijo de nuevo, dejando caer el largo cuchillo de su mano.

Sus dedos permanecían estirados, su brazo alargándose tanto como era posible. Apretó los dientes, deseando que se moviera un poco más rápido, que se elevara un poco más. Deseando que su propio cuerpo aguantara.

A veinte metros, él se encontró con los ojos de Corayne, moviendo la cabeza lentamente de un lado a otro. Unos cuantos soldados trecos contuvieron a los terracenizos más cercanos, pero se estaban acercando de nuevo. Fue todo lo que Andry pudo hacer para apartarla, con la palma de la mano levantada débilmente.

—¡Ve por el Huso! —forzó, jadeando—. ¡Corayne!

Una aguja de dolor volvió a atravesar su cabeza, casi cegadora. Pero aguantó, con una mano en la Espada de Huso, la otra abierta en dirección al suelo. Gritando contra la sensación de desgarro, se inclinó, ladeando su cuerpo, con la palma de la mano hacia fuera.

Un instante después supo que nunca sería lo bastante fuerte. Andry era demasiado alto, demasiado grande, en cuero y cota de malla. Nunca podría levantarlo.

Él la vio acercarse. Por el brillo de sus ojos, Corayne vio que él también lo sabía.

Pero no se detuvo.

Un inhumano aullido de dolor escapó de los labios de Andry cuando se ponía en pie, haciendo equilibrio con la pierna herida. Se abrió paso hacia el caballo de ella, acelerando el paso incluso mientras rechinaba los dientes, con el rostro marcado por la angustia.

Se acercó a Corayne mientras ella se acercaba a él. Sus dedos encontraron el cuello de él, las manos de él a cada lado de la silla de montar. Con otro rugido, se lanzó a la silla de montar detrás de ella, con la respiración entrecortada.

Corayne estuvo a punto de llorar de nuevo cuando él se desplomó contra su espalda, con una mano alrededor de su cintura y la otra colgando libremente. Luchando contra el dolor de su propio cuerpo, le agarró el otro brazo y lo acercó, asegurándose de que no se cayera.

Entonces, los escalones del templo estaban ante ellos, los cascos de su caballo sonaban como martillos sobre la piedra. Vio a Sigil por el rabillo del ojo, con su hacha como una sonrisa roja. Oscovko tomó el otro flanco de Corayne, ambos luchando por seguir el ritmo de su caballo. Los tres avanzaron juntos, como un ariete.

Se veían las puertas del templo, sus monstruos se abalanzaban desde la cámara interior. Entre los terracenizos, vislumbró el Huso. Deslumbrante en oro puro y escarlata, y los latidos de su cabeza se acompasaron a los cambios de color. Una presencia observaba a Corayne desde el interior, con sus ojos como cuchillos ardientes que apuñalaban su cuerpo. Intentó apartarlos, pero fue inútil.

Lo Que Espera estaba aguardando. Aguardando por ella.

Siguió cabalgando, con Andry a su espalda y los monstruos a su alrededor. Con voluntad, sacó la Espada de Huso de su funda.

Las joyas brillaron con la luz del Huso, palpitando en rojo y púrpura, bailando en el borde de su visión.

Corayne levantó el acero, con las dos manos en la empuñadura y los codos levantados, como le había enseñado Sorasa. Débilmente, esperaba que el asesino siguiera vivo. Entonces, el Huso expulsó todos los demás pensamientos. Sólo quedaba el portal entre los reinos, la grieta en la puerta.

Sólo tengo que cerrarla, se dijo a sí misma, con las mejillas húmedas y llenas de lágrimas.

En algún lugar de su cabeza, Lo Que Espera rio, un sonido gutural y chirriante, como el chocar de los pedazos del mundo.

Su espada captó la luz y le devolvió la risa.

El caballo tropezó debajo de ella, sus patas fallaron, el cuello se arqueó con un dolor repentino y espasmódico. Corayne salió volando hacia delante, arrojada de la silla de montar como una muñeca. Se preparó para el impacto, y las paredes de piedra del templo se levantaron para recibirla.

Y entonces chocó con el suelo, llenándose la boca con el horrible sabor de la ceniza caliente y el polvo de huesos.

El calor cayó sobre ella en una pesada cortina. El invierno quedaba atrás, un reino llameante de dolor y tormento por delante.

Corayne se sentó, temblando, y el dolor de su cabeza se apagó como una vela. Seguía teniendo la Espada de Huso apretada en la mano, pero nada más. Ni el caballo. Ni a Andry. Miraba fijamente, sin parpadear, tratando de encontrarle sentido a la luz roja que la rodeaba.

—¿Qué es este lugar? —murmuró, aunque sólo fuera para sí misma. En su corazón, lo sabía. Su propio reino quedaba atrás, del otro lado del portal.

Las Tierras Cenizas eran un desierto desolador. No se parecía a las dunas doradas de Ibal, de piel azul y brillante. Éste era un mundo rojo, un reino roto, con suciedad como el óxido. Escupió en el suelo y se puso en pie temblando, con la espada alzada para luchar. A su alrededor, los profanados terracenizos quedaron atrás, mirándola con las cuencas de los ojos vacías y las mandíbulas flojas.

Con una sacudida, se dio cuenta de que estaba entre ellos y el Huso.

Como si una chica fuera suficiente para hacer eso.

Detrás de los terracenizos, el paisaje se extendía horriblemente en todas las direcciones. Era un reino de acantilados escarpados y arena, con humo que se arrastraba por el horizonte carmesí. Era el día sin sol, la noche sin estrellas, existiendo en algún punto intermedio. Lo peor de todo era la silueta de un castillo lejano, destrozado y abandonado, con sus torres desmoronadas sin posibilidad de reparación. A su alrededor, había una ciudad en ruinas. Corayne se estremeció y supo que contemplaba un reino destrozado. En lo que se convertiría Allward, si Lo Que Espera tenía éxito.

—Es un placer conocerte, Corayne an-Amarat —dijo una voz, sibilante como la seda, pero afilada como el acero recién forjado.

Venía de todas partes y de ninguna, de las Tierras Cenizas y de su propia mente. Corayne respiró con fuerza, buscando la voz. No había nada más que una sombra en el suelo, la silueta de un hombre con capa.

Pero ningún hombre levantado para proyectarla.

Lo Que Espera.

La Espada de Huso seguía brillando, con su propia luz más fuerte que el cielo rojo de las Tierras Cenizas. Corayne la miró, luego a los terracenizos que seguían observando. Y a la sombra, que se hacía más oscura en el suelo. Se extendió hacia ella como el aceite a través del agua.

Se obligó a sonreír en su dirección, pasando la mano por el filo de la Espada de Huso. La palma de la mano le escocía, la sangre fresca brotaba entre sus dedos.

Los dedos de los pies se retorcían dentro de sus botas, probando el suelo. Corayne quería correr, pero sus miembros se sentían pesados, como si el aire de las Tierras Cenizas la oprimiera.

—No puedes pasar —siseó, blandiendo la Espada de Huso. El acero brilló entre Corayne y la sombra.

Se detuvo en el suelo, y Lo Que Espera volvió a reír.

—Todavía no —dijo.

Corayne se esforzó por moverse, pero su pie sólo se deslizó un centímetro hacia atrás. Incluso eso le resultó agotador, como levantar un peso imposible. Apretó los dientes, tratando de parecer fuerte. Tratando de lucir como cualquiera de sus amigos guerreros detrás de ella, de vuelta a través del Huso en un reino intacto.

—Tu mundo está perdido, Corayne —la sombra onduló con su voz—. Todavía no lo sabes. ¿Cómo vas a saberlo? Esa miserable esperanza no te permite aceptar la derrota. Oh, cómo desprecio esa llama dentro de ti, ese inquieto corazón tuyo.

Ella dio otro paso, éste un poco más fácil. La espada se hizo pesada en su mano.

—Allward sigue en pie. Y no caerá sin luchar.

—No puedes comprender los reinos que he visto, las edades interminables, los límites ilimitados de la codicia y el miedo. No puedes saber lo equivocada que estás. Casi te compadezco —la voz se extendió sobre ella, haciendo que se le erizara la piel—. Y aunque odio tu corazón, también lo admiro.

El Huso ardió en su espalda, chamuscando el aire con su poder.

—Deja la Espada de Huso. Da un paso adelante, no hacia atrás —ordenó—. Y te haré reina de cualquier reino que desees.

—¿Es eso lo que le prometiste a Taristan? —Corayne se burló, escupiendo en el suelo—. Fue tan fácil de comprar.

La risa de Lo Que Espera se volvió aguda y chillona, como el viento a través de una grieta en el cristal. Casi le abrió la cabeza a Corayne y ella se estremeció.

—Qué espécimen es tu tío —siseó. En el suelo, la sombra se acercó—. No, dulce Corayne, querida. Él no necesita mi voz para que le ordene, pero tú… tú debes ser persuadida. La tuya es una mente más aguda, un corazón más duro.

Sus ojos se abrieron de par en par. La conmoción la recorrió.

—¿Y eso por qué?

—Para mí es fácil reclamar lo que ya está roto, y Taristan ya estaba roto desde hace tiempo. Pero tú no. De alguna manera, ni siquiera ahora veo grietas en ti.

Levantando la cabeza, Corayne entrecerró los ojos hacia la sombra.

—Y nunca lo harás —dijo, dándose la vuelta con toda la velocidad que podía reunir.

De vuelta al Huso, de vuelta a Allward. De vuelta a todos sus seres queridos.

Los terracenizos se movieron con ella, gruñendo y siseando, cayendo sobre sí mismos mientras se abalanzaban. Sintió dedos huesudos en su cabello, agarrando su capa, cerrándose sobre sus tobillos.

Pero eran cosas débiles, frágiles y desechas como su reino.

Yo soy más fuerte.

Saltó, con la Espada de Huso en la mano, balanceándose con toda la fuerza de su cuerpo. Algo gritó detrás de ella, un gemido inhumano que sacudió las Tierras Cenizas como un terremoto.

Resonó incluso a través del portal, siguiendo a Corayne mientras aterrizaba con fuerza sobre el mármol de su propio reino.

Y entonces el grito desapareció, junto con la luz roja, el viento de ceniza y el propio Huso. El hilo dorado se desvaneció como si nunca hubiera estado allí, sin dejar más rastro que el de los terracenizos que seguían tambaleándose en la cámara.

Corayne luchó por ponerse en pie, tropezando con sus débiles piernas cuando uno se acercó a ella, dejando caer las costillas a cada paso. Levantó un cuchillo dentado, manchado con la sangre de demasiados hombres. Contrarrestó el golpe y utilizó la Espada de Huso para cortarle la columna vertebral, partiendo su cuerpo en dos.

Luego se deslizó de nuevo hacia el suelo del templo, perdiendo el equilibrio en la resbaladiza y sangrienta piedra.

—Andry —murmuró, mientras su visión se deslizaba de un lado a otro.

El suelo se desplomó, subiendo y bajando a su encuentro, pero ella luchó contra el impulso de desmayarse. Podría ser la última vez que cerrara los ojos. Estaba demasiado cerca del Huso.

—No me dejes dormir, no me dejes… Está demasiado cerca —murmuró, tropezando.

Unas manos fuertes la levantaron, sacándola del templo y llevándola al aire frío. El aire seguía apestando, pero ella resopló, deseosa de expulsar de sus pulmones todos los restos de las Tierras Cenizas.

Corayne se estremeció y levantó la vista para encontrar la mirada fija de Dom, con los ojos llenos de fuego verde. Estaba demasiado cansada para el alivio, demasiado rota para las palabras. Se limitó a asentir con gesto adusto, avanzando a través de los restos de la matanza.

—¿Se acabó? —murmuró ella, dejándose caer en sus brazos.

Él se limitó a echársela por encima del hombro como respuesta.

Detrás de ellos, el vestíbulo del templo se oscureció, llenándose de sombras una vez más. La campana estaba en silencio. El Huso había desaparecido, con su luz dorada apagada.

—¿Está vivo Andry?

De nuevo, Dom no dijo nada. Corayne no se molestó en detener las lágrimas esta vez, dejándolas caer, calientes y furiosas contra el hombro de Dom. Si las sintió, no dio ninguna señal.

Pasaron segundos o días. Corayne no podía decirlo.

Finalmente, Dom la acostó, dejando que se hiciera un ovillo a sus pies. Corayne levantó la vista, con los ojos apagados, esperando alguna explicación de su anciano guardián. Pero él tan sólo se alejó. Los bordes de su visión se nublaron, reduciendo su vista al suelo frente a ella. Esta vez quería desmayarse. Quedarse echada y dejar que la oscuridad se apoderara de ella durante un rato. El Huso estaba cerrado, tan bueno como un muro entre ella y Lo Que Espera. Volvía a estar a salvo, aunque sólo fuera en ese momento.

Pero sus ojos se agudizaron y el velo que rodeaba su cabeza se levantó.

Las nubes grises colgaban sobre ella, sin cambios. Apenas había pasado una hora. Y Corayne volvió a sentarse en la colina, mirando el templo y el campo de batalla como lo había hecho con Charlie.

No era la única.

Los heridos yacían entre los árboles, con heridas diferentes. Algunos gemían, pero la mayoría estaban sentados, curando ellos mismos los cortes y las heridas.

Los hombres de Trec eran buenos con el dolor, sonreían. Algunos comparaban sus heridas. Oscovko se paseaba entre sus hombres, sin camisa, con las costillas envueltas en un vendaje ensangrentado. Corayne se quedó boquiabierta, tratando de comprender.

Detrás de ella, oyó una respiración sibilante.

—Lo lograste —dijo alguien, con voz dolorida, pero fuerte.

Corayne se sentó sobre las rodillas y se giró, primero lentamente y luego tan rápido que la cabeza le dio vueltas. Cuando su visión se aclaró de nuevo, jadeó y cayó sobre sus manos.

—Andry —dijo, acercándose a él a gatas—. Andry.

Él yacía inmóvil, con la cabeza reclinada en su propia capa. Alguien le había vendado la pierna y el corte de la cara, limpiando la suciedad de su piel morena.

Temblando, Corayne le puso una mano trémula en la mejilla, esperando no lastimarlo. Lo sintió caliente bajo sus dedos, no por la fiebre, sino por el esfuerzo. La batalla permanecía en el aire.

Él le tomó la mano antes de que pudiera apartarse, presionando la palma contra su mejilla.

—Corayne —murmuró, con los ojos cerrados.

Su pecho subía y bajaba con un movimiento constante, bajo la estrella azul todavía brillante. Ninguna cama había parecido tan acogedora, ninguna manta tan suave y cálida.

Por fin, el agotamiento la quebró. Lo único que Corayne pudo hacer fue recostarse junto al herido escudero, y su cabeza encontró su hogar sobre el corazón que latía con firmeza.

El sueño llegó rápidamente, pero las pesadillas no.

26

NO MORIR

Sorasa

Entre el cráter del dragón y el ejército de esqueletos, Sorasa Sarn ya no sabía en qué creer. Ningún dios al que rezara había sido nunca tan real. Ni siquiera la propia Lasreen.

Sorasa se miró las palmas de las manos, observando el sol y la luna grabados en su piel. Las líneas de sus manos no estaban tan sucias como deberían después de una batalla, pero era porque, los terracenizos no sangraban. Cuando un cuchillo atravesaba sus tendones y huesos astillados, salía limpio. Nunca había visto algo así, ni en todos sus años de matanza y entrenamiento de la Cofradía. La Amhara nunca se había enfrentado a un enemigo así.

Lo que explica por qué Mercury es tan estúpido como para aceptar un contrato con Corayne. No sabe que el final de ella es el suyo, pensó. *Pero tal vez se le pueda obligar a hacerlo.*

Levantó la mirada de sus propias manos hacia la escena que la rodeaba, la cresta de la colina que se extendía sobre el campo de batalla que había debajo. Los hombres maltrechos se esparcían como la nieve caída, apoyados contra los árboles o tumbados en el suelo. La mayoría de los heridos habían sido sacados del fango, y sólo unos pocos estaban demasiado heridos para moverse. Los muertos fueron arrastrados lejos del ejército de cadáveres caídos, en algún lugar del camino de peregrinaje hacia el arroyo. Oscovko vigilaba a sus propios muertos, atendiendo a los entierros como debe hacer un príncipe y comandante.

Sorasa se alegró de no tener que hacer lo mismo.

Corayne estaba viva. Dom estaba vivo. Andry y Charlie y Sigil. Valtik seguía no se sabía dónde, haciendo quién sabe qué. A Sorasa le importaba poco la ausencia de la bruja. Al menos, el resto había vivido para ver el Huso destrozado, el templo cerrado. La batalla ganada.

Los observó a todos a través de los árboles. Se sentía como un pastor contando ovejas. Corayne y Andry estaban profundamente dormidos, acurrucados juntos de una manera que a Dom le desagradaba mucho. Él estaba encorvado cerca, con cara de tormenta, tratando de no fruncir el ceño, sin lograrlo. Charlie se paseaba entre los heridos con sus oraciones, arrodillándose para murmurar algunas palabras aquí y allá. La gente de Trec adoraba a Syrek por encima de todo, y Charlie lo obedecía, besando sus palmas y tocando sus ojos.

Sigil recorrió el campamento, sonriendo al acercarse a Sorasa. Sus dientes estaban rojos, ensangrentados como su hacha. Todavía estaba enrojecida por el esfuerzo, con una capa de sudor brillando sobre su piel de bronce. Tenía la nariz horriblemente rota, con la mitad inferior en un ángulo extraño. Si le molestaba, no lo demostraba.

—Vaya mañana —dijo con un silbido, tendiendo una mano a Sorasa.

La asesina la tomó sin decir nada, dejando que la cazarrecompensas la pusiera de pie.

—Deberías arreglar eso —murmuró, observando la cara de Sigil.

Sigil se sonrojó y se tocó la nariz rota con cautela.

—Creo que me hace parecer interesante.

—Te hará roncar —replicó Sorasa.

Con movimientos rápidos como un rayo, puso los dedos a cada lado de la nariz de Sigil y chasqueó, haciendo que el hueso volviera a su sitio. Sigil emitió un gruñido de dolor.

—No eres graciosa —refunfuñó, palpando la piel con un ligero toque—. Y hueles mal —añadió, señalando con la cabeza el cuerpo de Sorasa.

Efectivamente, había estiércol, polvo de hueso y sudor por toda ella. En el cuello, en el cabello y en la cara.

Sorasa se encogió de hombros y le devolvió el gesto, mirando a Sigil de arriba abajo.

—Tú tampoco te ves esplendida —dijo Sorasa, y se alejó a pie por la colina en dirección al arroyo.

Sigil rio y la siguió de cerca, con sus pesadas botas chocando con las hojas muertas y la maleza. A pesar de su habilidad mortal, la cazarrecompensas no tenía talento para el sigilo.

Encontraron un lugar río arriba, fuera de la vista de los enterramientos de Oscovko, donde el agua era lo suficientemente profunda sobre el lecho rocoso. Se desnudaron, ambas mujeres ansiosas por quedar limpias de la batalla. Sorasa se preparó para el intenso frío, pero Sigil se hundió en la corriente hasta el cuello, dejándose flotar entre las rocas y los remolinos. Chapoteó un poco, disfrutando, mientras Sorasa ponía manos a la obra, limpiando la batalla tan rápido como pudo. Sorasa volvió los ojos al cielo, buscando las nubes bajas y grises.

—Sería una suerte que apareciera un dragón en este momento — refunfuñó, con los dientes castañeando contra el frío.

—¡Espera un poco más, Dragón! —gritó Sigil, alzando la voz hacia el cielo—. Espera a que me ponga los pantalones.

A pesar de sí, Sorasa soltó una risa larga y baja. Creció y creció, hasta que su pecho se agitó con una carcajada completa. Sigil la observó, demasiado complacida, con las mejillas rosadas por el frío.

Luego, se sentó en la orilla y se bañó.

—He avisado a Bhur —dijo. El agua helada corría desde sus anchos hombros, bajando por su espalda esculpida con duros músculos.

Sorasa se detuvo y parpadeó.

—¿El Emperador?

—Es mi primo, después de todo —Sigil se encogió de hombros y palmeó el chorro que corría alrededor de su torso—. Envié una carta de Volaska, antes de partir. Supuse que también podría hacerlo, ya que Charlie envía garabatos a todos los hombres, mujeres y niños del Ward. Pero quién sabe cuánto tardará en llegar a Korbij —refunfuñó.

La capital temurana estaba a muchas semanas de distancia, sobre estepas ya cubiertas por el invierno.

Sus ojos angulosos se tensaron, una mirada de angustia tensó su rostro.

—Ojalá hubiera podido hablarle de esto también. Y el dragón, por los dioses.

Sorasa se estremeció en el agua.

—¿*Qué* le dijiste?

—Todo lo que pude —respondió, contando con los dedos—. Del Huso del oasis. Del tío de Corayne, Tarry o algo así.

—Taristan —dijo Sorasa entre dientes apretados.

—Claro, ése —Sigil soltó un suspiro y se puso a lavarse, salpicándose la cara de nuevo. Habló por entre los dedos mientras limpiaba la sangre—. Le dije que el Ward caerá sin los Incontables, y sin toda la fuerza del Temurijon. Le dije que Erida devorará todo el reino. Incluso a él.

Los dientes de Sorasa comenzaron a castañear. El agua fría, el deshielo de las montañas, se sentía como agujas en su piel.

—¿Te creerá?

—Eso espero —Sigil salió del arroyo y se subió a la orilla, su piel de bronce era un estallido de calor en el bosque gris—. Pero puede que no quiera arriesgar su preciada paz.

El aire era casi tan frío como el río, y Sorasa se envolvió en su capa, intentando no temblar.

—Por desgracia, la guerra es la única opción que queda para salvarla.

—Eso le dije. No tan bien, pero ni modo —Sigil se encogió de hombros, tomándose su tiempo para secarse. Sorasa no tenía ni idea de cómo no estaba congelada—. Eso es. ¿Y tú?

Sus ojos brillaron, negros como una piedra pulida. Sigil tampoco tenía habilidad para la manipulación, y era transparente. Sorasa se estremeció bajo su capa y esquivó la pregunta.

—Pensé que podría enviar una carta a Mercury —dijo, tratando de recuperar el calor de sus miembros—. Pero él nunca me escucharía. No después del precio que pagó Erida. Y... — se le cortó la voz—. No después de lo que hice.

Sigil frunció el ceño abiertamente y escupió en el arroyo.

—No puede culparte por no morir — cacareó indignada, golpeando un puño contra su pecho desnudo. De nuevo, Sorasa se preguntó cómo la mujer temurana no se había convertido en hielo—. No sientas vergüenza por ello, Sorasa Sarn. Tu señor debería estar orgulloso, de verdad. Es un testimonio de sus enseñanzas.

A pesar de sí y de su máscara de calma, Sorasa se estremeció y aspiró dolorosamente. *Sigil tiene razón. No es mi culpa que haya logrado sobrevivir*, pensó. *Pero tampoco es culpa de ellos. Fueron enviados a matarme, criados para obedecer como yo.*

—Lo siento —dijo Sigil rápidamente, su ceño se suavizó y fue sustituido por una suave mirada de lástima.

Eso fue lo que más le dolió.

—No pasa nada —murmuró Sorasa, haciéndole un gesto de desdén. Intentó pensar en el ejército de cadáveres, y no en los asesinos que habían caído ante su espada—. Los Amhara son pequeños en el esquema de las cosas.

Se quitó la capa de los hombros y se enfrentó al aire frío, poniéndose la ropa interior y luego las pieles. Todavía estaban mugrientos, pero poco se podía hacer al respecto en lo profundo del bosque.

Sigil hizo lo mismo, poniéndose la ropa y las botas. Una rara tristeza se apoderó de ella y borró su característica sonrisa. Observó el arroyo, y luego el bosque más allá, donde Oscovko estaba enterrando a sus hombres.

La cazarrecompensas se echó la capa sobre los hombros, suspirando.

—Ahora, muchas cosas lo son.

No podían quedarse en las estribaciones gallandesas. No había guarniciones en las cercanías, pero Ascal estaba a sólo unas semanas de cabalgata hacia el sur, y estar tan adentro del territorio de Erida los ponía a todos en vilo, sobre todo a Oscovko. Preparó su banda de guerra para volver a casa antes del anochecer, atando a los más gravemente heridos en camillas entre sus caballos. Andry era uno de ellos, con un vendaje fresco en la pierna. Mientras lo sujetaba a una camilla,

Sorasa examinó sus puntos. Esperaba ver el trabajo de corte de un mercenario de treco, pero se sorprendió gratamente al ver la herida tan bien tratada. El escudero se recuperaría con rapidez y volvería a caminar cuando cruzaran la frontera.

Regresar a Trec era extraño, pero era seguro y estaba relativamente cerca. Sorasa sabía que era su mejor opción para reagruparse, e incluso Corayne estaba de acuerdo. Le dieron un nuevo caballo, y cabalgó junto a Charlie, con Andry entre ellos, en su camilla. Sigil encabezaba la columna con Oscovko, su silueta destacaba con fuerza entre los hombres más pequeños. Sorasa y Dom iban en la retaguardia, no lejos de Corayne, con otra docena de hombres detrás.

Doscientos jinetes partieron a través de los bosques gallandeses, dejando atrás cien caídos, perdidos por el Huso.

Un pequeño precio a pagar, admitió Sorasa.

El viaje hacia el norte parecía más rápido que el camino hacia el sur. Así eran las cosas. El Huso ya no se cernía sobre su viaje, y el antiguo templo quedó olvidado una vez más. Se desvaneció entre los árboles, blanco contra el campo de batalla. Quizá dentro de unos años el claro volvería a ser verde, la hierba alimentada por la sangre y el polvo de huesos. La tragedia había terminado, perdida en la inexorable marcha del tiempo.

Mientras los guiaba a casa, Sorasa vio que Oscovko también mantenía un ritmo más rápido. Había perdido parte de su arrogancia, el color de su rostro había desaparecido. Sorasa supuso que el ejército de cadáveres tenía algo que ver con eso. Ahora que sabía a lo que se enfrentaban, y lo que Erida de Galland había liberado sobre el Ward, estaba ansioso de velocidad. Los caballos se movían con rapidez, dirigiéndose al viejo camino de Cor.

Por una vez, Sorasa no se estremeció al pensar en el camino al descubierto. Ahora necesitaban la velocidad más que el secreto.

Construidas en la época del Viejo Cor, los caminos se extendían a lo largo de las antiguas fronteras del imperio, uniendo sus grandes ciudades y muchos cruces. Este camino en particular, la Línea Vigilante, llegaba hasta Gidastern, en el mar, antes de seguir la costa hasta Calidon. Enlazaba con muchos otros caminos y calzadas, todos ellos atravesando Galland, con Ascal en su centro.

El camino de Cor era el más rápido para llegar a la capital de Trec, pero también el más rápido para que viajara un ejército o una guarnición. El caballo de Sorasa siguió al resto por la tierra compactada y el adoquín, los surcos de las ruedas excavados profundamente en el camino. Podían ir tres caballos a la vez sin los heridos de las camillas, pero incluso las literas se movían con rapidez, haciendo mejor tiempo que a través del bosque. Aun así, Sorasa se sentía demasiado expuesta, y se acurrucó en su capa, con la capucha de piel levantada.

Miró hacia atrás por encima del hombro, a través de las numerosas filas de jinetes y soldados que caminaban con dificultad. El horizonte se extendía más allá del bosque; la sinuosa cinta azul del León Blanco dividía el valle. Las nubes negras se acumulaban al este, hacia el mar. Si entornaba los ojos, parecían un ejército reunido rodando sobre las tierras grises y doradas.

Luego, sacudió la cabeza. Las cosas ya eran bastante difíciles sin tener que inventar nuevos enemigos a los que temer.

A su lado, Dom parecía igual de desorientado. Sus ojos inmortales buscaban los últimos tramos de las estribaciones del bosque, recorriendo las ramas antes de disparar hacia el cielo. Apenas parpadeaba, su mirada era como una espada penetrante.

Sorasa chasqueó la lengua.

—No creo que Taristan vaya a saltar de entre los árboles.

—Un dragón sí podría —respondió él en voz baja, casi gruñendo.

—Añade una cosa más a la lista —refunfuñó ella, sacudiendo de nuevo la cabeza—. ¿No es posible que te equivoques con el dragón?

Dom se movió en la silla de montar, enderezando los hombros para mirarla.

—Ninguna otra cosa podría haberle hecho eso a un bosque.

—Podría haber sido un incendio, un rayo. Un leñador particularmente idiota —ofreció ella, demasiado esperanzada. Aun así, sintió que un temor ya conocido se instalaba en el pecho—. El último dragón de Allward murió hace siglos.

—Hace trescientos siete años, para ser exactos —Dom perdió la concentración y su mirada se volvió hacia su interior.

Sorasa cerró la boca. Aguijonear al inmortal no era divertido cuando las agujas derramaban sangre.

De todos modos, él respondió a su pregunta no formulada, con los dientes al aire.

—Era demasiado joven para estar allí. Pero me habría gustado.

Extrañamente, Sorasa no podía imaginar a Dom a otra edad. La duración de la vida de los inmortales le resultaba imposible de entender. *¿Qué es un niño entre su gente? A mis ojos, sólo parece tener treinta años, y actúa como tal. ¿Cuánto tiempo ha tardado en llegar a esa edad? ¿Sigue envejeciendo? ¿Las* *canas llegarán a manchar su rubia cabeza?* Intentó imaginarlo, pero se quedó con las ganas. Dom sólo existía para ella como lo hacía ahora, de alguna manera con quinientos y treinta años al mismo tiempo. Antiguo en el mundo y aún tan nuevo en él.

Dom no se percató de su escrutinio, estaba demasiado metido en su propia memoria. Ella vio surgir en su rostro un dolor amargo que tiraba de sus ojos verdes. Fue la única vez que vio los años en él. El dolor lo envejecía como ninguna otra cosa. Pero no era una herida reciente, no como la del templo o la del padre de Corayne. Éste era un dolor más profundo, familiar, más fácil de soportar.

—Los enclaves se alinearon y ganaron, a un gran costo —dijo, en voz baja y firme.

Bajo la capucha, Sorasa tragó con fuerza. Dom era un príncipe inmortal, una vieja ancla de mirada fija, demasiado testarudo para su propio bien. Una molestia en el mejor de los casos. Y, de alguna manera, sintió que la compasión brotaba en su corazón, abriéndose paso entre las grietas del muro que tanto le costó construir. Sorasa luchó contra ese sentimiento con uñas y dientes.

Odiaba la compasión. Tampoco se la daría a Dom.

Pero entonces él levantó los ojos hacia los suyos, y el verde se encontró con el oro cobrizo. Su rostro adusto. Sus dedos se dirigieron a la empuñadura de su gran espada, agarrando el cuero. El acero estaba limpio de barro y ceniza, pero Sorasa lo recordaba en el templo. Luchaba como un tigre, como un oso, juntos en una sola forma. Nada más que las campanas podían derribarlo.

—El último dragón me dejó huérfano —arremetió—. No subestimaré a éste.

Ante eso, Sorasa sólo pudo asentir, con la respiración extrañamente atrapada en su garganta.

—Entonces, yo tampoco lo haré —consiguió decir, volviendo a mirar al frente.

Pasó un momento, antes de que la asesina y el inmortal se recompusieran. Sus caballos siguieron el paso, con los cascos chocando contra la piedra rota. Sorasa sintió que se tensaba. Cada segundo de luz del día era una oportunidad para que los hombres de Erida salieran de los árboles y tomaran a Corayne. Cada paso bajo el cielo gris hierro podía ser el último antes de que un dragón atacara.

No sabía qué sería peor.

—Si tienes razón sobre el dragón, entonces otro Huso está abierto —dijo, volviendo a mirar a Dom. Su habitual ceño fruncido había vuelto—. El dragón salió de algún lado. O tal vez era de las Tierras Cenizas también.

—Los dragones no nacen de ese reino —le espetó él, matando su esperanza de raíz. Un músculo se flexionó en su mandíbula apretada—. Otro Huso *está* desgarrado.

Sorasa exhaló un largo suspiro. Con un calor repentino, se echó la capucha hacia atrás. Una risa maniaca surgió en su garganta, y no pudo evitar soltarla, casi cacareando al viento frío.

—Bueno, carajo —resopló, con la cara entre las manos.

Sobre su caballo, Dom asintió.

—Carajo, efectivamente.

No ajena al cansancio, Sorasa dejó que las olas de agotamiento la invadieran. Levantó la cabeza y enderezó los hombros, aunque sabía que ningún estiramiento podría ahuyentar el dolor de huesos. *Cada vez que subimos una montaña, se levanta otra justo detrás.*

—Debería haber dejado que los Amhara me mataran —murmuró, levantando las manos—. Sin duda, habría sido más fácil que todo esto.

La broma llegó a oídos de Dom. Se volvió hacia ella bruscamente, con movimientos demasiado rápidos, su velocidad de anciano parecía incomprensible.

Sus ojos verdes brillaron.

—No vuelvas a decir eso.

—Muy bien —murmuró ella, sorprendida, sintiendo sus mejillas arder.

Dom volvió a buscar entre los árboles, casi oliendo el aire. A Sorasa le recordaba un perro lobo, gruñendo a cada ruido.

Luego silbó y sacó su caballo del camino, señalando mientras cabalgaba.

—¡En los árboles! —gritó, llamando a quien quisiera escuchar. Al frente de la columna, Sigil se puso en marcha y Sorasa dio un empujón a su caballo para que la siguiera, cabalgando tras él.

Unos cuantos soldados trecos sacaron sus arcos, pero Dom les hizo un gesto para que no lo hicieran. Saltó de su caballo, con los brazos en alto.

—Detengan sus flechas, son niños —dijo, adentrándose en los árboles.

¿Niños? Sorasa estaba sólo unos pasos por detrás, separando los arbustos bajos y las ramas de los pinos para ver a Dom arrodillado en la base de un roble caído. Se asomó a su tronco ahuecado. En el camino, la columna se detuvo, con el propio Oscovko saltando al suelo.

Sorasa vio cómo Dom sacaba del roble a un trío de chicas jóvenes, cada una más sucia que la anterior. Sus pálidos rostros estaban cubiertos de ceniza y el olor del humo se pegaba a sus cabellos y a sus ropas arrugadas. Sólo dos llevaban capa, la mayor de las tres temblaba con poco más que un vestido de lana y un chal.

Oscovko se unió a Dom, extendiendo una mano a las chicas.

—Shh, shh, todo está bien. Están a salvo —dijo, agachándose para mirarlas a los ojos.

Las chicas lo miraron de arriba abajo antes de retroceder como una sola, agarrándose la una a la otra.

—Una banda de guerra —murmuró la más alta, mirando más allá de Oscovko hacia sus hombres en el camino.

Sorasa se bajó de su caballo. Las tres chicas estaban claramente petrificadas, traumatizadas por algo.

—Tal vez alguien menos aterrador debería hablar con ellas —dijo secamente, haciendo un gesto a Dom y Oscovko para que se quedaran atrás—. ¡Corayne!

Pero ella ya estaba allí, atravesando los árboles con Andry cojeando a su lado y Charlie detrás de ellos. El escudero se estremecía a cada paso, pero seguía el ritmo, sosteniéndose sin ayuda. Sorasa quiso gritarle que volviera a su camilla, pero se mordió la lengua. De todos modos, no le haría caso. Sorasa se apartó, sabiendo que su propio rostro era poco reconfortante, y dejó que Corayne se acercara a las niñas.

Corayne miró entre las niñas, considerando sus opciones. Lentamente, se arrodilló, con Andry a su espalda.

—Hola, me llamo Corayne —dijo con calma, ofreciendo una sonrisa—. ¿Quiénes son ustedes? ¿De dónde vienen?

La más alta se aferró a sus dos hermanas, abrazándolas contra sí. Al principio, Sorasa pensó que no hablaría; luego, la chica levantó la barbilla, sus ojos azules claros.

—Soy Bretha —dijo—. Somos de Gidastern.

Corayne asintió en señal de saludo.

—Hola, Bretha. Eres una chica muy valiente. Se nota —miró su ropa y sus zapatos gastados—. Gidastern está muy lejos como para caminar en el frío.

—Corrimos —murmuró la hermana menor contra el pecho de Bretha.

—Dioses —replicó Corayne, sus ojos se abrieron enormes—. ¿De qué huyeron? ¿Hubo un incendio?

Bretha asintió con gravedad.

—Sí. Demasiados.

—¡La ciudad está ardiendo! —soltó la pequeña, rompiendo a llorar.

El sonido de una niña llorando hizo saltar algo en Sorasa y tuvo que apartar la mirada. Hacia el suelo, a los caballos, a Sigil que seguía vigilando el camino. De nuevo, quiso seguir adelante. Tomar a las niñas y seguir cabalgando.

La voz de Andry era baja y tranquila, cálida como su té.

—¿Cómo llegaron tan lejos solas?

—Papá —dijo Bretha, con la respiración entrecortada.

Sorasa se estremeció, esperando que la mayor no llorara también.

—¿Y dónde está su papá ahora? —preguntó Corayne, indecisa.

Las niñas no contestaron, aunque la pequeña siguió llorando.

—Ya veo —a Corayne se le quebró la voz, pero siguió adelante, recomponiéndose—. Siento lo de su ciudad, pero pueden viajar con nosotros. Vamos a Vodin, a alojarnos en un castillo y a calentarnos ante el fuego. Éste es el príncipe de Trec, ya saben —añadió, extendiendo una mano hacia Oscovko. Él saludó con un pequeño gesto—. Está encantado de conocerlas.

La mediana lo observó, con los ojos revoloteando.

—Un príncipe incendió nuestra ciudad —dijo con una voz extraña y apagada.

Corayne inclinó la cabeza y arrugó la frente. Detrás de ella, Sorasa se preguntó qué idiota había dejado encendida la vela equivocada.

Bretha volvió a abrazar a sus hermanas, con los ojos azules entrecerrados.

—Un príncipe y un sacerdote, todos de rojo.

Toda incomodidad se desvaneció, y una sacudida subió por la columna vertebral de Sorasa, los bordes de su visión se volvieron negros. A su lado, oyó a Dom aspirar un aliento abrasador, mientras Corayne casi perdía el equilibrio, apoyándose en Andry. Él la mantuvo firme, a pesar de sus heridas, con los ojos abiertos.

Corayne balbuceó, moviendo los labios.

—¿Un príncipe y un sacerdote?

—No era un sacerdote. Era un mago —afirmó la mediana con desparpajo, mirando a su hermana mayor—. Un maldecido por el Huso, como dijo mamá.

—Oh, lo siento —Bretha bajó la cara—. Un *mago* vestido de rojo.

—En Gidastern —siseó Sorasa.

Los ojos de la chica encontraron los suyos. Asintió, su mirada atormentada recorrió a la asesina.

—Sí. Los vi entrar por la puerta hace dos días. Y entonces empezó la quema.

La mente de Sorasa daba vueltas. Casi podía sentir que las mentes de los demás daban vueltas con ella.

Corayne se desplomó en el suelo, cayendo de nuevo sobre su asiento. Se pasó una mano por el cabello suelto y sus ojos se volvieron distantes. Se apartó de las tres niñas y volvió a mirar a los Compañeros, mirando sin ver.

Congelado en el sitio, Dom se estremeció de furia. Su mano volvió a agarrar la espada, amenazando con arrancarle la empuñadura.

Los dedos de Corayne arañaron la tierra.

—Si Taristan está ahí...

—Otro Huso —dijo Andry con voz ahogada—. Otro portal.

Sorasa sintió que se le doblaban las rodillas, y puso una mano en el hombro de Dom, utilizando su corpulencia para mantenerse en pie. De repente, le resultaba difícil respirar. La piel aún se le erizaba con el recuerdo de los esqueletos, sus dedos huesudos, sus espadas oxidadas. Trató de recordar su entrenamiento, de rechazar su miedo. Dejar que la guiara, pero que no la controlara. Era imposible.

Otro Huso. No sólo de donde vino el dragón, sino otro abierto. Se esforzó en llevar la cuenta. *Dos cerrados, y dos desgarrados. Cada que damos un paso adelante, ese desgraciado príncipe nos empuja hacia atrás.*

Las palabras tuvieron el efecto contrario en el Anciano. No tembló ni se acobardó.

Por primera vez desde Byllskos, Sorasa Sarn temió a Domacridhan de Iona. Tras sus ojos ya no estaba Dom, sólo odio y rabia. Su ferocidad se apoderó de él, eliminando todo pensamiento.

—Él está cerca —gruñó, y las chicas se estremecieron—. Lo suficiente para matar.

Fue Charlie quien asestó el golpe final, con su rostro aterrorizado como un cuchillo en las entrañas de Sorasa.

El sacerdote caído se recostó contra un árbol, forzando una pesada respiración. Con un gesto lento, se besó las palmas de las manos y las levantó en forma de oración.

—Viene el Reino Ardiente. Infyrna.

27
EMPERATRIZ RESUCITADA

Erida

La conquista era motivo de celebración.

Y un lujoso baile de coronación era una encantadora distracción para los nobles de Erida, tanto gallandeses como madrentinos, que ahora ocupaban la misma corte. Ella advertía los mismos recelos en todos ellos, por mucho que intentaran ocultarlos. Lo que le había sucedido a Margarita de Madrence era ya de dominio público y se había filtrado por todo el palacio. Seguramente, la noticia había llegado a Ascal, deslizándose por los caminos de Cor hasta alcanzar incluso los oídos casi sordos de Lord Ardath.

Erida sabía que no debía ignorar los chismes de las víboras. Si se permitía que se enconaran, corroerían sus lealtades y alianzas, desestabilizando todo lo que ella estaba intentando construir. Y llevaría a más nobles a la causa de Konegin, enviándolos a correr de un señor a otro. Sus esfuerzos no se detendrían con Marguerite. Estaba segura de que otros habían recibido cartas de amistad y conspiraciones, dentro y fuera de su propia corte.

Se acurrucó en una silla en el salón de sus aposentos, contemplando la bahía de Vara y Partepalas en la orilla. Habían pasado semanas desde que Taristan partiera en busca del siguiente Huso, y el extraño tinte rojo del cielo no había desaparecido. Taristan navegó al amparo de la oscuridad con Ronin a su lado. El mago había insistido en que usara su llamativa túnica roja, pero Taristan dejó sus galas imperiales, volviendo a su desgastada coraza de cuero y su capa vieja y manchada. Ella se preocupó por él en su viaje, pero no en realidad. Nadie podía amenazar a su marido, ni con acero ni con llamas. Y era apto para el camino, había nacido errante. Sólo esperaba que volviera pronto, con su Huso roto y su tarea terminada.

Sus damas murmuraban entre ellas mientras revoloteaban por el salón, preparando sus cosas para la coronación de esa tarde y el baile que se realizaría después. Deseaba que Taristan estuviera con ella, pero el Huso llamaba, y también sus propios deberes. Necesitaba coronarse como reina de Madrence, consolidar su título y avanzar hacia su propio gran destino.

Y el Huso sólo reforzaría su reinado, allanando el camino hacia el imperio.

Cuanto antes suceda, más seguros estaremos los dos, pensó, echando la cabeza hacia atrás.

Una de sus sirvientas le cepilló el largo cabello color castaño cenizo hasta hacerlo brillar, todavía ondulado por sus trenzas que le hacían para dormir. Otra le untó las manos y los pies con aceite, para eliminar las callosidades y los dolores. Erida suspiró, dejándose llevar por la calma y la quietud del momento: todo tranquilo, excepto su mente. Sus damas eran reservadas, como Erida las prefería. Sabía que no debía confiar en las jóvenes nobles que la rodeaban.

La extraña luz en el cielo la molestaba sin cesar, al igual que al resto de la corte, aunque nadie tenía una explicación de lo que podía ser. Ni siquiera Ronin, que se burló de sus preguntas y sacudió la cabeza con tanta displicencia que Erida supo que tampoco tenía idea.

Se giró para ver a Bella Harrsing posada cerca de la ventana, con aspecto de pájaro envejecido. Tenía el bastón en la mano, apoyado en el cristal. La anciana mujer inclinó la cabeza como pudo, moviéndose lentamente con su avanzada edad. La campaña la había hecho envejecer, marcando nuevas arrugas en su rostro y nuevas manchas en sus manos. Sus ojos verde pálido parecían haber perdido su color, e incluso tenía una fuerte tos.

—Deberías sentarte, Bella —dijo Erida, observándola con recelo. La reina no se hacía ilusiones sobre la mortalidad, pero esperaba poder retener a Bella un poco más.

Lady Harrsing se rehusó con un gesto.

—Me duele estar sentada —refunfuñó. Aunque su cuerpo flaqueaba, su carácter seguía siendo tan agudo como siempre—. Toda esa cabalgata y dormir en catres terminó de afectar a mi vieja y terrible espalda. Estar de pie es mejor.

—Te dije que te quedaras en el puente de mando con los demás.

—¿Desde cuándo soy como los demás, mi señora? —dijo Harrsing, con el rostro arrugado por la sonrisa.

—Es cierto —concedió Erida. La doncella terminó de cepillarla y se dispuso a arreglarle el cabello, dividiéndolo en cuatro trenzas distintas. Masajeo rápido su cuero cabelludo con los dedos, con firmeza, pero sin provocarle dolor—. Me alegra que estés aquí.

Harrsing golpeó su bastón en el suelo y estudió la bahía, frunciendo el ceño mientras la luz roja bailaba sobre la corriente.

—¿Porque tu marido no puede estar?

—Porque te quiero, Bella, y valoro tu sabiduría —dijo Erida con rapidez, levantándose de su asiento. Su vestido cayó a su alrededor en una nube blanca.

Sus sirvientas se apresuraron a traer el vestido para la ceremonia de la noche. Erida apenas se dio cuenta de que le habían puesto una cota de malla. Después le pusieron el vestido. Había pertenecido a una reina madrentina, como demostraba la rica seda color bermellón y el ajustado corpiño, con un escote bajo la clavícula. Las mangas llegaban hasta el suelo, recién bordadas con las rosas del Viejo Cor, el león dorado de Galland y el semental plateado de Madrence. Formaban un desfile reluciente, sólo igualado por un cinturón de oro trenzado en su cintura. Y la corona que esperaba en la sala del trono. Erida sintió la mirada perspicaz de Harrsing mientras sus damas le colocaban la capa de tela dorada en su sitio y acomodaban los broches enjoyados en cada hombro.

—Que sea dos veces reina no significa que ya no te necesite —dijo Erida, extendiendo una mano. Una doncella deslizó un anillo en cada dedo, rubíes y zafiros para que brillaran junto a su esmeralda gallandesa.

Harrsing la miró a los ojos. Las líneas entre sus cejas se hicieron más profundas, su rostro se tensó.

—¿Es eso cierto, Alteza?

—Yo no miento, Bella —respondió ella, sintiendo la mentira en su boca. *Las reinas dicen lo que deben, y nadie puede juzgarlas sino los dioses*—. A ti no.

Erida despidió a las sirvientas con un gesto y extendió la mano, tomando los frágiles dedos de Harrsing entre los suyos. La piel era suave y gruesa, dolorosamente hinchada.

—Puedes contarme cualquier cosa.

La garganta de Harrsing dio un respingo.

—Sólo me refiero a ese asunto con Marguerite —murmuró, acercando a Erida a la ventana. La extraña luz daba a Harrsing un tono enfermizo, pero provocaba que las gemas de Erida brillaran como el fuego—. Es tan difícil de creer. Conociéndote como te conozco.

Erida entrecerró los ojos. Se sentía juzgada por Harrsing, incluso mientras bailaba en torno a él.

—No soy de corazón blando, Bella.

—Eso lo sé —dijo la anciana rápidamente, casi apaciguadora—. Pero nunca había sabido que fueras tan impulsiva. Al menos no hasta…

—¿Hasta qué? —preguntó Erida con los dientes apretados.

Lady Harrsing respiró con tranquilidad. No por su edad, sino porque sabía que estaba pisando un terreno peligroso.

—Hasta tu matrimonio con el príncipe Taristan.

Erida frunció los labios.

—Pensé que lo aprobabas.

—Mi aprobación no significa nada —suspiró Harrsing, negando con la cabeza.

—En efecto, no significa nada.

—Te preocupas por él, lo quieres a tu lado, ves su valor como ves el mío o el de Thornwall —Harrsing apretó las manos de Erida, con una fuerza sorprendente para su edad—. Y yo te apoyo en eso.

Erida inclinó la cabeza y levantó una ceja. Se dijo a sí misma que debía escuchar, aunque su consejera dijera tonterías. *Bella se está haciendo mayor, pero al menos merece ser escuchada.*

—¿Pero?

—Pero no entiende las realidades de la corte —contestó ella, sus susurros se volvieron desesperados—. La política. Un

522

comportamiento humano común, al parecer —sus ojos brillaron, vacilando mientras buscaba los de Erida—. Y tú sí las comprendes.

Erida no pudo evitar sonreír. Suavemente, apartó sus manos.

—Creo que eso se llama equilibrio, Bella.

—Sí, Su Majestad —dijo Harrsing, reticente—. Es que no quiero verte hacer algo precipitado y arriesgar todo lo que has construido para ti desde el día en que la corona tocó tu cabeza. Pocas personas prosperarían como tú lo has hecho. Eres la reina de Galland, la persona más poderosa de todo el reino. Ya tienes a Madrence, con Siscaria a punto de rendirse. Pero no te aferres a lo que no puedes sostener. No arriesgues tu castillo por otro pueblo.

No sabes lo que puedo hacer, Bella, ni lo que exige mi destino, pensó Erida con cansancio. Le dio una palmadita en el brazo a su dama, ofreciéndole una pequeña y agradable sonrisa.

—Lo tendré en cuenta —dijo, volviéndose hacia sus criadas.

Detrás de ella, Harrsing hizo la mejor reverencia que podía hacer. Le temblaba el bastón.

—Gracias, Majestad.

Las criadas reanudaron su trabajo. Una de ellas dio los últimos toques al cabello de Erida, colocando las cuatro trenzas en una única y larga trenza, cuyo largo estaba salpicado con broches de oro y plata. Otra le aplicó rubor en las mejillas y los labios.

Harrsing la observó un momento, como solía hacer. Como una abuela, llena de orgullo y satisfacción. Pero no era lo mismo que sus días en Ascal, cuando Erida era una reina sola, con un solo trono debajo de ella. Ahora algo se oscurecía detrás de los ojos de Harrsing. Erida quiso culpar al dolor o a la edad. Lady Harrsing ya era una anciana incluso antes de salir de la capital, antes de la dura marcha a través del continente. La niña que Erida solía ser habría descartado la extraña mirada de su señora. La mujer, la reina en la que Erida se había convertido, no podía ignorarla.

—Por cierto —dijo—, ¿has tenido noticias de tu hija, Bella?

Harrsing suspiró y pareció agradecer el cambio de tema. Sonrió de verdad.

—¿Cuál, Su Majestad?

Los labios de Erida se crisparon. Lady Bella tenía tres hijas bien relacionadas en todo el continente, cada una con una flotilla de hijos y un marido poderoso.

—La que está casada con un príncipe de Ibal —dijo Erida con brusquedad.

Una sombra cruzó el rostro de Harrsing. Bajó la mirada, observando su bastón mientras evaluaba una respuesta.

—No, no recientemente. Ella envía cartas, por supuesto, pero hemos estado mucho tiempo fuera de Ascal, y si necesitara cualquier cosa tardaría en encontrarme —dijo con demasiada rapidez—. ¿Por qué?

Erida ocultó bien su propia decepción. Sabía detectar cuando Harrsing mentía.

—La armada gallandesa está teniendo problemas en el Mar Largo. Piratas, según informa Thornwall —dijo, y encogió los hombros con exageración. Tenía una mirada desinteresada, muy consciente de que sus numerosas doncellas y damas seguían su conversación—. Pero nunca he sabido que los piratas causen tantos problemas. Sospecho que hay algo más en juego.

Harrsing se levantó como un pájaro asustado, y sus faldas la envolvieron.

—Ciertamente, Ibal no se cruzaría contigo, ni siquiera con sus flotas.

—Ciertamente —repitió Erida.

Una doncella le ofreció un espejo y ella apenas lo miró: conocía exactamente su aspecto, incluido cada pliegue de su vestido. Ya no era una reina, sino una emperatriz resucitada. Ahora sólo necesitaba sus coronas, forjadas especialmente para la ocasión.

Erida dio una palmada, indicando su aprobación. Las doncellas se apartaron y bajaron la mirada, contentas por haber terminado.

Las damas entraron de inmediato, ya vestidas con sus mejores galas. Pero ninguna eclipsaba a la reina. Sabían que no debían cometer un error tan fácil y tan tonto.

Erida las miró una vez, sólo para asegurarse de ello. Incluso la condesa Herzer, con aspecto de muñeca, parecía recatada y sosa, sencilla con su vestido de seda gris.

Satisfecha, Erida volvió a mirar a Bella, clavando en ella su mirada, dura como los zafiros.

—Ibal desafiaría a Erida de Galland, pero ahora soy dos veces reina, con dos reinos en mi puño. Sería bueno recordarles esas cosas —dijo, con la voz llena de significado—. Las hijas sí escuchan a sus madres, sobre todo las que son tan sabias como tú.

De nuevo, Harrsing se dejó caer en una temblorosa reverencia. Erida intentó no notar la incomodidad en el rostro de su dama.

Cuando Taristan partió, Erida entró sola en la sala del trono, el Palacio de las Perlas, enorme a su alrededor con sus paredes color rosa y sus preciosas pinturas. Todavía se sentía como si caminara entre nubes iridiscentes después de una tormenta, recortadas con molduras doradas y ventanas con cristales. La luz del cielo se intensificaba con la puesta de sol, lo que hacía que el espectáculo fuera espléndido, como si todo el reino pendiera bajo un escudo de oro martillado.

La luz flameaba sobre el suelo de mármol, proyectando la sombra de Erida de forma irregular sobre las paredes. Mantuvo un paso firme y uniforme, ni muy rápido ni muy lento, mientras recorría la sala, por el largo pasillo de los cortesanos que ya estaban reunidos. Su Guardia del León la flanqueaba, con sus armaduras doradas brillando a la luz menguante de la tarde. Con una ráfaga de satisfacción, Erida se dio cuenta de que las armaduras y las botas de su Guardia eran el único sonido en la sala.

Los nobles ya no murmuraban a su alrededor.

No se atreven.

El trono de Madrence ya le era familiar, después de haber estado muchas semanas en él. Ya era su reina, pero la pompa servía para algo. Y Robart formaba parte de la exhibición, obligado a situarse al frente de la multitud y observar. Ella le llamó la atención al pasar, notando los grilletes de oro en sus muñecas y tobillos. Él la miró sin ver, sin vida, como el ejército de cadáveres acampado en las colinas de las afueras de la ciudad. La pérdida de su hija y su hijo lo arrastraban como dos anclas, dando una imagen lamentable.

Pero una imagen importante. Erida no les daría a sus nobles la esperanza de una restauración, no con un rey que había sido conquistado tan perfectamente.

En Madrence, adoraban a Pryan por encima del resto del panteón. El encantador dios del arte, la música, la celebración y la narración ocupaba poco en la mente de Erida, pero era una tradición fácil de honrar. Con la mano de Pryan sobre el reino, una sacerdotisa conocida como la Alegría de Pryan, estaba de pie ante los escalones del trono. Era una mujer alta y hermosa, de cabello blanco y piel dorada. Llevaba la misma túnica de color lavanda que su círculo de sacerdotes, diferenciada únicamente por la tiara de plata que le cruzaba la frente, fina como un hilo.

En sus manos descansaba una almohada de terciopelo, donde reposaban las coronas.

Erida las miró al pasar en su ascenso de los escalones del trono madrentino.

La Alegría comenzó a cantar, con una voz que entrelazaba muchos idiomas. Gallandés, madrentino, siscariano, tyri, ibalo. Todas las lenguas del Mar Largo se trenzaron juntas hasta convertirse en primordial, conocido por todos. Erida no escuchó nada de eso, por muy hermosa que fuera la voz de la Alegría. Sólo podía concentrarse en las coronas, el trono, el sol tornándose rojo y ardiente.

Había demasiados rostros y miradas. Fijó su vista sobre las cabezas de la multitud, dejando que se difuminaran ante ella. Era un viejo truco aprendido hacía tiempo en la corte de Ascal. Parecía estoica y decidida, aunque se estremeciera por dentro.

Uno de los sacerdotes le puso un cetro en la mano, una flor floreciente hecha de plata y rubí precioso. Otro le untó la frente con aceite sagrado que olía a rosas. Cantaron con la Alegría, pasando por todos los adornos de una coronación madrentina. En algún lugar, un arpa trinó a la vida, llenando el aire de dulce música.

En su interior, Erida se tensó. Quería la espada gallandesa. Quería la ira del león, la fuerza y el poder de Syrek bajo la luz de una poderosa catedral. No este sinsentido insustancial. Pero se mantuvo quieta, con la espalda recta contra el trono, los pliegues de su capa dorada arrojados a un lado para que se arrastrara por los escalones. *Al menos parezco una conquista-dora, y no un juglar en el escenario.*

La primera corona se posó sobre su frente, una trenza de oro y esmeralda. Se calentó contra su piel y ella se relajó. Cuando la Alegría levantó la segunda corona, Erida suspiró y dejó escapar todos sus nervios con su fría respiración.

El círculo de plata, tachonado de rubíes, se unió a la trenza de oro, formando una doble corona que rodeaba la cabeza de Erida. La doble corona de dos reinos parecía más ligera de lo que debería ser, pero a Erida le gustaba así. Sería más fácil de llevar, y pronto se unirían más.

La Alegría terminó su canción con una suave sonrisa en su rostro, pero sus ojos estaban vacíos de cualquier emoción. Se inclinó y Erida se puso de pie, abrazando la flor enjoyada como si fuera un bebé.

—Levántate, Erida, dos veces reina de Galland y Madrence —dijo la gran sacerdotisa, con el rostro aún inclinado hacia el suelo. Detrás de ella, los cortesanos se hicieron eco de sus palabras y se arrodillaron—. La gloria de la Vieja Cor renacida.

Erida se dijo a sí misma que no debía sonreír. Sería impropio. En lugar de eso, miró fijamente a sus nobles; la luz del atardecer casi los cegaba. No podían sostener su mirada por la posición en la que ella estaba, a contraluz del resplandor del cielo. Pero ella podía verlos a todos, a cada uno de los cortesanos encorvados y jurados. Ninguno vaciló.

Ninguno excepto Robart, que seguía de pie, con las muñecas encadenadas colgando a los lados.

—Te arrodillarás —dijo Erida, con voz alta y clara. Era su primera orden como reina coronada dos veces.

No lo hizo, su boca colgaba ancha, sus párpados estaban caídos y vacíos. Robart era una cáscara, pero incluso las cáscaras tenían poder. El puño de Erida se cerró sobre la flor dorada. Hizo una mueca de dolor cuando los afilados pétalos la hicieron sangrar.

Lord Thornwall reaccionó primero y cruzó el pasillo para alcanzar a Robart.

—Arrodíllate ante la dos veces reina, la Emperatriz naciente —dijo con brusquedad, y Erida sintió un rubor de placer.

Pero antes de que Thornwall pudiera alcanzarlo, Robart saltó y se lanzó hacia delante. Sus cadenas repiquetearon, sonando como campanas. Detrás de él, la multitud de cortesanos jadeó y se sobresaltó, con los ojos muy abiertos.

La Guardia del León se puso alerta, cerrando filas frente a Erida incluso cuando ella se agachó, esperando lo peor de un padre afligido. Robart pasó corriendo junto a ellos, moviéndose bien a pesar de sus pies y manos encadenados. Thornwall lo persiguió, pero no fue lo bastante rápido y tropezó con sus viejas piernas.

Entre los nobles, Lady Harrsing cerró los ojos.

Erida no lo hizo, observaba a través de los huecos de su guardia. El mundo pareció ralentizarse mientras Robart corría y se lanzaba contra las ventanas situadas detrás del trono. El cristal cedió bajo la fuerza de su cuerpo, haciéndose añicos sobre la bahía.

El viejo rey lo siguió, sumergiéndose en las aguas del mar.

Por un momento, Erida se olvidó de sí y de su corona. Jadeante, corrió hacia las ventanas y miró hacia fuera, esperando ver un barco o un bote bajo el palacio. Algún traidor enviado a recuperar al rey caído. Tal vez incluso el propio Konegin. Pero no había nada en el agua, sólo la onda blanca donde Robart se había sumergido.

Sus cadenas eran de oro, y el oro era pesado.

Thornwall se asomó a su lado, afectado. Su rostro se volvió tan gris como su cabello.

—No volverá a la superficie, mi señora.

La brisa del mar se levantó y lanzó un chorro de agua a la cara de Erida. Ella se estremeció, todavía buscando las olas doradas.

—Seguro que Robart sabe nadar.

—Nadar no es su objetivo —dijo Thornwall con voz gruesa.

Erida quiso escupir al mar, pero se contuvo.

—Qué apropiado. Un regalo para mi coronación —siseó, apartándose de la ventana rota—. Robart me arruina el día, incluso en la muerte.

La repulsión apareció en el rostro de Thornwall, pero sabía que debía dejarlo pasar. Se puso al lado de Erida y la acompañó de vuelta al trono en silencio.

La reina tenía preocupaciones mucho más importantes que su antiguo comandante. Apretó la mandíbula, evaluando a los nobles antes silenciosos, que ahora bullían de interés. La mayoría sólo se preocupaba por los cotilleos, y agachaba el cuello para tratar de ver algo más que una ventana rota. Pero unos pocos, tanto madrentinos como gallandeses, parecían preocupados, incluso angustiados. Eso molestó a Erida más que el hombre que se ahogaba bajo su palacio.

—Todos aclaman a la dos veces reina —gritó Thornwall, reuniendo a los cortesanos como lo haría con sus tropas.

La dama Harrsing fue la primera, como siempre, en responder a la llamada, haciendo un gesto para que los demás la siguieran.

Antes, su lealtad habría sido un bálsamo para Erida. Ahora la inquietud se retorcía al borde de sus pensamientos. No podía confiar en Thornwall y Harrsing, como no podía confiar en ningún otro noble de su corte. También eran cortesanos, veteranos de largos años en la casa real. Sabían navegar tan bien como cualquiera, y sobrevivir.

Sólo me tengo a mí, sabía Erida, dejando que los vítores y juramentos la inundaran. Ninguno la saciaba como lo habían hecho hacía sólo unas semanas. *Yo y Taristan, los dos aliados contra el resto del mundo.*

Pero Taristan estaba lejos, buscando el Huso en Gidastern. No podían protegerse el uno al otro desde tan lejos.

Y era aterrador, tocaba una fibra tan profunda que Erida no sabía cómo detenerla. Sólo podía aguantar el sentimiento, aferrándose a su máscara de calma indiferente. Era su mejor arma sobre el trono, la única que tenía hoy.

No, dijo una voz en su mente, una voz que no era la suya.

Siseó y gritó, como una pequeña campana o el golpe de un martillo sobre un yunque. El rugido de un león, el grito de un águila. Un amante, un niño. Todas las cosas a la vez, y nada en absoluto.

No estás sola, querida. Estoy aquí contigo, si me dejas quedarme.

Las manos de Erida temblaban, la flor enjoyada se sacudía en su mano. Los latidos de su corazón se aceleraron, al igual que la sangre. El aire se volvió pesado en su piel hasta que se sintió sostenida y atrapada, reconfortada y capturada en igual medida.

De nuevo miró a sus cortesanos. De nuevo vio el rostro de Konegin en todos ellos, y también el de Corayne. Luego, el de Marguerite. Luego, a Robart. Los numerosos reyes y reinas que aún se interponían en su camino hacia la victoria.

Respiró tranquilamente, con el aire silbando entre los dientes.

¿Quién eres?, susurró en su mente.

Sintió esa risa, tanto como la escuchó.

Ya lo sabes, querida. Deja que me quede, respondió él. La reina Erida apretó la mano sobre la flor enjoyada, y de nuevo sangró. El dolor la tranquilizó y despejó su mente. Sus ojos llorosos, parecían arder.

Dos veces reina, emperatriz naciente.

Se enfrentó a la sala y sonrió, sintiendo el mundo en sus dientes.

28

BENDITOS SEAN LOS QUEMADOS

Andry

Se quedó mirando el fuego crepitante, esperando que amaneciera. La banda de guerra seguía durmiendo, extendida en el campo abierto, pero despertarse temprano era algo natural para Andry Trelland. Se lo habían inculcado después de tantos años en los cuarteles, levantándose con el sol para entrenar y servir a los caballeros.

Ambara-garay.

Tener fe en los dioses.

Andry escuchaba en su cabeza las oraciones de su madre en kasano, suaves, pero fuertes. Ella ya estaba al otro lado del Mar Largo, a salvo con su familia en Nkonabo. Intentó imaginarla arropada en su silla, sentada en el patio de la villa de Kin Kiane. El cálido sol en su rostro, los peces púrpuras revoloteando en el pequeño estanque, el aire perfumado de orquídeas y flores del paraíso. Sólo conocía su casa tal y como ella la describía en sus relatos, pero le parecía lo bastante real. En su mente, ella respiraba profundo, sin esfuerzo, con sus ojos verdes brillantes y abiertos. Su enfermedad había desaparecido, sus frágiles miembros se habían recuperado. Se levantaba de la silla y se dirigía hacia él, con las manos marrones extendidas y una sonrisa amplia y blanca. Él tenía muchas ganas de ir a verla. Quería creer que estaba viva y que prosperaba, protegida del apocalipsis que se avecinaba. No había otra realidad en la mente de Andry. Ninguna que pudiera soportar, al menos.

El escudero tenía más que suficiente sobre sus hombros.

Las brasas crepitaban en el fuego, brillando en rojo, arrojando calor para alejar la escarcha. Sin la protección de las colinas o los árboles, las llanuras gallandesas eran frías y áridas. Un viento agudo y cruel soplaba desde el este, trayendo el frío del Mar Vigilante y el acre escozor del humo lejano. Gidastern ardía, y ahora estaban lo bastante cerca para olerlo.

Una silueta se agitó, barriendo el campamento con el viento en su capa. Se alzó como unas alas gris-verdosas. Por un momento, Dom fue un dios en lugar de un inmortal, con el rostro elevado hacia el cielo del amanecer. Sus cicatrices se aferraban a la sombra, un recuerdo de lo que había detrás.

Se dirigió hacia los caballos, todos reunidos en un apresurado potrero de cuerda. Con una sacudida, Andry se puso en pie de un salto, la pierna le escocía. Con los ojos muy abiertos, observó cómo Dom colocaba una silla de montar sobre el lomo de un caballo. Luego el inmortal soltó el cinturón de la espada y lo fijó a las correas, asegurando su espada en su lugar.

La respiración dolorosa se entrecortaba entre los dientes de Andry mientras cojeaba, atravesando el campamento dormido en silencio. Los puntos de sutura aguantaban, y el corte del muslo aún le dolía, pero se estaba curando bastante bien.

—¿Qué estás haciendo? —susurró Andry, agachándose bajo la valla de cuerda. Exhaló un suspiro y se apoyó en el flanco del caballo más cercano, quitándole peso a su pierna herida.

Dom se apartó de la silla y lo miró con frialdad. La luz del amanecer convertía su piel pálida en piedra de alabastro, y su mirada era verde brillante. Los primeros rayos de sol lo coronaban de oro. Parecía un inmortal en cada centímetro, demasiado alto y hermoso para haber nacido del Ward.

—¿Crees que te abandonaría, escudero Trelland? —dijo con fuerza.

Andry se estremeció, azuzado por la acusación.

—Creo que vas a buscar a Taristan solo.

Curvando el labio, Dom se giró de nuevo.

—Puedo moverme más rápido que la banda de guerra —gruñó por encima de su hombro.

—La velocidad no te salvará, Domacridhan —susurró Andry, cojeando a su lado. Ya veía a Dom desvanecerse en el horizonte, un inmortal condenado en un caballo condenado, cabalgando hacia un Huso en llamas y los monstruos de su interior.

Dom colocó la brida sobre la cabeza de su caballo y la ajustó sobre su hocico.

—Ya lo hizo una vez —dijo, dándole a la yegua una palmadita en la nariz—. No dejaré que se me escape de nuevo. No podría soportar el dolor de perderlo.

—Estamos a dos días de Gidastern. Sólo dos días —dijo Andry, escuchando su propia desesperación—. Ya has oído lo que han dicho esas chicas: la ciudad está en llamas. Probablemente ya sea cenizas, con un Huso en su corazón, escupiendo sólo los dioses saben qué. Los terrores de Infyrna...

Su argumento se estrelló contra Dom como una espada contra un escudo.

Andry resopló con frustración.

—Ni siquiera sabemos si sigue allí.

El agarró las riendas. Pero Dom se las arrebató, con la rapidez de Anciano, imponiéndose sobre la espigada figura de Andry. Sus fosas nasales se encendieron y sus ojos verdes se abrieron de par en par.

—Ya lo conozco lo suficiente —espetó Dom. Su belleza inmortal se convirtió en rabia inmortal, un fuego que ardía desde hacía siglos—. Taristan se está burlando de nosotros, tratando de atraer a Corayne. No le daré la satisfacción de matarla a ella también —sus puños se cerraron, los nudillos se tornaron blancos—. La está esperando y tendrá que cruzarse conmigo primero.

Andry había visto cosas mucho peores que un inmortal maltratado y enfermo del corazón. Se mantuvo firme incluso cuando Dom se asomó en toda su altura, entre montaña y tormenta.

—*Nosotros.* Tendrá que cruzarse *con nosotros* —dijo llanamente. Volvió a tomar las riendas.

Como un niño petulante, Dom se las arrebató.

—No te vayas —dijo el escudero, haciendo una mueca de dolor—. De cualquier manera, no puedes hacerlo solo.

—Deberías escuchar al escudero.

Cuando Sorasa Sarn salió de detrás de un caballo, Andry dejó escapar un suspiro de alivio. Se acercó a ellos con los brazos cruzados y los ojos cobrizos llenos de una rabia que coincidía con la de Dom. Con el cabello corto suelto sobre la cara, miró con desprecio al inmortal.

Dom le devolvió la mirada.

—Supongo que puedes manejar las cosas durante dos días, ¿no es así?

—Desde luego —respondió ella—. ¿Y tú puedes?

Su aliento se entrecortaba entre los dientes.

—Sorasa, soy un inmortal, la sangre de Glorian Perdida...

Sin dudarlo, la asesina agarró la empuñadura de la gran espada de Dom y la desenfundó, girando rápidamente sobre sus talones. Para sorpresa de Andry, Dom no reaccionó con su velocidad de Anciano. En cambio, se desplomó contra el flanco de su caballo y se llevó una mano a la frente, la imagen de la exasperación. Sorasa no interrumpió el paso y desapareció entre los caballos con una espada casi del tamaño de su propio cuerpo.

—No puedes ir a ninguna parte sin una espada —murmuró Andry, encogiéndose de hombros. Miró a Dom de reojo, observando cómo su naturaleza perfecta parecía desvanecerse, con el fuego en su pecho quemándose hasta las brasas. Por un momento, no parecía tan inmortal.

Dom suspiró de nuevo, aliviando la tensión de su frente.

—Dos días para Gidastern.

—Dos días —repitió Andry, dándole una palmada en el hombro.

Con un gruñido, Dom se enderezó y comenzó a desensillar su caballo.

—Uno pensaría que ya estoy acostumbrado a esto.

—¿A Sorasa?

—A la muerte —cortó Dom—. Aunque supongo que son intercambiables.

Andry trató de sonreír, aunque sólo fuera por el bien de Dom.

—No hay modo de acostumbrarse —dijo en voz baja. Sus palabras quedaron suspendidas en la luz del amanecer, silenciosas, de no ser por los caballos que los rodeaban—. Ni siquiera para nosotros los mortales.

Dom también intentó sonreír.

—Eso es extrañamente reconfortante.

—Me alegro de serle útil, mi señor.

Los músculos de Andry recordaron cómo hacer una reverencia. La habilidad le había sido inculcada a una edad temprana. Cuando se inclinó por la cintura, extendiendo los brazos hacia atrás, el tiempo pareció cambiar. Dom podría ser Sir Grandel, y la llanura de hierba bajo ellos, el mármol de un palacio.

Pero todas esas cosas habían desaparecido, devoradas por el tiempo y el viraje del reino. Aun así, Andry cerró los ojos, aferrándose a la sensación un poco más. Tendría que ser suficiente para seguir adelante.

Cuando regresó al fuego humeante, Corayne estaba despierta, abrigada contra el frío. Charlie roncaba pesadamente a su lado, acurrucado bajo su capa.

—El Reino Ardiente —murmuró Corayne, mirando a Andry desde las brasas. Sus ojos negros bailaban con la luz del fuego.

Andry se echó al suelo junto a ella, estirando la pierna herida con un gruñido bajo. Volvió a mirar las llamas. Estas chispeaban y escupían, devorando lo último de la leña, convirtiendo todo en cenizas. *El Reino Ardiente*, pensó. *Infyrna.*

—*Gambe-sem-sarama. Beren-baso* —murmuró, hablando en kasano, la lengua de su madre. Era una oración antigua, con una traducción fácil—. Que los fuegos nos laven. Benditos sean los quemados.

Corayne frunció sus oscuras cejas.

—¿Dónde aprendiste eso?

—De mi madre —de nuevo, el recuerdo de ella surgió en su mente. Esta vez, Andry vio a Valeri como era en su infancia. Vibrante, llena de vida, rezando ante el fuego de la chimenea en sus aposentos—. Tiene la fe de Fyriad, el Redentor. En Kasa, le rezan a él antes que a todos los demás del panteón.

—He oído que su templo es magnífico —dijo Corayne—. Los fuegos arden noche y día.

Andry asintió.

—Para los fieles. Susurran sus pecados a las llamas y son perdonados —entornó los ojos hacia las brasas, tratando de recordar al dios que su madre amaba—. Benditos sean los quemados.

—Supongo que estamos a punto de ser muy bendecidos —murmuró Corayne, hurgando en sus guantes. No se molestó en tratar de ocultar su aprensión, o su temor—. ¿Tienes alguna idea de lo que puede contener Infyrna?

Andry se encogió de hombros.

—Sé lo que dicen los cuentos, lo que susurran las escrituras de mi madre. Hay historias sobre pájaros en llamas, sabuesos ardientes, flores que se abren en las brasas. Un río de llamas.

Pensó en Meer, el reino de la diosa del agua, su Huso desgarrado en medio del desierto. Serpientes marinas, krakens, un océano que brotaba sobre las dunas de arena. Andry había visto a Nezri con sus propios ojos y, aun así, no podía creer lo que veía. *¿Será Infyrna todavía peor?*

—Ya casi no puedo distinguir lo que es real —murmuró, bajando la cabeza. El movimiento creó un hueco en su cuello y el frío se introdujo en su espalda, dibujando un dedo helado por su columna vertebral.

El calor en su muñeca hizo que saltara y levantara la cabeza.

Pero sólo estaba Corayne, con sus dedos rodeando su brazo lo mejor posible.

—Soy real, Andry —dijo ella, devolviéndole la mirada—. Tú eres real.

Entonces se inclinó hacia él y Andry se quedó entumecido, con la respiración entrecortada. Sólo para que Corayne le presionara el muslo herido, probando la herida cosida bajo los pantalones. Apretó los dientes, siseando de dolor.

—Eso es real —dijo ella con una sonrisa traviesa, apartándose.

—Sí —dijo él—. Ya veo lo que quieres decir.

—Al menos puedes volver a cabalgar —ofreció ella, mirando por encima del campamento hacia el horizonte.

Mientras el cielo sobre ellos estaba despejado, de un azul invernal constante y brillante, las nubes colgaban bajas en el este. Andry sabía que no eran nubes, sino columnas de humo a la deriva. El sol se filtraba a través de ellas de forma extraña, arrojando una luz roja y anaranjada, rayando el cielo con dedos como garras. El viento volvió a soplar, frío y humeante.

Corayne se estremeció contra Andry, con la mandíbula tensa.

—Esas pobres chicas —dijo, con la mirada vacilante—. Fue bueno que Oscovko les diera una escolta. Ya estarán en Vodin. Una parte de mí desearía que nosotros también estuviéramos ahí.

—Bueno, no se puede esperar cerrar un Huso todos los días —dijo Andry, en un pobre intento de broma—. Es un trabajo agotador.

Ella no contestó y volvió a hurgar en sus guantes, y luego en los brazaletes que llevaba en los brazos. Los portaba desde el templo. Junto con la Espada de Huso, la hacían parecer más un soldado.

—Has estado durmiendo mejor —dijo Andry.

Corayne palideció.

—¿Te has dado cuenta?

—Quiero decir que ya no me despiertas tanto como antes —se apoyó en las manos e inclinó la cabeza hacia el cielo. Desde su nuevo punto de vista, sólo se veía el azul vacío—. ¿Ya no hay pesadillas?

—No más pesadillas —respondió Corayne, apoyando la barbilla en su rodilla—. Tampoco hay más sueños. Sólo negro. Parece que me estoy muriendo.

Andry la miró bruscamente, abandonando la tranquila paz del cielo.

—¿Quieres hablar de lo que sucedió?

Ella lo fulminó con la mirada.

—Tendrás que ser más específico, Andry.

Se mordió el labio.

—Caíste a través del Huso —dijo él finalmente, fijando sus ojos en el rostro de Corayne. *Todavía está aquí. Está delante de mí*—. En el templo. El caballo corcoveó y saliste volando. Desapareciste a través del portal y pensé... pensé que nunca volverías a salir.

La piel olivácea de Corayne se puso de un pálido enfermizo, su labio tembló mientras él hablaba. De inmediato, Andry deseó poder retroceder y robarle el dolor que el recuerdo le causaba.

—Él estaba allí —susurró ella. Sus ojos se volvieron vidriosos—. Lo Que Espera.

El corazón de Andry se desplomó. Clavó los dedos en la tierra. Antes del templo, Lo que Espera era sólo un villano de un cuento de hadas o un demonio en las escrituras, poco más que una forma de mantener a raya a los niños revoltosos.

Ahora Andry sabía que no era así. Lo Que Espera era tan real como el suelo bajo sus manos.

La voz de Corayne vaciló.

—No tenía cara ni cuerpo, pero lo sabía. Vi su sombra.

Andry vio esa sombra ahora profundamente en sus ojos, apoderándose de su corazón.

—Y vi lo que les hace a los reinos que conquista —siseó ella—. Solía soñar con él, incluso antes de que Dom y Sorasa me encontraran. Entonces no sabía lo que era. O lo que quería —por razones que Andry no podía comprender, ella se sonrojó, como si estuviera avergonzada—. Supongo que Taristan también tuvo los sueños alguna vez, hace mucho tiempo. Y se rindió a ellos.

Andry le tomó los dedos con suavidad, deseando poder arrancarle los guantes y sentir su piel sobre la suya.

—No como tú, Corayne —dijo Andry, tomándole la mano mientras le sostenía la mirada—. Sé que le temes a tu tío. Yo también, pero tú eres más fuerte que él.

Ella apartó la mirada, exasperada.

—Andry...

—No me refiero a una espada, un puño o algo así. Me refiero a aquí —se golpeó el pecho—. Tú eres más fuerte.

La sonrisa de Corayne era débil, pero brillante. Le dio un apretón en la mano a Andry.

—Sólo soy tan fuerte como la gente que está a mi lado. En eso, al menos, he tenido suerte —dijo, retirando la mano—. Aunque esté predestinada a tener problemas a cada paso.

Andry se burló en voz baja.

—No eres la única.

—Crecí sola, ¿sabes? —sus ojos se clavaron en los de él, y las líneas rojas del amanecer se abrieron paso en su rostro—.

Estaba Kastio, por supuesto. Mi guardián. Demasiado viejo para navegar, pero lo bastante fuerte para vigilarme cuando mi madre no estaba. Y aun así, estaba sola. Jugaba con mapas y monedas en lugar de hacerlo con muñecas. Tenía contactos, socios comerciales, la tripulación de mi madre, pero no amigos.

Corayne llevó una mano a la Espada de Huso que tenía a su lado y pasó un dedo por la empuñadura enjoyada. Parecía fortalecerla, afianzarla de alguna manera.

—Entonces el mundo decidió llegar a su fin, y yo soy la única persona capaz de detenerlo —su sonrisa se agrió—. ¿Puedes pensar en algo más solitario?

Andry quiso volver a tomarle la mano, tanto que le escocían los dedos.

—No, no puedo —dijo.

—Pero no me siento así en absoluto. De alguna manera, todo esto, por terrible que haya sido… —su respiración se entrecortó—. Estoy tratando de darte las gracias, Andry. Por ser mi amigo.

Eres mucho más que eso, Corayne, quiso decir Andry. Las palabras subieron a su garganta, suplicando ser pronunciadas, luchando por el aire. Pero apretó los dientes y contuvo su lengua. Los monstruos de los Husos y los cazadores de Erida no eran tan aterradores como la verdad en su pecho, que hacían vibrar sus costillas como una jaula. *Puede que tú no sepas lo que es la amistad, pero yo sí. Esto es más profundo*, él lo sabía.

Corayne le sostuvo la mirada y se quedó callada. Esperando una respuesta que Andry no podía obligarse a dar.

Cuando ella se volteó, sintió que algo en su interior se desinflaba.

—Gracias a este bulto también —dijo ella, golpeando a Charlie en el hombro.

Se despertó con un resoplido, incorporándose con una mueca. El joven sacerdote parpadeó y frunció el ceño.

—No soy un bulto; soy redondo —dijo, bostezando—. Y no te considero una amiga. Una molestia, tal vez, pero nada más.

Incluso Andry sabía que eso era tan bueno como un abrazo.

—¿Y ahora dónde están nuestros estoicos guardianes centinelas? —preguntó Charlie, mirando alrededor del campamento con un ojo. Se frotó la cara, limpiando los últimos restos de sueño.

—Ya conoces a Dom, nunca está lejos —dijo Corayne, señalando entre la hierba—. Y ya conoces a Sorasa, sólo unos metros detrás, asegurándose de no pisar a nadie.

Los tres rieron juntos. Andry recordó su vida en los barracones del palacio, junto a los demás escuderos. Algunos eran terribles, como Lemon, pero no todos eran malos. Su entrenamiento los había unido, dándoles un obstáculo en común. Taristan y los Husos eran lo mismo.

Charlie suspiró y se puso en pie, con la capa aún envuelta para darse calor.

—A ver si puedo convencer a Sigil de que me deje ir cuando todo esto termine —murmuró, enderezándose.

Algo pequeño de color marrón se deslizó fuera de su ropa mientras se movía, y revoloteó hacia el suelo. Charlie se agachó, pero Corayne fue más rápida y tomó el papel doblado. Lo miró en su mano, pero supo que era mejor no abrirlo.

—Devuélvelo —dijo Charlie con severidad, su jovialidad desapareció.

Corayne se sobresaltó al escuchar su tono y le extendió el papel rápidamente. Se estremeció cuando él se lo arrebató.

—Deberías haber enviado esto con las chicas y su escolta —dijo Corayne, entrecerrando los ojos—. Dudo que queden mensajeros en Gidastern.

Charlie volvió a meter la carta en su abrigo, y su cara se tornó roja.

—No puedo enviar una carta si no conozco el destino.

Andry enarcó una ceja.

—¿No sabes a quién va dirigida?

—No, lo conozco bastante bien —respondió Charlie, con tono amargado—. Pero no dónde está.

—Ah —dijo Corayne, su frente se alisó al darse cuenta—. Garion.

El nombre hizo sonar una campana lejana en el cerebro de Andry, mientras se esforzaba por recordar dónde lo había oído antes. Llegó a él lentamente, como a través del barro. La mirada de Charlie era más reveladora que nada.

Garion había sido su amante, hacía tiempo. Y uno de los hermanos Amhara de Sorasa.

—Esa mente tuya es bastante molesta —murmuró Charlie.

—Ya lo sé —contestó Corayne, agachándose un poco—. Lo siento.

Pero Charlie la despidió con un gesto, con la carta doblada aún en la mano.

—No pasa nada. No es una carta de amor ni nada tan tonto.

Ella enarcó una ceja.

—¿Oh?

La cara de Charlie se desplomó, la capa se deslizó de sus hombros. Frunció los labios.

—Es una despedida.

—Quémala —dijo Corayne, con una voz repentinamente aguda—. No moriste en el oasis, no moriste en el templo y no morirás en Gidastern. Ninguno de nosotros lo hará. No lo permitiré.

Con los dientes al aire, miró a Andry. De nuevo, Corayne parecía más un soldado que la joven que había conocido. Pensó en sus comandantes en el palacio. Ella era temible en comparación con ellos. Después de haber conocido a su madre pirata, le resultaba fácil adivinar por qué.

Sus bravuconadas funcionaron en Charlie, y éste asintió con gesto adusto. Pero Andry sabía que no era así. Corayne necesitaba decir las palabras, tanto para ella como para los demás. Era lo mejor que podía hacer y él se aferró a su convicción, por falsa que fuera.

Haciendo un gesto de dolor, Andry se levantó. Se tambaleó, pero se mantuvo en pie, ignorando el dolor.

—Conmigo —dijo, extendiendo el brazo.

El viejo grito de guerra de la Guardia del León se sentía bien en sus labios.

—Conmigo —respondió Corayne, agarrando su antebrazo.

Esperaron, expectantes, mientras Charlie parpadeaba entre ellos. Observó sus manos unidas con una mirada fulminante, con el rostro marcado por el desdén.

—Esto es una tontería —dijo secamente, arrastrando los pies.

Andry y Corayne se rieron cuando él pasó. La risa de uno alimentaba la del otro, hasta que ambos terminaron doblados, tapándose la risa con las manos. Se sentía extraño y ridículo, pero también liberador, reír tan abiertamente con el fuego en el horizonte.

Algo frío se posó en la mejilla de Andry mientras se recuperaba, limpiándose los ojos. Levantó la vista a través de las hendiduras entre sus pestañas, buscando el frío azul en lo alto. No había nubes sobre ellos, sólo el humo que soplaba desde el este.

Pero la nieve comenzó en espiral, un copo tras otro, con un viento que nadie podía ver.

29

DESGASTADO HASTA LOS HUESOS, DESGASTADO HASTA LA SANGRE

Domacridhan

La nieve caía sobre la banda de guerra, los copos flotaban en el aire humeante. No era tanta nieve como para blanquear el horizonte, aunque Dom deseaba que así fuera. Él fue el primero en ver Gidastern, un moretón ardiente al este, que arrojaba nubes de humo negro iluminadas por las llamas. Casi esperaba que el dragón también estuviera allí, dando vueltas. Pero no había nada más que humo sobre Gidastern.

Como cualquier ciudad gallandesa, tenía altas murallas y torres, las almenas de un torreón se alzaban en su centro. Ahora, las defensas eran inútiles contra un enemigo que ya estaba dentro. De hecho, las murallas servían como otra arma, encerrando la ciudad. Todo lo que había dentro era combustible para el fuego, que llenaba el aire con el olor de la madera carbonizada y la ceniza. El humo se extendía, arrastrándose por la costa como tinta negra sobre el Mar Vigía.

Una vez más, Dom quiso clavar sus talones y galopar los últimos kilómetros. Derribar las puertas a martillazos. Perseguir a Taristan a través de la ciudad. *Es su vida o la mía. Una terminará hoy,* se prometió. Era lo único que podía hacer para seguir su ritmo constante y enloquecedor.

Pero ¿y si Taristan ya se fue?

Dom no sabía qué temía más. La ausencia de Taristan, o su espada.

Volvió a contemplar la ciudad, mirando el viejo camino de Cor a través de la llanura costera. Se dirigía directamente a las puertas de Gidastern, atravesando las tierras de cultivo que rodeaban las murallas. Para consternación de Dom, en el camino no había viajeros. Después de encontrarse con las chicas en el bosque, esperaba que hubiera más refugiados, pero nadie se dirigía hacia la ciudad ni se alejaba de ella. Sólo había nieve y humo, que se extendían en un remolino infernal de color gris. Incluso el mar de hierro se desvanecía en la nada, oscurecido por nubes humeantes a sólo unos cientos de metros de la orilla. Se sentía como cabalgar en los brazos de un fantasma.

Sorasa seguía el ritmo a su lado, con la capucha de piel sobre su cabeza. Entornó los ojos hacia la distancia, con las cejas negras juntas y los labios carnosos en una línea sombría. Sus ojos mortales no podían ver tan lejos, pero las nubes de humo eran suficientes para oscurecer su rostro.

—¿Cuántos viven en Gidastern? —preguntó Dom apenas abriendo la comisura de los labios. El olor a humo era penetrante, y su corazón se estremeció.

Ella lo miró, impasible.

—Miles.

Una flecha de dolor atravesó la mente de Dom y se estremeció, soltando un gruñido bajo.

—La reina de Galland se preocupa poco por su propio pueblo.

—¿Nunca has conocido a un gobernante? —se burló Sorasa—. No, a ella sólo le importa el poder. A ellos siempre les importa eso.

Dom se tragó una respuesta, pensando en su propia monarca allá en Iona. La visión de Isibel aún estaba fresca en su mente, su blanca figura siguiéndolo como una sombra. *Vuelve a casa.* La había llamado cobarde una vez, y todavía lo creía.

Las murallas crecían ante ellos, hechas de mortero y piedra, tres veces la altura de un hombre, por lo menos. Encerraban el fuego y la ciudad, con sus puertas firmemente cerradas. Dom trató de no imaginar quién o qué encerraban las puertas de una ciudad en llamas.

Los hombres de Oscovko eran doscientos, muchos de ellos heridos. Dom perdía las esperanzas en la capacidad de esos hombres para montar un asalto a cualquier cosa, y mucho menos a una ciudad en llamas.

Se inclinó hacia Sorasa, bajando la voz.

—¿Te enseñaron el arte del asedio en tu Cofradía?

—Por alguna razón, me perdí esa lección. Puedo deslizarme por una puerta o cruzar una muralla, pero no con un ejército sujetando mis faldas —refunfuñó ella, mirando a los soldados que los rodeaban. Se detuvo en Corayne y los Compañeros, maltrechos, pero no rotos—. Quizás Oscovko tenga alguna idea.

Dom frunció el ceño.

—Quizá sólo ralentizará aún más la marcha.

—Su banda está herida, recién salida de una batalla que no es la suya. Y aun así, siguen cabalgando —replicó ella acaloradamente—. Se merece algo de crédito, al menos.

El inmortal sintió que lo recorría una leve corriente de calor furioso.

—No es tu estilo dar crédito, en absoluto.

Ella le hizo un gesto con los dedos entintados y agrietados por el frío.

—Soy muchas cosas, pero sobre todo, soy realista.

—Bueno, creo que la realidad está alcanzando al príncipe —dijo Dom. Inclinó la barbilla y señaló la parte delantera de la columna donde cabalgaba Oscovko, con Sigil cerca de su flanco.

Al igual que Sorasa, los mortales no podían ver mucho de la ciudad. Aun así, el príncipe de Trec perdía un poco más de color a cada paso de la marcha. Su rostro parecía no tener sangre, su sonrisa fácil ya no estaba. Miró a un lado y a otro, girando en la silla de montar para observar a su banda de guerra y la ciudad. Sus labios se fruncieron, volviéndose blancos.

Sorasa parecía igual de afectada.

—¿Qué tan grave es? —susurró, todavía mirando el horizonte—. Dímelo de verdad, Domacridhan.

Un músculo saltó en su mejilla mientras estudiaba la ciudad más allá. El fuego se reflejaba en la parte inferior del humo, convirtiendo el negro en rojo brillante. Las chispas danzaban por los tejados y dentro de las nubes, flameando y saltando. Las torres de vigilancia y las almenas de la torre del homenaje estaban vacías, sin guarnición alguna. Las llamas lamían la piedra, las flores rojas en flor.

—En el mejor de los casos, nos enfrentamos a un infierno —murmuró—. El fuego es nuestro único obstáculo.

Sorasa asintió una vez, armándose de valor. Sus manos apretaron las riendas de su caballo.

—En el peor de los casos, nos enfrentamos a las llamas, a Taristan y a lo que sea que haya sacado del portal del Huso —Dom apretó los dientes—. Nos enfrentamos a lo desconocido.

Si la perspectiva asustó a Sorasa Sarn, no lo demostró. En cambio, se desprendió de su capa y la dobló, mostrando las viejas pieles que vestía debajo. Todavía estaban maltratadas por el templo.

—Puedo guiarnos por la ciudad —dijo.

Dom suspiró, sacudiendo la cabeza.

—No necesito saber cuánta gente has matado aquí.

—Bien, no lo diré —replicó ella—. Entonces, atravesamos las puertas. Cerramos el Huso. Salimos vivos.

En la mente de Dom, el hilo de un Huso brillaba, delgado y dorado, rodeado de llamas rugientes. Una silueta se alzaba contra los fuegos, una figura delgada y con la cabeza descubierta. Llevaba el rostro de Cortael, pero Dom sabía quién era. *Taristan.*

—Domacridhan.

La voz de Sorasa se quebró, su tono y la mención del nombre completo lo hicieron retroceder.

—Nuestro objetivo es el Huso. Proteger a Corayne —dijo. Detrás de ella, Corayne estaba sentada con firmeza en la silla de montar, con la cabeza inclinada, junto a Charlie y Andry—. Ella es nuestra primera y única prioridad.

Dom quiso estar de acuerdo, pero se le trabó la lengua en la boca. Miró la crin de su caballo. Era negra como el carbón, del mismo color que los ojos de Taristan.

—Si él muere, esto se acaba —dijo enfurruñado.

Sintió la mirada furiosa y penetrante de Sorasa, pero se negó a enfrentarla.

—¿Y si ella es el costo? —preguntó la Amhara fríamente.

Al oír eso, él levantó de golpe la cabeza. La miró con un movimiento de ojos. Era la misma de siempre, una víbora en un cuerpo de mujer. Sus puñales eran sus colmillos, su látigo una cola para azotar. Seguía teniendo sus venenos.

Sorasa se tensó bajo la mirada de él, pero se mantuvo firme, sin pestañear, mientras su caballo trotaba. La nieve se posaba en su cara, con sus copos blancos pegados a las pestañas oscuras y al cabello negro.

—¿Te ha crecido un corazón, Amhara? —dijo Dom, incrédulo.

Ella sonrió.

—Nunca, Anciano.

Oscovko detuvo la marcha a kilómetro y medio de las murallas de Gidastern, en una elevación sobre la playa barrida por el viento. Desde allí, incluso los mortales podían ver la ruina de la ciudad. El príncipe bajó de su caballo y se quedó mirando, con cara impasible. Las llamas consumían las calles y los edificios, trazando una inquietante luz roja. El rugido llenaba el aire y el humo picaba la garganta de Dom. La ceniza caía con la nieve y los cubría a todos de gris y blanco, hasta que apenas se distinguía un jinete de otro.

Los murmullos corrían por la banda de guerra. El idioma treco se le escapaba a Dom, pero unos pocos también hablaban primordial, y eso lo entendía bastante bien.

—¿Dónde están todos? —susurró uno.

—¿Se ha ido toda la gente? —preguntó otro.

Oscovko miró a sus hombres una vez más y Dom comprendió su objetivo. Los estaba evaluando, equilibrando sus fuerzas frente a los obstáculos que tenían por delante.

—Dices que otro Huso está abierto dentro de la ciudad, y que ella debe cerrarlo —ladró el príncipe, señalando a Corayne con su espada desenvainada.

—Ya lo hemos hecho antes —replicó Corayne, pero sonó pequeña, poco convincente. Se estremeció bajo su capa cenicienta, un fantasma gris. Sólo la Espada de Huso brillaba, con sus joyas rojas y púrpuras que captaban la luz del fuego.

Uno de los lugartenientes del príncipe se burló de ella.

—Deberíamos acampar. Esperar a que el fuego se apague y luego limpiar lo que quede dentro.

—O volver —dijo otro. Llevaba un corte fresco en la cara—. Dejemos que los gallandeses ardan, no nos importa.

Dom se deslizó de la silla de montar, dirigiéndose al príncipe. Los dos lugartenientes se apartaron para despejar su camino. Sabían que no debían interponerse en el camino de un Veder inmortal.

—Ustedes arderán con ellos si permitimos que este Huso crezca —dijo Dom, mirando fijamente entre los dos. Su voz se extendió por toda la banda de guerra.

Deseó poder mostrarles lo que veía en su mente, lo que habían combatido en el Mar Largo. Las criaturas de Meer seguían sueltas en las aguas, incluso con el Huso cerrado. Y había otro Huso en otro lugar, escupiendo dragones, entre todas las cosas. Uno de esos monstruos podría estar cerca, incluso, abriéndose paso entre las colinas y los bosques. No podían permitirse el lujo de dejar otra rasgadura en el reino de Allward, otra oportunidad para que Lo Que Espera pudiera atravesar.

—Nuestra mejor esperanza es cerrarlo ahora —Dom se volvió hacia el príncipe, mirando al robusto guerrero—. Antes de que algo más terrible pueda entrar en este reino.

Oscovko le devolvió la mirada, sosteniéndola.

—¿Y qué es lo que ha entrado ya? ¿Podría ser el dragón?

A eso, Dom sólo pudo negar con la cabeza.

Pero Sigil bajó de un salto de su caballo y puso una mano en el hombro de Oscovko, dándole una fuerte sacudida.

—¿No será divertido averiguarlo?

Dom hizo una mueca. Pero la bravuconería de Sigil era contagiosa y se extendió por la banda de guerra. Algunos hicieron sonar sus espadas, y las mejillas de Oscovko volvieron a tener algo de color. Puso una mano sobre las suyas, dedicándole una amplia sonrisa repleta de dientes de oro.

En lo alto, la nieve caía más rápido, arrastrada por un viento cada vez más agudo.

El Príncipe de Trec recuperó su contoneo, levantando su espada por encima de su cabeza.

—No les ordenaré luchar si no pueden o no quieren —gritó, enfrentándose a su banda de guerra—. Pero este lobo se da un festín de gloria esta noche.

En este reino o en el siguiente, pensó Dom sombríamente mientras la banda de guerra aullaba sobre el viento. El grito de guerra los atravesó a todos, incluso a los heridos, que levantaron todo lo que pudieron en una ola centelleante de hierro y acero. Para su sorpresa, sintió que un grito propio le subía a la garganta, suplicando ser liberado. Apretó los dientes, esperando que la sensación pasara.

Y entonces, algo respondió al aullido lobuno.

El cuerno sonó desde el mar, un ruido bajo y gutural que reverberó en el pecho de Dom. Se volvió hacia la playa, con los ojos entrecerrados ante las nubes de la costa. Pero conformaban un muro gris que ocultaba el horizonte, incluso para Dom. Otro cuerno retomó la melodía, un poco más alta y aguda, y Oscovko se estremeció.

Sus ojos se abrieron de par en par.

—¿Qué es? —preguntó Corayne desde su caballo, levantándose en los estribos.

Dom desmontó sin pensarlo y se acercó al borde de la colina para ver mejor. La arena se movió bajo sus botas. Entrecerró los ojos y vio la más vaga de las formas oscuras atravesando la bruma.

Detrás de él, Oscovko volvió a saltar a la silla de montar.

—Saqueadores del Jyd —escupió—. Buitres, carroñeros, vienen a darse un festín con el cascarón de la ciudad, aún en llamas. ¿Vamos a darles esa satisfacción?

Su banda de guerra gritó en oposición, golpeando escudos y corazas. Sus caballos brincaron al captar la creciente excitación de sus jinetes. El reino de Trec no era ajeno a los clanes de los Jyd.

Dom exhaló un suspiro exasperado. No tenía estómago para estas disputas mortales.

Entre las nubes, las sombras se solidificaron y se convirtieron en barcos, con las proas enroscadas sobre el agua y las velas desplegadas para atrapar el viento helado que soplaba desde el norte.

Entonces, el primer barco atravesó el banco de nubes y toda su frustración desapareció. Se le entumió todo el cuerpo. Las piernas de Dom cedieron y cayó de rodillas, aterrizando en la suave arena amarilla de la playa.

Hombres y mujeres preparados para la batalla se agolpaban en la cubierta, trabajando con los remos. Sus escudos de madera colgaban de los costados del barco, pintados de todos los colores. El hierro y el acero brillaban en rojo, reflejando la ciudad en llamas. Dom se quedó mirando, no a ellos, sino a la mujer que estaba en la proa del barco. Casi no creía a sus propios ojos. *No puede ser*, pensó, incluso cuando pudo ver mejor el barco.

Todavía en ascenso, Oscovko miró hacia abajo, su silueta perfilándose contra el humo.

—¿Qué ves, Inmortal? —preguntó él. Los demás Compañeros se agruparon junto a él, con preocupación en todos los rostros, incluso en el de Sorasa.

—La victoria —respondió Dom.

Ella llevaba una armadura de color verde pálido, con el cabello negro alborotado y ondulado sobre el hombro. Para Dom, era tan buena como cualquier bandera.

Más y más naves se abrieron paso entre las pesadas nubes, erizadas de escudos y lanzas, pero Dom sólo vio a Ridha, la sangre de Iona regresaba.

Su prima no era una visión, ni una transmisión de pensamiento. Su forma era real y sólida; su propio manto de Iona atrapaba el viento. Ella lo vio como él la vio, y levantó una mano. Dom hizo lo mismo, con la palma de la mano vuelta hacia las olas.

Una extraña y desconocida alegría recorrió su cuerpo, creciendo con cada nuevo barco en el horizonte. Se sentía como un rayo en sus venas. Se sentía como una esperanza.

El barco de Ridha fue el primero en llegar a la playa, hasta la arena. Una docena de barcos le siguió de cerca, abriéndose paso entre las olas poco profundas. Dom sólo se preocupó por su prima y corrió hacia su barco, con los brazos abiertos. Ella saltó desde la cubierta, aterrizando con gracia a pesar de su armadura de placas completa. Otros la siguieron, la mayoría de ellos eran Vedera, pero uno era claramente mortal, con cabello rubio y tatuajes jydi.

Ridha igualó la velocidad de Dom, acortando la distancia entre ellos. Él rio cuando ella lo agarró por la cintura, casi levantándolo del suelo. Por una fracción de segundo, volvió a ser un niño, arrastrado a través de los siglos.

—Has perdido peso —murmuró Ridha, sonriendo.

Dom la tomó por los hombros y la miró, con una sonrisa tan amplia que hasta las cicatrices le dolían. Ambos se dirigieron hacia la colina, de vuelta con los Compañeros y la banda de guerra.

—Tienes el mismo aspecto que hace meses, cuando cabalgabas en busca de un milagro —rio Dom cuando llegaron a la cima. Entonces sus ojos pasaron por delante de ella, mientras el resto de su barco se vaciaba en la playa—. Parece que has encontrado uno.

La esperanza surgió en su interior cuando la Veder de Kovalinn descendió a la playa, ataviada con pieles y correo, portando grandes espadas como las suyas. Los guiaba una mujer pelirroja, más alta incluso que Dom, con un collar de hierro en la frente. Subió la colina hasta ellos con largas zancadas y lo observó con una mirada fría, con el rostro blanco levantado.

A pesar de que se encontraban en una llanura cubierta de ceniza y no en los salones de un enclave inmortal, Dom se inclinó por la cintura ante la madre del monarca de Kovalinn.

—Lady Eyda —dijo, llevándose una mano al pecho—. Es una pena que debamos encontrarnos en estas circunstancias. Pero le agradecemos su ayuda.

Ella se acercó con fluida gracia, con su espada en la mano.

—La orden de mi hijo es clara. Kovalinn no condenará al Ward a la ruina —dijo, y su mirada fue más allá de Dom, hacia los mortales que estaban detrás de él.

Los Compañeros miraban con gran interés, ninguno más que Corayne. Oscovko parpadeó entre Eyda y Ridha, con la boca abierta. Dom estuvo a punto de acercarse y cerrarle la boca.

Eyda no se inmutó.

—Mis guerreros son pocos, pero son tuyos para esta guerra.

Dom asintió, inclinándose de nuevo. Esta vez, los demás lo siguieron, palideciendo ante tantos guerreros inmortales.

—Les presento a Lady Eyda y al ejército de Kovalinn, así como a mi prima Ridha, princesa de Iona y heredera de la monarca —dijo con gran orgullo. *Al menos, un miembro de mi familia es útil.*

—¿Y los saqueadores? —dijo Sigil, observando la costa.

Las naves encallaron una a una, con los cascos silbando en la arena. Cuatro de ellas ya habían tocado tierra, y aún venían más. Los jydi salieron, menos elegantes que sus contrapartes inmortales, pero mucho más numerosos. Dom vio hombres y mujeres, tanto de piel clara como oscura, todos armados hasta los dientes. Con sólo una mirada, comprendió por qué tantos temían a la gente del Jyd.

Ridha se movió, permitiendo a la rubia saqueadora dar un paso adelante. Era bajita y enjuta, con un lobo tatuado en la mitad de la cabeza. Esbozó una sonrisa malvada, con los incisivos afilados, hechos de oro.

—Estamos listos —dijo, levantando un puño hacia sus saqueadores. Éstos respondieron con gritos a su orden. Entonces se llevó el puño al pecho, con los ojos brillando—. Pero Yrla llegó primero.

Dom no tenía ni idea de lo que quería decir, aunque Ridha claramente sí. No hizo más que poner los ojos en blanco.

—Sí, Yrla llegó primero, lo sabemos —murmuró, sacudiendo la cabeza con una pequeña y suave sonrisa. Pero la sonrisa desapareció rápido, y su mirada se posó en el rostro de Corayne. Se le cortó la respiración.

Antes de que Dom pudiera intervenir, Ridha bajó la frente, tocándola suavemente.

—Me disculpo, pero… —murmuró, con sus pálidas mejillas enrojecidas—. Te pareces tanto a él.

Era un cuchillo en el pecho de Dom. A juzgar por la repentina mirada de Corayne, ella también lo sintió.

—Eso me han dicho —dijo Corayne con el rostro inexpresivo—. Parece que todo el mundo conocía a mi padre menos yo.

Ridha se inclinó, con el tintineo de su armadura.

—Me disculpo de nuevo.

—Bueno, ciertamente veo el parecido entre ustedes dos —murmuró Corayne, mirando a Dom—. ¿Cómo supiste dónde encontrarnos?

La mujer jydi respondió, señalando con un pulgar por encima del hombro, indicando una figura en la playa.

—Me lo dijo el hueso —dijo la invasora.

Dom se estremeció y un jadeo recorrió a los compañeros. Intercambiaron miradas confundidas: todos compartían el mismo pensamiento.

Siguió el gesto de la invasora para ver la figura que subía a su encuentro. Sus ojos azules eran lo más brillante de la playa, su cabello gris estaba peinado en muchas trenzas, todas atadas con hueso. Llevaba pintura negra en los ojos y en el puente de la nariz. Eso la hacía temible, una guerrera igual que el resto. Su antiguo vestido de lana había desaparecido, sustituido por una larga túnica negra. Se reía y cantaba una melodía que todos conocían, pero que nunca podrían recrear, moviendo sus huesudos dedos. En su cintura, su bolsa de huesos sonaba.

A pesar de lo molesta que era, Dom suspiró aliviado. Nunca se preocupó por la bruja, pero se alegró de tenerla de vuelta, incluso con sus rimas.

Valtik no los decepcionó.

—Hasta los huesos, hasta la sangre —rio, acercándose a ellos—. Un huso desgarrado por la llama, un huso abierto en llamas, un Huso abierto en torrente.

Él reconoció la rima. Ella la había dicho antes, hacía muchos meses, en una taberna en un cruce de caminos. El Huso de la inundación había desaparecido. Pero el Huso de la llama permanecía y ardía ahora, lo bastante cerca para olerlo.

Ridha los miró a todos, con el ceño fruncido por la confusión.

—Encontramos a la vieja bruja flotando en el mar, aferrada a una madera a la deriva. La jydi dice que es una de las suyas y nos guio a través de las nubes. Justo hasta ustedes —dijo—. ¿La conocen?

La risa de Valtik crujió como un hueso partido.

—El Huso florece —cantó ella, avanzando—. ¡El árbol muerto florece!

Corayne la tomó del brazo, como si la mujer jydi necesitara algún tipo de ayuda.

—Tiene razón, no hay tiempo para explicar.

Ridha levantó las manos en señal de incredulidad.

—¡Por las alas de Baleir! —maldijo—. ¿Entiendes a la vieja bruja?

—No te preocupes por eso —murmuró Dom—. Tenemos que enfrentarnos a cosas peores.

Más allá de la playa, la ciudad seguía ardiendo, sus puertas seguían cerradas a cal y canto. El miedo de Dom volvió a cobrar vida. Intentó respirar de manera uniforme y frenar su corazón acelerado.

Los otros se asomaron, observando las llamas.

—Vamos a las fauces de la muerte—murmuró Ridha.

Sorasa fue la primera en subir de nuevo a la silla de montar, haciendo saltar las riendas.

—Te acostumbras —dijo por encima del hombro.

No perdieron tiempo en formarse, la banda de guerra a caballo, los jydi y los Vedera a pie. Los jefes de los saqueadores destacaban con sus pinturas de guerra blancas, azules y verdes sobre los ojos, colores que indicaban sus clanes. Sólo Valtik vestía de negro. Regresó con los Compañeros montada en un caballo que ninguno había visto antes. Dom pensaba poco en sus misterios ahora, acostumbrado desde hacía tiempo a su extrañeza. Y también agradecido por ello. Su mente estaba adelante, en las puertas de Gidastern. Sólo eran de roble con bandas de hierro, pero las grietas atravesaban la madera. Las llamas lamían el interior de los muros, ardiendo al otro lado de las puertas.

Las puertas caerán fácilmente, pensó Dom, aunque no tenían máquinas de asedio ni arietes. Desde unos cientos de metros, ya podía ver cómo se derrumbaban. Unos cuantos Vedera no tendrían problemas para tumbarlas.

Oscovko levantó su espada y lanzó un grito para reunir a su banda de guerra. Respondieron en treco, con un grito entusiasta, sus espadas resonando contra los escudos. Los jydi se unieron a la lucha con un canto inquietante. Sus voces retumbaban como un tambor, como el latido de un corazón, en un idioma inabarcable. Dom lo sintió palpitar con su sangre y su caballo palmeó el suelo helado bajo ellos, ansioso por correr. Él también estaba ansioso, con su espada en la mano. El filo de acero brillaba con la luz ardiente. Bajo las nubes y la nieve cayendo, ya no sabía qué hora era, si era día o noche. Todo el reino parecía estrecharse, hasta que sólo quedaba la ciudad en llamas y su fuerza. Incluso con las naves de Ridha, eran menos de mil.

¿Será suficiente?

Esto no sería como el templo. Corayne no podía quedarse atrás y esperar, no con Taristan cerca. Y no con el Huso ardiendo en la ciudad. Tendría que cabalgar con ellos, a salvo en su compañía, con la Espada de Huso preparada.

Ahora esperaba entre Andry y Dom, con el rostro indiferente y quieto. Pero su caballo delataba sus emociones. La yegua relinchaba nerviosa al sentir el miedo de Corayne.

Dom deseaba quitarle el temor, pero no podía hacer otra cosa que luchar. Era lo que más le servía ahora: un arma y un escudo, no un amigo.

Ridha estaba con Lady Eyda y la Veder de Kovalinn; verlas era el único consuelo de Dom. Un solo Veder valía más que muchos buenos soldados, y al menos cien estaban a la espalda de Eyda, armados y con ojos como pedernal. Pero también temía por ellos, por Ridha, sobre todo. No podía ni siquiera concebir perderla, no ahora que era real y respiraba ante él.

Algo repiqueteó detrás de la puerta, y todos los inmortales se volvieron, oyendo lo que los demás no podían escuchar. Dom entrecerró los ojos, intentando ver a través de la madera, hacia lo que fuera que esperaba al otro lado. Algo estaba *arañando*, rompiendo las puertas de madera carbonizada con las garras.

Muchos seres, se dio cuenta Dom con una sacudida.

Su rugido era agudo y corto, como el ladrido de un perro, pero más profundo. Sediento de sangre. Se elevó desde la ciudad, resonando en la costa, más fuerte incluso que las olas que rompían en la playa. El chillido se instaló en lo más profundo del vientre de Dom. Su mandíbula se tensó cuando las criaturas volvieron a rugir, y sus dientes se apretaron con tanta fuerza que amenazaron con romperse. Muchos de los jinetes se estremecieron, agachándose en la silla de montar o mirando al cielo con miedo. Otros miraban a los Compañeros o a los inmortales, buscando alguna explicación.

Pero no había ninguna.

Los jydi fueron los únicos que no se acobardaron, y levantaron sus hachas, espadas y lanzas. Sus cánticos se intensificaron, más fuertes ahora, llegando a igualar el rugido de los monstruos del Huso más allá de la puerta. Oscovko hizo lo mismo, aullando su llamada de lobo, y su banda de guerra reaccionó de la misma manera, haciendo sonar sus escudos de nuevo.

Sigil añadió su voz a la cacofonía, elevando el grito de los temuranos.

Entonces Charlie besó las palmas de las manos en señal de oración, mirando al cielo. Sus labios se movían sin sonido y Dom esperaba que algún dios lo escuchara. Después de un largo momento, Charlie miró hacia abajo, y sus ojos encontraron cada uno de ellos. Se detuvo en Corayne y le ofreció una sombría sonrisa.

—No mueras —dijo Charlie, inclinando la cabeza hacia ella—. No lo permitiré.

Los labios de Corayne esbozaron su sonrisa apretada, pero segura.

Con una inclinación de cabeza hacia los demás, Charlie salió de la columna para esperar el fin de la batalla, o el fin del mundo.

La lengua de Sorasa se enroscó bajo su aliento, hablando tan bajo que sólo Dom podía oírla. Él no entendía el ibalo, pero ella se besó las palmas de las manos como lo había hecho Charlie, ofreciendo oraciones a su diosa.

A su lado, Andry y Corayne se dieron la mano, agachando la cabeza.

—Conmigo —escuchó Dom que murmuraba Andry, y Corayne repitió las palabras, volviéndose para desenfundar la Espada de Huso.

La antigua espada cantó libre de su vaina, uniéndose a la melodía que se elevaba con el humo.

Dom conocía la muerte ahora, mejor que muchos. No podía rezar. Sus dioses no estaban en este reino para escuchar. No podía cantar, no tenía ningún grito propio que añadir. Los Vedera permanecieron en silencio, quietos, enroscados a la espera de la lucha que se avecinaba. Incluso ahora parecían distantes y fríos, apartados de las vidas que los rodeaban.

Pero todos morimos igual.

Como lo había hecho ante el templo, Dom pensó en Cortael y en tantos muertos. Tantos perdidos por la estúpida codicia de Taristan. Se aferró a esa rabia, dejando que lo llenara. La rabia era mejor que el miedo.

—Los dioses de Infyrna han hablado, las bestias de sus fuegos han despertado.

Dom se estremeció y la voz de Valtik resonó en todo el ejército, como si hablara en cada oído. Su caballo corcoveó, levantándose sobre sus patas traseras. La anciana sostuvo su montura sin pestañear, con la vista puesta en la puerta y nada más.

—Tormenta y nieve, viento y desdicha —cantó, metiendo la mano en los pliegues de su largo abrigo. Para disgusto de Dom, sacó un hueso de una pierna, mucho más grande que cualquiera de los que llevaba en su bolsa. Era viejo, amarillo y humano. Sus dedos esqueléticos se aferraron a cada extremo del hueso.

A lo largo de la línea de los jydi, otras saqueadoras hicieron lo mismo. Como Valtik, llevaban trenzas y largas túnicas. *Más brujas,* se dio cuenta. Casi una docena de fémures se alzaron en el aire, blandidos como lanzas.

Imitando los movimientos de Valtik, cada bruja sostuvo un hueso hacia el cielo, con los ojos puestos en la nieve en espiral. Sus labios se movían al unísono, cantando la lengua de los jydi.

El viento aullaba cruelmente a su espalda, soplando sobre el ejército hacia Gidastern.

El caballo de Valtik volvió a corcovear y ella se mantuvo firme, agarrando el caballo sólo con las rodillas. La vieja bruja se volvió sombría; su risa enloquecida hacía tiempo que había desaparecido. Sujetó con más fuerza el hueso, con los nudillos blancos bajo su pálida piel. Sus ojos destacaban sobre la pintura negra, azules como el hielo, azules como el corazón de una llama ardiente.

Los rugidos y arañazos continuaron, casi ahogados por el ejército que se reunía. Pedazos de la puerta se desprendieron, las bandas de hierro se soltaron mientras la madera se astillaba. El fuego lamió entre los tablones, y entonces aparecieron un par de patas largas, con garras. Arañaron y patearon, golpeando la puerta una y otra vez, como un prisionero que hace sonar los barrotes de su celda.

—Que el suelo tiemble —siseó Valtik—. Que se *rompa* la tormenta.

El fémur se quebró en sus manos, partido limpiamente por la mitad. El crujido atravesó el aire, más fuerte que cualquier sonido, incluso el de los lobos. Doce crujidos más respondieron, mientras las brujas de los huesos rompían una docena de fémures por la mitad.

La ventisca siguió, blanca y furiosa, cayendo en una cortina cegadora, hasta que sólo quedaron las paredes y el fuego en su interior.

Las puertas saltaron de sus goznes, palpitando con cada golpe.

Oscovko hizo sonar su escudo por última vez y levantó su espada. Demasiadas espadas para contarlas se alzaron con la suya, incluida la gran espada de Dom. La nieve azotó la longitud de su acero.

—¡A la carga! —gritó el príncipe, y Dom rugió con él, con un sonido gutural que estalló en su garganta.

Su caballo se estremeció y estalló en un galope a la altura del resto de la banda de guerra. Su columna saltó por delante de los soldados a pie, la primera oleada del asalto. La ventisca soplaba a sus espaldas, como si los empujara a todos al frente.

El inmortal se asentó en sí mismo cuando el instinto y la memoria tomaron el control: sus largos años en el patio de entrenamiento dirigían su cuerpo. Cambió el agarre de su espada, y los músculos de su espalda se enrollaron al desenvainar su espada para golpear lo que fuera que saliera por las puertas.

Esperaba al ejército de cadáveres. A soldados gallandeses. Al propio Taristan.

Cuando las puertas se abrieron de golpe, saliendo despedidas hacia ellos, el corazón inmortal de Dom casi dejó de latir.

A primera vista, pensó que eran lobos rojos gigantes, pero eran tan grandes, más altos que un hombre. Tenían las patas muy largas, negras del hombro para abajo, como si estuvieran sumergidas en carbón. Las llamas lamían a las criaturas, pero no las quemaban. Porque *salía* de ellas, desfilando por sus espinas dorsales como una cresta de pieles levantadas. La nieve se arremolinaba alrededor de sus cuerpos, derritiéndose sobre sus ropajes en llamas. Gritaron y ladraron, aullando al ejército que cargaba contra ellos, con el interior de sus bocas brillando como carbones ardientes. La hierba muerta chisporroteaba bajo sus patas y colas, estallando en llamas.

El borde de la vista de Dom se ennegreció, su visión se desvaneció, pero luchó contra ello. Su caballo se agitó debajo de él, gritando en señal de protesta, tratando de alejarse de los sabuesos de Infyrna. Pero Dom mantuvo el firme agarre de las riendas, obligando a su yegua a retomar el rumbo con los otros caballos. La banda de guerra avanzó, los Compañeros con ellos, con los ojos llenos de la luz llameante.

Ya no había vuelta atrás.

Una andanada de flechas de jydi se elevó por encima de la embestida, chisporroteando al disparar contra los sabuesos. La mayoría no dieron en el blanco o se redujeron a cenizas, pero unos pocos sabuesos gritaron, arañando las puntas de flecha de hierro en lo más profundo de su carne. Las llamas de sus lomos se encendieron con el dolor. Uno de ellos incluso se desmayó, y el sabueso se convirtió en cenizas al morir.

Dom se inclinó sobre la silla de montar, deseoso de luchar.

Podrían herirlos.

Podrían matarlos.

Y eso era suficiente para Domacridhan.

30

ROSAS MUERTAS EN FLOR

Sorasa

Su espada se deslizó de nuevo en su funda con un sonido limpio y Sorasa sacó su arco, mientras galopaba en su caballo. Enganchó una flecha en la cuerda, apuntando entre los jinetes que tenía delante, con los ojos entrecerrados sobre los imposibles monstruos que custodiaban la puerta. La flecha cantó desde la cuerda del arco, pasando por delante de la oreja de Sigil, tan cerca que despeinó su cabello negro. Ella no se inmutó. Sorasa puso otra flecha en la cuerda y volvió a disparar. Consiguió disparar cuatro veces antes de que las puertas principales estuvieran a la vista, abiertas de par en par. Era como entrar en la boca de un horno caliente.

Los sabuesos de Infyrna gritaron y aullaron, y sus múscu-los se agolparon bajo sus pieles. Se movieron como uno solo, lanzándose a la carga para igualar al ejército. Sorasa trató de no imaginar lo que sentiría si un monstruo hecho de llamas le arrancara la garganta.

Ésa era su forma de actuar, la que le habían enseñado en la Cofradía hacía tantos años. Su mente se encogió para contener sólo lo que necesitaba. Mató todas las emociones inútiles en cuanto nacían en su cerebro, desechando todos los pensamientos de dolor o miedo, arrepentimiento o debilidad. Sólo la retrasarían.

Oscovko mantuvo su espada en alto, aullando con sus hombres, liderando toda la carga. Sigil cabalgaba justo detrás de él, junto a sus lugartenientes. Y entonces, los Compañeros se lanzaron a la carga juntos, anudados alrededor de Corayne. Sorasa la sintió justo detrás del flanco de su caballo, agachada sobre el cuello de su yegua.

—Láncense a través de ellos, no dejen que los caballos se frenen —gritó Dom en alguna parte, su era voz distante, aunque cabalgaba a sólo unos metros de distancia.

La ventisca desgarró la espalda de Sorasa, soplando con fuerza contra el muro de pieles y llamas que se acercaba. Los lobos abrieron sus fauces, el aire ante ellos se agitó con las líneas de calor.

Sorasa desenfundó su fiel espada y besó la parte plana de la hoja.

La embestida se sintió como si montara en la cresta de una enorme ola, con la orilla levantándose para salir a su encuentro. Los sabuesos eran un muro de llamas que se acercaban, con los ojos brillando amenazantes.

Sorasa se preparó, sujetando las riendas con una mano y su espada con la otra.

El más rápido de los sabuesos dio un poderoso salto, lanzándose sobre la primera línea de la carga de los trecos. Aterrizó con fuerza, derribando a dos jinetes y a sus caballos, que no paraban de relinchar de terror. El monstruo los desgarró; la carne de sus cuerpos chisporroteó, cocinada por su propia llama.

La bilis llenó la boca de Sorasa, pero se la tragó.

Los demás monstruos de Infyrna arremetieron de frente contra el ataque; sus cuerpos en llamas eran tan peligrosos como sus garras y dientes. Los caballos y los hombres gritaban, con la piel llena de ampollas por las quemaduras, incluso mientras cabalgaban. Dom actuó como ariete, con su gran espada barriendo de un lado a otro para abrirse paso entre los lobos. Los Compañeros lo siguieron, presionando juntos, con Corayne en medio de ellos. El calor ardió en la mejilla de Sorasa cuando pasó por delante de un sabueso y su espada atravesó la carne de su hombro. La hoja siseó como si cortara carne cocida. El sabueso chilló, pero ella ya estaba delante, sabiendo que era mejor no mirar atrás. La sangre goteaba de su acero, negra y humeante en la nieve. Otro sabueso se abalanzó y ella tiró con fuerza, el caballo se movió con un fuerte tirón de las riendas. El sabueso falló por centímetros y se estrelló con un mercenario treco.

Las dos líneas de carga se trenzaron, cada una arrollando a la otra. Ambos bandos eran de carne y sucumbían a las llamas y al acero a igual ritmo. Los aullidos llenaron el aire, tanto de humanos como de monstruos. Las llamas, el humo, la nieve y la sangre se arremolinaron ante los ojos de Sorasa hasta que todo el mundo fue rojo, negro y blanco, ardiendo y helándose, su cuerpo sudando y temblando al mismo tiempo. El terror que contenía asomó la cabeza por encima de sus muros interiores, amenazando con atravesarlos.

—¡Sigan avanzando! —gritó una voz por encima del combate.

Sorasa divisó la cabeza de Sigil detrás de la línea de sabuesos, dentro de las puertas astilladas. Se puso de pie en la batalla, con las botas bien plantadas. Su caballo había desaparecido y la sangre negra corría por su cuerpo. Su hacha colgaba pesada en una mano, goteando sangre humeante en el suelo.

Era el empujón que Sorasa necesitaba.

—Por aquí —gruñó ella, impulsando su caballo hacia Sigil, con Corayne y Andry cerca. Se sentía como una gallina madre guiando a sus polluelos a través de un tornado.

La cabeza rubia de Dom brillaba en el borde de su visión, acercándose a la retaguardia. El inmortal le arrancó la cabeza a un sabueso de un solo golpe con su acero de Anciano, y su cuerpo se redujo a cenizas bajo los cascos de su caballo.

Y entonces los Ancianos alcanzaron la línea de los sabuesos, los guerreros inmortales entrelazándose con la caballería como bailarines letales. La prima de Dom los lideraba, con su cabello negro suelto, extendiéndose detrás de ella en una capa de ébano. Las espadas de los Ancianos relampaguearon, derramando sangre humeante como una lluvia. Los jydi se abrieron paso tras ellos, feroces, como una manada de lobos, vestidos con pelajes y cuero. Sus hachas y flechas se arqueaban y dejaban cenizas a su paso.

La tierra quemada se convirtió en piedra bajo los cascos del caballo de Sorasa, cuando ella atravesó la puerta. Sigil la agarró por el codo y saltó, trepándose a la silla de montar detrás de la asesina sin siquiera emitir un gruñido de esfuerzo. El caballo aminoró la marcha, pero no se detuvo, adaptándose al nuevo peso lo mejor que pudo.

—Creo que te falta una ceja —gritó Sigil al oído de Sorasa.

Sorasa se estremeció y se tocó el espacio sobre su ojo izquierdo. Sintió una brecha en la ceja, caliente al tacto y con escozor.

—Al menos no perdí el cabello esta vez —respondió Sorasa.

Volvió a mirar por encima del hombro para encontrar a Corayne y a los demás que se les echaban encima mientras galopaban por el patio hacia las amplias calles de Gidastern.

El fuego crepitaba a su alrededor, conforme más sabuesos saltaban de tejado en tejado. Ladraban y chasqueaban, acechando las alturas de los edificios, como una manada de cazadores que rodea a una presa. Unos cuantos saltaron a la calle, ladrando una llamada, con la cresta de fuego saltando sobre sus espaldas. La madera se astillaba y la piedra se derrumbaba por todas partes, los estallidos resonaban por toda la ciudad mientras las llamas la consumían por completo. El calor era casi insoportable, y el sudor caía por la cara de Sorasa, llenándole la boca de sabor a sal.

Más miembros de su ejército de retazos pasaron por la puerta, encontrando huecos en las manadas de sabuesos de Infyrna. Los Ancianos se abrieron paso con una precisión asombrosa, tan fluida y elegante que Sorasa casi se detuvo a observar el espectáculo. En lugar de ello, se centró en la ciudad en llamas.

Los sabuesos crecieron en número, acumulándose en las almenas y tejados.

Los demás se alinearon junto a ella, incluso Valtik. Ella sostenía la mitad del hueso de la pierna rota, como un cuchillo en su mano. El extremo afilado y astillado goteaba sangre negra. La vieja bruja miró a los sabuesos por encima de ellos, con los dientes desnudos a juego con sus colmillos.

El rostro de Corayne parecía brillar, reflejando la luz parpadeante de mil llamas. Al igual que el resto, su piel brillaba por el sudor. Sus ojos negros absorbían la luz roja y naranja.

Sorasa apretó los dientes, haciendo chasquear las riendas.

—Vamos a cazar.

Los Compañeros eran las primeras gotas de lluvia de una tormenta, con el huracán rodando tras ellos por las calles de Gidastern. Esquivaron una docena de sabuesos de Infyrna, dejando que los monstruos se enfrentaran a la banda de guerra, los Jydi y los guerreros Ancianos. Los muros de madera y los tejados de paja se derrumbaban a cada paso, y la ciudad misma se convertía en un monstruo. El humo acechaba por las calles, aferrado en pesadas nubes oscuras, dificultando la respiración incluso cuando los caballos galopaban.

Sorasa entornó los ojos a través de la espiral negra y gris, protegiéndose de una lluvia de chispas. Gidastern era un puerto comercial, construido en la costa del Mar de la Vigilia, con murallas y torres para defenderse de los ataques de los saqueadores. Había un mercado cerca de los muelles y una iglesia cerca de la torre del homenaje, pero el resto se confundía en su mente. Intentó recordar la ciudad tal y como era, atravesando los años transcurridos desde la última vez que había caminado por estas calles. El infierno no ayudaba, ni tampoco los sabuesos que la perseguían. El mapa de su mente se desvaneció y se dejó llevar por el instinto.

La gente vivía en patrones, sus vidas repetían el mismo ritmo. Lo mismo ocurría con cada pueblo y aldea, con cada ciudad. Crecían a lo largo de las encrucijadas y los puertos naturales, como el agua que llena un cuenco. Sorasa mantuvo a su banda en la calle más ancha, sabiendo que los llevaría al centro de la ciudad. Sus fosas nasales se encendieron, y jadeó contra el humo, sus ojos le picaban incluso mientras buscaba la aguja de una iglesia entre las llamas.

Allí.

El fuego cubría el alto campanario de la iglesia, y las llamas rojas trepaban por la piedra tallada en un espectáculo infernal. La imagen dorada de Syrek se alzaba en el punto más alto, con la espada del dios alzada contra el humo, como si quisiera repelerlo. Mientras Sorasa observaba, la figura se derretía y el campanario se desmoronaba sobre sí mismo.

Dobló la esquina cuando el techo de la iglesia se derrumbó, escupiendo una nube de polvo y escombros. La nube se extendió por el patio de la iglesia, pintando el terreno y el cementerio con tonos grises. Los Compañeros se agitaron y tosieron, incluso Sorasa, que escupió en el suelo con un resoplido. Con el aire entrecortado, se adentraron en el cementerio vallado, que antes era una isla verde dentro de la ciudad. Ahora era tan gris como todo lo demás, despojado de todo color. La hierba y las lápidas estaban cubiertas por una fina capa de ceniza. Decenas de estatuas se alineaban en los muros de la iglesia y hacían guardia entre las tumbas, todas cubiertas de hollín, pero por lo demás estaba vacío. Más allá del patio de la iglesia, el torreón del castillo de Gidastern vigilaba, con sus piedras firmes contra las llamas. Sus murallas y almenas también estaban tranquilas. Aquí no había sabuesos, aunque sus chillidos resonaban en las puertas.

Con la intención de tomar aire, Sorasa redujo la velocidad de su caballo y los demás se unieron a ella, mirando alrededor del patio con temor. Los sonidos de la lucha y de las llamas resonaban, pero el silencio se extendía entre la iglesia y el torreón. Era como estar en el ojo de una tormenta. Sorasa se estremeció, recordando a las tres chicas que habían escapado de Gidastern. Metió una mano en sus cueros y apretó con ella la serpiente de jade de Lord Mercurio. La piedra era fría al tacto, y la confortaba contra el calor insoportable.

—¿Dónde están todos? —dijo Corayne en voz baja.

A su lado, Andry se estremeció.

—Taristan no dejó a nadie con vida en Rouleine —respiró—. Parece que Gidastern corrió la misma suerte.

Corayne frunció el ceño y se limpió la cara, apartando algunos restos. Sus mejillas se sonrojaron bajo el polvo.

—Pero ¿dónde están los cuerpos?

Sorasa se preguntó lo mismo. Se le revolvió el estómago y todos sus instintos se agitaron. Encontró la mirada de Dom por encima de la cabeza de Corayne, y vio la misma alarma en él también.

—Algo está mal aquí —gruñó. Sus ojos buscaron entre las estatuas y las tumbas grises, atravesando las nubes de humo.

—¿Qué te ha dado esa idea? —murmuró Corayne.

A su espalda, Sorasa sintió que Sigil se movía y su cuerpo se ponía rígido. La cazarrecompensas temurana apretó su hacha.

—Monta, Sorasa —susurró, era la primera vez que Sorasa la escuchaba asustada—. Monta.

La asesina sabía que no debía discutir la intuición de Sigil. Se movió en la silla de montar, pero antes de que pudiera dirigir el caballo, Corayne le tendió una mano.

—Espera —jadeó, con los ojos muy abiertos mientras observaba el patio—. El Huso *está* aquí. Puedo sentirlo.

Dom se giró hacia ella y la tomó del hombro.

—¿Dónde?

Antes de que pudiera responder, las estatuas de la iglesia se *movieron*.

Como una sola, se tambalearon hacia delante. Las cenizas caían de sus cuerpos, revelando carne en lugar de piedra. Los gruñidos escaparon de sus gargantas arruinadas.

Sorasa se sobresaltó y su caballo se sobresaltó con ella, relinchando de miedo. El semental se desplomó de lado y Sorasa saltó de su lomo justo a tiempo, evitando por poco ser golpeada contra el suelo. Sigil no tuvo tanta suerte. Aterrizó con fuerza y el caballo la inmovilizó.

Mientras los demás gritaban y chillaban, Sorasa se deslizó hacia la hierba, apoyando su hombro contra el caballo que se retorcía. Todos los pensamientos sobre el Huso desaparecieron. Sigil respiraba con dificultad, con una pierna atrapada bajo el pesado cuerpo del semental. Sus ojos brillaban mientras luchaba contra el dolor, empujando al caballo que tenía encima. Entonces Dom estaba allí, agachándose para meter las manos bajo el costado del caballo. Con un gruñido, levantó al caballo entero de nuevo sobre sus pies.

—Vamos, vamos, vamos —gritó Sigil, con los ojos muy abiertos mientras miraba a Sorasa y Dom en los escalones de la iglesia—. Estaré justo detrás de ustedes.

—Ni hablar —gruñó Sorasa, arrastrando a Sigil a sus pies, con Dom en su lado opuesto.

Los tres se giraron para enfrentarse a las estatuas que se precipitaban entre las tumbas, con las mandíbulas desencajadas y los ojos en blanco. Sorasa parpadeó al verlas, con la mente lenta mientras intentaba comprender el espectáculo que tenía ante sí. Se le doblaron las rodillas y estuvo a punto de derrumbarse bajo el peso de Sigil.

Bajo el hollín y los escombros, las pesadas figuras llevaban ropas normales. Capas y faldas, túnicas, botas. Alguna armadura. Los atuendos habituales de comerciantes y tenderos, granjeros, vigilantes y guardias. Se abalanzaron con pasos mesurados. La mayoría tenía quemaduras de algún tipo o se aferraba a las heridas. *Heridas mortales,* se dio cuenta

Sorasa, observando cómo una mujer tropezaba con sus propias entrañas.

Éstos eran los cuerpos, la gente de Gidastern.

—Muertos —oyó susurrar a Corayne en algún lugar, todavía a horcajadas sobre su caballo—. Pero...

Docenas más salieron del torreón, escupiendo y chasqueando los dientes, más animales que humanos. Se estrellaron contra la valla que rodeaba el patio de la iglesia, extendiendo los dedos enroscados. Algunos empezaron a trepar mientras el resto se abalanzaba sobre el arco abierto. Una comprensión perturbadora inundó a Sorasa. Se movían como el ejército de cadáveres, sin pensar, sin sus almas, pero con sus cuerpos.

—Sigue adelante —gruñó Sorasa, obligando a Sigil a caminar—. Encuentra el Huso.

Tras un solo paso tembloroso, Dom se echó a la mujer temurana al hombro. Parecía una montaña cargando otra montaña.

Corrieron juntos al tiempo que Corayne y Andry se deslizaban por el suelo, saltando desde el caballo. Sus caballos se agitaron con miedo, galopando hacia la ciudad en llamas.

Andry desenfundó su espada y se despojó de su capa, mostrando su túnica y cota de malla de color azul. Parecía un caballero, mientras que Corayne se preparaba para enfrentarse a la horda de muertos vivientes. Mantuvo la Espada de Huso enfundada en su espalda y desenfundó su cuchillo largo, con los diminutos pinchos de sus brazaletes saliendo a relucir. La esperanza del reino sabía cómo defenderse ahora. Por lo menos, Sorasa Sarn había logrado eso.

La asesina retrocedió, con la espada desenvainada, para rechazar a los primeros muertos vivientes. Cayeron con la misma facilidad que el ejército de cadáveres. Despedazó a hombres, mujeres y niños, cortando miembros con soltura. Se sentía como una carnicería, e incluso el estómago de la asesina se revolvió. *Ya están muertos*, se dijo. Pero su número no hacía más que crecer, como si hubieran sido convocados al cementerio. Decenas de cadáveres se arrastraban por las numerosas calles de Gidastern o salían de los portales, algunos todavía en llamas. Chocaron contra la valla de hierro que rodeaba el patio, pero la barrera sólo les hizo ganar un poco de tiempo, obligándolos a hacer un cuello de botella a través de los arcos. La asesina no se molestó en contarlos, y se centró sólo en la persona más cercana. El siguiente oponente.

—Sigue al Huso, Corayne —gritó Andry, poniendo a los demás a su espalda. Se batió en duelo, conteniendo una línea de muertos vivientes a trompicones. La nieve y el humo se arremolinaban a su alrededor.

Sorasa se mordió la lengua. *¡Corre!*, quiso gritarle. El miedo surgió en su interior, demasiado como para apartarlo. Se sentía como una olla en el fuego, hirviendo y en llamas. Pero dejó que sus músculos se movieran sin su mente. Sabían cómo sostener una espada, cómo golpear con una daga o hacer sonar un látigo. Bailaba entre los tres, sus enseñanzas Amhara la mantenían viva a ella y a los demás. Pero su pecho se comprimió y sus pulmones se esforzaron por respirar el humo. Los ojos irritados se llenaron de agua y el sudor corría por las palmas de sus manos, aflojando su agarre. Poco a poco, se fue frenando.

Pero los otros vienen, se dijo Sorasa. *Los saqueadores, los Ancianos. Oscovko y sus hombres.* La ciudad resonaba con los sonidos de la batalla, el acero y los chillidos de los perros.

Los fuegos rugientes, la madera y la piedra rompiéndose. Sorasa sólo esperaba que el ejército durara lo suficiente para encontrarlos.

Sigil trató de mantener su peso fuera de su pierna herida y luchar al mismo tiempo, apoyándose con fuerza con su hacha en una mano. Dom la sostenía bajo un brazo y luchaba con la otra; su gran espada cortaba a los no muertos con la misma facilidad que a los sabuesos. Andry tenía ahora una mirada de dolor, y su ceño se fruncía con cada cuerpo que caía muerto bajo su espada.

Y Valtik había desaparecido de nuevo, por supuesto, como *siempre*.

Detrás de todos ellos, Corayne daba vueltas, buscando en el cementerio y en la iglesia.

—Puedo sentirlo —dijo de nuevo, con la voz rasposa por el humo—. ¡Por aquí!

Se marchó y Sorasa maldijo, agachándose bajo la espada de un guardia no muerto para poder seguirla. Los demás hicieron lo mismo, alejándose de la horda que se acercaba. Corayne corrió a través de las tumbas, saltando por encima de las lápidas, con su trenza arrastrándose detrás de ella. Vaciló de un lado a otro, buscando con desesperación. El reino dependía de ello.

La iglesia destruida se asomaba, con más muertos vivientes saliendo de las ruinas. Eran más lentos y estaban mucho más heridos. Se movían con miembros rotos o agarrando sus cabezas ladeadas. Al ver a Corayne, gimieron al unísono y cambiaron de dirección, apuntando hacia ella.

—Toda esta gente va detrás de Corayne —siseó Sorasa, esperando que Dom la oyera. Esperando que entendiera lo que significaba.

El Anciano emitió un sonido estrangulado, un ruido extraño entre gruñido y grito.

Delante de ellos, Corayne dobló la esquina de la iglesia y entró en un jardín. Se detuvo en seco, y estuvo a punto de caer de rodillas. La sangre escurría de su cara y soltó un grito de sorpresa.

Sorasa se deslizó tras ella, ágil y rápida, sin perder el equilibrio. Hasta que levantó la vista y su corazón se estremeció.

Un viejo y gigantesco rosal crecía sobre el jardín como un dosel, con sus ramas espinosas retorcidas y nudosas. A pesar del invierno y de la nieve que caía, estaba en plena floración, con un brillo intenso contra el humo. Las ramas viejas se astillaban y se deshacían mientras las enredaderas se enroscaban sobre sí mismas, desprendiéndose de los miembros muertos a medida que se extendían. Las hojas verdes y las rosas gruesas y sanguinolentas parecían crecer ante los ojos de Sorasa, floreciendo en la destrucción. Las espinas brillaban como puñales entre las vides.

Y algo dorado brillaba en el tronco, filtrándose entre las flores con una luz imposible.

El Huso.

Pero Corayne no dio un paso adelante ni desenfundó su Espada de Huso. Alguien vigilaba el camino.

Sabíamos que estaría esperando, se dijo Sorasa, pero eso no hacía que fuera más fácil verlo.

Taristan del Viejo estaba sentado bajo las rosas, encaramado en un banco de piedra, con su Espada de Huso sobre las rodillas. Tenía peor aspecto que en el palacio, ya que había cambiado sus terciopelos por el cuero viejo y una capa desgastada. Su cabello rojo oscuro caía sobre sus hombros, a juego con el extraño brillo de sus ojos negros. El mago de túnica escarlata, Ronin, se asomaba a su lado, con sus dedos blancos como huesos, como garras. Al girar una mano, la horda de muertos vivientes emitió un grito espeluznante.

Sin pensarlo, Sorasa sacó una daga de su cinturón y la lanzó.

Salió disparada por el aire, perfectamente apuntada, con el acero reluciente.

Pero la daga se convirtió en cenizas a centímetros del corazón de Taristan, y el mago rio. Desvió su mirada para ver a Sorasa: sus horribles ojos enrojecidos recorrieron su cuerpo. Ella los sintió como una mano fría y se estremeció. Dom se puso delante de ella, interponiéndose entre Sorasa y los dos malditos.

—¡Domacridhan! —cacareó Taristan, como si se enfrentara a un viejo amigo.

El Anciano levantó su espada en respuesta.

Con un giro, Sorasa apoyó su espalda en la de Dom, mirando hacia el cementerio. Cientos de sombras no muertas se movían a través del humo, todavía lanzándose hacia delante, aún empeñados en matar a Corayne y a quien se interpusiera en su camino. Sorasa evaluó la situación como le habían enseñado, equilibrando las probabilidades. A su lado, Sigil luchaba por mantenerse en pie, no obstante levantaba su hacha. Andry agarró a Corayne, pero ella estaba congelada, clavada en el sitio.

De todos modos, no había ningún lugar a donde correr. Ningún lugar al que acudir.

Sorasa se lamió los labios y miró hacia el cielo. Deseó poder ver la luna o el sol, lo que fuera que colgara sobre ellos ahora. El rostro de Lasreen. Rezó en su cabeza, rogando por un milagro.

No llegó ninguno.

—Estás derrotado, inmortal —gruñó Taristan, y Sorasa sintió que Dom se estremecía contra su espalda.

Las manos de los muertos vivientes se extendían, eran demasiadas para cortarlas, aunque Sorasa ciertamente lo intentaba.

31

PARA NADA

Corayne

Los muertos vivientes tiraron al suelo a Andry, Sorasa y Sigil, obligándolos a arrodillarse. Corayne sólo podía observar, horrorizada. Los tres lucharon en vano, con los brazos arrancados a sus espaldas mientras el número de cuerpos los superaba. Sus armas cayeron al suelo, espada, daga y hacha. A Corayne se le llenaron los ojos de lágrimas cuando Andry le sostuvo la mirada, con una respiración fuerte y rápida a través de las fosas nasales. Quiso cerrar los ojos, para evitar que su propio corazón se rompiera. *Todo esto es una pesadilla. Voy a despertarme en algún campo frío, con todos nosotros cabalgando aún hacia este infierno.*

Corayne no despertó.

Pero los muertos vivientes no mataron a sus amigos.

Porque no se lo han ordenado, se dio cuenta con un sobresalto, mirando hacia Ronin. *Todavía.*

El mago apretó el puño y los muertos vivientes apretaron a los demás. Su miedo se convirtió en rabia, tanto por sus amigos como por todos los que estaban bajo su esclavitud. De alguna manera, la andrajosa rata roja dominaba los cuerpos corrompidos de los muertos de Gidastern. Corayne quería arrancar la sonrisa de su horrible rostro blanco, pero se mantuvo quieta. Inclinó su cuerpo para poder ver a Andry y a Taristan al mismo tiempo. Y para hacer lo que Sorasa le había enseñado: dar a sus enemigos un objetivo más pequeño.

Sólo Dom permanecía a su lado, el último Compañero que quedaba en pie, una vez más.

Las llamas corrían por los tejados que rodeaban el patio de la iglesia, saltando al borde de la visión de Corayne. *Los sabuesos,* pensó, apretando los dientes. Sus ladridos resonaban en las tumbas mientras se reunían como buitres a la espera de una presa. *¿Ronin también los manda?*

A su espalda, el Huso brillaba entre las ramas del rosal maldito. Las rosas perfumaban el aire, empalagoso con su aroma, la fragancia pesada como el humo. Crecían ante sus ojos, nacidas del Huso, nacidas de semillas muertas en invierno que volvían a la vida. Sus espinas eran largas como su mano, negras y afiladas como una aguja.

Taristan se levantó lentamente, sin urgencia, desplegando sus largas extremidades para enderezarse. Agarró la empuñadura de su Espada de Huso, dejando que ésta pasara en un arco perezoso a su lado. No temía a los sabuesos ni a los muertos vivientes, apenas los miraba. Tampoco le preocupaba Dom. Sus ojos se deslizaron del inmortal a Corayne, encantado con su situación. Un brillo rojo resplandeció en el negro, y Corayne se estremeció.

Se sintió como si mirara a la sombra a través del Huso, el eco de Lo Que Espera.

—¿Cómo te has convertido en esto? —espetó Corayne, frunciendo el ceño. Taristan seguía siendo un hombre mortal, fuera o no Sangre de Cor. Su corazón latía igual que el suyo. Pero, de alguna manera, era mucho peor—. ¿Qué te convirtió en este monstruo?

Él sólo sonrió. Corayne casi esperaba un estallido de colmillos en lugar de dientes.

—¿Es monstruoso querer lo que se me debe? —dijo Taristan, acercándose a ella—. No lo creo, Corayne.

Su nombre en la boca de Taristan la hizo sentir enferma.

Hizo una mueca y agarró su cuchillo largo. Le picaba el cuerpo y sus músculos se tensaban por todas partes. Cambió su peso a las puntas de los pies, como le había enseñado Sorasa, para doblar un poco las piernas. Taristan la observó en posición de combate con una mirada divertida, con una sonrisa en sus finos labios.

Corayne se erizó. En su espalda, la Espada de Huso zumbaba con magia, detectando el portal.

—A nadie se le debe el mundo —dijo—. Ni siquiera al más grande de los reyes, y tú estás ciertamente lejos de eso.

El insulto rompió contra Taristan como el agua sobre la piedra. Apenas lo sintió y, en su lugar, extendió la mano. Unas venas blancas sobresalían en su muñeca, corriendo bajo la manga. Parecían gusanos muertos.

—Dame la espada —dijo.

Con un gruñido, Dom se interpuso entre ellos, con su gran espada apuntando al corazón de Taristan.

Taristan no se movió ni pareció darse cuenta de que la espada estaba a centímetros de su pecho. Y por una buena razón. No le haría daño, y todos lo sabían.

La mente de Corayne giraba, tratando de formular algún tipo de plan. *Estamos rodeados, inmovilizados por un ejército muerto, sabuesos de fuego, una ciudad que arde hasta los cimientos.* Miró de reojo, encontrándose con los ojos llameantes de Sorasa. La mirada de la asesina ardía como los tejados que los rodeaban. Detrás de ella, más muertos vivientes se apretujaban en el patio de la iglesia, formando un espeso círculo alrededor de los Compañeros y las rosas. Lentamente, Sorasa inclinó la cabeza de lado a lado. Ella tampoco tenía un plan.

Porque sólo había un plan posible.

—¿Cuántas personas deben morir por tu sueño egoísta? —ladró Corayne, girándose hacia Taristan—. ¿Por el *de ella*?

Ante la mención de su desdichada reina, algo se encendió en Taristan. Su sonrisa desapareció y echó hacia atrás los pliegues de su capa. Corayne esperaba una vestimenta más fina para un príncipe, pero sabía que éste era Taristan tal y como había elegido ser. Un renegado, un asesino, un mercenario detrás del trono de otro.

—Esperaría que tuvieras la suerte de encontrar a alguien que compartiera tus ambiciones, como he hecho yo. Pero dudo que sobrevivas a la tarde —respondió él acaloradamente. Luego miró la espada de Dom, aún levantada y preparada—. ¿Ha olvidado cómo hablar desde la última vez que lo vi?

Corayne lo fulminó con la mirada.

—No, sólo está pensando en todas las formas en que va a matarte.

—Bueno, él ya ha fallado dos veces —replicó Taristan, volviendo a su forma apacible. Hizo un gesto con la cabeza a Ronin, y el mago hizo girar su mano, con los dedos nudosos como las ramas sobre su cabeza. Con un gruñido húmedo, tres muertos vivientes se abalanzaron y agarraron a Dom por los brazos, intentando arrastrarlo hacia abajo. El inmortal respondió con un gruñido y los arrojó, golpeando sus cuerpos contra las tumbas cercanas. La piedra se resquebrajó y se partió, las espinas se rompieron, pero los muertos vivientes no se dejaron intimidar, empujados por los dedos con garras de Ronin. Al final, superaron al Anciano y lo pusieron de rodillas, con el cuerpo medio cubierto de cadáveres andantes.

—Cobarde —gritó Dom, respirando con dificultad contra los brazos que le rodeaban el cuello.

Corayne sólo podía mirar, con los latidos de su corazón golpeando sus oídos.

Taristan levantó una sola ceja.

—¿Cobarde? —dijo, torciendo un dedo.

Detrás de él, Ronin hizo lo mismo, y los no muertos retrocedieron, liberando a Dom. El inmortal no perdió el tiempo, y se convirtió en una mancha al acortar la distancia entre ellos. Golpeó a Taristan con la fuerza de un oso merodeador, sus enormes manos se dirigieron a su cuello. Corayne se tensó, con los ojos muy abiertos. Esperaba que le arrancara la cabeza a Taristan, pero su tío le respondió con un gruñido, agarrando las muñecas de Dom con dedos largos y delgados. Corayne observó horrorizada cómo el mortal se desprendía del agarre de Dom, aun cuando era un Anciano. De alguna manera, Taristan era ahora más fuerte. En su lugar, rodeó la garganta de Dom con una mano y apretó, levantándolo del suelo.

—Vuelve a llamarme cobarde, Domacridhan —dijo Taristan en voz baja y peligrosa. Por encima de él, el rostro de Dom seguía igual, marcado por la rabia. Pero su piel empezó a ponerse morada.

Golpeó con fuerza, dando patadas y puñetazos a Taristan. Sin lograr nada.

—No lo hagas —se oyó susurrar Corayne, con la voz perdida en el caos.

En el suelo, Sorasa hacía fuerza contra sus captores. Ellos sólo la inmovilizaron, sujetando su cabeza contra la tierra y el polvo de la tumba.

De repente, Taristan dejó caer a Dom. Los muertos vivientes se apresuraron a sujetarlo de nuevo, obligándolo a ponerse a cuatro patas.

—Es curioso, ustedes, los Ancianos, criaron a mi hermano —dijo Taristan mientras Dom resollaba, jadeando—. Pero me parezco más que él a sus preciados inmortales.

A la orden de Ronin, los no muertos empujaron la cabeza de Dom hacia abajo, con el cuerpo doblado. Parecía un prisionero ante el patíbulo del verdugo, esperando su ejecución.

Taristan levantó la Espada de Huso con ambas manos.

Sin dudarlo, Corayne dio un paso a un lado, colocándose entre Dom y la espada de Taristan. Levantó su largo cuchillo, lista para parar su golpe.

De nuevo, él rio.

—¿Se supone que eso es una espada?

—No eres tan fuerte como crees —espetó ella, con una carcajada propia. Resonó oscuramente en el patio—. No cuando el reino se levanta contra ti.

—El reino —espetó Taristan, bajando su espada un centímetro—. Tantos reinos y países divididos, todos enfrentados entre sí, todos preocupados por sus propios y estúpidos esfuerzos. Este reino está roto. Merece ser conquistado y reclamado.

Corayne no vaciló.

—¿Y convertido en esto? ¿En las Tierras Cenizas? —su ceño se hundió, su rostro se volvió sombrío. Los ojos de Taristan se clavaron en los suyos, los orbes negros casi devorados por el rojo infernal—. Lo he *visto*.

Para su sorpresa, su tío vaciló, el rojo que parpadeaba en sus ojos desapareció por un instante. Parpadeó y su mandíbula se tensó. Las venas blancas de su cuello se tensaron, saltando de repente. Una mirada extraña cruzó su rostro, que Corayne conocía bien. *Miedo*. Se deleitó en ella, sabiendo que había asestado un golpe a un hombre que no podía ser dañado ni por el acero ni por las llamas.

—Tú nunca lo has visto —se burló ella, sacudiendo la cabeza—. No te ha mostrado lo que significa ser derrocado. Este reino se resquebrajó con el suyo, consumido por Asunder. No lo *viste*.

Taristan sólo gruñó, ajustando su postura y su empuñadura, bajando la espada a la altura de Corayne. La hoja mostraba su reflejo. Tenía un aspecto terrible, cubierta de hollín y polvo, con rastros de lágrimas en la cara. Su trenza era una maraña salvaje, sus ojos negros rotos.

Su tío siseó sobre ella, con su aliento caliente como el humo.

—Seré un emperador como mis antepasados. Gobernaré este reino como lo exige el destino.

Corayne se mantuvo firme.

—Serás cenizas bajo sus pies.

—Dame la espada —dijo de nuevo—. O morirán.

Detrás de ella, escuchó a los muertos vivientes presionar a los Compañeros. Sus amigos permanecieron en silencio, encorvados, pero no rotos, resueltos ante su perdición. El humo ardía en la garganta de Corayne, haciendo que sus ojos se humedecieran. Las lágrimas calientes se acumulaban, amenazando con caer. Pero se negó a llorar delante de su tío. No le daría esa satisfacción.

—Si te doy la espada, todos estaremos condenados de todos modos —murmuró.

Taristan se limitó a encogerse de hombros, y sus ojos codiciosos se movieron de su rostro a la Espada de Huso que tenía detrás de su hombro. La espada de su hermano. El último vestigio de su padre en el Ward.

Corayne pensó en Lo Que Espera, su sombra clara ante ella. Le había ofrecido un reino a cambio de la rendición. Una pequeña parte de ella se preguntó si habría sido más inteligente aceptarlo, hacer un trueque por sus vidas. Vivir de rodillas, si eso significaba que seguirían vivos.

Su pulso martilleaba en sus oídos, interrumpido por el estruendo de los edificios que se derrumbaban. Las llamas rodeaban el patio de la iglesia, conteniéndose como los sabuesos y los muertos vivientes. Su pecho se apretó, abrumada por la imposibilidad de todo aquello. Taristan tenía todas y cada una de las cartas.

Excepto una.

El cuerno jydi sonó en la ciudad, seguido del aullido de los trecos.

El ruido rompió su concentración, el tiempo suficiente. Corayne dejó caer su cuchillo y rodó, tomando a Taristan desprevenido. Él blandió la Espada de Huso, pero falló al no calcular la velocidad de la mujer. En el mismo movimiento, Corayne sacó el antebrazo y lo golpeó en la cara, como le había enseñado Sorasa. Las Garras de Dragón se arrastraron sobre su piel, y las púas de acero le hicieron un largo corte en la mejilla. Gritó y retrocedió de un salto, tambaleándose, con la Espada de Huso todavía en la mano.

Al igual que el fuego, él desprendía un calor febril. El negro de sus ojos había desaparecido y había sido sustituido por un lívido rojo sangre. Se tocó con cautela la cara, sintiendo el repentino manantial de sangre de la carne desgarrada. Sus ojos se abrieron de par en par, desconcertados y asustados.

Corayne sonrió, levantando sus Garras de Dragón. Las púas de acero goteaban rojo.

—Eres indestructible para la mayoría de las cosas, Taristan —dijo. En lo alto, la ventisca se arremolinaba—. Pero no para todas.

En su mente, Corayne vio a la vieja bruja en la cubierta de un barco, cantando sobre sus Garras de Dragón con hierbas y huesos viejos. Lo que había hecho hacía muchas semanas, al parecer había permanecido.

Bendiciones jydi. Magia de huesos.

Creencias de Ibalet. Ecos divinos.

El poder de Valtik. El don de Isadere.

En los rincones del patio de la iglesia, el ejército apareció, Ancianos y jydi y trecos juntos, con espadas y flechas y escudos brillando. Atravesaron las decenas de muertos vivientes como un cuchillo caliente en la mantequilla. Corayne no se atrevía a tener esperanza, pero el alivio la recorrió.

La jugada para ganar tiempo funcionó.

—¡Deténganlos! —gruñó Taristan, agarrándose la cara sangrante.

Detrás de él, los sabuesos saltaron desde los tejados, bajando al patio para unirse al combate. Sus llamas se extendieron rápidamente, incendiando la hierba seca entre las tumbas. Y los muertos vivientes también ardieron, con sus ropas encendidas.

Ronin avanzó a trompicones, con los dedos crispados. Sus ojos reflejaron el fuego floreciente, volviéndose rojos como sus ropas.

—No…

En el suelo, Dom se tambaleó contra sus ataduras de los no muertos, lanzándolas con un rugido que rivalizaba con el de los gigantes. Agarró su espada y la blandió con desenfreno, liberando a los demás con unos cuantos cortes precisos de la hoja.

Corayne se abalanzó sobre ellos, pero algo la agarró por el cuello y la arrojó al jardín de rosas. Aterrizó con fuerza en el suelo, con la cabeza dando vueltas por el choque. Se obligó a levantarse, luchando contra el mareo, tratando de ponerse en pie. Había voces llamándola desde alguna parte, pero una figura la bloqueaba, con su mano blanca extendida sobre su hombro.

Ella se apartó, pero no era su cuerpo lo que buscaba Taristan.

Su Espada de Huso salió de su funda, con el acero desnudo ante las llamas y las rosas. Los dedos de Taristan rodearon la empuñadura, blanca contra el cuero. Corayne vio la muerte en el filo de la hoja, tan fina como el Huso. Sin pensarlo, se lanzó por ella, pero cayó sobre la hierba, su cabeza todavía daba vueltas.

Su visión se aclaró lo suficiente como para ver la maligna sonrisa de Taristan, con dos espadas en las manos. El Huso ardía detrás de él, con su luz dorada reflejada en las espadas. Aunque era idéntica a la suya, la espada de Corayne parecía equivocada en su mano. Sus joyas parecían brillar, palpitando con su propia rabia y dolor.

—No lo hagas... —se escuchó gritar cuando él levantó su Espada de Huso en alto.

¿Lo sentiré?, pensó ella vagamente, preparándose para el afilado mordisco del acero en su cuello.

En lugar de eso, Taristan hizo caer la espada sobre el banco.

La piedra se partió en dos.

Y la Espada de Huso se hizo añicos con ella, haciendo estallar fragmentos de acero por todo el jardín.

Corayne sintió que cada uno de ellos atravesaba su corazón vivo.

A pesar de la batalla que se desarrollaba en las tumbas, a pesar de que Dom y los Compañeros se abrían paso hacia ella, a pesar del infierno, el humo y la tormenta de nieve, el mundo de Corayne se desvaneció. Todo se volvió lento y silencioso, congelado ante sus ojos. No escuchó nada, no sintió nada. Su cuerpo se arrastró por la tierra, con las manos buscando los fragmentos de su Espada de Huso.

Una bota le pisó la mano y todo volvió a la velocidad de un rayo. Corayne gritó de dolor y rodó sobre su espalda.

—Ahora, ¿dónde estábamos? —dijo Taristan, arrojando la empuñadura destruida a las rosas. La luz de las joyas se desvaneció y murió, la espada de Cortael una ruina en la tierra.

Igual que mi padre, pensó Corayne, acunando su mano. *Roto y desaparecido.*

La sombra de Taristan cayó sobre ella y retrocedió. Con los ojos desorbitados, levantó sus Garras de Dragón hacia su tío, los brazaletes eran su única arma contra un hombre convertido en monstruo. Él las rechazó con facilidad y la agarró por el cuello de su túnica para arrastrarla por el jardín.

Ella intentó luchar, pero él era mucho más fuerte. Ningún golpe pudo romper su agarre, ni siquiera cuando los brazaletes lo hicieron sangrar.

Los Compañeros corrieron por ella, pero Taristan la levantó y le puso la Espada de Huso en la garganta. Corayne tragó contra el frío acero, y el mundo giró a su alrededor. Vio a Andry en la espiral, con los ojos marrones bordeados de rojo. Intentó aferrarse a esa visión, pero Taristan la arrastró y su cuerpo se agitó sobre la tierra, y luego sobre la piedra.

Los escalones de la iglesia en ruinas se arrastraban bajo ella, cada centímetro que avanzaba era un centímetro más lejos del Huso. Y ella seguía luchando, agitándose.

594

Satisfecho, Taristan se detuvo y la jaló para enderezarla, obligando a su cuerpo desfalleciente a ponerse de pie ante el diezmado patio de la iglesia y las calles de más allá. Por encima de ellos, la carcasa de la iglesia se asomaba, con sus columnas y arcos como costillas expuestas, una única vidriera mirando hacia abajo como un gran ojo. Corayne entrecerró los ojos, tratando de ver bien, intentando encontrar algo a lo que aferrarse. El ruido y el color parecían mezclarse, inescrutables. El corazón le latía demasiado rápido en el pecho, y el estómago se le revolvía de asco. Los fragmentos rotos de la espada de Cortael se alzaron ante sus ojos, todavía llenos de luz roja y dorada. Los alcanzó, pero sus manos sólo tocaron el aire.

—¡Soy Taristan del Viejo Cor, sangre de los Husos! —gritó su captor, sosteniendo aún la espada en su garganta. Corayne apenas podía mantenerse en pie, la cabeza le daba vueltas—. El último de mi especie.

Los fragmentos permanecieron, girando despacio ante los ojos de Corayne, perdiendo su brillo. Se convirtieron en espejos, cada uno de los cuales sostenía un rostro diferente. Andry, Sorasa, Dom, Charlie, Sigil, Valtik. Quería llorar, pero ya no le quedaban lágrimas. Los rostros le devolvieron la mirada desde el acero reflectante, esperándola. Entonces apareció un rostro más, y Corayne se puso rígida, con un sollozo en la garganta.

Nunca volveré a ver a mi madre, supo, mirando a los ojos de Meliz. La capitana del *Hija de la Tempestad* le devolvió la mirada, sonriendo, bronceada y audaz como Corayne recordaba. De nuevo, Corayne extendió la mano, y de nuevo no sintió nada allí.

La espada que tenía en el cuello le mordió la carne y le sacó sangre. Corayne siseó y echó la cabeza hacia atrás, tratando de golpear a Taristan. Él rio, con el pecho temblando contra sus hombros.

—Tienes el espíritu de Cor, eso es cierto —dijo, su voz se volvió extrañamente suave—. Esta muerte está bien ganada.

—Y bienaventurados los quemados —dijo una voz estridente, el familiar cacareo de una anciana.

Por el rabillo del ojo, el rostro de Valtik se agitó y se hizo real. La bruja subió los escalones de la iglesia, todavía a horcajadas sobre su extraño caballo. Sus ojos azules parecían arder más que cualquier llama, brillantes como un rayo.

Entonces, una sombra negra cayó, un viento caliente que se abatió sobre ellos, repentino y fuerte como un huracán. Detrás de ella, Taristan se sobresaltó y aflojó un poco su agarre a Corayne.

Sucedieron muchas cosas a la vez.

La ventana de la catedral estalló en una lluvia de cristales de colores cuando el dragón aterrizó, con su cuerpo cuadrúpedo tan grande como las ruinas esqueléticas y sus alas tan anchas como el patio de la iglesia. Su ensordecedor rugido hizo temblar todo en un terremoto. Corayne cayó de rodillas, agarrándose las orejas, mientras Taristan giraba, con la cabeza del dragón balanceándose por encima de él.

Las manos de Valtik estaban frías en la cara de Corayne, su susurro la atravesaba como el viento de invierno.

Dejo de girarle la cabeza. Sus ojos se agudizaron. Todas las náuseas y el mareo desaparecieron y Corayne se puso en pie de un salto, con una sola intención. Debajo de los escalones, el ejército viviente surgía en todas las direcciones, algunos se alejaban del dragón, otros corrían directamente hacia él. Corayne ya no podía distinguir a un soldado de otro. Todos estaban cubiertos de sangre.

No importaba su procedencia, anciano o mortal, mercenario o saqueador, cada uno de ellos sangraba de igual manera.

Sin dudarlo, se dio la vuelta y corrió hacia Taristan. Ronin, con su túnica escarlata, apareció en el rabillo del ojo, corriendo hacia ellos. Sus dedos se curvaron, alcanzando al dragón. Ronin lanzó un grito de frustración y la criatura bramó, casi haciendo caer a Corayne. Taristan también tropezó. El dragón volvió a batir las alas, levantando una tormenta de viento sobre la ciudad. Los sabuesos rugieron en señal de protesta y algunos saltaron hacia el dragón. Todos fueron espantados, aterrizando con fuerza en montones de cenizas rotas.

—Bajo mis órdenes… —gritó Ronin, anudando las manos con desesperación.

Entonces Valtik se interpuso en su camino, la anciana era un muro entre el dragón y el mago rojo.

Sus ojos brillaron.

—Bajo *mis* órdenes —repitió, retorciendo los dedos.

Con un chasquido explosivo, la pierna de Ronin se rompió y él aulló, cayendo de lado, agarrándose el hueso roto.

—¡Vieja *zorra* entrometida! —gritó el mago, con sus ojos rojos como fuego vivo. Su grito se extendió entre ellos, con la misma fuerza que un golpe.

Pero Valtik no se inmutó, sus huesudos dedos seguían clavados en el aire. Sus finos labios formaron una sonrisa diabólica.

—Mejor zorra que mago derrotado, los dioses del Ward han hablado.

El dragón seguía libre, con sus escamas negras y brillantes, engastadas con innumerables piedras preciosas. Azabache, rubí, ónice, granate. No existía un escudo mejor en todos los reinos. Sus ojos también eran negros, pero sus amenazantes dientes eran blancos. Miró fijamente a Taristan y éste le devolvió la mirada, aterrorizado.

—Bajo mis órdenes —dijo Taristan, levantando la Espada de Huso. Pero él no tenía magia, no como Ronin. Fuera o no Sangre de Cor, no podía controlar al dragón como Ronin hacía con los muertos vivientes, o con el ejército de cadáveres de las Tierras Cenizas.

El dragón era su propio monstruo, sin lealtad ni fidelidad. A nadie.

Su larga y serpenteante garganta parecía brillar, y una bola de fuego surgía de su vientre. El humo salía de sus fauces al elevarse hasta su amenazante altura, más alta que el campanario de la iglesia.

Taristan levantó su Espada de Huso mientras Corayne corría. Movió las piernas a toda velocidad al tiempo que apuntaba a su tío.

Y entonces, un látigo de Amhara se enroscó alrededor de la muñeca de Taristan, tirando con fuerza.

Desde el interior de la refriega, Corayne escuchó la penetrante risa de Sorasa. Taristan se dobló sorprendido y soltó la espada. Ésta cayó a los escalones cuando Corayne lo alcanzó. Cerró las manos sobre la empuñadura, sin romper el paso.

Las llamas estallaron detrás de ella al correr, desapareciendo en la batalla bajo la iglesia. No miró atrás, pero sintió el calor de la bola de fuego, que estalló sobre el lugar donde estaba Taristan.

Sorasa fue la primera en llegar a su lado, enroscando su látigo mientras corrían, encontrando huecos entre la marea de sus propios aliados y los muertos vivientes. Andry fue el siguiente en aparecer, conteniendo a los muertos vivientes con la habilidad de un caballero. Dom corría muy cerca, con Sigil bajo un brazo, los dos girando con la espada y el hacha en una especie de rueda infernal.

—¡El Huso! —gritó Corayne, pero el dragón rugió, escupiendo otra ráfaga de llamas.

El jardín se desvaneció ante sus ojos, consumido por el fuego, con el oro del Huso todavía parpadeando en su interior. Aun así, Corayne dio un paso hacia él, sólo para que Sorasa la agarrara por el cuello.

—Se acabó, déjalo —escuchó respirar a la asesina, arrastrándola hacia atrás. Lejos de la iglesia, lejos del jardín.

Lejos de las rosas y del Huso.

—Entonces todo esto no sirve para nada —gritó Corayne, y el mundo volvió a dar vueltas. Pero no por la herida. Ahora era el fracaso lo que la atenazaba.

Andry la tomó por el otro lado, empujándola.

—¡No si tú vives!

Gidastern ardía.

El camino de vuelta a las puertas principales estaba destruido, las calles engullidas por el fuego y la destrucción. Sólo podían avanzar a trompicones, agarrados el uno al otro, sangrando y quemados, con la piel negra por el humo.

¿Y ahora qué?, Corayne quería gritar. También quería tumbarse en la cuneta, con el cuerpo amenazando con desplomarse. Le dolían los dedos, que se aferraban a la Espada de Huso de Taristan, el cuero bajo su piel ardiendo. Pero no se atrevió a soltarla.

Volvió a mirar hacia la calle, hacia el patio de la iglesia. El ejército viviente corría en todas direcciones, la mayoría a pie, con casi toda la caballería de Oscovko desaparecida o muerta.

A través de los edificios, el dragón gritaba y se agitaba, luchando contra los sabuesos de Infyrna, monstruo contra monstruo. Con un gruñido, el dragón emprendió el vuelo, estallando en el aire con un golpe de sus negras alas. Para consternación de Corayne, parecía seguir su camino.

Los sabuesos siguieron cazando, saltando a los tejados que se derrumbaban y corriendo por las calles tras el dragón. Los muertos vivientes se movían con ellos, persiguiéndolos como niños que siguen a un hermano mayor.

Andry maldijo en voz alta mientras avanzaban, olvidando sus modales ante la muerte.

—Hay otra puerta —dijo Sorasa, con la respiración uniforme a pesar de su ritmo. Levantó una mano para señalar—. Cerca de los muelles del este. Lleva a la costa y al camino de Cor.

—¡Domacridhan! —la voz de una mujer sonó detrás de ellos, ganando velocidad.

Por encima de su hombro, Corayne vislumbró a la prima de Dom, la princesa Anciana, junto con un contingente de guerreros inmortales y algunos jydi, la jefa rubia entre ellos.

Dom mostró una rara sonrisa, pero no se detuvo, ninguno de ellos interrumpió el paso. Sería su muerte y la muerte del Ward.

A Corayne le ardían las piernas por el esfuerzo, pero seguía el ritmo de Andry a su lado, acorralada entre los Compañeros.

—Charlie fue inteligente al no participar en esto —jadeó.

Si tan sólo yo hubiera hecho lo mismo.

Andry resopló. Su túnica estaba desgarrada y ensangrentada, arruinada casi hasta el punto de ser irreconocible. A Corayne se le revolvió el estómago, no por la sangre, sino por lo que significaba para Andry Trelland.

Siguieron corriendo, Sorasa a la cabeza, con Dom y la princesa Ridha desplegados detrás. Sigil cojeaba entre ellos, luchando por mantener el ritmo lo mejor que podía. La ciudad ardía y los sabuesos rugían, el dragón sobrevolaba, las calles y los callejones se desmoronaban. Pero Sorasa los mantenía en movimiento, siempre deslizándose y girando, transitando un camino serpenteante hacia la entrada del muelle. Dejaron huellas en la ceniza que caía, la ventisca aún se arremolinaba bajo el pulso de las alas del dragón.

Finalmente, encontraron una calle semidespejada que se acercaba a las murallas de la ciudad. Corayne estuvo a punto de escalarlas, pero las llamas saltaron y escupieron, sin dar cuartel. Se encontró soñando con el puerto y sumergiéndose en las olas heladas.

Un jinete salió de un callejón y se precipitó por una curva a una velocidad vertiginosa. Corayne entrecerró los ojos mientras cabalgaba, no hacia el mar, sino directamente hacia ellos. El caballo era negro como el carbón, más grande que los caballos peludos que montaba la banda de guerra. Y el jinete llevaba una armadura negra, con un metal brillante, demasiado oscuro para ser de acero. Incluso a simple vista, supo que no era uno de los hombres de Oscovko, ni de nadie más.

—Vete —oyó gritar a Ridha mientras empujaba a Sorasa hacia el callejón más cercano. La princesa Anciana hizo lo mismo con Corayne y Andry, y su fuerza inmortal les hizo derrapar sobre la ceniza y la nieve.

Sorasa estaba confundida.

—¿Qué estás...?

—No hay tiempo —exclamó Ridha, sacando su espada. El acero verde de su armadura tenía un aspecto enfermizo a la luz del fuego—. Dom, sácala de aquí...

El caballo negro se abalanzó sobre el cuerpo de Ridha, haciéndola salir disparada hacia la calle. Su armadura hizo saltar chispas sobre el pavimento

Dom rugió de angustia y corrió hacia su prima, deslizándose de rodillas a su lado.

Sus guerreros reaccionaron como uno solo, saltando hacia el jinete negro. Los jydi también gritaron, liderados por su jefa. Ella fue la que más rugió, dando un grito estremecedor antes de saltar sobre la espalda del jinete. Éste la arrojó con fuerza contra la pared, y su cabeza se estrelló con un chasquido enfermizo.

Ridha rugió un sonido gutural y se puso en pie, con la espada aún en la mano. Dom se levantó con ella, con los dientes desnudos y la espada brillante. Los dos eran el sol y la luna, dorados y de cabello negro. Se enfrentaron juntos al jinete, mientras éste cabalgaba sobre los jydi, partiendo gargantas con una horrible espada negra.

El entumecimiento se apoderó de Corayne mientras observaba cómo los bordes del mundo se convertían en llamas.

—Dom —murmuró, tratando de llamarlo.

Pero Sigil la empujó, adentrándose en el callejón. Ella cojeaba, haciendo un gesto de dolor a cada paso.

—Estará justo detrás de nosotros —dijo—. Sigue a Sorasa.

La asesina permaneció medio en la sombra, observando cómo el caballero negro se abalanzaba sobre los inmortales, derribándolos uno a uno. Sus ojos cobrizos seguían cada movimiento de su espada.

—No te preocupes por el bruto inmortal —murmuró, con la voz tensa. Hizo un gesto para que Andry y Corayne siguieran adelante—. Estamos cerca.

Corayne quería gritar a cada paso que daba sin él, el callejón se alejaba cada vez más. Luego, la calle desapareció por completo, el sonido de los cascos y el acero fue tragado por las llamas y el batir de las alas del dragón. Andry seguía a su lado, con los ojos hacia delante, la piel morena perlada de sudor. Su rostro parecía una máscara para ocultar el terror que todos sentían.

Con un vuelco en el estómago, Corayne miró a su alrededor.

—¿Dónde está Sigil? —dijo, medio gritando.

Más adelante, Sorasa vaciló. Alentó sus pasos, pero no se volvió.

—Sigue moviéndote —siseó.

Corayne la ignoró, mirando hacia el callejón.

—¡Sigil!

Una forma familiar se desplomó al doblar la esquina lejana, su sombra ondulando a la luz del fuego mientras se dirigía a la calle. Su hacha colgaba de su mano, la última parte de ella en desaparecer.

—Sigue moviéndote —dijo Sorasa de nuevo, más fuerte ahora. Su voz se recrudeció por la emoción.

Corayne sólo podía rezar para que los huesos de hierro de Sigil resistieran la ira del caballero negro.

El siguiente camino era otra ruina, asfixiada por los escombros y por una oleada de muertos vivientes, todos revueltos entre los escombros en llamas. Rompieron paredes y puertas, dando zarpazos al aire, agarrando cualquier piel que pudieran alcanzar. Corayne chilló y apartó a uno a puñaladas, Andry a otro. Pero, al igual que en el patio de la iglesia, su número no hacía más que aumentar. Sorasa incitó a los Compañeros a seguir adelante, con sus propias dagas brillando como colmillos de serpiente. Se abrieron paso, ganando algo de terreno, pero no lo suficiente.

El miedo se apoderó de Corayne, y su agarre era más fuerte que las manos de los muertos vivientes. Miró hacia arriba, buscando algún resquicio de cielo entre las columnas de humo. Incluso la nieve había desaparecido, hasta la ventisca había perdido su determinación. Ella también.

Los cascos de un caballo casi la hicieron caer de rodillas y se giró, esperando ver al caballero asesino o al propio Taristan, recién salido del fuego del dragón.

En su lugar, estaba Valtik en su extraño caballo gris, con su aliento humeante en el aire, como si estuviera en la tundra y no en una calle en llamas.

—Al chico lo llevaré yo —dijo, saltando de la silla de montar. Agarró a Andry con una mano y lanzó las riendas con la otra. Sorasa las tomó hábilmente, con su rostro de bronce enrojecido—. Corayne, sigue a la serpiente.

A Corayne se le escapó el aire de los pulmones, mientras los muertos vivientes los rodeaban, presionando por todos lados. Miró a Andry y lo encontró observando fijamente, con la máscara destrozada y todas las emociones en su rostro. Corayne también las sentía, cada una de ellas aguda y cortante como un cuchillo. Vergüenza, arrepentimiento, tristeza. Y rabia, mucha rabia.

Abrió la boca para protestar, pero Andry la agarró por debajo de los brazos y la subió a la silla. Sus labios se sintieron como fuego en su palma, rozando la piel desnuda, antes de apartarse. Fue la única despedida que le dio, y el corazón de Corayne sangró, con demasiadas palabras burbujeando en su garganta.

Nada parecía correcto. Nada sería suficiente.

—Nos encontraremos en el camino —ladró Sorasa, saltando detrás de Corayne. Tomó las riendas y se apoyó en la espalda de Corayne.

El caballo reaccionó sin orden alguna y salió disparado calle abajo, dejando atrás a Andry Trelland y a la vieja bruja. Para enfrentarse a la horda o ser consumidos por ella. Bastaron unas pocas zancadas del caballo para que el humo los tragara.

Corayne se sentía vacía de dentro hacia fuera, como si le hubieran arrancado el corazón del pecho.

Sorasa no era Sigil, nacida para la silla de montar, pero cabalgaba como un demonio. Las llamas de Infyrna arreciaban y ella arremetía con ellas, haciendo pasar al caballo por huecos cada vez más estrechos en el fuego. Incluso Corayne perdió el rumbo, incapaz de distinguir el norte del sur, pero Sorasa nunca lo hizo, cabalgando sin cesar, hasta que Corayne tomó una bocanada de aire fresco y salado. Los muelles estaban cerca y, con ellos, la puerta del mar.

Detrás de ellos, la oleada de muertos vivientes continuaba. Con un suspiro, Corayne reconoció a algunos jydis entre ellos, y también a los guerreros trecos. En los tejados, los sabuesos continuaban la persecución, aunque el dragón había desaparecido en el cielo humeante. Corayne esperaba que tuviera a Taristan en su vientre.

Se agachó sobre las crines del caballo, tratando de impulsarlo más rápido. Pero incluso al caballo de Valtik le costaba galopar bajo el peso de dos jinetes.

—Ahí —llamó Sorasa, y Corayne levantó los ojos para verlo: la puerta lateral de Gidastern.

Estaba felizmente abierta, con el rastrillo levantado, la madera ya carbonizada. *Al menos los dioses nos sonrieron en algo hoy.*

Los sabuesos aullaron, y sus agudos e intermitentes chillidos resonaron por todas partes, pero Corayne los ignoró.

Se concentró en la puerta, en el camino que se vislumbraba más allá, en el mar que se estrellaba. Tierra vacía y abierta. La libertad de este infierno. Los demás los esperarían, enteros y a salvo. Dom, Andry, Sigil, Charlie, Valtik. Volvió a ver sus rostros en los fragmentos, el acero roto brillando como un espejismo en las dunas de arena.

De repente, las riendas estaban en sus propias manos, y la fuerte y vigorosa presencia a su espalda había desaparecido. Sus ojos se abrieron de par en par cuando se giró para ver a Sorasa saltando de la silla de montar, y su cuerpo se hizo un ovillo al caer a la calle.

Corayne sintió que abría la boca, que un grito salía de su propia garganta, pero no pudo oírlo. Tiró con fuerza de las riendas. Eso no hizo más que acelerar el caballo, cuyos cascos lanzaban chispas sobre la piedra. Los sabuesos aceleraron su paso, acercándose.

Sorasa se puso de pie y corrió, no hacia la oleada de muertos vivientes o los sabuesos que se acercaban, sino hacia la puerta, cargando tras el caballo.

Gritando, Corayne se inclinó hacia atrás sobre el flanco de la yegua, extendiendo una mano hacia la asesina cuando el arco pasó por encima. Pero Sorasa la ignoró y se dirigió a los engranajes del rastrillo. Con una patada, soltó el mecanismo y los barrotes de hierro cayeron en su sitio, cerrándose de golpe unos centímetros detrás de la cola del caballo.

Todo palpitaba, flameando al ritmo de los latidos del propio corazón de Corayne. Cerró la boca, con los ojos todavía muy abiertos, mientras observaba cómo la puerta se hacía cada vez más pequeña.

La figura de Sorasa le dio la espalda, con la espada y el látigo en alto. Su sombra corría contra el camino, agitándose con las llamas, retorciéndose y bailando, mostrando toda su gracia letal. Los sabuesos aullaron y los muertos vivientes gimieron, pero el rastrillo no se levantó. La puerta permaneció cerrada. El camino estaba vigilado, el reino de Infyrna contenido. Y Sorasa con él.

Corayne estaba sola, con un caballo loco galopando con toda la velocidad de los cuatro vientos.

El camino de Cor discurría con fuerza a lo largo de la costa, convirtiéndose en tierra compactada a medida que el caballo los alejaba de Gidastern. El frío mar azul se estrellaba a su izquierda, levantando un gélido rocío. Corayne temblaba, con la cara mojada por el mar y las lágrimas. Por primera vez, el agua salada no la reconfortaba. Llorando, levantó los ojos al cielo y se dio cuenta de que estaba fuera del humo, con una luz gris sobre ella.

Un último copo de nieve se posó en su mejilla, estremeciendo su columna vertebral.

Le ardía la garganta, desgarrada por el humo y su propia angustia.

Sin previo aviso, el caballo frenó, soplando con fuerza, con los flancos oscuros de sudor. De cerca, parecía un caballo común, de un gris sencillo como las nubes de invierno. Probó las riendas, tratando de tirar de él, pero el caballo se mantuvo firme, obstinado en mirar hacia otro lado. Corayne la miró, maldiciendo lo que fuera que Valtik había hecho para que el caballo la desobedeciera.

Se sintió mal y miró el paisaje vacío. Sólo había costa y tierras de cultivo muertas. *Otro cementerio*, pensó, mirando por encima del hombro.

No había nadie en el horizonte. Nadie en las puertas. Ni siquiera Charlie.

Ella respiró con dolor y se limpió la cara, con las manos negras. Luego, con voluntad, se desabrochó la vaina de la espalda, llevándola hacia delante. Temblando, agarró el cuero negro de la empuñadura de la Espada de Huso y sacó un centímetro del filo, el acero limpio. Taristan no había derramado sangre este día. Aun así, la espada se sentía mal en su mano.

Volvió a llorar por la espada rota y por toda la gente que la acompañaba.

Un fracaso, pensó, ahogando un sollozo.

La voz de Andry respondió en su cabeza, sus palabras un eco.

No, si tú vives.

Y eso, al menos, podía hacerlo.

32

LAS LLAMAS DE ASUNDER

Ridha

Su respiración era húmeda y agitada. La sangre subía por su garganta al igual que por la herida del pecho, y su vida se filtraba lentamente hacia la calle. El caballero negro hacía tiempo que se había ido, cabalgando tras el dragón, pero había dejado muchas pruebas mortales. Ridha puso los ojos en blanco mientras intentaba moverse, con la espalda apoyada en el suelo. Los demás Vedera yacían muertos a su alrededor, sus cuerpos inmóviles y silenciosos. Los jydi también habían desaparecido. Con un gemido en la garganta, Ridha vio a Lenna desplomada contra el muro de la ciudad, con los ojos abiertos, pero sin ver.

La mujer temurana aún respiraba. Estaba apoyada contra la pared, con la pierna herida extendida frente a ella. Una gran hacha yacía rota a su lado; su pecho subía y bajaba con la respiración entrecortada. Ridha no vio ninguna otra herida en ella. Casi rio. Una mortal vivía donde habían muerto tantos hijos de Glorian.

Por lo menos, todavía está Dom.

Se arrastró entre los restos del caballero negro, con un cinturón atado a su muslo para contener una herida sangrante. Intentó sonreírle, pero sólo jadeó, ahogándose con otro chorro de sangre.

—No hables —dijo él, llegando a su lado. Con un siseo de dolor, se puso en pie y atrajo su cabeza hacia su regazo—. Estoy aquí.

—Ella también.

La luz blanca de la visión de su madre brilló a la izquierda de Ridha. Ridha no podía saber si se trataba de magia o de una alucinación, pero en cualquier caso, se alegró. La forma de Isibel vaciló y luego se volvió sólida, bordeada de un brillo plateado, mientras se inclinaba sobre su única hija. Lloró lágrimas brillantes que desaparecían antes de llegar a la cara de Ridha.

—Ojalá pudiera estar contigo —dijo su madre, con las manos recorriendo su rostro. Por mucho que lo intentara, Ridha no podía sentirlas—. Duerme, mi amor.

Quería hacer lo que su madre le decía, pero Ridha de Iona se aferraba a la vida, desvaneciéndose. Sus ojos grises vacilaban entre Isibel y Domacridhan, tratando de sostenerlos a ambos. La miró, con lágrimas frescas recorriendo sus sucias mejillas.

Los pasos eran débiles, las botas sonaron en la piedra.

—¿Les gustaría ver lo que me dio este Huso?

El rostro de Dom se contrajo sobre ella y giró, intentando ponerse en pie. Pero se desplomó sobre su pierna herida y se dejó caer de nuevo, sosteniendo su cuerpo sobre el de Ridha. Defendiéndola de un último insulto.

La capa y la ropa de Taristan estaban quemadas, negras por todas partes, pero su cara estaba limpia, con el cabello peinado hacia atrás. El mago cojeaba a su lado, apoyándose fuertemente en una muleta improvisada. Ninguno de los dos parecía especialmente satisfecho, a pesar de su victoria.

El Huso seguía abierto, el reino seguía listo para caer.

Antes de que Dom pudiera intentar golpear de nuevo, Ronin chasqueó los dedos y media docena de muertos vivientes surgieron hacia delante, con cadenas y ataduras en la mano. Los mismos se acercaron a Sigil, atando sus muñecas y tobillos antes de levantarla limpiamente en el aire. Ambos lucharon, pero débilmente, totalmente agotados por la batalla.

El sonido se desvanecía, siguiendo el ritmo del corazón de Ridha, que era cada vez más lento. Luchó un segundo más, otro aliento, con los ojos puestos en su primo, mientras los muertos vivientes lo ataban.

Entonces Taristan se interpuso entre ellos, su rostro lascivo era lo único que ella podía ver.

—Otro regalo de Lo Que Espera —dijo, de pie sobre ella como una torre, sus ojos rojos como el fuego de un faro.

Ridha maldijo en vederano. A su lado, la transmisión de Isibel se puso al rojo vivo de rabia. La monarca miró a Taristan, y Ridha esperaba que fuera realmente su madre, y no una ilusión nacida de la muerte. *Mira lo que es... mira lo que hay que combatir*, lloró en su mente.

Taristan sólo negó con la cabeza.

—Los inmortales tardan mucho en morir —murmuró, antes de sacar una daga.

Isibel también lloró.

—Duerme, mi amor —suplicó.

Fue lo último que escuchó Ridha cuando la espada se clavaba en su armadura, en su corazón.

Pero lo último que vio fue a Taristan, el hijo del Viejo Cor, inclinado sobre su cuerpo, con los ojos de un rojo sangre ardiente, amarillos en el iris, como el corazón de una llama. Los ojos se comieron el mundo, hasta que ella se inclinó hacia delante, cayendo en el fuego que él llevaba ahora en su alma arruinada. La consumió, cada centímetro ardiendo, el dolor como nada que hubiera sentido antes o que volviera a sentir. Era ácido; era agua hirviendo; era un infierno en su piel. Ridha de Iona se ahogó, su mente y su alma se desgarraron.

Sus miembros se movieron, una mano se movió, luego la otra, incluso cuando su agarre a la vida desapareció. El alma de Ridha se alejó, desapareciendo, dejando atrás su cuerpo. Y todo se volvió negro.

AGRADECIMIENTOS

Me siento muy afortunada de poder seguir escribiendo, y más afortunada todavía de continuar con esta serie. *Destructora de reinos* sigue siendo mi alegría en tiempos difíciles. Como siempre, desde siempre, mi primer agradecimiento es para mis padres. Sin ellos, mis palabras no existirían. No sé dónde estaría sin su apoyo y, francamente, no quiero pensar en ello. También estoy en deuda con mi hermano, mi primer público cautivo. A veces, literalmente.

A mi extenso círculo de amigos y familiares, gracias por su constante apoyo. Morgan, Jen y Tori, mis queridas damas, nunca me dejan caer y nunca dejan que baje el ritmo.

En casa, mi pareja y mi cachorro, Indy, siempre están ahí en cada momento de subida y en cada momento de bajada. Hacen que el sol sea más brillante. Los quiero a los dos mucho más de lo que nunca entenderán. Sobre todo, porque uno de ustedes es un perro.

Tengo la misma suerte de contar con un maravilloso círculo de amigos editores que me mantienen honesta, controlada y cuerda. A los Patties, Soman, Sabaa, Adam, Jenny, el Aquelarre del Lado Este de Los Ángeles, a Emma, gracias por su amistad y orientación.

Dicen que se necesita un pueblo para criar a un niño, y ciertamente se necesita un pueblo para publicar un libro. Mi propio pueblo es espectacular. Alice sigue siendo mi intrépida editora, dispuesta a enfrentarse a todos los capítulos descabellados que le planteo. Gracias a Erica por su sabiduría y apoyo. Y mucho amor a Clare por estar al tanto de todo. A Alexandra, Karen y Lana, gracias por hacer que todo *funcione*. A Vanessa y Nicole, de producción, gracias por hacer que todo esto sea *real*. A Jenna y Alison, del departamento de diseño, gracias por hacer esto tan *hermoso*. A Audrey, Sabrina y Shannon en marketing, gracias por hacer que esto se *conecte*. A Jenn y Anna, gracias por *dar a conocer* esto. A mis lectores de sensibilidad, que han hecho que esto tenga *sentido*. Al equipo de Epic Reads, gracias por hacer esto *divertido*. Estoy en deuda con todos ustedes, y sé lo mucho que han hecho para que la serie *Destructora de Reinos* sea el éxito en el que se ha convertido. Y por todo su trabajo continuo con nuestro primer bebé, *La Reina Roja*.

Me siento muy bendecida por estar representada por New Leaf Literary, y especialmente por Suzie Townsend. Ella ha sido mi estrella del norte desde el principio de mi carrera, y espero no perderla nunca de vista. Gracias a Pouya, por no renunciar nunca a nada. A Jo, por su visión ilimitada. A Verónica y Victoria, por todos los paseos por el orbe, así como a mis agentes extranjeros en todo el mundo. A Hilary y Meredith, que se sienten como mis propias redes de seguridad personales. A Kendra, Sophia y Katherine, que nunca pierden el ritmo y hacen que todo esto funcione. Gracias a Elena Stokes, por llevarme de la mano por un nuevo camino. Y a Steve, mi escudo legal y amigo. En cuanto al entretenimiento, gracias a Michael, Roxie y Ali. Ustedes me elevan a nuevas alturas; ¡estoy muy agradecida de seguir trabajando con todos ustedes!

Por encima de todo, siempre debo dar las gracias a los lectores, educadores, bibliotecarios, blogueros, Instagramers, TikTokers… gracias a todos los que toman un libro y lo transmiten. Ustedes son la razón de ser de nuestra comunidad y de que sigamos prosperando. Escribir y leer parece una tarea solitaria, pero no lo es, gracias a ustedes. Su apoyo continuo significa más de lo que puedo decir, porque ustedes me hacen ser quien soy. Estoy muy agradecida por seguir escribiendo historias para ustedes, por vivir en su cabeza como ustedes viven en la mía.

Todo mi amor, para siempre,
Victoria

Esta obra se imprimió y encuadernó
en el mes de octubre de 2022, en los talleres
de Impregráfica Digital, S.A. de C.V.
Av. Coyoacán 100-D, Col. Del Valle Norte,
C.P. 03103, Benito Juárez, Ciudad de México.